一船梦 —— 著

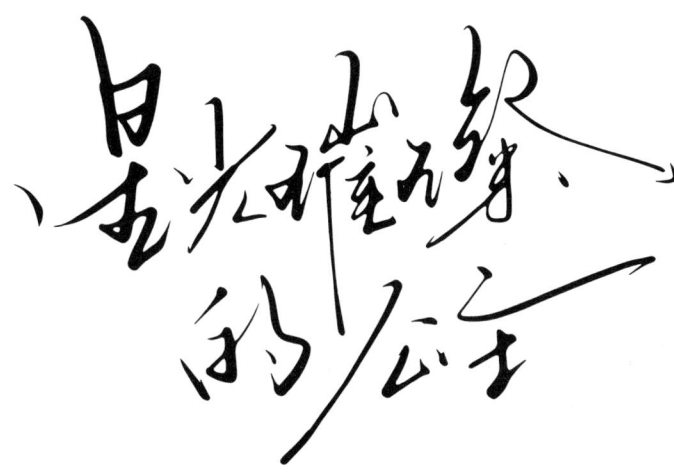

上 册

青岛出版集团 | 青岛出版社

图书在版编目（CIP）数据

星光璀璨的公主 / 一船梦著. -- 青岛 : 青岛出版社, 2024. 7. -- ISBN 978-7-5552-5754-7

Ⅰ. I247.5

中国国家版本馆CIP数据核字第2024M304G6号

XINGGUANG CUICAN DE GONGZHU

书　　名	星光璀璨的公主
作　　者	一船梦
出版发行	青岛出版社（青岛市崂山区海尔路182号）
本社网址	http://www.qdpub.com
邮购电话	18613853563
责任编辑	李文峰
特约编辑	王羽飞
校　　对	郭金乔
装帧设计	梁　霞
照　　排	梁　霞
印　　刷	三河市良远印务有限公司
出版日期	2024年7月第1版　2024年7月第1次印刷
开　　本	32开（880mm×1230mm）
印　　张	18
字　　数	553千
书　　号	ISBN 978-7-5552-5754-7
定　　价	69.80元（全2册）

编校印装质量、盗版监督服务电话 4006532017　0532-68068050

目 录

上册

第一章　　初　逢　　　　1

第二章　　萌　芽　　　　62

第三章　　悸　动　　　　122

第四章　　隐　私　　　　179

第五章　　交　心　　　　231

目 录

下册

第六章	琴艺	285
第七章	演技	344
第八章	逆转	398
第九章	生情	450
第十章	未知	507
出版番外	相遇在校园	565

第一章
初 逢

夏朝。

自复国以来,夏朝已经很久没有下过这样大的雪了,大地被包裹在一片茫茫白雪之中。

几只乌鸦不知从何方而来,扑棱着翅膀划过天际,向着都城中最高的宫殿飞去。它们似乎成了这静谧天地间唯一存在的活物。

"阿姐!"身着黄袍的少年皇帝悲痛万分,一声阿姐刚唤出,就已泪流满面。

那个被他唤作阿姐的人,是夏朝最为传奇的长公主——夏挽沉。

"别哭。"躺在床上的女子脸色苍白,眉眼间却有着掩不住的温柔。哪怕已经卧床多日,由于长期身居高位,她语气里依然带着些威严。

"该教你的,阿姐也教了。你要善待名臣,照顾好小羽和小乔。"

夏挽沉用力地抬了抬手,夏元帝见状立刻伸手握住。夏挽沉笑了笑,目光扫过她一手带大、如今已颇有帝王气质的弟弟,以及其他围在她床前痛哭的年幼的弟弟妹妹。

"阿姐要走了。"夏挽沉的体力已经支撑不了她说那么多话。

她顿了顿,又说:"夏朝就交给你了。"

说完这句话,她的力气似乎已经耗尽。夏挽沉的眼睛逐渐闭合,她耳旁的哭声越来越大,却仿佛已经与她无关。

一切都逐渐远去了。

天元五年,将夏元帝一手抚养长大,并招揽天下贤才,为天元盛世奠定坚实基础的奇女子——夏朝长公主夏挽沅,薨逝。

夏元帝以国葬之礼将长公主葬入皇陵。从此,这位传奇的长公主被封存于历史之中。

傍晚,阳光斜斜地打在半山腰的别墅上,透过巨大的落地窗,星星点点地映在屋内女子的脸上。微风轻轻地拂过,引得窗前的风铃丁零作响。

似是被风铃声吵到,床上的女子蹙了蹙眉,睫毛似小扇般扑闪了两下,露出一双琉璃似的眼睛,只是此刻里面带着些茫然。

床上的女子一直保持着这个姿势,过了大约半个小时。若不是那双大眼睛偶尔闪动,旁人肯定会以为这人又睡着了。

终于梳理完脑中的记忆,夏挽沅深吸了一口气,抬手捏了捏自己的胳膊,有些疼,终于相信了这桩对自己来说仿若天方夜谭的事。

这个千年后的夏挽沅出身富贵,但生活放浪。昨晚她与一群狐朋狗友聚会喝酒,喝得醉醺醺的,然后被司机送回了家。

说来也是可悲,夏挽沅每每出门都是被众人簇拥,然而热闹繁华过后,竟没人注意到她已经喝到酒精中毒了。她被保姆扶到床上躺下之后,没过多久就不省人事了。可惜无论她在心里怎么呼喊,都没人来救她。

等再睁开眼时,夏挽沅觉得身上黏糊糊的,还混着酒精和不知名香水的味道,有些难闻。她掀开被子走下床,宿醉引起的头痛让她不禁踉跄了一下。她踩在软软的羊毛地毯上,感觉还有些不真实。

她循着原身的记忆走到浴室里。镜子里的人看起来很狼狈——烫着大卷的头发凌乱不堪,妆容也花了,那红艳艳的嘴唇带给夏挽沅的冲击力实在有些大。

她摸索着打开了浴室的智能开关,舒缓的音乐声响起,自动调节好的温水洒在身上。夏挽沅洗了一个舒服的澡。

再站到镜子前时,她发现镜子中的容颜竟与千年前的自己一模一样。能被称为"夏朝第一绝色"的她,容颜自是不俗,但她年少时经历国家动荡,一边抚养弟弟妹妹,一边在朝堂斗争中费心劳力。

在岁月中磨砺了多年的长公主,自然也不复年少时的美貌。

从前的夏挽沅身居高位,掌控整个夏朝,因此一双原本好看的眼睛显得凶巴巴的。

如今镜子前的她22岁,正值青春年华,肤如凝脂,丹唇含笑,眉宇间流露出一股从容清雅的气质,像明珠上的浮尘被拂去了一般,闪烁出璀璨的光芒。

仅裹着一件浴袍的夏挽沅暂时还不太适应现代的穿衣方式。不过夏朝的民风并没有很保守,乱世之中也没有那么多讲究,更何况夏挽沅向来不喜欢墨守成规,既然如今的时代是这样的,那就顺应潮流好了。

这间卧室很大,带着一个巨大的阳台,夏挽沅走到阳台,坐在椅子上。

今日的天气特别好,临近傍晚,大片的火烧云染红了天际。如今已是春季,微风拂过,吹得人舒爽不已。

夏挽沅正在头脑里梳理着原身那些错综复杂的人际关系,一阵优美的音乐声突然响起。她走到床边,从凌乱的被子里摸出了手机。

刚按下接听键,就听到对面的人像被点燃了的炮仗一样,快速地说了起来:"夏挽沅,你也太能折腾了,你还知道你是公众人物吗?!昨晚你醉酒的视频被人发到网上了,你是嫌自己的负面新闻不够多吗?一次次连累公司跟着你一起挨骂!你还真把自己当公主啊!"

听到这番话,夏挽沅在脑海里搜寻了一下。这个人应该就是一直跟着她的那位经纪人。

夏挽沅出身好,长得好看。当时进入演艺圈的时候,公司很重视她,便给她安排了一个有经验的经纪人,也就是这个打电话的人——陈匀。夏挽沅虽然演技差,行事嚣张,但是家里有实力有人脉。这些年来,她虽然那被无数人议论,但也算在演艺圈占据了一席之地。

说起来有些奇怪,在古代,优伶是不怎么受人尊敬的,但到了现在,演员居然能被那么多人喜欢。

换作以前的陈匀，肯定不敢这么跟夏挽沉说话，然而如今夏家正面临着破产的危机，投资人纷纷撤资，公司股票飞速下跌。

就在昨晚，夏氏集团正式宣告破产。以前是夏家大小姐的夏挽沉如今再也没了嚣张的资本，所以这段时间夏挽沉一直沉迷于喝酒。

电话那头，陈匀还在不停地说着，似乎是以前压抑得太久了，如今终于有机会发泄了一样。

"喂！你听到我说的话没有？！"

"你明天过来一趟，这事我会解决的。"说完这句话，夏挽沉直接按下挂断键，世界终于清静了。

而电话那头的陈匀一下子卡了壳。电话里的声音是夏挽沉的没错，但他怎么就觉得那么不对劲呢？夏挽沉不是应该对他破口大骂吗？怎么变得这么冷静，而且她一副命令的口吻是怎么回事？

"装神弄鬼！我真是倒了八辈子霉才要带她。"陈匀低声骂了一句，立刻打车前往公司，去收拾夏挽沉丢下的烂摊子。

别墅里的夏挽沉正带着些好奇，体验着以前没见过的新鲜事物。

原来的夏挽沉性格张扬，喜欢夸张的服饰，所以衣柜里净是些色彩艳丽的衣服。夏挽沉翻找了半天，才勉强找出一条淡蓝色的齐膝丝裙换上。

她拿起手机走到一楼。用人们正在厨房里忙活，听见声响立刻出来："小姐，晚饭快做好了。"

夏挽沉微微挑眉，根据记忆，原身结过婚。虽然她被禁止公开夫妻关系，但这栋别墅里的人是知道她的身份的。

不过她们只叫她小姐，不叫夫人，看来原身很不受丈夫待见。

"去安排车，我要出门。"

"小姐要去哪里？"李妈听到夏挽沉的话后十分反感，心想昨晚喝成那样回来，现在刚醒又要出门。李妈十分看不惯夏挽沉的这种作风。

"我说，去备车。"夏挽沉微微加重了语气，引得李妈抬起头来。看到夏挽沉的那一瞬间，李妈愣住了。

面前的女子穿着淡蓝色丝裙，鬓发披散在肩头，原本喜欢浓妆艳抹的人现在却未施粉黛，像雨后的青山一般富有灵气，而最让李妈不敢直视的是女子那双不怒自威的眼睛。

"是，我这就让他们去安排。"还没等脑子反应过来，李妈已经下意识地说出了服从的话。

黑色的轿车停在门前，司机为夏挽沅拉开车门："小姐，您要去哪里？"

"去国际幼儿园。"

"好的，小姐。"乍一听不是酒吧、饭店这些地方，司机还有些不适应——夏小姐今天这是怎么了？

在匀速行驶的车上，夏挽沅放松地靠在真皮椅背上。得益于车子良好的性能，虽然窗外的景物一直在快速地闪过，但夏挽沅坐在车内丝毫感觉不到车子的震动。

以前的夏挽沅复国以后作为摄政长公主，享受着最高规格的待遇，但是当时最豪华的马车跟现代的车子比起来，也不值一提了。

鳞次栉比的高楼、不断亮起的霓虹灯、川流不息的车辆、繁华忙碌的街市，在夏挽沅的眼睛中映出一片光彩。

"真好啊。"夏挽沅发自内心地感叹着。

她年少时也是经历过被人千娇万宠的皇族生活的，但后来皇朝覆灭，她带着弟弟妹妹挣扎于乱世之间，经历了太多的动荡，看尽了沧桑。

如今看到这样富有烟火气的景象，她发自内心地感到宁静与祥和，终于有了些许融入这个时代的感觉。

沉思间，她没注意到车已经停下来了。

"小姐，到了。"直到司机出声提醒，夏挽沅才从万千思绪中抽离出来。

"你在这里等着吧。"夏挽沅说着便推开门下了车。

出门的时候，她在裙子外面套了一件长外套，但春季的傍晚有些凉，她不由得拢了拢袖子。

她来得似乎有些晚了，幼儿园门前只剩下寥寥几个身影。

夏挽沅意识到此时已经过了放学的时间，有些遗憾，便转身准备回去。她刚转过身,像是有感应一般回头看了一眼,看到幼儿园门卫室的窗户里有一双晶莹剔透、像黑葡萄一样的眼睛正忽闪忽闪地望着她。

或许是神奇的母子感应,夏挽沉猜想这个小孩子可能就是原身和名义上的丈夫春风一度的产物。

原身难产,折腾了一天一夜才把孩子生下来,加上原身的丈夫从来都不搭理她,原身便将怒气撒在了这个孩子的身上。她未曾履行过母亲的义务,甚至非常讨厌这个孩子。

夏挽沉既然接收了这具身躯,自然不会白白地看着原身的孩子像孤儿一样长大。在她10岁时父皇、母后双双殉国,她太明白无依无靠的孩子有多么孤独痛苦了。

笑意染上眼底,夏挽沉向孩子走过去。

夏挽沉推开门卫室的门,看到小孩子的脸,便确认这就是原身的孩子。

夏挽沉蹲下来,看向长得可可爱爱、还带着些婴儿肥的小团子,在回忆里搜寻了一下这个孩子的小名,温声说着:"小宝,妈妈来接你了,跟妈妈一起回家吧。"

而面前被唤作"小宝"的孩子显得有些抗拒,用湿漉漉的眼睛看了她一眼,犹豫而难过地低下了头。

"唉?小姑娘你别是个骗子吧?"门卫又转过头问:"小朋友,她真的是你的妈妈吗?"

门卫本来觉得这个漂亮得有些过分的姑娘和这个小朋友的眉眼有些像,但是看到小孩子脸上抗拒的神色,开始怀疑这个女人是来诱拐孩子的了,他的手不动声色地摸到了对讲机。

听到门卫的话,小宝抬起头又看了夏挽沉一眼,却在她的眼睛里看到了从没见过的温柔。妈妈以前从来不会这么看他的,在自己靠近她的时候只会让他走开,但现在的妈妈看起来好温暖,让他忍不住想靠近。

"小宝,跟妈妈回去好不好?"看着小宝可怜兮兮的目光,夏挽沉又心疼又怜爱,忍不住伸手摸了摸他软软的头发。

突然被摸了头,小宝一愣,本来就大的眼睛显得更大了,这就是有妈妈的感觉吗?

"好。"

小宝从来没体验过有妈妈的感觉。幼儿园的小朋友们每天都有爸爸妈妈来接，他好羡慕啊。就算妈妈只是一时心血来潮也没关系，他真的很想拥有一个妈妈。

听到小宝肯定的回答，门卫终于愿意放人了。夏挽沅拉着小宝的手，走向自家的车。

司机坐在车上，看着夏挽沅牵着小少爷的手向他走过来，一大一小，竟意外和谐。夏小姐向来不喜欢自己的孩子，今天这是太阳打西边出来了吗？

可是少爷非常不喜欢这个所谓的夫人，连带着也不许小少爷靠近她，这件事，少爷知道吗？夏小姐这又是在作什么妖？想到少爷的雷霆手段，司机不由得打了个寒战。

"回家吧。"夏挽沅已经带着小宝坐到车上了，司机却还没有反应过来。

"是，小姐。"算了，他一个小人物操这些心干什么？

司机连忙发动车子离开。

"少爷，幼儿园那边说小少爷被夏小姐接走了。我们查了监控，确实是夏小姐。"

耳机里传来的汇报声让正在看文件的男人停了下来，随后他眼中划过一丝厌恶。

"你去把小少爷接回庄园。对了，离婚协议书起草好了吗？"

"律师团已经全部就位，文件也已经起草好了，明天就送到您的办公室。"

"嗯。"

话音落下，宽大的办公室里重新变得安静起来。房间里冷冰冰的，与窗外的繁华世界格格不入。

等夏挽沅带着小宝回到别墅，天色已经完全暗了下来，点点星光爬上了天空。

李妈听见车子的声音，连忙出来迎接："小姐，小少爷，饭菜已经准备好了，请前去用餐吧。"

"嗯，走吧。"

夏挽沅松开了小宝。小宝恋恋不舍，妈妈的怀抱太温暖了，他不想离开。他幽怨地看了李妈一眼，这才迈开步子，尽力地跟上夏挽沅。

李妈愣在原地，心想：自己怎么得罪小少爷了？

他们走进屋子，看到用人已经布置好的饭菜在灯光下袅袅地冒着热气。

"我们不知道小姐您和小少爷一起回来，只做了些家常菜。我们再做一份。"

夏挽沅扫了一眼桌上的饭菜：四菜一汤。对于曾经喜欢铺张浪费的原身来说，这顿饭是显得有些简单了。

"不用，就吃这些好了，李妈你带着小宝去洗手。"

原以为会被夏挽沅大骂一顿的用人感到惊讶——今天的夏小姐也太好说话了。

因别墅里常年保持着适宜的温度，夏挽沅便将外套脱了下来，现代的各种能够提高人的舒适度的科技一再让夏挽沅惊叹。

"妈妈，我洗好了。"洗好手的小宝蹦蹦跳跳地来到夏挽沅身边，一双大眼睛小心翼翼地盯着夏挽沅。

妈妈以前特别讨厌他，可刚刚她太温柔了，以至于自己忍不住叫了一声"妈妈"。这次妈妈会不会又像以前一样骂自己呢？

听到小宝软软的叫声，看着他小心翼翼的眼神，夏挽沅温柔地笑了笑，说道："快来妈妈身边，跟妈妈一起吃饭吧。"

"嗯！好！"小宝这下开心极了，小心地抓着夏挽沅的手，坐到她身边。

"吃点儿肉，再吃点儿青菜。"

小宝把头埋进碗里，婴儿肥的小脸颊鼓鼓的像个小仓鼠，不停地吃着夏挽沅给他夹的菜。

灯光下的夏挽沅温柔恬静，散发出一种能让人安定下来的气息。

看着一大一小在一起如此和谐，用人们心中感慨：小少爷虽说含着金汤匙出生，但少爷太忙，夏小姐又从来不管，他其实挺可怜的。

他现在这样开心单纯，才像个3岁小孩子该有的样子啊。

夏挽沅以前在外奔波招揽人才的时候，经常饥一顿饱一顿的，因此落下了肠胃方面的毛病。夏朝复国且安定下来之后，她便养成了饭后散步的习惯。

这栋别墅自带的院子跟以前的御花园比起来实在是小太多了，但散散步还是勉强可以的。

"饭后走一走对身体好。我们出去散散步，回来就洗澡睡觉好不好？"

"好！"

现在夏挽沅说什么小宝都会回答好，他看向夏挽沅的大眼睛里装着满满的信赖。

夏挽沅捏了捏小宝的脸，自己穿上外套，又给小宝套上衣服，然后牵着他往院子里走去。

这栋别墅前的院子大约有一个足球场那么大，精心打理的花圃中传来阵阵花香，不时还有些虫鸣声响起。

夏挽沅带着小宝慢慢地走着，微风拂过脸颊，她感到甚是舒爽。

小宝不时地仰起头去看夏挽沅。感觉到小宝的依赖，夏挽沅心中一软，拉着小宝坐到院子里的秋千上，将小宝抱在怀里。

"妈妈，今天的星星好多呀！"小宝倚在夏挽沅的怀里，闻着妈妈身上传来的香味，觉得幸福极了。

"嗯，是很多，你知道那是什么星星吗？"

顺着夏挽沅的手指，小宝看到一颗特别亮的星星正在天边闪耀。

"我知道，妈妈，老师说过那是北极星。"

"那你知道北极星是怎么形成的吗？"

这下可难倒小宝了，他困惑地看着夏挽沅。

"以前有两个很好的朋友，一个叫南极仙人，一个叫北极仙人。有一天……"

天上的星光闪烁着，伴着园内的虫鸣声，夏挽沅耐心地给小宝讲着她以前听过的奇闻趣事。

时间一点点地流逝，一阵风吹过，带来些许凉意。

"已经不早了，一会儿你还要洗澡睡觉呢，我们进屋吧。"

"嗯！"小宝崇拜地看着夏挽沅，觉得妈妈好厉害，什么都懂。

他们刚起身准备进屋，大门口传来了车子的声音。

夏挽沅转身看向门口，眉尖微挑。

该来的还是来了。

大门被打开，从车上走下来一个长相俊美、戴着眼镜的青年男子。看见站在园内手牵在一起的母子俩，来人眼中闪过一丝惊讶，后又回归平静。他加快脚步朝这边赶来。

"夏小姐，小少爷明天还要上学，得早点儿回去休息了。小少爷需要早起，请夏小姐以后不要再耽误小少爷的学业。"

林靖在夏挽沅面前站定，如往常一样说着话，只是说完好一会儿，都没有听到惯有的责骂声。他有些意外地看向夏挽沅，瞬间就屏住了呼吸。刚刚急匆匆走来，他没来得及仔细观察这位不被承认的夫人，此刻仔细一看，夏挽沅未施粉黛，在灯光的衬托下，完美的五官更添了几分韵味，整个人显得从容优雅。

"夏小姐？"明明站在他面前的就是夏挽沅，但他还是忍不住发出了疑问。

"你是来接小宝的。跟我说什么？问他自己。"冷淡的声音响起，夏挽沅终于开了口。

"小少爷，跟我走好吗？"林靖压下心中的疑惑，展现出标准的笑容，蹲下身去问小宝。

"我不要回去，要和妈妈在一起。"小宝向后退了两步，伸手抱住夏挽沅的腿。

林靖眼中划过一丝讶异，虽说眼前的孩子只有3岁，但作为君氏一族目前唯一的嫡子，这孩子的话语权比夏挽沅要大很多。

看着小少爷与夏挽沅亲近的样子，林靖十分惊奇，但小少爷不愿回去，他也不能强求，便直起身来。

"那我就不打扰了，夏小姐记得明早送小少爷去幼儿园。"

"嗯。"夏挽沅应了一声，拉着小宝转身回屋。

林靖看着夏挽沅袅袅婷婷地走远，扶了扶眼镜框，转身向外走，上了车就拿出手机拨了个电话。

回到屋里，李妈看到林特助竟然没有把小少爷带走，心里盘算起来：莫不是夏小姐这"夫人"的身份要坐实了？李妈对夏挽沅的态度比刚才恭敬了许多。

夏挽沅察觉到李妈的态度变化也没有多说什么，只是让李妈带小宝去洗澡。

小宝紧紧抱着夏挽沅的胳膊，不想跟她分开。

夏挽沅无奈地朝小宝眨了眨眼睛："你快去洗澡，晚上妈妈陪你睡好不好？"

"真的吗？"小宝瞪大眼睛，黑葡萄似的眼眸里闪起光芒，亮晶晶的。他还从来没有和妈妈一起睡过觉呢！

"妈妈！我马上去洗澡！"不等夏挽沅回答，小宝就已经拉着李妈往浴室走了。

夏挽沅无奈地笑了笑，走进二楼卧室也开始洗漱。

看着化妆台上的瓶瓶罐罐，夏挽沅挨个儿拿起来，研究了好半天，发现脸上抹了那些护肤品后，皮肤的确变得水润紧致了。夏挽沅很是惊异。

无论在什么时代，没有哪个女人是不爱美的。夏挽沅洗完澡，慢慢地按照顺序擦完护肤品后，只见小宝早已在床上等着了。

刚刚洗过澡的小宝整个人粉粉嫩嫩的，蓬软的头发上冒着几根"呆毛"，大眼睛不时地往门口的方向瞟去。

"妈妈！"

终于，夏挽沅的身影出现在门口，小宝的眼睛一下子亮了起来，他不停地朝夏挽沅挥动着白嫩的胳膊。

"过来，让妈妈抱抱。"

夏挽沅眼中带笑，掀开被子将小宝揽入怀中。她抱着软软的小身躯，身上的母性完全被激发出来了。

"今天在学校做什么了？"夏挽沅抚养过自己的弟弟妹妹，知道和小孩沟通的一个重要手段就是了解他们的日常生活。

"今天早上老师教我们唱儿歌了，后来还教我们念诗……"小宝兴奋地躺在夏挽沅的怀里和她分享着自己在幼儿园的生活，说着说着声音便低了下去。

夏挽沅低头看着怀里小小、软软的小团子，忍不住轻轻地亲了一下他的额头。

夜深下来，月光静静地洒在室内相拥而眠的母子身上，给他们镀上了一层皎洁的光辉。

第二天一早，夏挽沅还没醒就感觉怀里暖暖的，睁开眼就看见小宝正看着她，长长的睫毛忽闪忽闪的，大大的眼睛里倒映着她的身影。

夏挽沅笑得眉眼弯弯："怎么了？醒得这么早。"

"原来昨天发生的那些事都不是梦啊。妈妈你以后也会跟昨天一样吗？"小宝紧紧地抓着夏挽沅的肩膀，要确认这一切都是真实的。

看见小宝一脸不可置信又满怀期待的模样，夏挽沅心中微酸，这个小孩子得是多没有安全感才会一遍一遍地确认妈妈会一直对他好啊。

"当然了，我以后每天都会像昨天一样。今天妈妈也去接你好不好？"

"好，妈妈说话算话，拉勾勾！"

小宝说着伸出手，夏挽沅和小宝拉了勾，又盖上章，许下他们两个人之间的约定。

吃过早饭，夏挽沅让司机去送小宝上学，小宝依依不舍地离开了。

"妈妈在家等你，你在学校要乖。"夏挽沅笑着亲了亲小宝的脸颊，小宝这才红着脸上了车。

夏挽沅昨天约了陈匀过来谈事，现在还没到时间，便回到房里，屏退了用人，一个人到处逛了逛。她对现代的事物很感兴趣。

原身不是个爱看书的人，但因别墅里本就有一个书房，为了不让空落落的书架显得过于难看，倒是买了不少书放在上面。

夏挽沅随手拿了一本书，坐到一楼的沙发上，倚在靠枕上慢慢地看。

用人们见夏挽沅不仅没有出门，还拿了本书出来看，都在想：她莫非是准备改变性格了？

本以为她翻不了几页就会放弃，没想到她坐在沙发上两三个小时都没挪动位置，并且手上的书已经翻过去一小半了。

陈匀一大早就被创星娱乐公司的领导骂了一通，憋着怒气来找夏挽沅，一进门就看到斜靠在沙发上看书的夏挽沅。

她穿着简单的素色长裙，头发随意地披散着，精致的五官未施粉黛，却散发着一股动人的韵味，整幅画面美得让人不敢打扰。陈匀本来有一肚子责骂的话，此时却有些不敢说出口了。

"陈哥。"听到门口的脚步声，夏挽沅抬起头来，一双含水的眸子看过来，将陈匀上下打量了一番。陈匀屏住呼吸，竟下意识地避开了她的视线。

"挽沅啊，"伸手不打笑脸人，陈匀没想到二人刚见面，夏挽沅就叫了自己一声陈哥，这下也不好对她恶语相向了，"事情你都知道了？"

陈匀看着那双琉璃般的眼眸，竟有些心虚起来，继续说道："不是我不给你争取。你也知道，你的那个女主角本来就是公司向剧组施压才得到的，现在你家没有资金注入剧组，剧组要换人，我也没有办法。"

公司其实能够以签了合同为由向剧组施压，但显而易见的是，如今的夏挽沅除了一张脸长得还算好看，身上根本没有任何值得公司去跟剧组硬碰硬的价值。

"如果我没记错的话，"夏挽沅的声音响起，带着些冷意，"我跟剧组签了合同，他们不能随意毁约吧？"

梳理了一下原身如今的处境，夏挽沅觉得她很快就要被扫地出门了。她想要生存下来，就必须好好工作。原身是演员，那她就暂时接替原身的工作吧。

陈匀心中一动，以前怎么没发现夏挽沅的声音还挺好听的？

"合同没变，只是你和本来的女二号换了角色，阮莹玉演女主角，你去演她原来的角色。"

"好的，我没问题，什么时候进组？"

"不是，"正准备和夏挽沅解释的陈匀愣住了，"你同意了？"

"嗯，我同意了，你把剧本发给我吧。"

说罢，她便重新摆出看书的姿势，偏过头看了一眼陈匀："你还有事吗？"

"没事了，我回去就把剧本发给你。"陈匀原本预想中天崩地裂的局面并没有发生，夏挽沅不经意间流露出的气场让他甚至有些胆怯。陈匀不由得揉了揉眼睛，没错啊！是这个人啊！这个世界莫不是变得玄幻了？

陈匀见夏挽沅重新看向手里的书，不再说话，识趣地离开了。他出门前还瞥了一眼夏挽沅手里的书——《呼啸山庄》，又看到夏挽沅貌似很投入的样子。这个世界果然变得玄幻了。

让别墅里众人惊讶的是，往常一天到晚都看不到人影的夏挽沅今天居然会乖乖地待在家里。她吃完午饭小睡了一会儿，下午居然又换了本书看，而且是小少爷的英文启蒙读物。

他们不止一次地问自己，这是在梦里吗？

临近傍晚，终于翻完英文启蒙书的夏挽沅起身走到厨房。

李妈偷偷地看了看那本英文启蒙书的厚度，哎呀，这夏小姐装样子装得不太像啊，那么厚的书，只用一个下午就看完了，谁信啊？

"小姐。"用人们见从不到厨房的夏挽沅居然来了，心中忐忑，生怕这位阴晴不定的大小姐又生事。

"菜做清淡一些，给小少爷加一碗蛋羹吧。"

"好的，夏小姐。"

此时的幼儿园门口，林靖派来的司机正和小宝僵持着。

"小少爷，少爷吩咐今天一定要接您回家一起吃饭。您跟我回去吧。"

小宝紧紧地扒着门卫室的门，小嘴抿成了一条线。他才不要回去，要跟妈妈一起住。

司机实在没有办法，想要上前去拉小宝，没想到门卫相当负责，一脸警惕地拦在小宝面前，用看人贩子的眼神看着司机。

这时，夏挽沅派来接小宝的司机也到了，小宝眼睛一亮，指了指窗外说："看！UFO！"

众人下意识地看向窗外，小宝抓住机会抱着书包溜了出去："你跟我爸爸说，我去和妈妈一起住了！"

夏挽沅派来的司机还没来得及进门，便被冲出来的小少爷一把拉住袖子,快速地跑上了车。

"快回去!"

司机不知道发生了什么,还以为小少爷遭遇了危险,脑补了一出人贩子要绑架小少爷的事件,吓得心脏一颤,用最快的速度踩下油门儿,车子顿时绝尘而去。

林靖派来的司机赶过去时,只被糊了一脸的尾气。

"妈妈!"

小宝一下车就看到夏挽沅正站在院子里等他,便开心地向着夏挽沅跑去。妈妈果然没有骗他!

"乖,去洗手,我们该吃饭了。"

夏挽沅拉着小宝的手,两个人说说笑笑地走进屋里。经过昨天的种种怪事后,用人们现在对这种场景已经见怪不怪了。

小宝洗完手,乖乖地坐在桌旁,等着夏挽沅给他夹菜。他看了一眼桌上的菜——唉,有他最讨厌的胡萝卜。

但是妈妈给他夹了胡萝卜!小宝皱了皱眉头,还是果断地夹起胡萝卜吃了下去。只要是妈妈夹的,他都吃!

看着小宝又乖又可爱的样子,夏挽沅眉梢和眼角都染上了笑意。

母子俩吃得开心,连门口站了个人都没发现。

片刻后,夏挽沅终于发现了不对劲,眼睛看向门口。

在夏朝皇室,夏挽沅见过无数美男子,尽管如此,仍然觉得眼前站着的人特别英俊。

门口的男人身着一套剪裁合体的西装,眉飞入鬓,鼻梁高挺,正打量着她,浑身散发着长居高位者的气势。

就连夏挽沅也不得不在心里惊叹:好有气势的男人。

她在原身的记忆里搜寻了一会儿,眼前这个人应该就是君家现任家主——君时陵。

夏家在如今的华国也算是个有钱的人家,但与君家相比,实在是有着云泥之别。

君时陵是君家历年来最优秀的掌权人,年轻有为,行事果断,成功地将君家推到目前为止最为显赫的时期。

按理说，夏挽沅这种小千金是不可能与君家这样的大家族扯上关系的，但四年前君家老爷子举办了一场大型的宴会，当众将权力移交给了君时陵。向来眼高于顶的夏挽沅看中了君时陵的才貌和身价，心中便有了坐上君家少夫人位置的想法，于是花大价钱买通了酒店的服务人员，成功地和对方春风一度。

夏挽沅很幸运，就那么一夜，便怀上了君时陵的孩子。她偷偷等到怀孕三个月以后，壮着胆子找上了君家老爷子。

对于年近古稀的老爷子来说，滔天的财势已经不再重要，能够看到自己的血脉延续才更重要。老爷子立刻派人去调查了事情的经过，虽然对自己的孙子被设计这件事情十分厌恶，但也知道夏挽沅的确怀了君时陵的孩子。

当时，君老爷子颇为推崇的张道士正在君家做客。张道士看了看夏挽沅的样貌，当下就说夏挽沅和君时陵是天赐良缘。

听闻此言，尽管十分厌恶夏挽沅的做法，但为了给君家的孩子一个名分，老爷子还是逼着君时陵跟她领了证。

夏挽沅本想借着这个孩子坐上君家少夫人的宝座，没想到证领了，孩子也生了，君时陵却根本没有要公开他们关系的打算，除了君家和夏家的几个人，外界根本不知道君时陵已经结婚了。

夏挽沅也被君时陵警告，如果敢对外宣扬她和君家的关系，便要她自己承担后果。

夏挽沅一开始还想试探一下君时陵的底线，但见识过君时陵的铁腕手段后，就算是她这般张扬的人，也不敢在外面透露任何消息了。

"少爷。"李妈等人小心翼翼地问候君时陵。

夏挽沅看了君时陵一眼便收回了视线，神态自若地往碗里夹了块排骨，拍了拍小宝的头。

"爸爸。"小宝有些害怕地看了君时陵一眼，大大的眼睛转了转，身体往夏挽沅的旁边凑了凑。

察觉到小宝害怕的情绪，夏挽沅看向李妈："李妈，给少爷添副碗筷吧。"

听到夏挽沅的话，李妈迟疑地看了一眼君时陵，但他的脸上依然毫无表情，只用那双古潭般幽深的眼睛盯着夏挽沉，似乎要看透她的灵魂一般。

见少爷不回话，而夏挽沉在自顾自地吃饭，李妈犹豫了一下，去厨房又拿了一副碗筷摆到桌上。

小宝看了看夏挽沉，又看了看门口站着的浑身散发着冰冷气息的君时陵，大眼睛转了转，从椅子上溜下来，跑到君时陵身边。

小宝伸出小手，拉住君时陵温热的手掌摇了摇："爸爸，一起吃饭吧。"

小宝那带着些婴儿肥的小脸上，一双葡萄似的眼睛闪着光，祈求地看着君时陵。

看着才到自己大腿高的小宝，君时陵心里为之一动，下意识地握了握小宝的小手。

他从来不知道如何与小孩子相处，但小宝毕竟是自己的孩子。君时陵看了一眼正泰然自若地吃着饭的夏挽沉，眼神一凛，若是这个女人想利用他的孩子来达到什么目的，那他一定会让她知道这样做的代价有多大。

小宝看到爸爸瞥了饭桌一眼，以为君时陵同意了，圆圆的大眼睛里闪过一丝欣喜，真的管用呢！

小宝开心地拉着君时陵走到座位旁："爸爸，快吃。"

小宝的脸上绽放着纯真的笑容，这是他第一次和爸爸妈妈一起吃饭呢！

夏挽沉自顾自地吃着，还不时给小宝夹菜，完全无视君时陵，氛围有些尴尬。

"妈妈，你吃这个。"小宝学着夏挽沉的样子给她夹了一块排骨，转头又给君时陵夹了一块，"爸爸，你也吃。"

看到泛着糖色的排骨躺在碗里，君时陵愣了愣，而一旁的小宝正眼巴巴地望着他，似乎在等他的回应。

君时陵心头泛起一丝难言的情绪，心中某处变得有些柔软："很好吃。"

摇曳的灯光下，清丽无双的女子与冷峻的男子之间坐着一个小孩子，他们看起来像世间其他家庭一样和睦温馨。

　　吃完晚饭，夏挽沅让李妈带着小宝去洗澡，然后转头看向君时陵："我们去书房谈吧。"

　　君时陵眯了眯眼，看着她如莲花般摇曳生姿、优雅出尘的背影，没有多言，抬步跟上。

　　单独和君时陵待在一间屋子里，夏挽沅觉得这个人身上的气势似利刃般向她猛扑而来。她伸手打开窗户，凉风吹过，室内的空气终于没有那么闷了。

　　"什么时候离婚？"夏挽沅坐在椅子上，微仰着头看着君时陵。

　　早在看到君时陵的那一瞬间，夏挽沅就知道原身这是捅了个大娄子，这样的男人绝对不会任由别人设计自己的婚姻。他们离婚是迟早的事情，倒不如现在就解决，免得以后再生事端。

　　在商场上无往不利，且向来善于推算各种可能性的君时陵，完全没有预料到夏挽沅说的第一句话竟是关于离婚。

　　毕竟这个女人一直想要爬上君家少夫人的位置，不然四年前也不会……一想到四年前的事，君时陵又皱起了眉头。

　　"三个月后是爷爷的70岁生辰，给爷爷过完生日我们就离婚，这段日子你安分一些。这边的房产以及市内的一栋复式公寓，外加1亿元离婚费你都可以拿走。"

　　夏挽沅在脑海里换算了一下现在的1亿元可以买多少东西，心情顿时舒爽很多，看君时陵也顺眼起来。

　　"没问题。"夏挽沅眉眼弯弯，非常爽快地接受了。

　　夏挽沅答应得太过痛快，君时陵有些愣怔。

　　他从来没有认真地看过这个总是令人厌恶的名义上的妻子。

　　这是他第一次认真地打量夏挽沅。

　　夏挽沅身着浅绿色的收腰长裙，冰肌玉肤，领如蝤蛴，齿如瓠犀，眼中的笑意还没有消散，在灯光的照射下似乎要勾住人的心魂。

　　从刚刚一进门看到冷静自若的夏挽沅时，他就觉得有些惊讶，如今看清了她的样子和她淡然的态度，更是让他眉头微皱。

　　如今的夏挽沅像是洗尽铅华一般，整个人由内而外透出一股灵气和泰山崩于前而色不变的从容。

他第一次觉得有些看不透这个人。

但不管夏挽沅是装模作样还是如何，他都不会让她损害到君氏的任何利益。

"别打君胤的任何主意，否则你拿不到任何离婚财产，因此带来的后果你更是承担不起。"

意识到自己的目光在夏挽沅身上停留了太久，君时陵收回视线，警告地看了夏挽沅一眼，便打开门离开了。

察觉到君时陵对自己的反感，夏挽沅无所谓地撇撇嘴。她对这个看似光鲜，实则有名无实的君少夫人的身份可没有兴趣。

从前在朝堂泥潭中摸爬滚打了那么久的她，深知站在多高的位置，就要承担多大的责任的道理。

她好不容易离开了云谲波诡的权力旋涡，现在只想安安稳稳地体验现代生活。

"少爷。"看着君时陵面有愠色地从书房出来，用人们大气儿都不敢出一下，小心地观察着君时陵的神色。

小宝穿着夏挽沅给他准备的小熊睡衣，正一扭一扭地蹭到君时陵身边。

看着刚洗过澡，浑身软乎乎的缩小版的自己，君时陵周身散发出的冷气终于消散了一些。

"换好衣服跟爸爸回去。"

听到君时陵的话，小宝往后缩了缩，粉嫩的小脸皱起，圆圆的眼睛里闪烁着祈求的神情："爸爸，我想和妈妈一起住。可以吗？"

君时陵本想直接带走小宝，但看到小宝软软的目光，突然想起自己从小父母双亡，虽然有爷爷的抚育和照顾，但终究少了些来自父母的爱，一个人孤独地长大，那种感觉对于一个孩子来说实在有些残忍。

君时陵抿了抿嘴，妥协了："早睡早起，不许胡闹，周末我来接你去太爷爷家。"

"好的，爸爸！"得到了君时陵的允许，小宝兴奋地迈着小短腿，噔噔噔地跑去二楼找夏挽沅一起睡觉了。

看着小宝穿着小熊睡衣一蹦一跳的身影，君时陵眼中染上一丝暖色，但随即就被坚冰覆盖。

再怎么说，夏挽沅也是小宝的亲生母亲，孩子亲近她很正常，如果她不作妖，他可以考虑离婚的时候多给她一笔钱。

君时陵环顾着屋子：暖暖的灯光，沙发上放着小宝的大白鲨书包，桌上放着翻了一大半的《呼啸山庄》，还有一小盘草莓，水珠在鲜红的草莓上闪着光。

虽然有些杂乱，但这间屋子居然隐隐给了他一种温暖的错觉，君时陵甩开脑子里的想法，转身走出门外，夜色里，一片汹涌的黑暗顿时将他吞没。

车子驶离别墅的时候，二楼的卧室里已经响起了夏挽沅讲故事的声音。

黑夜用静谧为人们提供庇护，也用黑暗掩盖了无数的居心叵测。

"阮姐，那个夏挽沅终于被换下来了。就她那个演技，哪有能力演女主角啊？这回夏家破产了，看她还怎么嚣张。"

市中心的高级公寓里，与夏挽沅调换了角色的阮莹玉正拿着手机和经纪人通电话。

以前，夏挽沅仗着自己家里有钱，行事嚣张，而且因为夏家大额投资了这个剧组，就直接让剧组给了她女主角的角色。

阮莹玉与夏挽沅同年出道，明明演技要比夏挽沅好一些，却一直被夏挽沅压着，心里积攒了不少怨气。

这回老天有眼，夏家破产了，阮莹玉也在公司的帮助下和夏挽沅调换了角色。

"哼，她曾经是怎么压我的，这回我要让她百倍地偿还。她这最后一部戏，我会让她终生难忘的。"

阮莹玉原本清丽的脸因为怨恨而显得有些扭曲，她挂了电话，顺手转发了《长歌行》剧组官方微博发布的最新微博，打了一行字，然后关上手机，扬起红唇，不再管网上的是是非非。

但此时网上已经小范围地掀起了舆论风波。

如今小说作品改编成影视剧，已经成了影视圈盛行的套路，《长歌行》这部电视剧便是由小说改编而来的,是那种传统的平凡男子因为各种因缘际会得到武功秘籍,练成绝世神功,进而行侠仗义、匡扶天下,顺便花前月下、谈情说爱的故事。

由于作者文笔好,人物形象塑造得足够饱满,使得这本小说拥有众多的读者。

众所周知,小说改编为影视剧本来就会遭到不少读者的抵制。而这部作品被抵制的盛况简直惊天动地,原因无他,在于女主角的扮演者是夏挽沅。

《长歌行》的女主角天真烂漫,不谙世事,温柔可人,善解人意,十分讨喜。

夏挽沅在现实中那么蛇蝎心肠,能演天真少女?!导演的眼睛莫不是有问题吧?!

被原著书迷"讨伐"许久的剧组官微已经沉默很久了,所以当它时隔多日再次发微博时,评论区瞬间就聚集了一群人。

"《长歌行》剧组一直受到大家的关注,近期剧组内部有人员调动,现将调整事项通知如下:女主角田樱儿的扮演者改为阮莹玉,女二号天灵公主的扮演者改为夏挽沅。谢谢大家的关注,后续事项我们将会通过微博向大家公布。"

当初,夏挽沅带着资金进组出演女主角田樱儿的消息一出,剧组便被人骂得狗血淋头,现在一看女主角终于改成了呼声一直很高的阮莹玉,一堆人开始叫好。

对于网络上的风起云涌,夏挽沅毫无察觉,不过就算看见了,也会觉得无所谓,毕竟这些人也就是在网上发泄而已,与以前在战场上经历的白骨血山相比,这些又算得了什么呢?

第二天,夏挽沅陪小宝吃完早饭,看着他上了去学校的车,心里有点儿不舍。

她昨晚和君时陵约定好三个月后离婚,君家是绝对不可能把孩子的抚养权给她的,不过现代社会还是比以前文明了许多。

若是以前,女子被休之后便跟自己的孩子再无相见的机会。如今没有了休妻的说法，就算离婚，她还是孩子的母亲，这也是她同意得这么快的原因。

夏挽沅刚拿出手机便看到通信软件上那鲜红的"99+"的消息提醒。她有轻微的强迫症，于是走到院子里，坐在秋千上，开始一个一个地点开并删除那些无用的消息。

很好，所有的消息都被删除了。

夏挽沅在最上方的搜索栏里写下一个"林"字，一个身着职业装的精英头像冒了出来。

点开对话框，夏挽沅打下了一行字。因为还不熟练使用手机，她打字的速度有些慢。

刚结束一场会议的林靖拿起一旁的手机，上面显示的消息让他停下了整理文件的动作。

"市中心那套准备给我的公寓，我能现在住进去吗？帮忙安排一下，谢谢。"

消息上方赫然显示着"夏挽沅"三个字。

林靖扶了扶眼镜框，看着"谢谢"两个字愣了愣，随即露出一个高深莫测的笑容。

合上文件，林靖朝总裁办公室走去。

夏挽沅按掉了好几个想要拉她继续出去吃喝玩乐的姐妹的电话之后，叫来了司机。

上次翻衣柜的时候发现了原身的穿衣风格过于夸张，她几乎找不到几件可以穿的衣服。

原身的记忆告诉她这个时代到处都有服装店，店里有各种设计精美的服装。或许是这里平静祥和的生活让她放松了下来，夏挽沅作为女人那天生爱美的本能也被激发了出来。

顾及原身好像是个小有名气的演员，而且是个名声很差的演员，夏挽沅让李妈拿了个口罩，又戴上帽子，让司机将她送到了天府井。

夏挽沅找了一家看起来比较雅致的店走了进去。店员见她虽然戴着口罩看不到脸，但一身名牌，姿态优雅，就知道大生意来了，连忙堆起笑容迎上去。

这种品牌店的客人比较少，所有的店员都围到了夏挽沅身边，殷切地给她推荐各种服装。

　　夏挽沅也不推辞，将自己觉得好看的衣服挨个儿试了一遍。她身材比例好，是个天生的衣架子，本就好看的衣服在她身上显得更加精美。

　　"把这些都包起来吧。"夏挽沅终于试完了衣服，两个小时也过去了。结账的时候，夏挽沅拿出了一张很久没用的卡。

　　不用白不用，夏挽沅心想，反正这是君时陵给她的卡。

　　刷卡的瞬间，君时陵的手机也收到了一条短信："您尾号为××××的银行卡于天府井消费32万元。"

　　君时陵皱了皱眉，放下手机，移开思绪，那个女人怎样都跟他没有关系。

　　折腾了一上午，夏挽沅有些饿了。从服装店出来，她拿出手机导航了一下，拐到了旁边的美食街上。

　　现在正是吃午饭的时间，各种各样的饭店林立于街边，各种美食的香味钻进鼻孔，引得她食欲大开。

　　夏挽沅慢慢地走着。因为遮得严实，没有人认出她来，但她走路时那股青莲摇曳般的气质还是引得路人不断回头，使人想要一窥那口罩之下是怎样的天姿容颜。

　　夏挽沅看到一家小吃摊前的人还挺多，颇为热闹。一股浓郁的香气飘过来，勾得她食欲大开。

　　虽说是小吃摊，但收拾得颇为干净整洁。夏挽沅学着其他人点了个招牌饭，找了个位置坐下。等到服务员将饭端过来，她才摘下口罩。

　　夏挽沅吃过山珍海味，也啃过剩菜馒头，现下看着现代颇为流行的菜品，十分好奇。

　　她夹起一块肉放入嘴里，再吃一口米饭，浓郁的汤汁在口中扩散开，米饭和肉搭配起来有一种特别的味道。夏挽沅吃得开心，脸上挂着满足的笑意。

　　夏挽沅没有注意到在人声鼎沸的摊上，离她大概四张桌子远的地方，有个小姑娘正好奇地看着自己。

　　"哎，你看，那个人是不是演员啊？"圆脸的小姑娘戳了戳自己的同伴。

  同伴好奇地顺着她手指的方向看了一眼，当下就惊住了："这不是夏挽沅吗？！她怎么会在这里啊？！"

  不怪她们吃惊，毕竟夏挽沅每次出现在网上时，有关她的话题不是豪宅就是奢侈珠宝，谁会想到她们居然能在这么接地气的地方看到她呢？

  "你确定吗？"圆脸小姑娘有些怀疑。

  "我百分百确定！毕竟我喜欢过夏挽沅一段时间。"

  而且她还有一句话没说出口："对面那个人长成这样，除了夏挽沅还能有谁啊？要是路上随便一个人都长得这么好看，那也太打击人了吧！"

  "我听说夏家破产了，她是不是没钱了，所以只能来吃这个了？"

  "不知道，这跟我们也没关系吧。看她吃得好香啊，我们的饭怎么还没来呀。"

  她们曾经在网络上见过夏挽沅的负面新闻，自然对她印象不好，但看着夏挽沅吃饭，她们竟然对她生出了一些奇异的好感。

  她看起来好美啊，吃饭吃得好香啊。

  察觉到有人在看自己，夏挽沅放下筷子，看向前方，便看到两个小姑娘正好奇地看着自己。

  感受到两个人的眼神中没有恶意，夏挽沅朝她俩笑了笑，低下头吃完最后几口饭便起身准备离开。

  而那两个姑娘看到夏挽沅对她们笑，只觉得万千霜花在眼前绽开，直到夏挽沅起身离开才反应过来，连忙拿出手机拍了一张照片。

  看着夏挽沅的背影消失在楼梯口，圆脸的姑娘倒吸了一口凉气："哒，虽然我听说她人品不好，但她真的好美啊。"

  "这个我同意。"身旁的同伴也有同样的感觉，要不是夏挽沅的那些丑闻实在太扎眼，就冲着刚刚那一笑，她都想重新喜欢夏挽沅了，谁不喜欢漂亮的人呢！

  "话说，我们的饭怎么还没上来啊，我都快饿死了。"

  夏挽沅吃饱了，跑去小吃店买了些最近在网上看到的当代年轻人经常吃的一些零食,然后坐车回到位于半山腰的别墅。

于是,君时陵那常年不响的私人手机一下午丁零零地来了好几条短信。

君时陵越看越不解,这都是些什么乱七八糟的东西?他不认为夏挽沅会吃这些垃圾食品,倒是小孩子喜欢,她该不会是要买回去给君胤吃吧?想到这儿,他眉头皱得更紧了。

君时陵快速处理完下午的事务,打电话让林靖取消了原定于晚上召开的会议,拿起外套,叫来司机,让他把自己送到夏挽沅的住所去。

司机在两天之内第二次听到这个指令,心里很是惊讶:少爷一向讨厌那个夏小姐,现在这是怎么了?一天都忍不得,又要去那边了?

司机脑补了无数个情节,但面上没有任何表情。他发动车子,平稳地朝郊区开去。

夏挽沅中午吃得挺饱,将零食放到桌上,上楼洗了个澡,休息了一会儿。

这栋建于京郊的别墅离市区比较远,开车需要一两个小时。

君时陵到达别墅的时候,夏挽沅已经休息好了。她端着让李妈准备好的冒着热气的零食,拎着按照网上的攻略被她放在冰箱里冰过的奶茶,觉得现代的生活真心不错。

当然,除了家里来了不速之客。

君时陵依然穿着一身剪裁合体的定制西服,浑身散发着冷峻的气质。

夏挽沅看了君时陵一眼便收回了目光。严格来说,这房子是君时陵的,人家的房子,想来就来吧。

夏挽沅心情颇好地坐到花藤缠绕的秋千上,用吸管喝了一口最近很畅销的奶茶,甜腻腻的,里面还有一些很有嚼劲儿的珍珠。

她不太喜欢偏甜的食物,但这新奇的体验惹得她又喝了好几口。

本来以为是买给孩子的零食,现在正被夏挽沅一个接一个地塞进嘴里,而且看她那副样子,仿佛在吃什么新奇的东西一样。君时陵站在门口,一时竟不知道自己该不该原路返回。

春季的下午，阳光温暖，在花丛中荡着秋千的夏挽沅黛眉轻挑，因为吃到了新奇的食物，眼眸中荡起的神采比满园的春光还要动人。

夏挽沅喝了几口奶茶，把零食挨个儿尝了一下，随后将最中意的鸡蛋仔挑出来，其余的则推到一旁。她想：小宝长这么大，估计也没吃过这些，可以留给他尝尝。

君时陵已经在门口站了将近十分钟，对于每一秒都能以万为单位入账的君氏掌门人来说，这种行为实在是有些超乎寻常。

君时陵觉得最近这两次见到的夏挽沅，不卑不亢，恬静安宁，浑身上下由内而外散发着淡然的气质，仿佛雨后的青莲一般楚楚动人。

他不认为这是夏挽沅装出来的，行为可以装，但那种由内而外散发的气质是装不出来的，更何况他也听说过夏挽沅的名声，要是她的演技好到都能够瞒过他了，恐怕早就拿到最佳女主角奖了。

换人了？君时陵看了一眼夏挽沅毫无瑕疵的脸，思绪漫游开来。

"君总要过来吗？"看着君时陵一直站在那里不说话，夏挽沅心中疑惑万分。

夏挽沅一向看人很准。平心而论，她觉得君时陵极为出众，若不是原身跟他牵扯太多，倒是愿意主动结识一下这样的人才。

可惜……还是算了吧，她还想安安静静地在现代多玩会儿呢。

君时陵抿了抿嘴，终于还是迈开步伐走向园内。夏挽沅身上的谜团有很多，他忍不住想多了解一些。

君时陵坐到秋千旁的藤椅上，眼睛仍然盯着夏挽沅。

"君总，我能搬进市内的那套复式公寓吗？"这栋别墅的环境好是好，但离市区实在太远了，离小宝的幼儿园也远。她刚到现代，唯一亲近的就是小宝了，也想多跟他待在一起，但住在别墅这边实在不方便。

"林靖已经去安排了。"

"谢谢。"夏挽沅笑得眉眼弯弯。

平常根本不会浪费丝毫时间的君时陵，居然难得地坐在花园里消磨起了时间。

夏朝没有现在这么多的娱乐方式，因此对夏挽沅来说，只安安静静地看书就能够消磨掉一整天的时间。

看到夏挽沅手中的书，君时陵的目光越发幽深，让人看不透他在想些什么。

林靖拿了一堆文件赶过来的时候，就看见从来都是在办公室与会议室之间两点一线的君时陵，居然正陪着夏挽沅在花园里坐着。

俊美绝伦的君时陵深沉冷峻，风华无双的夏挽沅一脸闲适，阳光下的两个人仿若天造地设的一对，惊得这位雷厉风行的总裁特助下车的时候都踉跄了一下。

林靖扶了一下歪了的眼镜，整理好手中的文件，恢复到特助形象。

"少爷，今天需要处理的文件都在这里了。"

"嗯，放下吧。你先回公司，等会儿的会议由你主持。"君时陵接过文件，看了一眼依然在专注看书的夏挽沅。

"好的，少爷。"

少爷一直讨厌夏小姐，这两天是什么情况？林靖瞥了一眼气场强大、清雅过人的夏挽沅。

果然传闻不可信啊，林靖在心里感慨了一下，这夏小姐跟外面传的可太不一样了。

林靖不动声色地看了一眼君时陵，又看了一眼夏挽沅，嘴角上扬，笑得像只狐狸，然后迅速地离开了别墅。

与林靖设想的不同，夏挽沅看书时懒得说话，君时陵更不会主动找人搭腔，于是两个人以一种诡异的相处方式在园子里待了一下午，直到接小宝回来的车出现在门口。

小宝在幼儿园做算术题得了第一，奖品是几颗糖。

拿到奖品的小宝想着回家就告诉夏挽沅他算术得了第一，然后把糖和妈妈分享。

车刚停下，小宝就自己打开车门跑了下去，结果却看到了在花园里坐着的君时陵，一张肉嘟嘟的小脸瞬间皱成了包子。

听到动静，夏挽沅抬起头，看见皱着脸的小宝，知道他怕君时陵。

夏挽沅被小宝可怜的样子逗笑了，向他招了招手："小宝，回来啦！"

在靠近君时陵的恐惧和对妈妈温暖的怀抱的渴望之间纠结了一下，

小宝心一横,迈开小短腿,朝夏挽沉跑过去。

看见小宝急吼吼的样子,君时陵眼中闪过不悦,正要开口说些什么时,小宝已经扑进了夏挽沉的怀里,弯弯的眼睛里全是对夏挽沉的依恋。夏挽沉温柔地抱着小宝,两张有些相似的脸上都带着温暖的笑容。

君时陵心中责怪儿子的话不知为何说不出口了。

"妈妈你看,今天我在幼儿园算术得了第一,这是老师奖励给我的。"小宝说着,从大白鲨书包里掏出了几颗奶糖递到夏挽沉面前,大眼睛里写满了"求夸奖"。

夏挽沉摸摸小宝的头:"真棒!"接着拿起一颗奶糖放到嘴里,还给小宝剥了一颗。

带着浓郁香气的甜味瞬间充满口腔,小宝满足地靠在夏挽沉怀里,手里拿着剩下的一颗糖,小心地看了君时陵一眼。

或许是因为妈妈在身边给了他安全感,小宝慢慢地走到君时陵身前,奶声奶气地说:"爸爸,这个给你。"

看着一向害怕亲近他的儿子这样软软地跟他说话,君时陵竟有了几分无措。

见君时陵不说话,本来是鼓起勇气才走过来的小宝失望地垂下头,正准备收回手。

突然,他手里的奶糖被拿走了,小宝惊喜地抬起头,看见君时陵有些不自然地拿着奶糖。

印着金丝猴图案的奶糖和浑身散发着冷峻气质的君时陵实在是有点儿不搭。

夏挽沉笑了出来。君时陵看着挺冷漠的,但其实也是想对小宝好的吧,只是他不知道该怎么和小孩子交流罢了。

君时陵深深地看了夏挽沉一眼,眼神中带着警告。夏挽沉无视了这目光,看着时间快到了,便拉着小宝进屋吃饭。

眼看着夏挽沉和小少爷都坐上餐桌了,君时陵却在园子里的藤椅上坐着。

李妈鼓起勇气走过去:"少爷,晚餐已经准备好了,请您过去吃吧。"

君时陵丝毫未动，棱角分明的脸上散发着让人心颤的冷意。李妈不敢再说话，小心翼翼地退到一旁。

屋子里的夏挽沉也看到了这一幕。她想到君时陵再怎么说也是小宝的亲生父亲，自己却是前几天才到这个时代。

以前，她尽力教导夏元帝，但只能替代母亲的角色，父亲的缺位对小孩子来说，尤其是对男孩子来说，是一生的遗憾。

"去叫你爸爸过来吃饭。"

"好的，妈妈。"

小宝从来不敢说，其实他心里不仅想要妈妈，还想靠近爸爸。他在幼儿园看到别人家的爸爸妈妈都是一起来接小朋友的，心里特别羡慕。

小宝以前总是眼巴巴地看着别人一家人待在一起，现在自己也可以和爸爸妈妈在一起了，心里无比雀跃。

他从椅子上溜下来，迈开小短腿跑到君时陵面前，伸出小手揪住君时陵的袖子。

"爸爸，妈妈叫你进去吃饭。"

见君时陵没反应，小宝大着胆子抱住君时陵的大腿："爸爸，你跟我们一起吃饭吧，妈妈会很高兴的。"

本来是为了小宝才让君时陵一起吃饭的夏挽沉就这么被卖了。

君时陵目光微动，难道他想错了？这个女人突然如此反常是为了吸引他的注意？

借着小宝的力道，君时陵顺势站起身，陪着儿子往屋里走去。

角落里的李妈心中暗道：少爷本来就想进去吃的吧，不然以小少爷那点儿力气怎么可能拽得动少爷？

桌上的碗筷已经摆好，夏挽沉看向走进来的仿佛一个模子里刻出来的父子时，却接收到君时陵警告的目光。

夏挽沉心中不解，只是吃顿饭而已，现代人不是很开放吗？怎么好像跟古代男女授受不亲一样？

君时陵原以为会殷勤迎上来的人直接忽视了自己。母子俩开开心心地吃着饭，他显得好像很多余。君时陵莫名其妙地感觉呼吸一窒，黑着脸坐到桌子旁，沉默地吃起了饭。

· 29 ·

可惜同桌的人，一个叽叽喳喳地跟妈妈撒娇，一个仿佛吃的是山珍海味一样投入，根本没有人关注到他。

君时陵的脸越来越黑。终于吃完饭，君时陵放下筷子便走出了门，留下一脸懵懂的小宝和一脸不在意的夏挽沅。

"妈妈，爸爸怎么走了？"

小宝再聪明也只是个孩子，以前都是保姆照顾他，他知道爸爸妈妈的关系不好，这两天看到君时陵肯和夏挽沅一起吃饭，而且今天还一起等他放学，就以为爸爸妈妈和好了。

但现在看到君时陵很明显是生气了，小宝害怕夏挽沅和君时陵的关系又会恢复到以前那样。

看到小宝眼中的担忧，夏挽沅把小宝抱到怀里。

"宝贝，不管爸爸和妈妈的关系怎么样，都不会影响妈妈对你的爱。"夏挽沅顿了顿，又说，"还有你爸爸对你的爱。不要担心，好吗？"

夏挽沅说着俯身亲了亲小宝的额头："妈妈会陪着你的。"

直到坐上车，君时陵才发现今天的自己过于反常。他按了按额头，觉得可能最近总是开会，自己太累了。

安静的车厢里，铃声突兀地响起。君时陵按下接听键。

"少爷，网上有一些对夏小姐不好的言论，需要集团公关部帮忙处理吗？"

"林靖，不要自作聪明。"君时陵眼中划过一丝不悦，直接挂断了电话。

听着电话里的"嘟嘟"声，林靖一脸茫然，难道自己猜错了？

车子已经驶离郊区。要运营一个庞大的家族企业，君时陵就连坐车时都在看文件。

车子遇到一个红灯停了下来，君时陵揉揉眉心，放下文件看向车窗外。

车窗正对着的是一个公交站，站台上的海报似乎很久没有换过了，显得有些破旧，但掩盖不了海报上的人的美丽。

那是一张护肤品的广告海报，海报上的女人那海藻般的长发披散在光滑的肩头。她柳叶细眉、明眸皓齿，加上恰到好处的笑容，使整个人带着过分张扬的美丽。

红灯转为绿灯，车子继续向前行驶，君时陵收回了停留在海报上的目光。

别墅中，被夏挽沉丢在沙发上的手机里正传来陈匀气愤的声音："喂，听得到吗？喂！夏挽沉我告诉你，不许再给我惹事了，听到没？最近这段时间你就好好待在家里，直到进组，听到没？！"

夏挽沉无视手机里传来的咆哮声，独自在一旁敷着面膜。

十分钟之后，电话终于被陈匀挂断了。

夏挽沉拿起手机，想着陈匀两次打电话时都提到她又上微博话题了，挺好奇微博是什么。

夏挽沉刚点开微博就看到一连串的红点。数不清的私信评论，夏挽沉随便点开一个都是在讨论自己的。

微博话题榜的第三条赫然写着"夏挽沉因破产沦落到吃路边摊"。

夏挽沉有点儿无语，那明明是很好吃的东西啊。

网上闹得沸沸扬扬，夏挽沉却只是大致看了看，反正都是些嘲讽她的话，看看也就算了，没必要往心里去。

不过看他们一直在骂原身长得丑、演技差、素质低，夏挽沉便点开网友们发出来的嘲笑她的视频看了一会儿，不禁微微点头，还挺赞同网上那些人的说法。这尴尬的对白，僵硬的神色，原身演技确实不怎么样。

刚刚陈匀打电话来不只说了这件事，还把电子版的剧本传过来了。

夏挽沉伸手拿了一颗鲜红的草莓放进嘴里，眯了眯眼，安静地看着陈匀给她的剧本。

君家的庄园内，巨大的卧室里摆放着极少的黑色系家具，使房间显得更幽深空寂。

电脑前，君时陵翻看着关于夏挽沉的报告，甚至具体到了每一天，并没有发现任何有问题的地方。

她怎么会一夜之间就变了呢？君时陵无意识地用手指敲打着桌面，

许久以后才合上电脑睡下。

第二天一早,林靖派来的车到了别墅。

"夏小姐,公寓那边已经准备好了,您今天就可以搬过去。"

新的公寓在寸土寸金的市中心一处极贵的楼盘里,虽说只是公寓,里面却是十分精致的复式结构。

屋内引入水源,养着各种各样的花草,它们都散发着郁郁生机,临近落地窗的地方还有一个室内游泳池。屋子的整体装修风格极其淡雅,倒很符合夏挽沅的喜好。

中午,夏挽沅没让李妈做饭,而是照着网上的攻略给自己点了个外卖,不到半个小时,夏挽沅点的正餐和各种甜点就到了。

"神奇。"夏挽沅一边吃一边感叹着。旁边的李妈无语地看着夏挽沅吃起了外卖。

是她这个拿过金牌厨师证的人做的饭不好吃了,还是夏小姐最近开始走平民路线了?李妈陷入了即将失业的焦虑之中。

吃过午饭,夏挽沅正想睡会儿午觉,手机铃声响了起来。

看到一串没有备注的号码,夏挽沅犹豫了一下还是接了起来。

"喂!夏姐,夏瑜出事了,我不知道给谁打电话,只能给你打了。"

电话那边的环境很嘈杂,夏挽沅让对方重复了一遍才反应过来,原身还有一个同父异母的弟弟。

她的弟弟夏瑜是父亲在外面的女人偷生下的,后来才被抱回夏家,因此一直不受夏挽沅待见,两个人的关系极差。

在夏挽沅很小的时候,她的亲生母亲就病逝了,夏父很快就将新娇妻娶回了家。

夏挽沅进入演艺圈之后很少回家,已经很多年没有跟那个弟弟联系过了。

夏挽沅到了电话里的那个年轻人说的地点,豪华的包间里一片狼藉,碎酒瓶铺了一地。

见夏挽沅出现在门口,刚刚打电话的小青年捂着额头跑到她面前。

"夏姐,您快来劝劝瑜哥吧,他被打伤了,怎么都不肯去医院。"

夏挽沅绕开碎酒瓶往里走去,原本被几个小青年围在最里面的男孩子露了出来。

他有一头扎眼的粉色头发,正低着头,前额的碎发有些长了,将精致的眉眼掩盖住了。听到门口的响动,男孩抬起头来,看到来人时,眼中闪过戾气。

"你来干吗?是来看我笑话的吗?"夏瑜精致的眉眼中满是嘲讽。因为过于激动还牵动了受伤的手臂,他不禁倒吸一口凉气。

夏挽沅看着夏瑜也就十七八岁的样子,身上却没有一点儿年轻人的朝气,他的衬衣敞开到腰际,露出一片白皙的皮肤。

"打架了?"夏挽沅红唇轻启,看了看夏瑜正在流血的胳膊,发现还挺严重,她的目光中带着笑意,"还打输了?丢人。"

"关你什么事?!"夏瑜打输了本来就觉得丢人,还被夏挽沅取笑,更觉得面子挂不住了。

"走,跟我去医院看看吧。"夏挽沅没想跟他斗嘴,看他这个样子伤得还挺严重,得快点儿包扎一下,不然失血过多的话就麻烦了。

"你有什么资格管我?我不去!"夏瑜桀骜地看了夏挽沅一眼。

"小李、小王,来把他架出去,送去医院。"夏挽沅话音刚落,被林靖派来帮夏挽沅搬家的人就进来了,也不管夏瑜如何拼命挣扎,直接把人抬了出去。

医院里,胳膊被打了石膏,脑袋上也缠了绷带的夏瑜躺在病床上。检查结果显示,他可能有轻微的脑震荡,医生建议他留院观察两天。

很明显,他还在为夏挽沅把他捆到医院的方式生气,一张精致的脸上满是愤怒。

夏挽沅跟医生询问完夏瑜的情况,便来到他的病房。

从门口望进去,脱去了一身花花公子装扮,穿着素简病号服的夏瑜看起来有了些稚气。

听到门口的脚步声,夏瑜不耐烦地抬起头,看到来人是夏挽沅后,眉头皱得更紧了。

"你烦不烦?有你这样对待病人的吗?还找帮手!"说起这个,夏瑜脸上还带了点儿羞恼的神情,被人强行架到医院来真是太丢人了,简直有损他的形象。

"你自己会来吗？我为什么不能找帮手？"夏挽沅朝夏瑜走近，戏谑道，"难道要像你一样只会逞强，还被别人打进医院吗？"

"他们人多，我才没打赢。"夏瑜不自然地低下头，长长的睫毛垂下来，掩住眼中的不忿，"谁让他们嘴贱？"

"他们人多，你就不会找帮手吗？逞强又不能让你打赢他们。"

听到这话，夏瑜猛地抬头，对上夏挽沅带着笑意的眼睛。

夏瑜本以为要被夏挽沅取笑嘲讽，没想到夏挽沅居然只是让他找帮手。

"关你什么事？！怎么？家里破产了，你没戏拍了，闲到这个程度，跑来管我的闲事？"

为了掩饰心里的别扭，夏瑜下意识地像以前一样出口嘲讽夏挽沅。

但话刚说完，夏瑜对上夏挽沅那双含着笑意的明眸，心里就有点儿后悔了。

夏挽沅看出了夏瑜的别扭，他分明就是个没长大的孩子，夏挽沅也没把他的话往心上放。

"我不闲，有戏拍。你好好休息，暂时待在医院里养伤，别乱跑。"

说完，夏挽沅便转身下楼去给夏瑜交住院费了。

看着夏挽沅渐渐远去的背影，夏瑜张了张嘴想说些什么，最终却什么也没说出口。

到了吃晚饭的时间，旁边的病房传来闹哄哄的声音，夏瑜被吵醒了，麻醉药的药效已经过去，胳膊上的伤口火辣辣地疼了起来。

夏瑜往门口看了一眼就收回了目光。

"哼，有人送饭了不起啊，搞得要让全世界都知道一样。"

夏瑜病床旁边的桌子上有护士送来的盒饭。夏瑜把盒饭拿起来，用筷子使劲儿扒着饭："盒饭也挺好吃的，哼！"

夏瑜嘴里说着不在意，但心里还是泛起酸意，最后倔强地用没伤到的左手狠狠擦了下眼睛。

夏瑜嚼了几口，还是把盒饭丢到了一边："难吃死了。"

门口传来"噔噔噔"跑动的声音，夏瑜想肯定是旁边病人的家属来了。

他心里难受，就用被子捂住头，把自己闷在里面，眼不见为净。

夏瑜在被子里紧紧地闭着眼，想把已经涌上来的眼泪逼回去。

被子外面突然有一股小小的拉扯的力量，有人想把他的被子掀开。

夏瑜以为是护士，不想理会，但没想到那人非常坚持，一直在往外拉被子。

夏瑜被拉得烦了，猛地掀开被子，却发现一个小小的脑袋正枕在床上，用黑葡萄一样的大眼睛湿漉漉地看着自己。

"舅舅，你没睡呀？！"小宝脆生生地叫了一声，好奇地打量着这个从来没见过的舅舅。

夏瑜心里一惊，这才发现病房里的沙发上，穿着一身淡粉针织长裙的夏挽沅正静静地坐在那里看他。

作为夏家人，他是为数不多知道夏挽沅和君时陵结婚这件事的人。但夏瑜很久没和夏挽沅联系了，而且以前君时陵也根本不会让小宝随意出现在夏家人面前，所以这是夏瑜第一次见到小宝。

看着面前奶声奶气的小宝，夏瑜有些慌乱，只好轻轻地应了一声。

"舅舅，你的眼睛红了，你哭了吗？"

小孩子的脑子里没有那么多弯弯绕绕，小宝想到什么就说什么。

夏瑜慌乱地看了夏挽沅一眼，被小宝问得窘住了。

"没有，我没哭。医院的饭菜太辣了，我被辣到了而已。"

夏挽沅看了看桌上的西红柿炒鸡蛋，她信了。

夏瑜察觉夏挽沅看向盒饭的目光，一张脸慢慢憋成了红色。

"你来干什么？"夏瑜扬起脖子看向夏挽沅，似乎想通过这个姿势让自己显得更有底气一些。

但他没想到自己细碎的头发在被子里被捂得凌乱不堪，并且刚刚哭过的眼睛泛红，那虚张声势的桀骜模样在夏挽沅看来倒是可怜又可爱。

"舅舅，听说你生病了，妈妈带我来探望你，我们给你带了好吃的。"

新家在市区内，离小宝的幼儿园也就20分钟的车程，夏挽沅便自己去接了小宝回家。

李妈今天将饭菜做得格外丰盛。夏挽沅还不知道李妈此时已经陷入了对失业的恐慌中,只知道今天李妈用海里游的、天上飞的、地上跑的食材各做了一道菜。

夏挽沅又吃了很多以前没吃过的食物,感到十分满足。

今天小宝放学比较早,他们吃饭也早。想到还在医院里的夏瑜,夏挽沅让李妈装了点儿饭菜,准备让人给他送过去。但小宝听说自己还有一个舅舅,吵着闹着非要来看,夏挽沅只好随了他,就自己拎着饭盒过来了。

夏挽沅把饭盒提到病床前,将床上的桌子支开,把一盘盘还冒着热气的菜摆到桌上。

白胖胖的虾仁、鲜香的大骨汤、绿油油的蔬菜,热气袅袅上升,沾湿了夏瑜的眼睛。

"吃吧,明天想吃什么跟我说,我让李妈做了送过来。"

夏挽沅把米饭摆到夏瑜面前,自己则坐到沙发上,打开了病房里的电视。

本来心里还有点儿感动的夏瑜,在看到电视上播放的是《少爷的甜蜜小可爱》的时候,只剩下满腔的无语。

"舅舅,你快吃。"一旁的小宝像个小大人一样催着夏瑜吃饭,"凉了就不好吃啦!"

"嗯。"夏瑜从电视剧上移开目光,比起单调的盒饭,面前色香味俱全的饭菜更能让他食欲大开。

夏挽沅认真地看着电视剧。虽然剧情让她尴尬万分,但是她想看看现代人是怎么演戏的。

一集电视剧都播放完了,夏瑜才吃完饭,桌上剩下了干干净净的饭盒。

小宝眨眨眼:"舅舅你好能吃啊。"

夏瑜不好意思地摸摸鼻尖。他跟别人打了一架,直到现在才吃上饭,能不饿吗?

看到夏瑜吃饱了,夏挽沅朝小宝招招手:"我们该回去了,小宝。"

"你好好休息吧,想吃什么给我发微信就行。"

"哦。"吃人嘴软,夏瑜难得乖顺地说道。

"舅舅你好好养伤，我们改天再来看你。"

小宝对这个长得有点儿像夏挽沅的年轻舅舅很有亲切感，想学着夏挽沅摸自己头的样子来安慰夏瑜，奈何实在不够高，即使拼命踮起脚也够不到夏瑜的头。

夏瑜从来没接触过这么小的小孩子，不知道小宝想干什么。

夏挽沅走过来把小宝抱到夏瑜面前，小宝伸出手在夏瑜粉粉的头发上摸了摸："舅舅加油。"

夏瑜虽然很早就被抱回夏家，但身份尴尬，夏夫人和夏挽沅都不喜欢他。夏父能记起来还有个儿子就不错了，所以根本没有人这样亲近过他。

触及夏挽沅带着笑意的目光，夏瑜不好意思地缩着头，就连那粉色的头发也遮掩不住耳朵上逐渐染上的红色。

看着夏挽沅牵着小宝逐渐远去的背影，夏瑜心中生出了一丝不舍，但还是嘴硬："哼，不知道这女人又在搞什么把戏。"

夏挽沅回到家舒舒服服地泡了个澡，吹干头发，做完护肤，刚坐到沙发上，小宝便捧着手机，迈着小短腿朝她跑了过来。

"妈妈，给你。"小宝把手机递给夏挽沅，乖乖地抱着她的胳膊，坐到她身边。

明天就是周末，是君时陵带小宝回老宅看望君老爷子的日子。

君时陵担心小宝如今一直黏着夏挽沅会不配合，下了班专门给小宝打了电话。

没想到小宝竟一个劲儿地想要夏挽沅也跟着一起去。

夏挽沅很害怕君老爷子，能去才怪。君时陵找了个借口，但小宝就是坚持要夏挽沅一起去。

还没等君时陵沉下脸，画面一转，视频里的人就换了一个。

君时陵乍一看屏幕，呼吸一窒。

刚刚做完护肤的夏挽沅肤如凝脂，虽未施粉黛，却有种朱唇欲滴的感觉。

家里温度适宜，夏挽沅只穿了一件吊带真丝长裙，如墨的长发更衬得她的锁骨如玉，白得刺眼。

夏挽沅看到许多现代女性在外面也穿吊带，慢慢就接受了，所以此刻这个千年前的古代人没觉得有什么异常。

倒是向来冷静自持的君时陵此时心里突然有些躁动。

"有事吗？"夏挽沅红唇轻启。

"明天我要带君胤回老宅，他想让你一起去。"君时陵压下心里的躁动，低沉的声音响起，带着一丝很不明显的沙哑。

"去见爷爷？"夏挽沅回忆了一下，君老爷子是个精神矍铄、很有意思的老人。

她很小的时候，皇爷爷还健在。在她不多的记忆里，皇爷爷总是把她抱在怀里，用胡子轻轻地扎她的脸，等到她"哇哇"乱叫时，那个老人便放声大笑。

后来皇城倾覆，那个年近古稀的老人不顾众人反对，披甲上马，与他的儿女们一起为夏朝战斗到最后一刻。

屏幕里的夏挽沅突然变得沉默，君时陵在此刻也感受到了她周身笼罩着的悲伤。

君时陵情不自禁地想要说些什么时，一旁的小宝已经在摇夏挽沅的胳膊了。

"妈妈，你陪我一起去吧。"

"好。"夏挽沅从悲伤的情绪中抽离，摸了摸小宝的头，转而看向屏幕，"明天几点出发？"

"9点。"

"好的。"

夏挽沅说完话便把手机递给了小宝，自己则起身去冰箱里拿了些樱桃。她最近爱上了这种甜甜的水果。

屏幕里一截细腰闪过，随后便换成了缩小版的君时陵。

"爸爸，你还有什么要说的吗？"明明是在跟君时陵说话，但小宝的眼睛一直瞟着其他方向，君时陵知道小宝在看夏挽沅。

君时陵心中有一股莫名其妙的冲动——他也想看看夏挽沅，但不会将这话说出来，只说："今天在学校学了什么？"

"学了首诗。"

"背给我听听。"

"床前明月光……"

"吃了什么？"

除了工作上的事，君时陵平常打电话都是在一分钟内结束，今天倒是有些反常。

"爸爸，你是不是想我们啦？"小宝见君时陵问个不停，突然想起夏挽沉说过君时陵其实很关心自己，只是不知道该如何表达。

君时陵脸一黑，心想这么黏糊的话在他的人生中还是第一次出现。

"爸爸，你明天就能见到我们啦！我和妈妈也很想你的。"

小宝终于把眼神落到了君时陵的身上，大大的眼睛忽闪忽闪的。

"早点儿睡，明天早上我来接你们。"

挂断电话，君时陵的脑海中还想着一个问题——夏挽沉想他吗？

可怜的小宝被父亲忽视了。

哼，果然还是死性不改，想要借小孩子博得他的欢心。

君时陵撇撇嘴，似是十分厌恶，但眼神中分明不见任何厌恶，反而带着一丝自己都没有发觉的欣喜。

病房里，胳膊疼得睡不着的夏瑜在病床上哼哼唧唧了半天，最终起身拿起手机，点开微博，下意识地搜索"夏挽沉"三个字。

话题广场上铺天盖地的都是"夏挽沉因破产沦落到去吃路边摊"的词条。

夏瑜睁大眼，那女人怎么回事？

夏挽沉生活规律，7点左右便醒了。上次去天府井采购的衣服已经全都送了过来。

春季的温度不算低。今天要去见长辈，夏挽沉穿了一条杏白色短裙，外面套一件淡蓝色齐膝风衣，风衣上收腰的设计显得她的腰好似盈盈一握。白色梨花式样的耳环与裙子上的杏花刺绣遥相呼应，行走间，她身上既有一股温柔娴静的韵味，又好像有一股春天的生机。

公寓里朝东的方向有一扇极大的落地窗，窗前开辟出一大块地方，放置了各种大盆或小盆的花草,中间放了一大块毛茸茸的地毯。

小宝还在睡觉。夏挽沅坐在窗边,戴着耳机,在手机里找喜欢的音乐。

夏朝时人们都是用乐器现场演奏,配以乐姬演唱的歌曲,所以她闲暇时比较喜欢听一些舒缓的钢琴曲和古风曲。

今天她倒是点开了搜索榜单,想知道大多数人喜欢的歌是什么样的。

舒缓的音乐伴着轻柔的女声响起。窗外的风带着清晨的露气吹进来,赤红如火的朝阳从天际一点点升上来。

道路上的车开始变多,安静的城市里开始出现一个个身影。

早点铺里飘出的热气,与雾气混合在一起,笼罩着每一个赶着上班的人。

"真是盛世。"夏挽沅心中感叹。

她之所以不喜欢住在郊区,除了远,还因为觉得那里少了些人间的烟火气。

"少爷,现在已经8点多了,您要不要提前上去?说不定小少爷和夏小姐已经起来了。"

司机小心翼翼地看着一脸阴郁地望着窗外的君时陵。向来把时间精确到秒的少爷,今天居然奇迹般提前半个小时到了这里。

过了半晌,司机以为君时陵不会说话了,正想转过身去继续安安静静地当个摆件,突然听到君时陵开口。

"他们在几楼?"

"十六楼,少爷。"

话音刚落,君时陵已经自己打开车门下去了。李妈正在准备早饭。夏挽沅最近突然变得很好说话,不仅做什么吃什么,还经常夸奖李妈的厨艺好。李妈得了夸奖更为卖力,每一顿饭都准备得相当丰盛。

门铃突然响起,李妈往外一看,君时陵冷峻的面容出现在可视电话的显示屏里。

李妈连忙开门:"少爷。"

"君胤起了吗?"

"小少爷还在睡。"

李妈说完,见君时陵没反应,又补上一句:"夏小姐已经起了,正在楼上的窗边看风景。"

"嗯。"

君时陵面无表情,换了鞋朝楼上走去。

夏挽沅佩戴的耳机降噪功能极好,她听着歌,轻轻地跟着哼唱起来,没听到楼下的动静。

君时陵刚走到楼上便看到群花环绕中,一个身穿杏白色短裙,戴着耳机的女子坐在地毯上,她精致的侧脸在朝阳的映照下,仿佛镀上了一层暖红色的光。

君时陵定定地看了一会儿,转身下了楼。

李妈见君时陵很快就下来了,不知道是不是夏挽沅又惹他生气了,有些担忧地看了上面一眼。

说来也怪,李妈以前很讨厌夏挽沅,巴不得君时陵早日跟她离婚,但这几日,李妈觉得夏挽沅也许根本不像外界传闻的那样。

君时陵自顾自地坐到沙发上,拿起桌上翻了一半的金融财经杂志看了起来。

没过多久,楼上传来了脚步声。

"妈妈早!"小宝自己刷牙、洗脸后,第一件事就是去找夏挽沅。

"早,我们去吃早饭。"夏挽沅摘下耳机,牵着小宝下楼,没想到却看见了坐在沙发上的君时陵。

夏挽沅眉头微挑。别的先不说,这君时陵长得是真好看。

君时陵听到动静,也抬起头来看夏挽沅。

"爸爸。"许是因为妈妈在身边,小宝最近觉得君时陵也没有那么可怕了,看到君时陵,小宝大大的眼睛弯了起来。

"少爷,夏小姐,饭已经好了。"

"我吃过了,你们吃吧。我们9点出发。"君时陵说完继续拿起杂志,雕像般的脸上没有一丝表情。

夏挽沅撇撇嘴,拉着小宝坐到餐桌旁开始吃饭。

房间内一时无言,只有轻微的咀嚼声。

吃完饭刚好 9 点。

"走吧。"沙发上仿若雕像一般的君时陵终于站起身往外走，夏挽沅牵着小宝跟在后面。

他们刚上车，远处便赶来了好几个人："君少爷呢？"

"他们已经走了。"

此处的楼盘是君家的产业。君时陵向来低调，很少出现在众人面前。他们这些小主管好不容易听说大老板过来了，想来套个近乎，却只看到了飞扬而去的汽车留下的尾气。

10点左右，轿车停在了一处寂静的胡同里。

夏挽沅好奇地往外看了看，这曾经的君家掌舵人住的地方，倒是与她想象的不同。那精雕细刻的屋檐，随处可见的彩绘，和从前的夏朝皇宫有些相似，夏挽沅生出了几分亲切感。

"不要惹爷爷生气，如果我发现你有什么不轨的心思，后果自负。"尽管这两天夏挽沅的改变有些大，但君时陵考虑到她以前的行径，还是出口警告了一句。

夏挽沅敷衍地应了一声便牵着小宝下了车。胡同被一棵棵梧桐树环绕着，细碎的阳光在他们的身上跳跃。君时陵在后面静静地看着两个人，目光晦暗，不知道在想些什么。

夏挽沅没走几步便转过头，一束阳光恰好照在她的脸上，那纤长的睫毛根根可见："带路呀。"

君时陵轻哼一声，加快脚步走到夏挽沅的身边。

三个人没走多久便来到一个门口有两座石狮子的大院前。

一个中年人正等在门口，看到三个人的身影，眼中划过震惊，但随即面色如常地迎上前去。

"刘叔。"

"少爷，老爷子在院子里练字。"刘叔朝君时陵微微弯腰。

"嗯。"

君时陵刚抬脚准备进去，一旁的小宝已经迅速地从大门的缝隙中钻了进去。

"太爷爷，我来啦！"软软的声音惊起了院中的几只白鸽。

在如今的夏挽沉到来之前，对小宝最好的便是君家老爷子了，小宝自然与他很亲近。

"哎哟，我的宝贝乖乖来啦！"正在院子里的梧桐树下练字的君老爷子一听见熟悉的稚嫩童音，连忙放下手里的毛笔，带着笑意往门口迎去。

小宝穿着印满卡通图案的衣服，笑得眼睛弯弯的，扑到君老爷子的怀里，笑嘻嘻地打招呼："太爷爷早。"

"早，乖乖，你爸爸呢？"

"爸爸和妈妈在外面呢。"

夏挽沉也来了？听到小宝的话，君老爷子表面上不动声色，心里却思绪万千。

当年逼着阿陵领证，君老爷子已经觉得很对不起孙子了，因此对于君时陵忽视夏挽沉的做法始终不置可否。

这两年，君时陵逐渐站稳脚跟，与夏挽沉离婚也是可以预见的事。他本身也不太喜欢夏挽沉的做派，只是顾及眼前的宝贝重孙，迫不得已才承认了夏挽沉的身份。

唉！君老爷子在心里轻叹一声。年轻人的事，他也不想管了。他看了一眼怀里软软的重孙，只希望阿陵能处理好这件事，尽量避免对小孩子产生伤害。

推门的声音打断了君老爷子的思绪。他看向来人，眼睛微微睁大。他对夏挽沉的印象还停留在四年前，当时那个拿着B超单找他的女人，妆容精致，眉眼间是掩不住的野心和跋扈。

但如今站在君时陵身边的夏挽沉优雅大方，整个人由内而外散发出一种从容淡定的气质。

她站在雕梁画栋的门槛下，竟似从画中走出的名门闺秀一般，有一种古典、高贵的风韵。

"妈妈！"见君时陵和夏挽沉走近，小宝松开君老爷子的手，跑到夏挽沉的身边。

夏挽沉笑着摸摸小宝的头。君时陵朝君老爷子微微弯腰："爷爷。"

夏挽沉看向面前年逾古稀，但依然精神矍铄、面目慈祥的老人，微微弯腰，跟着君时陵叫了一声"爷爷"。

从容有礼的语气，淡然自若的气度，让君老爷子这个曾经的君家掌舵人都忍不住在心中赞叹了一声，视线不由得在君时陵和夏挽沅之间扫了一圈。

"嗯，来了就进去坐吧。"君老爷子终于收回了打量的目光。

君老爷子好长时间没有见到小宝了，想得不行，领着小宝去看为他准备的各种礼物。

主屋里一下子安静下来，只剩下坐在沙发上沉默的君时陵和夏挽沅。

夏挽沅刚进门的时候就发现，虽然这座四合院在她看来比较普通，面积也不大，但屋内的红木桌椅，花石锦鸡图双耳花瓶，外粉青釉浮雕芭蕉叶镂空屏风，还有随处可见的各种小摆设，都充满了古色古香的气息，一看就是年代久远的珍品。墙上还挂着好几幅颇有风韵的山水画。

夏挽沅很小的时候曾受过夏朝德高望重的于千大师的教导，后来还接受了全夏朝最优秀的大师们在琴棋书画上的培养。

夏挽沅在书画创作上很有造诣，连大师们都夸她极具灵气。

屋里挂的这些画笔精墨妙，浑然一体，作画之人仿佛将自己的一身清气藏入画作之中，穿越时光，与千年后的人对话。

夏挽沅眼前一亮，走到挂在正中间的一幅《读碑窠时图》前，细细琢磨起画上的笔法来。

由于这几日受到的冲击太多，君时陵虽是第一次见夏挽沅貌似对国画很感兴趣，但已经不感到惊讶了，只是一直看着夏挽沅专注的样子。

君老爷子嗜辣，中午的饭桌上，除了为了照顾君时陵和小宝的口味而做得比较清淡的菜，还有好几盘淋着鲜红辣油的川菜。

那盆铺着满满的花椒和辣椒的水煮鱼看起来好辣。但是自从到了现代，尝过的东西大都新奇又美味，所以她好想尝试一下这道水煮鱼。夏挽沅眨了眨眼，伸手夹了一筷子放进嘴里。

嗯，麻辣的感觉一下子充满了口腔，但是味道确实很不错，夏挽沅没忍住又夹了一筷子。朝天椒的后劲儿开始发力，夏挽沅感觉舌尖火辣辣的。

夏挽沅正想吞一口饭来缓解一下，旁边却推过来一杯水，一偏头就看见了君时陵冷峻的侧脸。

夏挽沅低声说了句"谢谢"，接过水喝下，终于觉得舌尖上的辛辣缓解了不少。

在主座上坐着的君老爷子不动声色地看着君时陵的动作，接着夹起一块鱼肉丢进嘴里，掩下嘴角的笑意。

午饭过后是君老爷子的午休时间。小宝玩了半天玩具，现下也觉得困了，便随着君老爷子一起去睡觉了。

"少爷，您和夏小姐需要去休息一会儿吗？"

与刚才进门时对夏挽沅的忽视相比，此时刘叔对夏挽沅的态度发生了很明显的变化。

毕竟能跟着君时陵一起回来，小少爷还那么亲近她，甚至连君老爷子对她都有些微不可察的认可，刘叔自然也要重新审视夏挽沅在君家的地位了。

"不用了，刘叔，你去休息吧。"君时陵看见夏挽沅正往院子里走，便抬脚准备跟过去。

春日里，午后的阳光并不灼人，反而带着暖意，天上似棉花糖一样的云朵慢慢飘过。

春风吹得梧桐树叶飒飒作响，也吹动了桌上带着墨迹的宣纸。

桌上的端砚细腻如玉，松烟墨细腻香醇的味道随风飘来。

夏挽沅看了一眼就知道这桌上的笔墨纸砚都是极品，一时手痒。

"这些你都可以用，爷爷喜欢练字，也喜欢看别人写的字。"

君时陵不知道什么时候也走到了梧桐树下，午后的阳光斜斜地打在他的脸上，君子如竹，昂然挺立。

"可以吗？"夏挽沅歪头，眼里带着明显的期待。

"嗯。"君时陵点点头。

夏挽沅脱了风衣放在一边，拿起桌上的毛笔，蘸了蘸墨水，歪头想了一下才落笔。

夏挽沅的手看着纤细柔弱，但握着粗大的毛笔书写时竟没有失了力道，笔势飞动舒展，笔力遒劲，刚中带柔。

君时陵站在一旁看着夏挽沉挥毫泼墨的侧影，恍惚间像是走入了一幅水墨画，面前的人身上蕴含着一种他看不透的古典优雅之美。

"好了！"夏挽沉终于放下了笔。极品笔墨果然不负盛名，虽然她好久没写了，但凭借这些上好的笔墨，竟然写得十分顺畅。

水墨画在君时陵眼前轰然展开。他低头去看夏挽沉写的字，瞬间定住，眼眸中闪动着万千汹涌的情绪。

纸上是筋骨分明、笔锋舒展，仿若鸾鸟盘旋、凤凰高飞的三个字——君时陵。

"借了你的纸，送你三个字，礼尚往来。"夏挽沉笑得睫毛弯弯，阳光在她眼中映出一片光辉。

"看不出来……"君时陵紧紧地盯着纸上的三个字。他也略通书法，知道纸上的字铁画银钩，有着独特的风韵和气骨，是不可多得的好字。

君时陵深深地看了夏挽沉两眼，终于点点头，露出了一丝肯定的目光。

"写得很好。"

"谢谢夸奖。"夏挽沉笑着回应。

"老爷，您怎么看？"

不知何时，君老爷子已经醒了过来，站在窗户边看着外面的两个人。

"我能怎么看？"君老爷子深深地叹了口气，"阿陵的爸妈去得早，他从小就是孤零零的一个人，我现在都是一把老骨头了，也不知道……"

听到君老爷子说这话，刘叔立马接嘴："老爷您可别说这话，您的身体可是响当当的好。"

"唉，我就是心疼我这个孙子，他身边也没个知冷知热的人。"

"我看这夏小姐跟传闻中的很不一样，当年大师不也说了吗，这是少爷的天赐良缘。"

看着阳光下神仙眷侣一般的两个人，君老爷子叹了口气，说："但愿吧。"

小宝醒了之后，君时陵便带着母子俩回去了。他们走了之后，老爷子在门口看了好一会儿才转身回到院子里。

"老爷,起风了,我把这些东西收进去吧。"刘叔说着便开始收拾桌上的纸笔。

"慢着。"老爷子仿佛看到了什么奇异的东西,紧紧地盯着桌上的一幅字。

刘叔也偏头去看。他虽是个外行,但也看得出来这幅字写得极有气势。

"这是?"刘叔眼中含着震惊,"这是刚刚夏小姐写的?"

"好啊!字如其人,看来是我小瞧了这夏挽沅了。"

老爷子越看越觉得这幅字写得好,惊叹连连,看了半响,抬手招来刘叔:"小刘,你把这幅字送到庄园里去。"

老爷子恋恋不舍地又看了两眼,终于狠下心把这幅字交给了刘叔。

"好的,老爷。"

君时陵将夏挽沅和小宝送回公寓后,独自回了庄园。

车子缓缓驶入庄园,君时陵看着外面慢慢滑过的花草树木、亭台楼阁。

明明是已经住了二十多年的地方,但君时陵第一次觉得这个地方太大太空了,脑海里不由自主地浮现出在朝阳下的窗边站着,被花草环绕的那个侧影。

宽敞的屋子里,四根大理石柱撑起屋子的四角,璀璨的水晶灯散发着耀眼的光芒。

君时陵脱掉西装,坐在沙发上,闭上双目。他从小就不喜欢热闹,因此除了必要的时候,身边很少会出现其他人。

不知为何,君时陵今日突然觉得屋子里安静得过分。

"少爷。"门口突然传来声音。

"什么事?"

君时陵睁开眼睛看向门口,用人手里正拿着一个长方形盒子。

"少爷,老爷子让人送来这个盒子,说是交给您的。"

"拿过来吧。"

得到允许，用人把盒子拿了进来。

屏退了用人，君时陵打开盒子，看见了在灯光下如婴儿皮肤般细腻的宣纸。他展开宣纸，墨汁的香气迎面扑来。

墨迹已经干了，墨黑色的字在灯光下闪着莹润的光泽。

君时陵眼中染上了一些暖意。

医院里，夏瑜刚在网络上结束了与恶意抹黑夏挽沅的人的辩论，放下手机，又看了门口一眼。

中午李妈来送饭，说夏挽沅晚上可能会过来。

"怎么还不来？"夏瑜撇撇嘴，亏他还期待了半天，"哼！"

此时门外突然传来高跟鞋的声音，还夹杂着小孩子的声音。

夏瑜连忙把手机塞到枕头下，盖上被子，闭上眼睛装作熟睡的样子。

"舅舅！"小宝推开门跑了进来，用小奶音叫着夏瑜。

夏瑜微微动了动眼皮，还是没睁开眼。

"舅舅起来吃饭啦！"小宝趴在床边，戳了戳夏瑜的脸颊。

"呼——"夏瑜像是刚被人吵醒一样慢慢地睁开眼，揉了揉眼睛，然后看向床边的小团子。

"舅舅！"小宝笑得见牙不见眼。

"乖！"夏瑜摸摸小宝的头，然后满不在乎地看向夏挽沅，"你怎么又来了？"

"给你送饭。你怎么比小宝还挑食？他都能吃萝卜。"夏挽沅说着把饭菜摆到桌上。

"舅舅你怎么能挑食呢？萝卜很好吃的。"小宝伸出手把装着排骨萝卜的碗递到夏瑜面前。

虽然十分讨厌萝卜的味道，但看着小宝亮晶晶的眼睛，夏瑜还是把那一碗菜都吃完了。

吃完饭，夏瑜陪小宝玩了会儿游戏。夏瑜年纪小，鬼点子多，小宝被逗得咯咯直笑。

夏挽沅去诊室了解了一下夏瑜的情况，然后回到了病房。

看见两张笑得夸张的脸,夏挽沅嘴角微勾。夏瑜看着像混世魔王,其实也还是个小孩子。

"医生说你明天就能出院了,你打算回家吗?"

正在和小宝玩耍的夏瑜听到这话,停下动作,眼中染上嘲讽的神色。

"哪里有家?哪儿来的家人?你说的是从来没管过我的夏董事长,还是恨不得我早日蒸发,好给她肚子里的孩子腾位置的女人?"

这几日听多了外界对夏家的嘲讽,加上心中郁结,夏瑜听到"家"这个字时情绪突然爆发。

夏瑜冲夏挽沅吼完才意识到自己不应该这样说,抿了抿嘴,垂下头遮住猩红的眼睛。

夏挽沅沉默良久才开口:"那就跟我回去。过些日子我要进剧组了,你就在家陪小宝吧。"

夏瑜猛地抬起头,眼中带着明显的湿意。

"不用了,我不喜欢麻烦别人。"夏瑜从很小刚到夏家的时候就知道所有人都不喜欢他,他也习惯了,因此从不会麻烦任何人。

"舅舅,你跟我们回去吧,这样我们就可以每天都一起玩了。"

小宝抱着夏瑜的胳膊,期待地看着他。

"你没有麻烦谁,房子都是现成的,明天我派人来接你。"

夏挽沅干脆地做了决定,然后把小宝抱下来,拉着小宝离开了。

床上的夏瑜看着离去的夏挽沅,眼眶更红了。

第二天一早,夏挽沅就派司机去接了夏瑜。

夏瑜担心自己那一头粉色的头发会对小宝尚未成型的世界观造成冲击,所以特意先去理发店把头发染回了黑色。

夏瑜顶着柔软的黑色头发,倒添了几分少年的稚嫩。

夏瑜没带什么行李。夏挽沅将他基本的生活用品都准备好了,随后带着夏瑜在屋子里转了一圈。

"楼下左边那个房间李妈已经收拾好了,你就住那间吧。"

"哦。"夏瑜探头打量了一下这个屋子的陈设,再想到这里所处的优越地段,不由得咂舌。

"喂，这个给你。"夏瑜递给夏挽沅一张卡。

"这是什么？"夏挽沅疑惑地挑眉。

"你知道的，那个男人每月给我的钱也不多，这个月的钱也没剩多少了，以后每个月的都给你。"夏瑜满不在乎地撇撇嘴，"算是生活费吧，我才不要沦落到顿顿吃路边摊的地步。"

夏挽沅笑着看向夏瑜。他肯定是看到网上的评论了，担心她没钱才要把银行卡给她。

夏挽沅将面前的卡推了回去："我还没穷到那个地步。"

"哼，不要算了，嘴硬。"没想到被拒绝了，夏瑜脸上有点儿挂不住，觉得夏挽沅是嘴硬才不要这钱的。毕竟现在夏家破产，没有钱再让她挥霍了。明面上看，夏挽沅是嫁个大人物，但以夏瑜对君时陵的了解，就算夏挽沅饿死在大马路上，君时陵都不会多看她一眼。

"好了，先去吃饭，明天我要随剧组去南方拍戏，你就待在这里吧。"

吃过饭，小宝被带去睡午觉，夏挽沅靠在阳台上看窗边的蝴蝶兰。

"为什么带我回来？你以前不是一直把我当空气吗？"

现下没有旁人，夏瑜终于问出了这几天一直藏在心里的问题。

"我是你姐，"夏挽沅转过身看着夏瑜笑了笑，"而且，你是个善良的孩子。"

她不是大善人，不会看到谁都去救一把。夏瑜不是个坏孩子，只是缺少别人的关心罢了，所以她才愿意去拉他一把。

夏瑜不可置信地看着夏挽沅。他善良？她竟然说他这个混世魔王善良？这话说出去D市人要笑死了。

但听到夏挽沅这句话，不可否认，夏瑜心中涌出了一股欣喜。

"这话放在我3岁的时候说，我可能会信。你到底有什么目的？"

"我的目的就是给小宝找个玩具，行了吧？"夏挽沅失笑，"你自己去收拾行李，别指望别人给你弄。"

夏挽沅边说边摆摆手让夏瑜离开。她不跟小孩子计较。

"谁要别人给我收拾了？"夏瑜嘟囔着下楼了。尽管没得到确切的回答，但夏瑜心里莫名其妙地有些高兴。

他这么大一个人，小宝那么小一个团子，谁给谁当玩具呢？

"少爷，夏家的小少爷夏瑜，夏小姐同父异母的弟弟，被夏小姐领回公寓了。据说要让他一直住在那边。"

君时陵刚结束一场收购会议回到办公室，林靖就迎面而来。

"嗯。"君时陵淡淡地应了一声。

他对夏家人没什么印象，那套房子本来就打算在离婚的时候给她，让谁住进去是她的自由。

"好好关注着君胤的情况。"

"是。"

林靖转身正要离开，身后的君时陵却突然叫住了他。

"慢着，"君时陵正要签字，却放下了手里的钢笔，"那个夏瑜多大了？"

"已经查过了，夏瑜刚满18岁。"

听到林靖的话，君时陵的剑眉皱起，但最终他没说什么。

"你先下去吧。"

林靖看了一眼刚刚拍板几十亿的收购案时，连眼睛都没眨一下的君时陵，此刻居然皱起了眉，林靖那金丝镜框后的眼睛里闪现出不明的光。

斟酌了半秒，林靖果断开口："我打听到明天夏小姐就要去剧组了，恐怕没时间照顾小少爷，少爷您要不要把小少爷接回庄园？"

听到林靖的话，君时陵沉默了一会儿，终于开口："去备车。"

"是，少爷。"

林靖转过身，露出了"果然如此"的眼神。

吃完晚饭，夏挽沅陪着小宝坐在沙发上看动画片，夏瑜在一旁跷着二郎腿，满脸嫌弃地看着他们，十分无语。

那个3岁的小团子喜欢看这种幼稚的动画片也就算了，那个笑得眉眼弯弯的女人居然也在专注地看着，她这是什么意思？

"舅舅，你说是不是大老虎把村长抓走啦？"

"很显然不是啊，刚刚闪过一个脚印，是狼的脚印。"

前一秒还在嫌弃小宝的夏瑜,下一秒就开始全方位地讲解。

一阵铃响,沉浸在动画片里的小宝和夏瑜都没有注意到铃声。

夏挽沉起身去开门,骤然对上一双如墨的眼。君时陵长身玉立,裹挟着一身的冰冷站在门口。

"君时陵?"

212 这是夏挽沉第一次这么叫君时陵的名字,他莫名其妙地觉得很好听。

扫了一眼面前的夏挽沉,君时陵看向屋内,从影影绰绰的繁花后面传来了少年清朗的话音和小宝稚嫩的笑声。

"你明天要去剧组,我来把君胤接回去。"君时陵淡淡地开口。

"哦。"夏挽沉这才意识到自己忘了还有君时陵了。她要去剧组,把孩子交给亲生父亲也是应该的。

夏挽沉侧身让出位置,示意君时陵进门。

沙发上,一个少年和小宝凑在一起说话,小宝被这个有趣的舅舅逗得"咯咯"直笑,直到君时陵走到面前小宝才发现。

"爸爸。"小宝收敛了笑声,怯怯地看着君时陵。

夏瑜是第一次见到君时陵,一时竟被眼前男人的气势震慑到了,安静下来,但转眼看到君时陵身后的夏挽沉时,又逞强地挺直了腰。

察觉到小宝对自己的惧怕,以及满室的笑声在他到来后就消失了,君时陵不由得垂下眼。

"嗯,明天你妈妈就要去剧组了,我来接你回庄园。"

"好,爸爸,那妈妈回来之后,我还能和妈妈一起住吗?"

"这个,"君时陵微微看了看后面的方向,"看她愿不愿意接你回来。"

小宝期待地看向夏挽沉,圆圆的大眼睛里装着满满的期待。

"妈妈工作一结束就来接你。"夏挽沉笑着冲小宝眨了眨眼。

"好嘞!"小宝这下开心了,但转瞬想到回了庄园就见不到舅舅了,小脸顿时垮下来,"那我这段时间就不能和舅舅一起玩了。"

君时陵这才把目光放到警戒地看着自己的夏瑜身上。

如山一般深沉的目光,夏瑜仅仅被扫了一眼,就觉得心里一凉。

君时陵正要开口说自己会让人把夏瑜送回夏家,没想到夏挽沉突然上前:"我听闻在众多青年才俊之中,君少爷是最出类拔萃的一个。若是夏瑜能有幸跟您学习一段时间,对他来说可能比上十年大学还有用。"

听着夏挽沅的夸奖,从小到大被无数人仰望的君时陵,一时间心里竟产生了丝丝波动。

夏挽沅望着君时陵,眸光流转:"更何况,小宝也想让他陪着。不知道君少爷能不能让夏瑜去庄园里暂住一段时间?"

小宝听到夏挽沅的话,眼睛一亮,跑过去抱着君时陵的腿,期待地看着君时陵。

大的眸光闪动,小的天真烂漫,君时陵握了握拳:"那就一起过去吧。"

夏挽沅感激地朝君时陵笑了笑,露出一个梨涡,惹得君时陵呼吸一窒。

夏瑜太调皮了,夏挽沅觉得能镇得住他的人太少了,思来想去,D市他待在哪里都不如待在君时陵的身边合适。

更何况,她刚才说的也是真心话,君时陵是她两世为人以来见过的最优秀的人。夏瑜在君时陵身边磨磨性子,实在不亏。

一旁被谈论的主角,他的意见就这样被人忽略了。

看了一眼君时陵那张阎王一样的脸,夏瑜心里是崩溃的。

然而并没有人理会夏瑜的抗拒。

"今天晚上君胤就跟着我回去吧,明天他还要上学。"君时陵不悦地看了一眼正缠着夏挽沅的小宝。

夏挽沅想到明天自己很早就要出门,便点点头同意了。

"可是我想跟妈妈一起睡觉。"得知要和夏挽沅分开,小宝的眼睛里慢慢蓄上泪水,他舍不得妈妈,哭了起来。

夏瑜看着小宝那哭得像小花猫一样的脸,在一旁幸灾乐祸,小混世魔王还是被他爸爸收拾了。

"别闹了,明天还要上学,走了。"

君时陵上前拉住小宝的手正准备走,又停下来,面无表情地看向夏瑜:"你也一起。"

夏瑜幸灾乐祸的脸一下子垮下来,他问道:"我……我明天再去不行吗？"

君时陵扫了一眼夏挽沅裙子下露出的莹白如玉的脚，心中莫名其妙地涌上一股怒气："要么现在走，要么就别去了。"

不知道君时陵为什么突然生气，但夏挽沅还是开口劝道："好了，你跟他去吧，也帮着照顾一下小宝，我明天很早就得出门了。"

夏瑜挣扎无果。最终君时陵手里牵着小宝，身后带着一个脸皱成包子的夏瑜，离开了公寓。

闹哄哄的房子里一下子安静下来，夏挽沅坐在地毯上，端着茶看着窗外。不像古代一到晚上就黑漆漆的，现代城市在晚上会亮起无数的霓虹灯，看着别有一番韵味。

看着窗外的万家灯火，夏挽沅一时想念起总是黏着她的小宝来，也不知道他们平安到庄园了没有。

正在这时，手机振动起来，屏幕上一个黑色的隐约看得见几丝星光的头像闪烁着。

手机屏幕上，来电人处赫然显示着一个"君"字。

小宝临走前特别舍不得夏挽沅，她便跟小宝约定晚上跟他视频，哄他睡觉。现在看来，他们已经安全到家了。

夏挽沅微微一笑，放下手里的杯子，按下接听键。

"妈妈！"

屏幕里一个白白糯糯的小团子挤了进来。

"乖，洗过澡了吗？"夏挽沅温柔地回应着。

"洗了，妈妈，是家里的阿姨帮我洗的，可香了，你闻闻。"

小宝说着便抬起胳膊放到手机前。

"嗯，很香。"夏挽沅被小宝童真的举动逗笑了。

小宝身边坐着正认真地看电脑文件的君时陵，但小宝和夏挽沅聊了都快 15 分钟了，电脑上的文档依然停留在第一页。

"好了，你该去睡觉了，明天还要早起上学。"

屏幕里传来低沉的男声，本来还想跟小宝多说会儿话的夏挽沅，也意识到现在时间已经很晚了。

"爸爸，我可以跟你一起睡吗？"

从来不与人亲近的君时陵本想斥责儿子几句，但低头看到那双酷似自己的眼睛正湿漉漉地看着自己，最终还是允许了。

"妈妈，昨天的歌好好听，今天也想听。"小宝被君时陵扔到床上塞进被子里，依然捧着手机在跟夏挽沅说话。

"好，那你躺好，把手机放到旁边，妈妈给你唱歌，你就乖乖睡觉。"

夏挽沅最近很喜欢听流行歌，旋律好记，歌词又朗朗上口，因此哄小宝睡觉的时候经常哼自己刚学的歌。

"嗯！"小宝乖乖地把手机放到枕头边，闭上了眼睛。

君时陵默默地瞪了小宝一眼，刚刚洗澡的时候那么不配合，现在倒是很乖。可惜小宝闭着眼没接收到君时陵的目光。

手机里传来夏挽沅清唱的歌声，她那如山涧泉鸣般空灵的声音，成为这静谧的夜里唯一能钻入君时陵心中的声音。

慢慢的，小宝的呼吸变得平缓，手机里的歌声也越来越小，夏挽沅也睡着了。

在床边静静地坐了很久的君时陵听见手机里没了声音，轻轻地把手机从枕头边拿起来。

屏幕里只剩下一张光洁精致的侧脸，她的发丝凌乱地铺在枕头上，挺翘的睫毛像一把小扇子，在脸上洒下一片阴影。

君时陵眸光汹涌，静静地看了她一会儿，然后伸出手挂断了电话。

床上的小宝无意识地朝旁边靠去，似乎在寻找温暖的怀抱。本来准备继续加班的君时陵掀开被子，睡在了小宝的身边。

察觉到温暖源的靠近，小宝一下子将小胳膊小腿都缠了上去。

从来没被人如此靠近过的君时陵僵了一瞬，才伸出手把小小的软软的儿子拥进怀里。

君时陵闻着小宝身上的奶香味，心中涌上一丝暖意。

夜晚终于彻底安静下来。

陈匀和夏挽沅本来约好8点30分在机场会合，但想到夏挽沅一贯懒散，陈匀估计她不到9点是不会来的，所以慢悠悠地吃了饭才到机场。

没想到他一进VIP（贵宾）室就发现了戴着墨镜，坐在椅子上安静地喝着茶的夏挽沅。

她上身穿着白色印花衬衣，下身是一条贴身的白色西裤，显得她双腿细如竹筷，外面还套了一件长款花瓣袖子的嫩粉色风衣，腰间束着一条长带，整个人犹如一朵含苞待放的鲜花。

陈匀知道夏挽沅长得美，但她一向喜欢大胆的撞色衣服，喜欢张扬热烈的风格，在长期的视觉冲击下，他觉得她也没什么特别的。

但夏挽沅今天选择的明明是极其简单的颜色，却让她整个人的气质都提高到了极致。她如一朵雨中青莲般楚楚动人，让人回味无穷。

"你到得这么早啊？"陈匀终归是有点儿心虚，加上被夏挽沅突然转变的穿衣风格惊讶到，有点儿不好意思地靠近夏挽沅。

"不是约好的8点30分吗？"

真是哪壶不开提哪壶。

"时间也差不多了，咱们去办理登机手续吧。"

一直到坐上飞机，夏挽沅其实都有点儿迷糊，毕竟安检、托运行李什么的，都是头一次经历。还好以前原身因为懒，很多事是交给陈匀办的，倒也没被对方看出破绽来。

飞机逐渐上升，夏挽沅从眩晕状态中缓过来看向外面时，发现自己已经身处云层之中了。

大朵大朵的云像棉花糖一样飘在窗外。在她还是小公主的时候，她经常拉着母后询问云朵之上有什么，母后告诉她那上面有仙人。

现在看着窗外的云朵，夏挽沅心中有些酸涩。

一直到下飞机，再上车、进剧组，夏挽沅都十分平静。陈匀被她这安安静静的样子弄得浑身不自在。

但陈匀不得不承认，夏挽沅如今这样可比以前讨喜多了。

"大家工作辛苦了，这是我为大家点的下午茶，大家吃过再工作吧。"阮莹玉面带亲切的笑容，在给剧组人员发蛋糕。

看着远处被众人簇拥和讨好的阮莹玉，陈匀恨铁不成钢地看了一眼淡然地坐着看剧本的夏挽沅。

"我们要不要也去给大家送点儿东西？"

"不用，我风评这么差，现在去送东西的话，别人只会觉得我是东施效颦，上赶着找骂。"

夏挽沅难得说了句对的话，陈匀放弃了送东西的想法，但还是看不惯阮莹玉，"这下要被她一直压着了。"

"只要我演得好，谁还在意那几块蛋糕？"实力向来是让人闭嘴的最好方式。

夏挽沅早就把剧本吃透了，演戏在她看来并不难，毕竟她是那个曾在乱世的政治泥潭中跋涉了数年的人。在那场著名的以空手套白狼的手段取胜的战争中，她周旋于各方势力之间，面对不同的人展现出不同的性格，终于取得了盟军的认可，一举拿下了那个至关重要的都城。那些老奸巨猾的人哪个不比现在的人会演戏？而且他们才是真正的吃人不吐骨头的狠角色。

陈匀在一旁满脸问号：我的大小姐，您是在说演技吗？那种东西您哪怕有一丝丝也不至于被全网议论啊。

陈匀感到有点儿绝望，看来夏挽沅并没有变得正常，反而越发糊涂了，好像这几天只是自己的错觉罢了："呵呵，一段时间没见，你还真是越来越自信了。"

夏挽沅放下剧本，没理会陈匀的嘲讽，起身去化妆室换衣服了。

"小阮啊，刚刚表现得很不错，入戏很快，只是在展现田樱儿的天真上，你还要再下一点儿功夫。"

"好的，谢谢导演，我会继续努力的。"

穿着白色长裙的阮莹玉谦虚地向导演和剧组其他人员道谢。

看着阮莹玉的举动，杨导演赞许地点点头。在如今的演艺圈里，像这样演技不错还很谦虚的人实在不多了，特别是剧组的女二号还是一个明显的反面教材的时候。

一想到天灵公主那样复杂的人物要由夏挽沅来扮演，杨导演就头疼得不行。

不仅导演心里有各种心思，剧组的其他成员也在私下嘀咕起来。

"阮姐果然人好，演技也好。"

"那当然，肯定比夏挽沅好啊。我看夏家是真的破产了，夏挽沅今天好低调啊。"

"对啊对啊,刚刚她进剧组时我都差点儿没认出来,也太安静了吧。"

"都从女主角降成女二号了,不过就她那演技,我看当个群演都费劲。"

摄影师还在叽里呱啦地说着,却发现伙伴根本没回应他,甚至连周围的人也安静了下来,这才疑惑地住口,随着伙伴的目光望过去,当下便失了神。

在他们眼前,夏挽沅身着一袭淡紫色双蝶细雨寒丝拖地水裙,不堪一握的纤纤楚腰上系着一条深色织锦腰带,手中提着一只画着玉兔的灯笼。

由于角色需要,她下半张脸上覆了一层轻纱,使得露出来的双眼越发显得含情脉脉、楚楚动人,整个人好似从一幅绝美的江南烟雨水墨画中走出来的。

众人愣了半天也没反应过来这是谁,直到服装师看到那套属于天灵公主的衣服时才反应过来这是夏挽沅,心想:天哪,我怎么从来没发现自己这么会选衣服啊!

"夏挽沅?!"她不由得叫出声。众人这才发现这个惊艳全场的女子就是他们刚刚骂了半天的人。

"导演,我准备好了。"夏挽沅红唇轻启,清泉般的声音像一颗炸弹在人群中炸开了。

陈匀倒是一脸平静,毕竟他知道夏挽沅的确是很美的。他唯一担心的是夏挽沅那拙劣的演技,算了,有美貌也行,好歹能少挨点儿骂。

陈匀已经破罐子破摔了。

此时最欣喜的人当属杨导演了。作为导演,在挑选演员上,他有着最敏锐的直觉,站在他面前的夏挽沅让他真实地看到了原著中天下第一绝色的天灵公主的模样。

但想到夏挽沅的演技,杨导演叹了一口气。算了,一会儿就多拍脸,少拍细节和眼神好了。

"好了,各部门就位,准备第二场戏。"

杨导演拿着喇叭喊了一声，众人纷纷从震惊中回神。

今天拍的是天灵公主与男主角林霄在花灯会上初遇的场景。原著中，从小困于深宫的天灵公主，有一次在民间举行花灯会时偷溜出宫，结果被人偷了钱袋。

男主角林霄见义勇为，帮天灵公主追赶坏人，两个人一见钟情，也因此有了后面一系列的情感纠葛。

"好！灯光师、摄影师注意，开始！"

杨导演一声令下，在挂满了各种各样灯笼的街道上，行人开始走动。

镜头慢慢拉近，一个淡紫色的蹁跹身影进入镜头内。

小公主第一次出宫，被宫外的热闹和喧哗惊到了，好奇地打量着自己从没见过的每一件事物。

夏挽沅想起自己第一次出宫时的样子，有些害怕，又有些蠢蠢欲动，像个孩子一样打量着所有自己未接触过的东西。

"快快，镜头拉近，给我拍夏挽沅的眼睛！"

本来拉得极远的镜头，一下子聚焦到夏挽沅那双灵动的眼睛上。

夏挽沅蒙着面纱，旁人看不到她的表情。她只能靠眼神来表现人物此时的心理。而场外的众人从那双眼睛中看到了天真、懵懂、好奇、开心和试探，甚至还感受到了一个长期被困在宫里，偶尔看见宫外广阔天地的少女心中的悲伤。

此刻陈匀眼珠子都要瞪出来了。这是夏挽沅？！这演技怕是进了太上老君的炉子里重造了一万遍吧！

镜头一转，一个鬼鬼祟祟的小偷摸到了夏挽沅的身边，趁人群拥挤，悄悄地拿走了小公主身上的钱袋。

正要掏钱买发簪的小公主没摸到钱袋，猛地抬头看到了正在逃跑的小偷，眼中闪过害怕、委屈，最终大叫一声："抓贼呀！"

场外的众人看到小公主那委屈无助的眼神，恨不得自己上前去把小偷揍一顿。

此时，男主角林霄登场了。他本来在树上看星星，听到脚下传来的动静，又看到小姑娘被欺负了，眼中闪过不悦，于是翻身下来，使出一

· 59 ·

个漂亮的回旋踢,很轻松地就把小蟊贼给制住了。

"姑娘,你的钱袋。"

饰演林霄的是著名青年演员秦坞。此刻花灯下,一个高大伟岸、剑眉星目、脸上带着温柔笑意的侠客出现在她的面前,小公主一下子就慌了手脚,明亮的眼眸中闪过几丝羞涩、喜悦和感激。

"谢谢公子。"小公主伸手接过钱袋,却不敢再抬头去看侠客那含笑的目光。

一阵轻风吹过,本来在追赶蟊贼的途中就已经松掉的面纱此时随风飘去。

"快,给我拍她的脸部特写!"杨导演在一旁激动得握紧了手。

镜头推近,小公主的面纱被吹掉,露出惊为天人的容貌。只见她眉如翠羽,齿如含贝,肌如白雪。林霄被惊艳到了,但他已有青梅竹马的师妹,因此眼中掠过的各种神色,最后都归于平静。

察觉面纱掉了的小公主慌乱地抬头看了一眼面前的侠客,清晰地看到了他眼中掠过的神色。小公主捂住脸,但眼神中除了小女儿家的羞赧,还带着几丝窃喜,两边的耳垂也早已鲜红欲滴。

"好!好!太好了!这条过了。"

杨导演连说三声"好",自然表示夏挽沅的这场戏完成得非常出色。场内的工作人员也都看到了她的演技,眼下都不再说话,只是他们看向夏挽沅的眼神很明显地变了。

导演一喊停,夏挽沅就恢复到了平日里的神色,刚刚脸上的羞赧彻底不见了。

面前的秦坞看到她的神色转变得如此之快,心中一阵无语。

他探究地看了夏挽沅一眼。当初差点儿回绝这个剧本,就是因为听说夏挽沅的演技非常糟糕,他可不想充当别人消磨时间的工具。

如今看来,传言实在不可信,要不是看到夏挽沅在他面前的出戏速度如此之快,就刚刚她那含羞带怯、春意萌动的样子,他都要以为夏挽沅是真的喜欢上他了。

换完衣服出来的阮莹玉刚好看到夏挽沅面纱掉落的那一瞬间,那恰到好处的娇羞、喜悦和惊慌简直像一把刀插入了阮莹玉的眼睛。

看到杨导演对夏挽沅连连夸赞,其他人员也纷纷表示惊叹,阮莹玉握紧了长袖下的手,眼中闪过嫉恨,心想:怎么可能?夏挽沅的演技怎么可能这么好?!

"小张,过来。"阮莹玉把经纪人叫过来,对着他耳语几句。

第二章
萌　芽

　　D市。早就习惯了凌晨睡、下午醒的夏瑜在早上8点的时候就被叫醒了。

　　夏瑜顶着熊猫眼和小宝、君时陵一起吃了早饭，困得眼皮都在打架，但不敢在君时陵面前做出任何小动作。

　　君时陵让司机把小宝送去幼儿园后，将冰冷的目光放到夏瑜身上。

　　"你跟我走。"

　　"啊？！哦。"夏瑜揣着一颗七上八下的心跟在君时陵的旁边，连呼吸都变得困难。

　　他就不该被那个女人的糖衣炮弹哄骗过来！呜呜呜，谁来救救他？阎王好可怕！夏瑜表面上正安静地看着窗外，内心实则苦水汹涌。

　　夏瑜一路跟着君时陵到了君氏大厦，与高水平的集团相匹配的是办事高效的员工和紧张却井然有序的氛围。

　　看到公司有条不紊的运作状态，以及员工对君时陵发自内心的崇敬，夏瑜敬佩地看了一眼君时陵。这个人看起来比他也大不了多少，居然能掌控这么大的集团。

　　在君时陵这样的铁腕人物面前，夏瑜第一次觉得自己稚气未脱，内心有了些许挫败感。

"少爷。"

在第100层的总裁办公室外，林靖已经等在门口了。

"嗯，把昨天晚上没说完的企划案汇报清楚。"君时陵停住前行的脚步，把目光放到夏瑜身上，"给他在财务室安排个位置。"

君时陵作为君氏集团的领军人物，虽拥有无上的权力，但为人公私分明，任人唯贤，这也是君氏集团越来越强的原因。

这还是他第一次往集团里安插关系户。林靖看了看夏瑜身上的骷髅头牛仔外套和破洞裤，还有那双天真的眼睛，眉头微皱，心里思忖：这看起来是个不怎么靠谱儿的人。

但林特助就是林特助，反应了0.01秒之后便面色如常地应下，带着夏瑜往财务室走去。

"我叫林靖，是君总的特助，先生贵姓？"林靖露出标准的笑容，亲切而温暖。

"你……你好，我叫夏瑜。"夏瑜此时还沉浸在能进入君氏财务部的消息的冲击中。

他心想：发生了什么？我怎么就要来这里打工了？不是，什么财务？我也不懂啊！

林靖眼中闪过一丝奇异之色。夏瑜？夏挽沅的弟弟？

"原来是夏小姐的弟弟。"林靖推了推金丝框眼镜，心中顿时一片了然。

夏瑜难得地注意到了林靖对夏挽沅的称呼。连个夫人都不叫，看来夏挽沅的处境真的很惨啊。

"我问你一个问题。"夏瑜微微靠近林靖，压低声音。

"你说。"

"夏挽沅是不是欠了君时陵很多钱，现在让我来打工还钱啊？"

林靖设想过很多种场景：夏瑜可能打探君氏的情况，可能跟他这个特助套近乎，也可能向他打听君时陵的秘密，但他怎么都没料到会是这种情况。

"哈哈，夏先生说笑了。"林靖眼中染上几分真切的笑意，"夏小姐既然把你托付给了少爷，那把你安排到财务部，少爷肯定有自己的考量。"

林靖把夏瑜送到财务部门口便离开了，接着他给财务部经理发了个消息，嘱咐他将夏瑜领进去，先给夏瑜安排些简单的工作，并且要对其身份保密。

林靖回来向君时陵汇报了对夏瑜的安排，君时陵赞许地看了林靖一眼。林靖能成为君时陵的特助，与他能领会君时陵的言外之意，并把事情办得妥当的聪明是分不开的。

财务部里正埋头工作的众人被领导叫了起来，一起迎接一个看起来精致俊美，穿着一身潮牌的关系户。

由于不知道这个关系户是何来头，众人对夏瑜都敬而远之。

夏瑜就这样迷迷糊糊地上了一天班。

微博上一个博主收到了匿名的剧组爆料。根据爆料，他很快编辑出一条微博发了出去，没过多久，"夏挽沅眼神呆滞"的词条登上了话题榜。

网友们一路看下来，"夏挽沅"这个名字吸引了大家的注意力，毕竟有她的地方就有"大新闻"。

果然没让大家失望，一个名为"圈内哈士奇"的博主发了一组图片。图片中，剧组工作人员正在认真地调试机器，其他演员都在认真地看剧本，夏挽沅却仿佛在望着镜头发呆。一连十几张图，拍的都是她眼神呆滞的样子，而且是从不同角度拍的。

此时，很多人心疼阮莹玉和秦坞，并且发了很多张阮莹玉的精修图，图片中的阮莹玉温婉从容，亲切可人，与夏挽沅形成了非常鲜明的对比。一时间，指责夏挽沅的人越来越多，而阮莹玉自然又收获了大批支持者。

"你看，这肯定是剧组人员泄露出去的，说不定就是阮莹玉找人泄露的！"自从看了夏挽沅下午的那场戏，陈匀觉得夏挽沅终于有点儿希望了。只要她下午的表现不是暂时的，以后也能一直保持这个水准的话，那么陈匀可以预见，这部戏肯定会成为夏挽沅的翻身之作。

夏挽沅看着微博上的图片感到非常无语。她确实是在看那些设备，但并不是在无意识地发呆，而是真的很好奇那些冰冷的、黑乎乎的机器是怎么把人物的影像记录下来的。请原谅她这个老古董有强烈的好奇心。

"唉，可惜现在公司不肯给你批公关的费用，只能任由他们乱说。"

"没事。"

"你也别往心里去，时间不早了，早点儿休息吧。明天要保持住今天这个状态。"陈匀安慰了夏挽沉几句，怕她被网上的言论气到。

他现在最担心的就是夏挽沉下午的演技爆发只是昙花一现，甚至猜测莫不是夏挽沉真的暗恋秦坞才能演得那么好，但看着夏挽沉的表现又不像。老天保佑，是夏挽沉真的醒悟了吧。

陈匀在心里默默地祈祷着。

等陈匀离开，夏挽沉便回了房间，卸了妆、洗完澡，坐到床上。想想小宝应该也快睡了，她从微信通讯录里找出了那个黑色星空的头像，按下视频通话。

刚结束工作回到庄园的君时陵疲惫地按了按额头，松开领带坐在沙发上。

"少爷，我给您端一杯咖啡过来吧。"头发花白的王伯有些心疼地看着君时陵，这个自己从小看着长大的孩子。

"不用，君胤呢？"

"小少爷已经洗漱完，刚被送到卧室里。"

"嗯，王伯你去休息吧，不用忙活了。"

"是，少爷。"

王伯刚转身走了一步，就听见君时陵的私人手机"嗡嗡"作响。

君时陵按下接听键，手机里传来女人清泉般的声音。

王伯震惊地回头，都忘了君时陵讨厌别人窥探他了。对上君时陵不悦的目光，王伯连忙转身走开，但心中的惊讶迟迟没能消去。

视频接通之后，出现在屏幕里的是君时陵雕塑般的脸，看着那俊美的五官，夏挽沉惊艳了一瞬。

"晚上好。"夏挽沉冲着君时陵礼貌地微笑，好看的梨涡在灯光下映出一点儿阴影，刚吹过的头发凌乱地披散在她那莹白如玉的肩上。

"嗯，君胤在卧室，我把手机拿给他。"君时陵脸上没有丝毫表情。

"好的，谢谢。夏瑜没闯祸吧？"君时陵拿着手机走上楼，摄像头依然对着自己。夏挽沅觉得这样有点儿尴尬，就顺便问了一句夏瑜的情况。虽然她觉得在君时陵的压制下，夏瑜也闹不出什么幺蛾子。

"都挺好的。"

"哦。"夏挽沅不知道该说些什么，两个人一下子陷入了沉默，只剩下君时陵的拖鞋与楼梯摩擦的声音。

"爸爸！"正在床上玩着玩具的小宝看到走进来的君时陵，笑得眼睛弯起。不同于以前的惧怕，小宝现在跟君时陵亲近了许多。

"嗯。"君时陵冰冷的态度融化了些许，他将手机递给小宝，抿了抿嘴，"你妈妈。"

"妈妈！"听到是妈妈的电话，小宝睁大眼睛，从被子里钻出来，伸出手接过手机。

"躺回去，别着凉了。"

君时陵把小宝塞进被子里，让他只留脑袋和一只小手在外面。

看见软软糯糯的小宝，夏挽沅脸上扬起笑意。

小宝奶声奶气地跟夏挽沅分享今天在幼儿园遇到的新鲜事，完全忘了爸爸的存在。

君时陵看了一眼儿子，转身去了浴室洗漱。

半个多小时后，君时陵出了浴室，房间里已经安静了下来。

君时陵将房间的灯光调到睡眠模式，从小宝手里拿过已经滑落一半的手机，将小宝的手塞进被子里。

君时陵翻开手机，发现视频已经挂断了，看着那张向日葵旁明媚笑脸的头像，君时陵的心里莫名其妙地有些失落。

君时陵下意识地点击夏挽沅的头像，点开她的朋友圈，发现她居然将一个月以前的朋友圈全部删了，仿佛要和过去做个了断一样。

朋友圈里只有孤零零的两条，一条是一张摆着烤肠、鸡蛋仔和奶茶的图片，配的文字是"新体验"。

最近的一条配的图，居然是上次去看望爷爷的时候拍的阳光下的巷子。

看到这巷子，君时陵突然想到那幅字，起身拿过盒子，把那幅遒劲有力的字拿出来看了两眼，又将其放在了一旁的床头柜上。

第二天君时陵准备出门的时候,吩咐王伯把床头柜上的字拿去裱起来。

剧组众人平时也都喜欢上网,都看到了微博。

许多跟夏挽沅没有利益冲突的人看着网友对她的谩骂,心中有点儿为夏挽沅鸣不平。昨天她的表现确实很不错,什么眼神呆滞,纯属谣传。

但夏挽沅本人倒是没什么感觉。网上舆论,只要本人不在意,又能造成什么伤害呢?夏挽沅现在的商务资源已经是最差的了,反正也不会更差了。

今天先拍的是夏挽沅的戏,天灵公主的国家覆灭,她被迫离开皇宫,潜入民间,伺机为父母报仇。

昨天夏挽沅演天真善良的小公主确实演得不错,但她本身就是养尊处优的人,眼神中有天真和不谙世事的神色也不足为奇。

而天灵公主在一夕之间经历王朝倾覆,父皇母后皆为国战死,这样巨大的反差让杨导演有些担心夏挽沅会演不好,但没办法,只能赶鸭子上架了。

此时,夏挽沅也换好了衣服。一袭明红色霏缎宫袍,缀着琉璃小珠的袍脚软软坠地,红袍上绣着大朵金红色牡丹,用细细的银线勾出牡丹精致的轮廓,整套装扮显得雍容华贵。这一场戏是大殿诀别,天灵公主自然要穿着正统的公主服饰。

夏挽沅穿上这套与她年少时所穿的公主服饰相似的宫袍,心中感慨万千。

剧组里的众人则又一次被夏挽沅的扮相折服了。

"小刘啊,这衣服不错,你最近挑衣服的功力见长啊。"杨导演朝服装师肯定地点点头。

服装师表面上客气地笑着,实则内心吐槽:上部戏我用这衣服,你还说我艳俗呢!

"好,各部门注意,开始!"

杨导演一声令下,各个部门开始运作。

深幽的宫殿里,天灵公主正坐在椅子上,一旁的侍女们在为她梳妆。此时的小公主还是被父皇母后捧在手心的宝贝,眼中带着天真。不知道想到了什么,她两颊爬上粉红色,眼中闪过娇羞。

突然,宫殿大门被推开。

"公主,不好了!叛贼攻到城门口了!皇后娘娘派人来接您离开皇宫!"丫鬟的话划破了宫内的安宁,一支金簪落地。

"特写!特写!"杨导演激动地指挥着。

镜头拉近,天真的小公主愣了一下,似乎在消化丫鬟的话,一瞬间,茫然、担忧、震惊等情绪从天灵公主的眼中逐一闪现。她不顾丫鬟的阻拦飞奔向外,朝主殿跑去。

宫殿内一片混乱,到处都是惊慌逃窜的人。夏挽沉看着身边四散的宫人,想起了她年少时国破的场景。那一日,宫殿内燃起了冲天的火焰,她不知所措,只能愣愣地看着四处逃散的人。

替她养花的,逗她玩的,侍候她吃饭的,陪她玩耍的,那些奴仆一个个仿佛看不见她一样,都沉浸在逃生的恐慌中。

她很无措,很茫然,泪珠一滴接一滴地往下掉落。

天灵公主终于跑到大殿前的台阶处,刚一抬头,就看见在高高的台阶上,叛贼头子正拿着剑刺向她父皇的心脏。

小公主的瞳孔放大,她迈着步子就要上前,却被身后的林霄捂住了嘴巴,只能眼睁睁地看着这鲜血淋漓的场面。父皇母后一个劲儿地朝她摇头,示意她不要上来。

夏挽沉想到夏朝覆灭时,自己站在远处看着尸横遍野的宫殿,放过风筝的城楼、抓过蜻蜓的花园、钓过鱼的荷塘,每一处都堆满了她熟悉的人的尸体。

那时的她捂着弟弟妹妹的眼睛,自己的眼中蓄满了泪水,无声而痛苦地看着这一切。

沉浸在戏中的夏挽沉身上仿佛笼罩着真实的痛苦——失去父母的痛苦和亡国的悲愤,最后这些统统化为仇恨的火焰,在她蓄满泪水的眼睛里越烧越旺。

场外众人被夏挽沉的情绪感染,仿佛真的被带入了亡国的现场,那样铺天盖地的痛苦和仇恨像一座大山压在了每一个人的身上。

距离夏挽沉最近的秦坞感受最深,他怀里那个无声地流着泪,眼中装满痛苦、无助和仇恨的女子,让他的心也跟着一起抽痛。很显然,他被夏挽沉带入了那个世界。

昨天夏挽沉拍戏的时候,阮莹玉去换衣服了,只看到最后一幕。今天阮莹玉站在旁边看完了夏挽沉的整场戏。那样的情感爆发,那样丰富的表演层次,她自认做不到。

阮莹玉更加不安——自己千辛万苦才争取到这个女主角,要是被夏挽沉抢了风头怎么办?

"好,小夏啊,这个角色你把握得非常到位,继续保持。"杨导演本来以为夏挽沉徒有其表,结果没想到她演技这么好,对夏挽沉的称呼也变成了"小夏"。

"好的,导演。"夏挽沉朝杨导演微微点头。

戏已经结束,秦坞也放开了夏挽沉,但他的手上仿佛还残留着夏挽沉的泪水的温度,那么灼热,一直烫到他的心里。

夏挽沉从角色中脱离出来,拿过陈匀手里的汽水。

"太棒了!你那眼泪是怎么流出来的?也太厉害了!"陈匀那颗早被野火烧尽了的心此刻正生长出一片野草。

夏挽沉看样子是真的开窍了,那哭起来梨花带雨的样子,让他这一颗老心脏疼得一抽一抽的。这戏要是播出去了,不得让所有人大开眼界啊!

陈匀已经开始在心里畅想起来,这部戏拍完之后自己要拿着奖金去哪里度假。

"家里破产了,我一时联想到此事,触景生情。"夏挽沉不能说自己曾经经历过真实的亡国之痛,只好借原身家里的事撒了个谎。

没想到,陈匀一听这话倒有些愧疚,有些担忧地安慰夏挽沉:"你别太伤心了,好好拍这部戏,以后会好的。"

陈匀说着准备走开,但没一会儿又折回来,不好意思地摸了摸头,说:"那什么,你中午想吃什么?盒饭不好吃,我给你买点儿别的回来吧。"

"给我带一份烤土豆吧。"夏挽沉抿了一口汽水,顿时有一股奇异的感觉冲击着她的喉咙。

陈匀愕然,看了夏挽沉半天,发现她并没有开玩笑,这才回了一句:"行。"

陈匀心里嘀咕:这怕不是破产了,而是倾家荡产了吧?!不然她怎么变得这么节约了?这哪里像以前那个在山里拍戏时,还动不动要吃满汉全席的夏挽沉啊!

但不得不说,现在这样的夏挽沉让人感觉亲近了许多。

"好,各部门注意,灯光师呢?给阮莹玉面前补点儿光。"

杨导演指着阮莹玉,摄影师和灯光师立刻跟上。

摄像头已经对准了阮莹玉,没想到道具棚下的阮莹玉仿佛没有听到杨导演的话一般,沉浸在自己的世界里。

"阮莹玉,你干什么呢?快准备,到你的戏了!"

杨导演大喝一声,阮莹玉这才从纷乱的思绪中抽离出来。阮莹玉看了一眼不远处连喝个汽水都显得气度非凡的夏挽沉,眼中闪过愤恨。

"对不起导演,我刚刚在琢磨台词,太投入了没听到,不好意思。"阮莹玉连连弯腰道歉。

杨导演撇撇嘴:"好了,赶紧准备吧。"

"不好意思,让你久等了。"阮莹玉朝秦坞微微一笑,清纯而甜美,但秦坞根本没有任何反应,只是微微点了点头,便开始准备和阮莹玉对戏。

阮莹玉表现出的清纯天真确实很吸引人,但昨天夏挽沉那琉璃般剔透的灵动眼眸,巧笑倩兮,美目盼兮,跟眼前这种清纯相比,实在是不知好了多少倍。

阮莹玉扮演的田樱儿与男主角林霄是青梅竹马。

今天拍的是林霄在外闯荡,受人欺辱之后想起了从小陪自己长大的师妹,回忆起他们年少时的感情,从而加深了林霄对田樱儿的思念。

"师妹!看我跟师父去集市偷偷买的风筝。"

少年眉眼含笑,吊着威亚从山巅飞下,手上举着一只蝴蝶式样的风筝。

"真好看!谢谢师兄!"田樱儿欣喜地接过风筝,情意绵绵地望着清朗如竹的师兄。

"停!"杨导演皱着眉,看着显示器里阮莹玉的笑容,"现在是少年时期!还是纯洁的师兄妹情谊,你那情意绵绵的眼神是什么意思?重来!"

…………

"真好看,谢谢师兄!"

"停!不够天真!"

…………

"停!过于天真了,你瞪着眼睛干吗?"

杨导演向来很认真,一连拍了三次,现下心中也有了火气。他看着时间快到中午了:"收工,下午继续。"

"对不起大家,对不起,我的状态有些不好。"阮莹玉朝周围的人弯弯腰,脸上满是歉意,此时她的指甲已经戳到了手心的肉里。

"多琢磨一下天真少女是什么样子的,实在不行就去找夏挽沉讨教讨教,看看人家昨天是怎么演的。"见阮莹玉拍了三条还没过,杨导演十分不满。

他们拍了一上午,只有夏挽沉的戏是一条过。

"好的,导演。我一定好好向大家请教。"阮莹玉咬着牙说完这句话,不去看剧组其他人的目光,径直进了自己的休息室。

一进休息室的门,阮莹玉便把手边的东西摔到了地上,一双清纯的眼中此刻满是恨意:"她算个什么?!让我请教她?!"

因为晚上才有自己的戏,夏挽沉正在宾馆里窝着。陈匀拎着一碗从路边摊买来的烤土豆走进房间的时候,夏挽沉正捧着剧组的盒饭吃得满足。

要是只看夏挽沉的吃相,陈匀都要觉得她吃的是山珍海味了。

陈匀有点儿无奈。算了,明天中午给她加个鸡腿吧。

"你回来了?"见陈匀过来,夏挽沉把他的盒饭递了过去。

"嗯,你的烤土豆。"

夏挽沉接过烤土豆,夹了一块放进嘴里。这土豆外面烤得有些硬,里面绵软,入口即化,味道确实不错,就是有点儿腻。夏挽沉吃了两块便不再动筷子。

也不知道是因为剧组的盒饭确实变好吃了,还是因为夏挽沅的吃相实在太诱人,陈匀觉得今天的盒饭好吃了许多。

"你下午可以休息一下,晚上开拍的时候我再通知你。"

"好的。"

陈匀拿着垃圾正要出门,身后的夏挽沅却突然出声:"你注意一下那个叫阮莹玉的,她这两天暗地里可能会有动作。"

"好。"就算夏挽沅不说,陈匀也会多注意那边的。

刚刚在剧组休息的时候,夏挽沅察觉那个女人看向自己的眼神里有藏不住的恨意。

吃过午饭,夏挽沅躺到松软的床上,进入了午睡状态。

然而在君氏集团的食堂里的夏瑜就没有这么舒服了。

他昨天浑浑噩噩地过了一天,今天主管总算给他派了点儿活儿,让他帮办公室的同事们打印文件。

办公室里谁不知道他是个关系户,因此也没人真敢把事情交给他做。他坐在办公室里玩了半天,到了午饭时间,同事叫他一起吃饭,他便跟他们一起去了。

"哟,这不是夏少爷吗?"一道尖厉的声音在夏瑜身后响起。

夏瑜身子一僵。该死,他怎么碰上这个人了?

他装作若无其事地往前走,没想到背后的人直接赶上来拦住了他。

"干吗?"夏瑜不悦地看向眼前这个与他年纪相当的人。

一身纯白的西装,三七分的头发一丝不乱,脸上满是刻薄和嘲讽,这个人正是前些日子跟夏瑜在包间里打过架的一行人中的一个,名叫王昊,也是他说夏瑜有娘生没娘养,这才彻底激怒了夏瑜。

"夏少爷这是在干吗?"王昊像是发现了什么不得了的事情一样,探身往夏瑜别在胸前的工牌上看了看,脸上的嘲讽之色更明显了,"夏家虽然破产了,但也不至于沦落到这种地步吧?!夏少爷都要给人家打工了,哈哈!"

平日里,夏瑜仗着夏家,行事嚣张得不行。王昊一直看不惯,现在看到夏瑜居然在打工,简直恨不得立刻把这个消息扩散到自己的圈子里。

本来他这几天看上了一个在这里上班的姑娘,为了跟姑娘亲近才来到这里,哪能想到还有意外之喜。

夏家跟君家比不了,但在华国也算个有点儿名气的家族。在场的人或多或少都听说了夏家破产的消息,所以看夏瑜的眼神一下子就变了。

"关你屁事,不想挨打就给我滚!"见周围人对自己指指点点,眼中还流露出异样的神色,夏瑜心中委屈,恶狠狠地对着王昊吼了一句。

"哎哟喂!君氏员工要打人了,有没有人管一下啊?!"王昊夸张地叫了一句,脸上却是傲慢和嘲讽。

夏瑜的拳头紧了又紧,他最终将餐盘丢到一旁的桌子上,冲了出去。

夏瑜冲进办公室,看了一眼空荡荡的屋子,眼泪终于没忍住掉了下来。他心中一发狠,转身就要离开办公室。

"这破地方,我不待了还不行吗?!"

"夏先生。"林靖不知道什么时候出现在了门口,一出声就把夏瑜吓了一跳。

夏瑜下意识地擦掉眼角的泪水:"什么事?"少年清朗的声音中带着一丝压抑,听上去有些嘶哑。

"少爷让你上去吃饭。"林靖说完便转身离开了。

夏瑜挣扎了一会儿,担心会连累夏挽沅,还是抬脚跟上了林靖。

他们进了总裁专用的电梯,这个电梯一路通到君时陵的办公室。

宽大的办公室里,君时陵正认真地批阅着桌上的文件。

夏瑜走进去。君时陵抬起头,看了夏瑜一眼,又看了一眼不远处的桌子:"先把午饭吃了。"

夏瑜本来以为君时陵要责骂自己,都做好了反驳的准备。可面对这平静的话语夏瑜傻了眼,摸不清君时陵要干什么,只好走到桌子旁,一口一口地吃起了饭菜。

"姐——"夏瑜差点儿就下意识地喊出"姐夫"二字,在感受到君时陵压迫的目光后,连忙改了回来,"君少,我不适合做这份工作,我要回家了,请你跟我姐姐说一声。"

"那你适合做什么?"君时陵只说了一句话,那凉薄的语气直冷到夏瑜的心里。

夏瑜心里一"咯噔"——是啊,他适合什么呢?吃喝玩乐吗?

君时陵一句话就戳穿了夏瑜的借口。

说到底,没有什么适不适合,只是他愿不愿意去做罢了。

夏瑜局促地握紧手,正要开口,却被君时陵抢先:"你自己去跟她说,我不会帮你转达的。"

君时陵说完这句话便不再搭理夏瑜。

夏瑜被这句话堵在了原地。他发现,自己竟然没有勇气去跟夏挽沅说不想继续待在君氏集团了。

虽然他年纪不大,但夏挽沅让他跟着君时陵,其实是为他好,这点他还是知道的。如果他现在打退堂鼓,无疑是明明白白地告诉夏挽沅,他不行,他就是个懦夫罢了。

夏瑜咬紧下唇,看了一眼仅仅坐在那里就有着掌控一切的气势的君时陵,转身离开了。

夏瑜离开不久,君时陵便收到了来自林靖的汇报:"夏瑜已经回到财务室了。"

阮莹玉经过一个中午的练习、调整,在下午拍了两条之后,总算是勉强达到了杨导演的标准。

与外界想象的按照时间线去拍一部戏不同,现在的影视剧都是根据场景先拍好一幕幕的戏,再进行剪辑。

演员有可能白天还天真烂漫,晚上就得表现出苦大仇深的一面。对于演员来说,快速地入戏出戏非常重要。

夏挽沅晚上的戏是她为了报仇复国,化身为第一舞姬,在混进新晋大将军的府邸后,一舞倾城,得到了将军的宠爱与信任。

"好,替身准备,一会儿我喊开始,你就上去跳。"

杨导演打了个手势,巨大的灯光将场地照亮,一切就位,拍摄开始。

觥筹交错的宴席上,众人酒足饭饱后,丝竹管弦之声悠扬响起。

十多个身着彩衣的女子轻撒广袖,舞姿曼妙,漫天的花朵纷飞而下，编织出一个奇幻的梦境。

突然，乐声齐齐停下，再高昂而起，仿佛在迎接什么。

大厅外，突然有个女子乘风而来，落脚处步步生莲，周围的舞姬围上前，聚在这个女子的身边，仿佛从背后托举着她。

待到女子走近，整个大厅安静得仿佛掉一根针都能听见。

明灯之下，女子时而抬腕低眉，时而轻舒云手，手中长袖合拢握起，似笔走游龙绘丹青，玉袖生风，转、甩、开、合、拧、圆、曲，行云流水，若龙飞若凤舞。

一舞毕，满室沉默，随后爆发出热烈的欢呼声。舞姬在此刻轻解面纱，露出绝世容颜，墨发侧披如瀑，眉间用朱砂勾出一朵花，眼角处画着上挑的金色眼线。舞姬仅仅望过去一眼，便让上座的将军像被勾了魂一般，连手中的酒杯掉了都不知道。

此刻，剧组人员也都跟群演一样沉醉。

直到夏挽沅出声提醒，杨导演才反应过来，连忙喊停。

剧组的人这才发现，替身根本就没有机会上场，刚刚那一支华丽的舞蹈是夏挽沅亲自完成的！

杨导演蒙了："小夏你还会跳舞啊？怎么以前没听说啊？"

"从小就学过，以前没什么机会跳。"

大家回想了一下，夏挽沅虽然带资金进剧组的恶劣名声在外，但这位大小姐其实没毁过几部戏，算起来她真正参演过的也就两部戏而已。

《长歌行》算是她的第一部古装戏，在以前的两部现代戏中，她确实没什么跳舞的戏份。

"真不错，好了，大家去休息吧。"顺利地拍完了这场戏，杨导演心情很好，看夏挽沅也越发顺眼起来。

"没想到你跳得这么好。"在旁边看了半晌的秦坞等夏挽沅散了戏走上前去搭话，语气中满是赞叹。

"业余，并不专业。"夏挽沅礼貌地笑笑。

大夏朝注重文武兼备，皇室成员在很小的时候就要学习琴棋书画，还要擅长骑射舞艺。

原身是有芭蕾舞基础的，而且最重要的是，这具身躯还年轻，所以夏挽沉勉强能把那套舞蹈动作施展出来。

"挺好的。"秦坞一时不知道说些什么，也不知道自己为什么要上前跟夏挽沉搭话。

这时，陈匀走了过来："你的手机一直在响，放在包里我也不好拿，你快去看看吧。"

夏挽沉这才想起来，昨天忘记跟小宝说今天自己需要拍夜戏了。算一下，现在也该是小宝睡觉的时间了。

卧室的大床上，小宝拿着君时陵的手机已经给夏挽沉打了三个电话，但都是无人接听。

小宝皱起眉头，委屈巴巴地看着手机。

君时陵刚走进来，就看见了快要哭的小宝："怎么了？"

小宝见君时陵走近，委屈仿佛有了宣泄的地方。

"妈妈不接电话。"小宝说着，大颗的泪珠落到了被子上。

君时陵皱着眉头接过手机，看着微信里那三条无人接听的视频通话记录，就将手机放到一边。

"她不接你就睡觉，哭哭啼啼的干什么？"君时陵将小宝的手塞进被子里，眼中闪过厉色。

那个女人前些日子都是做戏吗？现在是坚持不住了吗？可她不该拿小孩子的真心当作自己一时兴起的玩物。

看着小宝委屈得通红的双眼，君时陵握紧了手。他再也不会让那个女人靠近孩子了，儿子哪怕没有母爱又怎么样？

但这时手机突然振动起来，仿佛一朵烟花在寂静的房间里炸开。

君时陵拿过手机一看，是夏挽沉的来电。

"是不是妈妈的电话？爸爸快给我！"刚刚还委屈地在心里说着再也不要理夏挽沉的小宝听到电话铃响，一下子就从被子里钻了出来。

他长长的睫毛上还挂着一滴未干的泪水，那双黑葡萄般的眼睛里却满是欣喜。

君时陵坐到床边，将小宝抱进怀里，按下了接听键。

视频接通了，君时陵本来想斥责夏挽沉的话卡在了嗓子里。

夏挽沅担心小宝等急了,连戏服都没来得及换,此刻还是舞姬打扮。

一袭白色的长裙,领口处用银线勾勒出几朵盛放的牡丹,胸前是淡金色锦缎裹胸。

夏挽沅肤色莹白如玉,眉间用朱砂点的花与娇艳的朱唇相呼应,眼角处延伸出的金色眼线使她抬眸间有一股勾人心魄的魅惑感。

君时陵呼吸一窒,拿着手机的手不由得紧了紧。

小宝只觉得夏挽沅特别好看。他从来没有看过夏挽沅这样的装扮。

"妈妈,你好像仙女啊!"小宝经常听夏挽沅讲神话故事,在他的世界里,能用来形容人长得很美的最高标准就是"长得像仙女"了。

夏挽沅眼角微扬,双眸中藏满了笑意,眉间点的花在灯光下越发显得鲜艳。

"妈妈忘了告诉你今天要拍夜戏,没有带手机,所以没及时接到小宝的电话,小宝可以原谅妈妈吗?"

"我原谅你了!妈妈,我一直在乖乖地等你,没有生气!"还没等夏挽沅说完,小宝就用小奶音喊了出来。

君时陵无语地看了一眼怀里的儿子,也不知道刚刚委屈地哭鼻子的人是谁。

"妈妈,你怎么穿成这样拍戏呀?"小宝好奇地看着夏挽沅身上的衣服。

"因为要拍跳舞的戏呀。"

"妈妈你还会跳舞吗?!"小宝兴奋地在君时陵怀里跳了一下,而后被君时陵的大手按了一下便老实了。

小宝的幼儿园里有一个舞蹈老师,跳舞特别好看。幼儿园里的好多小朋友喜欢她,也包括小宝。听见夏挽沅说自己会跳舞,小宝就兴奋地想要看妈妈跳舞。

"妈妈,我想看你跳舞,我还没看过你跳舞呢。"小宝用亮晶晶的眼睛看着视频里的夏挽沅,期待不已。

"好啊,不过妈妈拍戏有点儿累了,就给你跳一小段好不好,看完你就乖乖去睡觉行吗?"

"好!"

手机被小宝拿在手里,他的脸和手机挨得极近,因此夏挽沅只能看到小宝白嫩的脸。她也不觉得君时陵会无聊到看她和小宝通视频,所以非常痛快地答应了小宝的要求。

反正跳个舞哄小孩开心一下,也没什么难的。

夏挽沉将手机放到桌子上,调试好角度,站到灯光底下,朝小宝眨眨眼。

她回想起自己年少时跟着师父们学的舞蹈动作,没有音乐伴奏,便自己轻轻地哼唱出旋律。

随着清亮的歌声响起,夏挽沉云袖轻摆,纤腰慢拧,曼妙的身体开始舞动,在灯光下似一只翩然起舞的蝴蝶,随着风的节奏扭动腰肢,绽放出自己的光彩。

明明是极艳丽的妆容,但那双琉璃般剔透的眸子透出一抹纯净,让人生不出半分亵渎的心思。荡漾的裙摆宛若一朵风中芙蕖,美得让人怀疑是嫦娥仙子落入了人间。

小宝都看呆了。明天他要跟全幼儿园的人宣布,那个老师不是全世界跳舞最好看的人,他的妈妈才是!

跳了一小段后,夏挽沉停了下来:"好了,妈妈遵守了诺言,你也该去睡觉了。"

由于刚跳完舞,夏挽沉额间泛起了一层细细的汗珠,让她整个人犹如一株被露水打湿的清荷,显得轻灵动人。

"妈妈,你跳得好好看!你是不是仙女呀?"在小宝的世界观里,仙女就是最美最厉害的人了。

"爸爸你说,妈妈是不是跳得超好看?"小宝突然看向上方。

夏挽沉心里一惊——君时陵在旁边?!

几秒过后,夏挽沉听见手机里传来一声低沉的"嗯"。

夏挽沉脸上一热,感到有些尴尬。

还好电话那边,君时陵没再说话。

"妈妈晚安。"小宝打了个哈欠,揉了揉眼睛。

"晚安。"

一切恢复了平静,但这一夜谁的心潮起伏不平,只有当事人自己心里清楚。

出乎夏挽沉的意料，接下来的一个星期里，阮莹玉并没有什么异常的举动，和夏挽沉算是井水不犯河水。

自从上次见过夏挽沉跳舞后，现在小宝和夏挽沉通视频的时候，君时陵都会有意地避开。

"夏瑜现在怎么样？"君时陵终于在繁忙的工作中想起了被丢在财务室的夏瑜。

"情况不太好。"

财务室里，夏瑜和一个中年人僵持着。

自从上次的食堂事件后，众人对夏瑜的猜疑和试探都消失了。

人们往往惧怕未知的事情，而如今夏瑜的身份明朗，大家知道了他是破产的夏家的孩子，对他的态度自然转变了许多。

"小夏，帮我把这个打印一下。"

"小夏，帮我把这个送到吴经理办公室。"

"小夏，帮我倒杯咖啡。"

从第一个职员试探着让夏瑜帮忙开始，办公室里的其他人也慢慢习惯了支使夏瑜做事。

夏瑜长到这么大，虽然一直像野草一样自生自灭，但至少以前夏家有钱，走到哪里都有人伺候他，什么时候给别人端过茶倒过水？

但是夏瑜想到第一次来办公室的时候，这个叫金峰的人给自己倒过一杯茶，这杯咖啡就当还了那杯茶了。

没想到咖啡太烫，金峰的舌头被烫了一下，他一下子把杯子丢到一边的桌子上。几滴滚烫的咖啡溅起，夏瑜被烫得抖了一下。

"你也太没用了吧？这点儿小事都做不好，废物！"

夏瑜刚来的时候，金峰以为这小子是个关系户，还恭恭敬敬地给这个比自己小了几十岁的小子泡了杯茶，结果现在发现这人只是个破落户，当下态度便嚣张起来。

夏瑜深深地看了金峰一眼，将手背上的咖啡渍擦干，然后慢悠悠地端起杯子，在所有人都没注意的时候，将咖啡狠狠地泼到了金峰的身上。

"你!"金峰被咖啡烫得一哆嗦,白色的衬衫上染了一片深褐色的污渍。

"小爷给你脸了是不是?!没长手啊,不会自己去端?"夏瑜嘴角勾起嘲讽的笑,眼中却不带一丝笑意。

以前他总觉得有吃有喝还有玩就足够了,也没什么可追求的了。

如今夏家破产,他方才看透世间的人情冷暖。一些原以为会一直跟着他叫夏哥的兄弟们在他出事后都没出现。

还有第一次见面因为觉得他是关系户,那个年纪都能当他爸的人争着给他泡茶,如今却露出一副小人得志的模样。原本对他视若无物的同父异母的姐姐反倒是在他出事之后唯一站到他身边的人。

夏瑜想到夏挽沅,嘴边的笑容顿住了。

金峰挽起袖子就要冲上去,却被周围的同事劝住了。同事们担心他们再起争执,又上前拉住了夏瑜。

夏瑜将众人的手甩开,转身离开了办公室。

"对不起,我在财务室待不下去了,有什么损失我自己承担,不要连累他人。"

林靖的话说完没多久,财务部就传来消息,夏瑜也独自来到了君时陵的办公室。

"你们学校的假期也快结束了,回去上学吧。"

"什么?"夏瑜疑惑地看向君时陵。

"你还没那个能力进君氏集团的财务部。"君时陵看着夏瑜说道,"只是让你进去上一课而已。"

"要么你有资本挥霍,要么你有能力,两样都没有,凭什么让别人捧着你呢?"

夏瑜直到走出君氏大厦,君时陵的这句话依然萦绕在耳边,一字一句,像警钟,一声声地敲进夏瑜的心里。

《长歌行》有一部分剧情是在南方影视城取景拍摄的,这些天剧组要集中把这部分剧情拍摄完毕。

由于《长歌行》本身是一部"男频"小说，女性角色只是为了烘托男主角的侠骨柔肠，所以夏挽沅饰演的单恋男主角的女配角，就更没有什么戏份了。

紧锣密鼓地拍摄了十多天后，夏挽沅就带着陈匀回到了D市。

与此同时，夏挽沅离开D市与到达D市的机场照也在网上流传起来。

不过，别人的机场照都是"走路带风，精修上镜"，轮到夏挽沅，所有人都在讨论她只在剧组待了十多天。

他们下了飞机刚坐上车，陈匀就气得恨不得摔手机。

他怎么不知道夏挽沅现在这么红，连机场照都能上微博话题榜了？

"肯定是阮莹玉！还有她身后的草莓娱乐公司！我说她这段时间怎么这么反常，居然还主动跟杨导演提议先拍你的戏，原来是在打这个主意！"

"淡定。"夏挽沅悠然地递给陈匀一个橘子。

陈匀无语地看了一眼像没事人一样的夏挽沅。他以前天天祈祷夏挽沅别作妖，安静一点儿，但这是不是太过安静了？！

"先送你回去吧。"陈匀刚想跟司机说别墅的地址，没想到夏挽沅想了一下，说了一个新的地址。

陈匀一开始没当回事，但当车子从闹市中慢慢驶进一条被一棵参天梧桐掩映的路，还能隐约听见哗哗的流水声时，终于觉得有些不对劲了。

车子行驶了一段路程后，转过大片的蔷薇，陈匀看到了一座掩映其中的极其壮丽的庄园。

在这寸土寸金的D市，这座庄园的占地面积居然有300亩。

夕阳下，法国枫丹白露风格的建筑显得更为幽深，高高的栅栏挡不住园内蓬勃生长的青藤和蔷薇，庄严的大门处皆是炫目的珐琅彩绘窗棂和栩栩如生的大理石浮雕。

"这是你家？"陈匀深吸了一口气。夏家不是破产了吗？

"不是，一个朋友的家。"

他差点儿吓死了，还以为夏挽沅突然搬到这种地方来了。

夏挽沅以前就是富家千金，有个有钱的朋友确实很正常。

陈匀看了一眼车外雄伟的建筑，咂咂嘴，能有钱到这个程度也太少见了。

陈匀将夏挽沅送到门口便离开了，羡慕地看了一眼大门，催着司机快走："这里不能多待，再待一会儿我就要忌妒了。"

庄园的位置极其隐秘，君时陵也向来不与外人在庄园里见面，这还是第一次有外人按响庄园的门铃。

王伯面色复杂地看着门口的夏挽沅。

少爷明确下过命令，不许这个女人靠近庄园。

夏挽沅惧怕少爷的手段，因此从来没有踏足过这里，今天这是什么情况？

王伯快步走到门口，敛住表情说："夏小姐，少爷还在公司，您有什么事可以跟我说，我会转告少爷的。"

夏挽沅眉梢微扬，王伯明显没有给她开门的打算，是君时陵授意的？

可是昨天晚上她跟小宝视频的时候，小宝让她直接过来接他。

"好吧，我没什么事。"算了，她先回公寓吧。夏挽沅也不纠缠，直接转身离开。

门那边的王伯此时倒是有些惊讶。他见过夏挽沅一面，她那撒泼的模样实在让人印象深刻。但现在的夏挽沅居然隐隐散发着一股清雅淡然的气质。

夏挽沅还没走出去两步，远处就缓缓驶来一辆加长轿车。

王伯心道：糟糕，少爷最讨厌这个女人了，让少爷看见夏挽沅就糟了。

王伯示意门口的保镖开门，自己走出门外，恭敬地等在一旁。

向来会加班到很晚的君时陵今天破天荒地提前下班亲自去接小宝回来。

"妈妈！"小宝欢呼的声音打破了车内的寂静。

君时陵从文件上抬起头，看见了路边的夏挽沅。

半个多月不见，这个女人似乎瘦了些，颈部下边的锁骨变得越发明显。

她身穿一袭天青色长裙，上面用银线勾出朵朵玫瑰，微风吹过，裙摆微微飞起，略显妩媚妖娆。

车子到了门口并没有直接开进去，而是停在了夏挽沅的身边。

"妈妈！我好想你。"还没等夏挽沅反应过来，小宝就已经飞快地抱住了夏挽沅的腿，仰着头，一双大大的眼睛里写满了思念。

夏挽沅眉眼弯起，温柔地牵住小宝的手："妈妈也很想你。"

一旁的王伯满脸震惊地看着这一幕，小少爷怎么跟夏挽沅这么亲近？

他抬步上前，戒备地看着夏挽沅，生怕她会做出什么伤害小少爷的事情来。

没想到这时从车里又下来一个身影。

"少爷？！"王伯不由得惊呼。

君时陵每天都会忙到很晚才回来，这还是第一次天还没黑便回到了庄园。

夏挽沅此刻也抬头望向君时陵，只见他依然是一袭黑色西装，尽显冷峻傲然的气质，完美的五官中透着丝丝冷意。

"我想把他带回公寓住几天。"夏挽沅率先开口。

"他中午没吃多少，让他吃了饭再走。"君时陵看了小宝一眼，开口说道。

"妈妈，我不饿，我们走吧！"小宝现在只想赶快跟着夏挽沅回家去玩，哪里还想着吃饭的事。

君时陵看了自己的亲生儿子一眼。小宝突然觉得有些凉飕飕的，不由得又抱紧了夏挽沅的腿。

"少爷，夏小姐，饭菜已经准备好了，不如吃了饭再走。"王伯突然福至心灵，想到了半个月前自己听到的少爷手机里的那个女人的声音，该不会就是夏小姐吧？！想到这里，他对夏挽沅的态度就变了一些。

"好。"夏挽沅其实不怎么饿，刚刚在车上吃了好几个橘子，但怕小孩子会饿，便同意了。

夏挽沅牵着小宝往里走，发现庄园里面比在外面看到的更精致一些。

有一条河流从南至北沿着庄园边界流淌着，岸边种满了柳树和各色花草。柳枝低垂，拂动一片绿波。

一座修剪得当的大花园里，既有参天的大树，也有低矮的小花，不远处的草坪上停着小宝的玩具车。

夏挽沅不由得咂舌。她这段时间也了解过 D 市的房价，在这样寸土寸金的地方居然能有一座这样大的庄园，可见君家是多么有钱。

小宝牵着夏挽沅，带她去看自己新拼好的玩具。夏挽沅被他带着跑，鞋子在石子路上敲出"嗒嗒嗒"的声音。

见此，面无表情地跟着他们进门的君时陵突然眉头一皱："君胤，跑什么跑，像什么样子，不会好好走路吗？"

听到君时陵的训斥，小宝微微缩了缩脑袋，然后放慢了脚步。

屋内的装饰都是欧式风格的，高大的大理石柱撑起房间四角，巨大的水晶灯将屋里照得璀璨夺目。

屋内的用人们也是第一次在这里见到陌生的女人，一个个内心都万分疑惑，但都表现得非常淡定。

"饭菜已经准备好了。"

夏挽沅带小宝洗完手回来时，君时陵已经坐在了餐桌旁。

"妈妈，你吃这个。"夏挽沅从来没有来过庄园，所以小宝像个小主人一般，用小手费力地拿着筷子给夏挽沅夹菜。

"吃这个，还有这个。"小宝手小，经常好不容易夹了一筷子菜，中途还会掉落好多，最后放到夏挽沅碗里时就只剩下一点点了。

但对于孩子传达给自己的爱意，夏挽沅很是感动。

君家的厨房里网罗了世界各地的大厨，饭菜的水准自然很高，夏挽沅吃得十分满足。

"君胤，坐好，别把饭菜弄得到处都是。"君时陵看不惯小宝吃饭时扭来扭去的样子。

"爸爸，不要吃醋，我也给你夹菜。"小宝说着夹了一个白胖的虾仁放到君时陵的碗里。

君时陵脸一黑，但小宝还是一副"我都懂，爸爸你这么大年纪了还吃醋"的样子，惹得夏挽沅偷偷在旁边笑出了声。

君时陵警告地看了儿子一眼，但还是伸出筷子把虾仁放进了嘴里。

一旁的王伯看着父子俩的互动，又是惊讶，又是感慨。看到小宝给君时陵夹菜，王伯甚至背过身偷偷地擦了擦眼泪。

君时陵的父母早逝，在君家这个大家族中，君时陵是老爷子最喜欢的孙子，所有人都畏惧他、算计他。老爷子虽然喜欢这个孙子，但因为工作忙碌也时常顾不上君时陵。

王伯眼看着小时候粉雕玉琢的少爷越来越优秀，也越来越冷漠，仿佛除了带领君氏集团变强，再也没有能影响他情绪的事情。

而如今，王伯感受到少爷的身上有一种为人父的温情，这如何能不让他这个看着君时陵长大的老人感动。

D市的天气变化莫测，刚刚还是晴天，现在突然下起了倾盆大雨。

屋内灯光如昼，尽管外面暴雨如注，但丝毫没有惊扰到屋子里吃饭的人。

吃完饭，夏挽沅牵着小宝的手，看着窗外的狂风大雨感觉很无奈。刚刚的天气不是还挺晴朗的吗？

"妈妈，今天你留在这里和我们一起睡吧。"小宝看电视上的广告和动画片里，爸爸妈妈都是陪孩子一起入睡的。

夏挽沅被小宝说得一愣："暴雨应该很快就停了，你刚刚不是说要带我去看你的新玩具吗？走吧，我们去看看。"

提起新玩具，小宝雀跃起来，拉着夏挽沅就往二楼跑。

君时陵也听到了小宝的话，很奇怪的是，以前一点儿都不想看见夏挽沅，但刚刚听到儿子的话时，心里居然没有反感。

"王伯，让人去收拾一间客房出来。"

"是，少爷。"

这场雨来势汹汹，而且持续的时间相当长。天色慢慢暗下来，雨依然没有减弱的趋势。

"夏小姐，客房已经准备好了，一会儿就有人把换洗的衣服送过来。外面雨太大了，您今晚就留在这里吧。"

王伯站在门口，看着屋内小少爷一副很依赖夏挽沅的样子，惊讶不已。

庄园里从来没有外人留宿过，更何况是女人，因此很多东西都没来得及准备，还需要从外面送进来。

"妈妈，我们就在这里睡吧，我的新玩具还有一条腿没有拼好，今晚你陪我拼好吗？"这段时间，小宝一直沉迷于积木，那个半人高的玩具只差最后一条腿就拼好了。

"那好吧。"

戏拍得差不多了，夏挽沅也没什么商务活动，反正都是君时陵的房子，住在哪里都一样。

"她怎么说？"君时陵坐在楼下，刚毅的脸上没有丝毫表情。

"夏小姐同意了。"

众人察觉君时陵的态度发生了变化，更何况，庄园里面住进一个女人，这本身就是一件不可思议的事情，大家都开始把夏挽沅当作未来的女主人。

用人给正专心地拼积木的母子俩送去一个大果盘，里面有很多水果是夏挽沅两辈子都没有吃过的。她笑眼弯弯地跟用人道谢。

被美人的笑甜到了，送水果的小姑娘面露羞涩，觉得这未来的夫人的脾气可真好，而且真的好漂亮！

楼下，君时陵正跟公司的几个高层商量着南方度假区的开发计划。

"君时陵，我弟弟呢？他去哪里了？"夏挽沅走出房间，冲着楼下正专注地看着电脑的君时陵问了一句。

玩了半天的夏挽沅终于想起自己那个弟弟了，到现在也没看到夏瑜，不知道他现在怎么样了。

清脆如铃的女声从君总的视频里传出来，本来还激烈讨论的参会人员顿时像被人捂住了嘴巴。

此时那些参加线上会议的人都难掩眼中的惊异。

女人？！还是在大老板家里？！乖乖，这比君氏集团破产的消息还要惊人，让人不敢相信。毕竟君时陵就是一个行走的冷面阎王，他们一度以为老大会终生孤独的，而现在老大的家里居然出现了女人的声音。

瞬间，大家的脑袋里浮现出各种念头，唯有林靖眼中一片了然。他扶了扶眼镜框,露出一个神秘莫测的笑容。

"他回学校上学去了,过两天应该会回来。"

原以为君时陵会直接结束会议,没想到他却像什么也没发生一样。

只是看着君时陵那面无表情的模样,众人汗颜:老大,你成天摆着这副冷脸究竟是怎么抱得美人归的?

"哦,好的。"夏挽沅转身离去。

"继续。"君时陵把目光重新放到屏幕上。众人已经调整了自己脸上的神情,变得无比专业和认真,仿佛刚刚支着耳朵偷听老板八卦消息的那些人根本不是他们。

"好的,根据投资部的报告……"

夏挽沅洗漱完,几个小时的飞行带来的疲累被一扫而空。

"走,睡觉去。"

"妈妈,我们和爸爸一起睡好不好?"真难为小宝,都玩了大半天玩具,居然还记挂着要和爸爸妈妈一起睡觉。

"你爸爸不习惯和别人一起睡觉。"夏挽沅只能拿君时陵当借口了。

"才没有!妈妈,我们的家庭是不是不完整?"小宝垂下眼帘,眼角处闪着点点泪光。

这时,在动画片间隙插播的公益广告里,窗外明月高照,在屋内的床上,爸爸妈妈和孩子一起安然入眠。

"完整的家庭是对宝宝最大的呵护。"

夏挽沅无语地听着广告词,一旁的小宝皱着脸看着电视,眼睛里泪光闪闪,夏挽沅的心都揪起来了。

"我没问题的,但是你爸爸不同意的话,咱们还是去客房睡好不好?"

夏挽沅觉得君时陵肯定不会同意,便答应了小宝。

"好!我这就去叫爸爸!"小宝的脸色终于由阴转晴,他开心地往楼下跑去。夏挽沅则悠悠地拿起桌上的车厘子往嘴里放,思考着一会儿要怎么安慰失败归来的小团子。

没想到半晌后,"噔噔噔"的脚步声从门口传来。

"妈妈,爸爸同意了!"小宝兴奋的声音响起。

"喀喀!"夏挽沉呛得连连咳嗽。君时陵居然会同意?

"妈妈,走,我们去睡觉。"小宝得到了君时陵的允许,拉起夏挽沉的手就往主卧跑。

主卧的面积很大,大雨如注,雨滴打在巨大的落地窗玻璃上,留下一串串痕迹。屋内的装饰极其简约,黑灰色系的风格彰显出屋主冷峻的性格。

小宝跳上床,朝夏挽沉招招手:"妈妈过来呀。"

夏挽沉倒不担心君时陵会做什么,毕竟他那样的人有着非比寻常的高傲。

以前,在军营里,没有帐篷床具给人睡,大家都是席地而睡。那个时候也不分男女,大家都只是并肩作战的战友罢了,因此夏挽沉除了有些尴尬,并没有其他的想法。

"嗯,睡吧。"

夏挽沉上前掀开被子,将小宝搂进怀里,轻轻地哼唱这些天听的新歌,但半个小时过去了,小宝依然睁着一双大大的眼睛。

"怎么还不睡?"夏挽沉看到小宝的眼中明显带着困意。

"爸爸怎么还不来?"小宝坚持要和爸爸妈妈一起睡。

"应该快来了。"夏挽沉只好安慰他。

楼下,踟蹰良久的君时陵也不知道自己刚刚为什么就心软答应了眼角挂着泪珠的儿子所提出的要求,或许是因为自己亏欠这个孩子太多,不忍心打破孩子的一丝希望。

按照小宝的习惯,这个时候他应该已经睡着了。君时陵放下书,准备上楼看一眼。

他轻轻地推开门,没想到两双水灵灵的眼睛瞬间就朝自己看了过来。

"爸爸!"小宝看到君时陵后立刻从被窝里钻出来。

小宝跑过去牢牢攀住君时陵的大腿:"爸爸,你答应过我的。"

君时陵脸一黑,把小宝从地上抱到怀里:"地上这么凉,瞎跑什么?"

床上的夏挽沉穿着用人新买的真丝长裙。本来她觉得这是很正常的衣服，但在被君时陵扫了一眼之后，不知道为什么觉得浑身都不自在。

夏挽沅用被子掩住肩膀，往里面挪了挪，让出一大片地方。

小宝钻到夏挽沅的怀里，手却始终抱着君时陵的胳膊。

"放手，我去换衣服。"

小宝这才勉强放开君时陵。直到君时陵从浴室出来，小宝依然睁着大大的眼睛等待着，而小宝身边的夏挽沅已经闭上了眼睛。

"爸爸，快过来。"

小宝压低声音，朝君时陵招招手。君时陵掀开被子躺了上去，被子里已经暖暖的。

小宝一只手拉着夏挽沅，另一只手拉着君时陵，终于满足地闭上了眼睛。

等屋里的人逐渐睡熟后，室内的灯光自动切换成了睡眠模式，只留下一丝微弱的光。

君时陵那被明灯掩藏住的内心的汹涌，此刻在黑夜的掩护下快速蔓延开来。

君时陵睡的位置是夏挽沅刚刚躺过的地方，此刻从枕头上传来阵阵幽香，那香味萦绕在君时陵的鼻尖，他被扰得久久无法睡去。

身边人的呼吸已经逐渐平缓，小宝在熟睡中放开了君时陵的手，完全滚到了夏挽沅的怀里。

君时陵一转头便对上了夏挽沅那掩藏在夜色中的脸，微弱的光细细勾勒出她的轮廓，看上去竟无端平添了几分魅惑感。

君时陵静静地看了一会儿夏挽沅，又看了看埋在被子里的儿子，闭上眼睛，沉沉地睡了过去。

屋外的雨势慢慢小了，细雨淅淅沥沥地顺着落地窗往下流，屋里的温暖持续蔓延，美好的梦境不期而至。

第二天一早，阳光从窗外照进来，夏挽沅睁开眼睛，发现床上早已没了君时陵的身影。

怀里的小宝还在睡，夏挽沅看了一眼时间，小宝可以再睡一个小时，便放轻动作起了床。

推开门，用人们早已在门口等候多时。

他们捧着饰品、衣服和鞋子，足足为她准备了十几套衣物。

"夏小姐，您选一套吧。"

有那么一瞬间，夏挽沅感觉自己回到了以前，仿佛是作为长公主在享受众人的服侍。

"就这个吧。"夏挽沅随手指了指，用人们便引着夏挽沅到更衣室换衣服。

夏挽沅选了一套简约的家居服，上身是柔软的杏色羊毛衫，一字领的设计，露出一截莹白如玉的锁骨。

夏挽沅只用了十来分钟便收拾好下了楼，看见君时陵正坐在餐桌旁吃早饭。

君时陵逆着光坐在餐桌旁，阳光仿佛给他镀上一层金黄色。穿着白衬衣的君时陵听见了夏挽沅下楼的声音。抬头间，君子如玉。

"早。"夏挽沅点头示意。君时陵应了一声便低下头。

"夏小姐，小少爷还没起床，您先吃吧。厨房准备了充足的食物。"

王伯见夏挽沅从主卧里走出来，看夏挽沅的眼神便越发奇异，对她的态度也更加恭敬。

"等会儿和小宝一起吃吧，我先出去转转。"

"好的。"

雨过天晴，早晨的天空像一汪碧海。夏挽沅深吸一口气，带着些许湿意的空气让她整个人神清气爽。

草坪上，小草尖尖，上面挂着欲滴的露珠，正在阳光的照耀下闪着光。

不知名的蓝色小花像星辰一般散布在草丛间。

庄园里还有玉兰、玫瑰和桃花等，它们共同组成了一片鲜艳的花海。经过一夜的雨水冲刷，数不清的花瓣落到地上，原先的青石板路俨然成了一条花路。

经过大雨冲刷却依然留在枝头的花朵，此刻花瓣上都带着水珠，鲜嫩莹润。微风轻轻吹过，带走一片花香，摇得花瓣落下了水珠。

正仰着脸看花的夏挽沅美如仙子，一时竟让人分不清究竟是花美，还是人更美。

君时陵坐在车上准备离开时，看到的便是这样一幅场景。他眯起眸，像是一匹狼终于觅到了最好的猎物。

君家确实大，夏挽沅在花园里走了半天也没有走到尽头。她看了看时间，估计小宝也该醒了，便按原路返回了。

刚进门，她就看见小宝从楼梯上跑下来。

"妈妈！我还以为你走了！"小宝有些惊慌地抱住夏挽沅。

"妈妈没走，刚才只是在外面赏花，你看。"夏挽沅说着递给小宝一朵玉兰花，洁白的花瓣上还带着水珠。

"好好看！妈妈我们去吃饭吧，我饿了。"知道夏挽沅没有抛下他，小宝彻底放心了。

吃过饭，小宝被司机送去上学，夏挽沅坐在沙发上给夏瑜打了个电话。

这段时间不想住在君家又不想回夏家的夏瑜破天荒地回了学校宿舍，安安分分地过起了集体生活。

夏瑜虽然在外面是个混世魔王，但回到宿舍里，面对一群单纯的同龄人，身上那些年轻人的脾性也显现了出来。

夏瑜很快和室友们打成了一片，昨晚顶着"半残"的胳膊和他们一起打游戏，打到两三点才睡，现在突然被电话铃声吵醒，感觉十分不爽。

夏瑜下意识地不想理它，却不料这铃声响个不停，把宿舍里的人都吵醒了。

夏瑜恶狠狠地按下接听键，语气极不耐烦："谁啊？"

"夏瑜，你还没起？"电话那边的声音一下子让夏瑜褪去睡意，不耐烦的语气也消失了。

"早就起了，我在吃早饭呢。"夏瑜说起谎话来草稿都不带打的。

"哦，那你半个小时后到公寓等我吧，我回来了。"

"半个小时？！"夏瑜这下彻底清醒了。

"怎么了，你不是在吃早饭吗？给你10分钟吃早饭，从你们学校到公寓也就 15 分钟,半个小时足够了。"

夏挽沅说完便挂了电话。

夏瑜一个鲤鱼打挺从床上蹦了起来,急匆匆地收拾好东西飞奔出门。

"喂,不带你这样的,说让我半个小时过来,你自己却迟到了 5 分钟!"夏瑜懒懒地躺在沙发上,不满地看着夏挽沅。

天知道他是怎么在两分钟之内起床、穿衣、洗漱,然后一路飞奔到校门口的。室友们都以为他疯了。

"你最近怎么没去医院复查?"夏挽沅将行李递给李妈。昨天她刚下飞机就收到了夏瑜的主治医生的电话,说夏瑜根本没去复查。

"我早就好了还去复查什么?不信你看。"夏瑜作势要抬起胳膊给夏挽沅看,但隐隐作痛的胳膊还是让他的眉头皱了一下。

"跟我去医院。"夏挽沅不悦地看着夏瑜。伤筋动骨一百天,这个人居然这么不在意自己的身体。

"我不去,我跟室友约好了等会儿一起玩游戏的。"夏瑜缩了缩头。

"不去的话,以后你就别来我这边了,想干吗就干吗去。"夏挽沅撂下一句话便下了楼。

"我告诉你,我才不是因为你威胁我才去医院的,你以为我想住在你这里啊?"

果然不出夏挽沅所料,没过一会儿,夏瑜就跟了上来,但那双漂亮的眼睛里满是嫌弃。

"我知道,你是怕你那英明神武的形象受到损害,对吧?"

这个人怎么抢他的台词啊?夏瑜被夏挽沅的话堵了一下,干脆坐到了副驾驶的座位上,一个人看着窗外生闷气。

他们到医院检查了一番。幸亏夏瑜年轻,伤势恢复得很快,但还是不能做大幅度的动作,需要再静养一段时间才能完全康复。

"小伙子,你姐姐对你还挺好的,每次都陪你来做检查。"医生一边给夏瑜换药,一边跟他闲聊。

"什么呀?"夏瑜下意识地接了一句。他转头看了一眼在外面等待区坐着的夏挽沅,这还是第一次有亲人在医院陪着他看病呢。

"还行吧。"夏瑜嘟囔了一句,耳朵有点儿红,不过医生并没有注意到。

上完药,夏瑜跟在夏挽沅身边去拿药。突然从门口急匆匆跑进来一个人,用极快的速度朝电梯冲去。夏挽沅没注意,差点儿被他撞倒,夏瑜连忙用手扶了她一下。

不远处,有镜头正好拍下了这一幕,镜头的主人兴奋地咧开了嘴。

他没想到自己因为感冒来看病,居然还能拍到"好东西"。照片里的两个人仿佛拥抱在一起,纵使女方只露出了一个侧脸,但熟悉她的人很容易就能看出来这是谁。

"没长眼睛啊?!"夏瑜朝电梯里吼了一声,接着放开夏挽沅,"你能不能慢点儿?"

他们拿完药,司机正准备把车开回公寓,夏瑜拒绝了。

"我就在学校宿舍里住吧,室友们还行。"夏瑜从小到大都没什么朋友,也一直没怎么在学校里待过。其实他的学校还不错,室友们很单纯,也很有素质。

"可以啊。"夏挽沅点点头。男孩子嘛,确实不能老跟家人住在一起,应该有自己的社交圈子。

"司机,去超市一趟。"

"去那里干吗?"夏瑜一脸疑惑。

到了超市,夏瑜看着夏挽沅一边用手机搜索着什么,一边往推车里放各种生活用品的样子,眼睛一下子红了。他瘪了瘪嘴,把眼中的泪水强压回去。

夏挽沅没注意到夏瑜的情绪。她简直快被琳琅满目的商品闪花了眼。

《长歌行》剧组所在的宾馆旁边也有个小超市,她没事就喜欢去那里逛逛。因为里面的每一件商品对她来说都是非常新奇的。

"这是什么?"夏挽沅把手机递给夏瑜,上面赫然是一张当代男大学生必备物品清单,夏挽沅的手指停留在"游戏本"这三个字上。

这几个字她都认识,但当它们合在一起时,她就有些不能理解了。

"就是打游戏的电脑。"夏瑜给夏挽沅介绍了一下现在比较流行的几款游戏。

夏挽沅明白了,这其实跟以前他们小时候玩的蹴鞠、毽子差不多,不同的是现在流行的是电子游戏。

"你有吗?"夏挽沅从来不反对弟弟妹妹玩游戏,反对的是玩物丧志。

"有,在夏家放着呢。"

夏挽沅带着夏瑜来到电子设备区。她也不懂应该买什么样的,就直接拿了专区最贵的一款游戏本。

夏瑜虽然心里感动,但这些天也算体会到了一些民间疾苦。夏家破产了,没人管他们俩,夏瑜有点儿担心夏挽沅给他买完东西,她就没钱用了。

"不用买的。"

"要四台。"夏瑜的话还没说完,夏挽沅就已经跟工作人员交流完了。

一听说要四台,工作人员的嘴都快笑歪了,这样的话,他一个月的工作指标都完成了!工作人员立刻跑去给夏挽沅开单据,速度快得生怕她反悔。

"你买这么多干吗?"夏瑜震惊了,合着他刚刚是白担心夏挽沅了?

"你第一次住宿舍,不得给室友们带点礼物吗?"

夏挽沅倒是像没事人一样,估算了一下原身卡里的钱,只是买几台电脑而已,还是承受得起的。更何况她刚刚看到网上说这是当代男青年梦寐以求的礼物。

夏瑜彻底无语了。

买完东西,他们开车到了夏瑜的宿舍楼下。汽车的后备厢被塞得满满的,光靠司机和夏瑜两个人根本搬不完。

夏瑜给室友打了个电话,没一会儿,三个睡眼惺忪的人趿拉着拖鞋走了下来。

"夏瑜你是去扫荡了吗?怎么这么多东西?"

夏瑜倚在一堆的箱子边,要不是那张脸太过精致,表情太过欠揍,不知道的人还以为他是送快递的呢。

"别废话了,快帮我搬上去吧。"

一大堆东西,四个年轻力壮的小伙子抱了个满满当当,晃晃悠悠地爬上了六楼。

进了寝室,他们已经累得气喘吁吁了。

"我们这累死累活的给你搬东西,你可得请我们吃饭。"张哲抹了一把脸上的汗,狠狠咽下一口水,打趣道。

"这里面装的是什么?累死我了。"苏枚抱了一个半人高的大箱子,感觉它重得很。

"你打开看看不就知道了。"

室友之间没什么好顾忌的,苏枚当即就拆开箱子,其他人也围了上来。

"天哪!"

"妈呀!"

"有钱人啊!真是闪瞎了兄弟的眼啊!"

"我看看型号!最新版高配,我羡慕哭了。"张哲向夏瑜投去一个羡慕的眼神。

作为当代的男大学生,谁不想一觉醒来就拥有一台最高配置的游戏本呢?

"哎,这下面怎么还有啊?你买这么多台干吗?"苏枚翻了翻,发现下面还有一台。

"我姐送你们的,说是给你们的礼物。"夏瑜第一次叫夏挽沅姐姐,可惜她并没有听见。

夏瑜上前把箱子打开,四台崭新的电脑泛着金属光泽,但比起其他三个人眼里激动的光还是暗了一点儿。

"什么?!"他们三个人简直被夏瑜姐姐的这番操作搞蒙了。虽然他们从平常的相处中猜到了夏瑜是个富二代,但没想到他居然是个这么大方的富二代。

他们上前摸了摸这传说中性能极佳的游戏本,果然贵的东西摸起来就是不一样。

不过他们终归还是学生，除了杨临，其他两个人家里的条件并不是很差，但也从来没收到过这么贵重的礼物。

他们虽然很激动，但还是不约而同地拒绝了这份礼物。

"谢谢你姐的好意，但这个太贵重了，我们受不起。"杨临虽然家里条件不太好，但知道不能白收别人礼物的道理。

"是啊是啊。"其他两个人也附和。

"你们就收了吧，买都买了。"想起夏挽沉离开前的话，夏瑜撇撇嘴，"而且我姐说了，让你们监督我期末拿到A等成绩，要是拿到了，这些就完全属于你们了。"

夏瑜都说到这个份儿上了，其余三人也不再推辞，纷纷表示一定会好好监督夏瑜，一定让他期末考个好成绩。

"夏瑜，你姐还缺弟弟吗？你看我可以吗？"

"对呀对呀，读过大学，会拎包捶腿的那种，我也可以！"

"滚！"夏瑜笑骂一句。

"哇，还有零食！还有这么多水果！夏瑜，你姐就是我亲姐！"

"你想得美！"

大家在宿舍里打打闹闹，一起分享零食，关系也更融洽了一些。

经过一夜的发酵，微博上关于夏挽沉的话题又慢慢地爬上来了，出现在众人的眼前。

"夏挽沉十天完成《长歌行》拍摄。"

一众网友以及时刻关注影视剧拍摄进程的原著书迷的怒火瞬间被点燃了。而一些认真地总结了天灵公主的出场次数，发现她戏份并不多的理智原著书迷的声音早就被淹没在了舆论的汪洋中。

大批网友一窝蜂地涌进了《长歌行》剧组的官方微博里，纷纷在最新一条微博下发起了"抵制夏挽沉，要求换人"的话题。

短短两个小时，这条微博下已经出现了将近10万条评论。

事情越发严重。刚回到D市影视城，稍微喘了口气的杨导演被这条消息气得吹胡子瞪眼。

见《长歌行》剧组的官方微博迟迟没有作出回应，网友们直接把

"夏挽沅天灵公主"这一词条刷上了微博话题榜。

话题下排名第一的是某原著书迷强烈要求剧组换人的评论。

眼看着这条微博的排名越来越靠前,《长歌行》剧组的官方微博终于给出了两条回应:一条是夏挽沅的戏份说明;另一条则是一个15秒的短视频。

原本怒气冲冲地点开视频的原著书迷在看完视频后竟全部噤声了,在微博下也慢慢出现了不同的声音。

本来只有原著书迷占领的微博话题,随着排名慢慢靠前,众多网友也关注起这个话题。现在微博话题排名第一的是强烈控诉《长歌行》剧组纵容夏挽沅偷懒罢戏,要求剧组换人的微博。而微博话题排名第二名的则是剧组发出来的短视频。

网友们怀着好奇心点进去,想看看剧组到底做了什么事,让书迷们如此愤怒地要求换人。

结果15秒过去,网友们纷纷表示:这还要换人?!他们都疯了吗?

视频只有短短的15秒,看得出是未经剪辑的原片:长街中,各色花灯排列在灯市两边,行人如织。灯火阑珊处,身着一袭淡紫色长裙的夏挽沅亭亭玉立,手中提着一盏兔子灯,一步一步地朝镜头走来,肩若削成,腰如约素,延颈秀项,皓质呈露。她就像一朵在月光下独自绽放的清荷,馨香幽幽,沁人心脾。

名为"四大金刚"的微信群里弹出来一条消息。

"你们看我女朋友发给我的视频,这是演天灵公主的那个女演员,这就是我心中的偶像啊!"

本来各自安安静静地窝在床上玩着新电脑的众人因为张哲的一声吼叫而激动起来。

《长歌行》的读者大多是男性,原著中的两个女性角色,自然也被很多男性喜欢。

这个宿舍里的人除了杨临都看过这本小说。夏瑜知道夏挽沅要演天灵公主后,前些天专门去看了小说。

"这就是我心中的天灵公主啊!太美了!我能看100遍!"

不管外界对天灵公主的评价如何，对于他们而言，有时候喜欢一个人就是这么简单直率。

夏瑜也听到了他们的谈话，带着嫌弃地点开视频，眼中瞬间闪过惊艳，这女人穿古装还挺好看的。

"一般般吧。"夏瑜嘴上却不饶人。

"哇！夏瑜，你的要求也太高了！这还叫一般？！那什么样的才能被称为美人？！"

"夏瑜我告诉你，说我可以，说我的偶像不行，你出来跟我打一架。"

"喊，幼稚。"夏瑜嗤笑一声，心里却因为室友们对夏挽沅的夸奖而雀跃不已。

另一边，司机将夏瑜放下车后，应夏挽沅的要求，在校园里慢慢开车。

正是上课时间，校园里人不多。这里的绿化做得很好，到处都是姹紫嫣红。蓝天白云映照在体育场上那面巨大的玻璃墙上，将巨大的体育场也染成了蓝色。

校园道路两侧挂满了各种社团招新的横幅和立牌，让人不禁感叹大学生活是如此充实。

校园里，来来往往的年轻学生，或是背着书包，或是手里抱着书，或是步履匆匆地赶向教室，身上洋溢着青春的气息。

从掩映在大树间的一栋栋小楼的窗户里，能看到一张张求知若渴的年轻脸庞，夏挽沅艳羡地看着他们。

以前的夏挽沅确实饱读诗书，诗画礼仪也样样精通，但没有上过这样的学堂。

"大学生活看起来真不错，可惜没机会来体验了。"夏挽沅遗憾地收回视线。

"是啊，大学生真是无忧无虑，"司机接着说，"不过现在上大学是没有年龄限制的，只要能考上就能进去读书。"

夏挽沅回到公寓，好好休息了一下，才觉得这些天奔波劳累的身体终于缓过来了。

小宝放学后被司机接回了公寓。

"妈妈。"小宝一回家就朝二楼跑去,随即被夏挽沉抱了个满怀。

"今天在幼儿园过得怎么样?"

"妈妈,今天老师教我们跳舞了,我跳给你看。"

"好啊。"

公寓里其乐融融,充满了欢声笑语,庄园里却没有这样的热闹,又恢复了以往的安静。

"少爷,饭菜已经备好了。"王伯朝君时陵迎去,"小少爷被送到夏小姐那边去了。"

庄园里没了小宝的吵闹声,显得更冷清了。

君时陵解开外套,坐到餐桌旁,看了一眼空荡荡的餐桌。巨大的餐厅里只有筷子偶尔碰到餐盘时发出的声响。

当手中的筷子碰到对面的虾仁时,君时陵顿了一下,清炒虾仁是小宝最爱吃的一道菜。

君时陵心中涌上一股难言的感觉,突然觉得没了胃口,放下筷子就上了二楼。

他洗漱完躺在床上,枕头上夏挽沉睡过的地方依然散发着阵阵幽香,还混合着小宝身上的奶香味。君时陵猛地皱起了眉。

一夜无眠。

网上的舆论慢慢平息下来,不得不说,《长歌行》剧组的官方微博发布的视频起到了一定的缓冲作用,大家纷纷等待着正片的出现。到那时,夏挽沉的表演会成为决定事态最终发展结果的关键因素。

她若演得好,便皆大欢喜,若演得不好,此时的平静最终将酝酿出更大的风暴。

很显然,圈内99%的人认为夏挽沉会遭受剧烈的嘲讽,剩下那1%的人,便是剧组的人员了。

"拍得真好!这眼神和这动作,都给我剪进去,"杨导演检查着母带,不时激动地跟剪辑师交流着。

"多给她剪点儿镜头进去。到时候收视率肯定往上升。"

杨导演想不到原以为会是本剧最大污点的夏挽沉，此时居然成了剧中最大的亮点。

今天应该是君氏高层最难过的一天了。

君时陵本来就是一个非常严格的人，但高标准会带来高薪资，大家向来干劲儿十足。

可今天，君时陵已经否决五个提案了。

虽然君时陵一直都是冷着脸，但今天有些不同，身上的冰冷气息都快凝成具象的了，几个高管都不敢靠近他。

大家把求助的目光投向林靖："林特助，靠你了，我们都不敢去。"

林靖无语，说的好像他不怕君时陵一样。他拿起曾被否决的一个收购方案，硬着头皮轻轻地敲了敲办公室的门。

"进来。"

"少爷，这是济世医疗器械公司的收购方案，陈总他们对其进行了修改。"

君时陵伸手接过文件，快速地翻了一遍，然后皱着眉将其丢到桌上："拿回去重做。"

林靖在心里默默地对同僚们说：我也帮不了你们了。

眼看天色渐晚，但看君时陵好像毫无下班的意思，林靖想起上次视频会议中出现的夏挽沉的声音，于是旁敲侧击地问了一句："少爷，天色已晚，要不要派车去接小少爷？"

"不用，他已经被夏挽沉接回去了。"

君时陵看了林靖一眼，林靖瞬间觉得自己被看透了。

"好的，少爷，那我先退下了。"

林靖迅速收起桌上的文件朝外走去，但心里大致明白了老板今天为什么会变成移动冷库了。

"重做。"林靖在众人期待的目光中走出办公室，然后用一句话打破了大家的期待。

不管众人在身后长吁短叹，林靖拨出了一个电话。

"喂,是园长吗?您好……"

杨导演正在家里招待女儿的同班同学。

"小念啊,你这么优秀,可得好好给我们小慧传授点儿经验。"

"叔叔您客气了,小慧也很棒的,刚刚才拿了学校演讲比赛的第一名呢。"

李念的话让杨导演心花怒放。

吃完饭,杨慧陪李念坐在沙发上看电视。

"最近怎么都没见到你们导师呢?"杨慧咬了一口苹果问。

"你还不知道我那个导师有多嗜画如命吗?他听说纽约有一场拍卖会,据说一幅很有名的作品将被拍卖,所以上周就出国了,估计这两天回来。"

"那你论文写多少了?"

"差不多了,就等导师回来看看怎么修改了。"

李念吃了一个苹果感觉有点儿撑,站起来想稍微活动一下,却被不远处桌子上的一幅水墨画吸引住了。

李念凑过去仔细看了看,那幅画似乎是草草画成,纸皱巴巴的,画上的兔子却栩栩如生。兔子旁边有一块大石头和几株小草,寥寥几笔却让人感觉到了强烈的生机。

李念不太懂画,但跟着导师久了,好歹也知道一些粗浅的品鉴知识。

"小慧,这是你爸爸画的吗?"

"不是吧,估计是他从剧组拿回来的,我爸才不会画画呢。"

"怎么了?"

杨导演正好端着洗好的草莓走来,看见女儿和客人都围在桌子前,有些疑惑。

"叔叔,您这画是从哪里买的啊?"李念斟酌着问了一句。

"这哪儿是买的呀,是剧组的演员随便画的糊灯笼的,不值钱,你喜欢就拿走吧。"

杨导演见李念喜欢这幅画,心里惊讶:莫不是夏挽沉还真有两下子？不过一幅画能值钱到哪里去？更何况还是夏挽沉随便画的，杨导演大手一挥便把画给了李念。

"谢谢叔叔！"虽然李念不太懂，但导师快回来了，她可以拿给导师看看，反正她的导师就喜欢这种冷冷清清的画风。

第二天，国际幼儿园专门举办了一次家庭专题的展览。

"园长姐姐，爸爸妈妈和小孩子是住在一起的吗？"

一个奶声奶气的声音突然响起，园长低下头一看，哎哟，这不是幼儿园里最可爱的小宝。

小宝的嘴也太甜了，她都30多岁了，还被小朋友叫姐姐，不禁心花怒放。

"是的呀，宝贝，一家人当然应该住在一起呀。"

园长笑眯眯地摸了摸小宝的头，但没想到眼前总是弯着一双笑眼的小团子竟伤心地低下了头，那可怜的小模样惹得园长心疼不已。

"怎么了小宝贝？有什么事情就跟阿姨说。"园长蹲下身把小宝揽进怀里，而小可爱的眼睛里此时已经蓄满了泪水。

"为什么我的爸爸和妈妈从来不住在一起？"

园长闻言一愣，猜小宝可能是离异家庭的孩子，便更心疼这个粉雕玉琢的小朋友了。

"那你爸爸妈妈爱你吗？"

"嗯。"小宝重重地点了点头。虽然爸爸总是冷着脸，但会帮自己赶走小怪兽；虽然妈妈以前讨厌自己，但现在每天都会陪在身边。

"虽然他们不住在一起，但是他们都很爱你呀，他们对你的爱是不会变的。"园长说着拿过一旁的玩具，转移话题，"阿姨陪你玩长颈鹿好不好？"

终于办完了主题展，园长回到办公室，突然想起小宝那可怜兮兮的样子，连忙打开幼儿园小朋友的入学资料。

让她惊讶的是，上面并没有显示小宝是离异家庭的孩子，园长不悦地看了看父母栏里的名字，心想：这对父母也太不负责任了吧，就算不准备将婚姻继续下去，也得考虑一下孩子的感受。

园长翻出家长的联系方式，拨通了小宝爸爸的电话。

"少爷，幼儿园园长来电话了。"

当初填报资料时，考虑到君时陵和夏挽沅的身份，他们改动了父母栏里的名字，因此园长并不知道电话对面的人是幼儿园最大的投资者。

"喂，请问是君胤的爸爸吗？"

"嗯。"君时陵皱眉，小宝在幼儿园又把同学打了吗？

"请问您和您的夫人离婚了吗？"

"没有。"君时陵沉默了半晌才开口。

园长的火气一下子就上来了，想到小宝可怜巴巴的样子，她瞬间脑补出一场大戏，当即就开始了对孩子爸爸的批评。

"希望家长能多注意一下孩子的心理健康，为孩子创造温馨的家庭环境。如果没有离婚，请不要两地分居，和谐的家庭氛围有助于孩子的健康成长。"

一通长篇大论过后，园长来了个总结，觉得自己嘴巴都说干了。

"好的，谢谢园长，再见。"

君时陵第二次开口时，语气极为冷淡，园长的怒气本来稍微消了点儿，一下子又被点燃了。

这家的爸爸怎么这样？完全沟通不了啊！园长只好又给妈妈打去电话，毕竟母亲总是好说话一些。

君时陵被园长劈头盖脸的批评弄得有点儿心烦，但不可否认的是，园长有一句话他记在了心里。

"其实我看得出来，小宝很爱你们，也很想跟爸爸妈妈住在一起，其实他都懂的。他很伤心，只是怕惹你们生气，不跟你们说而已。"

君时陵紧紧地捏了捏手里的钢笔，心中生出些对小宝的愧疚，他小的时候就是孤单一人，结果现在有了孩子，却让孩子也这样孤单。

公寓里，窗户边的咖啡都已经放凉了，夏挽沅还在听园长说话。

"嗯，好的，谢谢园长，再见。"

跟孩子爸爸如出一辙的语气和答案，园长蒙了，这一家人是怎么回事？

夏挽沅以前一个人抚养弟弟妹妹。弟弟妹妹知道父皇母后已经薨逝，都很懂事地没有在夏挽沅面前提过想念父母。

但很多次午夜梦回，生病呓语的时候，他们还是会无意识地叫着父皇母后。

夏挽沅第一次觉得有些无奈，现在这个时代不像以前，小宝的情况也不同于她以前的弟弟妹妹。

站在小宝的角度看，明明爸爸妈妈没有离婚，却一直分居两地，他也是很伤心的吧？

其实小宝应该也是想君时陵的，昨天晚上估计是做了噩梦，还不停地叫着"爸爸快帮我打小怪兽"之类的话。

这时，电话铃声再次响起，夏挽沅以为还是园长，没想到却是熟悉的黑色头像。

"喂，有事吗？"夏挽沅接起电话。

"幼儿园园长给你打过电话了吗？"低沉的声音从电话里传来。

"打过了。"

"三个月后的离婚协议依然有效，这段时间你住到庄园里来，好好照顾君胤，到时候再给你三套三环内的房。"

明明从一开始就计划离婚，但此刻提起这事，君时陵心中没有丝毫喜悦，反而像有一块石头压在了心上，莫名其妙地让他喘不过气来。

"房子就不用了。小宝也是我的孩子，我以前没有尽到一个母亲的责任，是我欠他的。"

"嗯。"君时陵沉默了一会儿，"我一会儿派车过去接你。"

"好的。"

纵使夏挽沅拒绝了，君时陵挂断电话后还是给私人律师打了电话，把三套位置极好的房子划到了夏挽沅的名下。

李妈先是跟着夏挽沅住在别墅，然后搬到公寓，现在又要搬去庄园了。她从没想过自己有生之年居然还能到庄园里做事。

"夏小姐，东西都收拾好了。"李妈激动且快速地收拾好了行李。

没过多久，来接夏挽沅的车到了。到了庄园，李妈才发现自己打包了那么多东西好像是多此一举了。

"夫人。"王伯从君时陵口中知道夏挽沅要来，内心是又震惊又欣慰。

庄园里很久没有人来长住过了，特别是女人。

王伯当即派人从各大品牌店送来几百套衣服和各类首饰，这些东西堆满了一整个衣帽间。

至于日常的生活用品，更是准备得十分齐全。

夏挽沅真的不是正牌的君少夫人吗？李妈陷入了深深的怀疑之中。

"谢谢王伯。"夏挽沅看得出眼前的老人对她毫无敌意，反而很慈爱，也发自内心地释放出自己的善意。

"妈妈。"这时，放学的小宝也到了家，一开始还以为是司机伯伯在骗他，没想到妈妈真的来庄园和他一起住了！

看着小宝眼中毫不掩饰的惊喜和开心，夏挽沅觉得自己的决定是对的。

"今天大老板走得好准时啊。"

"大老板准时下班不就意味着我们也能准时下班吗？多好啊，如果以后每天都能这样就好了。"

看着君时陵渐渐远去的身影，秘书处的人凑在一起窃窃私语。

车子慢慢驶回庄园，刚进大门，君时陵便透过车窗看到了在不远处草坪上坐着的夏挽沅和小宝。

夕阳西下，大片的火烧云在天际铺展开来，一抹红色的余晖撒在母子俩的身上。

身穿白色针织衫的夏挽沅温柔恬静，穿着黄色服装的小宝天真可爱。

君时陵看着两个人在草坪上嬉笑打闹，眼中染上些暖意。

"爸爸回来了！"小宝听见声音，一转头就看到了熟悉的车。

君时陵下了车，又是一身冷峻的气势。

"怎么又在地上蹭？"瞥见小宝衣服上的泥点儿，君时陵严肃起来。

"不小心嘛。"察觉了爸爸的怒意，小宝不由得往夏挽沅身边缩了缩。

夏挽沅拍拍他的头，说："走，不玩了，吃饭去。"

"好嘞！"

小宝蹦起来拉住夏挽沅的手，又小心翼翼地跑过去拉住君时陵的手。

"吃饭喽！"今天的动画展上，小兔子就是这样拉着爸爸妈妈的，小宝有样学样。

尽管君时陵刚刚冷着脸指责了小宝到处乱蹭的坏习惯，但对于小宝沾着些泥土的小手，并没有拒绝。

手拉手的三个人在夕阳下拉出长长的斜影，余晖照在他们身上，仿佛给他们镀上了一层慵懒而温柔的光。

王伯远远地看着朝餐厅走来的一家人，眼中露出极为欣慰的神色。

"少爷，夫人，饭菜已经备好了。"三个人刚进门，王伯便迎上前去。

夏挽沅下意识地看了君时陵一眼，他正拉着小宝去洗手，仿佛并没有听到王伯叫的那一声"夫人"。

既然人家都不在意，夏挽沅自己也不再去纠结了。

还是一样的饭菜，但今天饭桌旁明显热闹了许多——有小宝的童言童语，有夏挽沅的温柔低喃，以及君时陵偶尔的几句简单回应。

相比以往那座庞大华丽却极端冷清的庄园，现在这里面多了些温度，君时陵甚至比昨天多吃了一碗饭。

吃完饭，夏挽沅陪着小宝在客厅里玩积木，不仅小宝爱玩，夏挽沅也对这个表现出了浓厚的兴趣。

君时陵在书房里开会，在连续通过了今晚的第三个提案后，众人非常肯定，老板的心情由阴转晴了。

只有林靖依然是一脸正经的笑，但没有人比他更清楚君时陵是因为什么而改变的了。

结束了一场两个小时的会议，君时陵合上电脑，走出书房。楼下的地毯上，夏挽沅和小宝已经拼好了一座金字塔。

君时陵站在二楼的走廊上看了一会儿才出声："到时间了，君胤你还不去洗澡？"

小宝抬头看向君时陵，黑葡萄一样的眼睛里闪着亮光。君时陵还是第一次看到这样一个完全回归童真的儿子。小宝好像一只幼鸟终于找到了可以遮风避雨的港湾,在父母的翅膀下放下了所有的拘束和警惕。

"爸爸,今天我们也一起睡吗?"

君时陵看着小宝亮晶晶的眼睛,点了点头。

"妈妈,我去洗澡,你也快去!"小宝得到了君时陵的允许,开心地冲向浴室,还不忘回头提醒夏挽沅。

小宝洗完澡回到卧室时,夏挽沅已经躺在床上,正拿着君时陵放在床边的一本名人传记看。

小宝钻进夏挽沅的怀里,夏挽沅一手揽着他,一手翻着书。

"妈妈。"小宝安静了一会儿,突然出声。

"怎么了?"

"我们三个人住在一起,我很开心。"小宝往夏挽沅的怀里埋得更深了些,嘟囔着。

"你开心就好。"夏挽沅笑了笑。

"那妈妈开心吗?"小宝语气认真地问夏挽沅。

"怎么这么问?你开心,妈妈就开心啊。"夏挽沅停下翻书的动作,低头看向怀里的小宝。

"我希望妈妈开心。只有妈妈开心,我才会开心。"小宝认真地盯着夏挽沅,说出的话让她极为感动。

"乖,妈妈过得很好啊,快睡吧宝贝,晚安。"夏挽沅安抚地摸了摸小宝的后背,在他的额头上亲了亲。

"妈妈,我想等爸爸来了再睡。"小宝期待地看了看门口。

夏挽沅很无奈,3岁小孩儿的忘性不是挺大的吗?怎么自家的这个小孩儿什么都记得?

半个小时过去了,君时陵还没来,而小宝坚持不睡,夏挽沅只好披上外套出去找人。

君氏掌权人的身份看起来风光无限,但站在这样的高度,必然得承受着无穷的压力。

决策者有任何一丝失误,都可能给这艘商业巨轮造成无法挽回的损失。

君时陵快速地看完了三份将近50页的方案比对，站起身看着窗外的繁星点点。

夏挽沅看见书房有灯光透出，便走过去敲了敲门。

"进来。"君时陵看着窗外，没有回头。

夏挽沅打开门："忙完了吗？小宝在等你睡觉。"

他本以为是王伯，没想到从门口传来了清脆的女声。

君时陵转过身，看见身着浅绣兰花睡裙的夏挽沅站在门口，未施粉黛更显清丽，犹如一株濯濯清荷，让他混乱的心绪莫名其妙地安静下来。

"现在就去。"

夏挽沅拢了拢外套，朝卧室走去，君时陵大步跟上。

卧室里，小宝已经困得眼睛都快睁不开了，看见夏挽沅和君时陵都进来了，终于笑了出来。

"快睡吧。"夏挽沅上了床，将小宝搂到怀里。

君时陵去浴室换了睡衣，然后躺在床的另一侧。

感觉到爸爸和妈妈的气息，不到半分钟，小宝就沉沉地睡了过去。

夏挽沅低头看了一眼熟睡的小宝，抬头时却撞上了同样准备查看小宝状态的君时陵的目光。

君时陵幽深的眸子仿若一潭古井，让人看不透里面的情绪，但夏挽沅仿佛被这目光烫了一下，脸上露出些不自在的神色，有些不自然地移开了视线，闭上眼准备睡觉。

同样的，本来想看看小宝状况的君时陵不期然撞上了一双清澈的水眸，像是林中的小鹿的眼睛，里面盛着夜晚的露珠，还有天上的明月。

君时陵只觉得有股清凉感沁入了自己的心脾，但很快，察觉了夏挽沅的不自在，便收回目光，同时往床边挪了挪，尽量与夏挽沅拉开距离。

幸好这是一张定制的超级豪华大床，即便睡了三个人，空间也还是很充足。

第二天一早，夏挽沅起床的时候依然没有看到君时陵的身影。

《长歌行》剧组还有几场戏需要拍，这几天夏挽沅还得去 D 市影视城。

陈匀收到夏挽沅的消息，便赶过来接她去剧组。

看着夏挽沅从庄园里走出来，陈匀一阵静默，直到夏挽沅走到跟前，他才忍不住出声："夏挽沅你老实跟我说，你们家是不是发财了？这其实是你买的房子吧？"

"当然不是，我要是这么有钱还会演女配角吗？"夏挽沅有点儿无奈。

"那倒也是，"陈匀挠了挠头，"可是你现在不是住在这里吗？"

"是朋友的家，我借住一段时间而已。"对于自己和君时陵的关系，夏挽沅不愿多说。

"哦哦，那你这朋友还挺好的。"

"嗯。"

到了剧组，大家见到夏挽沅来了，纷纷跟她打招呼。

与刚进剧组被众人嫌弃的状况不同，现在剧组的大部分人对夏挽沅改观不少。

本来大家只是听说夏挽沅脾气不好才对她抱有偏见，但实际相处下来，发现夏挽沅不仅长得好看，脾气也没有传言里那么差。相反，她除了不怎么主动与人交流，甚至算得上平易近人。

夏挽沅拍戏时不喊累不喊苦，对自己高标准严要求，而且在他们看来，夏挽沅的演技完全不像外界传的那样差。

"小夏，过来一下。"见夏挽沅来了剧组，杨导演朝她招招手。

"导演，怎么了？"夏挽沅以为是自己的戏出了什么问题，连忙跑到杨导演身边。

"是这样的，上次你不是画了张灯笼纸吗，我给带回家了。刚好我女儿的同学来家里做客时看到了，说挺喜欢你的画，想跟你认识一下。我能不能把你的联系方式给她？"

李念找到杨慧，说希望跟夏挽沅认识一下。杨导演受不了女儿的软磨硬泡，便答应女儿今天一定跟画的主人转达李念的话。

"可以的，导演。"其实在夏挽沅以前的老师眼里，她的画只能勉强算合格，所以夏挽沅从来不觉得自己画得有多好。

但没想到在这个时代，竟然有喜欢自己的画的年轻人，夏挽沅还是挺高兴的。

不远处的阮莹玉看着众人纷纷对夏挽沅表现出善意，心中愤愤不平。

亏她还给那些人买过下午茶，真是喂到狗肚子里了。她回剧组的时候，怎么没见他们这么热情？

"今天的第一场戏是小夏和小阮的对手戏，你们俩准备一下，待会就上场了。"

杨导演看了一下排戏表，吩咐大家准备接下来的拍摄。

林霄为了查清自己的身世之谜，带着师妹田樱儿一路追踪到了将军府里。

"美人，再吃一个。"将军大笑着将一颗葡萄喂到宠姬嘴边。

曾经的天灵公主，如今的将军府宠姬，正满脸笑容地迎合着对方，一颦一笑皆勾得大将军意乱神迷。

"在下林霄，前来拜见将军。"

舞姬歌女散去，两个身影出现在将军面前。少年侠客意气风发，带着天真善良的师妹走进了这座奢华的大厅。

听见熟悉的清朗声音，宠姬居然慌乱起来。她第一反应就是抬起袖子想要挡住自己的脸。

"爱妾，怎么了？"被身边的将军察觉她的反常后，天灵公主放下袖子，勉强一笑。

"将军，妾没事，不过是有些头疼罢了。"

长袖下，天灵公主双手紧紧地握在一起，在特写镜头中，长长的指甲甚至嵌入了肉里。

大厅内，林霄向将军问好。

高座上的天灵公主却近乎悲哀地看着少年侠客，当林霄的眼神不经意间扫过她时，她自卑地垂下眼。

宴席还未结束，活泼好动的小师妹按捺不住好奇心，跑到花园里去看烟花了，天灵公主也寻了个由头走了出去。

古灵精怪的田樱儿看着湖边的烟花雀跃不已，眼中是被保护得很好的人才有的清澈目光。

天灵公主穿着繁复精致的衣裙，戴着光华璀璨的首饰，却艳羡地看着眼前这个装扮简单的女子。

"林大哥有自己的大事要办，你这样跟着是在拖累他。"

田樱儿突然被人打断兴致，又听天灵公主称呼林霄为林大哥，眼中带着惊讶。

"你跟师兄是什么关系？"田樱儿带着敌意看着这位华服盛装的女子。

"我跟林大哥是什么关系，与你无关。"听到田樱儿口中的那句师兄，天灵公主脸上的表情变得更加落寞，她自卑又骄傲地看了田樱儿一眼，转身离开，"总之，你一直在拖累林大哥。"

"非常好！一遍过！准备下一场。"

夏挽沅的表现自不用说，秦坞本就是实力派演员，而阮莹玉虽然跟他们相比略显稚嫩，但也算新生代演员里比较有演技的了，因此杨导演对这场戏十分满意。

在将军府里借住了几天的林霄调查出当年自己的父母曾在这里留下过重要的信物，而这个信物现在被保存在将军府的密室里。

漆黑一片的将军府里，两个鬼魅般的身影慢慢地摸进了书房。林霄拧动书房的密室开关，一张书柜慢慢移开。

"师妹，你在这里等我，发现有异常情况就通知我。"

"好的，师兄。"

田樱儿忐忑地看着林霄钻进密道，心神不宁地躲在书房里。

突然，静谧的窗外传来一声猫叫，本就心绪混乱的田樱儿被吓了一跳，不小心撞倒了桌上的花瓶。瓷片碎裂的声音在这寂静的夜里响起，仿佛催命符一般。

门外的侍卫迅速反应过来，踹开了书房的门，发现田樱儿后，当即拿着刀剑冲上前去。

但侍卫的剑还没到田樱儿的身前便被人用暗器弹开了。不知何时，林霄已经从密室里出来了，一把抓住被吓蒙了的田樱儿，从窗户处闪了出去，躲进了柴房里。

"抓住他们！"全将军府的侍卫都集结起来，一个房间接一个房间地搜查。

眼看他们就要搜查到柴房了，田樱儿吓得眼中全是泪水。

这时，柴房门口传来了脚步声。林霄握紧手里的剑柄，高度戒备地望着门口。

门被推开时，藏在门后的林霄一下子把剑抵在了来人的颈喉上。

"林大哥，不用怕，我是来救你们的。"

林霄听见这熟悉的声音，将来人的脸扳过来。透过外面微弱的灯光，他发现这个人正是卸去了一身浓妆的天灵公主。林霄一下子想起来她是三年前花灯会上的那个女子。

"是你？姑娘你怎么在这里？"

林霄显然没认出她就是将军身边的宠姬，对此，天灵公主心中松了一口气。

"别问这么多了，一会儿我会出去引开他们，从柴房右转再向前走有一条隐蔽的小道，你们等会儿从那里出去。"

"姑娘为何要帮我们？"林霄慢慢松开了抵在天灵公主喉间的剑。

"就当是报公子当年相助之恩。"天灵公主深深地看了一眼这个曾无数次出现在她梦里，但又在记忆中缓缓褪色的男子，仿佛想永远记住他的样子。

随后，天灵公主决绝地走出柴房，一步步走向光影密集的地方，但在林霄的眼里她像是走进了无边的黑暗。

镜头拉近，一步步离开柴房的天灵公主眼里的泪珠止不住地往下流。

此刻在走廊上行走的天灵公主不再如宠姬般走得婀娜多姿，而是恢复了已经三年没再用过的皇室礼仪，仿佛要以这种方式为自己保留最后的一丝尊严。

"好，圆满结束！今天的戏完成得很好，大家辛苦了，休息一下吧。"

杨导演拍了拍手,大家也从戏中抽离出来。

"擦一下吧。"泪眼婆婆的夏挽沅的面前突然出现了一方帕子。

"不用了,谢谢。"夏挽沅从宽大的袖子里掏出一包纸巾,擦干了眼泪,这才看向面前站着的秦坞。

"一起拍戏这么久,我们还没有互相加过微信呢,夏小姐的演技真的很不错,希望以后可以跟你多探讨一下演技方面的事。"秦坞颇为真诚地看着夏挽沅。

秦坞一开始来剧组时是很看不上夏挽沅的,但后来慢慢发现她跟传闻中的很不一样。

他在演艺圈这么多年,也见过不少女演员,但从没遇见过像夏挽沅这样的人,不仅美在外表,而且从里到外都流露着一股淡然和优雅的气质。那双琉璃般的眸子,清澈得仿若清晨的第一滴露珠,让人不由自主地沉溺其中。

很多人说,一个优秀的演员会把自己沉浸在戏中,把自己的情感与剧中人融为一体。

他和夏挽沅的对手戏不多,但每一次演对手戏,他看着夏挽沅含羞带怯的样子和那双里面装的都是他的眼睛时,只有他自己知道,那个时候他的心里有多火热。

他打听了一下,夏挽沅虽然有一些绯闻,但好像现在身边还没有人。他便想尝试一下。

"而且电视剧就快拍完要进入宣传发行阶段了,加个微信咱们之间也好联系。"见夏挽沅有些犹豫,秦坞又加了一句。

"好吧。"秦坞都说到这个份儿上了,夏挽沅也就同意了。

双方加了微信以后,秦坞懂得见好就收的道理,随即开心地离开了。

夏挽沅觉得有些莫名其妙,秦坞怎么突然变得有些兴奋了?

毕竟她上辈子一直在为了复国而奔波,从来没有考虑过感情方面的事,因此对于男性的示好反应有些迟钝。

夏挽沅走进化妆间,看见阮莹玉坐在镜子前,阮莹玉轻蔑地看了夏挽沅一眼。

"喊，"阮莹玉不再假装温婉，瞥了一眼夏挽沅的卸妆水，眼中满是嘲讽，"看来夏家果真是破产了，堂堂夏大小姐居然沦落到用这种'三无'产品。"

夏挽沅不了解现在的化妆品品牌，这些东西都是剧组给准备的。

听到阮莹玉这么说，夏挽沅心中明了，演艺圈估计分配物品都是看人下菜碟的。

夏挽沅将手上的卸妆水放下。虽然身边这个人说话讨厌，但这倒是提醒夏挽沅了。

见夏挽沅根本没反应，阮莹玉像是一拳打到了棉花上："喂，跟你说话没听见吗？"

"那你不知道我有名字吗？"夏挽沅转身直视阮莹玉，那样含着威势的目光让阮莹玉从心中升起一股寒意。

"你装什么？一个破落户而已！"阮莹玉将心里的那股寒意压下去，想着夏家都破产了，根本没必要怕她夏挽沅，"夏挽沅，你这张脸可真好看。"

阮莹玉语气突然一变，神色扭曲地看着夏挽沅的脸。阮莹玉五官平平，主打的也是清纯路线，这就导致她的戏路很窄。

"宣少可是最喜欢你这种货色的。"阮莹玉露出莫名其妙的笑，"夏挽沅，以后发达了可不要忘了我对你的恩情。"

阮莹玉说完也不管夏挽沅的反应，当着夏挽沅的面将自己桌上的卸妆水丢进垃圾桶里，然后得意地走了出去。

与阮莹玉预料的不同，夏挽沅根本就没什么反应，毕竟夏挽沅对这个宣少没什么印象。

海边的一栋豪华别墅内。

"宣少，求求你放过我，求求你了。"女子满脸泪水，实在抵抗不住。

"求我？好啊，放过你。"对面阴郁的男子一笑。

宣升的手机响了。

宣升眼中划过暴戾，拿过一旁的手机，看到是那个前段时间通过层层关系加他为好友的小艺人发来的信息。他不喜欢那种清汤寡水的类型，当即就要删了她，但她说要把别人介绍给他，他才留下了她。

对方发来的是一段视频，宣升点开一看，逐渐产生浓厚的兴趣。

屏幕里播放的是一段偷拍的戏：盛妆华服的倾城美人在月光下袅袅走着，行走间步步生莲，有一股贵不可言的气势，眼中不停落下的泪珠又给她增添了几分柔弱的气质，令人怜惜。

宣升眼睛一亮，他从来没有见过像她这样刚柔并济的女人，她的骨子里仿佛透着一股冰山之巅的冷意，让人忍不住想，这样的冰山融化时会是什么样子。

宣升发了个消息给对方。

手机那头的阮莹玉不出所料地收到了宣少满意的答复。她嘴角微勾："夏挽沅……"

而夏挽沅全然不知这些事，正有些无语地接受着李念的全方位夸赞。

阮莹玉离开不久，夏挽沅就收到了李念的好友申请。由于对方备注了是杨导演介绍的，所以夏挽沅很快就通过了申请。

没想到对方一上来就是各种"前辈""泰斗""大师"地叫她，让她有些不知所措。

以李念单方面夸赞为主的对话持续了10分钟，李念才小心翼翼地问道："不知道大师您什么时候有空。我的导师非常喜欢您的画，希望能够见您一面，跟您探讨一下有关绘画方面的知识。"

"可以，这周末吧。"夏挽沅答应得很爽快，难得有人夸她画得好。毕竟前世她的老师始终对她恨铁不成钢。

"好的！太谢谢您了！咱们周末见！"

得到夏挽沅的承诺，李念开心地去跟导师报告这个好消息。

而对于夏挽沅那个明显十分年轻的头像，李念在犹豫了一瞬后便自行解释为"大师心态年轻罢了"，因为李念和她的导师都认为那幅画的作者是一个白发苍苍的老人家。

"挽沅啊，"陈匀早已经不知不觉地更换了对夏挽沅的称呼，"你是不是忘记你的微博密码了？"

如今，微博是非常重要的宣传平台。《长歌行》剧组的好多演职人员在微博上互相关注，互相转发。在一众显得十分亲密的剧组成员中，已经许久没更新过微博的夏挽沉显得格格不入。

于是，网上关于她嚣张跋扈被剧组孤立的消息甚嚣尘上。

但夏挽沉对微博的操作方法不太熟悉，也没那么多闲心去打理微博。

"我要发什么？"夏挽沉登上早就被她遗忘在角落里的微博。

"你就转发一下剧组的微博，还有相关工作人员的微博，营造一下你们关系好的氛围，顺便分享一下日常生活什么的。"陈匀说完，又补上一句，"少发你那些包和首饰的照片，别炫耀就行。"

于是，当天夏挽沉转发了剧组十多位成员，包括导演、摄影师、灯光师、秦坞等人的微博，唯独没有转发阮莹玉的。

众网友正看着微博，突然发现自己的主页被《长歌行》剧组霸占了，被迫看了《长歌行》剧组的拍戏日常。

"你看看你的亲闺女、亲儿子，从你出事以后，有给你打过一个电话问候一下吗？我说他们是白眼儿狼你还不相信。"在即将被拍卖的夏家别墅里，韩媛摸着自己九个月的孕肚，愤愤不平地看着年纪比她大了20多岁的夏父。

韩媛心里气得不行。

"你真是没用。"韩媛此时也不复平时在夏父面前的柔顺样子，一双眼里充斥着不满。

"媛儿，虽然公司破产了，但咱们还有好几套房产呢，我前妻的账户里还有100多万元，咱们省着点儿花，肯定能养活你和孩子的。"

夏父的头上已经隐约有了些白发，此刻面对韩媛的指责他并不生气，一双发红的眼睛里满是后悔和愧疚。

他轻信了别人的投资方案，一下子投了几千万元进去，导致夏家的资金链断裂，最后破产。

"100多万元？夏元青，你以为在打发叫花子呢？！"韩媛的火一下子就起来了。

每年过年，她都是开着好车、载满好礼地回家，那些年轻时一起跟她买过地摊儿货的姐妹都知道她嫁得好。

前些日子她还跟家里的亲戚说要带他们去欧洲玩,现在夏元青居然说要靠100多万元来养她和孩子,养得起吗?!

"媛儿。"夏父上前想握住韩媛的手,却被她猛地推开。

"你那个女儿不是嫁了个大人物吗?"一想到夏挽沅嫁的人,韩媛既艳羡又有些幸灾乐祸。

"你去求求你女儿,让她跟君少说说。君少不是一直想离婚吗?那就让他出一笔离婚费。"

"那怎么行?!离婚了的话,沅儿怎么做人?更何况君家那个人是那么容易被威胁的吗?"一听到韩媛提起夏挽沅,夏父顿时激动起来。

尽管这些年他和夏挽沅逐渐疏远,当年因为韩媛,夏挽沅对他也有诸多怨恨,但她好歹是他的骨肉。

夏父在夏家最艰难的时候都没想过去求君时陵,因为知道君时陵一定不会帮自己,君时陵那样的男人根本不可能被威胁到一丝一毫。

这也是夏挽沅和君时陵结了婚,夏父也从来不敢在外面宣扬自己是君时陵的岳父的原因,他知道,那样做的下场恐怕比破产还恐怖。

"行!你就宠着你的白眼儿狼女儿吧!我告诉你,等这孩子生下来,我绝对不会让你见他一面!"脾气一上来,韩媛直接冲着夏父大吼了一顿,摔门离开。

夏父颓然地站在一片狼藉的屋子里,深深地叹了口气。

剧组里,夏挽沅的戏份已经全部结束,君家派了司机来剧组接她。
众人看着那辆全球限量款的车,脸色堪比颜料盘。

众人如何议论,夏挽沅已经听不到了。此刻,她正坐在车里探究地看着眼前的君时陵。

她以为只是司机来了,没想到一上车就对上了一双幽深的眸子。

他们互相打了个招呼,然后就陷入了沉默。

车程漫长,夏挽沅看了会儿窗外,便开始在车内搜寻可以打发时间的东西。

本来低着头看文件的君时陵不知从哪里抽出一本书放到夏挽沅的面前。

"谢谢。"夏挽沅笑着伸手接过,看了看简介,觉得挺有意思,便认真地看了起来。

一时间,车内只有她轻轻翻动书页的声音,静谧而安宁,车内流动着和谐的气息。

"明天一起去看看爷爷吧。"

两个人一路无话,直到车逐渐驶入庄园,君时陵才出声。

夏挽沅从看了一半的书里抽离出来。算算时间,也快一个月没有见过老爷子了。

"好啊。"夏挽沅欣然同意。

到了庄园,司机下车为君时陵开了车门,君时陵下了车,却并没有直接走掉。

他站在车门处,在夏挽沅下车的时候,替她用手在车顶挡了一下,以防夏挽沅的头磕到车顶。

司机在一旁惊得眼睛都瞪大了,夏挽沅倒还比较淡定。主要是她总看草莓台的那些电视剧,里面的男人大都会这样做,所以便默认这只是一种绅士行为。但她忘了,君时陵不是绅士,更不是随便一个人都可以让他护着下车。

"谢谢。"夏挽沅下了车,朝君时陵微微点头。触及那双带着笑意的水眸,君时陵抽回手,微微握拳。

花园里刚浇过水,青石子路上有些湿。

夏挽沅看路边的桃花开得绚烂,伸出手想折一枝摆到卧室的床头。

没想到桃花枝有些高,夏挽沅微微踮脚去够。但石板路上沾了水,她穿着一双8厘米高的细高跟鞋,完全站不稳。

夏挽沅脚边一滑,脚踝便崴到了,身子也猛然向旁边倒去,一声惊呼出口。

本来走在夏挽沅身后,刚接通跨洋电话的君时陵,几乎是瞬间就冲到了夏挽沅的身边。

夏挽沅本想凭借自己的力量站定,但没想到脚踝处传来钻心的疼。换作前世的身体,她可以轻易地克服这种疼痛,但这一世的夏挽沅细皮嫩肉的,脚崴了之后根本使不上一点劲儿。夏挽沅只能任由自己朝草坪的方向倒过去，希望这样可以摔得轻一点儿。

但预想中的疼痛并没有来，她反而摔进了一个温暖的怀抱。

扑面而来的是一股成熟男士的香水味，夏挽沅抬头，看到了一条刚毅的下颌线。

"没事吧？"

感受到怀里的温软，君时陵的身体微微紧绷，他不动声色地将夏挽沅扶正，但夏挽沅的脚踝崴得十分严重，她只稍微动了一下便像被万根针扎一般。

夏挽沅又一次倒进了君时陵的怀里。

君时陵伸手扶住夏挽沅，看着她低垂的眉眼，突然弯腰将她抱起来，稳稳地朝着庄园内走去。

匆忙之中，君时陵没来得及挂断电话，于是电话那端的人就这样被迫听完了这一整段对话。

一声娇弱的"哎哟"，以及一声惹人爱怜的"疼"。

大洋彼岸的薄晓忍不住浮想联翩了，但最让他感到惊讶的是，君时陵的身边居然会出现女人的声音！而且听起来二人的关系还很亲密，这简直是天方夜谭！

夏挽沅完全没想到君时陵会直接把她抱起来。透过薄薄的衬衣，君时陵身上的热度逐渐传递到夏挽沅的身上，夏挽沅双颊不由得染上红霞。

天空被夕阳染得红紫一片，余晖拥着两个人的背影，比之漫天霞光，遍地花海，这对璧人的身影仿佛更为动人。

"王伯，把沈修叫过来。"

王伯远远地就见到君时陵抱着夏挽沅过来了，但没敢上前，直到他们走近了，才看到夏挽沅的右脚脚踝处已经高高肿起。

"好的，我马上去通知沈修。"

君时陵抱着夏挽沅径直上了二楼，将她放到床上。

"我自己来吧。"夏挽沅弯腰要去脱自己的鞋。

没想到君时陵沉默地蹲了下来，轻轻地帮夏挽沅脱鞋。

火热的大掌与夏挽沅莹白如玉的脚形成了强烈的对比，夏挽沅不好意思地缩了缩脚趾。

视线扫过夏挽沉正害羞地缩起来的脚趾，君时陵的手不由得蜷缩了一下，脑中不由自主地回想起刚刚手上那滑嫩的触感，他瞬间觉得口干舌燥。

"你好好躺着，一会儿医生会过来。"话刚说完，君时陵便快速地离开了卧室，连看都没看夏挽沉一眼。

"什么？"

夏挽沉把鼻子凑到脚边闻了闻，她的脚也不臭啊，这个人反应这么大干吗？

等君时陵再回到卧室的时候，沈修已经坐在床前，正查看着夏挽沉的伤势。

"我给你敷点儿药，这药记得一天一换，还可以每天做两到三次冷敷，有助于伤势恢复。"

"好的，谢谢医生。"

听着银铃般的声音，沈修不由得抬头又看了一眼这个居然能出现在君时陵卧室的女人。

她倾城的五官着实动人，只是这张脸，沈修总觉得在哪里看到过。直到身后传来脚步声，沈修也没想出来自己到底在哪里见过夏挽沉。

"她怎么样？"

"没事，静养几天就会好。"

沈修年纪轻轻但医术高明，是君家的专属家庭医生。既然沈修说没什么大事，君时陵便不再多问。

敷完药，沈修随着君时陵一同下了楼，夏挽沉迷迷糊糊地睡了过去。

不知过了多久，夏挽沉被一缕幽香唤醒。她睁开眼，看见床头柜上的青瓷瓶里插了一大束正吐着幽香的桃花。

楼下的客厅里，沈修刚走，君时陵的电话便又响了起来。

"喂？"君时陵接通电话。

"哎哟，我的君大少爷，您这就完事了？"电话里传来男子调笑的声音。

君时陵愣了一瞬，反应过来薄晓指的什么后，顿时眸光冰冷："挂了。"

"哎哎哎，我错了！君大少爷！我有正事要跟你说。"

"你最好是有正事。"君时陵话中的凉意,薄晓隔着太平洋都感觉到了。

"老K他们怕是要有动作,我准备过两天回国一趟。"薄晓终于没了那股调笑的劲儿,语气中满是严肃。

"那你就回来吧,反正薄家也需要你回来一趟。"君时陵思虑片刻,同意了薄晓的计划。

"嗯,不过我回去能见到你的那位美娇娘吗?真是好奇,什么样的仙子能让我们铁石心肠的君大少爷动了心啊?!"

薄晓刚说完正事又开始不正经起来,没等薄晓说完,君时陵就挂断了电话。

薄晓听到电话里的嘟嘟声,狐狸般的眼睛中闪过一抹笑意。

时隔五年,华国,我又要回来了。

第三章
悸 动

"爸爸,妈妈呢?"

放学回来的小宝一蹦一跳地跑进屋内,溜圆的眼睛看了屋子一圈也没有看到夏挽沅。

"你好好待在这里写作业。你妈妈脚崴了正在休息,你别去打扰她。"

"啊?妈妈的脚怎么会崴了?爸爸你没有保护好妈妈吗?"听见夏挽沅受伤,小宝担忧不已,有些责怪地看向君时陵。

"写作业。"君时陵脸一冷。

"哦。"小宝不情不愿地坐到君时陵的身边。

沈修出了庄园,直到回家听见自己那个妹妹嘴里的碎碎念,才猛然想起来,自己曾经在妹妹的手机里看到过与那女子相似的照片。

沈修坐到沙发另一边,在手机的搜索框里输入"夏挽沅"三个字,弹出来的第一条热门微博就是关于夏挽沅被网友抵制的。

再往下看便是夏挽沅的机场照。看到那张一个小时前才见过的脸,沈修觉得,自己好像发现了什么不得了的事情。

"哥,你看她干吗?你不会喜欢这个女人吧?!我告诉你,如果让这个嫂子进门你就没我这个妹妹了。"沈星凑过来看沈修的手机,刚好看到屏幕上显示的夏挽沅的机场照。

沈修白了沈星一眼,先不说他没这想法,就算他有想法,也没有那个胆子。

"走开,别来烦我。"

本来安安静静的庄园大厅内,突然响起一阵手机铃声。

"爸爸,好像是妈妈的手机。"小宝用胖乎乎的小手指了指沙发上夏挽沅的包。

电话响了很久才停下,但没过3秒又响了起来。

估摸着夏挽沅还在睡觉,君时陵拿过一旁的包,掏出手机。

屏幕上显示的是一串未知的号码,君时陵按下接听键。

"喂,您好,是夏大师吗?"电话那头传来一个浑厚的声音。

君时陵沉默了一瞬:"钟老师?"

"您好,李念都跟您介绍我了啊?那也好,请问咱们周末什么时候见面合适?"

电话那边的钟微也有点儿蒙:李念不是说这位大师是女性吗?怎么接电话的是个男的?

"钟老师,我是君时陵。"君时陵八年前曾在英国伦敦留过学,当时钟微作为访问学者,也在伦敦。

钟微虽然是金融系的教授,但对中国的传统艺术极为推崇,而君时陵当初在拍卖行以高价拍下了一幅华国古代名家的山水画,引起了钟微的注意。

后来两个人再次相遇,钟微没有任何架子,给过君时陵不少帮助和建议。君时陵回国后,每年都会派人给老人家送点儿礼物。

"君时陵?"钟微一开始并没有听出君时陵的声音,直到君时陵表明身份,钟微才反应过来,"怎么是你接的电话?"

"电话的主人在休息,我帮她接听一下,您找她有事吗?"君时陵此时也很疑惑。钟微是怎么和夏挽沅扯上关系的?

钟微只好把事情的来龙去脉说了一遍,最后感叹道:"原来那位大师是你家请的啊,怪不得水平如此之高。"钟微以为那位夏大师是被君家招入麾下了，毕竟以君家的财力，能找到这样的人才也确实不难。

"等她睡醒了我会转告她的，钟老师，有机会再聚。"君时陵眼中充满疑惑——夏大师？

"好的，那谢谢你了。"

挂断电话，君时陵看了一眼二楼，绘画水平极高？国画大师？

"爸爸，我想上去看看妈妈。"小宝这时候已经写完了作业，正眼巴巴地望着君时陵。

"嗯。"

得到君时陵的允许，小宝撒开小腿就往楼上跑，但到了二楼走廊上便慢下来，尽量不让自己发出声音。

小宝踮着脚走到卧室门口，小心翼翼地推开门。

"妈妈！你睡醒了呀！"小宝看到坐在床上看书的夏挽沅，眼睛一亮。

"刚醒，过来。"夏挽沅眼中带笑，放下手里的书，朝小宝招招手。

小宝跑到床前，轻轻拉开被子，看到敷了药却依然高高肿着的脚踝，大大的眼睛中满是心疼。

"妈妈，疼吗？"

"敷过药了，不疼。"

"我给你呼呼。"小宝学着夏挽沅平常安慰他的样子，鼓起腮帮子往夏挽沅的脚上吹气。

夏挽沅看着小宝这么懂事的样子，眼中满是欣慰。

大洋彼岸，宣升多次点开那个在月光下落泪的美人的视频，眸中闪动着火热的激情，喝下一口烈酒，喉结滚动。

"Jack，给我订明天回国的机票。"

"小少爷，该下去吃晚饭了。"

到了晚饭时间，用人在门外叫着小宝。

因为夏挽沅走路不方便，王伯便差人将饭菜送到了卧室。

想到当初连清扫人员都不敢在君时陵的卧室里挪动一点儿东西，如今居然连饭菜都被允许端进主卧里了，王伯看夏挽沅的眼色越发慈爱了。

看着床边的桌子上摆着的饭菜,小宝不干了:"我也要在卧室里吃饭,我要跟妈妈一起吃。"

"小少爷,少爷还在下面等您呢。"用人不敢对小宝说重话,只好小心地劝着。

"不要!我就要在这里吃。"小宝就想黏着夏挽沅。

"小少爷……"用人陷入了为难。

"哼。"小宝把脸埋进被子里,就是要赖在这里。

门口突然传来脚步声,还没等小宝反应过来,已经有一双大手揪住了他的后衣领。

"又胡闹。"

低沉的声音响起,小宝下意识地缩了缩脖子:糟了!

小宝被君时陵从床上提起来时,还抓着君时陵的胳膊,他的腿在半空中挣扎着踢个不停。

但小宝的力气跟君时陵比起来相差太大,最后小宝只能幽怨地被君时陵从房间里提了出去。

直到坐在餐桌边,小宝还赌气地皱着小脸,开始单方面和君时陵冷战。

"不好好吃饭,晚上你就一个人睡觉。"君时陵瞥了一眼小宝气呼呼的脸,冷声说道。

"自己睡就自己睡,哼,坏爸爸。"

小宝气呼呼地看了君时陵一眼。本来想很有骨气地不吃饭,但下午幼儿园组织玩游戏,他满场跑个不停,早就饿了,此刻肚子很不合时宜地"咕噜"了一声。

君时陵动了动唇角,将小宝爱吃的红烧鸡翅往小宝面前推了推。

看着裹满酱汁的鸡翅,小宝狠狠地咽了下口水,不用君时陵提醒就拿起了筷子,埋首在香喷喷的饭菜中。

因为夏挽沅受伤,君时陵不允许小宝晚上和她一起睡。

夏挽沅在主卧躺着不好挪动,君时陵便和小宝一起睡到了当初为夏挽沅准备的卧室里。

考虑到夏挽沅的喜好,这间卧室被装饰得少女心十足,淡粉色系的风格让整个房间显得梦幻十足，只是和刚从浴室走出来的一身冷峻气势的君时陵十分不搭。

吃饭的时候叫着"坏爸爸"，说自己可以一个人睡的小宝，此时正瞪着大眼睛等君时陵来陪自己睡觉。

"爸爸抱，有小怪兽。"

经过这段时间的相处，小宝已经不再惧怕君时陵，言辞间也经常藏着依赖和撒娇的意思。

君时陵有些嫌弃地看了看自己的儿子，最后还是上了床，任由小宝手脚并用地缠上自己。

瞬间被奶香味包裹住的君时陵看着眼前这间梦幻公主房的陈设风格，眉头皱得紧紧的。现在那个女人睡着他的床，而他这个庄园的正经主人倒是来睡客房了。

得寸进尺，君时陵在心里给夏挽沉下了这个定论，但那双幽深的眼睛中看不到丝毫冷意。

第二天是周六，回老宅去看老爷子的计划因为夏挽沉的脚伤而延后了。

以前君时陵自己带着小宝去也挺好，但自从上回老爷子看到了夏挽沉留下的字，说什么都要夏挽沉和他们一起过来。

君时陵没办法，只能跟老爷子说了夏挽沉受伤的事，刚好老爷子这周要和以前的战友们聚会，便也同意让他们下个星期再过来。

昨晚君时陵跟夏挽沉说了钟微来过电话的事。

夏挽沉给钟微打电话，对方没有接听。她想着钟微应该已经休息了，便跟李念商量了一下，约好今天10点和钟微在庄园见面。

钟微一看约定的地点是君时陵家里，也欣然同意，毕竟他对君时陵也十分欣赏。

君时陵挺久没和钟微联系了，所以今天也没有着急去公司，而是待在庄园里办公。

"少爷，"王伯突然出现在沙发旁，恭敬地弯了弯腰，"夫人想去花园里坐坐，但脚伤不便。"

其实弄个轮椅就能解决了,这对于足智多谋、经验十足的专业管家来说是轻而易举的事情,根本不用来询问君时陵。

君时陵冷冷地看了王伯一眼,王伯微微垂首,自然知道君时陵一眼就看出了自己的想法。

长久的沉默,沉默到王伯以为自己猜错了君时陵的想法,触到了君时陵的禁区的时候,君时陵放下手中的工作,起身上楼。

没多久,君时陵抱着身穿嫩黄色针织长裙的夏挽沅出现在了楼梯口。

夏挽沅直到被抱出门还有点儿蒙。刚才她正要让两个用人扶她出门,没想到君时陵突然推门而入,看了一眼她单脚蹦跳的样子,眉头紧皱。

还没等她问君时陵来做什么,两边的用人就已经把她的手递给了君时陵,君时陵就顺势像昨天一样把她抱了起来。

下楼梯的时候,人容易往下坠,夏挽沅不由得用手抱紧了君时陵的肩膀。

一阵阵幽香飘过鼻间,君时陵一低头就瞥见了夏挽沅那如折扇一般长长的睫毛。

纵使抱着个人,君时陵的动作也稳如磐石,只是动作慢了许多,似乎是他怕摔了怀里的人。

君时陵刚把夏挽沅抱到花园里的椅子上,远处便传来一阵脚步声。

一个年轻女子陪着一位满头白发但精神矍铄的老人朝这边走来。

"钟老。"面对这位德高望重的老人,君时陵态度颇为尊敬。

"小君啊。"钟微哈哈一笑,中气十足。

等到走近,钟微才发现君时陵旁边坐着个十分美貌的女子。

"这位是你的夫人吗?"钟微很疑惑,没听说过君时陵结婚了啊。

且不说钟微和君时陵本来就是老相识,就说君时陵如今在华国的地位,君时陵结婚也应该是惊天动地的新闻。

"钟老,我是夏挽沅。"夏挽沅冲着钟微浅浅一笑。

钟微先是一愣,接着想起来和他约好见面的那位国画大师也叫夏挽沅。

莫非……?!

"跟我约好了见面的人是你?"

钟微有些不可置信地看着这个漂亮得有些过分的女子。

"是的,钟老,谢谢您喜欢我的画。"

夏挽沅不卑不亢,颇为大方地承认了。

钟微身后的李念从看到夏挽沅就震惊得不行,眼前的人不就是每天跟她联系的那个微信头像上的女子吗?难不成被导师如此推崇的国画大师居然是个这么年轻漂亮的女人?!

"真是太不可思议了。"钟微不是因为对方年龄小而怀疑其能力的人,否则当年也不会与尚未成年的君时陵成了忘年交。

但他曾经仔细看过李念拿回来的那幅画,觉得没有三四十年的功底根本画不出来。

"不知道今天能不能请夏小姐赠我一幅画?"

最终,钟微还是斟酌着开了口。他虽不是专业的,但多年收集藏品让他的眼光变得很是毒辣。那样老到的笔力是出自这样年轻的女子的手,他实在有些不相信。

"当然可以。"夏挽沅能理解钟微的怀疑。

毕竟严格来说,她拥有上一世几十年的额外时光。

王伯很快让人准备了上好的笔墨纸砚。夏挽沅脚不方便,王伯便让人把桌子搬到草坪上。

夏挽沅拿起笔便开始在纸上创作,仿佛只是随意地画上两笔,显得十分放松。

还没有看到画的内容,光是看夏挽沅这悠然放松的心性,钟微便满意地点了点头。画画时不一定要严肃得像要上战场一样。

画境与创作者的心境是相合的,创作者越是紧张,创作出来的作品越是不尽如人意。夏挽沅小小年纪就有着这样的心性,已经让钟微刮目相看了。

出乎钟微的意料,夏挽沅并没有打底稿,而是直接蘸了颜料就开始作画。钟微好奇地凑近一看,瞬间被吸引了。

夏挽沅画的是桃花,笔锋蘸墨,将墨、水、笔融于一体,令三者在纸上巧妙结合,重在意蕴。

很快,一株沾着露珠的桃花跃然纸上。

"这是失传已久的没骨画法？！"

钟微惊讶地叫出声。

所谓没骨画法，是指不着墨线，直接用色彩画枝干，点染花瓣，非常考验画家的功力。比之用墨线造型的手法，这样更富有真实感，比较适用于写实绘画。

但这种画法已经失传很久了，哪怕有后继模仿者，也往往画不出那种意境。钟微万万没想到能在这里看到没骨画法。

现在他看向夏挽沅的眼神里已经丝毫没有怀疑了："你师从于谁？"

"没有老师，自己瞎琢磨的。"夏挽沅放下笔。

"真是天赋过人！"她没有老师教导却能有如此高的艺术造诣，实在令人佩服。

而艺术界中，很多人最缺的就是这份天赋和灵气。

想到清大艺术院正在招客座教授，钟微看着夏挽沅动了心思。但这件事终究还要校方决定，他只能去引荐一下，因此暂时将此事放在心里没有说。

钟微一下子来了精神，开始跟夏挽沅讨论各种专业的问题，越是跟她深聊，越是被眼前看起来年纪轻轻的女子的学识所折服。

而走到哪里都是焦点的君时陵，这一次被彻底忽视了。

看着钟微和夏挽沅相谈甚欢，君时陵在一旁坐着无事，便拿起已经快干了的画。

舒展的花瓣肆意盎然，跟作画之人一样，从里到外都散发着闲适的气息。

"爸爸，妈妈。"

赖床到现在的小宝在主卧没有找到夏挽沅，找了一圈才看到院子里坐着的人。

小宝扑到夏挽沅的怀里，睁着大眼睛好奇地看着面前的老爷爷。

"这是……？"

钟微年纪大了，看到小娃娃心中便生出一股慈爱。

"我们的儿子。"

还没等夏挽沅回答，一直安静的君时陵出了声。

"怎么从来没听说过?"钟微看着小宝那张酷似君时陵的小脸,确信这是君时陵的孩子。

"爷爷好。"小宝奶声奶气地叫了一声,一下子就让钟微满心欢喜。"好好好,小君啊,你可真是太幸运了,有这么才貌双全的妻子,还有这么乖的儿子,可得好好珍惜。"

钟微一边笑着逗小宝,一边叮嘱君时陵。

"嗯。"

看了一眼夏挽沅和小宝,君时陵低低地应了一声。

钟微科研任务繁忙,聊了一会儿便带着夏挽沅的画喜滋滋地走了。

小宝好奇地看着桌上的纸笔,嚷嚷着要跟夏挽沅学写字。

夏挽沅便教小宝一笔一画地练书法。

"妈妈,你看我这个字写得好不好?"

小宝低着头鼓捣了半天,终于在纸上写了个端端正正的"君"字。

"你是小花猫吗?"夏挽沅接过字,便看到小宝弄了一脸的墨,看起来跟个小花猫一样。

"嘿嘿。"小宝咧开嘴,想用小手去擦,没想到自己手上也有墨,结果越擦越黑,逗得夏挽沅笑声不断。

一旁的君时陵看着像花猫一样的小宝和笑得足以融化春日的夏挽沅,给林靖发了个放假不加班的消息。

君时陵难得地待在庄园里享受片刻的闲暇,而创星娱乐公司里,陈匀正悠闲地打着游戏。

自从他接手夏挽沅以后,他负责的其他艺人生怕跟夏挽沅扯上关系,被网友连带着痛骂,纷纷找机会去了其他经纪人的手下。

这些天夏挽沅的戏拍得也差不多了,又没什么代言来找她,所以陈匀一边担忧自己会被解雇,一边在公司里混日子。

陈匀被队友气得正要开麦跟对方"大战三百个回合"时,一个电话打了进来。

"喂,你好?"

"你好,请问是夏挽沅小姐的经纪人吗?"对面传来一个礼貌而甜美的声音。

"是，你是哪位？"陈匀有些蒙。

"我这边是盛世集团旗下的倩秀服饰，想邀请夏挽沅小姐做我们品牌的代言人，不知您是否有时间来公司商谈具体事宜？"

"倩秀服饰？！"陈匀傻眼了，是他知道的那个倩秀服饰吗？

"是的，我们公司的地址是……"随着对方报出公司地址，陈匀确认就是那个倩秀服饰。

直到挂了电话，陈匀还是有点儿不敢相信，夏挽沅现在都沦为过街老鼠了，怎么还有代言找上门来？

"少爷，已经联系上夏挽沅的经纪人了。"

宣升身着一件银白色衬衫，领口开到下方第三颗扣子处，正慵懒地靠在车座上，高挺的鼻梁下，一张海棠色的薄唇含着一丝玩味的笑容。他听见助手的话微微歪了歪头，露出耳朵上的黑钻耳钉，透着一股危险而邪恶的俊美。

"怎么说？"

"少爷您放心吧，那夏挽沅家里破产了，在演艺圈根本没有什么资源。倩秀服饰这个代言对她来说简直是雪中送炭，她肯定会答应的。"

"过几天把她带到我面前来看看。"

"好的，少爷。"

宣升又看了一遍已经播放过无数次的视频，嘴角勾起。这是他第一次对一个人这么上心，还专门回国一趟，夏挽沅可不要让自己失望啊。

从倩秀服饰公司出来时，陈匀还有点儿不真实的感觉。对方表现出了十足的诚意，给的待遇完全超越了夏挽沅如今的地位。而且倩秀服饰本身在女性群体中就有相当大的知名度，这个代言签下来的话，简直赚翻了。

陈匀当即给夏挽沅打了个电话，说了一下新代言的事。

"对方说需要考察代言人的形象，约了过几天见面详谈。"

"好的，你到时候通知我吧。"

挂了电话，夏挽沅倒没有多欣喜。她对自己在演艺圈的地位还是有点儿了解的。哪有天上掉馅儿饼的好事？这个倩秀服饰这时候找上她，估计有什么幺蛾子。

夏挽沅昨晚顾忌脚伤都没洗澡,今天在花园里晒了半天,身上流了汗,便想去洗个澡。

夏挽沅觉得让用人伺候自己洗澡实在太尴尬,便让她们将她的脚搭在一旁的凳子上以防碰到水,然后遣退了用人,自己慢慢地洗着。

因为动作不便,夏挽沅在浴室里慢吞吞地洗了将近两个小时才套上衣服,然后双手扶着墙,想用一只脚跳出浴室。

没想到浴室的门槛有点儿高,夏挽沅一下子跳歪了。正在床头柜前找U盘的君时陵听见身后的动静转头一看,便看到一头湿发的夏挽沅单脚站在地上,正来回晃着企图找回身体的平衡。

君时陵连忙上前扶住夏挽沅的胳膊。刚洗完澡的夏挽沅浑身散发着清香,君时陵微微抿唇,将夏挽沅扶到床上坐下。

"能帮我叫一下用人吗?我想吹一下头发。"

夏挽沅摸了摸湿漉漉的头发,仰起头看着君时陵。

从君时陵的角度看,夏挽沅唇红齿白,那清丽的脸庞与墨黑的还在滴水的长发形成了强烈的对比,更显得她面如雪玉,眉目如画。

"我给你吹吧。"

不知怎的,君时陵下意识地说出了这句话,两个人一下子都愣住了。

"不用了吧,我自己来就好了。"

夏挽沅总觉得君时陵这几天有点儿反常。她仰着头,发尖上的水凝成水珠顺着肩头滚落下去。

君时陵没说话,去卧室拿来了吹风机。

夏挽沅见状也不再推辞,把身体稍微往床边移了移,反正她行动不便,谁帮她弄都一样。

君时陵的动作很轻,夏挽沅只觉得头上有双手轻轻拂过,暖热的风吹在耳边,吹得她有些困。

时间慢慢过去,君时陵只觉得手中的发丝正慢慢变得柔顺、丝滑,大掌穿过墨黑的头发,任由发丝在二人之间飞扬。

一缕带着清香的发丝顺着风飘到君时陵的下巴上,他被挠得有些痒,眸子瞬间变得深沉,让人看不透。

"干了吧？"

良久，夏挽沅感到头上已经没有湿气了，出声问道。

"嗯。"君时陵关了吹风机，柔软的发丝从他的手中慢慢滑落，心里涌现出一股莫名其妙的失落感。

夏挽沅本来就没什么通告，加上脚受伤，这几日索性在庄园里休息，闲着没事看完了好几部电视剧。

她这边优哉游哉地休息着，外界却纷纷扰扰，发生了两件大事。

D市圈子里，这些日子一直在传薄家的小少爷薄晓，时隔五年要回国了。但谁也没有确切的消息，直到那张肆意嚣张的脸庞出现在D市机场，这一消息才得到证实。

有关薄家的消息，众人可以嗑着瓜子坐在那里聊一下午，薄晓又是个无法无天的家伙，众人都觉得这下有好戏看了。

另一个消息则是上一年的全球富豪排行榜公布了，华国有十几个大富豪跻身全球前一百名。

往常这个排行榜并没有什么人注意，大家顶多拿来膜拜一下，毕竟这跟普通人的关系不大。

但这一年，有一位全球排行第十的华人富豪在网上掀起了轩然大波。

原因是排行榜公布的富豪的照片。

排名第十的男子名为君时陵，旁边配的照片上，一名身着西装的男子随意地望向镜头，墨黑色的瞳孔，使他平添了一分冷漠，高挺的鼻梁、轮廓分明的嘴唇，让他看起来刚强又坚毅。

评论区有人细心地贴上了君时陵从小到大的教育经历，以及他接手君氏集团后采取的一系列投资措施。

众网友看完直呼这个人由内而外都是无可挑剔的。

短短半个小时，"君时陵"这个名字就登上了微博话题榜第一，并且接下来的整整24个小时里都没能被撼动。

大家纷纷在微博上找寻着君时陵的微博账号，但发现他居然没有微博，倒是君氏集团的官方账号被大家找了出来，纷纷在微博下面评论，请求君氏总裁开通微博。

处于舆论旋涡中心的主角却对网上的纷扰毫不知情，君时陵甚至连微博都没下载。君时陵正埋首于办公桌前，认真地翻看着集团的季度报表，忽视了跷着二郎腿坐在沙发上，一个劲儿找自己说话的薄晓。

"不是我说，救命恩人啊，我千里迢迢回到华国，你怎么一点儿反应都没有？我都在这里坐半天了，你们君氏就是这么招待客人的啊？"

薄晓嫌坐得不舒服，干脆躺倒在沙发上，看着五年不见的兄弟，心中感慨：这万年冰山还是跟以前一样冷得能冻死人啊。

薄家有一堆烂事，薄晓小的时候经常被欺负，甚至有一次大冬天被人推进了湖里。要不是路过的君时陵让人把薄晓送到医院，恐怕薄晓早就死在那个冬天了。

后来，薄晓被薄家领回去，成了看似风光无限的少爷，但依然记着君时陵当时的救命之恩。这些年来，薄晓也算唯一一个跟君时陵走得比较近的朋友了。

可惜五年前薄母病逝，薄父一下子将藏了多年的情妇和私生子弄了回来，薄晓大闹薄父的婚礼，搅得整个D市不得安宁，于是被薄家的老爷子做主送去了国外。

"你还真是厉害，五年前还是养尊处优的大少爷，现在却已经把君氏集团管理得这么好了。"

薄晓环顾了一圈办公室，不由得咂嘴，君时陵就是D市圈子里所有老一辈口中的"别人家的孩子"了。

"你怎么还没走？"

君时陵检查完几家分公司的季度报表，再抬头的时候，天际已经被夕阳烧红了，而薄晓依然躺在沙发上，戴着耳机玩着游戏。

"我走哪里去？五年没见了，你不得好好招待一下我啊？我听说你在D市买了座宅子，我穷，没见识，我要去看看豪宅长什么模样。"

薄晓摘下耳机，冲着君时陵咧开嘴，露出一排洁白的牙齿。

君时陵懒得理他，看了看时间，起身准备回家。

薄晓才不管君时陵的态度如何，果断地关掉游戏，跟着君时陵坐上了车。

天已经慢慢地黑了下来，车子缓缓驶入庄园，薄晓嘴里依旧说个不停："奢侈啊，D市的地价这么贵，你居然弄了这么大一个地方，牛！"

薄晓有点儿羡慕地看着车窗外灯火通明的庄园，他也有钱，但花自己的和花别人的总归还是有点儿区别的。

"我是真的佩服你。"半晌，薄晓笑着说了一句，但那双狐狸眼中不见丝毫戏谑。

"你也可以的。"君时陵终于说了上车后的第一句话，看了一眼薄晓。君时陵知道，薄家的那些家产薄晓只是不屑去争，不代表薄晓没有能力。

"喊，我不稀罕。"听到君时陵的话，薄晓一愣，但也就是一瞬间便恢复了那种放荡不羁的态度。

"少爷。"见君时陵的车回来了，王伯迎上去，却发现君时陵身边跟着一个十分俊美的青年。

看着那狡黠的眉眼，王伯总觉得有点儿眼熟。他们两个人走向屋内，灯光一点点勾勒出薄晓的脸部轮廓，王伯终于想起来了。

"薄晓少爷？！"王伯眼中闪过惊喜。五年前薄晓少爷还没出国的时候，偶尔会来找君时陵，也算是君时陵为数不多的朋友。

薄晓虽然看着放荡不羁，但王伯觉得薄晓是个善良的孩子，因此一直很喜欢他。

五年前薄家出了那档子事，薄晓远走国外，王伯没想到今天居然还能再看到他。

"王伯，五年没见，您怎么越发年轻了啊？"薄晓冲王伯招招手，露出一排白牙。

"薄晓少爷还是这么爱说笑。"王伯被薄晓夸得心花怒放，连忙招呼用人给薄晓准备东西吃。

"君大少爷这豪华的屋子都让我挪不开眼了。"

薄晓走进屋内，看了一圈，调笑了几句。

没想到他的声音惊扰了躺在沙发上看剧的夏挽沉。

夏挽沉从沙发上坐起来，正往里走的两个人这才发现了她。

薄晓突然顿住脚步。

夏挽沉今天穿了件真丝长裙，外面披了条薄毯。

从君时陵和薄晓的角度看去，夏挽沉长发披肩，一双眸子明净清澈、灿若繁星。看到有客人到来，她微微一笑，眼睛微弯，仿佛初一的新月，透着灵韵，一颦一笑之间尽显高贵清雅。

"这是……？"

薄晓想起了上次在电话里听到的女声，当时也就是调笑两句，没想到君时陵居然真的金屋藏娇！

而且看夏挽沅这一身气度，真不知道君时陵是从哪里找来的这样的大美人。

君时陵想要张口说些什么，却抿了抿嘴没说，还好此刻王伯上前来解了围。

"薄晓少爷，这位是四年前和少爷结了婚的夫人，夏挽沅夏小姐。"

薄晓在脑子里搜刮了一圈，也没想出来在D市有哪个夏家能养出这样有气质的女子，但想到自己已离京多年，D市的圈子自己如今了解的也不算多，便不再多想。

"嫂子好。"

薄晓冲着夏挽沅微微弯腰，这算是承认了夏挽沅的地位。

"你好，我脚崴了，不太方便起身。"

夏挽沅微微点头算是回礼，带着歉意地笑了笑。

薄晓这才发现夏挽沅的脚上还缠着绷带，原来前几日听到的声音不是君时陵春风一度时弄出来的，搞了半天是嫂子扭伤了脚。

薄晓笑着抬头，被君时陵冷冷地看了一眼。

有夏挽沅在场，薄晓收敛了不少，不时地问着君时陵和王伯这些年来D市发生了什么。夏挽沅坐在一旁静静地听着，并不插嘴，但没人能够忽视她的存在。

"王伯，我饿了，咱们什么时候能开饭啊？"

薄晓在飞机上就没吃东西，下了飞机在君氏大厦里打了一下午游戏，又被队友气得一度血压飙升，现下早就饿了。

薄晓摸了摸空荡荡的肚子，朝王伯亲昵地笑了笑。

"小少爷马上就回来了，等他回来咱们就开饭。"

谁？

薄晓有点儿蒙。

这时，门口传来了脚步声。薄晓看向门口，一个穿着皮卡丘套装，唇红齿白的小团子正风风火火地朝屋内跑来。

看着那张与君时陵高度相似的脸，薄晓睁大了眼睛，君时陵不会连儿子都有了吧？

下一刻，小团子"嗖"的一下扑到君时陵的怀里，奶声奶气地叫着爸爸，又冲着夏挽沅甜甜地叫着妈妈。

薄晓觉得今天一天，自己受到的冲击着实有点儿大。

"叫叔叔。"

君时陵摸摸小宝的头，又把小宝的头转向薄晓的方向。

"叔叔好。"

小宝软乎乎地叫着，一双黑葡萄似的眼睛里装满了对眼前这个叔叔的好奇。

"乖。"虽然冲击有点儿大，但不可否认的是，这个小家伙太可爱了，薄晓看了看冷着脸跟阎王似的君时陵，再看一眼小宝，觉得一定是嫂子的功劳，不然君时陵怎么能生出这么可爱的孩子？

"今天来没带礼物，下次叔叔给你准备一个超棒的礼物。"薄晓看着小宝，喜欢得不行。

"好的，叔叔。"小宝乖乖地回答。

"饭菜已经备好了。"用人们算准小宝回家的时间，现在已经把饭菜摆好了。

"好啊，吃饭去了！"

小宝刚想从君时陵的怀里跳出来，却一下子被君时陵的大手按了回去："先去洗手。"

"哦。"小宝乖乖地由用人领着去洗手。

夏挽沅拿开毛毯，试着起身。经过这几天的休养，夏挽沅的脚已经好了很多，但她要正常走路还是有些困难。

君时陵一声不吭地上前将夏挽沅抱了起来。

一阵男士香水的味道钻入她的鼻腔，惯性之下，夏挽沅抱住君时陵的肩。

"不带这样的，我还是孤家寡人呢。"

虽然君时陵还是冷着一张脸，但薄晓很明显地感受到君时陵在外面一直带着的冷意此刻在夏挽沆的面前消失了。

薄晓本以为君时陵会一直是孤家寡人,哪里想到现在君时陵不仅找了个这么漂亮的妻子,还有了一个可爱的儿子。

君时陵把夏挽沆抱到餐桌旁坐下,半个眼神都没给薄晓。

"叔叔,不要羡慕,你也会像我爸爸妈妈一样幸福的。"小宝此时也洗好了手,走到薄晓身边,揪住薄晓的袖子,仰着头对薄晓认真地说着。

薄晓一低头就看到小宝正认真地看着自己,被小宝严肃的样子逗笑了,一下子将小宝抱了起来,说:"你这张小嘴怎么这么甜?可半点儿没遗传到你爹的冷酷。"

"因为我刚刚吃了奶糖!"小宝的话逗得薄晓直笑。

因为有客人来,厨师们准备了很丰盛的一桌菜。

小宝一边自己吃饭,一边不时地给夏挽沆夹菜,还因为怕君时陵吃醋,举着小胖手给君时陵夹肉。

"呼。"小宝觉得自己这顿饭吃得可真累。

"好好吃你的饭。"君时陵眉头一皱,不悦地看着小宝,自己才学会用筷子,还老给别人夹菜。

"妈妈喜欢吃排骨,可是她夹不到嘛。"小宝噘起嘴,爸爸坏。

君时陵瞪了小宝一眼,拿起一旁的公筷给夏挽沆夹了好几块排骨。

"爸爸,还有虾。"

看到君时陵又给夏挽沆夹了一只虾,小宝这才安心地吃起饭来。

后来,君时陵不用小宝提醒,一看到夏挽沆的碗里空了便会给添上她爱吃的菜。

薄晓在一旁看着三个人的互动,明明都是些很平常的事情,也没说什么煽情的话,但这温馨的画面,让薄晓心中隐隐有些羡慕。

庄园里,君时陵吃完饭便坐在客厅靠窗的位置处理公司的文件。

有用人想提醒君时陵去书房办公,却被王伯拦住了。

"不用提醒。"

王伯远远地看着君时陵。以前少爷每次都是一个人在书房办公,他何尝不知道书房安静。可是少爷孤独得太久了,这红尘温软,少爷之前从未体验过,想来该是贪恋这种感觉的。

薄晓喜欢逗小宝玩，小宝也喜欢跟这个帅气的叔叔一起玩，两个人吃完饭便坐在地毯上一起玩着小宝的飞机和火车。

这些可都是薄晓玩剩下的东西，薄晓随意地操纵着飞机飞出各种姿势，引得小宝连连惊叫。

夏挽沅腿脚不方便，安静地靠在沙发上，津津有味地看着电视剧。

君时陵偶尔抬头看着眼前的一幕。纵然屋子里吵吵闹闹的，但他觉得心里平静了下来，嘴角挂着一丝自己都没察觉的微笑。

薄晓从庄园里出来后接到了好几个电话，都是听说他回来了，想约他出去喝酒蹦迪的。

换作以前，薄晓肯定二话不说就去凑热闹了，但现在其实挺羡慕君时陵他们一家三口刚刚的状态。一直标榜单身主义，又四处拈花惹草的薄晓，在回望庄园里温暖的灯光时，居然有了几分想要安定下来的心思。

夏挽沅的脚好了许多，小宝吵着闹着要跟她一起睡。

"妈妈，我想跟你一起睡。"

"不是有爸爸陪你吗？"夏挽沅被小宝的表情逗笑了。

"爸爸是帮我赶小怪兽的，我现在不怕小怪兽了，我是小男子汉。"

一旁的君时陵幽幽地瞥了儿子一眼。

小宝还要继续说话，却被君时陵直接拎走了。

"过两天，等她脚好了再说。"

小宝象征性地挣扎了两下，发现自己的小胳膊拧不过君时陵的大胳膊后，便自觉地放弃了。

经过一段时间的休养，夏挽沅可以下地行走了。她在床上躺了这么多天，这种踩地的感觉还有点儿不真实。

"小夏啊，我在倩秀服饰公司的门口等你，约好10点见面，你别迟到了。"

这是夏挽沅第一个真正意义上的代言，陈匀很是慎重，叮嘱了一遍又一遍。

"好的。"

挂了电话，夏挽沅开始换衣服。现在好不容易能出门了，她挑了一套简约却不简单的服装，精心打扮了一番。

楼下，君时陵和小宝正坐在沙发上等着夏挽沅。

小宝知道今天夏挽沅要去工作，便拉着君时陵要去送她。君时陵冷冷地瞪了儿子一眼，但最终还是没有提前去公司，而是陪着小宝坐在沙发上等人。

"哇，妈妈你好漂亮！"

小宝大呼一声，原本在看财经报纸的君时陵抬起头，看见从楼梯上缓步走来的夏挽沅。她套了一件淡蓝色风衣，合身的设计显得她的腰盈盈一握。

这些天都是素颜的夏挽沅，今日难得化了个妆，本就精致的五官在妆容的衬托下，眉蹙春山，眼颦秋水，更显倾城之美。

"我准备好了，走吧。"夏挽沅冲着小宝笑笑，明眸皓齿，巧笑倩兮。

"爸爸，走了。"被小宝拉了一下的君时陵这才回过神来。

"嗯，走吧。"

车子先将小宝送到了幼儿园，剩下君时陵和夏挽沅两个人，一路无话。

陈匀站在门口不停地张望着，却看见一辆自己工作十辈子都不一定买得起的车缓缓驶来。

"天啊！"陈匀不由得感叹出声。这款车他只在收藏杂志上看到过，哪怕是在富豪云集的 D 市，他也是第一次看到有人开这款车。

他一直紧盯着那辆车，却发现车竟然慢慢地在他面前停了下来，接着看见从车里走出一个熟悉的身影。

陈匀擦了擦眼，确认自己没看错："夏挽沅？！"

"时间刚好，进去吧。"

陈匀看了一眼已经关上门的车，又看看淡然自若的夏挽沅，总觉得哪里不对劲。

"那是你家的车吗？"陈匀追上夏挽沅，好奇地问道。

"不是，朋友的，就是借我房子住的那个。"

"你这个朋友还真挺好的啊。"陈匀咂嘴，还有句话没说出来——还很有钱！

夏挽沅下车之后,君时陵抬头看了一眼倩秀服饰的公司大楼,眉头微微一皱。

虽然没有特别关注过演艺圈,但他是个非常敏锐的商人。倩秀服饰在业界属于不错的服装品牌,但依照夏挽沅目前的商业价值,她显然不太可能得到他们的青睐。

夏挽沅到了会议室,早就等候在此的工作人员迎上前来。

"您好,这位就是夏挽沅小姐吧?"

倩秀服饰的陈经理看见陈匀身后的夏挽沅,眼前一亮。

他本来是接到上面的命令才去联系夏挽沅的,因为倩秀服饰以往的代言人,不是最佳女主角就是顶级女艺人,从来没找过这种负面新闻缠身的小演员。

因此陈经理几乎是抱着绝望的心态来和夏挽沅谈代言的,但看到眼前的人后,觉得自己捡到宝了。

演艺圈里好看的人太多了,但像夏挽沅这样有自己独特的气质,哪怕静静地站着,也有一种让人不可忽视的气场的人,他还是第一次见到。陈经理一下子就多了几分想要真心谈代言的心思。

"您先看一下合同。"

陈匀接过合同,看了一下双方的义务和代言费等内容。

"这条件开得太好了,我们现在就可以签。"

陈匀看了一下合同,觉得没什么问题,对方给的待遇又相当好,生怕人家上网看到夏挽沅的风评之后就后悔了,便想着赶紧签完字定下来。

"好的!"

陈经理本就接了把夏挽沅签下来的任务,看到她的形象气质之后更觉得这笔买卖不亏,与陈匀一拍即合,眼看着就要坐下来签合同了。

"慢着。"一直安静地翻看着合同的夏挽沅突然抬头。

陈经理看向夏挽沅,那双冰凉的眸子仿佛能看透人心,让陈经理没来由地感到心虚。

"合同上最后这个条款是什么意思?"

陈匀凑过去看了一眼:"若夏挽沅单方面提出解约,则需要支付约定的代言费的 10 倍违约金。"

"这违约条款倒也正常，只是这 10 倍违约金确实高了点儿。"

倩秀服饰给的代言费十分丰厚，所以 10 倍的违约金也是一笔不小的数目。

"这是针对单方面提出解约的条款，我们公司会投入庞大的公关费帮助夏小姐树立良好的代言人形象，所以如果夏小姐签完合同又解约的话，我们的损失会很大。这只是我们公司保障自身利益的一种手段而已。"

陈经理丝毫不慌，见陈匀已经开始动摇，拿出招牌式的谈判笑容，试图说服陈匀："更何况，我相信以倩秀服饰的地位和待遇，一旦签约，你们也不会提出解约的，所以这一条完全可以忽视掉。"

陈匀听完觉得挺有道理的："你看呢？"他望向夏挽沉，连他自己都没发现，现在在遇上事情，他会下意识地去听取夏挽沉的意见。

"不签。"

陈经理胸有成竹地将合同书递到一半时，就听见夏挽沉的声音响起。

"你说什么？"陈经理一脸不可思议地看向夏挽沉，简直不敢相信自己的耳朵。

倩秀服饰可是业内有名的女装品牌，是多少女艺人都求之不得的资源。她这个负面新闻缠身的小演员，倩秀服饰能找上来已经是给了她天大的面子。她居然要拒绝？！

"小夏啊，这代言挺好的啊，为什么不接？"陈匀也有点儿不理解，将夏挽沉拉到一边小声问道。

"这就跟卖身契一样，签了以后别人想做什么我们都不能毁约，这样的合同有什么好签的？"

夏挽沉不懂现代的合同。但以前，她为了筹集战时物资，也曾辗转于各大富商之间寻求支持。

商人逐利，他愿意给你提供援助，是因为他想在你身上得到比他所提供的物资更有价值的东西。

倩秀服饰招牌这么大，却找她这么个小演员代言，肯定不是为了商业价值，那她身上肯定有其他价值是他们不敢放在台面上说但想得到的。

陈匀还想再说些什么，夏挽沉已经把合同放在桌上，起身离开了。

"哎，小夏！"陈匀没拉住夏挽沉，只好转身给陈经理赔罪。

"不好意思啊陈经理，我也不能强迫艺人签合同，真是不好意思。"陈匀对着陈经理低头弯腰。

没想到陈经理看上去比陈匀还慌："我们真心觉得夏小姐十分符合我们公司的要求，要不然我们再约个时间谈一下吧？"

陈经理想着上面给的指示，生怕签不下夏挽沉，连忙跟陈匀约下次见面的事。

"好的好的。"陈匀见陈经理这么殷勤，心里也有点儿狐疑，但表面上还是显得很热情。

陈匀刚走出会议室，陈经理就打了个电话："刘助理啊，那个夏挽沉她不肯签合同啊，她说那个违约条款有问题……哎，好的好的，您放心，我肯定把这事办好。"

挂了电话，陈经理便去联系市场公关部了。

正对着倩秀服饰公司的咖啡馆里，刘助理正一脸为难地看着沙发上的宣升。

"少爷，那个女人不肯签合同，好像看出什么破绽了。少爷？少爷？"

刘助理叫了几声都没有得到宣升的回应，这才发现宣升正专注地看着窗外。刘助理顺着宣升的目光望过去，眼前一亮。

一个淡蓝色的身影正从倩秀服饰的办公楼里走出来，先不提她那倾城的容貌，那冰肌玉骨、似月凝霜的气质就足以让人心动不已，犹如高岭之花。

"本少爷这一趟回来得可真值。"

直到蓝衣女子离开了视线，宣升才收回视线，意犹未尽地摸了摸下巴。

"少爷？"刘助理又叫了一声。

宣升伸直腿，双手放到脑后，放松地靠在沙发上："我改主意了，去，跟陈经理说，把违约条款删了再跟她签，算是我送她的见面礼。"

"是，少爷。"

从倩秀服饰的办公楼出来后，夏挽沉便去了《长歌行》剧组。

剧组里现在已经没有多少人了，只剩下几场配角的戏份，估计这两天就可以杀青了。

"杨导演。"

"小夏你来了啊。"杨导演看见夏挽沉,笑着招招手。

为了抢在暑期档上映,《长歌行》剧组采取了边拍摄边剪辑的模式。这些日子里,在工作人员加班加点的努力下,这部剧的初次剪辑已经完成。

杨导演看了一遍成品,对夏挽沉的表现十分满意,甚至觉得夏挽沉的戏份不够,恨不得把她拍的所有片段都加进去。

"导演,今天让我来是有什么安排吗?"

"你是后来才进的剧组,加上前些日子伤了脚,一直也没能拍宣传海报。现在马上就要进入宣传发行阶段了,刚好今天剧组不忙,你去拍了吧。"

"好的。"

天灵公主的一生主要分为三个阶段:少女时期尊贵的公主,国破之后的舞姬,复国之后的宠妃。海报里要体现出她在这三个不同时期的造型,所以夏挽沉拍摄海报的时间有点儿久。等到她所有的拍摄任务完成,天色已经暗下来了。

"太棒了!拍得太好了!辛苦了。"摄影师满意地看着相机里存得满满当当的照片说道。

之前听说夏挽沉是个嚣张跋扈的人,没想到今天她能特意赶来拍摄。她不仅非常配合,而且连续工作了这么长时间也不喊累,尽职尽责地完成了拍摄任务,让摄影师十分佩服。

君时陵今天依然像往常一样,早早地下班回到了庄园,但屋子里空荡荡的。

小宝还没回家,往常君时陵一回家就能看到的躺在沙发上的熟悉身影,今天也没见到。君时陵一下子觉得心里空落落的。

"他们人呢?"

君时陵静坐了片刻,见还是没有人回来,便找来王伯询问情况。

"小少爷今天放学晚了些。夫人不是跟您一起出门的吗?她怎么没跟您一起回来？"

王伯显得比君时陵更惊讶。早上是君时陵送夏挽沅出门的，王伯还以为晚上君时陵也会接夏挽沅一起回来，所以就没有另外给夏挽沅准备车。

"哎哟，这么晚了，夫人脚上还有伤，我赶紧给夫人打个电话吧。"王伯连忙下去联系夏挽沅。

几分钟过后，王伯联系上夏挽沅，放心了很多。"少爷，夫人还在剧组，刚结束拍摄，我马上派车过去接她。"

没想到王伯的话音刚落，君时陵就站了起来，大步地向外走去。

"少爷？"

"我去接她。"君时陵丢下一句话，留下王伯站在原地。

看着君时陵渐渐远去的背影，王伯的脸上露出了欣慰的笑容。

夏挽沅拍摄完便出了影视城，慢慢地在街上逛着。

她穿着高跟鞋拍摄了一天，纵使脚伤已经痊愈，但此刻也隐隐有些酸痛。

街上飘来不知名的香甜的味道，夏挽沅看着街边橱窗内的各种美食，没有注意到脚边有一颗小石子儿。

她一脚踩到石子儿上，趔趄了一下，牵动了脚上的旧伤，一时没站稳。

"小姐小心。"一个带着些笑意的男声在她身后响起。

夏挽沅回过头，对上了一双含笑的桃花眼。

身后的男子长得十分俊美，高挺的鼻梁下，薄唇上噙着一抹邪魅的笑容，耳垂上的黑色钻石在街边灯光的照射下熠熠生辉。

"谢谢。"夏挽沅微微点头道谢后转身离去，没有丝毫的情绪波动。

看着夏挽沅就这么离开了，宣升也没有挽留，只是在原地看了一会儿夏挽沅的背影。

他的脑海里不住地回想着刚刚夏挽沅回头时，那双仿佛含着霜雪的眼睛，宣升向来讨厌文人们那些酸词，但这一刻想到了《洛神赋》里的一句话："远而望之，皎若太阳升朝霞；迫而察之，灼若芙蕖出渌波。"

视频里的女人，隔着一条街道在咖啡馆看到的女人，都不敌此刻用含着霜雪的眸子回头看了他一眼的女人。

宣升从来没觉得自己会对一个女人产生这么大的兴趣，真想知道那双眼睛在融化时有多么动人。

夏挽沅并不知道自己的一个眼神会引发宣升这么多的想法。她有些饿了，被蛋糕店飘出的一阵阵香味吸引了过去。

此时蛋糕店里的人不太多，夏挽沅慢慢地看着各种各样的蛋糕。前世夏朝皇宫里，御厨做的糕点也十分精致，但是食材有限，做不出这么多种类。

看着玻璃窗里各种精美的城堡、花园和小动物造型的蛋糕，夏挽沅觉得十分有趣。

她还看到了一个可爱的粉红色小猪造型的蛋糕，觉得小宝肯定会很喜欢这个。

这时，手机里传来微信的提示音。

"在哪儿？"

出乎夏挽沅的意料，居然是那个沉寂已久的黑色头像发来的信息。

从剧组回到 D 市后，她就再也不用和小宝视频聊天儿了，所以夏挽沅和君时陵的聊天儿记录还停留在半个多月前。

"有事吗？"

夏挽沅不知道君时陵为什么会突然给她发消息。

对方很快就回了消息："我在影视城门口，来接你回去。"

夏挽沅倒觉得有些受宠若惊了，毕竟君时陵是非常忙的。

"我在蛋糕店，马上出去。"

夏挽沅发完消息，拿了一个刚刚看到的小猪蛋糕，又给自己选了一个绿色的看起来很清新的蛋糕。

"两个蛋糕一共 72 元，请问您还需要别的吗？"

收银员将两个蛋糕打包好，夏挽沅正准备扫码付款，突然想到些什么，说："再帮我拿一个这样的，谢谢。"夏挽沅用手指了指已经打包好的抹茶慕斯。

"好的，一共 92 元，请您出示一下付款码。"

结完账，夏挽沅拎着三个小盒子走出了蛋糕店。

君家的车已经停在了路边，车标引起了围观。

司机站在一旁，等夏挽沅上车后便关上了门，阻断了外面一切好奇的眼神。

车内，君时陵身上那万年不变的剪裁得体的西装，就像他这个人一样，冷峻内敛。见夏挽沅上车，他将目光放到夏挽沅的身上："王伯说你没回家，我便顺路过来接你回去。"

"好的，谢谢啊。"夏挽沅客气地道了谢，却不知为何，感觉君时陵身上的冷气增加了些。

从影视城到庄园有些距离，夏挽沅拆开一个包装盒，里面装着一个手掌大小的抹茶慕斯。

夏挽沅拿出勺子挖了一勺放进嘴里，抹茶味的蛋糕甜而不腻，浓郁的绿茶味道充斥着口腔，蛋糕十分绵软，入口即化。

夏挽沅觉得很好吃，一勺接一勺地往嘴里送。

君时陵则好像一个工作机器一样，永远在处理着庞大的君氏集团的重要事务。

"你要吃这个吗？"君时陵的面前出现了一个盒子，他一抬头便看到它和夏挽沅手里的蛋糕盒子一样。

"我觉得挺好吃的，你要不要尝尝？"

见君时陵看着自己不说话，夏挽沅以为他是在质疑蛋糕的味道。

没想到君时陵突然靠近她，一股熟悉的男士香水味猛然朝她袭来，极其富有侵略性，夏挽沅呼吸一窒，眼睛微微睁大。

"你？"夏挽沅话没说完，便感到有一丝温热拂过她的唇角。

夏挽沅惊住了，都忘了继续咀嚼嘴里的蛋糕，一双漂亮的大眼睛瞪得圆圆的，让人联想到月光下在森林中奔跑的小鹿。

君时陵将食指放到夏挽沅的面前，一颗米粒大小的蛋糕屑正躺在君时陵的指尖上，夏挽沅不由得脸红，原来是在帮她擦蛋糕屑。

君时陵看着夏挽沅那染上红霞的脸颊，眼中有了些许笑意，因刚刚夏挽沅对他太过客气而散发出的冷意终于消散了不少。

君时陵坐回座位，仿佛什么都没有发生过一样，但夏挽沅觉得车内的气氛怪怪的，一时不知道说些什么。

夏挽沅刚想缩回递出蛋糕盒的手，刚刚还在认真看文件的君时陵，不知何时抬起了头。

"不是说让我尝尝吗？"

"哦，好的，给你。"

夏挽沅将蛋糕重新递给君时陵。由于习惯了照顾小宝，夏挽沅还贴心地把包装给撕开，将勺子递到君时陵面前。

君时陵深深地看了夏挽沅一眼，放下手里的文件，接过勺子。

一时间，车内陷入寂静，只有浓郁的抹茶香味萦绕在车厢里。

他们回到家的时间比往常晚了很多。

君时陵和夏挽沅走进家门，看见一个"皮卡丘"蹲在门口。原来是小宝垮着脸嘟着嘴坐在大门正中间，一双大眼睛正幽怨地看着他们俩。

"你坐在这里干吗？"夏挽沅被小宝委屈的样子逗笑了。

"爸爸妈妈我饿了，你们去哪里了？现在才回来。"小宝苦着脸，一副要哭出来的样子。

"你可以先吃呀。"夏挽沅上前拉起小宝，把手里的蛋糕递给他，"看，给你买的。"

"哇，妈妈你真好！"小宝看到漂亮的小猪蛋糕，脸上的委屈一扫而光，挂满了开心。

"少爷，夫人，你们终于回来了。刚刚小少爷就喊饿了，让他先吃他还不要，非要等你们一起吃。"

王伯见君时陵他们回来了，连忙让人去布置餐桌："饭菜已经备好。"

夏挽沅提前吃了一整个抹茶慕斯，并不是很饿，吃了半碗饭就饱了。

夏挽沅累了一天，只想上楼洗个澡就睡："你慢慢吃，今晚跟我一起睡吧。"

自从夏挽沅来到现代，小宝就很亲近她，这些日子里一直吵着闹着要和夏挽沅睡。现在夏挽沅的脚好了很多，她便想着让小宝回主卧和她一起睡。

"好的！妈妈等我！"嘴里塞满食物的小宝开心地点着头。

洗完澡，夏挽沉觉得这一天的疲累仿佛一扫而空。

自从上次看完了君时陵放在床头的书，后来每两天床头柜上都会换上一本新的书。

夏挽沉拿起书都看了一半了，被用人们洗得干干净净的小宝才闯进门。只是他身后还跟着一个人。

夏挽沉刚合上书，就对上了一双清澈的眼睛。

不知怎的，夏挽沉突然想起刚刚在车厢里那拂过自己嘴角的一抹温热，顿时有些不自然地避开了君时陵的目光。

察觉夏挽沉的躲闪，君时陵眼神一凛。

"妈妈，我们一起睡！"

小宝兴冲冲地爬上床，钻到夏挽沉的身边，而另一只手不肯放开君时陵。君时陵只好顺着小宝的力道躺在床上，鼻尖瞬间被一股清香包围。

"睡觉吧。"夏挽沉拍拍小宝的头。

"妈妈，我睡不着，那个钢铁侠的胳膊我拼不好，你帮我拼行不行？"

小宝午休时睡了很久，现在还精神得很。

"睡觉前不许玩玩具。"君时陵不悦地瞪了小宝一眼。

"爸爸凶我！妈妈救我！你最好了，陪我玩好不好？"

小宝把小小的身体挪动了一下，离君时陵远了些，转头抱着夏挽沉的胳膊撒起了娇。

夏挽沉没辙，于是对着君时陵开口："今天还早，不然让他再玩一会儿吧。"

在商场上杀伐决断，从不妥协的君时陵，此刻面对两双充满期待的眼睛，难得地默许了他们的要求。

"玩具在隔壁，妈妈我过去拿。"小宝说着就要掀开被子下床。

"待着别动。"君时陵按住小宝，自己起身去了隔壁。

没过多久，他将一个小盒子拿了过来。

"爸爸，你真好。"小宝冲君时陵笑笑，露出一口小白牙。

"哼。"

君时陵将玩具丢到被子上,小宝拆开盒子,和夏挽沅一起玩了起来。君时陵则拿过一旁的财经报纸看了起来。

"爸爸,这个我和妈妈都拧不动。"玩具上的一个小零件被递到君时陵的面前。

君时陵接过来稍微用了点儿力就掰开了,刚递给小宝,小宝又给了君时陵一个比较硬的零件:"这个也拧不动。"

于是,君时陵雷打不动的每晚看一份财经报纸的习惯在今晚被打破了。君时陵拆分着零件,夏挽沅和小宝则在一旁组装着。

终于,三个人联手组装好了钢铁侠的两只胳膊。

"哇,我们也太棒了吧!"

小宝开心地看着已经拼好的胳膊。

"好了,我们睡觉吧。"夏挽沅打了个哈欠,眼泪汪汪。

"好的,妈妈。"小宝乖乖地躺进了被子里,没过几秒便睡着了。

君时陵看了一眼小宝,伸手拿走被子上的玩具,不想夏挽沅也伸出手想拿玩具。夏挽沅收回手,对上君时陵的目光,微微笑了笑:"晚安。"

"晚安。"君时陵轻轻地应了一句。

一夜好眠。

清晨的阳光透过重重花木,映照在攀满爬山虎的红墙上。不远处传来朗朗的读书声。

"老钟啊,我都过来了,你还不给我看看那幅画啊?"一个中气十足的声音响起,惊起了一院子的麻雀。

这些天一直忙于教材编写工作的张教授,终于抽出空来钟微这里看看他一直炫耀的那幅画了。

"来了来了,你这老头儿也太心急了。"钟微披着绸褂从楼上走下来。

"谁让你一直跟我炫耀的?勾得我心痒。"

"来来来,这里。"钟微走到书桌前,从抽屉里拿出一个卷轴摊到桌上,招呼张教授过去看。

莹白的宣纸上桃花朵朵,由于没有墨线的限制,花瓣和花叶显得圆润可人,像是一团团粉色的云朵飘浮在宣纸上。

没骨画法虽说失传已久,后代画家通过对各种典籍的研究,也曾还原出这种画法,但终究只得其形不得其神。

没骨画因为没有墨线,很容易画成软绵绵、无筋无骨的画。但面前的这幅画自有其神韵,能将没骨画画出如此神韵,可见作画之人技艺之高超。

"老钟啊,这画是谁画的?我认识的人里面好像没人是这种画风啊。"

张教授是清大的著名学者,更是国家文艺界的重要人才,那些国内有名的文艺工作者,他大都认识。张教授在脑海内搜寻了一番,并没有找到类似画风的人。

"我考考你,你觉得这幅画的作者现在有多大岁数?是个什么样的人?"钟微突然神秘兮兮地看了张教授一眼,卖起了关子。

"这样的神韵和技巧,想必没有四五十年的功力是画不出来的,莫非是哪位不出世的画家?"

"哈哈,我当初也是这么认为的,不过嘛……"钟老摸了摸胡子,不再说下去。

"你这老家伙,不过什么?"张教授被钟微说得好奇心顿起。

"过两天你就知道了,我准备过两天邀请那位画家来这里。"

"好,那你到时候记得通知我一声,我也过来见见这位神秘的画家。"

见钟微不肯说出作画之人的名字,张教授也不再追问,只等着过几天来和作画之人交流切磋一下。

网上,沉寂已久的《长歌行》剧组的官方微博突然连发好几条微博,又一次在网络上掀起热潮。

"他是沧源山的大师兄,亦是匡扶天下大义的扶衣公子。任时光荏苒,沧海桑田,赤子之心不变,让我们欢迎扶衣公子林霄@秦坞。"

文案下面是两张图片,一张是少年时意气风发的大师兄,眼中带着少年的傲气,而另一张是后期已成为一代大侠的扶衣公子:身着长袍的林霄,将双手背在身后,只身立于云海之上俯视苍生。此刻的林霄眼中,没有了年少时的轻狂,只有内敛深沉、怜悯苍生的慈悲。

秦坞的演技向来被公众肯定，这条官方微博下大都是好评。就连向来严格的原著书迷也都对林霄的扮相十分满意。

一分钟过后，剧组的第二条微博也发出来了。

"她是天真可爱的小师妹，是林霄的青梅竹马，一路陪着扶衣公子行侠仗义，初心不改，让我们欢迎小师妹田樱儿@阮莹玉。"

文案下面依旧带了两张图片，一张是扎着发髻，正迎着春日的暖阳放风筝的天真小师妹，一张是已作人妇打扮，退去了天真，与林霄并肩而立的扶衣公子的夫人。

这条微博下本来还有一些网友的质疑，但经过有些人的提醒，大家忽然想起夏挽沉那拙劣的演技，对阮莹玉也就不再那么苛刻了，觉得田樱儿的扮相也顺眼起来。

令人诧异的是，网友们足足等了五分钟都没有等到关于夏挽沉的微博，大家纷纷猜测，是不是剧组怕被抨击所以不敢发出来。

大家闹得沸沸扬扬时，剧组的第三条微博终于发出来了。

"她是高贵纯真的天灵公主，亦是国破后忍辱负重、绝世倾城的舞姬。她踩着一路鲜血，终成深宫中万人之上的宠妃，大梦浮华，所舍所得，是否为她本心？让我们欢迎天灵公主@夏挽沉。"

众人纷纷涌进那条微博，足足有半分钟微博下面是没有任何评论的，直到半分钟过后，众人像是终于反应过来了一样，纷纷开始发表赞美。

引发众人激烈讨论的是文案下配的三张图片。

第一张是少年时期的天灵公主。繁花锦簇的御花园内，身穿精致宫装的小公主无忧无虑地坐在秋千上，身旁侍女成群。小公主扬着头，目光清澈，不谙世事，还因为长期受宠，举手投足间有一番娇憨之态。

第二张图片上，繁华的大厅内空荡荡的，一个妖娆倾城的身影独自坐在酒桌前，黛眉轻挑，淡金的眼线勾勒出无边魅惑，仅仅一个侧脸就让人心旌摇荡。

第三张变换了场景，此时的天灵公主经历乱世浮沉，已经成为新皇的宠妃。豪华的宫殿高座上，盛装的皇妃独自一人遥望着宫墙之上的明月，眼中一片空寂。虽然身处明灯之下，但让人感到她身处无边的黑暗之中。

天灵公主这个角色很丰满，不同的人生阶段有着不同的性格，从剧组发出的图片来看，每一张都有各自的特点。

除了一些反对夏挽沉的网友以及利益相关的人依旧在微博下面阴阳怪气地挑刺儿，大部分人对夏挽沉的扮相很满意。

"该死！"阮莹玉这边从剧组发出第一条微博时，就开始密切地关注着网上的舆论动向。在看到众人对自己和夏挽沉的不同评价时，阮莹玉心里又气又恨。

在剧组，她明明给大家送过下午茶，结果剧组里有很多人却跟夏挽沉走得更近。

万一做了夏挽沉的陪衬，阮莹玉好不容易到手的女主角岂不是白拿了？

"你说这夏挽沉也真是奇怪，以前家里有钱的时候，她自己不争气，现在破产了，居然跟开了窍一样，演技噌噌地提升。"

一旁的助理小心翼翼地看了一眼阮莹玉，生怕她又发脾气。

"一个到处勾引男人的艺人，演得再好，观众也不会多喜欢她。"阮莹玉翻着手机里的图片，嘴角勾起一抹冷笑。

夏挽沉，我倒是要看看你有什么能力翻出天去。

"哇，在图书馆里坐了一天，我累了。"

图书馆被高大的梧桐树环绕着，几名意气风发的男子从里面走出来。

"夏瑜我跟你说，为了你能考个好成绩，我连女朋友都没时间陪，净陪着你学习了。"张哲伸了个大大的懒腰。

"我谢谢你们了，"夏瑜苦着脸，现在满脑子的亚当·斯密、曼昆和马克思，"我大好的睡觉时光啊。"

"我们不也没睡懒觉吗？走走走，学习一天了，咱们去打会儿球吧！"杨临将书包甩到肩上，活动了一下手腕。

"这个可以，走，打完球咱们点个火锅到寝室里去吃。"苏枚笑着搭上夏瑜的肩膀，四个人一同往球场走去。

四个人踏着夕阳，有说有笑地走到球场，刚换完衣服就发现场子让人给占了。

"喂！你们干什么呢？我们先来的。"苏枚脾气急，直接上前跟人理论起来。

"这哪儿来的毛头小子，也不去打听打听这一片是谁的地盘。"一个染着黄头发的学生迎了上来，满脸嘲讽。

"这一片是谁的地盘？土地公？"夏瑜不屑地走到人群中间。

周围看热闹的人发出一阵哄笑，黄毛觉得自己脸上挂不住了，眼中闪过凶色："臭小子，你找死？"

"我们倒是可以看看谁死得比较难看。"夏瑜的脾气也上来了。

两边针锋相对，张哲突然看到黄毛身后坐着的身影，附耳到杨临旁边说了些什么。杨临往前面看了一眼，眼中闪过不忿。但杨临和张哲还是冷静下来，将夏瑜和苏枚强行拉走了。

"几个不知天高地厚的新生。念哥，我们打球吧。"

见夏瑜几个人离去，黄毛得意地笑了笑，然后殷勤地跑到在后面坐着的黑衣男子的身边。

"喂，你们两个为什么非让我们走？本来就是我们先到的，凭什么让给他们？"

夏瑜本来就脾气不好，实在忍不下这口气。

"夏瑜你刚住校没多久不知道，刚刚那伙人是大三的。坐在后面的那个穿黑衣服的叫阮念，是个小有名气的游戏主播，听说他姐姐还是个挺有名的演员。"

张哲耐心地跟夏瑜解释。

"主播怎么了？"夏瑜一脸不忿，莫非还有特权？

"阮念那个人仗着自己支持者多，到处欺负人。"张哲提到阮念，脸上满是鄙夷。

"这也太过分了吧？！咱们幸好没惹他。今天打不了球就算了，咱们回去吃火锅，明天再来打吧。"苏枚说道。

夏瑜听到张哲的话，眼中闪过一丝嫌弃。原以为学校会比他原来的圈子干净得多，没想到也有这种讨厌的人存在。

回到寝室，大家点了个天上捞火锅，美美地饱餐了一顿，因为没打成球而不悦的心情终于好了很多。

"这个阮念侮辱我偶像！这种人竟然有那么多支持者，我真是不理解。"大家洗漱完，各自待在床上做着自己的事，突然，苏枚的声音打破了寝室的宁静。

"阮念那个白痴干出什么事都不奇怪，"张哲听到苏枚的话接了一句，"不过你三天换一个偶像，这回又是哪个？"

"就是上回咱们看的视频里，那个演天灵公主的夏挽沅，特别漂亮的那个。"

本来躺在床上跷着二郎腿听歌的夏瑜突然隐约听到了夏挽沅的名字："你说谁？"

"阮念啊。"苏枚又说了一遍。

"不是，我说他侮辱谁了？"夏瑜从床帘里探出头来。

"我偶像，夏挽沅，说起来她跟你还是同姓呢。"

"给我看看。"夏瑜跳下床，拿过苏枚的手机，点开刚才的直播回放。

阮念之所以能在众多游戏主播里脱颖而出，跟他打着"当红演员阮莹玉弟弟"的名号进行直播的行为是分不开的。

所以，今天《长歌行》剧组发完宣传微博以后，很多人在他的直播间讨论起了阮莹玉。

"我姐姐当然很美了，《长歌行》的女主角就是她。"阮念用手机操作着，在游戏里击倒了一个人之后，腾出空来看了一眼直播间的评论，得意地说道。

"还女主角呢，人家夏挽沅的扮相可比阮莹玉的好看多了。"

"确实，没觉得阮莹玉演得多好，倒是夏挽沅，在前段时间放出的那个视频里表现得很让人惊艳。"

直播间里除了阮念的支持者，也有许多普通观众，因此在众多吹捧的评论之中，这些客观的评价十分显眼。

"夏挽沅？是那个家里破产的小公主吗？"一看评论里说阮莹玉比不上夏挽沅，阮念就坐不住了。

"等戏播出来就知道了，夏挽沅也配和我姐姐比？"

看到满屏的表示支持的评论，阮念得意地笑着。等他姐姐的戏开播后，他的直播间热度估计又会上一个台阶，那个夏挽沅，有什么能跟他姐姐比的？

"他也配说夏挽沅？"夏瑜看到阮念那副欠揍的样子简直要被气炸了，"他住哪栋楼？"夏瑜放下手机撸起袖子，显然一副要去干架的样子。

"哎哎哎，夏瑜你不是吧？"见情况不对，苏枚连忙下床拉住夏瑜。

苏枚还以为只有自己一个人把夏挽沅当作偶像，没想到夏瑜平时看着不可一世，居然还追星，而且看起来追得比自己还认真。

"夏瑜，那个阮念在外面住，人家是有钱人，怎么可能住学校？"张哲此时也探出头劝夏瑜，"你别惹麻烦。那个阮念的直播挺火的，他有不少支持者，万一给你整退学了怎么办？"

"喊，就他那个常年在星耀局（游戏中的一种对战段位）打滚儿的技术，他凭什么有那么多支持者？"听到张哲说阮念的支持者多，苏枚不屑一顾地说。

苏枚他们几个也经常组队玩游戏，且技术非常好。

手机游戏相比电脑游戏要简单些，他们平常也会玩一下，轻轻松松就能达到星耀级别，因此看到阮念在星耀局被打得屁滚尿流时，很是不屑。

听到苏枚的话，夏瑜眉心微动，本来要冲出去的脚步停了下来。见夏瑜冷静下来，苏枚也放开了手。

"他的支持者很多？"夏瑜懒懒地点开阮念的直播间，显示关注他的人数为152万。

夏瑜看了一会儿阮念的游戏操作，眼神逐渐变了。

"我也去开个直播。"

半晌后，夏瑜突然说出一句话，又一次让安静的寝室沸腾起来。

夏瑜冷哼一声，开始搜索怎么成为主播。

寝室里的其他人面面相觑，平常夏瑜没这么认真过啊？

庄园里，小宝被用人抱去洗澡了，夏挽沅坐在卧室里靠窗的沙发上，随手拿起旁边放着的财经杂志。

君时陵是个爱看书的人，而且涉猎广泛，庄园里随处可见他翻阅过的书。夏挽沉恰巧也喜欢看书。而且她刚来到现代，希望能多了解一些现代的知识。

财经杂志不同于传统的书籍，里面配了很多种图表，夏挽沉有些看不懂。

恰巧这时君时陵从门口路过。

"君时陵。"清脆的声音响起，君时陵停住了往书房去的脚步。

"怎么了？"君时陵站在门口。小宝还没洗完澡，君时陵没准备进卧室。

"我有个地方没看懂，你可以给我讲讲吗？"

夏挽沉前世本就身居高位，这辈子来到现代，只知道君时陵很有钱，所以对君时陵并没有什么惧怕的心理。可她不知道的是，哪怕放眼全世界，也没有几个人能让君时陵亲自指导。

"哪里？"君时陵走进门，坐到夏挽沉的旁边。

一阵熟悉的男士香水味扑鼻而来，夏挽沉觉得自己好像被带入了君时陵的领地，有些不自在。

"这里，这个图没看懂，它是什么意思？"夏挽沉指了指杂志。

"这个你要先看坐标，这样……"君时陵低沉的声音响起，他耐心地为夏挽沉讲解着。

君时陵有丰富的商业实战经验。他并不局限于杂志上的图，而是深入浅出地结合自己做过的方案以及自己了解的数据为夏挽沉详细地讲解着。

哪怕是夏挽沉这种对金融一窍不通的人，也在君时陵的讲解下茅塞顿开。

君时陵讲得认真，夏挽沉一边听着，一边偏头看了君时陵一眼。他穿着白色衬衣，坚毅的五官此时被灯光染上一层暖光，让他冷清的轮廓显得更加朦胧。

夏挽沉觉得，此刻认真地讲解着专业知识的君时陵确实挺有魅力的。就像她前段时间看的那些偶像剧里说的那样，认真工作的男人是最迷人的。

察觉了夏挽沅打量的目光，君时陵停下了讲解，对上一双玲珑剔透的水眸："怎么了？"

"追你的女人是不是挺多的？"夏挽沅好奇地问。那些偶像剧里的男主角，明明长得一般却有很多人追，像君时陵这样的，估计追他的人能绕着 D 市排一圈吧。

现在她倒觉得君时陵不许外人知道他们之间的关系是件好事了，以后离婚了她也能悄无声息地走掉，免得惹上麻烦。

"为什么这么问？"君时陵万万没想到夏挽沅在打量了他半天后，会冒出这么一个问题。

"因为你挺有魅力的。"夏挽沅实话实说。

听到这句话，君时陵感觉心里像被人投入了一颗小石子儿，荡起一层层涟漪，搅得他心中酥麻不已。

君时陵从小到大听过无数赞美，得到过无数奖赏，但没有哪一次能够引起他一丝波动。

这次仅仅是夏挽沅的一句话，他竟止不住地欢喜，甚至显得有些无措。

君时陵握紧了手，看了夏挽沅一眼，努力维持着淡定的表情。

"花言巧语。"君时陵最后丢下这么一句话，起身离开。

夏挽沅有点儿蒙，现代人表达想法时不是都挺直接的吗？而且她好像是在夸君时陵吧，怎么就变成花言巧语了？

有钱人的想法果然和普通人的不太一样。

君时陵快速地离开了卧室，但坐到书房的椅子上后，又觉得自己有些反应过度了。明明上楼前他满脑子都是企划案的内容，现在脑子里却被那句"你挺有魅力的"以及那双水眸完全占据。

君时陵突然想起自己还有个会议，赶紧清空了所有乱七八糟的想法，坐到书桌前打开电脑。君氏集团在全球各地的高管们已经齐齐整整地在线上会议室里等待着。

君时陵看了钟表一眼，比约定的时间晚了 10 分钟。

"好，会议开始。"

君时陵开了口，众人开始汇报起工作。

至于迟到,老板迟到能叫迟到吗?

会议早已开完,工作也已经处理完毕,但君时陵有些不自在,硬是待在书房里等小宝来找他。

"爸爸,你怎么还不去睡觉啊?"

小宝抱着恐龙玩偶,穿着连体的恐龙睡衣,长长的尾巴拖在地上,打着哈欠在门口看着君时陵。

"走吧。"

君时陵上前拉住小宝,两个人一起走进了卧室。

夏挽沅已经躺下了,目光极其自然,君时陵看她这副坦坦荡荡的样子,心里反而有点儿不悦。

听说今天要去看太爷爷,小宝很早就起了床,还专门穿上了最喜欢的皮卡丘套装。

夏挽沅穿了一件浅色缀花针织裙,耳畔的珍珠耳环给她增添了几分温柔。

"妈妈,你是全天下最好看的人。"幼儿园老师说了,妈妈很伟大,要经常赞美妈妈,小宝完美地遵循了幼儿园老师的教导。

"你也是最可爱的宝贝。"夏挽沅被小宝奶声奶气的夸奖逗得十分开心,摸了摸小宝的头。

"直播界未来的大明星就要诞生了!兄弟们你们期待吗?"苏枚等人围在夏瑜床前,看着他一步步地注册主播账号。

"去你的。"夏瑜笑着骂了苏枚一句。

"夏瑜你要直播什么啊?"杨临好奇地问了一句。

"就是现在很火的那个手机游戏啊,阮念不是也玩的那个吗?"夏瑜盘着腿坐在床上。说起阮念,夏瑜眼中满是不屑。

"就凭你这张脸,你肯定会比他火,真的。"

夏瑜长得好看,眉目间与夏挽沅还有几分相似。这些日子以来,学校里不知道有多少女孩子已经对他芳心暗许。

"喊,他也配跟我比?"一想起阮念骂夏挽沅的样子,夏瑜就气不打一处来。

夏瑜将摄像头和声卡全部准备好，朝苏枚他们摆摆手："去去去，你们回自己床上去。"

"好嘞，我去做你直播间的第一个观众。"

室友们都回到了自己的床上，找到夏瑜的直播间账号点了进去。于是夏瑜还没开播，就收到了包括自己在内的四个订阅。

"我开播了啊。"夏瑜拿着鼠标正要按下开直播的按钮，心里稍微有点儿紧张。

"开吧开吧，夏瑜你就是下一届的直播老大！我就是老大的室友了。"

"那我是老大的上铺。"

听着众人的调笑，夏瑜没那么紧张了。

"大家好，我是主播小鱼。"

夏瑜在网上搜主播攻略的时候，看到别人列的清单上还有隔音的帘子。为了防止打扰到室友学习，夏瑜也买了个帘子，隔音效果还不错。

"哇，主播的声音真好听！"

"主播世界第一帅！"

"主播，我喜欢你！"

"我可以！"

夏瑜的话都没说完，屏幕上已经开始出现网友们的评论了。夏瑜无语，看了一眼后台人数，观众都在他们这个寝室里。

既然只是直播打游戏，夏瑜懒得露脸，但平台说开摄像头会吸引更多的人，夏瑜便将摄像头对着自己的手，然后将手机游戏画面投屏到直播间里。

夏瑜的号没玩多久，他如今还停留在星耀级别。

从小玩遍各种游戏的夏瑜，对《××荣耀》这款游戏上手极快。他喜欢高爆发、高伤害的英雄，所以用了个刺客（游戏角色）。

十分钟过后，战绩是12—0—5。夏瑜抬起头，看到直播间后台人数显示为5，也就是说，除了室友，只有两个观众。

"这人气怎么这么低啊？"夏瑜拉开隔音帘，探出头来问张哲。张哲平常看直播看得多，也懂得多。

"你是新人，很正常的，一般新主播刚开播时都没有多少人气，除非有人在直播间里送大额礼物，获得全平台推送，才能吸引更多的人。"

张哲觉得夏瑜迟早会火，毕竟他们一起玩游戏时，就数夏瑜反应快，手速快，而且打法极其凶猛。在电竞类的直播平台上，有很多人喜欢这一类的主播。

"哦。"听了张哲的话，夏瑜若有所思，缩回了床里。

于是五分钟之后，兔牙直播在全平台推送了这样一条消息。

"'小爷我有钱'在主播小鱼的直播间埋下一个藏宝箱，大家快来挖宝吧。"

当网友打赏给主播这种藏宝箱之后，全平台的观众都能看到这条消息。藏宝箱里面有各种金币、银币，是非常好的吸引人气的打赏道具。

这种道具只有一个缺点，那就是贵。一个藏宝箱需要花5000元，是有钱人专属道具。

看着那个"小爷我有钱"的账号，苏枚、张哲和杨临三个人一脸惊讶，这是半个小时前他们亲眼看着夏瑜注册的小号。

很显然，这个方法奏效了，一个藏宝箱瞬间吸引过来一大批人，直播间后台人数瞬间从5涨到了350。

《××荣耀》作为时下很热门的手机游戏，不仅拥有众多的男性玩家，也有大量的女性玩家。此时直播间里的女性玩家们不仅惊叹于夏瑜的技术，还被摄像头里那双骨节分明的手吸引了。

白皙修长的手随着游戏里的操作飞快地移动着。

胜利的标志出现，结算界面上显示的超越同段位全部玩家的成绩，让屏幕上出现了一堆好评。

但也有一部分人看到夏瑜是星耀段位后嗤之以鼻。

确实，在这个主播动不动就是百星的直播平台上，星耀段位显得有些低。

"我刚玩，过几天你再来看是不是星耀。"夏瑜不是什么有耐心的人，见评论里有人质疑他，便顶了回去。

本就是正当青春的男孩子，清越的嗓音，说话时尾音微微上挑，带着些许骄傲，但并不会让人觉得反感，反而像是夏日阳光下冒着泡的汽水，沁人心脾。

"这个声音太好听了！"

面对着满屏的评论，夏瑜感到不解，不是游戏直播吗？老让他说话干什么？

这时，夏瑜的手机响了。

夏瑜放开鼠标，接起了电话，然后大家就听到安静的直播间里，清朗的少年音响起："姐姐。"

等夏瑜接完夏挽沅的电话回来，直播间里足足多了一倍的评论和许多烟花特效。

电话那头，夏挽沅刚挂掉夏瑜的电话，一个陌生的手机号打来了电话："夏挽沅，你爸爸被你害得破产了，你开心吧？"

夏挽沅眉头微皱，从脑海里搜寻出了这个声音的主人——比夏父小了20岁的韩媛，也就是她的后妈。

"没事我就挂了。"

出乎韩媛的意料，往常碰上自己不是冷嘲热讽就是大喊大叫的夏挽沅，今天倒是冷静得很。

"夏挽沅你别给我摆谱儿，咱们马上都是穷光蛋了。明天10点阳光餐厅405号包间见，你不来就等着我把你的事全抖搂出去吧。"

哪怕只是在电话里说起君时陵，韩媛依然莫名其妙地觉得心中生出一股寒意。

夏挽沅直接挂断了电话，但韩媛知道夏挽沅一定会去的。

放下手机，韩媛得意地笑笑，夏挽沅这个赔钱货总算还有点儿用处。

韩媛向来跟夏挽沅合不来，今日却主动打来电话，夏挽沅稍微想了一下便知道韩媛打的是什么主意了。

原身是个只会吃喝玩乐的嚣张小千金，若说现在原身对夏家还有什么价值的话，也就是她嫁给君时陵这个人了。

夏挽沅眸色微冷。韩媛趁着原身母亲病重勾搭上了夏父，这足以证明她心术不正。既然韩媛主动送上门了，夏挽沅想着去看看她打的什么主意也好。

翌日，阳光餐厅里，韩嫒轻柔地摸着自己的肚子，眼神中却没有一丝母性的慈爱，反而充满了戾气。

眼看着就 10 点 30 分了，韩嫒心里也由淡定变得惊慌，那个夏挽沅真的不打算来了？

韩嫒朝门口张望着，一直到 10 点 45 分都没有见到夏挽沅的身影。

韩嫒终于完全失去了耐心，拿起手机来，第二十次给夏挽沅拨出了电话。

出乎她的意料，这回电话接通了，与此同时，房间门口响起了悠扬的手机铃声。

韩嫒抬头望去，正对上一双清凉如霜的眸子。

"夏挽沅？！"

韩嫒从一个小护士到夏夫人，察言观色的本领自然不差。

这一瞬间，韩嫒敏锐地从门口站着的夏挽沅身上感受到了压迫感。那双冰冷的眸子仿佛看透了一切，让韩嫒没来由地觉得心虚。

"说吧，找我来有什么事？"

夏挽沅慢慢走进来，高跟鞋"嗒嗒"地敲在地板上，一声声地瓦解着韩嫒的心理防线。

"夏挽沅你跟我装什么？"韩嫒打起精神，不复往常在夏父面前温顺的样子，"就因为你那个破电视剧，你爸爸往里投钱被人骗破产了，你还好意思安稳地坐在君少夫人的位置上？"

听到韩嫒这么说，夏挽沅想起了原身曾经被圈内好友劝说去接一部科幻大片。科幻大片的精髓在于高级的特效水平，因此前期的资金投入特别大。

在好友的劝说下，原身回去求了夏父，影视公司的代理人也列出了十分丰厚的投资回报。有当红艺人好友的保证和影视公司的各种劝说，加上原身一直跟夏父软磨硬泡，最终夏父答应从公司的现金流中抽出一大部分资金，投进了这部科幻大片里。

他后来才发现这家影视公司是个皮包公司，投资的资金在账面上走了一下就被人打包拿走了。科幻片没拍成自然没有任何回报，加上国内商业的行情不好，夏家的资金链便断了。

夏挽沅在回想这段记忆的时候，心口莫名其妙地感到钝痛，仿佛是原身留下的自然反应一般。

"你别以为不说话就能躲过去了！"韩媛看着夏挽沅淡定地坐在椅子上一声不吭的模样，胆子逐渐大了起来。

"那你想怎么样？"夏挽沅终于开了口，清脆如泉的声音中带着一股韩媛形容不出的威严。

"你不是嫁给君家大少爷了吗？"韩媛说到君时陵，语气中除了讥讽，还带有一丝嫉妒。

"对他来说，拉夏家一把是易如反掌的事情，你去求求他不行吗？再不济你还有个儿子呢，让你儿子去求他。"

听韩媛提到小宝，夏挽沅眼中闪过一抹寒光。

"然后呢？"夏挽沅静静地听韩媛说完，然后开了口。

韩媛一下子被夏挽沅问住了。然后？然后什么？

"然后我有可能被君家完全抛弃，永远见不到我的儿子。而你，就可以带着自己的孩子继续享受夏家的一切了是吗？"

夏挽沅悠悠地指出韩媛心里真实的想法。

"你怎么这么说啊？"韩媛讪讪一笑，"怎么说你也是夏家的女儿，我们怎么会不管你呢？"

夏挽沅嘴角微勾。夏父很重视韩媛肚子里的孩子，所以，韩媛缠着夏父签了财产分配协议。夏父只是象征性地给了夏挽沅几处房产。

若是原来的夏挽沅，估计被君时陵赶回夏家之后就要寄人篱下了。

不过很可惜，现在已经变了。

"我可以救夏家。"

看夏挽沅一直沉默，韩媛以为夏挽沅不愿意救夏家，正要开口继续劝说，没想到夏挽沅爽快地答应了。

"真的？"韩媛有点儿怀疑地看着夏挽沅。

"嗯，不过我要跟……"夏挽沅顿了一下，"父亲亲自谈。"

"行！"韩媛这下高兴了，看来夏挽沅也就是表面上唬人，其实还是挺好拿捏的，"我回去就跟你父亲说。"

谈完事,韩媛也懒得跟夏挽沅多作纠缠,在保姆的搀扶下离开了餐厅。

夏挽沅端起桌上的咖啡抿了一口,些许的苦味让她轻轻地皱了下眉。

她前几日总是在看君时陵放在屋里的金融杂志,对现代的商业体系还是很感兴趣的。没想到,机会这么快就送上门了。

夏家的公司救倒是可以救的,但救完以后是姓夏父的夏,还是夏挽沅的夏,就由不得他们了。

夏挽沅静静地坐了一会儿,给君时陵发了一条消息。

对方很快就回复了。

夏挽沅起身离开了阳光餐厅。

"去君氏集团。"

夏挽沅上车后吩咐了一句,便靠着车窗闭上眼睛,细细地思考着需要做的事情。

司机心里"啧啧"了两声便发动了汽车。

一个月前还只配住在山里别墅的夏小姐,这才一个月就住进了君家的庄园,现在还要去公司里宣示主权,了不得。

车子很快到了君氏集团楼下,她远远地便看见林靖等在门口。

大门口的保安拿出了比平时还要认真100倍的劲头,站得比标杆还直。

林特助是谁?那是君少面前的第一红人,左膀右臂,能让他亲自接见的肯定是大人物。

车子缓缓停下,保安站得笔直,眼睛紧紧地盯着被司机打开的车门。

一双高跟鞋出现。

嗯?女人?

然后是白皙的双手,接着她整个人走了出来,虽然戴着墨镜和口罩,但依然看得出来她极为年轻,风姿绰约,清丽无双。

林靖走上前:"夫人。"

这些日子在庄园里,大家都称呼夏挽沅为夫人,夏挽沅都听习惯了,一时竟没有觉出不对。

"君时陵让我过来找他。"

"少爷在上面等您。"林靖说着,引着夏挽沉进了门。

看着风度翩翩的林靖引着包裹得严严实实,但依然能看出来是个美人的女人进了公司,一众职员惊掉了下巴。

"我没看错的话,他们走的是总裁专用电梯吧?"

"我也看到了,这是林特助的女朋友吗?"

"呜呜呜,林特助有女朋友了吗?我的心碎得稀烂。"

"林特助怎么会公然带着女朋友来公司呢?说不定是总裁夫人呢!"刚来不久的实习生好奇地加入了前辈们的八卦行列。

走总裁专用电梯,而且林特助对那个女人的态度看起来很恭敬。

"小妹妹,这你就不懂了,我们君总号称'活阎王',也就是说,谁都有可能谈恋爱,君总肯定不会。"

"对,小妹妹你多待一段时间就知道了。君总那种简直是人间妄想,没有凡人能配得上他的,你能想象出君总谈恋爱时是个什么样子吗?"

新来的小实习生逐渐被前辈们带偏,完全不知道自己已经与真相擦肩而过。

在林靖的带领下,夏挽沉坐着总裁专用电梯到了君时陵所在的楼层。

"夫人,少爷在最里面的那间办公室等您,我还有事就不送您过去了。"

"好的,谢谢。"

这座楼空间极大,刚刚电梯一路升上来,夏挽沉隔着透明的电梯玻璃看到每一层楼里都有来来往往的职员。

在这寸土寸金的市中心,能有这么大的一家公司和这么多员工,着实让人佩服。夏挽沉一边走一边想着。但她不知道的是,这一片楼盘都是君氏集团开发的,这栋办公楼本身就是君氏集团的产业。

最里面的一间办公室门前放了几盆绿植,金丝楠木的大门雕刻得十分精美,却不失肃穆。

夏挽沉敲了敲门。

"进来。"

夏挽沅推门进去。与她在电视里看到的那些豪华的总裁办公室不同,君时陵的办公室虽然也很大,但是装饰极其简约,就像君时陵这个人一样,透着极致的内敛。

占了将近200平方米的办公室里,除了办公桌和沙发,便是一旁掩映在巨大绿色植物下的茶台。

君时陵坐在办公桌后,正认真地批阅着手里的文件。剪裁精致的白色衬衫勾勒出他完美的身形。哪怕是在没有外人的办公室里,君时陵的领带也打得整整齐齐的。

君时陵本以为是助理敲门,结果门口处迟迟没有传来任何声音,君时陵抬头望去,才发现是夏挽沅来了。

"你来了。"君时陵站起身,将夏挽沅引到沙发上坐下,伸手倒了一杯茶,递给夏挽沅。

两个人一个倒得自然,一个接得自然,都没有意识到君时陵亲自倒茶这件事本身就是让人不敢相信的。

连君时陵自己都没有意识到,在与夏挽沅相处的过程中,他逐渐将她放到了与自己同等的位置来对待。

"谢谢。"夏挽沅确实有点儿口渴了,喝下一口茶,觉得好多了。

"你在微信里说有事跟我谈,什么事?"君时陵一边问着,一边拿着茶壶往自己的杯子里倒水。

"那个离婚协议能提前签吗?"

君时陵拿着茶壶的手一顿,几滴水洒到了茶杯外面。

"为什么?"

君时陵将一杯茶倒满,不动声色地坐回沙发上,看着夏挽沅的眼睛询问道。

"反正早晚都是要离的,我们可以先签协议,我可以帮你掩盖到爷爷寿辰以后。"

夏挽沅想趁着夏家破产的机会将夏家的产业收归己有,但是她手里没有那么多的资金。当初君时陵许诺会给她1亿元的离婚费,夏挽沅想提前使用这笔资金。

"协议的签订日期早就由律师拟定好了,协议的内容要到两个月后才能生效,离婚费没到时间也是取不出来的。"

君时陵慢慢地说着,见夏挽沅听到离婚费时眼中有了些许波动,心中有了底。

"好吧。"看来这个法子行不通,夏挽沅想着去哪里可以筹到这笔钱。

"你缺钱吗？"君时陵没有在夏挽沅的眼神里找到对这段婚姻的留恋,但也没有找到对这段婚姻的厌恶。弄清了夏挽沅的需求后,君时陵悠然地端起桌上的茶杯,喝下一口热茶。

夏挽沅惊讶地看了一眼君时陵,转瞬便释然了,以君时陵的聪明自然能猜到她的来意。

不知是不是因为上次君时陵给夏挽沅讲解金融知识的时候显得格外专业,夏挽沅对君时陵有着一股莫名其妙的信任感。

此刻见君时陵问起,夏挽沅也不掩饰,便将韩媛来求自己挽救夏家集团的事告诉了君时陵。

"你想将夏家的产业揽到自己名下？"

夏挽沅并没有直接说出自己的想法,但君时陵一听就明白了她真正想做的事情。

"嗯,可是我缺少资金。"

"我借给你,按照市场利率。"

在一个月前,夏挽沅在外人面前的形象还是个贪慕财势的女人,但此刻君时陵心里觉得,如果直接说不用任何回报地借钱给夏挽沅,她很大程度上会拒绝。

果然,听了君时陵的话,夏挽沅欣然接受了:"好！"

"我会派人去考察夏家的实际情况,按照它所需要的投资额借给你。"

"那就更好了,谢谢你。"

夏挽沅对现代公司的经营模式还不是特别了解,也不知道能够得到君氏集团的专业评估,是多少企业梦寐以求的事情。

"那你先忙,我回去了。"

夏挽沅觉得君时陵应该是挺忙的，就想着不在这里耽误他的时间了。

"已经中午了，在这里吃完午饭再走吧。"君时陵看了看时间，出言挽留。

夏挽沅正要推辞，办公室的门被敲响了。夏挽沅担心自己在这里出现会给君时陵带来什么流言蜚语。

"进来。"君时陵已经开了口，夏挽沅都来不及戴上口罩。

"少爷，夫人，我帮你们把午餐送上来了。"

林靖站在门口，一手拎着一个饭盒。

既然饭都送来了，夏挽沅也就顺势留下来吃饭了。

林靖放下饭盒就离开了办公室。

君时陵和夏挽沅坐在沙发上吃着饭。在众人眼里，君氏家主风光无限，生活应当是极度奢靡的。但实际上，桌上只是简单的四菜一汤。

夏挽沅属于那种在食物缺乏的时候什么都能吃得下，但如果有挑选空间的话，还是会有点儿挑食的人。

比如面前的这道青豆炒肉，夏挽沅只喜欢吃肉，并不太喜欢青豆的口感。

夏挽沅用勺子舀了一小勺青豆炒肉放进碗里，夹了一筷子肉，将青豆撇到一边。但夏挽沅是经历过乱世饥荒的人，没有浪费粮食的习惯。所以等到把碗里的肉吃完，她才开始吃青豆，青豆那有些沙沙的口感让夏挽沅轻轻皱了皱眉。

"怎么还挑食？"君时陵注意到夏挽沅的神情，有些冷峻的眉眼微凝，君胤这么小就挑食看来是遗传自夏挽沅。

夏挽沅自知理亏，也不跟君时陵争辩。

但她没想到刚吞下一些青豆，手里的碗便被君时陵拿了过去。

"怎么了？"

夏挽沅惊讶地问君时陵，接着便看见君时陵用勺子将夏挽沅碗里的青豆舀到了自己碗里。

"不用了，我自己可以吃完的。"纵使住在一个屋檐下，每天晚上还算得上是同床共枕，但他们终究不是实际意义上的夫妻。

夏挽沅虽一向不拘小节，但知道自己和君时陵的界限在哪里，觉得吃剩菜这种事好像过界了。

夏挽沅心里有一个奇异的想法正悄悄地冒出头，但看到君时陵冷淡的样子，又觉得是自己想多了。

"不爱吃便不吃，显得好像我留你吃饭是在虐待你似的。"君时陵的语气带着些冷意，夏挽沅觉得自己刚刚冒出的想法简直是天方夜谭，但心里对君时陵的看法倒是又改变了一些。

没想到这种世家大族的贵公子，又是万人之上的君家家主，却毫不铺张浪费，怪不得君氏能够在他的手里发展到这样的高度。

君时陵舀完青豆后将碗递还给夏挽沅。

"谢谢。"夏挽沅低声说了一句。

"君胤肯定是遗传了你的挑食。"夏挽沅刚要把一口饭放进嘴里，君时陵突然来了这么一句。

夏挽沅一想到小宝姜不吃、蒜不吃、洋葱不吃、香菜不吃的样子就感到有些心虚，脸上飞起两片红霞。

君时陵看到夏挽沅不自在的样子，眸中闪过一丝笑意，不再多说。

夏挽沅不想再重复刚刚的窘状，便不再吃青豆炒肉那盘菜了。

但没想到没过一会儿，碗里被倒进了一勺没有青豆的炒肉，夏挽沅抬头看去，发现旁边的君时陵的碗里有一大堆绿油油的青豆。

"谢谢。"

君时陵淡淡地应了一句，两个人再无他话。

两个人吃过饭，林靖到办公室取走了饭盒。

"你下午回去？"君时陵看向沙发上的夏挽沅。

"钟老邀请我下午去听他的讲座。"

钟微是国内金融界的重量级人物，他的讲座一票难求。能够得到钟微的亲自邀请，说明钟微是十分看重夏挽沅这个人的。

"几点？"

"3点。"

君时陵看时间还早得很，就对夏挽沅说："你在这里休息一会儿吧，待会儿让司机送你过去。"

"会影响你工作吗？"夏挽沅倒是无所谓，就是有点儿怕影响君时陵工作。

"不会。"

得到君时陵的允许，夏挽沅便安心地坐在一边，看着君时陵留在一旁的书。

清大是华国境内数一数二的高等学府，也是无数学子梦寐以求的地方。

送夏挽沅的车子驶进了一个厚实的牌坊式门楼，门楼上用遒劲有力的繁体字写着大学的名字。

道路两旁是粗壮高大的银杏与梧桐，繁茂的绿叶在主干道上投下一片绿荫，三三两两的学子或抱着书本，或说说笑笑，零零散散地走在校园里。

清大历史久远，在重重绿植的掩映下，一些古老的建筑从繁花绿叶中伸出古色古香的屋檐，仿佛穿过时光拥抱着这个时代。

钟微的讲座在清大礼堂举行。车子七拐八拐地终于到了礼堂门口。

"夫人，两个小时后我在这里接您。"

司机停了车，将夏挽沅迎下来。

"好的。"

夏挽沅下了车，司机便将车开走了。考虑到学校里的人应该不会注意到她是谁，而且蒙头罩面的对钟微极不尊重，夏挽沅便摘了口罩和墨镜。

钟微在学术界的地位极高，能听他的讲座的人也不是泛泛之辈。此时礼堂门口精英云集。夏挽沅虽然容貌极其惹眼，但在场的人大多是不认识她的。

尽管夏挽沅在微博上热度很高，但在学术界知道她的人并不多。

已经到了2点50分，门口的人开始陆陆续续地进去。夏挽沅跟在队尾，慢慢地靠近了审核口。

"小姐，请出示一下您的邀请函。"

身着正装的学生会负责人有些拘束地向夏挽沅伸出手。他是学生会主席,帮助学校组织了这么多场活动,还从来没遇到过这么好看的嘉宾,那张青涩懵懂的脸一下子就红了。

"邀请函?是钟老给我打电话说的,我没有邀请函。"

钟微只给夏挽沅打了电话,并未给她送邀请函。

"对不起,按规定没有邀请函是不能入内的。"

虽然眼前的人着实好看,但是没有邀请函他也不能将夏挽沅放进去。

"她是我的女伴,跟我一起来的。"

好听的男声在身后响起。夏挽沅回头,对上一双熟悉的眼睛,是上次在街上遇见过的男子。

她记性本来就好,更何况眼前的男子容貌出众,一双多情的桃花眼中含着笑意,哪怕是正正经经的西装也让他穿出了一股邪气,整个人的气质很独特。

"你——"

"好巧啊。"夏挽沅话还没说完,面前的男子已然开了口。

宣升心中升起浓浓的惊喜,本来还想找各种机会去接近夏挽沅,没想到能在钟微的讲座上碰到她。

刚刚一下车,他就注意到了这一抹绝美的身影,虽然只看到了背影,但那种如雪山之巅独立于世的气质,瞬间就让他确定了这是夏挽沅。

"宣总?!"

同样在一旁等着的商界人士,一下子就认出了这个金融界的鬼才宣升。宣升出身不凡,自己又有着极高的投资能力,在国际著名的华尔街金融交易市场上有着不俗的表现。

作为国内金融界的新锐,宣升自然被很多商界人士熟知。

"宣总请进。"虽然不认识宣升,但学生会主席知道这场活动最大的赞助商是宣家,更何况学金融的人都知道投资鬼才宣升,因此十分恭敬地请他进去。

学生会主席此刻也有点儿蒙,今天的来宾一个比一个好看,不是拼头脑的讲座吗?怎么这群人不但脑子聪明,长相也这么出众?

"这位小姐是跟我一起的。"宣升看着夏挽沉清丽的侧脸，眼中火热。

"那这位小姐您请进吧。"既然宣升都这么说了，他们也不好把夏挽沉拦在外面。

"不用了，我没有邀请函，就不进去了。"

出乎所有人的意料，夏挽沉拒绝了。

说起来她和宣升这算是第二次见面，但这个男子的眼中有着过分的火热，她本能地觉得不舒服。

宣升一向走到哪里都会得到旁人的顺从吹嘘，突然被夏挽沉拒绝，宣升眼中下意识地闪过不悦。夏挽沉注意到了这一点，微微往后移了一步。

宣升后面站着的其他公司的董事长秘书，见夏挽沉完全不给宣升面子，开口道："这位小姐，宣总这是给你面子。钟老的讲座一票难求，你不跟着我们进去的话，就进不去了。"

本以为这番话能讨好宣升，没想到宣升回过头来看了她一眼，那目光中满是冰冷，丝毫不复刚才的暖煦。

董事长秘书最懂察言观色，意识到自己说错了话，连忙闭嘴。宣升还要说些什么，就看到一个学生模样的女生走了出来。

"李学姐好。"学生会主席跟女生点头致意。李念是钟微亲自带的研究生，也是金融系里资历最深的学姐。

"夏小姐，老师让我出来看看，问你怎么还没进去呢。"

李念冲学生会主席点点头，快步走到夏挽沉的身边："老师一直在问你来了没呢。快进去吧，老师给你留了前排的位置。"

"我没有邀请函。"

夏挽沉无视众人惊愕的目光，跟着李念往礼堂里面走去。

"哎哟，是我的疏忽。我知道老师给你打电话了，就忘了给你发邀请函。没事，你跟着我一起进去就行。"

学生会主席一脸茫然，这又是哪里来的大人物？她居然是钟微亲自邀请过来的。刚刚嚣张的董事长秘书既羡慕又愤恨地看着夏挽沉的背影，搞了半天，人家根本就不需要靠别人带进去啊。

宣升也跟在夏挽沅她们身后走了进去，此时他的眼睛里倒少了些轻佻的笑意。显然，宣升也没想到夏挽沅还和钟微有联系。

礼堂内，李念带着夏挽沅走到第一排靠走廊的位置坐下："夏小姐，老师在后面整理文稿，他想等讲座结束后请你聚一下。"

"好的。"

李念还得去帮忙维持秩序，便先行离开了。

夏挽沅还是第一次参加现代大学的讲座，觉得颇为新奇。她看了看周围，第一排离大屏幕很近，屏幕上正滚动播放着钟微的个人介绍。

第一排的夏挽沅在看视频，而她身边的人在看她，美人如玉，姣兮灿兮。

"夏小姐，认识一下，我叫宣升。"

夏挽沅正看着钟微最新作品的介绍，旁边坐下一个人，熟悉的声音也随之响起。

夏挽沅偏过头，看见宣升那一双含笑的桃花眼正望着她。明明是极正式的场合，宣升也穿着正式的西装，但他懒懒地靠在椅背上，右耳处一枚黑钻耳钉闪着光，显得他整个人邪魅十足。

仿佛这里不是讲座现场，而是电影颁奖典礼，宣升也不是讲座嘉宾，而是即将上台领奖的大明星。

夏挽沅觉得这人有点儿阴魂不散。

"我是要发言的嘉宾，在这里碰到夏小姐纯属巧合。"察觉了夏挽沅眼中的戒备，宣升出声解释。

"嗯。"夏挽沅淡淡地应了一声，便将注意力重新投向屏幕上了。

宣升见夏挽沅一副软硬不吃的样子，眼中闪过一抹笑意，也不再找夏挽沅说话。

讲座很快就开始了。

钟微拿着一张手稿便上了台，目光和夏挽沅相接，微微点了点头。夏挽沅回以微笑，钟微便开始了演讲。

钟微不愧是金融界的重量级教授，从整个国家的经济结构入手，尖锐地指出当前股票市场中的问题。

夏挽沅上辈子没听说过现代这样的融资市场，这些天看杂志了解了一些，对此十分感兴趣，当下听得很认真。

宣升偶尔偏过头，看见夏挽沅极其认真的样子。听到疑惑处，夏挽沅秀气的眉毛皱起，像一把小扇子，将一丝微风扇进他的心里。

"大家有什么疑惑或者更好的见解吗？"

20分钟过去了，整个礼堂一直都很安静，钟微讲了一段，停下来与众人交流。

"针对钟教授刚刚谈的债券换股问题，我认为……"

钟微讲的内容本就高深，在场的人大多不敢随意发言。正在全场陷入沉默的时候，宣升开了口。

宣升评论的角度刁钻，提出的方案也颇具风险性，但不得不说这是一个可行的方案。钟老一边听一边点了点头。这位新晋的商业鬼才果然厉害，现在的年轻人真是一个比一个有本事。

钟微和宣升有来有往，足足谈论了10分钟。众人看着宣升镇定自若地和钟微交换意见，再一次重新评估了这位新锐的能力。

夏挽沅虽然有些地方没听懂，但从宣升的举止谈吐中也感受到了这个人的野心。

终于交流完了，钟微接着刚才的话题往下讲。

原本定好的两个小时的讲座，提前15分钟结束了。

夏挽沅虽然一直在认真地听着，但其中有一些名词还是听不太懂。刚好钟微结束了讲座，宣升便偏过头："夏小姐有哪里没听懂的话，我愿意帮夏小姐解答一下。"

夏挽沅正要开口，礼堂内却突然骚动起来，人群中甚至有人惊呼出声。

夏挽沅抬头，正对上一双暗眸。

君时陵看了一眼夏挽沅，便将目光移向了上身微微偏向夏挽沅的宣升。

跟在君时陵身后的李念瑟瑟发抖，这君少身上的冷意怎么越发地重了，冻得她脖子发凉。

此时，宣升也望向君时陵，一个玩味，一个冷峻，两道目光在空中短暂相接后便各自移开，但双方都有了初步的估量。

因为君时陵的出现，众人开始议论纷纷。

"想必大家也都认识这位小友了，这位是君家的现任家主君时陵。今天剩下的15分钟就由他来跟大家分享一些看法吧。"钟老笑呵呵地把君时陵引到一旁的演讲台前。其实钟微也是一个小时前才知道君时陵要来的。

看了一眼台下坐着的夏挽沅，钟微笑着摇摇头，眼里满是笑意。现在这些年轻人呀，真是腻得不行，一会儿都离不开对方。

不过君时陵愿意来此助阵，倒是给钟微长了大面子，毕竟君时陵基本上不在公开场合发表任何讲话。

夏挽沅有些疑惑地看着君时陵，怎么中午的时候他没说会来钟老的讲座呢？

君时陵选了当下最尖端的话题开始演讲，很少人了解这部分内容。但君时陵以其丰富的实操经验和强大的逻辑能力，短短几分钟就将这话题讲得清清楚楚。

如果说刚刚宣升与钟微的对话掀起了一次小的高潮，那么此刻的君时陵带给众人的冲击无疑是滔天巨浪。

礼堂内安静得连根针掉在地上的声音都能听见。君时陵身着一袭黑色西装，站在演讲台前语气平缓但掷地有声地讲解着。此刻，俊美的容貌已经是外在的浮华，从他骨子里流露出来的自信、沉稳与掌控一切的从容感，震慑住了在场的所有人。

众人聚精会神地听着。

15分钟后，君时陵结束了演讲。

整整15分钟，君时陵的目光扫遍了整个礼堂，唯有夏挽沅所坐的位置，除了刚出场时看了一眼，君时陵再也没有看过那里。

讲座结束，众人纷纷散去。本来还有些人想着借这个机会跟宣升结识一下，没想到真要凑上去跟他讲话的时候，一直笑意盈盈的宣升却拒人于千里之外。

来听这个讲座的人，大都是有名有地位的人，他们见宣升根本无意与众人交流，也不再强求。很快，礼堂里的人走得差不多了。

夏挽沅坐在椅子上等李念。见夏挽沅不走，宣升也留了下来。

跟一开始的热情不同，此时的宣升不再硬要找夏挽沅说话，而是坐在椅子上，右手撑在一旁，无意识地摩挲着耳钉，眼神汹涌却没有透露出任何情绪。

"我看过你的戏，夏小姐。"

夏挽沅正拿着讲座方派发的科普手册在看，听见旁边的宣升又一次开了口，此时宣升的语气里少了些轻佻。

"我演技这么差，你也能看得下去？"夏挽沅自己都懒得看原身拍的那些电视剧，真难为这个人还能看得下去。

"夏小姐谦虚了。我十分仰慕夏小姐，这是我的名片，希望以后能有机会和夏小姐合作。"宣升将一张黑色的名片递到夏挽沅的面前，一双桃花眼中带着和煦的笑意。

"怎么还不走？"低沉的声音在夏挽沅的头顶响起，君时陵不知道什么时候走到了夏挽沅身边。

"我不知道钟老在哪里。"夏挽沅抬头看了一眼君时陵，这个人语气里的冷意都快结成冰了。

"君少，久仰大名。"宣升的话被突然出现的君时陵打断，宣升将递出去的名片收回，眼神在夏挽沅和君时陵身上转了转，然后笑着向君时陵伸出了手。

君时陵连一个眼神都没有分给宣升，只是看着夏挽沅："走吧。"

"好。"夏挽沅正要起身，没想到裙子上的飘带不知怎的缠上了扶手上的小弯钩。

夏挽沅转头去解。但小弯钩在她背后的位置，她只能别扭地伸手去拉飘带。

宣升正想去帮夏挽沅，君时陵已经走到夏挽沅面前，弯腰去解她被缠住的飘带了。

君时陵伸出胳膊，像是把夏挽沅抱在了怀里一般。君时陵身上淡淡的檀香味扑鼻而来，夏挽沅一抬头便撞上了君时陵坚实的胸膛。

君时陵感受到怀中的一抹温热，低头对上了夏挽沅那双灵若春水的眼睛。

此刻二人离得极近，夏挽沅都能感受到君时陵身上传过来的热度。

"好了。"君时陵握了握拳，向后退了一步。

夏挽沅起身跟在君时陵的身后，两个人一起走出了礼堂。

宣升懒懒地靠在椅背上，看着君时陵和夏挽沅远去的背影，眼中闪过一抹玩味。

君时陵可从来没有公开说过自己有女朋友，没想到这夏挽沅看着像是朵高岭之花，搞了半天却是一只君时陵养的金丝雀。

宣升心中对夏挽沅的兴趣顿时消失了大半，不过不得不承认，这只金丝雀养得真不亏。没想到这君时陵在外一副禁欲克制的样子，居然也玩金屋藏娇这一套。

宣升意兴阑珊地站起身伸了个懒腰，将衬衣的扣子解开两颗，大步走出了礼堂。

此刻正是上课时间，而且钟微的宿舍在比较隐蔽的地方，所以此刻的林荫小道上只有夏挽沅和君时陵在并排走着。

"中午吃饭的时候，你怎么没说你要过来？"

此时阳光甚好，夏挽沅走在阳光斑驳的小路上，心情颇好。

"君氏有个项目要和清大合作，我临时决定过来的。"

"哦。"夏挽沅不了解君氏的业务，便不再多问。

路旁的树枝刚被修剪过，夏挽沅从树丛里捡起一根柔软的柳枝，折成圆环状。

微风吹过，一朵朵繁花落到草丛里。夏挽沅蹲到路边，从草丛里捡了不少花。君时陵本来正大步地往前走着，见夏挽沅停下，便也停住脚步，站在一旁等着夏挽沅。

夏挽沅将各种颜色的落花系到柳枝折成的圆环中。短短几分钟，一个漂亮的花环就被夏挽沅做好了。

"好看吗？"夏挽沅将花环套上头上，阳光像是在她的眼睛里洒下一片碎钻，花环上各色花朵争奇斗艳，但丝毫比不上戴花环之人的绝美容颜。

君时陵深深地看了夏挽沅一眼："嗯。"

"走吧。"

第四章
隐　私

两个人到了钟微的宿舍，钟微已经等了一会儿了。夏挽沅将花环取下来，笑着叫了一声："钟老。"

"哎哟，你们可来了，小夏啊，我可有事要跟你商量。"

钟微将君时陵和夏挽沅引到沙发上坐下。他有意引荐夏挽沅进清大的艺术协会。今日让夏挽沅过来，也是想跟她商量，看她能不能送一幅画到清大正在举办的国画大赛上去。

夏挽沅没想到前世拿来陶冶性情的琴棋书画，在现代居然会有这么多人追捧。对于钟微的提议，她自然也是同意的。

钟微本来想留夏挽沅和君时陵吃晚饭。但清大的事情多，钟微手底下的一个项目出了点儿问题，所以只跟夏挽沅聊了一会儿他就急忙赶去了办公室。

夏挽沅离开清大去了夏家的公司。由于公司宣告破产，很多员工已经另选他路。往日里繁荣的公司，现在放眼望去，只能看到三三两两的员工正在收拾自己的东西，准备离开。

"挽沅？"

夏父到了公司，一推门便看到了夏挽沅。要不是那张极具辨识度的脸，夏父都不敢相信这是自己的女儿。

夏挽沅身着一件黑色短款外套，搭配一条天鹅绒齐膝裙，整个人冷艳十足。

更让夏父惊讶的是夏挽沅身上那股自信强大的气势，他经商这么多年，看人的本领自然练得很好，而此刻居然在女儿的身上看到了上位者的气势。

莫非真是近朱者赤？跟君时陵结婚这件事，对他这个女儿的影响竟然有这么大？

"嗯，过来坐吧。"

夏挽沅最终还是没能叫出一声爸爸。原身的父亲虽说软弱了些，偏心了些，但对原身还算不错，可惜她现在已经是千年前的夏挽沅，她有点儿叫不出口。

"你找我有什么事吗？"夏父有些迟疑地坐到夏挽沅的面前，觉得女儿变得让他有些害怕。

"夏家破产了是吧，我可以给夏家注入资金。"

"真的吗？是君少愿意帮我们吗？"听到夏挽沅的话，夏父惊喜得不行。君时陵不是特别讨厌夏挽沅吗？难道夏挽沅真的坐稳了君少夫人的位置？这么一想，夏父看向夏挽沅的目光火热了起来。

"不是他，是我自己。"眼看着夏父眼中的光越来越亮，夏挽沅接了一句，"但是我有条件。"

"什么条件？"夏父愣住了。

"我要你把所有的股权都转让给我。"

"什么？！"夏父想过夏挽沅的条件可能是等夏家东山再起之后分给她一些股权，但没想到夏挽沅居然是要他全部的股权。

"给你三天时间考虑。夏家如今的资金链已经断裂，就算你不把股权给我，也不会有人愿意给这个烂摊子投资的。"夏挽沅一点点地瓦解着夏父的心理防线，"你难道要眼睁睁地看着夏家的公司在你这一代结束吗？"

夏挽沅说完，观察了一下夏父的反应，估摸着这事应该差不多能成了，便离开了办公室，留下夏父一个人。

夏父看着夏挽沅远去的背影，觉得这个人太陌生了，但夏挽沅刚才的话,确实在他心里生了根,发了芽。

但让渡夏家所有的股权,他实在难以下定决心。

夏父有些恍惚地走下楼。曾经热闹的办公区,如今已经没有了一点儿生机。

一些员工见到夏父也不再如往常一般恭敬地问好,而是冷漠地无视了他。

"哟,这不是夏董吗?"

夏父刚走出公司大门,便迎面碰上了曾经的左膀右臂周康。这个周康在夏家没有破产的时候,对夏父是毕恭毕敬的。

当初那个影视投资方案也是周康极力推荐的。夏父之所以决定往里面投钱,在一定程度上是因为相信自己亲信的判断。

"周康?你这是去哪里?"自从夏家破产后,周康便离开了夏家的公司。夏父虽然觉得寒心,但知道大家都要生活,所以并没有过多苛责周康。

"我马上要去鼎盛公司当财务总监了。"说起这个,周康的脸上满是得意,语气中是明显的扬眉吐气。

"鼎盛?你!"鼎盛是夏家的对头,还跟夏家打过长达五年的官司。周康可以去任何公司,但去鼎盛是夏父最不能接受的。

"鼎盛怎么了?鼎盛给了我高职高薪。夏董这么有钱的人肯定是看不上眼的,但是对我来说,还是挺有吸引力的。"周康看着曾经的老板如今落魄的样子,不由得生出一股浓浓的优越感。

"哎哟,不跟您说了,我得去公司了,夏董回见啊。"周康看了看表,象征性地跟夏父打了个招呼,还没等夏父回应,便转身离开了。

夏父看着这个曾经在自己面前极尽谄媚的下属,如今因为自己破产便趾高气扬的样子,心中郁结,脑海中不由得闪出夏挽沉提出的条件,心中慢慢做了决定。

微博上,《长歌行》剧组官方微博悄无声息地发布了电视剧的宣传概念片,又引发了新一轮的网络热议。

"咦,《长歌行》剧组发宣传片了呀,我看看咋样。"苏枚吃着夏瑜从庄园里带来的零食和水果,美滋滋地点开剧组发的视频。

"我就知道我的偶像是最美的!"本来跷着二郎腿躺在床上的苏枚突然蹦起来,摇了摇正戴着耳机听歌的夏瑜,"兄弟,快看我们的偶像!"

"什么偶像?"夏瑜转过身。

"夏挽沅啊!你都为她勇闯直播界了,还说不喜欢她?"苏枚鄙视地看了夏瑜一眼。

夏瑜拿过苏枚的手机点开视频。

虽然《长歌行》剧组的后期制作时间有点儿紧,但看得出来他们是用了心去做的。

视频开头,一支毛笔蘸着满满的墨水,豪放飘逸地自天际而来,在朦胧的水雾间舞动,逐渐画面里有了大山、江河。伴随着悠扬的笛声,一叶轻舟载着一个墨发轻扬的男子从大山深处漂荡而来。

轻舟漂过,荡起层层涟漪。湖上的白鹭惊起,扑扇着翅膀飞过,屏幕上出现了龙筋凤骨的三个大字:长歌行。

"这开场做得真心挺不错的,你快看后面。"苏枚都忍不住想让夏瑜直接快进到夏挽沅的部分了。

高耸入云的青城山里,草木葱郁,山清水秀。一只蝴蝶状的风筝从山角处飞出,银铃般的少女笑声,伴随着少年无奈的宠溺叮嘱声在山中回响着。

画面一转,蓝天白云下,少年林霄和田樱儿相视而笑,青涩天真。

天下大乱,武林纷争再起,昔日的青城山满目疮痍。林霄手执长剑,走江湖,上朝堂,被侮辱,被欺凌,被误解,但依然不改眼中那一抹坚定。

田樱儿也从最开始的天真烂漫的小师妹,成了林霄身边温婉可人的林夫人,初心不减,只是眉眼处到底少了些许无忧的纯真。

视频过半,终于出现了夏挽沅的画面:初见时,少年侠客眉目含星,不谙世事的小公主面纱飘落,倾国倾城。那抹看着林霄时欲语还休的娇羞最撩动人心。

王朝倾覆,世事变幻,奢靡的大厅内,舞姬倾城一舞,霓裳羽衣,如梦似幻。

直到最后,曾经的少年侠客带着小师妹归隐山林。小公主又一次回到了熟悉的皇宫,只不过这一次是以新王朝宠妃的身份回归。

林霄站在山巅,身后是一直望着他的小师妹,而遥远的皇城之内,盛装华服的皇妃正独自凭栏远眺,眼中有喜亦有悲。

"怎么样,这夏挽沉是不是特别美?"苏枚拿过手机,又看了一遍夏挽沉跳的那支舞。

"废话。"夏瑜轻哼一声。

近些年,国内时常会有将小说改编成电视剧的情况,但大多改编得很失败,要么是选角不好,要么是剧情不行,总之很少有能让书迷满意的。

《长歌行》的书迷得知了消息,没抱多大期望地点进视频,却被开头的唯美画风给吸引了。

视频都结束了,众人还没从视频中的那个武侠世界里回过神来。

此刻,夏挽沉正埋头于君时陵给她布置的"作业"里。

自从夏挽沉表现出对金融感兴趣,君时陵就给她讲了一些国际前沿理论,讲完还给她布置了一些"作业"。

看着电脑上密密麻麻的数据,夏挽沉的脑子有点儿蒙,毕竟这是她第一次这么系统性地接触现代的金融体系。

但想着自己马上就要接手夏家的产业了,夏挽沉又沉下心来认真去看。

"少爷,这是夏小姐新出的宣传片。"

宣升的助理还不知道宣升已经对夏挽沉失去了兴趣,仍旧像前几天一样将关于夏挽沉的一切消息都摆在宣升面前。

虽说宣升行事放荡,性子不羁,但他确实有才,而且工作起来极为认真。

宣升正翻动着手里的企划案,还没来得及阻止助理,助理就已经把播放中的视频摆在了宣升面前。

宣升皱皱眉头,正要伸手关掉,视频却恰好播放到天灵公主与林霄初次相遇的画面。

宣升第一次知道夏挽沅是在阮莹玉发来的偷拍视频里。但那个视频过于粗糙，此刻经过专业的后期处理后，整个画面都变得精致了起来。

街市花灯重重，紫衣少女翩然而至，灵动的双眼仿佛含着一池春水，灯光映在她眼中，令人一时分不清是月光更美，还是她的眼睛更美。

夜风吹开小公主的面纱，美人如玉，而对上眉目俊朗的侠客时，小公主那粉面含羞的表情，竟让宣升心中痒痒的。

"啧。"宣升摸了摸鼻尖，真是好看，可惜了。

本以为夏挽沅是高岭之花，没想到只是君时陵豢养的金丝雀。

想到这里，宣升关掉了视频，懒得再看下去。

宣升重新看了一遍手里的企划案，虽说这夏家的当家人没有多大的本事，但好在夏氏集团根基深厚，所以一直收益稳定。

他把钱投进去后便很少关注夏家的公司了。没想到他在国外待了一段时间再回来，夏家已经破产了，他投进去的钱也拿不出来了。

"跟投资部的人说，做一份夏氏集团的评估案，下周约一下那个公司的代理人吧。"

"是，少爷。"

助理看了一眼宣少的神情，估计宣少是对夏挽沅失去兴趣了。助理还以为宣少这次是来真的，没想到这股热情也就持续了半个月而已。但这些助理只敢在心里想想。

不出夏挽沅的意料，夏父根本没有考虑多久就回复了夏挽沅。

夏父愿意把夏氏集团的股权给夏挽沅，但希望自己能在公司继续工作，夏挽沅答应了他。

在夏父心里，夏挽沅顶多就是拿着钱买下夏家的股权图个虚荣而已，具体的公司管理，夏挽沅根本不懂，以后夏家的事情还得靠他把持着。

夏挽沅虽然同意了，但并不打算将公司交给夏父打理。夏父为人过于谨慎，且喜欢重用亲信，没有识人之才。

夏挽沅这些日子跟君时陵学到了不少东西，准备拿到夏家的股权后，先对夏氏集团的管理层进行大换血。只有注入新鲜的血液，将公司交付给有能力、有闯劲儿的人，公司才会不断地发展下去。

夏挽沅还在思考着，电话铃声突然响起，是钟微打来的。

"钟老您好。"

"小夏啊，恭喜你，你的画作入围了，你能否过来学校一趟啊？"

钟微说得还是含蓄了些，实际上，艺术院的那些老头子看到这画作，一个个都跟得了宝似的。尤其是听钟微说作画之人才20多岁时，众人更是大为震惊。

他们纷纷要求钟微将作画之人请到学校去，毕竟他们活了这么久，见过无数的少年英才，但像这样的天才实属罕见。

"当然可以。"

在华国这个历史悠久的国家，人们对传统文化充满了敬畏和推崇，夏挽沅很欣赏他们的这种态度。

如果自己的这些源自千年前的画风能给现代人带来一些启示，夏挽沅很乐意与他们交流。

天色已晚，小宝也已经放学了，君时陵却迟迟没有回来。小宝吵着说肚子饿，夏挽沅便和小宝先吃了。

今天幼儿园开了一个小型的运动会，小宝十分活泼，又跳又闹地玩了一天，吃饭的时候都快把自己那张粉嘟嘟的小脸埋到碗里了。

吃过饭，夏挽沅让用人给小宝洗了澡，他一碰上床就睡着了。

夏挽沅用手碰了碰小宝粉粉嫩嫩的小脸蛋儿，觉得好玩，又捏了两下。

楼下突然传来动静，夏挽沅放开了小宝的脸，往楼下走去。

王伯见夏挽沅下了楼，挥挥手让众人退下。

"夫人。"

"怎么了？君时陵回来了？"夏挽沅刚刚好像听到外面的车子的声音了。

"少爷回来了。只是今日少爷喝了些酒，刚刚司机说少爷在车上睡着了,叫了两声都没叫醒。"说到这里,王伯面露难色,"其他人又不敢随便叫醒少爷,但在车上睡容易着凉,所以想请夫人您过去看看。"

"我过去看一下。"

夏挽沅说着便向门外走去。加长的轿车外,司机正守在车门口,见夏挽沅过来,如遇救星,连忙帮夏挽沅打开车门。

君时陵坐在车内,哪怕睡着了也是一丝不苟的模样。等离得近了,夏挽沅闻到了君时陵身上浓厚的酒味,并不难闻,带着些醇香。

车内昏黄的灯光给君时陵完美的五官蒙上一层暖柔的光,闭着眼睛的君时陵敛去了一身的凌厉气势。

"君时陵?"夏挽沅试探着叫了一句。

见君时陵没反应,夏挽沅便坐到君时陵身边,摇了摇他的胳膊:"君时陵,回去再睡吧,你还好吗?"

夏挽沅正要再叫,冷不防地,君时陵睁开了眼睛。此时夏挽沅跟君时陵之间不过一步的距离,夏挽沅清晰地看到君时陵的双眸中透着些许红血丝。

"你怎么喝了这么多?"夏挽沅有些愕然。

君时陵只是紧盯着夏挽沅,半响,仿佛终于反应过来一样,闭上眼睛深吸了一口气。

"今天有些事,就多喝了点儿。"由于喝了酒,君时陵此时的声音尤其低沉,带着几分沙哑。

似乎醉得有点儿难受,君时陵扯了扯颈间的领带,车窗外的凉风吹了进来,让君时陵的思绪清明了些。

君时陵转过头正想让夏挽沅先进去,却瞥到夏挽沅只穿着睡裙。君时陵眉头皱起,将身上带着些许温度的西装外套脱下,没等夏挽沅反应过来,就罩在了她的身上。

夏挽沅猝不及防地被君时陵披上外套,只感觉自己被君时陵的气息完全包围了。

淡淡的酒香混合着君时陵常用的檀香味道的香水,极具侵略性地包裹住了夏挽沅,那件外套上还残留了一些君时陵身上的温度。

司机见夏挽沅进去了一段时间还没出来,非常有眼力见儿地关上了车门，将空间留给了车内的两个人。

"你是不是有什么心事？"

纵使在众人看来，君时陵坐拥整个君氏集团，杀伐决断，风光无限，但夏挽沅以前曾垂帘听政，掌控整个夏朝，自然明白站得越高，所承受的压力越大的道理。

年少时，她最爱在京郊的草原上放风筝，泥融暖风，好不快活。后来的岁月里，她再也没看见过7岁那年京郊的草长莺飞，蓝天白云。

君时陵给夏挽沅披上外套之后，仿佛又陷入了困意之中，靠着椅背闭上了眼。

听到夏挽沅的话，君时陵的睫毛动了动，他却没有睁眼。

"你不愿意说，我就不问了。"夏挽沅觉得自己可能冒昧了。

"今天是我父母的忌日。"闭着眼的君时陵突然开口，声音带着些沙哑，"在我3岁的时候，他们就因车祸离世了。"

"对不起，我不知道。"夏挽沅小心地开口。

此时的君时陵不复往日里的冷漠孤傲，似乎是今天这个特殊的日子唤起了他一直掩藏在心中的柔软。

原来那个无所不能、顶天立地的君时陵，其实一开始也像小宝一样会撒娇，有不懂的事情就去找爸爸妈妈，只是个需要父母疼爱呵护的小孩子。

"没事，你先进去吧，外面凉，我等会儿就进去。"君时陵睁开眼睛，目光中藏着满满的疲累。

夏挽沅担忧地看了一眼君时陵，披着他的外套下了车。

夏挽沅离开后，车内重新归于沉寂。窗外的黑暗汹涌着、咆哮着，似乎要从车窗外钻进来，彻底吞没君时陵。

君时陵脑中想着很多事，因喝过酒，头脑有些混沌，越发觉得累。

车门突然又被人打开，原来是去而复返的夏挽沅，只是此时她的手中端着一碗青菜蛋花汤。

夏挽沅坐进车里，随手关上车门，将黑夜彻底阻断在外面。

"厨师已经休息了，我简单地做了个汤，你喝了吧，估计你晚上都没吃什么东西。"

夏挽沉说着把蛋花汤递到君时陵的面前。

夏挽沉到了现代后,在别墅里有李妈,在庄园里又有成群的厨师,根本用不着亲自下厨。

夏挽沉虽然很少下厨,厨艺却很精湛。前世夏挽沉一个人带着弟弟妹妹辗转于乱世之中,哪怕是一份蔬菜,她都能做出不同的花样来。

简单的一碗汤,青菜嫩绿,蛋花均匀地四散在汤里,仿佛繁盛的草木间开出了无数迎春花,煞是好看。

君时陵接过碗大口喝下,热汤顺着食道将温暖送到身体里的每一个角落,重新汇聚到心里。

喝完了一碗汤,君时陵觉得醉意缓解了很多。

夏挽沉身上依然披着君时陵的衣服,一看便是直接进屋煮了汤,没有停留又直接过来找他的。

夏挽沉并不矮,但此刻披着君时陵宽大的外套,倒显得整个人小巧玲珑起来,莹白如玉的脸庞在暖黄的灯光下显得越发温柔。

她正低头看着书,长长的睫毛在脸上投下一排阴影。

"夏挽沉。"君时陵沉声叫了一声,紧紧地盯着面前的夏挽沉。

夏挽沉疑惑地抬起头,一双凤眸仿佛雨后青山般空灵。

猝不及防地,君时陵的气息铺天盖地地向她涌过来,他左手扶着她的头,右手搭在她的肩头,竟将她整个人抱进了怀里。

"你?!"君时陵的动作太过突然,夏挽沉没有反应过来,手里的书都没有拿住,顺着君时陵的腿滑到了地上。

夏挽沉不知道君时陵为什么突然会这样,但了解他的品行,所以也不担心君时陵会对她做什么。只是周围君时陵的气息过于强烈,她微微睁大双眸。

"就一小会儿。"君时陵嘶哑的声音在耳畔响起,夏挽沉都能感受到君时陵说话时胸腔的震动。

不同于西装外套上残余的温度,此刻包围着夏挽沉的是君时陵身上滚烫的温度,夏挽沉的耳垂不自觉地染上了红霞。

将夏挽沉揽在怀里的君时陵,自然也看到了她泛红的耳垂。

夏挽沉身体微僵地待在君时陵的怀里,双手都不知道该往哪里放。

"小宝睡着了，他好像又胖了点儿。"夏挽沅并没有直接跟君时陵说一些安慰的话，而是仿若不经意间提起了已经熟睡的小宝。

君时陵听到后，搭在夏挽沅肩膀上的手紧了紧。

"嗯。"君时陵低低地应了一声，夏挽沅不再多话。但君时陵已经明白了夏挽沅的意思：逝者已矣，生者如斯。

闻着夏挽沅身上的淡香，看着她鲜红欲滴的耳垂，君时陵眸光汹涌。

"你好点儿了吗？"夏挽沅这样被他一直抱着，身体都有些僵硬了，便微微活动了一下身体。

"嗯。"君时陵放开了她，夏挽沅的发丝从他的掌心滑过，一股巨大的失落感从心中涌上来。

"你要是心情不好就在这里多待一会儿吧。"

夏挽沅不开心的时候也不喜欢到光明宽阔的地方去，而是喜欢自己待在一个安静的空间里，任由思绪翻飞。

"你陪我。"

"啊？好。"

说是让夏挽沅陪，君时陵却没有再说话，夏挽沅也安静地不打扰他。

时间一分一秒地流逝，车里一片安静，但跟刚才的寂静不同，此时的君时陵只觉得安心。

君时陵闭目养了会儿神，一碗热汤下肚，加上夏挽沅刚才的抚慰，已然觉得放松了许多。

他睁开眼正要叫夏挽沅回去，却发现夏挽沅已经睡着了。

夏挽沅睡得正熟，睡梦中感觉自己正在一艘航行得很平稳的船上，但总感觉有个热源一直紧靠着自己。夏挽沅伸手摸了摸，船却突然停下了。

夏挽沅悠悠地睁开眼，就看见了熟悉的下颌线。

"我怎么……"夏挽沅后面的话没说出口，我怎么在你怀里？

君时陵低头瞥了一眼夏挽沅："又不是没抱过。"

前段时间夏挽沅扭伤了脚，行动不便，很多时候是被君时陵抱上抱下的。

想到这些,夏挽沅眼中闪过一丝尴尬。

反正也快上楼休息了,君时陵径直把夏挽沅抱回了卧室。

小宝睡得正熟,虽然醒着的时候很调皮,睡着后却乖得不行,两只手乖乖地放在身体两侧,睡得端正笔直,仿佛天生遗传了君时陵的自律一般。

君时陵将夏挽沅放到床上,拉过被子给她盖上,看了一眼睡得正香的小宝和扑闪着睫毛的夏挽沅,君时陵身上的沉郁仿佛在这一刻消失了。

"晚安。"君时陵低声说了一句。

"嗯,晚安。"

一夜安好。

最近一段时间,大部分人没有关注过的国画界内,一颗新星冉冉升起。

这位名叫原晚夏的画家最初闯入大家的视线,是因为清大文学院张教授带来的一幅桃花图。

失传已久的没骨画法,在这幅画里得到了淋漓尽致的体现。

这些年来有不少人尝试重现这种画法,但画出的作品总是显得绵软无力,缺筋少骨。

这个名叫原晚夏的画家却能够以笔锋为筋,笔势为骨,生生将没骨造出独特的神气和筋骨来。

众人寻觅良久,也没有在书画界找到这位名叫原晚夏的大师。大家从画家的笔力来猜测,这应当是一位隐世已久的国画大师。

一时间,这个被称作"沧海遗珠"的原晚夏大师在书画界的名头逐渐打响。

清大正是缺人的时候,听说了这个大师的名头便想着将此人招进学校。

正是盛夏时节,夏挽沅戴着口罩,打着遮阳伞,除了身韵极为动人和引人注目,倒也没人发现这是演员夏挽沅。

到了校领导办公室,夏挽沅敲了敲门。

"请进。"

夏挽沅推开门,办公室里除了钟微还有另外三个人。

"这位小姐,您找哪位?"看着这个穿着时尚,裹得严严实实的年轻女子,校方领导蒙了。

夏挽沅摘下口罩和墨镜:"您好,我是原晚夏,跟校方约好了过来面试的。"

夏挽沅这一句话像一道惊雷砸在办公室里。

除了钟教授,其他三个人都是一脸震惊,他们也都是见过大风大浪的人,但是面对这么一个年轻貌美还自称是原晚夏的姑娘,还是觉得这是天方夜谭。

"你好,请问贵姓?"领导毕竟是领导,脸上的惊愕很快就消失了,仿佛什么事都没发生过一样。

"杨校长,这个就是我跟校方极力推荐的原晚夏大师。"钟微也站起来帮夏挽沅做介绍。

旁边的文学系主任和艺术系主任也站了起来,惊疑地看着夏挽沅。

"老钟啊,你确定这位小姑娘就是原晚夏?"杨校长就算不相信夏挽沅,也得相信钟微教授。

"我确定。"钟微信誓旦旦地回答。

杨校长勉强露出一个笑容,朝夏挽沅伸出手:"那你请坐。"

夏挽沅大方地坐到会客桌前。

校方领导还是没回过神,坐近了看,这原晚夏长得也太漂亮了。而且看年纪都不会超过25岁,怎么会是文学系和艺术系争相抢夺的大师级人才呢?

"请问你的原名是什么?"

"夏挽沅。"

"好像跟演艺圈的一个女演员重名啊。"杨校长开了个玩笑,想缓和一下办公室里尴尬的气氛。

"我就是那个女演员。"夏挽沅的一句话又让办公室的气氛降到了冰点。

"哦哦，哦？"杨校长愣住了。他向来不关注演艺圈，知道夏挽沉这个名字还是因为昨晚妻子在家教育追星的儿子的时候，提到了这个名字。

现下这个女演员就坐在自己面前，而且告诉自己她就是那个德高望重的国画大师原晚夏，杨校长觉得这事很玄幻。

"是这样的，"杨校长接收到两位系主任的暗示眼神，轻咳了一声，"说实话，原晚夏的绘画功底相当深厚，但夏小姐你太年轻了，我们得先确认一下你是否真的是原晚夏大师。"

"当然没问题。"夏挽沉点点头。

"好，那咱们去隔壁楼的书画室吧，那里工具齐全。"

杨校长说着站起身，带着他们往隔壁楼走去。

书画室里，各种绘画工具应有尽有。

"夏小姐不介意我们在这里观看吧？"

"可以看的。"夏挽沉放下包，走到画桌前。

桌上的墨已经研磨好了，宣纸也已经铺开，夏挽沉环顾了一下四周，看到窗外正开着极其漂亮的荷花。她拿起笔，蘸了墨，直接就落到了纸上。

艺术系主任的眼睛都瞪圆了，这样不打草稿，甚至都没有构思就直接作画，要么是这个夏挽沉根本不会画画，要么就是她的功底已经极其深厚，可以信手拈来了！

看了看夏挽沉年轻精致的侧脸，艺术系主任怎么也不敢相信她会是后一种。

夏挽沉拿着毛笔，酣畅淋漓地在宣纸上勾勾画画。

为了不打扰夏挽沉创作，他们坐得离夏挽沉稍稍有点儿远，因此只能看到她流畅的动作，看不到纸上的画面。

但是不得不说，夏挽沉作画时那如竹如松的站姿和精气神，让大家极为赞赏。

"老钟啊，要不是你极力担保，我是真不信这么年轻的小姑娘居然是让两大系主任争相抢夺的大师。"

"校长，一开始我也不信，但是你一会儿看了她的作品就明白了。"

"但愿如此。"

他们本以为要花个半小时到一个小时才能看到作品，没想到一盏茶都还没喝完，夏挽沉就已经放下了笔。

"这就画好了？！"杨校长和两位系主任惊讶地走到桌前。

一幅栩栩如生的莲花出水图就这么摆在桌上，墨迹还没干，更显得莲花瓣上的水珠晶莹欲滴，空灵动人的气韵充盈画中。

"好画啊！好字啊！太好了！"艺术系主任连说三个好字，这幅画不仅画面灵动，所展现的画功更是高深，正是原晚夏大师的手笔。

艺术系主任看了看画，又看了看旁边面容精致的夏挽沉："真是太不可置信了，原晚夏大师居然是这么年轻的小姑娘，当真是长江后浪推前浪。小姑娘，你以后前途不可限量啊。"

杨校长此时也信了这个夏挽沉就是原晚夏的事实。

"我们信了，现在咱们去聊一聊吧。"杨校长又带着人回到办公室。

文学系主任走在夏挽沉身边，跟她讨论了几个问题。夏挽沉讲话时思路清晰、角度独特，给了他不少灵感。等到了杨校长办公室的时候，文学系主任已经对夏挽沉极其信服了。

"是这样的，夏小姐确实才华横溢，"杨校长为难地看了看其他人，"但是资历尚浅，而且以夏小姐的年龄和外貌，怕是会引起很多争议啊。"

两位系主任虽然很想把夏挽沉招入麾下，但是杨校长说得也有道理，毕竟她这个年纪和长相，加上演员的身份，贸然将其招进学校一定会引起轩然大波。

"您看这样如何？"钟微在一旁想了想，"我们先走手续，让原晚夏参与学校的研究项目和课程编写，暂时不参与教学。她的才华刚刚大家也看到了，给她时间积累资历，等有了成绩再让她到学校讲课，怎么样？"

钟微这话一说，两位系主任就激动了，毕竟现在正是忙的时候，课程编写、项目研究方面都非常缺人，要是夏挽沉能参与进来，肯定会大大减轻他们的压力。

杨校长考虑了一下："夏小姐意下如何？"

"我没问题。"夏挽沅点点头。

"那院系呢?"两个系主任急了,他们都想要这个人才啊。

"如果夏小姐不介意的话,可以两份一起签。"

"我没问题。"在夏挽沅眼里,文学和艺术本来就是一体的,因此也没觉得有什么不妥。

"好,那咱们现在就可以签订聘用合同。"杨校长将一旁已经准备好的合同抽出来放到夏挽沅面前,双方在合同上签好名字、按下手印,合同正式生效。

"欢迎夏老师的加入。"杨校长收好合同,站起来朝夏挽沅伸出手,夏挽沅回握了一下。

窗外蓝天白云,屋内书墨飘香,在两份合同的见证下,夏挽沅正式成为华国最高学府的客座老师。

"夏老师啊,以后咱们俩可就是同事了。"钟微送夏挽沅出门。

"钟老说笑了,以后还请您多指教。"夏挽沅谦虚地笑了笑。

"你以后的成就恐怕会比我高很多,我可不敢指教你,"钟微笑道,"我还有个项目,就送你到这里了。清大欢迎你的加入。"

"好的,再见。"

夏挽沅成了清大的客座老师后,清大的官方微博专门发了一条微博:"原晚夏大师是一名在文学和艺术上造诣很深的大师。清大向来愿意敞开怀抱接纳来自世界各地的人才。这一次,我们有幸聘请原晚夏大师担任清大文学系及艺术系的客座老师。欢迎原晚夏大师加入清大。"

出了教务楼,从来没在大学食堂吃过饭的夏挽沅在清大的食堂里点了一份餐。

由于来得比较早,学生大都没有下课,食堂里人很少。夏挽沅端着餐盘坐在食堂角落的隔间里。

"对不起兄弟们,当初是大家信任我,跟着我在这个地方开启了事业的第一步,如今公司经营失败,大家喝了这杯酒,就当是做个了断。"

墙壁不怎么隔音,夏挽沅能很清晰地听到隔壁包间里的谈话。

"沈哥,要不是对方仗着权势,以你的能力怎么可能争不过他们？！"

"好了，他们现在把我告上法庭，我打不赢官司的。我把房产卖了，钱分成了六份，分别打到了你们的账户里，以后都去找个稳定的工作吧。"说话之人似乎极为压抑，语气中带着明显的疲惫感。

"沈哥！"其他人还想再说些什么，但被阻止了。

"来，喝了这杯。"

酒杯碰撞的声音响起。即使其他人极为不舍，但那个被称作沈哥的人依然坚决地赶走了众人。

夏挽沅被迫听完了整段对话，觉得这个沈哥挺有担当的。

隔壁包间里，众人离开了，沈骞靠着窗户，看着校园里来来往往的学弟学妹。

十年前，他也曾是这所校园里的天之骄子。

意气风发的他在毕业之初集结了一帮同样有想法、有野心的同学，成立了属于自己的公司。

这十年来，他几乎没睡过一个好觉，把所有的精力和心血都投在了公司上。

好在努力有了回报，他的公司业绩节节上升。作为行业新秀，他的崛起自然引起了一些老牌企业的关注。

市场就那么大，他的公司越做越好，不可避免地影响了一些人的利益。

在前段时间的一次竞标中，由于竞标的土地利润空间极大，与他竞争的公司为了得到这块肥肉，不惜花重金买通了他公司的员工，偷走了企划案，甚至还捏造了财务造假的罪名，直接将他告上了法庭。

对方财大气粗且准备充足，他根本就没有还手之力。

想到这里，沈骞握紧了拳头。他自问这些年来兢兢业业，经手的每一个项目都做得扎扎实实，但换来的是多年心血毁于一旦和冤屈的牢狱之灾。

此时手机亮起，一条信息弹出来："沈大哥，我不想把孩子生下来，对不起。"

沈骞看着消息，眼中一片灰暗，仿佛生命中最后一丝亮光也熄灭了。

短短几秒之内，沈骞看起来就像换了个人一样，满脸的死寂之气，让人完全联想不到这个人就是十年前在清大校园里意气风发、神采飞扬的沈主席。

"你以前的公司叫什么？"

沈骞的头顶突然传来一个清脆的女声，沈骞猛地抬头，看见一个十分美丽的女子站在他的面前，气质冷艳又神秘动人。

"你是？"沈骞疑惑地皱起眉。

"一会儿再告诉你，你先告诉我你原来的公司叫什么？"夏挽沅拉开椅子，坐到沈骞的对面。

"辉跃科技。"

虽然面前这个女人出现得莫名其妙，问的问题也莫名其妙，但沈骞从她身上感受到一种安定人心的力量，让他在心中对这个人生出了几分信任感。

夏挽沅拿出手机搜了一下辉跃科技，出现了相当多的报道。而沈骞是辉跃科技的首席执行官，网上自然也有很多关于他的资讯。夏挽沅挑了几篇看了看。

沈骞见眼前的漂亮女子问完公司名字后，就自顾自地看起了手机，疑惑地开口："请问你有什么事吗？"

夏挽沅看完了关于沈骞的资料，抬头直视着沈骞的眼睛。

"我能帮你免去牢狱之灾。"

沈骞猛地睁大眼睛，但随后又紧紧皱起眉："我不觉得我还有什么值得你帮的价值，而且我也不相信你有这么大的能力。"

夏挽沅见沈骞在极度消沉之下依然保持着冷静思考的能力，心中对其大为赞赏。

夏挽沅没带资料，便直接在手机上搜出夏家的公司资料放到沈骞面前："这家公司破产了。"

"我知道。"夏家在业内还算是个比较大的企业，沈骞自然知道。

"下周我将成为夏氏集团最大的股东，而且会为其注入6000万元的资金，我需要一个管理者。"

"你说的每一句话都很不可思议。"沈骞从来没见过夏挽沅这么好看的人,也从来没见过她这么莫名其妙的人,但看着那双冰雪般剔透的眸子,沈骞一字一顿地说,"但我想相信你。"

人们都说眼睛是心灵的窗户,从夏挽沅的眼睛里,沈骞看到了掌控一切的自信。

"留一下你的电话。"见沈骞如此干脆,夏挽沅更觉得自己没有看错人。

"下周二上午10点,夏氏集团见。"拿到沈骞的号码后,夏挽沅便起身离开了。

直到回到家沈骞还有些蒙。要不是手机上有一串多出来的号码,沈骞都要怀疑自己出现幻觉了。

但不管怎样,他在心中隐隐期盼着这个女人能带给他光明,虽然到现在都不知道那个女人叫什么。

一直到周一晚上,沈骞都没有接到夏挽沅的电话。沈骞看着窗外的夜空自嘲一笑,果然是自己异想天开了。

电话铃突然响起。

"喂!沈哥你知道吗?对方撤诉了!"

第二天,夏氏集团门口,一个西装革履的男人站在门口仰望着这栋楼,目光中带着坚定和浴火重生后的雄心。

"挽沅啊,这股权已经转让给你了,君少承诺的资金什么时候能到账呢?"

夏父满心欢喜地签下合同,想着夏挽沅这边的资金到位,他就可以重新把员工召集回来,夏家的公司也可以起死回生了。

夏挽沅坐在桌前说:"资金已经到账了。"

"那好,公司终于有救了!你先回去吧,这回真是谢谢你了。"夏父收起文件就准备往以前的办公室走。

但夏挽沅在他身后悠悠地开了口:"这是我的公司,你让我往哪里走?"

"你这是什么意思?"夏父震惊地回过头,带着怒意问道。

"这个意思。"夏挽沅扬了扬手里的文件，镇定自若地面对夏父的质问。

"挽沅啊，你从来没接触过公司的管理，公司好不容易起死回生，就交给爸爸来打理吧。"

不知怎的，夏父从夏挽沅晶莹剔透的双眸里看出了一些出乎他意料的东西，他觉得这个女儿可能已经不在他的掌控之下了。于是夏父放软了语气。

"我自然会想办法管理好公司的。你要是愿意待在公司的话，可以做个顾问，如果不愿意的话，就可以回家陪你的小娇妻了。"夏挽沅看了一眼夏父涨红的脸。

"不是说你儿子快出生了吗？在家多陪陪韩媛吧。"

"你！"夏父怒极，用手指着夏挽沅，"你早就算计好了！夏家这么大的公司，你什么都不懂，能管理成什么样子？！你是要让夏家败在你的手上吗？"

"父亲说笑了，公司好像是在你手里破产的。"听到夏父这番话，夏挽沅眼中闪过一丝冷意，"更何况，我已经有管理公司的人选了。"

夏挽沅说着，将视线投向站在办公室门口的西装革履的男子身上。

"沈骞？！"沈骞作为国内迅速崛起的青年企业家，夏父对沈骞印象很深，这是个很有能力也很有野心的年轻人。

沈骞本无意偷听别人的谈话，奈何夏父的嗓门儿实在太高，沈骞被迫看完了这对父女之间夺权的好戏。

这下，沈骞看向夏挽沅的眼神有了些变化，原本以为她是个有钱没处使，收购个破产公司玩玩的人，没想到居然是夏家千金。

关键是夏家破产了，这个漂亮的夏家千金却有足够的钱来抢走父亲手里的股权。

"夏总。"敛下眼中的思绪，沈骞朝夏挽沅走过去，恭敬地叫了一声。

听到这个称呼，夏父下意识地准备回应，却发现沈骞是在叫夏挽沅，一口气哽在心口。

"嗯。这是公司的评估资料，你先拿着，跟我到办公室来一趟。"

夏挽沅将君时陵给她的评估报告重新整理了一下，加上一些自己的理解，汇总成了沈骞手里的这份资料。

沈骞随手翻了翻，眼中异色更甚。

夏父眼看夏挽沅和沈骞都没有搭理自己的打算，怒气冲冲地离开了公司。

"夏家那边你随便指派个投资部的人过去就行了。"

宣升将双腿搭在办公桌上，懒散地坐着，手里的笔却一刻没停地签着字。

"可是，夏家原来的老总今天将股权转让出去了。"这些日子，宣升不再表现出对夏挽沅感兴趣，助理纠结了许久，最终还是决定将消息告知宣升。

宣升停下了笔，目光转向面前的助理，示意助理继续说。宣升清楚，自己的助理不至于蠢到连一个不相关的公司的股权转让都要跟自己汇报。

"现在夏氏集团的最大股东变成了夏挽沅小姐。"

宣升眸光微动："哦？"

"嗯。"宣升笑了笑。当初他没有认真看夏挽沅的资料，没想到夏挽沅是夏元青的女儿。

这还是只挺有野心的金丝雀啊，夏家产业这么大，这只小金丝雀吃得下吗？

"让投资部的人回来，我亲自去一趟。"

宣升收回放在桌上的腿，从椅背上拿起外套便大步往外走，助理连忙跟上。

"我对你没什么要求，放开手脚去做吧。"夏挽沅将沈骞叫到办公室，跟他谈了一下对于公司的规划。

沈骞经验很丰富。他白手起家，将公司从小工作室发展到后来拥有近千名员工的大企业，基本上每个岗位的工作沈骞都很了解。

这表明他是一个极其了解基层的领导，这对公司发展极为有利。

夏挽沅对沈骞极为赞赏，这个人有野心，但并不贪心，有能力而且品行端正，是个不可多得的人才。

若不是机缘巧合让夏挽沅正好碰到了身处人生低谷的沈骞，换作是平常，夏挽沅根本没有把握能让这样的人才心甘情愿地为她做事。

在跟夏挽沅的聊天儿的过程中，沈骞也不断地被眼前的这个女人刷新认知。

夏挽沅有很多同龄人没有的大局观。她仿佛天生是个掌权者，有着掌控一切的自信和底气。

半个小时过去了，沈骞已经对夏挽沅极为信服。

"谢谢夏总出手替我免去牢狱之灾，你相当于给了我重生的机会，我会好好为你工作的。"

公司破产后，沈骞不愿意拖累那些从毕业就跟着他的兄弟，于是给了每人一笔丰厚的遣散费后就让他们离开了。

相爱多年的女友，都已经怀上了他的孩子，也在这个当口跟他提出了分手。

从清大的天之骄子，再到少年有成的企业家，一路上曾拥有过无数的鲜花和掌声，但落到最低谷时，是眼前的陌生女人向他伸出了援手。

夏挽沅给了他极大的权力，几乎对他不设任何限制，这让他十分感动。

"如果今年的业绩能达到目标，我给你 10% 的股权。"

"这……？！"沈骞本是在商场中磨炼到波澜不惊的人，依然被夏挽沅这大手笔震惊了。

夏家的产业不小，10% 的股权算下来，其实比他自己创办的公司的市值还要高得多。他纵横商场十年，从来没有遇到过这样的老板。

"好好干，你与这个公司一荣俱荣，一损俱损，我相信你。"夏挽沅信任地对着沈骞笑了笑。

10% 的股权确实很多，可是跟一个忠心且有能力的管理者比起来却微不足道。

从沈骞坚定感恩的目光中，夏挽沅知道这股权她给得很值。

"好了，公司以后就交给你了，一会儿有个合作方过来，你跟我去看看吧。"

夏挽沉话音刚落,前台便传来消息,说合作方已经到了会议室。

宣升坐在会议室里,不停地转着手里的笔。

门"吱呀"一声被打开,宣升抬头对上了一双熟悉的眼睛。

沈骞?

宣升是认识沈骞的,同样是商界的新秀,两个人对彼此并不陌生。虽然宣升没跟沈骞打过交道,但不妨碍他知道这是个很有能力的年轻人。

沈骞推开门并没有直接进来,而是站在门口,将身后的人迎了进来。

触及那双熟悉的桃花眼,夏挽沉眉尖微挑。

"夏小姐,好巧。"宣升这下又觉得有意思了。宣升知道沈骞这人向来孤傲清高且极有能力。沈骞居然能对夏挽沉这么恭敬,而且宣升看得出来,沈骞的恭敬是发自内心的。

"宣先生。"夏挽沉清脆的声音落在宣升的耳朵里,引得他心里一痒。好些日子没见这只小金丝雀了,他竟觉得她的声音格外好听。

"听说夏小姐成了公司的大股东,恭喜。"

"宣先生的消息真是灵通啊。"

听到夏挽沉的话,宣升嘴角勾起,眼中漫上笑意,这只小金丝雀还会嘲讽他呢。

夏挽沉直视着宣升的眼睛,宣升看着放荡不羁,但那双桃花眼里掩藏的野心让人不敢小觑。

夏挽沉与他分坐两侧,在气场上竟丝毫不落下风。

今日夏挽沉身着黑色风衣,整个人显得极为冷艳、高贵。

"我今天来,是为了连山度假区开发的事情。"

宣升收敛起玩世不恭的态度,开始谈论正事。

"我的要求已经说完了,如果没问题的话,我们可以续签合同,或者我直接撤资。"

宣升看向沈骞。沈骞刚接手公司的事情,对夏家的情况不是特别了解,但是就宣升刚才说的来看,公司并没有太大的问题。

"该怎么分配这个项目的后续安置工作呢？"一直静静听着的夏挽沅突然开了口。

沈骞不了解这个项目的情况，但君时陵曾经给夏挽沅讲过这个重点项目，所以夏挽沅顺着宣升的思路很快找到了这个合同中存在的问题。

宣升意外地看了夏挽沅一眼，自己的规划几乎完美，连沈骞都没看出其中的漏洞，夏挽沅居然能点出来。

"夏小姐觉得呢？"宣升这下坐正了，开始认真地听夏挽沅的看法。

"既然双方都不愿意接手后续的安置工作，那么不如……"

夏挽沅按照自己的思路，有条不紊地将方案阐述出来，宣升越听眼中的光越亮。

"夏小姐真是让人出乎意料。"等夏挽沅说完，宣升虚虚地鼓了个掌，"就按照夏小姐说的方案来吧，合作愉快。"

谁能想到，本来准备过来撤资的宣升，此时却成了夏氏集团重启后迎来的第一个客户。

会议开完，双方签完了字，夏挽沅便准备离开。

看着夏挽沅完美的侧脸，宣升眼中是满满的兴味。

"夏小姐。"

夏挽沅抬起头，凤眸含水，气质清逸。

"夏小姐养过金丝雀吗？金丝雀挺有意思的，"宣升的桃花眸里含着笑意，他嘴角微微勾起，"我很喜欢。"

夏挽沅看着宣升挑逗的眼神，想起上次在清大的讲座上，宣升应当是看到了她和君时陵走在一起。

夏挽沅心念一转就明白了宣升口中的金丝雀指的是谁。

"看不出来你喜欢金丝雀，我本以为你喜欢蜥蜴。"夏挽沅的语气冷了下来，她直视着宣升的眼睛，凝聚起一身的威势。宣升几乎是一瞬间就感受到了夏挽沅的变化。

还没等宣升再说话，夏挽沅便跟沈骞打了个招呼离开了。

宣升愕然地看着夏挽沅远去的背影，愣了一瞬，转而询问身后的助理："蜥蜴有什么特点吗？"

助理犹犹豫豫地不敢说话。

"蜥蜴的舌头长。"桌子另一边的沈骞开了口,补上一句,"而且丑。"

"哈哈哈。"没想到宣升听了这话居然没有生气,反而眉目中皆是笑意。

解决了夏家的事情,夏挽沉觉得心里的一块大石头放下了,以后就算和君时陵离了婚,自己也不至于露宿街头。

已经到了吃饭的时间,夏挽沉觉得庄园里的饭确实好吃,但吃久了总想换个口味。

她看到一家还不错的饭店,就给君时陵打了个电话。

"下个季度的计划已经基本说完了,还存在几个问题,一是⋯⋯"

君时陵的办公室里突然响起了手机铃声。

大家冷汗直冒,纷纷低头看是不是自己忘了把手机调成静音。

确认不是自己的手机后,大家底气十足地抬起头来,视线扫了扫,想知道是哪个倒霉蛋的手机响了,心里不禁为那个倒霉蛋默哀。

然后大家就看到君时陵从西装口袋里掏出了手机,按下了接听键。

大家纷纷收起了心里的吐槽。

"喂?嗯⋯⋯好,你来吧,到了跟我说一声。"

表面看起来正襟危坐的参会人员,实际上眼睛余光一直往君时陵那边瞟,都快成斜视了。

然后大家就看到那位雷厉风行、严肃冷峻的大老板的眉眼变得温柔起来。

那个说话的语气跟训导他们时的语气根本不一样!君时陵对他们犹如寒风过境,打电话的时候却仿若春风化雨。

大老板这必定是谈恋爱了呀,大家都没了开会的心思,竖着耳朵偷听大老板打电话。

咦,怎么没有声音了?众人偷偷地转过头去,对上了一双若千年寒潭的眸子。

这才是熟悉的老板嘛!

君时陵扫了一眼,众人连忙规规矩矩地坐好。

"继续刚才的议题。"君时陵开了口。

"好的。"

半个小时后，会议刚刚开完，君时陵的手机又响了起来。

君时陵接通电话往外走去，留下一屋子无比好奇但又不敢探头去看的下属。

此时正是午餐时间，办公楼里的人不多，但君时陵从电梯出来的时候还是在大厅里引起了骚动。

毕竟君时陵作为君氏集团的最高掌权者，向来只有集团高管才能接触到他。

没想到这短短半个月之内，大家都已经见到他两次了。

一些新来的实习生本就对君氏集团的掌权者极为崇拜，再看到君时陵那俊美的相貌后，自然就生出了几分异样的心思。

"君总好，我是新来的员工，刚上大学的时候就很崇拜您，您可以给我签个名吗？"

新来不久的美女实习生刚刚大学毕业，化着淡妆，马尾高高扎起，露出一张青春洋溢的脸庞，此刻正满目崇拜地看着君时陵。

君时陵见前行的脚步被阻拦，眉心微凝："你叫什么名字？"

"君总，我叫白宁。"白宁嘴角扬起，笑得天真烂漫。

大厅里的其他人都羡慕地看着白宁。能被君少记住名字也太幸运了，说不定还能借这个机会跟君时陵搭上关系。

"你不用再来上班了。"

"君总？！"白宁的眼睛都瞪圆了，在学校里不管有什么事情，只要她撒个娇，那些男孩子都会为她办到的。

"去人事部门办手续吧。"君少不想再与她多言，转过头就看见站在大门口戴着口罩和帽子的夏挽沅。

白宁还想跟君时陵说些什么，一旁的职员连忙上来拉开她，生怕她再惹君时陵生气，让大家跟着一起遭殃。

"那小姑娘挺漂亮的呀。"夏挽沅刚进门就看到君时陵被人拦住的一幕。

"我都不认识那个人。"君时陵连忙解释。

君时陵自然地将夏挽沅手里的饭盒提过来，带着她往楼上走去。

"你招人喜欢不是挺正常的吗？"夏挽沅笑盈盈地看着君时陵。毕竟这么优秀的男人，不管放到哪里估计都有一大堆人排着队要嫁给他。

君时陵认真地看了看夏挽沅的神色，看她眼中没有一丝的不开心，反而带着些调笑，君时陵的脸冷了下来。

君时陵冷冷地瞥了夏挽沅一眼，夏挽沅不知道君时陵为什么突然就生气了。

见两个人的背影消失在电梯里，众人迅速聚在一起。

"哇！那个不会是君总的女朋友吧？！我哭了。"

"这个人好像上次来过这里，我听说上次还是君总亲自送她下楼的。"

"真的假的？我看刚刚君总那张脸是黑的，要真是在谈恋爱，怎么可能那么冷漠？"

大家一听这话，想到刚刚君时陵冷得要冻死人的脸色，觉得很有道理。没见过哪个恋爱中的人能冷漠成那个样子。

"唉，你们这些人啊，就是没有一双发现君总温柔的眼睛。"前台默默出声，"君总虽然态度冷，但是你们没有注意到他一直和那个神秘女人并排走吗？"

"什么意思？"众人一头雾水，原谅他们理解不了君总这高级的温柔。

"君总那么高的个子，跟踩着高跟鞋的女人走在一起，很明显是刻意放慢了脚步的。要是君总真的生气了，估计早就把人家甩到千米开外去了。"

众人一听，好像真的有点儿道理，莫非君氏集团即将迎来女主人？！

集团大楼里除了君氏的员工，还有一些来往的客户。

君时陵刚刚出现在楼下引起了巨大的轰动，君氏集团的员工只会自己悄悄打探一下，根本不会到处瞎传以至于让自己丢了饭碗，但外来的人就不一定了，其中有一些人还偷偷地拍了照片。

以君时陵的地位和在网上的热度，拍照片的人心想一定能赚一大笔钱。

于是，在君时陵和夏挽沅吃饭的时候，"君时陵神秘女友"的消息在网上掀起了轩然大波。

一个匿名小号发了几张照片，模糊的画面中，君时陵一身西装，气势凌厉，哪怕隔着照片都让人从心里臣服。他身边的女人包裹得十分严实，但仍然看得出身材姣好，气质非凡。这些照片的画质比较模糊，看得出来，拍照之人离君时陵有些远，但正因为画质模糊，反而平添了几分朦胧的味道。

与此同时，大家都在调查君时陵身边的女子到底是谁。

有找同款鞋子的，有做身材对比的，连骨型对比都弄出来了。

最终，还是一个营销号发的微博看起来最靠谱儿。这个营销号将神秘女子手上提的包单独圈出来，然后放了一张当红女演员林萱前一天出席活动时的红毯图。

"这个包是 C 牌今年刚出的限量款，全球发行不超过 10 个，而林萱前一天出席活动的时候提的就是这一款，所以君时陵身边的女子是谁，已经显而易见了。"

微博下面还列出了林萱的身高体型，颇为专业地分析了一下那个神秘女子与林萱的相似度。

众人围绕着君时陵身边的女人展开各种猜测，而此时被众人讨论最多的林萱发了一条微博："好不容易托人买到了这个包，漂亮吗？特别难买！全华国唯有一件哟！"

配图是一个银白色的复工包，跟君时陵身边那个女人提着的包是同一款。

有网友点进林萱的微博相册看了好久，发现自己居然记不住这个看起来很美的女人的脸。她那张脸实在没有什么辨识度。

有一个网友随手写下一条评论："并不觉得林萱长得有多好看，感觉那个叫夏挽沅的比林萱好看多了，君少的眼光不行啊。"

这下子所有喜欢或不喜欢林萱的网友都统一了战线，一起回击发这条评论的人。

林萱在团队的授意下发了这条微博，结果因为这条微博，大家都默认她和君时陵是一对。

林萱本人跟网上的爆料说得差不多，从进演艺圈开始就很擅长交际。

她对D市的圈子很了解,但一直没有什么机会打入进去,只能摸到一点儿边。

没想到这回居然让她和君时陵绑在了一起,林萱很是激动,心想,说不定还能借这个机会给君时陵留下印象。

到时候她可以借着给君时陵道歉的由头去拜访他,说不定真的能见到君时陵。

看着评论里的网友一口一个君少夫人,林萱心里乐得不行。

网上讨论得沸沸扬扬,君时陵办公室里的两个人却丝毫没有受到影响。

夏挽沅让司机从刚才路过的川菜店里买了些饭菜,又根据君时陵的口味买了些清淡的饭菜,一起送到了君时陵的办公室里。

现在,夏挽沅的面前正摆着一碗淋着红油的口水鸡和店家强烈推荐的兔腿肉。

君时陵眼看着一碗口水鸡有一半进了夏挽沅的肚子,夏挽沅的脸上被辣得出了一层薄薄的汗,嘴唇也被辣油染得极其红艳。

咸香辣的调料搭配着极其鲜嫩的鸡肉,虽然吃得嘴里又麻又辣,但夏挽沅忍不住夹了一口又一口。

喝下一口凉茶,夏挽沅将筷子继续伸向装着口水鸡的盘子,却在中途被君时陵的手挡住了。

夏挽沅疑惑地看向君时陵。

"太辣了,你平常没怎么吃过辣的,吃太多胃会受不了的。"君时陵不赞同地看着夏挽沅,觉得她已经吃了一半了,也差不多够了。

"我挺久没吃辣的了呀,我再吃一点儿可以吗?就一点点。"

小宝在面对信赖的人时总是喜欢用软软的语气说话,夏挽沅长期跟小宝生活在一起,也不由得受了他的影响。

此时的夏挽沅微微仰着头,脸上沁着些薄汗,更显得香腮粉嫩,唇红齿白。

那双清亮的眸子里,此时多了些恳求的意味。

君时陵的心猛地一动,向来杀伐决断、雷厉风行的他现下却受不了这样的眼神。

君时陵放开了挡着夏挽沉的筷子的手，低声斥道："好好说话。"

夏挽沉此刻也觉出些不妥来。她好像潜意识里觉得君时陵是个非常值得信任的人，因此和君时陵说话的时候，总是会不自觉地撒娇。

夏挽沉抿了抿唇，觉得有些不好意思，但见君时陵说完话后那面色如常的样子，又觉得是自己多想了。

吃完午餐，君时陵见夏挽沉准备收拾东西离开，问了一句："你下午有事？"

"没有。"剧组的宣传期还没开始，夏氏集团的事情也解决了，夏挽沉这几天没什么事情了。

"那你就待在这里吧，我给你一份资料，你看完后我给你讲。"

"好啊。"

夏挽沉接手夏家的公司后才知道，原来在现代想要管理好一家公司需要那么多新的方法，一点儿也不简单。

君时陵是个极好的老师，既然他主动说了要教，夏挽沉自然是十分乐意学的。

夏挽沉看书的时候极其认真，君时陵偶尔从电脑上移开目光，便看见不远处的夏挽沉正认真地低头看书，她的侧脸显得温柔而坚定。

阳光在她身后形成一层光圈，模糊了她完美的五官，而从她身上透露出来的如水般柔和、如山般坚毅的灵魂，迎着阳光迸发而出。

似乎是看得有些累了，夏挽沉揉了揉肩膀。

"你躺在沙发上看吧，没有别人进来。"

前世，夏挽沉的颈椎不好，后来她便常倚在榻上看折子，这个习惯一直保留到现在。夏挽沉在家里就喜欢往沙发上一靠，舒舒服服地看东西。

君时陵也发现了她的这个习惯。

"好。"

夏挽沉也不与君时陵客套，脱了鞋，拉过一旁的毛毯，斜靠在沙发上。

君时陵见夏挽沉的动作那么自然，眼中闪过笑意。

换了其他的人，根本不敢在他的面前脱鞋，就算他说了允许，别人也会战战兢兢的，根本不会像夏挽沉这样随意。

夏挽沉能在他面前如此随意，君时陵心情好了许多。

整整一个下午，夏挽沉都靠在沙发上看书，君时陵在一旁忙着工作。

林靖中午就收到了公关部传来的消息，说君时陵被碰瓷了，来问林靖应该怎么去澄清。

林靖自然知道那个神秘女子是谁，但这个事澄清起来很有难度。

林靖怕夏挽沉会不开心，便暂时没有回复公关部，准备等夏挽沉走了之后再去问问君时陵的意见。

没想到这一等就是好几个小时。

林靖不敢贸然进去。万一打扰了君时陵的好事，林靖能预料到自己的下场会有多么悲惨。

到了下午5点快下班的时候，林靖斟酌着将林萱发的微博截了个图发给君时陵，然后讲了一下君时陵和夏挽沉被偷拍的事情。

出乎林靖的意料，君时陵很快便回了消息。

林靖看着君时陵的消息陷入了沉默。君少做事太绝了。

微博上，众人还在乐此不疲地讨论着君时陵和林萱的二三事。

一些营销号收了钱，在网络上找出林萱和君时陵的各种巧合。甚至连两人同一时段去过同一个国家的事都被人翻了出来，想让人以为当时是君时陵带林萱去的。

就在众人高喊甜甜甜，对林萱羡慕嫉妒并且叫她君少夫人的时候，君氏集团的官方微博猝不及防地发布了一条微博："不值钱的东西。给大家抽个奖，抽五个人送出，评论转发即可。"

配图正是那个全球限量的包包。

由于君时陵自带超高的热度，加上这个包很值钱，一时间微博上很多人都在转发这条抽奖微博。短短一个小时之内，微博已经被转发了200万次。而全网也都知道了林萱倒贴不成，反被打脸的笑话。

众人纷纷拥进林萱的微博评论里嘲讽她，林萱只得灰溜溜地删掉了微博。

晚上,君时陵和夏挽沅一起回了家。吃完晚饭,小宝早早地就去睡觉了,夏挽沅在楼下看电视剧。

"少爷,夫人身体不舒服。"君时陵正忙着,王伯却敲响了书房的门。

君时陵连忙下楼,看见沙发上的夏挽沅捂着胃,小脸煞白。

"怎么了?"君时陵坐到夏挽沅的身边。

"胃疼。"夏挽沅胃里绞痛,连说话都带着颤音,想来应该是中午吃太多辣了。

君时陵皱起眉头:"都让你别吃那么多辣椒了。"

君时陵嘴上呵斥着夏挽沅,眼里却是满满的担忧。

"王伯,你去打电话让沈修过来一趟。"

"好的。"

没过多久,沈修便带着箱子赶了过来。

庄园里有专门的药房和检查仪器,沈修给夏挽沅检查了一下。

"是急性肠胃炎,我给她开点儿药,这几天注意不要吃任何刺激性的东西。"

"嗯。"君时陵在一旁应道,担忧的目光从未离开过夏挽沅。

趁着刚刚给夏挽沅做检查,沈修偷偷地观察了一下,这个君少夫人长得极美,和自己妹妹口中描述的完全不一样。

沈修给夏挽沅开了药以后便离开了庄园。

夏挽沅蜷缩在沙发上,眉头蹙起。

君时陵给夏挽沅端来一杯温水,看着她把药吃了下去。

这个药里有一些安神的成分,加上夏挽沅的胃已经疼了好一阵子,所以夏挽沅喝完药没多久,就沉沉地睡了过去。

君时陵拉过一旁的毛毯想给夏挽沅盖上,夏挽沅却仿佛陷入了梦魇,嘴里咕哝着什么。

君时陵凑近了些,听到夏挽沅在不住地叫着母后。他深深地看了夏挽沅一眼,眸光深沉,让人看不透他在想些什么。

210

夏挽沉脸色苍白，仿佛在梦里有什么让她不安的事情一样。

梦里，夏挽沉独自走在一条黑暗的看不见尽头的路上，耳畔是无数士兵的呐喊，是年少时好友的叮咛，是她走后弟弟妹妹那铺天盖地的哭声。

夏挽沉只觉天地之间仅有她这一抹踽踽独行的身影。

突然，她感觉前面似乎有阳光透过黑暗照在她身上，暖洋洋的。夏挽沉朝着阳光所在的地方走过去，伸出手触摸到了温暖，仿佛这股温暖能驱散她内心的寒冷。

夏挽沉靠着这股温暖，安心地睡了过去，梦里再也没有黑暗。

而沙发边上，君时陵神情复杂地看着紧紧拉着自己胳膊的夏挽沉。

他本来想给夏挽沉盖好被子，没想到手刚伸过去，就被夏挽沉抱住了胳膊。他稍微动了动，夏挽沉就皱起了眉。

君时陵让人将客房收拾了一下，夏挽沉身体不舒服，不能跟小宝一起睡了。

夏挽沉睡得很熟，君时陵一路抱着她进了卧室，夏挽沉的呼吸一直很平缓。

君时陵将夏挽沉小心地放到床上，准备离开，但夏挽沉好像极为依赖他，一直拉着他的胳膊。如果不叫醒夏挽沉，君时陵根本没有办法离开。

君时陵没能挣脱开，但看着生病的夏挽沉似乎比往日里柔弱了许多。

他心里一软，脱了鞋袜外套，躺到了夏挽沉的身边。

夏挽沉在睡梦中察觉温暖源靠近，无意识地往君时陵的怀里钻去。

君时陵身体一僵，怀里幽香扑鼻，还带着些许小宝身上的奶香味，夏挽沉的发丝散落在君时陵的手边，柔软顺滑。

夏挽沉像抱小宝一样抱住了君时陵，此刻两个人几乎算得上是亲密无间。

君时陵将夏挽沉脸上的头发拨开，她挺直的鼻子和长长的睫毛露了出来。

温香软玉在怀，君时陵感觉自己空荡的世界仿佛被夏挽沉填满了一般。

　　君时陵静静地躺了一会儿，然后小心地将左手从夏挽沅的背后绕过去，再轻轻地往自己的方向一带，夏挽沅整个人就完完全全地卧在了他的怀里。

　　君时陵翻了个身，面朝夏挽沅，右手搭在夏挽沅的背上，轻轻地拍了拍。夏挽沅不安的情绪在这轻柔的抚慰下慢慢变得平和。

　　灼热的体温在二人之间传递着，君时陵将下巴轻轻搁在夏挽沅的头顶，然后闭上眼睛，也睡了过去。

　　夏瑜自从露脸之后，直播间的人数涨得很快。加上他本身技术极好，在整个直播平台的人气算是数一数二的。

　　不仅如此，夏瑜在游戏中"一人护一城"的操作在微博上的传播率很高，许多原本不看直播的人也下载了猫牙软件来看他打游戏，一时之间，猫牙的下载量也增加了不少。猫牙平台的管理层自然看到了夏瑜的商业价值，一个劲儿地对外宣传他，夏瑜在整个直播平台的影响力迅速提升。

　　夏瑜也十分争气，借着平台给的东风，没过几天就已经成了平台上热度排名前三的主播。微博上的关注人数也涨到了200多万。虽然喜欢夏瑜的人数还比不过喜欢阮念的，但是从热度上来看，夏瑜已经远远超过阮念了。

　　男孩子之间也有着极强的攀比心理，更何况上次输给夏瑜之后，阮念一直觉得自己很没有面子。他便去求阮莹玉来做他的嘉宾。平台一看有演员助阵自然欢喜地答应。

　　于是整个平台都在帮忙宣传，夏瑜晚上一开播就感觉到直播间里人少了很多，而阮念的直播间里此时已经达到了几百万人。

　　"大家好，我是阮莹玉。"

　　阮莹玉在弟弟的直播间里甜美地跟大家打着招呼，能进演艺圈，可以经受住多方位镜头考验的人，相貌自然不差，更何况他们还开了美颜。观众只觉得直播间里的阮莹玉甜得像一朵棉花糖，又美又软。

　　"啊啊啊！怎么这么好看？！"

"原来阮念是阮莹玉的弟弟啊。以后阮莹玉可以经常到直播间来玩玩吗？"

评论里都是对阮莹玉的赞美。因为是游戏直播，阮莹玉选了个蔡文姬的角色，跟在阮念身后不时地助攻，但注意力始终放在摄像头上，让自己保持最完美的状态。

有了阮莹玉的助力，阮念的直播间热度上升得极快。很快，整个平台将近三分之一的用户都汇聚到了阮念的直播间里。

本来一切都很顺利，直播间突然出现几条评论，引起了众人的注意。

"劲爆新闻，快去看微博！还有小鱼的直播间！"

"原来女演员也喜欢年轻小主播啊，不知道阮莹玉喜不喜欢我这样的，嘿嘿，我要自荐一下。"

"刚刚看完微博的我震惊了。"

评论里蕴含的信息过于丰富，大家纷纷转移到微博平台。

果然，"夏挽沅与年轻小主播恋爱"的话题被推到了实时微博话题榜第三，热度还在持续上升。

热门第一的微博账号发了几张清晰的图片，图片中的人一看就很年轻，虽然胳膊上还吊着绷带，却将身边身材纤细的女子护在怀里。

照片的角度选得很妙，仿佛是女子将头放在少年的肩上，两个人正在窃窃私语。

虽然只能看到女子的侧脸，但足以让网友认出她是夏挽沅了。

有网友将夏瑜直播间的截屏放在了评论区，大家对照着看了一下，然后发现他真的是前几天那个"一人护一城"的游戏主播。

微博上的网友纷纷拥到夏瑜的直播间，还有不少人从阮念的直播间里溜到夏瑜这里来凑热闹。

夏瑜玩游戏的时候十分专注，并没有注意到直播间里的评论。

没过多久，夏瑜的热度就在《××荣耀》板块排名靠前了。

评论里已经闹翻了天，但正认真打游戏的夏瑜对此一无所知。

夏瑜的游戏战绩是自己"死亡"一次，拿到了12个人头。他的队友们知道有高手在，一个个都放松了警惕。

明明可以一次推掉对面的基地，队友们却非要在胜利之前玩一把，一个接一个的去对面水晶那儿。

夏瑜眼看着四个队友全"死"了，不过对面的基地塔的血也只剩十几滴了，轻轻打一下就会倒掉。

可就在这个关键时刻，对面的人全部复活了。对面玩家集结起来，一路高歌猛进，直接攻到了夏瑜这边的水晶基地。

眼看着就要输了，夏瑜终于回来了，在地上"躺尸"的队友们心里默念着："救救我们吧。"

然后他们就看到夏瑜借助水晶的伤害，运用各种走位，把对面的玩家打"死"了四个。这个时候，夏瑜的队友们也复活了，打"死"了对方剩下的一个玩家。

众多网友被夏瑜的操作水平搞得目瞪口呆。

而结算页面显示的"荣耀王者90星"的段位，更是让大家觉得夏瑜的技术高超，毕竟"50星"就已经是高手才能达到的水平了。

夏瑜却能够在"90星"的局，完成这种逆风翻盘，众人从心底里感到佩服。

"好了，时间到了，明天再播，大家晚安。"

夏瑜说完话就关闭了直播，留下有点儿蒙的观众。

夏瑜开直播，本就是因为看不惯阮念那个样子，想抢阮念的观众而已，所以并不是特别在意自己的数据。一般的主播下了直播会清点一下自己收到了多少礼物，看一看观众跟自己说了些什么。但夏瑜只是回想了一下自己刚刚打游戏的时候，动作够不够帅，战绩够不够漂亮。最后得出结论，自己太帅了！

夏瑜满足地拉开床帘，结果对上了三双望向自己的眼睛。

"你们几个干吗？"

"夏瑜，你没看到直播间的评论吗？"苏枚觉得，要是夏瑜看到了肯定是会发怒的，看他现在这平静的样子，估计是没看到。

"没看，怎么了？"夏瑜一脸疑惑，起身准备倒点儿水喝。

"你老实说，你跟夏挽沉的关系是不是很亲密？"张哲按住夏瑜，神秘兮兮地问道。

夏瑜看着三个人一脸好奇的样子，猜想他们莫不是知道了他是夏挽沅的弟弟？

夏瑜对三个室友的人品还是挺信任的，所以也就不打算再瞒着他们，便点了点头。

很显然，夏瑜理解的亲密关系和张哲口里说的并不是一回事。

其他三人看到夏瑜承认了，表情都有点儿一言难尽。

特别是苏枚，一脸偶像被抢了的悲痛，甚至眼神中还透露着一丝想把夏瑜打一顿的愤怒。

张哲犹豫了一下，想说些什么又不敢说。

夏瑜被张哲那犹犹豫豫的样子气笑了："张哲你能不能不磨磨叽叽的，跟个小姑娘似的？有什么事直说！"

"你小子说谁是小姑娘呢？"张哲吼了一句，然后气势又弱下来。张哲跑到门口，把寝室的门关得严严实实的，然后像间谍交换机密一样，鬼鬼祟祟地摸到夏瑜的身边。

"兄弟，你在跟夏挽沅谈恋爱吗？"

"你听谁说的？！"夏瑜直接被张哲的这句话惹怒了。

"不是，兄弟，你跟夏挽沅抱在一起的照片被人发到网上了，你不知道吗？"张哲疑惑地看着夏瑜，没想到夏瑜居然有这么大的反应。刚刚他不是还承认跟夏挽沅有很亲密的关系吗？怎么现在看起来好像不是那么回事。

夏瑜打开手机，看到微博上密密麻麻的评论和私信。他一点开微博就看到了"夏挽沅与年轻小主播恋爱"的话题，再点进去就看到了那天他在医院的照片。

"有毛病。"夏瑜看着评论里网友们对夏挽沅的侮辱，气得不行。

夏瑜重新拉上了帘子，留下其余三个人在外边面面相觑。

隔了大概10分钟，夏瑜的床帘里都没什么动静，其他三个人都很担心夏瑜会出什么事。

"兄弟，没事的，我们能理解，不就是姐弟恋吗！"张哲试探着说道。

"就是，夏挽沅可是我偶像，那么漂亮的仙女，跟她谈恋爱不亏。"

"胡说！夏挽沅是我亲姐！"夏瑜猛地拉开了床帘。

夏瑜气得一张精致的脸都红了，平日里柔顺地搭在额前的刘海儿，此时也变得杂乱不堪。

"啊？！"

跟夏瑜的室友们一样，此时微博上的网友们看着夏瑜新发的一条微博，都陷入了震惊。

这条微博是夏瑜把自己闷在床帘里，删删改改了好久，考虑了一堆可能发生的事情后，最终写好的他自己很满意的一条澄清微博："呵呵，小爷我很有钱，谢谢。还有，夏挽沅是我亲姐姐。"

然后夏瑜给这条微博配了两张图片。

第一张图片上是一张黑色的卡，卡身除了正中间金色的"INFINITE"几个字母，再没有任何标志。

第二张图片是夏挽沅和夏瑜的聊天儿记录截图，都是夏挽沅在问他需要什么，提醒他天气变冷记得加衣服，降温了要预防感冒的一些日常对话。

"哇，小鱼真的是夏挽沅的弟弟吗？现在看来，两个人的眉眼好像是有点儿相似。"

"真的假的？该不会是夏家破产了，夏挽沅背后的资本给这姐弟俩的钱吧？"

"前面的，你的消息该更新了，夏家的公司这两天强势回归，势头很迅猛。我刚买了他家的股票，希望这回多涨点儿。"

"我觉得夏挽沅对小鱼主播好温柔啊，感觉是个很有耐心的姐姐。"

这条觉得夏挽沅很温柔的评论得到了众人的赞同。

众人还没从夏瑜发的这条微博的冲击里缓过来，夏瑜又发了第二条微博："我姐姐很好，不喜欢她的不用看我直播。"

没过多长时间，夏瑜的第三条微博也发出来了："时间自会证明，我姐是世界上最好的姐姐。"

网友们本来还在讨论夏瑜，现下却被夏瑜这一条接一条的微博搞得很蒙。

猫牙平台本来想阻止夏瑜直接在网络上发声的，不料还没来得及出手，夏瑜就已经连发了三条微博，引起了轩然大波。

猫牙平台看到夏瑜的那条新闻时，都已经做好放弃夏瑜这个好苗子的准备了，没想到峰回路转，夏瑜居然是夏挽沉的弟弟。

而且通过夏瑜误打误撞发的这三条微博，更巩固了他在众人心中的"好弟弟"形象。这对他和平台来说反而是件好事。

看着微博上关于夏挽沉和夏瑜的话题的热度越来越高，猫牙平台的运营联想到阮莹玉给阮念助阵时达到的极好的宣传效果，便想着也邀请夏挽沉来夏瑜的直播间助阵。

于是，作为史上最闲经纪人的陈匀在家里打了半个月的游戏，吃了半个月的泡面后，终于接到了这个月的第一个商务活动邀请。

"游戏直播？哦哦，好的好的。"

在家封闭了半个多月，陈匀在挂了猫牙平台的电话后，深刻检讨起自己作为经纪人的不专业性。

夏挽沉什么时候这么火了？！居然能让猫牙平台来请她做嘉宾。

毕竟猫牙是全国最火的直播软件，凡是打游戏的人就没有不看猫牙的，去这里当回嘉宾肯定能帮夏挽沉提升不少的知名度。

陈匀作为经纪人，有权力安排手下艺人的工作，所以刚刚直接替夏挽沉答应了下来。

双方约好就在明天晚上直播。猫牙平台看起来很急的样子，而且商量好了以后，对方直接把定金打了过来，诚意十足。

陈匀一头雾水，但不管怎样，夏挽沉也算是有商业活动了。于是他开心地给夏挽沉打了个电话。

谁知道夏挽沉好像早就知道了这件事情，一点儿也不惊讶。陈匀嘱咐了她一些事情后，便准备起直播前的宣传工作。

早在陈匀打电话过来之前，夏瑜就已经给夏挽沉打过电话了。

直播这件事对夏挽沉来说是很陌生的，但她愿意尝试一下，所以很爽快地答应了夏瑜，并且跟夏瑜说好了，让他明天到庄园这边来直播。

寝室里，夏瑜出去接了水回来，刚一开门就被三个大汉架到椅子上，形成了"三堂会审"的局面。

其实刚刚他们也是被网上的那些信息误导了，现在想想，夏挽沉和夏瑜都姓夏，就算是关系亲密，也更应该是姐弟而不是情侣。

"弟弟。"苏枚语重心长地叫了一句。

夏瑜满脸问号。

"我叫你一声弟弟，相当于我们就是一家人了。都是一家人了，你能不能帮我跟夏挽沅要个签名？"苏枚眼巴巴地看着夏瑜。

"你够了。"夏瑜翻了个白眼。

"哇，夏挽沅是你的姐姐，那我们每次吃的零食，还有那个高配电脑，岂不都是夏挽沅给我们买的？！"苏枚突然惊呼起来。

"嗯。"夏瑜点了点头。

"天哪！有生之年我居然能吃到偶像买的零食！喝到偶像买的饮料！用到偶像买的电脑！我可以吹一辈子！我要把电脑好好收起来，用坏了就不好了。"

看着苏枚激动的样子，夏瑜十分无语。

第二天一早，趁着夏挽沅和小鱼主播的热度还没下去，猫牙平台联手主播小鱼发布了一条消息。

"今晚7点，猫牙小鱼直播间，姐弟联手，畅游峡谷。"

到了晚上将近7点的时候，小鱼的直播间里已经挤满了前来看热闹的观众。

本来阮莹玉和平台约定的是做一天的嘉宾，但她和阮念联手直播的效果非常好，为自己收获了不少男性支持者。加上知道今天夏挽沅要和夏瑜一起直播，阮莹玉当然不愿意让他们独占风头，便主动跟猫牙平台商量再播一晚。

只要能赚钱，猫牙平台自然乐意，而且夏挽沅和阮莹玉本就是同一部戏里的女演员，在剧里是情敌关系，戏外的关系似乎也不融洽。这种能带来争议的艺人之间的碰撞，猫牙平台还是很乐意看到的。

7点钟，夏瑜的直播间开播了。

但由于同时在线的人数太多，猫牙的服务器承受不住，一下子崩了，直播间里只能看到代表缓冲的标志一直在转。

猫牙平台紧急维护系统，在众人骂骂咧咧的时候，直播间突然缓冲好了。

猝不及防地，夏挽沉和夏瑜出现了。

评论里都是惊叹。原因无他，在高清摄像头下，直播间里的那两张脸实在是好看得无以复加。

夏瑜平时直播的时候一直都把镜头缩到屏幕的角落，所以尽管众人都知道他帅，但不知道当整个画面放大之后他会这么好看。

夏瑜穿着一件简单的白色T恤，衣服前面印了只猫爪，刘海儿柔顺地搭在额前，白皙精致的脸上是满满的青春活力，眼尾微微上挑，带着些少年人的桀骜。

至于夏瑜身边的夏挽沉，只能用惊为天人来形容她的美貌。

毕竟这些日子以来，夏挽沉只是在网上的热度比较高，而且都是被迫上的微博话题榜。大家还以为她是那个穿着大胆暴露，飞扬跋扈的小演员。

尽管《长歌行》剧组的官方微博曾经发布过宣传片，但受众大多是原著书迷和演员的支持者，很多网友并没有看过。

现在镜头里的夏挽沉轻施粉黛，眉如远山，肌如白雪，齿如含贝，尤其是那双如清泉般的眼睛，让夏挽沉整个人看起来冷艳至极。

"大家好，今天我姐姐和我一起打游戏。"夏瑜清澈的声音在直播间里响起，一声姐姐让直播间里的粉丝们忍不住心颤。

"大家好。"夏挽沉也面向摄像头，笑着打了个招呼。

"一时竟不知道是该羡慕夏挽沉有这么可爱的弟弟，还是该羡慕小鱼主播有这么好看的姐姐。"

"这相似度，我看出来他们是一家人了。"

由于夏挽沉和夏瑜的相貌太出众，猫牙平台担心他们会被网友恶意攻击的事情最终没有发生。

相比夏瑜这边，阮念那边的评论就没有昨天那么友好了。

毕竟有对比就有伤害，看过了夏挽沉和夏瑜，再看阮念和阮莹玉，简直让人提不起半分兴趣来。

一时间，评论四起，阮念直播间里的人也走了大半。

"我们先打游戏吧，一会儿可以安排一些互动。"夏瑜说着便把摄像头调小,将游戏屏幕投射到直播间里。

此前,为了直播,君时陵一直在拿夏挽沅的游戏账号玩,现在已经上了王者3星了。

到了选角色的界面,夏挽沅一下就锁定了一个操作难度颇高的角色——露娜。

露娜在《××荣耀》里可以算是技能很简单,但是操作起来难度最高的角色,没有多少玩家敢说自己会操作露娜这个角色。

"姐,你还会操作露娜啊?"本来夏瑜看到夏挽沅的账号上了王者段位就已经够吃惊的了,结果夏挽沅还选了露娜。

"不会,你刚刚不是说让我想选什么就选什么吗?"

夏瑜无语地看着夏挽沅。直播间里的观众听见夏挽沅的话,也纷纷笑话夏瑜搬起石头砸自己的脚。

"你技术不行,一会儿坑了队友,他们要骂你的。"夏瑜撇撇嘴,一脸嫌弃,但又接了一句,"算了,我选个辅助的角色跟着你吧。"

夏瑜的打法狠,手速又快,平日里选的都是打野的角色。这还是这么久以来,大家第一次听夏瑜说要操作辅助类的角色。

"我真的好羡慕。"

"弟弟给夏挽沅打辅助,天哪!"

辅助角色只是不能作为输出主力,但在队伍里也是很重要的,在《××荣耀》里也有很多优秀的玩辅助的玩家。

直播间里有很多观众也是玩辅助的,现下看夏瑜准备玩辅助了,都期待着能跟夏瑜学一手操作技能。

大家聚精会神,都准备好用本子记下游戏细节了。

夏瑜选中了蔡文姬,也是此刻隔壁的直播间里阮莹玉正在操作的辅助类角色。

在这个游戏里,蔡文姬不仅有着可爱的外表,还有给队友加血的功能。

直播间里,扎着丸子头的小姑娘坐在动力音乐椅上,摆动着自己的小脚丫,嘴里还叫着:"左三圈,右三圈,扭一扭,转一转……"

夏挽沅此时也看到了夏瑜选的角色,含着笑看了一眼夏瑜的手机界面:"还挺可爱的啊。"

"哼。"夏瑜倒不觉得有什么,纯粹是觉得万一等会儿夏挽沅被人围着打,自己用蔡文姬好歹能给她加加血,让她不至于"死"得太快。

游戏开始了,英姿飒爽的露娜带着一路唱着歌的蔡文姬进了野区。

君时陵用夏挽沅的账号玩游戏的时候,也都是玩的打野的角色,夏挽沅跟着看了几回,此刻有样学样,玩得还算顺利。

但夏挽沅毕竟没怎么接触过这个角色,每次遇上打集体战,总是一冲进去就死。

夏挽沅连续"死"了四次之后,不仅评论里都是冷嘲热讽,就连游戏里的对手和队友也开始嘲讽夏挽沅了。

"咱们把手机换一下,你看看我是怎么操作的。"夏瑜把手机递给夏挽沅。

夏挽沅只是刚接触这个角色还不太了解而已,其实她玩其他英雄的时候,上手是非常快的。

在游戏里,对方连"杀"了露娜好几次之后,心态膨胀,还在叫嚣着让露娜过去给他们送人头。

直播画面里,敌方五个人正在野区打野猪,然后就看见那个被他们按在地上"杀"了四次的露娜居然又往这边走过来了。

"人头来了!"敌方五个人喜上眉梢。

"又去送了。"自家队友欲哭无泪。

眼看着露娜一个技能甩了过来,敌方连忙使出自己的技能。

"嗯?"一次短暂的交手过后露娜居然没有"死",好像有点儿不太对劲儿。

还没等他们反应过来,露娜已经在整个野区种满了月光。然后露娜踏着月光的痕迹,在地图上飘来飘去,潇洒纵横,势不可当,像是月之女神在月之王国里跳了一曲飘逸无羁的舞。

队友们本来气愤地想看看露娜是如何作死的,结果看到了一场宛如神迹的舞蹈。

这画面在自家队友眼里是美的,但在敌方眼里,那个手执长剑播撒月光的战士,仿若幽灵般飘过他们的身体,然后他们的屏幕就黑了。

"露娜完成五杀！"

听到游戏里的播报声，直播间里出现了观众的一致好评。

夏挽沅一边看夏瑜操作，一边暗暗记着手法。只见夏瑜手指翻飞，以一敌五，已经将对方团灭。

夏挽沅笑着夸了夏瑜一句："打得挺好啊。"

夏瑜的脸以肉眼可见的速度红了起来。

夏瑜从小到大其实很少得到夸奖，大家对他的态度基本只有三种。

另一种是像夏母和韩媛那样把他当作眼中钉，巴不得他早点儿消失，别跟她们的孩子抢夏家的财产。

一种是那些看着他长大的叔叔阿姨们，他们看他的眼神中都带着怜悯。

还有一种是外界普遍对他的看法，觉得他是个只知道吃喝玩乐的废物少爷。

因此对于夏挽沅的夸奖，夏瑜显得特别不好意思。他红着脸，眼睛不自然地转了转："还行吧，毕竟比你弱的我还真没见到过。"

夏瑜害羞归害羞，那张嘴还是不饶人。

夏挽沅笑着看了夏瑜一眼："赶紧结束这场游戏吧。"

"嗯。"由于夏瑜只顾着跟夏挽沅说话，没注意到游戏里的队友又被对方灭掉了。现在他们这一方只剩下一个英姿飒爽的露娜和一个不知所措的蔡文姬。

敌方刚刚见识过夏瑜以一打五的壮举，此刻还有点儿胆怯，正犹豫着要不要往对方的基地去。

没想到在他们犹豫的时候，夏瑜已经正面迎过来了。

五秒之后，"露娜完成五杀！"

队友此刻已经忘记自己刚刚是怎么嘲讽露娜的了，一口一个大神的，叫得比谁都欢。

"哇，还想看弟弟用露娜，太帅了吧。"

"露娜在弟弟手里能以一打五，在我手里只能被追着打。"

"说了要给我姐打辅助的。"夏瑜看到了直播间的评论，但还是把手机还给了夏挽沅。

夏挽沅刚刚看夏瑜玩了一次，大概琢磨出了这个角色的技巧和特点，接过手机，依然选择了刚刚给她带来耻辱的露娜。

夏瑜则依然用了蔡文姬。

众人都乐呵呵地看着，觉得反正一会儿夏挽沅不会玩了还是得靠夏瑜来帮她。

但没想到第一次团战爆发后，夏挽沅居然操纵着露娜来回飘了三次才死。

虽然没拿到人头，但很明显，与上一次莽莽撞撞的操作相比已经好了很多。

在接下来的团战里，众人看到夏挽沅以肉眼可见的速度成长着。等游戏进行到12分钟的时候，夏挽沅已经能模仿出夏瑜刚刚操作的三四分了。

众人目瞪口呆地看着上一次还迟缓呆滞的露娜，现在却开始了灵活的操作。

"不是，这玩游戏还带家族遗传基因的吗？"

"我惊了，这进步是不是太快了一点儿？"

随着"胜利"的播报声响起，众人对夏挽沅的嘲讽也少了许多，评论里也开始出现了好评。

但就在这时，一大群有组织、有规律的小号开始在直播间里发出恶意的评论。

"骄傲自大，演技差。"

刚刚还很正常的直播间里突然多了很多条相同的评论，而且由于发评论的小号众多，直播间的管理员都来不及封掉这些账号。

很多观众看直播的时候都有开着评论的习惯，而现在这些评论完全影响了大家的观感，导致很多人退出了直播间。

反正还有另一组姐弟的直播能看，没必要在这里看这些糟心的评论。

阮念看着直播间里不断攀升的人气，放下心来。

众多观众被姐弟双排的噱头吸引进来，但刚才的夏挽沅和夏瑜的容貌实在是太过出众，现在看到阮莹玉和阮念姐弟，觉得落差太大，心里

223

都有点儿接受不了。

跟夏瑜操作蔡文姬保护姐姐的露娜不同,这个直播间里,阮念操作着刺客角色大杀四方,阮莹玉操作着蔡文姬拼命地想给阮念的角色加血却加不上,还经常被阮念出卖,"死"在敌方手里。

"看了你们,突然觉得隔壁小鱼真的是挺好的。"

眼看着直播间里评论的风向越来越不对,阮念开启了每十分钟1000元的抽奖活动,评论里的质疑声一下子被抽奖的评论掩盖了。

而在夏瑜直播间里,大量的小号还在发出恶意的评论,而夏瑜和夏挽沅又都是玩游戏时极其认真的人。他们都没有发现直播间的人已经走了很多,而评论区也是一片混乱。

陈匀在家里看着夏挽沅的直播,急得不行,这好不容易接一次商业活动,怎么就遇上这种事呢?

在陈匀焦头烂额的时候,夏瑜的直播间里突然散开了漫天"流星"。

直播平台为了吸引观众给主播打赏,设置了许多带有特效的礼物,特效越华丽就代表礼物越值钱。

这片"流星雨"便是传说中10万元一个的"星辰万里"的礼物特效。

"用户陵打赏了主播小鱼一个星辰万里,大家快来直播间挖宝吧。"

贵的礼物自然有它贵的道理。一旦有人给主播打赏"星辰万里",猫牙平台就会在平台内所有的直播间里投放这个主播的直播间链接。

于是一时间很多人被吸引过来了。

"来,我们准备抽奖了。"好不容易等"流星雨"过去,阮念僵着脸,准备给直播间的观众们抽奖。

"用户陵打赏了主播小鱼一个星辰万里,大家快来直播间挖宝吧!"

一阵绚丽的"流星雨"再次飘过。

众人字还没打完,屏幕上又出现了一行提示:"用户陵打赏了主播小鱼一个星辰万里,大家快来直播间挖宝吧!"

"............"

往日里也有人为了捧自己喜欢的主播而打赏"星辰万里"这种高额的礼物,但顶多一两次。

像这样在短短一分钟内连续刷了三个"星辰万里"的观众,大家都是第一次见,于是众人拥进了夏瑜的直播间,想要一探究竟。

进了直播间,大家先是被夏挽沅和夏瑜的相貌震惊到了,确认了好几遍这是游戏直播而不是星秀直播。再一看两人玩的角色,长得跟仙女一样的夏挽沅居然玩着操作难度超高的露娜,而桀骜不驯的阳光少年居然玩着一直在转圈圈的蔡文姬。

不得不说,这种反差很是吸引观众,尤其是大家发现夏挽沅的操作非常厉害的时候。

夏挽沅的学习能力本来就非常强,又经过了两三局游戏的磨炼,现在她已经能在地图上肆意地飞来飞去了。

一局游戏过去,12比0比8的战绩让无数人喝彩。

本来已经消停了一会儿的礼物特效又一次亮了起来。

众人此刻已经对这特效麻木了,只想看看这个人什么时候才能停止这种容易让人羡慕的行为。

"爸爸,什么时候才可以停呀?"

庄园二楼的书房里,小宝正苦着脸,一边玩着玩具,一边隔一小会儿就点一下鼠标左键。君时陵则坐在一旁修改着林靖发过来的文件。

但小宝其实并不知道电脑上有什么。因为君时陵考虑到小宝的眼睛,将鼠标键停留在送礼物的那一个图标上,然后将电脑背对着小宝,再把鼠标交给小宝,让小宝隔一会儿就点一下。

正在玩玩具的小宝极不乐意,但迫于君时陵的威势,不得不接受这个光荣而艰巨的任务。

君时陵放下文件,坐到电脑前看了一眼直播间的情况,然后无语地看了一眼坐在地上跟玩具玩得正欢的小宝。

这败家儿子。

君时陵让小宝隔一会儿点一下,本意是隔20分钟左右送一个礼物。

但很显然,小宝理解的一会儿跟君时陵理解的并不一样。

电脑屏幕上显示,短短半个小时之内,小宝已经送出了50个"星辰万里"。

察觉君时陵的目光,小宝抬起头来,一双黑葡萄似的大眼睛中带着明显的邀功意味:"爸爸,我点得手都疼了,呼呼!"

　　君时陵黑了脸:"不许玩了,去把老师布置的作业写了。"

　　"哦。"小宝脸垮了下来。呜呜呜,妈妈什么时候才能忙完啊?爸爸好凶,让我点了半天鼠标还不给我呼呼。

　　直播间里,众人在等来用户陵第十次赠送的"星辰万里"时,心想这回该停了吧。

　　然而并没有。

　　第二个 10 次。

　　没停。

　　第三个 10 次。

　　第四个 10 次。

　　第五个 10 次。

　　后来,众人已经麻木了。一直到第五十场"流星雨"散尽,众人还有点儿恍惚。又过了 5 分钟,直到确定这人不再刷礼物之后,大家终于发起了评论。

　　"我的眼睛好疼,这'流星雨'下得我现在眼前一片金花。"

　　"太猛了,我目瞪口呆,有生之年第一次看到 50 场'流星雨'一起下,这是何等的有钱啊。"

　　夏挽沅和夏瑜自然也看到了这源源不断的"流星雨",一看到那个显眼的陵字就知道是君时陵。

　　夏瑜被君时陵感动了,没想到君时陵竟然这么支持自己的直播事业。

　　于是君时陵无意间在夏瑜心中的好感度直线提升。

　　夏挽沅不懂直播平台的规则,只看到君时陵送了礼物,但并不知道它们值多少钱,所以显得格外淡定。

　　一些不知名的小号纷纷留言指责两个人对礼物毫无反应,而夏挽沅和夏瑜的表现又确实过于淡定,于是大家纷纷开始跟风。

　　由于送的礼物过于贵重,君时陵直接一跃成为整个直播间的"帝王"。而猫牙平台的规则是:"帝王"说话的时候,全场清屏。

于是,众人为陵打抱不平的评论发到一半就发不出去了,整个直播间里只有陵发的"不需要感谢"几个字飘到屏幕上面。

这下众人没话说了,人家都不在意,他们上赶着凑什么热闹呢。

隔壁阮念的直播间里,本来因为抽奖才带起来的人气,一下子就被小鱼直播间里不断出现的"星辰万里"给压了下去。

他们本想着等礼物特效结束就好了,可没想到这一等就是半个多小时。

看着一个接一个的"星辰万里",阮莹玉忌妒得不行,自己怎么能被夏挽沉压一头呢?!

阮莹玉憋着一股气。好不容易等到隔壁的礼物特效停了,她想出了一个挽回人气的好主意。

"玩了这么久游戏,大家也看累了,我给大家唱首歌吧。"阮莹玉放下手机,将声卡调好,选了自己以前发布过的一首歌,轻轻哼唱了起来。

阮莹玉音色甜美,加上声卡的音效,确实吸引了不少人重新回到他们的直播间。

此刻不少观众看到隔壁的阮莹玉在唱歌,也纷纷鼓动夏瑜和夏挽沉表演才艺。

"时间也差不多了,最后给大家表演一个吧。"

本来夏挽沉是没准备什么才艺的,只是想来夏瑜的直播间客串一下,但是陈匀一个劲儿地跟她说,好不容易有了个露脸的机会,得好好表现一下自己。

夏挽沉离开了镜头,然后没过多久又回到了直播间。

"电视剧《长歌行》马上要跟大家见面了,我在里面饰演的是一个很有故事的角色,现在就给大家唱一首人物曲吧。"

夏挽沉说着,站起身坐到窗边一个蒙着布的半人高的镂空架子前。

直播间的观众很疑惑,唱个歌而已,这是要干吗?

有很多人已经在直播间里发出了问号。

在家看直播,一直观察着夏挽沉动向的陈匀在心里捏了一把汗:"天灵灵地灵灵,夏小祖宗可千万别作妖啊!"

直播间里的众人正疑惑不解的时候，夏挽沉揭开了面前架子上盖着的绸布。

一张只是看着就觉得充满了历史感的古琴，正幽幽地泛着光。

"这是什么？"

"天哪！我惊呆了！这好像是凤溪琴啊！"

"前面的，凤溪琴是什么？"

"凤溪琴据说是一张拥有几百年历史的传世古琴，已经很久没现世了。如果夏挽沉面前的琴真是凤溪琴的话，那就厉害了。"

直播间里面还是有一些专业人士的，他们说得没错，夏挽沉面前的这张古琴便是传说中的凤溪琴。

据史书记载，几百年前，著名的乐器大师林前，于凤山溪水边白日一梦，梦中百鸟朝凤，仙乐贯天。梦醒后，大师身边多了一截古木，正是打造极品古琴的最上等的材料。

林前大师得梦中灵感，打造出这张极品古琴，传闻林前大师去世之前曾将这张古琴放于身边。百鸟前来朝拜，最后将凤溪琴衔回了凤溪山，从此这张古琴再也没有出现过。

而直播间里的人之所以能认出这张琴，主要是因为凤溪琴有极其明显的特征。

夏挽沉身前的这张琴，形饱满，黑漆面，玉徽、玉轸、玉足、龙池圆形、凤沼长方形，琴的头部刻"凤溪"二字，草书填绿，龙池左右分刻隶书铭："其声沈以雄，其韵和以冲"，与史书中记载的凤溪琴的样子完全吻合。

但他们又不敢相信，只是随便看个游戏直播，居然能看到自己的老师们一辈子想见却从没有见过的凤溪琴？！

不理会评论区的纷纷扰扰，夏挽沉抬起手，手指放在琴弦上轻轻地拨弄了一声。

一声低鸣从琴弦处扩散开来，仿佛惊起了琴中沉睡千年的魂音，这一声仿佛是古琴在诉说自己千年的命运。

"啊啊啊！我就是学古琴的！这一声听得我鸡皮疙瘩都起来了！这肯定就是传说中的凤溪琴！"

"这么好的琴肯定很贵吧,夏挽沅真是有钱,可惜糟蹋了这张古琴。"

"前面的,你这话说得有点儿早了,我看夏挽沅刚刚的那个姿势还真不像没练过古琴的。"

"作为古琴爱好者,我现在只想摸一摸那张传说中的凤溪琴。呜呜呜,人家有可爱的弟弟,还有凤溪琴,我太羡慕了。"

庄园书房里,本来已经离开电脑桌,准备继续批改文件的君时陵听见这一声悠扬的琴音,又回到了电脑前。

夏挽沅轻轻地拨弄了几下后,仿佛已经熟悉了这张古琴的手感,接着正式开始演奏,泉水般的琴声从她的指尖流出。

泛音如天籁,有一种清冷入仙之感。按音丰富,吟猱余韵、细微悠长,时而如人语,可以对话;时而如人心之绪,缥缈多变。这张古琴特有的历史感更是为乐声添上了几分古韵。

众人仿佛被带入草长莺飞,繁花遍地的世界里。

一道清亮的女声如清泉般灌注到每个人的耳中:"春锁沈宫,袅袅如云……"

倏地,乐音中少了些清澈,多了些深沉魅惑:"长灯如月……"

慢慢地,琴声与歌声转为高昂,但这高昂的乐声中透着极度的空寂。

一曲毕,直播间里没有任何动静。

君时陵静静地盯着电脑屏幕。

今日夏挽沅穿了一袭月白色长裙,墨发飘扬,明眸皓齿,似月凝霜,仿佛跨越了古代与现代的界限。

她坐在古琴前,显得清贵无双。

直到夏挽沅离开了直播间,众人才从刚刚的意境中抽离出来。

"我一直觉得这种古琴弹出来的曲子都比较高深晦涩,这是我第一次听到这么好听的古风歌曲。"

"以我多年经验,这首曲子绝对是出自金牌作曲人之手,这首歌真的太好听了,求歌名!"

直播间外,陈匀整个人都蒙了。

从夏挽沅掀开绸布的那一刻开始,陈匀的心就死了,他不知道夏挽沅又想作什么妖,但知道夏挽沅又要接受一顿批评教育了。

然后夏挽沅开始弹琴了，那悠扬的琴声一出来，陈匀的那颗死得透透的心，突然又活了过来："我还有救，真的。"

等到夏挽沅弹完，陈匀跟直播间的众人一样，久久地沉浸在夏挽沅用音乐创造的世界里。

陈匀虽然不太懂音乐，但有基本的审美能力，知道什么样的音乐是好的，再看到评论里都是对夏挽沅的夸赞，激动得把泡面叉子都咬断了。

夏瑜也没想到夏挽沅居然会弹琴，而且很好听。

直播间里的众人都沉浸在夏挽沅留下的余音里。这里的热度远远超过隔壁阮念的直播间了。

第五章
交　心

夏瑜还在继续直播，夏挽沅拉开门出去。

夏挽沅对着手机屏幕看了半天，又弹了会儿琴，觉得有些闷，便下了楼到花园里坐坐。

花园里引了溪流活水，水在夜色中"哗哗"地流着，此时已是春末，许多花朵已经凋谢，青涩的幼果开始探出头来。

空气里少了些甜甜的味道，只有晚风偶尔吹过时带来些许青涩的果香。

王伯找来的那张凤溪琴确实是好琴，夏挽沅几乎是在摸上它的瞬间就和古琴相通了。

古琴深厚的历史感，让夏挽沅在用它演奏歌曲时更加得心应手。但这场弹奏也勾起了夏挽沅长久以来埋在心中的落寞。

怎么可能完全适应呢？生在夏朝，长在夏朝，相依为命的弟弟妹妹都在夏朝，恩师好友们也都在夏朝。

可是在千年后的今天，明明史书上记载了很多朝代，唯独夏朝仿佛被人从史书上抹去了一般，没有留下任何痕迹。

整个夏朝就像是一场梦，只存在于她一个人的脑海里，但她知道那不是梦。

夏挽沅来到这里，借了别人的身体存活，虽然有可爱的小宝陪着，让她感到没有那么寂寞，但她始终觉得自己游离于这个世界之外。

她有时候会想老天爷把她送到现代来的原因。这个时代足够先进，足够开放，并不需要她做什么。

她就是一个误闯到这里的人，接收了原身的儿子和家庭，进演艺圈拍戏也是循着原身的路子走。她好像还没找到真正属于自己的路。

本来这些日子，她一直都在体验现代的生活，一直忙于各种工作，没想到今天这张古琴倒是将她心中最深的茫然牵了出来。

君时陵在夏挽沅离开直播间之后，也走出了书房，远远地看着夏挽沅走到花园中的凉亭里。

看着独坐在亭中的夏挽沅，君时陵觉得她好像很孤寂，仿佛是山巅的白梅在一阵风雪袭来后，暂时被蒙住了光华。

君时陵不自觉地朝凉亭走去。

夏挽沅正靠着栏杆看着天上的圆月，想着这一轮月亮是不是千年前她陪父皇母后和弟弟妹妹看过的那一轮。

"晚上外面很凉，你不冷吗？"

身后突然传来君时陵的声音，夏挽沅转过头，一件带着君时陵温度的外套已经披在了她的身上。

外套上的温度，仿佛驱散了夏挽沅心中的些许孤寂感。

"你不是在忙吗？"夏挽沅拢了拢外套。

"你不开心。"君时陵是洞察人心的高手，更何况夏挽沅刚刚回头时，那含着凉意的双眸让君时陵荒谬地觉得，如果他不过来叫住夏挽沅，这个人可能就会消失了。

"有一点儿吧。"夏挽沅也不跟君时陵客套。

"嗯。"君时陵不再多问，坐到了离夏挽沅不远的椅子上。

夏挽沅不想说，君时陵便不追问。夏挽沅依旧维持着刚刚的姿势，靠在栏杆边，看着天边的圆月。几片乌云飘过来，暂时遮住了皎洁的明月，天地间显得有些昏暗。

良久，夏挽沅突然开口。

"君时陵，你在为了什么而活？"

君时陵抬头看向夏挽沉。

"我生来就是君家的继承者。"君时陵低沉的声音响起。夏挽沉将目光投向君时陵。

"可是我也从来不知道自己究竟在为什么而活。即使换了另一个人掌权,君家依然会继续运转。"

夏挽沉微微睁大眼睛。她一直都觉得君时陵高度自律,做事永远有自己的原则,顶天立地,可是这样的人说不知道他在为了什么而活。

"你不信吗?"君时陵深深地看着夏挽沉。

"信。"夏挽沉点点头。君时陵就是拥有这样的能力——无论他说了什么,别人都会觉得他靠谱儿且真诚。

"不过现在知道了。"君时陵收回看着夏挽沉的目光,垂下眸遮住了其中翻涌的情绪。

"是什么?"夏挽沉追问了一句,君时陵却不再多言。

"但行前路,莫问前程,一切都会有答案的。"半响,君时陵抬起头来,眼神有些复杂。

"嗯。"

虽然只是简单的几句话,但夏挽沉觉得君时陵给她灌注了许多力量。

君时陵这个人,哪怕只是简单地站在那里,都让人觉得哪怕天塌下来也有他在,不用担心一丝一毫。

或许就是这种能让人心安的能力,让向来警戒的夏挽沉在他面前放下了防备。

此时天边的乌云慢慢散去,皎洁的月光重新洒向大地,温柔地照亮了夜行者前行的路。

君时陵拿起桌上的茶壶,倒了杯热茶递给夏挽沉。

一口热茶下肚,暖意从胃里发散到全身,夏挽沉觉得本来低沉的情绪一扫而光,君时陵的心情也跟着放松了下来。

"你从什么时候开始接受作为君氏继承人的训练啊?"听君时陵刚刚提起君氏集团,夏挽沉好奇地问道。

"3岁。"

"这么早啊？！"也就跟现在的小宝差不多大，夏挽沉不由得咂舌。

夏朝亡国时夏挽沉已经15岁了，在那之前，她有一个无忧无虑的童年。

因此无论后来的路有多艰险，她心中始终留有父皇母后曾给予她的温暖，那段年少时的美好回忆，则支撑着她走过了漫漫黑暗之路。

"嗯，父母很早就去世了，爷爷对我寄予厚望。"提到已故的父母，君时陵声音有些低。

夏挽沉怕君时陵不开心，想转移一下他的注意力："那你是不是从3岁开始就像现在这样严肃，跟个小大人一样？"

夏挽沉看过君时陵小时候的照片，和现在的小宝几乎是一模一样。

夏挽沉想象了一下小宝端着脸，一副严肃古板的样子，眼中溢出了笑意。

君时陵看了一眼夏挽沉满含笑意的脸庞，当然明白夏挽沉心里在想什么，眼中闪过一丝无奈。

"我那个时候还那么小，怎么可能像现在这样？我只是不爱说话罢了，但还是很调皮的。"君时陵感慨地回忆起从前的事。

长大之后，君时陵就更不可能跟别人说自己小时候的样子了。当他成为君家的掌权人，立于时代之巅时，外界的新闻媒体便发各种报道来神化他，写出来的都是君时陵3岁算数，4岁识字，6岁通天文知地理，7岁就成功赚到第一桶金等文章。

但哪有那么夸张，他一开始也只是个孩子。能到达如今的地位，除了他确实有天分外，跟他日日夜夜辛苦工作也是分不开的。

"有多调皮？爬树掏鸟？捉弄老师？还是打架？"夏挽沉这下更好奇了，毕竟如今的君时陵是个翩翩君子，风度优雅，实在想象不到他调皮起来是什么样子。

"那个时候任务太多，我不想学了，就趁保镖不注意翻墙溜出去玩了一天。爷爷翻遍了整个D市都没找到我，急得要动用特殊关系，最后还是打扫卫生的阿姨在后花园的角落里找到了睡着的我。"

君时陵讲述着那些遥远的记忆，如今回忆起来竟仿佛是别人的故事一样。君时陵都讶异自己居然还有那么调皮的时候。

"爬树掏鸟倒是没有，捉弄老师还是有的，那都是我五六岁时的事了。我趁着老师睡觉给他画了两撇胡子，后来被爷爷教训了一顿。"

君时陵将童年趣事娓娓道来，夏挽沅觉得十分有趣。

"看不出来你小时候这么调皮，我还以为你小时候是个懂事的小大人呢。"夏挽沅听得认真，都没有注意到时间已经过去了半个多小时。

今晚的君时陵好像格外亲切，仿佛卸下了表面的冷酷，让人看到，原来这个立于时代巅峰的男人也有柔软温暖的一面。

君时陵口中的那个捉弄老师、翻墙偷溜的男孩，跟夏挽沅认知里的君时陵相差甚远，但听他讲完这些事情，夏挽沅觉得自己好像看到了一个更真实的君时陵。

"你没爬过树，我可爬过，那时候在宫……"夏挽沅被君时陵的讲述勾起了自己的回忆，差点儿说出"宫里"两个字，及时改口道，"在家里，我总是带着弟弟一起爬树找鸟窝，夏天的时候就去池塘里采莲花、抓鱼……"

那段年少时有父皇母后和弟弟妹妹陪伴的温柔时光，是她一直珍藏在心中的美好记忆。

夏挽沅现在说起那些爬树采花、捉弄老师、调皮捣蛋的日子，眉梢眼角都挂着喜悦的神色。

夏挽沅一边讲述，一边给君时陵比画着自己曾经抓到的鱼有多大，以及采到过什么样的花。

君时陵看着灯下的夏挽沅，她眼中流光熠熠，周身仿佛萦绕着一圈温柔的光芒。

君时陵眼中闪过笑意，耐心地听着夏挽沅讲那些他不了解的夏挽沅的过去。

王伯本来想去给君时陵和夏挽沅换一下茶水，但远远地看见凉亭里的君时陵正专注地听夏挽沅讲事情，那祥和的气氛让人觉得远远地望一眼都是打扰了他们，便识趣地放轻脚步走开了。

夏瑜的直播刚结束，夏挽沅弹琴的视频就已在网上引起了热议。

一开始，大家都在关注夏挽沅弹的那张凤溪琴。毕竟凤溪琴只在史书中有记载，是否真的存在，在史学界一直都有争议。

如今，夏家的企业已经重组成功，在股票市场上也已经活跃起来。因此，一些人说夏挽沅是拿赝品骗人的说法不攻自破，毕竟夏挽沅如今也算是有钱人了，完全可以斥巨资购买真的古琴。

有人专门将夏挽沅的视频送去古琴研究协会请专家评鉴，听说凤溪琴现世，专家们连夜加班，举着放大镜对古琴进行了全方位的研究，最终得出结论：这是真的凤溪琴。

"好羡慕。"

"夏挽沅怎么这么有钱啊？有没有人能告诉我这张凤溪琴值多少钱啊？"

"前面的，据说上一张传世古琴的拍卖价格是1.2亿元人民币。"

"我的妈呀，怪不得那个琴声那么好听！夏挽沅唱的那首歌也好听，你们谁知道那首歌叫什么名字啊？我要去下载。"

然而众人找了一圈也没找到夏挽沅唱的那首歌。

虽然这首歌叫什么还没人知道，但网上已经有营销号开始了各种猜测。

"我专门去搜了各大知名作曲家最近的作品库，并没有发现夏挽沅所唱的那一首，而且这种水准的曲子也不像是寂寂无闻的作曲家写的。夏挽沅也说了，这首歌是《长歌行》中的某个角色的人物曲，所以这首歌是否就是电视剧《长歌行》的插曲呢？"

其实演员唱自己的人物曲本没有什么问题，但是《长歌行》是还未播出的电视剧，演员都是签过保密协议的。

为了防止资源外泄，保证宣传发行工作正常有序进行，连粉丝们探班拍到的一些视频，剧组都严令禁止其向外传播，更不用说这种涉及核心剧情的插曲。

于是这条未经证实的猜测一下子就引起了剧组其他演员的粉丝的不满。

网友本就很容易被挑唆，更何况阮莹玉和夏挽沅同是剧中的女性角色，二人关系微妙，加上之前剧组官方微博放出的视频里，阮莹玉被夏挽沅压了一头，阮莹玉的粉丝们心里都憋着一股气。

这下逮到机会,还没等消息证实,阮莹玉的粉丝们便推动着这个话题持续发酵。

经过几个博主的转发,呈现在众人面前的消息就变成了"夏挽沅泄露人物曲"。

《长歌行》剧组的其他演员的粉丝们联合起来,集体在《长歌行》剧组的微博下声讨夏挽沅。夏挽沅自己的微博下也是骂声一片,不过她很少上微博,没有看见这些。

但夏瑜真的被气到了,很多网友见骂夏挽沅没反应,便将目光转到夏瑜身上。

夏瑜可不跟他们来虚的,见到一个骂人的网友就直接拉黑。

"这歌有什么好听的呀?我跳舞给您看吧。"模特的手从后面攀着宣升的肩膀,在他的背上厮磨着,但宣升的注意力一点儿都不在这里。

小模特看向宣升手机里正播放的视频,视频里的女子长得确实挺好看的,从手机里传来的歌声也有几分轻灵出尘的意蕴,不过弹琴什么的也太没意思了。

"宣总,这个有什么好看的,你看我的文身漂亮吗?"

一双手将手机拿走。宣升眼中闪过戾气。心里那股躁郁似乎又开始翻腾,宣升揉了揉太阳穴。

小模特见宣升没有动作,更加大胆地跨坐在他的身上,像一条蛇一般缠上他。

"啊!"

宣升突然起身,小模特没有准备,一下子摔在了地上。虽然有地毯,但细皮嫩肉的小模特猛地被摔下来,依然疼得眼泪汪汪。

宣升却没有丝毫怜香惜玉的心思,心里的猛兽似乎又要咆哮而出。宣升拿起手机,直接大步走出了房间。

"少爷,这是今天的药。"

助理眼看着宣升从房间里怒气冲冲地走出去,在泳池旁的躺椅上躺了许久。助理担心宣升发病,踌躇了半晌,还是大着胆子上前。

"放这里吧。"宣升的声音听起来有些低沉。

助理把药放在旁边的桌子上便退了下去。

宣升的手机里还在重复播放着夏挽沅弹琴的视频,他根本没关心歌词是什么,也不关心曲调是否动听,只知道夏挽沅的声音带着些安抚人心的力量。他心中那个蠢蠢欲动的猛兽在听到夏挽沅的歌声后仿佛被安抚了一样,又沉睡过去了。

过了许久,宣升听着耳边的歌曲,在躺椅上沉沉地睡了过去,而一旁的桌子上,助理送来的药瓶都没有被打开过。

与此同时,网上关于夏挽沅泄露人物曲的事情越闹越大,《长歌行》剧组终于被惊动了。

其实剧组人员心里都清楚,夏挽沅唱的并不是人物曲,但宣传发行团队让剧组的官方微博先保持沉默。毕竟电视剧开播之前的每一次曝光都能为电视剧造势,更何况这热度还是白送的,至少能给他们省下几十万元的宣传费。

虽然这样是在牺牲夏挽沅,但投资商那边开了口,剧组人员也没什么办法。

于是,剧组的默认让众人完全相信了营销号的猜测——夏挽沅是真的泄露了人物曲。众人纷纷要求夏挽沅道歉,要求夏挽沅退出演艺圈,不然便是严重破坏了影视圈的规则。

陈匀急得不行,连忙打电话向夏挽沅求证,看这位小祖宗是不是真的泄露人物曲了。

夏挽沅经常看做小糕点的美食视频,加上小宝一直吵着要吃甜食,她这几天在家也闲着没事,便来到厨房准备做点儿小甜品。她刚把面团和好,陈匀的电话就打了进来。

"那首歌啊,我自己写的啊。"夏挽沅尝了一下面团的味道,觉得奶味有点儿淡,又倒了点儿牛奶进去。

"唉,你说你唱点儿别的不行吗?非得唱人物曲……什么?!"陈匀猛地提高了音量,"你说那首歌是你写的?"

"嗯,弹琴的时候临时想到的,确实有点儿粗糙,等我有时间了再把它修改一下吧。"

电话那边的陈匀又咬断了方便面里带的叉子。

"真的假的？你不要骗我啊，小祖宗。"愣了半晌，陈匀突然声音有点儿颤抖地问夏挽沅。

"怎么了？词和曲都是我作的啊，不过那个词是直播的时候临时想的，时间有点儿紧，有些地方衔接得不太好。怎么了？是直播出问题了吗？"

夏挽沅从小熟读诗书，作诗需要讲究平仄押韵，构思巧妙，而现代的歌词显然没有那么多的限制，所以夏挽沅几乎能出口成章。

她觉得这是非常自然的事。毕竟以前在夏朝，她身边围绕着的不是当世大儒就是著名的诗词画家。夏挽沅从来没觉得这种能力有什么厉害的，但对于陈匀来说，这就犹如天方夜谭一般。

夏挽沅打了一颗鸡蛋，听见陈匀的语气不对，站直了身子，将手头儿的活儿放下了。

"没，你可真是小祖宗，我有事找你，你现在住哪儿？我过去找你。"虽然以前的夏挽沅实在不靠谱儿，但现在的夏挽沅让人莫名其妙地信任。

"还是那座庄园，朋友家里。"

夏挽沅挂了电话，重新摆弄起手里的面团来。

面团已经发好，夏挽沅弄了点儿红豆沙包在面团里，然后开始按照视频里介绍的做法，将手里的面团捏成一个小兔子的模样。

"少爷。"

君时陵今日提前下了班，回到家却没有看到夏挽沅的身影，还是王伯告诉他夏挽沅在厨房里给小宝做甜点。

用人们见到君时陵连忙战战兢兢地问好，君时陵摆了摆手，众人连忙退出厨房。

"这么早就下班啦？"

夏挽沅抬头看了君时陵一眼，又埋头去做手里的小甜点。

"今天没什么事就先回来了。"

"嗯。"夏挽沅头也不抬地应了一声。

她没有意识到，如今她和君时陵的相处模式竟有了几分老夫老妻的意味,而且经过昨天晚上的畅聊,二人之间好像少了些客套,多了些亲密。

"在做什么?"君时陵走到夏挽沅的身边。

"小兔子,看,可爱吗?"此时夏挽沅已经捏好了一只粉色的小兔子。夏挽沅手很巧,只照着视频做了一遍,捏出来的小兔子就已经比视频里的还要精致了。

君时陵看了一眼夏挽沅手里的粉兔子,又看了一眼粉兔子旁边明眸如月的人,觉得还是人更可爱一些。

为了方便做事,夏挽沅将头发扎成简单的马尾,但由于扎得低,此刻前面的头发垂下了很大一缕,遮在眼前很是影响她的视线。

夏挽沅的手上都是面粉,她也不好伸手重新扎头发,便只能用小臂往上蹭了蹭,但并没有什么效果。夏挽沅放弃了,索性由它去了。

"我帮你吧。"

君时陵说完便用手轻轻地将夏挽沅垂下的头发别到耳后。

君时陵身材高大,此刻像是将夏挽沅半抱在怀里一般,夏挽沅一抬头便对上了君时陵那深沉的目光。

君时陵的指尖微微触到了夏挽沅的耳朵,他感受到了灼热的温度,夏挽沅的耳朵整个红了起来。

君时陵的气场有太强的侵略性,夏挽沅只觉得四面八方都是君时陵的气息。

"你手里做的是猫吗?"

"啊?"夏挽沅顺着君时陵的目光往下看,发现本来打算做成兔子模样的面团,由于自己刚刚愣神儿,竟被无意识地捏成了一只酷似猫的小动物。

"好像是有点儿像猫。"夏挽沅失笑。

"我手里也有只猫。"君时陵带着笑意的声音在她头顶响起,夏挽沅抬头就看见嘴角噙着笑的君时陵。

这好像是她第二次见到笑得如此开心的君时陵,夏挽沅愣了愣,却见君时陵抬起手来,带着灼热温度的手指从她脸上划过。夏挽沅惊愕地看着君时陵。

君时陵将食指伸出，上面赫然是刚刚从夏挽沅脸上揩下来的面粉。

"小花猫。"君时陵语气中含着明显的笑意。夏挽沅看到他带着笑意的眼神，突然觉得心里一阵悸动，面上浮起几丝赧然。

"你不帮忙的话就出去，不要在这里打扰我。"夏挽沅难得地羞恼起来。

"我帮你吧。"看着夏挽沅明显不自然的表情，君时陵勾起嘴角，将西装外套脱了放在一旁的架子上，然后和夏挽沅一起做起甜点来。

陈匀战战兢兢地坐着出租车到了庄园，下车的时候明显感觉到出租车司机看他的眼神很不对，就像在说，你一个亿万富翁用得着坐出租车吗？

陈匀在庄园门口张望了一下，想着要不要先给夏挽沅打个电话。这庄园看起来戒备森严，大概率是不会让他随便进去的。

没想到他刚掏出手机，金碧辉煌的大门就在他面前缓缓打开了。

"您是陈匀先生吧，请跟我来。"

身着精致制服的用人面带笑容地朝陈匀弯了弯腰。

陈匀连忙回了个礼，手忙脚乱地把手机塞回口袋，拘束地跟在用人身后向前走去。

没想到从庄园门口走到主建筑竟整整用了20分钟，陈匀外表平静，但心里已经波涛汹涌了。

夏挽沅这朋友怕不是财神爷吧？！这种朋友，能不能也赐他一个。

走到门口，用人便自动退下了，陈匀自己试探着往屋子里走去。

由庞大的大理石柱支撑起的宛如宫殿的大厅里，陈列着各种拍卖行里高价拍出的名家字画，稀世珍宝。

陈匀不由得放轻了脚步，生怕一个不小心把这里的什么东西碰坏了，把他卖了都赔不起。

前面似乎有人在说话，陈匀慢慢地走过去，看见了他做梦都没想到会见到的君时陵。

君时陵似乎也看到了陈匀，但只是淡淡地扫了陈匀一眼便收回了视线。

甜点已经做好了，但还需要弄些奶油，君时陵接过了这个任务。

"我手上沾了奶油，你帮我把袖子挽上去。"

此时夏挽沅已经洗净了手，听君时陵这么说，便上前解开他衬衣的袖扣，将袖口挽到胳膊肘的位置，露出他精壮的小臂。

夏挽沅背对着陈匀，因此并没有发现身后有人。

夏挽沅将君时陵的两只袖口都挽了上去，还细心地将衬衣袖子折了好几道。

她丝毫没有发现，由于太过专注，她仿佛整个人都在君时陵的怀里。

"好了。"

夏挽沅挽好了袖子，转身准备去拿点儿水果，这才看见不远处一脸无比震惊的陈匀。

夏挽沅回头看了君时陵一眼："不好意思，我不知道他会直接进来，我会叮嘱他不要往外传的。"

"没事。"君时陵眸光深沉。

"陈哥。"夏挽沅跟陈匀打了个招呼。

"哎！哎？！"陈匀下意识地答应了一句，然后又一脸惊悚地，"你别叫我陈哥，叫我小陈就行了。"

就刚刚他看到的那一幕，搞不好夏挽沅是君时陵的人，夏挽沅叫了他陈哥，他可担待不起。

夏挽沅你果然是我祖宗，你能不能让我多活一段时间？

"陈哥，没事的，过来坐。"夏挽沅也知道陈匀是被君时陵吓到了，便转头看向君时陵："你可以帮我拿点儿水果来吗？"

"嗯。"君时陵应了一句便离开了大厅，将空间留给了夏挽沅和陈匀。

直到君时陵的背影完全消失在大厅里，陈匀才狠狠地咽了一口口水。

"刚刚那个是君家的掌权人君总？"陈匀心里明明已经清楚得不能再清楚了，却还要问一遍，仿佛要是夏挽沅否认，他就可以把这当作一场梦。

"嗯。"但很可惜，夏挽沉点了点头。

"那你这段时间都住在这里吗？"

"嗯。"

"你跟君总在谈恋爱？"陈匀觉得这个世界太魔幻了。

"没有。"夏挽沉摇了摇头。但听到陈匀说谈恋爱这几个字，夏挽沉心中有几丝细微的涟漪荡起。

"呃……"这下陈匀的脸色就很不自然了，"虽然这话说了会得罪人，但是小夏啊，我还是想提醒你一句，君总这样的男人可不是我们能招惹得起的。你要是有什么难处就说出来，我帮你看看能不能解决，这样下去终归不是长久之计。"

陈匀联想到这段时间夏家突然东山再起，脑补了一整部夏挽沉为家族献身，将自己卖给君时陵的大戏，看向夏挽沉的眼神中也充满了怜悯和怒其不争。

"陈哥，不是你想的那样。"夏挽沉笑了笑，"你说有事情找我，什么事？"

"啊，差点儿忘了正事。"陈匀一拍脑袋，"你跟我说，那个词曲都是你自己创作的，此话当真吗？"

"嗯，我保证是真的。"夏挽沉点点头。陈匀看着夏挽沉那澄澈的目光，纵使他脑海里有一万个声音告诉他，这是不学无术的夏挽沉，信她你就完了，但他在内心深处相信了夏挽沉的话。

"还有个事情，那个倩秀服饰把后面的违约条款去掉了，又一次找上门来。"

这事说来连陈匀都觉得奇怪，这么大的公司为什么一个劲儿地往夏挽沉身上贴？

但他今天来这里看到了夏挽沉和君时陵的微妙关系，转念一想，神秘兮兮地问："是不是君总给你找的资源啊？"

"不是。"夏挽沉摇了摇头。如果是君时陵给的资源，一开始便不会加那个违约条款。

"那，这代言咱们接吗？"本来这是个挺好的代言，但这么上赶着非要找夏挽沉，倒显得此事有点儿奇怪。陈匀心里发毛，不敢随便接下来。

"你先把合同拿给我看看吧。"

"好,我一会儿回去了就给你发。"

陈匀看着面前处变不惊、镇定自若的夏挽沅,心中感到十分惋惜。

以前的夏挽沅烂泥扶不上墙,反正怎么堕落都是她的事,陈匀劝了几次之后就懒得再说了。

现在的夏挽沅从里到外都透着一股灵气,不想却沦落到这种地步。虽然那君时陵的身份地位确实不一般,但做人家的情人总归是没有出路的。

"小夏啊,我还是想多说几句,别陷进去了。等君总腻了,咱们就早点儿回头吧。"

夏挽沅不知道怎么跟陈匀解释,毕竟她和君时陵的关系确实有些复杂,便只能敷衍地应和着陈匀的话。

大厅里的尴尬气氛正在蔓延,而此时门外突然传来小宝稚嫩的声音:"妈妈!"

穿着熊猫套装的小宝从门口冲进来,精准地扑到了夏挽沅的怀里。

小宝趴在夏挽沅的身上,扬着头,大大的眼睛里满是期待:"爸爸说你给我做了小甜点,是真的吗,妈妈?"

"嗯,等会儿就可以吃了。"

夏挽沅捏了捏小宝肥嘟嘟的小脸。

"妈妈你最好了!"小宝开心地拍了拍手,这才转过身来,看向不远处沙发上的陈匀。

"妈妈,这是谁?"

"叫叔叔。"夏挽沅也很无奈。既然陈匀都看到了,夏挽沅也不再遮掩什么,反正陈匀作为经纪人还是可以信任的。

"叔叔好。"小宝乖乖地叫了一句,然后便缩到了夏挽沅的怀里。小宝还是更喜欢薄叔叔,因为薄叔叔好看!

"这……这,"陈匀觉得他的心跳都要停止了。陈匀颤颤巍巍地指了指夏挽沅怀里的小宝,"你的孩子?"

"嗯。"夏挽沅点点头。

"那孩子的父亲是……?"陈匀的声音更抖了。

这时,君时陵手里拎着小宝的鲨鱼书包从门口走了进来。

不得不说,高大冷峻的君时陵和可爱的鲨鱼书包之间还真是有着极大的违和感。

"去洗手,自己坐好,坐没坐相的成什么样子。"看见小宝一回来就窝在夏挽沉的怀里,君时陵皱起眉头,不悦地看了小宝一眼。

"爸爸你好凶,你再凶我我就不喜欢你了,我不喜欢你,妈妈也就不喜欢你了,哼。"

小宝苦着一张脸,嘴里嘟嘟囔囔的,但还是听了君时陵的话,从夏挽沉的怀里离开,乖乖地坐到夏挽沉身边。

陈匀想,如果现在可以让医生测一下他的心率,心电图机上那条表示心跳的线应该跟坐了长征三号火箭一样上升得非常快。

"去洗手。"君时陵又说了一遍,小宝委屈巴巴地被用人带走了。

君时陵坐到夏挽沉的身边,正对着陈匀。面对君时陵那如山般威严的气势,陈匀吓出了一身汗。

"事情都说完了,小……"陈匀看了一眼君时陵,正对上他凌厉的眼神,连忙收回那个"夏"字,"我就先回去了。"

陈匀说完站起身朝君时陵弯了弯腰,然后逃也似的离开了大厅。

一直到了门外,陈匀才深深地呼出一口气,太恐怖了。

还没等陈匀从刚才的事情中反应过来,一个头发花白的老人出现在他的面前。

"陈先生。"老人笑容慈祥。

"您……您好,有什么事吗?"陈匀一脸茫然。

"关于少爷和夫人的事,还请陈先生保密。"

"哦哦,肯定的,我懂。"管他说了什么,陈匀想着先答应下来再说。

等到王伯离开了,陈匀琢磨了一下王伯的话:"夫人?!"

啥玩意儿?!

说实话,一直到刚刚出来时,陈匀都还觉得夏挽沉可能只是给君时陵生过孩子的情人。

245

毕竟君时陵从未公开过结婚的事,而且前几年夏挽沅都被骂成那个样子了,也没见君总出来维护夏挽沅啊。

但看到刚刚这个老人语气里对夏挽沅的尊敬,还有那声"夫人",陈匀彻底蒙了。

直到回了家,陈匀脑子里还是一团糨糊。

"我不知道他直接就进来了,你放心,我肯定会好好嘱咐他的,不会让他泄露出去的。"陈匀走后,夏挽沅面带歉意地看向君时陵。

"嗯。"君时陵倒像是不在意这件事情一样,随口应了一声。

"就算我们离婚了,我也不会泄露这些事的。"夏挽沅想了想,又补上一句。

君时陵原本伸向水杯的手顿了顿,随后仿佛什么事都没有发生一样,端起茶杯喝了口水。

陈匀纠结了半天,终于说服了自己,管他君时陵和夏挽沅是什么关系呢,总之不是坏事。多少人想跟君时陵攀上关系却连门路都找不到。夏挽沅可好,都成了人家家里的"夫人"了。

夏挽沅既然保证了那首歌曲的词曲都是自己创作的,那么事情就容易多了。

但陈匀并没有立刻发表澄清声明。

他其实是个很专业的经纪人,只是在创星娱乐公司里,高层之间的斗争比较严重,而他当初站错了队,便被打发到了夏挽沅这个别人都不愿意接手的麻烦身边。

他在等,在等这个事件在网络上发酵得更加严重。

只有极度的反差才能达到顶级的宣传效果。

也正如陈匀所预想的那样,网上正闹得不可开交。

电视剧剧组保持沉默,夏挽沅公司也保持沉默,他们仿佛都默认了网上的猜测。

众多网友一路推波助澜,连权威媒体的官方微博都被惊动了。

夏挽沅那个弹琴唱歌的视频被播放了千万次以上,但评论里面并不是很和谐，甚至有好事的网友把夏挽沅以前在晚会上唱的那首《红梅》剪下来，跟她在直播间唱的歌放在一起做对比。

网友是最擅长顺藤摸瓜的，大家顺着各种蛛丝马迹找到了跟《长歌行》剧组合作的墨风工作室。

墨风工作室是前些年特别火的古风音乐制作工作室，但这几年来，他们跟一些动漫歌手发生了一些摩擦，导致声望大不如前。

剧组有时候找制作团队，除了看团队本身的能力，还会考虑到一些人情关系。而墨风工作室的总监恰好是阮莹玉的好友。

这些年，墨风工作室的声望大不如前，这个总监其实是去年才调过来的。

工作室本身能力尚可，加上有阮莹玉这层情面在，墨风工作室便跟《长歌行》剧组牵上了线。

工作室的最新一条微博是转发的《长歌行》剧组的宣传微博，这也证明了墨风工作室就是负责《长歌行》的音乐的公司。

墨风工作室的总监程絮十分有深意地转发了这条汇聚了众多网友评论的微博，转发的时候还配上了一个委屈地戳指头的表情。

程絮跟阮莹玉是圈内好友，在程絮发了这条微博后不久，阮莹玉便在评论里发了一个拥抱的表情，仿佛在安慰程絮一样。

这波操作没有任何文字，但造成的效果可太显著了。网友纷纷在阮莹玉那条拥抱表情的评论下发出同样的拥抱表情。

同时，在《长歌行》剧组的微博下，大家也统一发出了"请剧组正视夏挽沅泄露剧组机密事件，依法追究其责任"。

营销号也闻风而动，纷纷开始转载有关这个事件的微博。

到了晚上，全网联动的局面已经形成，就像一锅被大火煮开的水，这个话题沸腾起来，达到了顶点。

时机到了。

陈匀联合创星娱乐公司的官方微博，发布了一条声明："对于近日网上盛传的我公司艺人夏挽沅泄露电视剧人物曲的谣言，我公司发出严正声明：夏挽沅所唱歌曲词曲均为她本人原创，并不存在任何侵权行为，请相关人员停止造谣，我公司将保留法律追究的权利。"

这条澄清微博刚发出,就在网上掀起了轩然大波。

浩浩荡荡的一万多条评论中,没有人相信创星娱乐公司的声明。而且,这个声明还被人截了图发到各个论坛、贴吧里,引来的也是大肆的嘲笑。

还没等大家笑完,创星娱乐公司又发了一条微博:

"明晚8点,猫牙123直播间,夏挽沅将在线与大家互动,现场抽取三位幸运观众,为大家量身定做歌曲,欢迎前来。"

这一晚,注定是很多人都睡不着的一晚。

尽管大家都不相信创星娱乐公司的声明,但不可否认的是,大家都很期待夏挽沅的这场直播。

网友们嘴上说着不要,行动却很利索,时间才到7点30分,直播间里就已经热闹起来了。

本来经历过上次的直播,猫牙平台的服务器已经扩容过一次,这回看这架势,又立即将已经回家的程序员喊回来维护服务器。

时间一分一秒地过去,到了8点整,夏挽沅准时开播了。

今天的直播环境相比上次有了些变化。

夏挽沅坐在一个灯光设置得极好的凉亭里,凉亭周围遍布鲜花绿草,还能听到"哗哗"的流水声和一些细微的虫鸣声。

"大家好。"

陈匀特意交代了好几遍,让夏挽沅好好打扮一下。

夏挽沅穿了一件真丝材质的淡青色长裙,裙子颜色素净,其制作工艺却不简单,裙身用暗金绣线勾勒出大朵的兰花,在灯光下隐约显现出来。

夏挽沅特意化了个妆,更显得绝色倾城。她对着镜头微微一笑,眸中含水,清波荡漾。

夏挽沅扫了一眼评论,忽视掉那些争吵的评论,随便挑了一个出来回答:"不是在公园,是在家里直播的。"

众人互相调侃着,倒也稀释掉了一些不善的评论。

"我看到大家对于我那天弹的曲子的争议了,那个曲子和歌词都是我自己想出来的,并没有泄露剧组的人物曲。"

很显然,直播间的观众都不相信夏挽沅的话,纷纷发出了"不信"。

"为了澄清谣言,也为了回馈大家,今天我会在直播间抽三名观众,根据大家的要求现场创作三个人物曲。大家稍微等一下,我们先设置一下抽奖步骤。"

夏挽沅说完便等着陈匀在直播间设置抽奖的环节。

由于夏挽沅是第一次在猫牙平台独自直播,加上在线人数超负荷,五分钟过去了,陈匀还没调试好。

直播间里的观众本来就焦躁,此刻见抽奖环节迟迟不开始,都以为夏挽沅只是在虚张声势罢了。

观看人数还在直线上升,直播间有些卡,陈匀还没调试好抽奖步骤。

一阵晚风拂过,吹得树叶"沙沙"作响。

夏挽沅伸出手,摘了一片树叶放在嘴边。

没等众人搞明白她想干什么,直播间里已经响起了清扬的乐声。

夏挽沅用树叶吹出的乐声竟意外地宛转悠扬、悦耳动听,宛若夜莺轻鸣,和着夜色中潺潺的流水声,竟像是把人们引入了深山月夜之中。

本来焦躁的观众在这柔美的乐声中逐渐冷静下来。

大概两分钟过去后,陈匀给夏挽沅发了消息,通知她已经调试好了。

夏挽沅停了下来,观众们却意犹未尽。

"大家可以开始发送评论了,我这边数到10,截取滚动聊天儿框中的第一条评论作为第一名幸运嘉宾。"

夏挽沅说完了规则,观众们都觉得十分公平,滚动聊天儿框里的评论速度非常快,观众发的评论越多,滚动就越快,完全不能造假。

这下子,大家的热情都被激发了出来。

"开始。"

夏挽沅一声令下,直播间里的评论就像潮水般滚滚而来。

"1,2,3……10,时间到。"随着夏挽沅按下暂停键,聊天儿框里的评论也停止了滚动。

"恭喜这位'我要早睡'获得了今天的第一个名额,现在你可以在直播间里打出你的要求了。"

我要早睡："天哪！居然是我！我最近在玩一个游戏，我特别喜欢里面的一个少年将军，他为国战死，最终也没能和心爱的人在一起。我一直都没有找到适合他的曲子。"

这名网友的话引起了很多人的共鸣，他说的是个很火的古风游戏，少年将军和敌国女间谍是两个人气很高的角色。

夏挽沅看了一下那些评论，大致知道了人物的角色和经历。

她稍微想了一下，便坐到一旁的古琴前，素指轻扬，琴声响起。

这回的琴声，从一开始就极为低沉，节奏迅疾，仿佛山雨欲来，将人带入一个群雄逐鹿的时代。琴音里弥漫着紧张的气氛，仿佛下一秒就要刀剑出鞘。

"玉山叠嶂，战旗飘扬，睥睨万千，剑指前疆。"

夏挽沅逐渐加快节奏，琴音高昂，仿佛一个身披铁甲的少年将军骑马而来，扬起一片风沙。

金戈铁马，战音四起，夏挽沅十指翻飞，仿佛她身处的地方不是凉亭，而是狼烟四起的战场。观众们纵使隔着屏幕也能感受到那股在战场上互相厮杀的残酷气息。

"秦淮冷夜谁双眸，灼灼月华，长生街下谁双颊，染上晚霞。"

高昂的琴音中，慢慢多了些柔和的曲调，夏挽沅的声音也比刚才软了些，仿佛乱世之中仍有一瞬的花灯月下，能让人感受到祥和与安宁。

人们仿佛看到那金甲裹身的少年将军换上一袭白袍，深情地看着自己心爱的姑娘，双眸璀璨，柔软了三月的春光。

"一剑祭山河，此身予国，此心予她，守我旧时约，来生赴霜华。"

金戈铁马，飞沙云烟，琴音逐渐变得急促，急促间还带着些许沉痛，人们仿佛看到漫漫黄沙中，昔日的恋人如今却反目成仇。

残阳似血，少年将军挥剑而上，用身躯护卫着身后的大好山河，刀枪相接，白骨一片。胜利的号角响起，将军遍体鳞伤，垂死之际，眼睛却望着敌军的方向。

"此生不负国，来世不负卿。"

歌曲的末尾，古琴声似呜咽，但在低沉之中，另有一分轻扬在其中，是解脱，亦是释然。

一曲毕，直播间里玩过游戏的和没玩过游戏的观众都沉浸在夏挽沅创造的这个意境里。

"我真的流眼泪了。"

"我的天哪！虽然我没有玩过游戏，但是真的好感动啊，好想哭。"

"我也好爱这个将军，情深义重，但无奈背负的责任太多，'此生不负国，来世不负卿'。呜呜呜，我的眼泪不值钱。"

"我刚刚好像真的身处战场在看他们厮杀一样，听过么多的歌，真的没见过哪首歌能把场景还原得如此真实的。"

而此时名叫"我要早睡"的网友已经哭得不能自已："就是这种感觉！天哪！我听过好多歌，要么是只写他们的爱情，要么就是只有悲伤，但是这首歌的结尾处理得好好。将军没有辜负国家，他的心也没有辜负爱的人，最后他其实是解脱了啊！"

夏挽沅露了一手儿之后，直播间里大部分人对她的态度已经有了很大改观。

"用户小鱼打赏主播一个'星辰万里'。"

夏瑜原本在直播打游戏，到了 8 点，便直接带着整个直播间的人来看夏挽沅弹琴。

本来不情不愿地来看夏挽沅的观众们，现在却是真心认可夏挽沅的实力了。

"用户升打赏主播一个'星辰万里'。"

"用户陵打赏主播一个'星辰万里'。"

流星特效一个接一个地出现在直播间里。

宣升看到那个"陵"字，端着酒杯的手一顿，桃花眼中闪过一丝魅意。

宣升手指轻点，直播间里又绽放了一次流星特效。

"用户升打赏主播一个'星辰万里'，并留言：喜欢。"

几乎是瞬间，新的流星特效就覆盖了这条在全平台显示的通知。

"用户陵打赏主播 10 个'星辰万里'。"

宣升嘴角微勾，慢悠悠地喝起红酒来。

"谢谢大家的礼物，现在开始抽第二个人，开始。"

这回参与的人数比刚刚多了一倍不止，人的肉眼都快跟不上评论滑动的速度了。

"停。"随着夏挽沉按下暂停键，一个名字出现在屏幕的最上方。众人有点儿无语，这个用户的名字有点儿熟悉啊。

"羡慕了！"

"为什么不是我，就因为我刷不起'星辰万里'吗？"

"人家一个句号能上榜，我打了20个字夸主播漂亮都不行，告辞。"

直播间里出现满屏的泪流满面的表情，而这一切的缘由都来自屏幕上的暂停界面，只见上面显示着"升："。

屏幕那边，将双腿搭在阳台上，懒懒地喝下一杯红酒的宣升，看到直播间里自己的名字也很意外。

"请这位用户名为升的观众在直播间里说一下你的要求。"

夏挽沉话音刚落，直播间里就出现了一条评论，依然是一个字："你。"

书房内，君时陵看着这条古怪的评论，眉头皱起。

"这位观众，能再具体一点儿吗？"夏挽沉也觉得很奇怪。

"随意。"用户升又发出一条评论，这回依然不超过两个字。

夏挽沉心中疑惑，但既然抽到了他，便要继续下去。

没了诸多的限制，夏挽沉随心而动，就着流水虫鸣，让自己完全置身于琴音中。

以前在夏朝，教夏挽沉琴艺的是当时极其有名的天音大师。

天音大师有个古怪的习惯，不喜琴音与歌声相合，认为琴音已经足以表达出内心所想。夏挽沉跟着他学琴，虽没有天音大师如此偏执，但也养成了同样的习惯。

既然观众没有要求，夏挽沉便索性只弹琴不唱歌。

此时的琴音比起刚才柔和了许多。

若说刚才是疾风骤雨，此时便是三月的梨花细雨。

古琴的音调本来偏冷，但此刻在夏挽沉的手里仿佛化为绕指柔，透着浸入骨髓的温柔让人一闭上眼就仿佛能感受到清风吹拂而过，岁月静好。

正当人们沉浸在这美好中时，弦音一转，暴风骤雨突袭而来，高昂的琴音仿佛在悲鸣、挣扎。但这一段看似突兀的激昂曲调并没有持续多久，一股极致的温柔化解了刚才的激烈，天空归于清明，流水潺潺，琴音也变为流水之音，仿佛洗净了世间的纷扰。

这首曲子仿佛叙述了世间的所有美好。曲毕，众人只觉得自己的心灵仿佛被春日的阳光晒过一样，透着暖意。

"真的好好听啊！我要喜欢上夏挽沉了。"

"我能说这是我听过的最好听的古风曲子吗？两首风格截然不同的乐曲有着同样撼动人心的力量。"

"前面的真会夸，不像我只会说真厉害。"

"不知道那些说夏挽沉装模作样、诬陷她泄露人物曲的人现在是何反应？"

屏幕前，本来优哉游哉地跷着二郎腿喝酒的宣升，逐渐停下了手上的动作。他看了一眼在直播间里认真弹琴的夏挽沉，然后闭上了眼睛，静静地听着柔和的琴音，心里那股一直以来纠缠着他的狂躁，仿佛在这琴音下得到了安抚。

一曲毕，宣升睁开眼睛，目光奇异地看着视频里的夏挽沉，忽而又想到了什么，自言自语道："他可真幸运。"

夏挽沉在直播间里抽到的第三位幸运观众只是个凑热闹的网友，这名网友一时不知道想要什么样的歌，夏挽沉便许诺等这名观众想清楚了，再来直播间里兑现。

闹得沸沸扬扬的直播终于画下了句号。

直播的效果不言而喻，"夏挽沉泄露电视剧人物曲"的谣言不攻自破。连续两首没有经过任何准备的原创歌曲，足以让众人相信夏挽沉的实力。

夏挽沉关了直播，起身向屋里走去，刚进门，便看见君时陵慢悠悠地从楼上往下走。

"你怎么又送了这么多礼物？"上次君时陵花了500万元，这回又是100多万元，君时陵虽然有钱，但也不至于要这么大方地给猫牙平台送钱。

"嗯。"君时陵淡淡地应了一声,脸色有些奇怪。

虽然君时陵总是一副冷着脸的模样,但今天晚上的君时陵很明显地透露出"我不高兴"的情绪。

君时陵走到客厅,也不看夏挽沅,自己坐在沙发上喝着茶,一声不吭。夏挽沅看着君时陵冷毅的侧脸,从他身上看出些委屈来。

夏挽沅从冰箱里拿出自己做了一下午的简易版蛋糕,切了一块。根据小宝的说法,这个蛋糕是他吃过的最好吃的蛋糕。

"君时陵。"夏挽沅叫了一声。

"嗯。"君时陵低低地应了一声,但依然低着头。

夏挽沅索性端着盘子坐到君时陵的旁边。

鼻尖传来淡淡的果香味和奶油的香甜味道,君时陵转过头,便看见铺满了水果的蛋糕。

"尝尝,我做的。我在网上看到,不开心的时候吃点儿甜食就能变得开心。"夏挽沅冲着君时陵笑了笑。

君时陵目光幽深,虽然脸上还是挂着不悦,但还是伸手接过了蛋糕。

"好吃吗?"

夏挽沅晚上吃得饱,还没来得及尝一下自己做的蛋糕。

"还行。"话音刚落,君时陵内心就有些懊恼,其实很好吃,甜而不腻,口感绵密,水果的清香混合着蛋糕的香甜,沁人心脾。

他从来没有过这样的情绪,心里酸酸涩涩的。看着夏挽沅给别人写歌,尤其是给那个奇奇怪怪的"升"写歌,他心里很不痛快。

但长久以来习惯了不动声色的他,不知道该如何去抒发这股陌生的情绪,于是,说话时便带着些反常的怒气。

察觉了自己的失态,君时陵看了一眼夏挽沅的脸色。

"我今天唱的歌好听吗?"

出乎君时陵的意料,夏挽沅并没有生气,反而问了一个突兀的问题。

"很好听。"君时陵完全发自内心地回答。

"那我也给你写一首吧，怎么样？"夏挽沅带着笑，"好歹不能让你白花 600 万元啊。"

夏挽沅这话一说出口，君时陵愣了一下，以为自己的心思被夏挽沅察觉了，但看夏挽沅的表情又不像这么回事。

夏挽沅只是看君时陵情绪低沉，想着转移一下他的注意力，其实她心里并不清楚君时陵为什么不高兴。

"好。"君时陵心里那股闷气仿佛被吹散了一般，不过他又添了一句，"改日吧，今天你也辛苦了。"

"嗯。我还没尝过蛋糕呢，我也来吃一口。"夏挽沅说着便伸出手去。

君时陵下意识地用勺子舀了一口手中的蛋糕，递到夏挽沅面前。

这些日子在庄园里吃饭，小宝总喜欢将自己喜欢的菜夹给夏挽沅，有时候还会直接夹到夏挽沅的嘴边，夏挽沅也就习惯性地吃下去。

所以此时夏挽沅没有迟疑地就着君时陵的手吃下了蛋糕。

等反应过来时，两个人都愣住了，因为勺子只有一把，便是刚刚君时陵用过的那个。

夏挽沅咬着蛋糕，有些不自然地坐回去："时间晚了，我先去洗漱了。"

"嗯。"君时陵应了一声。

夏挽沅起身离开了，君时陵一个人坐在客厅里。

没有人发现，铁血手腕的君大少爷，他的耳根处悄悄地红了一片。

"少爷，这是今天的药。"助理将几个瓶瓶罐罐摆到宣升面前。

"录好了吗？"宣升闭着眼，眉头紧皱。

"回少爷，已经请人修了音，完善了音质，存在播放器里了。"

"下去吧。"宣升摆了摆手，助理便离开了。宣升按下播放键，卧室里的音响便响起了悠扬的琴声，比夏挽沅直播间里的音质要好上许多。

流水花香，虫鸣鸟语。宣升心里本来慢慢上扬的躁郁的情绪，在柔缓的旋律中平静下来。

夏挽沉的直播办得很成功，但有一部分人就睡不踏实了。

这场直播的录屏被放到了网上，网友们先是震惊，然后是拜服。

网友们看热闹，内行人看门道。随着相关话题的热度越来越高，许多专业人士也注意到了这个视频。

微博上一个十分有名的专业评鉴音乐的博主"耳王"，转载了夏挽沉为少年将军谱的那一首曲。

耳王："说实话，这几年我已经很少去听古风乐曲了。墨风工作室作为曾经颇有代表性的古风音乐工作室，它的衰落表面上看是由于人才流失带来的内驱力不足，但实际上反映了这几年整个古风音乐大环境正逐渐变得糟糕。

"如今市面上的古风乐曲，打着重振传统文化的旗号，做的却是徒有其表的花架子。很多音乐人觉得在编曲上加一点儿古筝和戏腔，曲子就变成古风的了，其实不然。

"复古，复的是金戈铁马仗剑沙场的豪迈，是秦淮楼畔红袖招摇的温软，是从里到外让人心生激荡的英雄意气。

"很可惜，这几年，我都没有见到过几首真正有着古代遗风的曲子。

"而今天很幸运，我在这首曲子里听到了那种震撼灵魂的英雄意气。

"夏挽沉弹得是否专业我不懂，但她的词曲和琴声中所展现的整个意境，足够打动我。这是古风音乐复苏的伊始，很幸运，你我将成为见证这一历史时刻的一分子。"

耳王作为微博上拥有近千万支持者的音乐类鉴评大博主，其在音乐评鉴方面的专业性是受到大部分人的肯定的。这条微博刚发布便引起了众人的关注。关注耳王的网友都知道，耳王是一个鉴评风格极其毒辣、对音乐要求苛刻的博主，这些年国内音乐市场逐渐衰退，耳王基本上就没对哪首歌表示满意过，甚至因为经常对当红偶像的歌进行全方位的痛批，而遭到当红偶像的支持者的抨击。

这还是网友们第一次见到耳王这么夸奖一个人，而且用了"古风音乐复苏的伊始"这么高度的评价。大家都好奇地点进视频，想看看是什么样的音乐能够得到耳王如此的肯定。

4分钟过去了，大家沉默地退出视频，然后看着微博里面那些连视频都没看,就各种抨击"耳王收了黑钱""夏挽沅也配唱古风?"的评论,心中不平。

"耳王一直在批评人,我都忘了耳王夸人的时候有多么与众不同了。"

"看完了视频来评论的,作为一个古风歌曲爱好者,非常同意耳王的说法,近几年真的没有什么好听的古风音乐了,而夏挽沅的这一首真的是把我听哭了。"

"我没玩过游戏,但从夏挽沅的琴曲中,我感觉到自己好像就是那个将军。这首歌曲好像富有魔力,能够把人带入那种情境里面。"

"前面的,我同意,歌曲里有一段激情高昂的调子。我都没想到,不借助其他的乐器辅助,单凭琴声,居然让我感受到了战马嘶鸣、刀剑相接的激烈和黄沙大漠的壮丽,真的厉害。"

有了耳王的推荐,一些营销号也纷纷跟上,一时间,各种溢美之词都被放在了夏挽沅的身上。

在一片对夏挽沅的夸赞声之中,墨风工作室的微博以及程絮那个委屈的表情就显得十分微妙了。

网友们个个都是看热闹不嫌事大的人,更何况当初有很多人也是被程絮的那个委屈的表情所迷惑,才跟风去安慰程絮,骂夏挽沅的,这下全都尴尬了。

陈匀很快将倩秀服饰的代言合同发给了夏挽沅,夏挽沅看了一下便准备接下来。

这两天,陈匀的手机终于恢复了它应有的功能。

毕竟前半个月它就像块砖头,响都不响一下的,但自从夏挽沅的直播结束后,它就响个不停了。

"喂,您好。好的,您留一下联系方式,稍后我再跟您讨论。"

"王总好,是的是的,好的,谢谢您的抬爱。"

等陈匀挂完电话,一张 A4 纸上已经写满了记录。

夏挽沅的这场直播影响还是挺大的,加上微博的宣传,很多人都觉得夏挽沅这首歌不错,都想来找她买推广,甚至还有一些小公司想请夏挽沅去代言。

陈匀是又喜又忧。

喜的是，时隔几年，终于又有代言来找夏挽沅了，忧的是，这些代言给的钱虽然不少，但都是些不知名的牌子。要是接了这些代言，夏挽沅以后的形象就很难再往上提升了。

陈匀也不知道夏挽沅到底要不要接倩秀服饰的那个代言，正纠结的时候，夏挽沅发来了消息："倩秀服饰的合同没问题，签了吧。"

陈匀这下放心了，连忙跟倩秀服饰公司联系，准备前往公司去商讨合同的有关事项。

陈匀这边刚跟倩秀服饰公司谈好，网上就已经有了消息。很快，微博有人放出了陈匀进出倩秀服饰公司的照片，还有陈匀在公司内部与倩秀服饰的负责人商讨事情的视频。

这下基本是坐实了，陈匀从夏挽沅出道起就一直跟在她的身边，大家都知道他是夏挽沅的经纪人。

众多网友跑到倩秀服饰官方微博下去求证，纷纷凑到倩秀服饰的官方微博下，要求对方给个说法。

毕竟代言这种事情是讲究三六九等的，夏挽沅凭什么能获得这个资格？在众人看来，这不仅是在降低倩秀服饰的档次，也是在给他们的偶像的形象抹黑。

这件事情闹得沸沸扬扬，网上基本是一边倒地要求倩秀服饰换代言人。

"您放心，我们当然没跟陈匀签合同，夏挽沅那种艺人，怎么有资格代言我们的品牌呢？我们需要的是一个口碑好、形象气质符合倩秀服饰的代言人……好的好的，那我们明天就签订合同吧，合作愉快。"

倩秀服饰公司内部，陈匀刚走不久，负责人就往外拨出了一个电话。

倩秀服饰是盛世集团旗下的子公司，当初想选夏挽沅，也是由于总部那边有人传来消息暗示了一下。

但好些日子过去了，总部那边再没有任何关于要夏挽沅代言倩秀服饰的消息传来。

前些日子，倩秀服饰的负责人试探着去问了一句，对方甩了一句："按往常的规矩来。"

这便是不需要暗箱操作了，夏挽沅已经被总部放弃了。

这下负责人也没什么心理负担了，本来是准备通知夏挽沅那边不用再过来商讨代言的事情了，但没想到这两天夏挽沅的热度那么高，直播事件加上那首歌曲，导致这几天网络上都在讨论夏挽沅。

商人逐利，倩秀服饰的负责人见此便想到了一个绝好的宣传点子。

正好陈匀也打来了电话，倩秀服饰的负责人便顺水推舟地将陈匀叫到了公司，跟他商量了一些关于合同的事情。

至于签合同的时间，负责人找了个托词，让陈匀回家等消息。

现在看着网上的讨论，简直不费吹灰之力就为倩秀服饰省下了一大笔的广告费用。

陈匀喜滋滋地给夏挽沅打了个电话，告诉她倩秀服饰给出的各种条件都是非常好的。

"小……"陈匀习惯性地想叫"小夏"，但想起君时陵和夏挽沅的关系，又尴尬地住了嘴，一时不知道该怎么称呼夏挽沅了。

"陈哥，还像以前那样待我就好，我和君时陵的关系很复杂，你也不用把我当作什么君少夫人的。"

"哎，好，我跟你说啊，倩秀服饰那边给的条件都还挺不错的。我们刚刚谈过了，说让你明天去他们那边拍一组片试试，他们好根据你的形象设计一套方案出来。"

"好的。"

放下电话，夏挽沅在网上查了一下服饰代言人的照片，想先了解一下。

君氏集团的餐厅里，终于得了空的职员们叽叽喳喳地凑在一起谈论着各种八卦消息。

"王总监。"众人本来聊得正欢，见领导居然朝着他们走过来，连忙闭上嘴埋头吃饭。

"在吃饭啊？"

"是的是的，王总监您也过来吃饭啊？"本以为王总监只是路过，哪想到他直接在桌边坐下了，众人差点儿噎住。

"没事，我就是刚刚在旁边听到你们说谁肯定会火什么的，有点儿好奇，就过来问问你们说的是谁。"王总监想尽量显得随和一些。

"总监，我们随便聊的。"众人惊恐，吃饭的时候聊个八卦消息也要被骂了吗？

"我是真的想问问，毕竟我负责咱们公司的市场宣传，总要了解一下现在的年轻人的喜好，没事，你们说给我听听。"

见王总监没有要责怪他们的意思，大家慢慢放松下来。

大家平日里都喜欢上网，便将这些天网上比较火的一些事情讲给了王总监听，王总监听得很是认真。

"好，谢谢大家了啊，你们吃，这些记在我的账上。"

王总监朝大家挥了挥手，快步离开了食堂。

能做到君氏集团的市场部总监，他自然不是平庸之辈，刚才职员们讲了好多热点新闻，那个叫什么夏挽沅的引起了王总监的兴趣。

他回到办公室，搜索了一下夏挽沅的资料，让他很意外的是，这个在众人口中感觉会火的女艺人，在网上有很多负面新闻。而且看百科上的一些照片，浓妆艳抹，眼神倨傲，没有丝毫的亮点，是王总监这个眼光独到的人一看就知道绝对火不了的类型。

王总监皱了皱眉，这显然不符合君氏集团选代言人的要求。

他刚准备关掉界面，却想起刚刚众人提起的古琴和歌曲。

于是王总监在搜索词后加了个"古琴"，便出来了一大堆视频，下面居然是一大片的赞美。

这下王总监就有点儿感兴趣了。点开网页上的视频，几乎是一瞬间，王总监就知道自己找了这么久的新代言人是谁了。

先不提她那绝美的外貌，视频中她身上那股想让人亲近，却又透着些冷意的感觉，才是最为动人的。

这样的气质，他做市场营销这么多年来从没有见到过。

纵使刚刚看到了关于夏挽沅的很多负面新闻，但能被君时陵亲手提拔上来，王总监自然有着果敢利落的办事手段。

他当即就给君氏旗下的雅姿公司打了个电话,通知负责人来总部开会。

为了保险起见,王总监想了想,还是进了林靖的办公室。

"林特助,根据上回你跟我说的那些要求,我找到了一个人,我感觉她挺适合雅姿公司的品牌定位,你帮我看看这个代言人符合君总的要求吗?"

林靖停下手里的活儿,扶了扶眼镜:"王总监看中的是谁呢?"

"是个新人,她以前的形象有些负面,但我觉得她很有潜力,估计你不认识,叫夏挽沅。你看看这个视频,她是真有灵气。"

王总监想着林靖肯定不知道夏挽沅是何方人士,于是专门带了笔记本电脑,将播放着的视频放到林靖面前。

但出乎王总监意料的是,林靖连看都没有看视频,便笑着对王总监点了点头:"王总监不愧是君少亲手提拔的人才。"

林靖向来是君时陵的传话筒,有了他这句话,王总监就像是吃了一颗定心丸。王总监连忙道谢,然后走出了林靖的办公室。

他刚出了门却突然顿住。

不对啊,刚刚林靖都没看视频,怎么就知道夏挽沅合适?

莫非夏挽沅是早就被定好了的?

那这到底是林靖的意思还是君总的意思?

无论如何,解决了这个代言人的问题,他心里的一块大石头总算是落地了。

第二天一早,夏挽沅刚吃过饭,陈匀便过来接她去倩秀服饰公司拍试片了。

到了公司门口,陈匀给倩秀服饰的负责人打电话,却没有人接。

"可能是在开会,我们自己上去吧。"

既然是来公司谈合作的,夏挽沅也就没有必要遮着脸。她和陈匀走进公司大厅时,众人都被她那倾城的容貌给惊艳到了,但众人的表情中还夹杂了一丝说不清的古怪。

有好事的人直接拍了她的照片发到网上。

"看来夏挽沉真的要代言倩秀服饰了。我今天到倩秀服饰办事,刚好碰到夏挽沉和她的经纪人来公司,有照片为证。"

文字底下附了一张照片。

众人点开照片,第一反应不是嘲讽,而是惊叹于夏挽沉的美貌。

今日夏挽沉穿得极其简约,一件暗绣白衬衣衬得她脖颈修长,肤白如雪,连最挑肤色的白衬衫都不能夺去她脸上的光华。

一双笔直的腿被牛仔裤紧紧包裹住,衬得她腿长一米八,气场强大。

双眸如水,眉眼间带着些许冷淡的感觉,她如一株出水的莲花,让人只可远观,不可亵玩。

虽然网友们对夏挽沉的恶意没有那么大了,但大家依然对于她要代言倩秀服饰的事情感到十分不满。

而且同为《长歌行》剧组的演员,阮莹玉作为女主角,到现在都没有拿到像倩秀服饰这么好的资源。

陈匀和夏挽沉到了昨天倩秀服饰负责人说的拍摄室,就看见室内已经满满当当的都是人了。

一群人挤在外面看不到里面的情况,陈匀又给负责人打了个电话,这回电话通了。

"喂?陈匀?你到了?"

随着人群慢慢分开,大家也跟着负责人的目光慢慢看向拍摄室门口,然后便看到了站在门口的陈匀和夏挽沉。

大家虽然听说过夏挽沉,但这是第一次见到她,那随意一站便自成一方气场的身影,颠覆了所有人一直以来对夏挽沉的印象。

太美了,这是所有人的第一感觉。

太尴尬了,这是所有人的第二反应。

众人目露惊艳地看了看夏挽沉,又看了看正在台上拍摄的阮莹玉,陷入了沉默。演艺圈真可怕。

"陈经理,这是什么意思?"陈匀自然也看到了被摄像机围绕着的阮莹玉,要是现在还不明白发生了什么事情,那他就是真的傻了。

"不好意思啊,这个你也知道,在还没签订合同的情况下,公司是有权换代言人的，"倩秀服饰的负责人装模作样地道了个歉，"我们公司觉得还是阮小姐更适合品牌的形象，真是不好意思，忘了通知你们，让你们白跑一趟了。"

"你！"看着众人眼中的讥笑，陈匀感到自己被耍了，而且要不是他蠢，入了别人的圈套，也不至于让夏挽沅跟他一起在这里受辱。

陈匀往前走了一步，想冲着负责人的脸来一拳。

而此时的微博上，倩秀服饰公司与阮莹玉的经纪公司共同发了一条宣布阮莹玉代言倩秀服饰的微博。

鉴于阮莹玉的资历不够，倩秀服饰给阮莹玉的是单线产品的代言权。

即便如此，能拿到倩秀服饰的代言，对于她来说依然是十分荣耀的事情。

其实阮莹玉也不够格拿到倩秀服饰的代言，但有了夏挽沅在前，大家突然觉得让阮莹玉代言好像也不错，至少比夏挽沅强。

"阮莹玉代言倩秀服饰"的微博话题出现在众人的眼前，大家在感慨阮莹玉运气好的同时，对于夏挽沅炒作不成反被打脸的事情也颇为反感。

摄影室里，眼看着陈匀要揍负责人了，大家连忙上前护住自己的经理。

"陈匀。"夏挽沅此刻终于出了声，清脆的声音在此时沉默的拍摄室里显得尤为动听。

听到夏挽沅的声音，陈匀冷静下来，回头看着夏挽沅，眼中带着深深的愧疚。

"不过是一个代言而已，没事，这种没有职业道德的公司，不来也罢。"

本以为夏挽沅要劝架，没想到夏挽沅虽然没动手，但一字一顿地把倩秀服饰骂了个狗血淋头。

"夏小姐这话说得真有意思，据我所知，最近找夏小姐代言的公司确实挺多的，夏小姐看不上倩秀服饰的代言倒也正常，不知道夏小姐代言的那些"三无"产品多久才能上市呢？"

负责人这话一说出口,引起哄堂大笑。

本来室内正围绕着阮莹玉拍照的摄影师们,听到身后的动静后便暂停了拍摄,回头去看发生了什么,这一看,眼中大亮。

他们这些掌控镜头的人,自然知道什么样的人能够在镜头前美得惊心动魄,他们觉得夏挽沅有这种潜力。

但听倩秀服饰负责人的话,好像倩秀服饰看不上夏挽沅。

大家看了看上完妆依然姿色平平的阮莹玉,再看一眼只静静地站着都光华尽显的夏挽沅,在心中唏嘘不已。

"今天怎么这么热闹啊,这么多人在这里?"双方僵持间,外面却突然传来说话的声音,一个身着西装的中年人走了进来。

倩秀服饰的负责人看到来人,立马换上了讨好的笑容。

"郑总,今天吹了什么风,怎么把您吹来了?"

"过来看看,倩秀服饰发展得挺不错的啊。"被称为郑总的中年人,一边跟倩秀服饰的负责人寒暄,一边不动声色地看了夏挽沅一眼,心想:不愧是王总监亲自选定的人,果然气质不俗。

"哪里,哪里。我们实在比不上雅姿。"倩秀服饰负责人十分热络地对郑总点头哈腰。

雅姿公司是国内女装的领军品牌,公司的管理层也向来不好接近。今天真是太阳打西边出来了,雅姿的郑总居然亲自来了倩秀服饰公司,负责人觉得受宠若惊。

他这话完全不是客套,倩秀服饰在业界也算是比较知名的女装品牌,但跟雅姿相比,实在是相差了太多。

倩秀服饰是盛世集团旗下的子公司,但跟总部的联系并不紧密,说起来相当于"养子",与雅姿这种君氏集团的嫡系子公司相比,能拿到的资源和支持少了很多。

"这是在忙什么?"郑总向四周看了看。

"我们正在进行代言人的试片拍摄。"

此时阮莹玉也下了拍摄台,朝郑总走过来。

"郑总好。"阮莹玉摆出最甜美的笑容。雅姿品牌是她不敢奢想的代言,但要是能借此机会结识一下雅姿的管理层也是好的。

"你好,怪不得倩秀服饰这么看重你,确实很不错啊。"郑总笑着对阮莹玉点了点头。

得到郑总的夸奖,阮莹玉谦虚地笑笑,但不由得看向夏挽沅,眼神中是藏不住的得意和炫耀。

"郑总大驾光临,这里乱,咱们去办公室谈吧。"倩秀服饰负责人连忙上前,想把郑总请到办公室去。

"办公室就不去了,我本来是想去找夏小姐的,后来在路上看到网上的消息,就直接来这边了。"郑总这话一说出口,大家都愣住了。

夏小姐?

在场的众人不由得把目光投向了夏挽沅。

出乎所有人的意料,相比刚刚面对其他人时高高在上的态度,郑总在此时居然从怀里掏出一张名片,态度颇好地递到夏挽沅面前。

"夏小姐,您好,我是雅姿的负责人。"

"您好。"夏挽沅有些疑惑,但从面前这个陌生中年人身上没有感受到敌意,便放下了戒备,礼貌地点了点头。

"一直听闻夏小姐的大名,今日一见,果然是风姿出众。我今天本来是想先去夏小姐的公司拜访的,但是路上听说您在这里,就直接过来了。"

"有什么事吗?"面前的中年人有着超乎寻常的热情,夏挽沅不由得问了一句。

"雅姿品牌想请您做我们公司的代言人,事情比较急,所以我就亲自过来了。您看要不要现在去雅姿公司,咱们好讨论一下相关的合作事宜?"

陈匀本来还沉浸在深深的愧疚之中,突然听到郑总的话,猛地抬起头,但想到倩秀服饰的前车之鉴,又住了口。

"你们放心,今天如果谈妥了,立刻就可以签约,我们雅姿绝对是有职业道德的公司。"

郑总这话简直就是明晃晃地说倩秀服饰没有职业道德了。倩秀服饰的负责人惊疑不定地看了看夏挽沅,又看了看雅姿的郑总,脸色十分难看。

265

"要不咱们去看看吧？"得到了郑总的保证，而且是在这么多人面前说的，雅姿这么大的品牌应该不会骗人，陈匀转过头，询问夏挽沅的意见。

"嗯，走吧。"

夏挽沅和郑总一行人离开了拍摄室，倩秀服饰的负责人还处于蒙的状态。

谁能来告诉他这是什么情况？为什么一个只能代言"三无"产品的人，摇身一变，居然得到了雅姿的青睐？

还是说夏挽沅身后有他不知道的背景？不应该啊，据他得到的消息，夏挽沅也就是个家里破了产的小演员而已。

阮莹玉看着夏挽沅跟郑总离开，眼中满是忌妒。她好不容易抢走了这边的代言，凭什么那个女人又有了更好的？

明明是自己不要了的代言人，却被更为高端的雅姿品牌带走了，而且被人指着鼻子骂没有职业道德，此时倩秀服饰的员工心里都不太好受。

只有全程旁观的摄影师们，在心里狠狠鄙视了一下倩秀服饰。如果他们是品牌负责人，也会选夏挽沅，这倩秀服饰真是没救了。

从雅姿的公司大楼出来时，陈匀还像在梦里一样。那可是雅姿啊，多少人挤破了脑袋都拿不到的代言，怎么就向夏挽沅敞开怀抱了呢？

突然，陈匀想到了一个可能，神秘兮兮地看着夏挽沅："小夏啊，你说会不会是君总在后面帮忙了呀？"

夏挽沅没说话。从刚刚谈待遇的时候，她就发现了，雅姿给她的报酬十分丰厚，要求也不多。

按照她目前在演艺圈的地位，根本不可能有这样的待遇。

夏挽沅回到庄园时已经是傍晚了，小宝还没回家，君时陵倒是回来得很早。

"回来了？"

"嗯。"夏挽沅从冰箱里拿出一杯果汁喝下，觉得身上的疲累被扫去了一些。

她静静地坐了一会儿，突然开口："雅姿是君氏集团旗下的公司吗?"

君时陵抬头看向夏挽沅冷艳。

"你接了雅姿的代言?你生气了?"

夏挽沅性子坚韧,君时陵以为夏挽沅是不想接受别人的帮助。

"我为什么要生气?"夏挽沅眼中带着惊讶。

她向来不是不知好歹的人,虽然觉得这样得来的代言让她有些不舒服,但没有想过怪君时陵。

好意和歹意,她向来分得很清楚。

"你来看这个。"君时陵将电脑放到夏挽沅的面前。

电脑上是王总监就新选定的代言人一事做的报告。

从报告上可以明显地看出,王总监十分欣赏夏挽沅,而且像是极为担心君时陵会否决这个提议一样,语气非常小心翼翼。

"如果是我授意的,他们大可不必如此。"君时陵用深沉的目光看向夏挽沅,"事实是你足够优秀。"

"嗯,谢谢。"

夏挽沅没那么纠结,从王总监的报告上也看得出来,君时陵是不知道这件事的。

见夏挽沅放下了心中的芥蒂,君时陵斟酌着开了口:"爷爷想君胤了,今天会留他在那边过夜,我们出去吃饭吧。"

"去哪儿?"

"跟我来。"

夏挽沅跟着君时陵坐上车,经过一座座高楼,逐渐往郊外开去。

就算是在车上,君时陵也没有忘记工作,夏挽沅在一旁看着他一页接一页地翻文件,心中慨叹。

"我觉得上回你说的不对。"夏挽沅突然出声。

"嗯?"君时陵从文件中抽出一丝注意力看向夏挽沅,眼中带着些疑惑。

"如果你不是君家的家主,君氏集团应该不会发展得这么好。"

听到夏挽沅的话,君时陵扬起嘴角:"你是在夸我吗?"

"不明显吗?"夏挽沅反问一句。

君时陵笑得越加明显:"很荣幸能被你夸奖,还要一段时间才到,我陪你聊会儿天儿吧。"

"好啊。你每天上班都这样吗?不停地看文件。"

"还好,有时候也……"君时陵耐心地给夏挽沅讲述着公司的事情。

夏挽沅很喜欢跟君时陵聊天儿,他这个人见多识广又极其有耐心,跟他聊天儿,真应了一句古话:"听君一席话,胜读十年书。"

夏挽沅对现代社会的各种制度、文化和思想理念都有很大的兴趣,君时陵便耐心地一个一个地给她解答。

不知不觉,时间就过去了。

"少爷,夫人,到了。"车子停下,司机从外面打开了车门。

君时陵先下了车,司机识相地离开,君时陵护着夏挽沅下了车。

"这是在山顶?"

夏挽沅有些惊讶,没想到他们竟来到了山上。

"嗯,山上有点儿冷,别感冒了。"君时陵说着便将外套脱下披在了夏挽沅的身上,然后带着她往前走去。

他们走过一小段路,眼前便出现了一大片建筑,灯火通明像是仙境一般。大门的牌匾上写了三个大字——"云间梦"。

"君总,饭菜已经准备好了。"

身穿制服的服务员恭敬地等候在门口。

君时陵和夏挽沅跟着服务员从大门口进去,一路都摆满了粉色的玫瑰。

夏挽沅虽性子淡然,但也很喜欢漂亮的东西,毕竟没有哪个女人是不爱美的。

夏朝没有玫瑰花,夏挽沅还是第一次见到这么好看的花,眼睛里都亮起了光。

"这个叫什么?很好看。"夏挽沅眼里星光点点,在云间梦的灯光的映照下,显得尤为璀璨。

"玫瑰,你觉得好看的话,可以在庄园里多种一些。"

"不用啦,我在庄园又住不了多久,我就是觉得这个花好看而已。"

听到夏挽沅的话,君时陵神色黯然,想到自己当初签的离婚协议,在心里叹了口气。

他们穿过一段很长的走廊，终于来到了尽头处一间明亮的屋子里。

服务员恭敬地将君时陵和夏挽沅迎进去，屋内的灯光要比外面的柔和一些。

鲜花满室，屋子正中间的桌上燃烧着蜡烛。

君时陵给夏挽沅拉开椅子请她入座，然后自己坐到夏挽沅的对面。

"庆祝一下，恭喜你拿到代言。"

君时陵朝夏挽沅举起酒杯。

"谢谢我未来大老板的鼓励？"夏挽沅也端起酒杯。

君时陵失笑。雅姿是君氏集团的子公司，说起来，他也算得上是夏挽沅未来的老板。

两个人碰过杯，便安静地吃起饭来。

服务员都已经退了出去。大厅中央，夏挽沅和君时陵相对而坐，气氛很和谐。

吃完饭，夏挽沅放下了筷子。

"出去走走吧。"君时陵提议道。

云间梦之所以叫云间梦，是因为它身处山巅云间，除了服务质量上乘，最吸引人的便是这里的夜色。

夏挽沅跟着君时陵往外走了一截，转过一片林木，整个D市便出现在她的眼前。

云山的地势高，云间梦建在云山之上，站在这里就能俯瞰整个D市。

灯光汇聚成一片星海。

今晚的天气很好，云层稀薄，天上的星星也无比明亮。

视线尽头，天际与D市的建筑相接，竟分不清是天上的星星掉到了地上，还是地上的灯光升上了天空。

"真好看，我都不知道D市还有这种地方，你经常来吗？"

夏挽沅坐到一旁的观景椅上，远处的一片星光也落在了她的眼中。

"第一次过来。"

山间安静，只有微风轻轻拂动树叶的声音。

夏挽沅半靠在椅子上，君时陵站在她身后。夏挽沅在看眼前的风景,身后的人在看她。

他们回到庄园的时候已经很晚了。

今晚小宝不在,只剩下君时陵和夏挽沉两个人,就显得有些尴尬了。

"你在主卧睡,我去旁边的卧室。"

察觉了夏挽沉的不自然,君时陵便主动提起去另一个房间睡。

"好。"

四合院里,小宝趴在老爷子的怀里,一张好看的小脸皱了起来。

"怎么了,乖重孙,刚刚不还是好好的吗?"老爷子看到小宝不开心,心跟着揪了起来。

"我想妈妈和爸爸了。"想到夏挽沉,小宝委屈得眼泪都要滚出来了。

"哎哟,我的乖重孙,别哭,明天早上就送你回去好不好?"

"不要,爸爸说太爷爷想我了,我要多陪陪太爷爷。"虽然很想夏挽沉,但是小宝觉得太爷爷也很需要自己。

"乖。"老爷子觉得虽然孙子一天到晚冷冰冰的,但是这个重孙真是又乖又懂事,"每天晚上都是你妈妈陪着你睡吗?"

"嗯。"小宝点点头。

老爷子心里对夏挽沉的印象又变好了一些,还算是个好母亲,怪不得小宝这么黏她。

"还有爸爸。"小宝又补了一句。

"嗯。嗯?!"老爷子惊了,"你是说每天晚上是你爸爸妈妈一起陪着你睡的?"

"是的呀,太爷爷。"小宝瞪着大眼睛,这有什么好奇怪的吗?

"老师说了,一家人都是睡在一起的呀。"

"好好好,时间晚了,快睡吧,乖宝。"

老爷子心里高兴得不行。他很了解君时陵的性子,君时陵向来讨厌别人的接近,若不是君时陵自己愿意,夏挽沉连卧室的门都进不去,更不用说和君时陵睡在一张床上了。

想必自己这个冷情冷性的孙子是动心了。

D市处于北方，在这春末时节，天气变化向来无常。

刚刚还是繁星满天，现下却狂风大作。

等夏挽沉从浴室里出来，外面的狂风正不停地拍打着窗户。

夏挽沉有点儿怕黑，但并不是没人陪就睡不着。主要是以前世道不太平，弟弟妹妹年纪尚小，夏挽沉晚上总得绷着一根弦，稍微有点儿风吹草动便得警戒起来。

刚刚洗过的头发带着湿意，夏挽沉用毛巾擦了擦，拿着吹风机吹了一会儿，头发已然半干了，正准备换个手继续吹，眼前就蓦地一黑，然后整个世界陷入了黑暗之中。

停电了？夏挽沉有些疑惑，庄园里居然会停电？

"王管家，由于大风，主楼有根电线被刮断了，我们已经组织人去抢修了，三分钟内就可以恢复正常。"

主楼是君时陵和夏挽沉住的地方，这电路居然在主楼出了问题，员工们心里诚惶诚恐。

"除了主楼，其他的地方都运行正常吧？"王伯并没有怪罪他们。

"是的，其他地方都能正常运行，只有主楼的电器暂时还没办法恢复使用。"

庄园的电路是经过各方专家研究设计过的，为了确保安全，电路被分成了好多支路。像楼里的安保系统和电器系统采用的就不是同一条线路。刚刚大风刮断的只是电器线路，对于大楼的其他用电，倒没有特别大的影响。

"小李啊，把电路抢修好了，先别急着送电。这个时候，少爷和夫人都已经睡了，没必要打扰他们，明天一早再重启吧。"

"好的。"王管家是庄园里的老人，小李虽然不理解王管家这样做的用意是什么，但觉得听王管家的总不会错。

于是员工们检修好线路便离开了，整栋主楼里依然是漆黑一片。

夏挽沉等了一会儿，见依然没有来电，便用手抓了抓头发，还好头发已经干得差不多了。

窗外的狂风已经慢慢平息，随之而来的是大雨和闪电。

惊雷仿佛要把整个世界劈开一样，大雨不住地打在窗户上，一声一声,像是下一秒就要破窗而入。

不知道风吹到了哪里,发出凄厉的呜咽声,在这黑夜里听得人心里发毛。

夏挽沉犹豫了一会儿,然后果断地拿起手机。

电话拨出去,几乎是瞬间就被人接通了。

"喂。"

"君时陵,我有点儿害怕。"

"你开门。"

夏挽沉就着手机的光摸索到门口,打开门,君时陵正站在门口。

"王伯打电话过来了,说主楼线路被风刮断了,得明天早上才能恢复。"君时陵带上门,跟着夏挽沉进了屋。

"好吧,还好我已经洗完澡,把头发也吹干了。"

庄园里从来不会停电超过三分钟的,所以也就没有准备蜡烛之类的照明用具,君时陵只好用手机上的手电筒来照明。

"你睡吧,我在这里陪着你,等你睡着了我再回去。"君时陵坐到床边,"今天去了一趟山上,想必你也累了。"

"你就在这里睡吧。"

君时陵惊愕地转过头,就看见夏挽沉正疲累地打着哈欠。

夏挽沉也不是扭捏的人,反正也不是没在一张床上睡过。君时陵是正人君子,她又有些怕黑,便索性让君时陵留下来睡了。

"好困啊,晚安。"夏挽沉又打了一个哈欠。借着手机的光,君时陵都能看到夏挽沉眼中的泪水。

"嗯,晚安。"

有君时陵陪在自己身边,夏挽沉极其安心,又因为奔波了一晚上有些累,几乎是刚沾上枕头就睡着了。

君时陵脱了鞋上床,等再转过头去,夏挽沉已经睡着了,精致的五官在灯光下显得更加柔美了。

君时陵关了手机的手电筒,屋子里重新陷入黑暗。

夏挽沉睡得很沉,君时陵却失眠了,鼻尖处萦绕着夏挽沉身上的淡香,更何况两个人之间没有了小宝。

往日里因为有小孩子在中间，君时陵的内心倒也平静无波。

但今天几乎是一伸手就能碰到夏挽沅，君时陵心中有些燥热。

他转过头，借着闪电的光看到夏挽沅安心的睡颜，哭笑不得。

一方面他因为夏挽沅对他的信任而开心，另一方面因为夏挽沅高估了他的定力而无奈。

每晚抱着的小团子不见了，夏挽沅总觉得怀里空落落的，大脑还在沉睡，但身体下意识地去找寻那个已经抱习惯了的温热的躯体。

君时陵好不容易压下心中的躁动，当睡意逐渐袭来时，他鼻尖的淡香突然变得浓郁，胳膊也被抱住了。

君时陵惊讶地转过头，便看见夏挽沅正躺在他的肩头，本来两个人之间还留有能容一个人睡下的位置，此时也完全没有了。

春末的夜晚透着些许凉意，夏挽沅从自己的被子里钻出来。此时她只穿了一件睡裙靠在君时陵身边，抱着君时陵胳膊的手摸上去都有点儿凉。

君时陵在心里深深地叹了一口气，然后掀开被子。

察觉有温暖靠近，都不用君时陵动手，夏挽沅自己就滚进了君时陵的被子。

由于长时间抱着小宝睡觉养成了习惯，夏挽沅几乎是靠近君时陵的瞬间就抱住了他。

君时陵呼吸一窒，握紧了拳头。

卧室里一片漆黑，正因如此，身体上的感觉才更加明显。

君时陵能非常直接地感受到夏挽沅身上的热度，以及那想忽略却怎么也忽略不掉的柔软。

"母后。"夏挽沅突然轻喊了一声，语气中带着不安。

君时陵心中的躁动平复下来，他低头看了看夏挽沅，一道明亮无比的闪电在窗外炸开，君时陵清晰地看到了夏挽沅紧皱的眉头。

君时陵伸出一只手从夏挽沅的脖子下绕过去，让夏挽沅枕在自己的臂弯处，用手掌在夏挽沅身后轻轻地拍着，她的呼吸逐渐平稳下来。

君时陵刻意忽视掉夏挽沅那温软的身体，但越是想忽视，他的感官就越是灵敏。君时陵一夜未眠。

感觉到阳光的温暖，一夜好梦的夏挽沅悠悠转醒，但意识刚刚回笼,就察觉了有什么不对。

夏挽沅连忙睁开眼睛,然后就发现了近在咫尺的君时陵的脸。

君时陵似乎睡得很熟,睡着的君时陵没有了清醒时的那股冷意,多了几分平和。

夏挽沅低头一看,发现自己现在和君时陵的姿势十分亲密。

她的双手缠绕着君时陵的腰,头枕在君时陵的臂弯处,她整个人都窝在君时陵的怀里,两个人可以算得上是亲密无间。

夏挽沅虽说一向不拘小节,但从来没有和一个男人有过这样亲密的接触,当下脸就红了,往后退了退。

察觉有动静,君时陵慢慢地睁开了眼睛。

君时陵的精神似乎极为不好,眼睛里透着疲累,还有些红血丝。他从凌晨入睡到现在总共才睡了两个小时不到。

"这怎么回事?"夏挽沅从君时陵的怀里退出来,有些不自然,又有些疑惑。

"你睡觉有抱抱枕的习惯?"君时陵的声音极为嘶哑,带着浓重的睡意,但不得不说,这听上去十分性感。

"啊?"夏挽沅先是一愣,然后看到人家君时陵根本就是老老实实地睡在自己的被子里,倒是她,离睡前躺的位置简直有十万八千里远。

认识到是自己"投怀送抱"的这个事实,夏挽沅脸一下子就全红了。

"不好意思,我先去洗漱。"夏挽沅慌乱地准备下床,但起身太急,踩到了睡裙边,一下子没站住摔到了君时陵的怀里。

君时陵闷哼一声,眼中闪过无奈:"我昨天晚上做了抱枕,早上还要做沙包吗?"

君时陵带着笑意的声音在夏挽沅的耳边响起,夏挽沅整个人就像被煮熟的虾一般,从君时陵的怀里滚出来,冲进了洗手间。

看到夏挽沅慌乱的背影,君时陵眉梢和眼角都染上了明显的笑意。

但他笑到一半又变成了苦笑,这个女人真是太考验他的耐力了。

君时陵是个正常男人,大清早温香软玉落进怀里,而且是夏挽沅这个如今在他心尖上的女人,怎么可能不气血翻涌?

但夏挽沅偏偏又是一副"君时陵是个正人君子，所以十分信任他"的模样，君时陵无奈地摇摇头，真是拿她没办法。

一直到吃早饭的时候，夏挽沅都有些不敢看君时陵的眼睛，她的脸上明明没有抹腮红，却艳如桃李。

吃过早饭，君时陵去上班，夏挽沅顺便搭车去了夏家的公司。

沈骞确实很有能力，而且很会聚拢人心，当初跟着他的那群兄弟听说沈骞换了新的工作，纷纷表示愿意跟着沈骞到夏家来。

这几个人虽说年纪不大，但都是清大出来的好苗子，跟着沈骞闯荡了这么多年，每一个人单拎出去都能在大企业里站稳。

他们愿意加入夏家的公司，这对公司来说简直是一笔天大的财富，人才远比钱更重要。

"沈哥，这夏家的新董事长是个什么样的人啊？"众人围在沈骞身边。

他们都知道新董事长一下子给了沈骞10%的股权，心中很佩服这种果敢的老板，都想早点儿见到这位新任董事长。

"是个让你们意外的人。"沈骞一脸高深。好友们现在这么期待夏挽沅的到来，等他们真正看到了她，恐怕没有一个人会相信她就是新董事长的。

众人面面相觑，是什么样的人啊？有三头六臂不成？怎么沈哥还神秘兮兮的？

没过多久，沈骞办公室的门就被敲响了。

"请进。"

门被推开，一个绝色身影出现在门口。

夏挽沅一身烟绿色套装，墨色长发柔顺地搭在肩头，灿如春华，皎如秋月。

办公室里的人都看呆了，虽然沈骞已经见过夏挽沅了，但依然被夏挽沅惊艳到了。

"这是？"众人见夏挽沅旁若无人地进了办公室，纷纷疑惑地看向沈骞。

听说沈哥和女朋友分手了，莫非这是沈哥的新女朋友？这个可比上一个好看太多了！虽然上一个也挺漂亮的，但跟眼前的这个女人相比，简直是云泥之别。

出乎众人的意料，沈骞起身让出位置，恭敬地将夏挽沅请到椅子旁坐下，然后看向一脸疑惑的众人。

"这位便是夏董事长。"

"什么？！"

夏挽沅到公司之后，直接在沈骞的办公室里跟大家开了个会，商定了一下这些跟着沈骞过来的人的待遇薪酬问题，然后便离开了。

"我的妈呀，感觉跟做梦一样。"

"你掐我一下，这是真的假的啊？"

目送夏挽沅离开办公室后，众人还有点儿没缓过神来。

沈骞说这个美丽的女人是公司的董事长他们就很震惊了，夏挽沅给出的丰厚待遇更是让他们咂舌。虽说他们在业内的其他公司也能谋到一个不错的职位，但像夏挽沅给出如此高的待遇的，实在是独一份儿。

他们原本以为夏挽沅就是个不谙世事的大小姐，只是一时兴起想买个公司玩玩，对薪酬待遇不懂所以才给出这么高的价。

没想到刚刚开会的时候，夏挽沅对很多问题都有着独特的见解，思维犀利精准。他们讨论的问题其实是很具有专业性的，但夏挽沅显得一点儿都不外行，反而在很多方案上还有着别具一格的想法。

"这是哪里来的神仙啊？"李勇不由得慨叹，"夏董事长看起来不过二十出头，居然让我这个30岁的人都感到汗颜，她真是太厉害了。"

沈骞在一旁听着朋友们的感叹，想起了他心血来潮时在网上搜了一下夏挽沅，看到那些有关她的新闻报道时，心里也是五味杂陈。

雅姿的负责人带着夏挽沅离开倩秀服饰公司之后，倩秀服饰的负责人便下了命令，不许员工将此消息泄露出去。

于是除了当时在场的员工，其他人都不知道夏挽沅已经和雅姿签订了合约。

阮莹玉拿到了倩秀服饰的代言，这大大提升了她的形象，于是经纪公司安排了好几天的微博话题讨论。

阮莹玉和夏挽沅都是《长歌行》剧组的女演员，等电视剧一出来肯定会被人对比。从现在开始，就给众人造成一种"两人地位悬殊"的印象，会比电视剧出来后再做营销容易很多。

于是,有"阮莹玉代言倩秀服饰"相关话题出现的地方,就有夏挽沅倒贴倩秀服饰的评论出现。

直到摸到雅姿的微博,网友们集体傻眼了。

雅姿在业界一直是"奇葩"一样的存在。

说它"奇葩",一是因为它有雄厚的背景,雅姿身后是君氏集团;二是因为它有着长盛不衰的销售传奇,作为华国境内知名的女装品牌,近百年风云变幻,它一直都保持着业界龙头的地位。而最让人摸不着头脑的,是它的代言人的选择标准。

其他品牌为了提高知名度,每隔一两年就会选择一位当红艺人作为自己的代言人。但雅姿自己就是最大的招牌,从它成立到现在,历史上出现过的代言人不超过五个。而目前距离上一位代言人的出现有20年的时间了,已经久远到人们习惯了雅姿没有代言人的日子。

而今天,雅姿官方微博居然冷不丁地冒了出来。

雅姿官方微博:"距离雅姿将第一件衣服展示给大众,已经有100年了。今年雅姿将迎来一位新的代言人,我们将与她一起开启雅姿的下一个百年。"

然后微博就显示雅姿的官方微博新关注了一个用户——夏挽沅。

虽然雅姿一向低调,但它的热度在,加上夏挽沅独特的身份,这一条微博瞬间引起了大家的热议。

大家还在争论夏挽沅代言的单线产品是季度还是月度的时候,雅姿很快又发了一条官方微博。

雅姿官方微博:"她是夏天的风,轻盈灵动,她是林间的月,幽然皎洁。正值雅姿百年之际,我们有幸迎来了雅姿全线产品代言人——夏挽沅,望以后的日子里,携手同行,共铸辉煌。"

配图是当时夏挽沅去雅姿签合同的时候顺便拍的宣传照。

夏挽沅虽然没接触过平面照的拍摄,但她气质出众,随手一拍就是一张极具表现力的照片。当时雅姿的摄影师可是一边拍,一边对她夸赞个不停的。

雅姿放出的照片就是其中的一张。

夏挽沅身上穿的是雅姿即将推出的夏季新产品。夏挽沅身上的淡紫色雪纺衫，突破了雪纺衫的柔软特质，被设计成立领式样，但保持了袖口和领口处的柔性设计，刚柔并济，而夏挽沅冷淡的眉眼，媚而不妖的气质，更是让这件衣服的所有亮点发挥到了极致。

业界人士本来预估这场雅姿与夏挽沅的结合将会引发大规模吐槽，甚至在选用夏挽沅之后雅姿会面临口碑下滑的问题。但没想到，事情的发展出乎所有人的意料。

这些年来，国内经济高速发展，演艺圈也越发繁荣，知名艺人往往拥有庞大的支持者群体，支持者越多，象征着艺人的商业价值越高。

于是，各大品牌纷纷启用当红偶像作为自己的代言人，以求得短期的利润爆发，而且由于演艺圈红人更新换代速度快，于是企业品牌的代言人经常是一年一换，根本不谈什么长久的代言。

这一次雅姿与夏挽沅的合作，夏挽沅在那张照片上的形象气质实在是突出，让人眼前一亮。

这也引发了大家关于代言人是否一定要瞄准当红艺人的讨论，人们预想中的对于夏挽沅的指责并没有出现，反而在网上掀起了一场激烈的讨论。大家将夏挽沅弹琴唱歌的视频放出来，然后分析雅姿选择夏挽沅的立场和原因，得到了不少网友的支持。

君氏集团的例会上，大家汇报完本周的工作之后，君时陵破天荒地夸了王总监一句，称赞他敢于破旧立新，还给他涨了奖金。

王总监受宠若惊，君时陵可是很少夸人的，能得到君时陵的一句夸奖，可比拿奖金还要让人欣喜。

"没什么事的话就散会吧。"君时陵说完话，难得地打了个哈欠。

众人表面上都很平静地离开了，心里却疑惑，他们君总向来一丝不苟，任何时候出现在众人面前都是精神抖擞的，像个钢铁人一样。

今天这是怎么了，他们居然从君总身上看出了一丝疲惫感，但转念一想，君总日理万机，估计是昨天晚上加班到很晚吧，真是太辛苦了。

君时陵结束了手边的工作，打算去接夏挽沅一起回家。一路上君时陵倒是很正常，只是到了门口的时候，君时陵突然用布条蒙住了夏挽沅的眼睛："给你个惊喜。"

说完，君时陵牵着夏挽沅下了车。夏挽沅闻到空气中弥漫着一丝淡淡的甜香,这味道有点儿熟悉。

"睁开眼看看。"

夏挽沉刚睁开眼,便被眼前的场景惊住了。

目之所及,全都是玫瑰。足有几个足球场大的花园里,满满当当地放着一盆又一盆的玫瑰花,汇聚成一片玫瑰的海洋。

除了昨晚他们在云间梦见过的粉色玫瑰,还有红的、蓝的和黄的玫瑰,一层层玫瑰,犹如花浪一般翻涌着,从门口一直延伸到主楼。

夏挽沉穿过层层玫瑰,走到主楼门口,屋里的景象更是让她惊叹。

支撑起大厅的几根巨大的大理石柱上,缠满了玫瑰藤,从门口到屋里、地上、桌子上、花盆里,整个都是玫瑰的海洋。

巨大的水晶灯将柔光洒在室内,地上铺了一层玫瑰花瓣,而落地窗旁边,一架休闲吊椅全部由粉色的玫瑰装饰而成。半圆形的粉色吊椅内,空间极大,还铺着软软的垫子。

夏挽沉坐上去,像躺在粉红色的棉花糖里,又软又甜美。隔着巨大的落地窗,她能看到窗外浩瀚壮观的玫瑰花海。

昨晚在云间梦第一次看到粉色玫瑰,没想到今天回家居然能看到一大片玫瑰花海,夏挽沉很欣喜,一双清亮的眸子里满是喜悦。

君时陵在一旁看着夏挽沉开心的样子,眼中也带上笑意。

夏挽沉在吊椅上坐了一会儿,突然转过头:"君时陵,你为什么对我这么好?"

"哪里好?"君时陵坐到夏挽沉身边的椅子上,反问了一句。

"这些要花很多钱吧?"夏挽沉虽然不了解这种花有多贵,但这么一大片玫瑰花海,至少也有几十万朵了。

"上一年的全球富豪排行榜。"

"嗯?"夏挽沉歪了下头,有些疑惑君时陵说这个干吗。

"我排全球第十,还只论明面资产。"

夏挽沉无话可说,合着你有钱呗。

"但是我昨晚只是随口一说,倒也没有真的想在庄园里种这么多玫瑰。"

"不费事,也不费钱,想看就看吧。"君时陵显得极为淡然。

"好吧。"见君时陵如此坦然的样子,夏挽沅觉得可能是自己没见过世面,不太懂现代社会有钱人的玩法。

她不知道的是,此时 D 市的花店以及南方的鲜花基地,都在为自己提前完成了一个季度的业绩而欢呼。

只因这个神秘的大老板一口气订了 200 万枝玫瑰,而且因为时间紧,是按照批发价的双倍买走的。

夏挽沅待在吊椅里打着游戏,君时陵便在客厅的沙发边上跟林靖开着视频会议,今天回来得太早了,公司里还有很多事情没有处理完。

林靖按下通话键,然后便被君时陵身后满屏的玫瑰闪花了眼。

一向泰山崩于前而色不变的林特助连手里的笔都吓掉了。半秒之后,林靖就反应了过来,立刻恢复成淡定的样子,有条不紊地向君时陵汇报起工作来。

一个小时之后,君时陵终于远程解决了林靖汇报上来的事情,外面的天也黑了下来。君时陵偏过头去看夏挽沅,她正坐在吊椅上慢悠悠地晃着。

"去吃饭吧,吃完饭带你看个东西。"

"好。"经历过玫瑰花海的事后,夏挽沅知道,君时陵说看个东西,那一定是不同寻常的。她十分期待。

吃过了饭,王伯十分有眼力见儿地把用人们都带走了。君时陵带着夏挽沅走出主楼,外面一片漆黑。

空气中传来淡淡的玫瑰花香,但眼前只能看到一片黑暗。

"看天上。"君时陵提醒了夏挽沅一句。

夏挽沅抬头,天空依然是一片漆黑。

她正要问君时陵在卖什么关子,却发现天空中似乎有星星点点的亮光。夏挽沅双眼微微睁大。

那星星点点的亮光变得越来越密集,很快布满了整座庄园的上方,像是一片浩瀚的星空。

夏挽沅陪小宝看过宇宙星系图,头顶的这一片浩瀚星河,是狮子座星系的重现。

而她,恰恰就是狮子座的。

不知道君时陵用什么打造出了他们头顶上这一片浩瀚壮丽的星河。

这些星星发着光,照亮了庄园。

头上是星海,周边是玫瑰花海,夏挽沅觉得自己活了两辈子,从来没见过这么好看的景色,那颗少女心都没这么萌动过。

"那颗最亮的是什么星星?"夏挽沅指着头顶一颗极其闪亮的蓝白色星星问道。

"轩辕十四星……"

君时陵讲完关于这颗星星的情况,转过头,便看到夏挽沅极其钦佩地望着他。

"你怎么什么都知道啊?"夏挽沅又一次发出了慨叹。

"看到过一次。"君时陵压下上扬的嘴角。

夏挽沅正要再问,大门处却传来动静,一辆黑色的车朝庄园里开进来。

车门被打开,一个小小的身影冲了出来:"妈妈!"

小宝迈着小短腿,噔噔噔地朝着夏挽沅跑过来。夏挽沅顺手一接,就将小宝抱到了怀里。

"妈妈我好想你。"小宝双手抱着夏挽沅的脖子,在她的脸上亲了一口。

夏挽沅眼中含笑:"妈妈也很想你。"

"爸爸,我也很……"小宝转过头,正要跟君时陵说话,却见君时陵不悦地看着自己。

"君胤你知道自己有多重吗?这么大了还让人抱!"

"哼!爸爸我一点儿都不想你!"小宝嘟起嘴,小脸皱起,但挣扎着要从夏挽沅的身上下来。

没想到,他的脚还没落地,就被一双大手牢牢地抱住腰,接了过去。小宝抬头就看见君时陵冷峻的眉眼。

跟夏挽沅身上的温柔不同,君时陵虽然冷峻,但有着作为父亲的安全感。

小宝双手抱住君时陵的脖子,软软地撒娇:"爸爸,我也很想你。"

"哼。"君时陵冷哼一声,眸光中却是暖意。

小宝跟君时陵相处了这么久,也知道君时陵只是有点儿严肃,并不是真的要训斥他,当下又抱紧了些君时陵,趴在君时陵的肩头,冲着夏挽沉傻乐。

"少爷。"刘叔一路看着小宝飞奔到夏挽沉的怀里,又看到他们一家三口其乐融融,很是欣慰。

"辛苦刘叔这么晚还把他送回来。"君时陵冲着刘叔微微点头。

"小少爷想少爷和夫人了,老爷子怕他哭,就让我送小少爷回来,既然安全送到了,那我就先回去了。"

"刘叔慢走。"

刘叔告别了君时陵和夏挽沉,上了车往回走,临走前看了一眼玫瑰花海里的三个人,眼中满是欣慰。他迫不及待地想要回去把好消息告诉老爷子,老爷子肯定会高兴的。

庄园虽然隐蔽,但并不是什么禁区。

往日里从这里经过的人很少,知道这里是君家庄园的人,反而更加谨慎一些,都会小心翼翼地避开这里。但那些偶尔迷了路,误入草木深处的人,会在柳暗花明之处蓦然撞见一片人间仙境。

巍峨壮丽的城堡,宛若仙境的世外桃源,最让人惊讶的是那让人看不到尽头的玫瑰花海,如同幻梦一般。

误入的行人狠狠地掐了一把自己的脸,真实地感受到了疼,这才确认自己并不是在梦中,连忙拿起手机拍照,然后站在城堡外惊叹地看了好一会儿,才沿着原路返回去。

"刚刚闯入的人拍了照片,需要将人拦截下来并处理掉照片吗?"君时陵吃完早饭,刚踏出门,王伯便走上前询问。

城堡周围有极其严密的安保系统,误入的人在庄园的千米之外就已经被锁定了。

"不用,没什么好遮掩的。"

"好的。"得到了君时陵的首肯,王伯便向下传达命令,解除了对闯入之人的锁定,任由他带着照片回到 D 市的闹市之中。

今天的 D 市有一些奇怪,有些人想给自己的女朋友买束玫瑰花,走了三四家花店却都被告知已经卖完,下一批补货要明天才会到。

大家纷纷发朋友圈、发微博吐槽这件事，却发现全城的人今天都没买到玫瑰。

大家不由得发出灵魂拷问，D市的玫瑰花都去哪儿了？

"我特地去问了我开花店的小姨，据说是一位神秘的大老板买下了全城的花。"

"目瞪口呆，大老板真会玩。"

"买下全城的玫瑰花送人，实在是太浪漫了吧。"

"这么多花都去哪儿了啊？总不可能悄无声息地被送走了吧？"

事情到这里，大家调侃一番也就过了，毕竟玫瑰花并不是什么生活必需品，没了它也就是情侣之间缺了点儿浪漫，日子还是能照常过的。

但就在大家逐渐遗忘这件事情的时候，突然有一个博主在自己的微博放出了几张照片。

巍峨壮丽的庄园里，一望无际的玫瑰花海，如同仙境一般梦幻。

有网友无意间看到这条微博的图片，看到那明显的欧式古堡庄园的风格，还有那如同幻境一般的玫瑰花海，心里惊叹道：这不知道是欧洲的哪个地方，有时间一定得去看看。

他正想点个赞之后就划走，没想到突然瞥到这条微博所配的文字，"D市市区内"几个字让网友怀疑自己的眼睛是不是出问题了，连忙点开微博仔细确认，确实说的是D市市区内。

"博主你是认真的吗？这是在D市拍的照片？D市什么时候有这么好看的地方了啊？"

博主很快便回复了："真的，我今天在D市郊外骑行，结果走错了路，穿过一大片树林之后便到了这里，地址就在杏源路尽头。"

虽然网友心里不是特别相信，但见这个博主说得这么认真，便将信将疑地将这条微博转发了。

由于这个网友是个小有名气的旅游博主，拥有近百万的支持者，于是这条微博转发出去后，引起了不少人的注意。

大家将信将疑地再次将图片扩散，最后逐渐引起了大众的注意。

"我怎么不太信啊？我就住在杏源路这边，也没看到过这么漂亮的庄园啊。"

"不信加一,D市市内怎么可能有这么好看的地方?感觉这图片像是假的。"

"该不会是谁看到大家都在讨论玫瑰花,特意弄了个假照片来骗热度吧?"

"散了吧,散了吧,这种虚假新闻没必要给他们增加热度。"

就在网友们逐渐散去的时候,一个演艺圈里十分有名的博主发布了一条微博:"华国首富君时陵一直都居住在D市,但是他极其低调,众人一直都不知道君时陵的住所在哪儿。从网友无意间拍到的照片,以及君时陵此前参与电视台采访时的信息来看,这座藏于D市内的庄园基本可以肯定是君时陵的住所。"

微博下发了几张图片,第一张是从国家地理信息网上截取的卫星图。

从空中俯瞰视角的卫星图能看到,D市五环处有一片缺少公路、铁路和航线信息的真空区,仿佛所有的工程项目都绕开了这个地方一样,而这个地方恰巧就在杏源路的尽头。

第二张截取的是前几年君时陵参与电视台采访的时候,透露自己住在杏源路边的图。

后面的七张图,则全是从那个误闯之人的微博里截取的庄园的图片。

这个大博主可不比那些小博主,加上君时陵的超高热度,这条微博一下子就引爆了网络。

在网友们激烈的讨论下,关于"君时陵的夫人是谁"的话题也逐渐浮了上来。

一船梦 著

星光璀璨的ócios

下 册

青岛出版集团 | 青岛出版社

第六章
琴 艺

有一些看热闹的网友专门开了个帖子分析君时陵的绯闻对象,然而分析来分析去,发现只有一个蹭热度的林萱,而且转眼间就被君时陵澄清了。

"我本来只是抱着凑热闹的心态去查一下君时陵的绯闻对象,万万没想到这个品貌非凡、身家不菲的男人竟然没有绯闻对象!"

"可现在这个男人有了女朋友,而且一掷千金,买下了一座城的玫瑰花送给女朋友。我太羡慕了,已经没法儿保持淡定的心态了,这个帖子要封了,告辞!"

众网友看着这神奇的操作,目瞪口呆。

网络上热闹非凡,庄园里却一片平静。夏挽沅提着毛笔坐在桌前,君时陵在一旁看着。

那日张教授带走了《墨竹图》后,就再没传来消息,夏挽沅自然便认为自己的画没被选上。

哪里想到今天早上她刚起床,就接到张教授的电话。张教授让她再画一幅。

于是等小宝去上学后,夏挽沅便铺了宣纸在桌上作画。

毛笔吸满了墨汁,笔尖如龙蛇在宣纸上肆意游动,没过多久,一幅

《傲雪寒梅图》便被她画好了。

夏挽沉在画上印上带有"原晚夏"三个字的章,然后将画在桌上铺平,等待墨迹自然风干。

"啧啧,真是画得太好了!我老头子实在汗颜,虚受了业界这么多年的赞誉,竟还比不上一个二十来岁的小姑娘。"清大教授办公室里,张教授看着夏挽沉送来的《傲雪寒梅图》,啧啧称奇。

要不是见过夏挽沉画画,他实在不敢相信,如此老到的笔法居然出自一个二十来岁的小姑娘之手。

正在这时,电话铃声响了起来。

"喂,老张啊,那位神秘画家的画你要到没有啊?可不能一个人藏着啊,也带过来让我们一起看看嘛。"书画协会的李铅大师自从上回看到张教授带过去的《墨竹图》后,就一直把那幅画当作宝贝,得知张教授又找原晚夏求了一幅画,按捺不住心里的激动,连忙给张教授打了电话。

"哎呀,李会长,你的消息可真灵通,我刚拿到画,你就知道了。放心,我明天去协会的时候就把画带过去。"

挂了电话,张教授又细细地看了一遍画,发现了不少第一遍看的时候没注意到的细节,心中越发被夏挽沉的才能折服。

李铅是国内书画界的泰斗,又是书画协会的会长,有了李铅的肯定,夏挽沉得到书画协会的认定就容易多了。

张教授的爱人在清大就是负责人才引进工作的,如果能引进一个得到书画协会认定的画家,肯定是一桩大业绩。想到爱人开心之后就会对自己喝酒睁一只眼闭一只眼,张教授开心得不行。

从第一幅《桃花图》开始,到被张教授送去书画协会的《墨竹图》,这个署名"原晚夏"的画家逐渐引起了国内书画界的注意。

在那两幅画中隐藏着许多已经失传的画法和笔法,大家纷纷猜想这个大师可能是某位隐藏于民间的高手。

大家翻阅了近些年华国比较有名的画作,都没有找到和这个人的笔锋相似的作品。

由于技艺高超,加上迟迟找不到画师本尊,这个原晚夏身上更增添了几分神秘色彩,短时间内其作品涨到了相对比较高的价格。

有许多人通过各种关系想要买下张教授手里的画。

"又是来买画的?这画不是我的,就算要卖,我也得先征得人家的同意才行啊。"

挂了今天第十个来买画的电话,张教授给夏挽沅打了个电话,将情况说明了一下,询问夏挽沅的意见。

"那幅《墨竹图》送给您,谢谢您喜欢我的画。其他的画,就请您帮忙卖出去吧。"夏挽沅道。

夏挽沅大概知道张教授为难的点在哪里。华国的文人有些是有自己的风骨的,不愿意让自己的画作与金钱沾上关系,认为这是玷污了自己的作品的纯洁性。张教授担心夏挽沅也有这样的想法,因而面对别人来买画显得格外为难。

但夏挽沅没有那么多的顾虑,既然有人喜欢她的画,还愿意花钱买,她没什么不乐意的。

"小夏你太客气了。那就这么说定了,到时候画卖出去,我再跟你说价格。"听到夏挽沅说要将《墨竹图》送给自己,张教授本来想客套一下的,但又怕一客套这画就真没了,干脆满心欢喜地答应下来。

挂了电话,张教授便开始张罗卖画的事情。

网络热度向来是一阵儿一阵儿的,前几天大家还在讨论的事情,可能三天后就销声匿迹了。

前段时间夏挽沅以一首琴曲征服直播间网友的事情引起了很大的轰动,但几天过后,某最佳男演员出轨的事情就吸引了全网的视线,夏挽沅的事渐渐地被大家遗忘了。

不过这两天,这件事又被人提起。

这些年,随着华国经济的飞速发展,人们在物质方面得到了极大的满足,开始追求起精神方面的东西来。

华国历史悠久,有着独特的文化底蕴,加上这几年国家大力扶持传统文化发展，逐渐开始有一些传统艺术家利用微博宣传自己的作品，来和大众交流。

当初夏挽沅的直播视频流传出来后，就有一个微博认证为国家古琴协会会员的名叫郭天的艺术家，转发了夏挽沅的视频。

跟其他人对夏挽沅清脆悠扬的歌声以及优美的歌词的夸赞不同，这位艺术家先是极力夸赞视频中古琴曲子的优美和运用的技艺，然后话锋一转："我弹古琴近四十年，可以说这是我听过的曲子当中最好听的一首。这其中运用的各种技巧，我都不能完全驾驭，视频里这个不过二十来岁的小姑娘怎么可能有这么深厚的艺术底蕴和如此高超的技艺？她手上连个茧子都没有，却来冒充古琴高手！现在的年轻人真是越来越浮躁了，可惜了那把凤溪琴，平白沾染上铜臭味。"

这位艺术家的粉丝并不是很多，平时他也很少发微博，因而他的言论当时在网上并没有掀起多大的波澜。

但对家粉丝可能比自家粉丝还要关注偶像的动向，比如阮莹玉的粉丝经常会搜一搜夏挽沅的新闻，看看她又有什么新的负面新闻。

偶然间，一名阮莹玉的粉丝看到了这条微博，将它分享到了粉丝群里。众多粉丝拥到这条微博下，使它的热度逐渐升了起来。

由于古琴协会代表的是古琴界，受到这样的批评，对艺人的形象伤害是巨大的。陈匀看到这个消息后，连忙与夏挽沅联系，询问她的意见。

"明明就是那个所谓的艺术家信口雌黄，结果网友们还跟着起哄！刚刚公司领导还给我打了电话！你说这事要怎么解决啊？"

以前不管出了什么事，陈匀都不会找夏挽沅，一来是她不会管，二来是问她也没用。但不知从什么时候起，遇到事情之后，陈匀会下意识地询问夏挽沅的想法，仿佛寻求主心骨一般。

"我等会儿上微博看看，先不用着急。"

挂了电话后，夏挽沅打开了常年不用的微博，随便点开一条关于她的评论，就找到了郭天发的那条微博。

夏挽沅只有二十来岁。她所弹的琴曲，在任何一个人看来都不会是一个二十来岁的小姑娘弹得出来的，郭天不信倒也正常。

夏挽沅不在意地往上滑了一下，就看见郭天发的他自己的曲子的付费购买链接，这链接和下面批判夏挽沅让凤溪琴沾染上铜臭味的言论形成了鲜明的对比。

夏挽沅眉尖微挑——她本来是不打算跟这位艺术家计较的，毕竟从某种意义上来说，他的话没问题，但是他靠评论她引来热度，然后借势售卖自己的作品这种操作，实在令人不齿。

夏挽沅正要给陈匀回个电话，却意外地收到来自沈骞的电话。

沈骞是个极有能力的人，如果不是有什么事的话，是不会打电话给她的。夏挽沅思索着是不是夏家公司出了问题。

"喂。"

"喂，夏董，资金链出了点儿问题。"沈骞有些为难。

"具体是什么问题？"

"您给的5000万元已经到账了，但是当时跟华宣基金商定好的2000万元还没到位。我尽力去谈了，可宣总那边传来消息，要您亲自过去谈。"

沈骞用了各种手段也不能撬动华宣基金那边的人分毫，对方指名要夏挽沅去谈。沈骞实在没办法，只能来找夏挽沅。

"知道了，你先把其他工作做好，这件事情我来解决。"

对宣升这个人，夏挽沅有点儿看不透——他实在太过多变。上回在夏家公司双方已经签好合同，如今他却刁难起来。

"本少爷什么时候让你换代言人了？"盛世集团的办公室里，宣升身着黑色亮片衬衫，扣子只系到胸前，慵懒地靠在椅背上，手指不时地敲着桌子。

那本来细小的声音在这安静的办公室里却极有存在感，一声接一声，把办公桌前站着的刘经理吓得冷汗直冒。

他一个子公司负责人，今天突然接到集团总部的电话，来的路上忐忑不安，想起那个夏挽沅的事，心想莫不是总部又后悔了？

他来了之后，被秘书直接往盛世集团太子爷宣升面前一带，只觉得自己整个人生都不美好了。

"少爷,是……是这样的。我当初问过总部的人,他们跟我说按常规选拔代言人,所以我就……"听到宣升质问的语气,刘经理心里暗想"坏了,这回换代言人怕是换出问题了",因而回答的时候声音都是颤抖的。

"呵。"宣升突然轻笑一声。

刘经理抬头,正对上宣升那双不带任何笑意的桃花眼,心里不禁一寒。

"按常规选拔?你就选拔出那样一个人?"

"我知道错了,少爷,我回去后立马让他们跟阮莹玉退了合同。"刘经理紧张地握着手,想着自己的职业生涯今天怕是要断送了。

"不用了,给她吧。至于你,无能,走人吧。"

宣升觉得,那个叫什么玉的也算是让自己认识了夏挽沅,那个合同就当送她的回礼吧。

"是,少爷。"刘经理早预料到会被辞退,一直忐忑得不行,此刻听宣升说完,倒觉得心里的石头落下了。

"少爷,夏小姐到了。"助理敲门进来,跟宣升通报。

"走。"说着,宣升便起身带着助理离开了。

刘经理默默地擦了把额头上的汗,也跟着离开了办公室。

夏挽沅被秘书带进了宣升的私人办公室后,摘下了墨镜和口罩。

跟宣升表现出来的邪魅、肆意不同,他的办公室装饰风格并不浮夸,而是处处显出低调的奢华。

夏挽沅坐到沙发上,前面的桌子上摆着棋盘。她认真地看了两眼,发现那是一个残局。

"夏小姐。"宣升推开办公室的门,便看到一张清丽、精致的侧脸,眼中闪过亮色。

"宣总。"夏挽沅站起身。虽然上次宣升的调笑让她不悦,但是对待夏家公司的投资人,夏挽沅还是表现得有礼有节。

"啧,夏小姐这是跟我见外了,叫我宣升就行了。"宣升走到夏挽沅对面坐下,伸了伸手,示意夏挽沅也坐下。

"合同已经签过了,宣总是要反悔吗?"夏挽沅跟宣升并不熟,不想直接叫他的名字。

"当然不是。"宣升起身倒了一杯茶推到夏挽沅面前,"夏小姐有没有听说过一句古话?"

夏挽沅微挑眉头,示意宣升继续说。

"一日不见,如隔三秋。"宣升坐回沙发上,歪了歪头,黑色的耳钉隐隐透着些魅惑,多情的桃花眼中含着笑意,"距离上次与夏小姐分别已经很久了,甚是想念,夏小姐如此难请,我只能出此下策了。"

其实宣升没想到夏挽沅真的会来,毕竟2000万元的投资对于君时陵而言就是动动手指的事情,只要夏挽沅跟君时陵说了,根本不用来找他谈投资。

结果夏挽沅来了。看来两个人的关系也没有他想象的那么亲密嘛。

"哦。"夏挽沅面色如常,甚至十分淡定地喝了口手里端着的茶。

宣升想过无数种夏挽沅可能的反应,唯独没想到这一种。

看着夏挽沅淡然的样子,宣升只觉得十分有意思,不由得笑容满面,道:"夏小姐,你平日里就是这样对待你的仰慕者吗?"

"没人仰慕我。"夏挽沅咽下一口茶,回味了一下,觉得这茶很不错,"你这个茶叫什么名字?"

"回风飘雪。你喜欢的话,我送你一些。"

"那倒不用,我就是问问。"

被夏挽沅这么一打岔,宣升刚刚刻意营造的旖旎气氛全没了。看了一眼淡定地喝茶的夏挽沅,宣升也不知道她是有意的还是无意的。

"我并非有意刁难,而是当初跟你的父亲签订合同的时候,有一个条款是有争议的,现在夏家换了董事长,这个条款自然要重新商议。"宣升拉了拉领口,严肃起来,和夏挽沅说起了正事。

"哪一条?是理事会第二十条,还是出资第三十条?或者是二十号文件的最后一条?"夏挽沅回想了一下合同里的内容,说出了几个她看完合同后觉得存在争议的条款。

随着夏挽沅一个接一个地报出条款所在的位置,宣升的眼睛越发明亮。夏挽沅所说的这几个条款,都是盛世集团的投资部在进行了多方检查、核实后查出来有问题的,现在夏挽沅居然能不假思索地指出来,实在是出乎他的意料。

"合同等会儿再谈。"刚刚还谈着正事的宣升突然拉过棋盘,"夏小姐,来一局?"

没等夏挽沅说话,宣升已经将一枚黑子落在了棋盘中间。

夏挽沅看了一眼棋局,伸手拿出一枚白子,围堵黑子的去路。

宣升勾起嘴角,再落一子。

来来往往几十个回合,无论宣升如何布局,都突破不了夏挽沅的围堵。

"厉害,我看这局要变成平局了。"又一次突围失败后,宣升赞赏地看了一眼夏挽沅。

"平局?"夏挽沅轻声笑了,"我可还没进攻过。"

宣升因夏挽沅的笑容出了神,等反应过来夏挽沅话里的意思,再去看棋盘时,黑子已经被杀得溃不成军。

"挺像。"宣升丢了手里剩下的黑子,起身往办公桌那边走。

等到拿完合同重新坐回沙发上,宣升也没等到夏挽沅问他"像什么"。宣升只得自己开了口:"你都不问问我说的'挺像'是什么意思吗?"

"不问,总归是我不想听的话。"几次接触下来,夏挽沅对宣升那张嘴能说出什么好话实在不抱希望。

"哈哈!夏小姐,你真是太有意思了。"宣升将合同摆到夏挽沅面前,"刚刚我想说,那溃败的棋局跟我遇到夏小姐后丢盔弃甲的场面是一样的。"

"果然是我不想听的话。"夏挽沅一边看合同,一边头也不抬地说了一句。

宣升嘴角上扬,不再多说,拿过合同与夏挽沅谈起争议条款来。

"老郭啊,人家小姑娘也不容易,你这样是不是有点儿过分了啊?"眼看郭天发布的微博在网络上引起的争议越来越大,而郭天在办公室里又在编辑新的微博,有些同事看不下去了,出言相劝。

"老李,你怕不是眼红我的琴曲卖钱了吧?本来那种琴音就不是夏挽沅能弹出来的，我只是实话实说罢了。"

说着话，郭天又发了一条微博。

"唉，咱们吃古琴这碗饭的，一辈子清贫惯了，我用得着眼红你吗？"本来是好心相劝，哪儿想到被说成是忌妒，老李也懒得再跟郭天多说了。

平日在协会里，郭天就喜欢仗着自己资历老排挤同事、打压后辈。

这些年来，传统文化没落得越来越厉害，弹古琴的人大多是凭着一股热爱和信念继续坚守在这一行。结果在这方净土里，郭天整日搞拉帮结派、争名夺利那一套，大家心里都对他不满。

"好了，那就这么说定了，明日投资款项就可以到位。"

将近一个小时后，夏挽沅终于和宣升就合同相关事宜敲定了最后的结果。

宣升这个人平时说话不正经，但你真正和他打交道的时候，就会感觉到他思维缜密，一不小心就会落到他的陷阱里。

在夏挽沅暗自心惊的同时，宣升也几乎再一次刷新了对夏挽沅的认知。

上一次有沈骞在场，有些问题是沈骞从旁协助她解决的。而这一次，夏挽沅单枪匹马过来，跟他在每一个细节上的谈判都彰显着她的能力。

宣升可是在华尔街跟各领域的精英打过交道的人，他真心觉得，比起那些精英，夏挽沅的能力只高不低。

"夏小姐，或许金丝雀可以离开笼子，到更广阔的天地去呢？"谈完合同，眼看夏挽沅要离开，宣升突然说了一句没头没脑的话。

夏挽沅顿住脚步，回头看向宣升："飞向再广阔的天地，金丝雀也只是金丝雀，变不成雄鹰。而且我不是金丝雀，宣总也不是广阔的天地。"

说完，夏挽沅便离开了宣升的办公室。

听了夏挽沅的话，宣升沉思了一会儿，半响，嘴角微勾，桃花眼中重新染上笑意："雄鹰？哈哈，爪子还挺锋利的。"

自从郭天发布的那条微博被转载后,网友们义愤填膺地去创星娱乐公司的官方微博下面讨要说法。

而公司和夏挽沅这边的沉默,就像是印证了郭天的话一样。

见夏挽沅这边毫无回应,加上这两天付费琴曲销量攀升,郭天尝到了甜头,想让这把火烧得再旺一点儿。

于是,在网友们的热情逐渐冷却之时,郭天又发了一条微博。

郭天:"我这两天一直在关注夏挽沅方的回应。作为古琴界的老人,我原本不该多管闲事,但实在不想看到纯洁的艺术被人拿来弄虚作假。既然夏挽沅方一直没有给大众一个交代,今天我在这里代表大众向夏挽沅提出挑战。由所有网友做个见证,你我比试琴艺。若是你输了,便给所有人道歉;若是我输了,我愿意从此退出古琴界。"

郭天直接喊话夏挽沅,所以大家都在等夏挽沅的回应。

他们本以为夏挽沅会像前两天一样沉默,哪儿想到这次夏挽沅迅速做出了回应。

郭天发完微博没几分钟,夏挽沅便转发了郭天的微博,然后说了一句"可以"。

郭天看到夏挽沅的回应,心中窃喜夏挽沅的不自量力。

郭天:"两天后古琴协会将在D市大剧院举行音乐会,届时期待夏挽沅的到来。"

平常古琴协会举办音乐会,来的人还坐不满一排,这回由于郭天和夏挽沅的约战,音乐会的门票价格比往常足足翻了五倍,还一票难求。

"哎哟,好挤啊,今天怎么这么多人?"

这些年来传统文化逐渐衰落,很多年轻人不喜欢看这些老艺术,因而古琴协会每次举办音乐会,都是那几个上了年纪的老粉丝去看。这回他们一如既往地来到剧院,却发现现场人山人海。

"都是来看音乐会的啊。"

听到旁人的回复,这些老粉丝感到纳闷儿:没听说古琴协会有这么火啊!不是说后继无人了吗?今天怎么突然有这么多人来看?

剧院外面,闻风而动的记者已经早早地守着。他们甚至连新闻标题都想好了:"震惊!老艺术家竟与女艺人当众……"

剧院后台,看着剧院里人山人海的场面,郭天得意地喝了口茶,甚至悠闲地唱起了小曲儿。

古琴协会的其他人却觉得脸上挂不住:本来他们好好弹琴,举办音乐会,吸引的都是一些懂琴、爱琴的人,这是演奏者和听者之间的交流。现在被郭天这么一弄,倒显得他们古琴协会是蹭热度来提高自己的门票销量一样。更何况郭天也算是国内知名的古琴大师,这样和一个小姑娘较真儿,说出去实在是让人不齿。

郭天和夏挽沉的琴艺比拼确定后,当即有很多直播网站来向郭天要授权,想要全程直播,毕竟音乐会的场地有限,很多网友没有办法亲自到现场。

最终郭天选择了出价最高的一家小网站。

剧院内,人员基本已经入座,鉴于夏挽沉还没来,古琴协会便先开始演奏自己的曲目。

暗淡的灯光下,剧院内变得安静,悠扬的琴声响起。

众人在直播间一边骂服务器不行,一边等夏挽沉出现,哪儿想到古琴协会的人弹了一曲又一曲,都快把音乐会的曲目演奏完了,夏挽沉也没来。

郭天轻蔑地一笑,一曲终了,拿过一旁的话筒,面向镜头:"音乐会即将结束,看来夏小友今天是不准备来了,那这个赌注……"

郭天的话还没说完,剧院的门突然被打开。

摄像师连忙把镜头移到门口,只见一袭长裙的夏挽沉静静地站在门口,如一株清荷亭亭玉立。

"不好意思,让大家久等了。"夏挽沉薄唇轻启。

"夏小友来了就好,我还以为夏小友不准备来了呢。"郭天放下手中的话筒,有些嘲弄地看了夏挽沉一眼。

"我不来,这场比试不就没人赢了?"夏挽沉踩着高跟鞋,一步一步地往舞台走去,仪态万千,不卑不亢。

"哈哈,那我倒要向夏小友讨教一番了。"听到夏挽沉的话,郭天仿佛听到了什么不可思议的笑话一般,眼中满是嘲讽之色。

"怎么比？"夏挽沉懒得跟郭天这种虚伪的人多费口舌。

"既然是比试琴艺，那就演奏相同的曲目。"郭天说到这儿，有些艳羡又有些鄙夷地看了夏挽沉一眼，"夏小友带凤溪琴过来了吗？"

夏挽沉随意找了个位置坐下："没带。不用凤溪琴，就用你这里的琴吧。"

"那怎么好意思？这要是说出去，别人还以为我郭天欺负你一个小姑娘呢。"郭天心里窃喜，嘴上却各种推托。

夏挽沉选的琴是伴奏人员用的普通的古琴，跟他手里这把花了几十万元买的琴可不一样，这样夏挽沉就是有通天的本领，也不能赢了比试吧？

"弹你的琴，怎么那么多虚伪的话？！"夏挽沉轻轻拨弄着琴弦，看都没看郭天一眼，说出的话却直指郭天的要害。

"哼，那老夫就不客气了。"听到夏挽沉丝毫不给面子的话，郭天也懒得再跟她啰唆，直接坐到了自己的椅子上。

他将手轻放在琴弦上，轻轻一带，悠扬的琴声就响了起来。

夏挽沉静静地听了一会儿，嘴角撇了撇：这人水平实在不咋样，如果是在以前，可能会被她的老师骂到退出古琴界吧。

郭天弹完第一段，示意夏挽沉跟上自己的节奏。

夏挽沉嘴角微勾，食指轻轻拨弄了一下。

剧院里懂琴的人瞬间汗毛直立。

同样的曲子弹出来之后差别能有多大，取决于弹琴之人对于拨弦力度的掌握程度有多精准。

曲调中的高昂之音，其实相较于低音要更好弹一些，低音在弹奏的时候需要压制力度，而当力度被压制到一定程度时，琴音就会变得十分平缓，没有起伏。

因而对于很多懂琴之人来说，判断一个人的琴艺高低，就是看他对低音的控制能力。

郭天刚刚弹的是一首很有名的古琴曲——《鹊桥仙》的后半段。

这首《鹊桥仙》的弹奏难度在古琴曲里算是中等。郭天一直没把夏挽沉放在眼里，因而随手弹了一首难度不高的曲子，在他看来赢夏挽沉实在太简单了。

弹完一段后优哉游哉地等着看夏挽沅出丑的郭天,从夏挽沅弹出第一个音开始,身体就逐渐僵直了。

一个极其低沉的音符从夏挽沅的指尖流出。这声音虽然轻微,但让人感觉心里一颤。

在场的观众大多不懂古琴,但也能从这轻微的声音中体会到几分山雨欲来的压迫感。

《鹊桥仙》的第一小段讲述了天庭察觉仙子私自下凡,派遣天兵天将前往凡间捉拿仙子回去的故事。

夏挽沅轻轻拨动着琴弦,流畅的音符一个接一个地跳跃而出。

明明跟郭天弹奏的是同样的曲目,但夏挽沅能够将众人带入一种真实的场景中。

随着琴音越来越密集,间或夹杂着风雨呼啸的狂乱之音,人们仿佛听到天际惊雷翻滚、看到云层涌动。

夏挽沅将琴音压得极低,使得整个D市大剧院内笼罩着一股低沉的气氛,让人有些喘不过气来。

慢慢地,琴音开始变得高昂,雷雨交加,世界开始被撕裂,人们仿佛看到那一对苦命的有情人被天兵天将强行分开。

爱人近在咫尺,却仿佛远在天涯。

夏挽沅拨动琴弦的手加快,嘈嘈切切,银瓶乍破,惊雷顿起。

爱人被押送着远去,徒留自己一人在地面遥望漫天大雨,铺天盖地的忧伤从夏挽沅手中流泻出来,逐渐感染了剧院中的每一个人。

那样悲切的情绪缠绕在琴音之上,由耳入心。

虽说观众大多不懂琴曲,但有着共情的能力。郭天弹奏的琴曲听起来优美,但不懂古琴的普通人并不能听懂其中的门道。而夏挽沅弹奏的琴曲实实在在地将情感灌注到琴音之中,仿佛在众人心中上演了一出跌宕起伏的悲剧。

一段曲子完毕,剧院里有人鼓起了掌。

随后鼓掌的人越来越多,过了很长时间,掌声才逐渐平息。

郭天不可思议地看着夏挽沅:怎么可能?以情带声,连顶级的大师都不一定能做到,夏挽沅一个小姑娘怎么达得到?

不仅郭天,古琴协会的其他人也被震惊到了,特别是协会会长。此刻协会会长双眼发亮,激动地看着夏挽沅,仿佛看到了古琴界的明天一般。

"继续啊郭大师,还有最后一段呢。"郭天愣了太久,夏挽沅不由得出言提醒了一句。

台上,郭天看着一袭长裙、淡然而坐的夏挽沅,心中突然有些虚。

同事和观众的眼神都有些怪异,郭天定了定神,认真起来。

"刚才我没有认真弹,现在请夏小友跟上吧。"郭天说着就拨动起琴弦,相比刚才确实认真了许多。

几乎在郭天起势的瞬间,夏挽沅也拨动琴弦跟上了他。

曲子的后半段相比前面的旋律要轻松一些,此时的牛郎在众人的帮助下求得了天庭的允许,能够每年和织女在鹊桥相见一次。

郭天为了炫技特意在很多地方改变了音调,但夏挽沅的琴音一直紧紧地跟在他的后面,甩都甩不掉。

虽说是同样的音调和节奏,但众人能明显地听出两种声音。

郭天的曲子弹得很好,技艺纯熟,琴音流畅,不愧是国家古琴协会的会员。

出乎众人意料的是,夏挽沅的琴音一直紧紧地跟着郭天,无论郭天如何炫技,如何改变音调,夏挽沅的琴音都没有任何停顿,流畅而自然。

随着时间的推进,牛郎终于迎来了和织女的第一次鹊桥见面。天上的银河是他们的陪衬,全天下的喜鹊扇动着翅膀而来,为他们搭建起一座长桥。

此时两个人的琴音都逐渐变得轻快。郭天按照曲谱的节奏来,琴音流畅,但少了几分真情。而夏挽沅的琴音能让人感受到庆幸、感激、喜悦、不舍等一系列复杂的情绪,仿佛众人成了故事中的主人公,经历着他们起伏的人生一样。

一曲终了,郭天的面色很不好看。

他本以为夏挽沅直播时的演奏是弄虚作假的,但从刚刚的琴艺来看，夏挽沅还真有几分本事。

"夏小友确实不错，现在我相信夏小友的琴曲都是自己作的了，相信网友们也都相信了。"郭天收敛起眼中的情绪，面上挂着微笑，丝毫不提输赢的事，而是摆出一副长辈的姿态。

"那么，是谁赢了？"夏挽沅将手从琴弦上收回，冷冷地看向郭天。

那带着些凉意的眼神让郭天心里一寒。

"夏小友能跟上我的节奏，说明是有真才实学的，年轻人能达到这种程度真是不错。这场比试就算平局吧，我也算古琴界的老人了，再比下去，岂不是让人说我不给年轻人成长的空间？哈哈。"郭天脸色不太好，但面对剧院里的观众和直播间的摄像头，忍了下来。

刚刚听到夏挽沅的琴音，他就知道夏挽沅的技术应该不比他差，若是再比下去，恐怕大家都要看他的笑话。但他又不能承认自己输了，毕竟当初他可是放出话用自己的职业生涯做赌注的。因而他只能以前辈的身份自居，希望夏挽沅能够识时务一些，给双方都留个台阶下。

"下一轮我先弹，你来跟。"夏挽沅完全无视了郭天的目光，红唇轻启。

郭天的心凉了半截。

听了夏挽沅的话，坐在观众席的人开始骚动起来。

夏挽沅能跟上郭天的节奏，说明夏挽沅是有实力的，但若说夏挽沅的技艺比郭天好的话，就太过了，毕竟郭天成名已久，而夏挽沅不过二十来岁。大家都有些怀疑。

夏挽沅没管众人的质疑，将双手置于琴上，看着郭天说了一句："请。"

郭天骑虎难下，只得坐回位子上。

剧院的灯光暗了下来，只剩两束光打在夏挽沅和郭天身上。

一声高昂的琴音划破黑暗，让人心里一颤。

接着夏挽沅十指翻飞，沉郁顿挫的战音响起，千军万马踏着硝烟而来。

随着战事开启，琴音越发急速，夏挽沅弹琴的手已经几乎看不到，只见一片残影。

一开始郭天还勉强能跟上夏挽沅的节奏，但从夏挽沅加快速度开始，郭天就明显觉得力不从心了。

夏挽沅弹琴的速度太快，节奏太过强烈，郭天脸上出了些汗，极力想要跟上夏挽沅的曲调。而这导致的结果是，郭天的曲调勉强跟上了，气势却一点儿没跟上来。

夏挽沅的琴曲如同战场上催动千军万马的战歌，激起每个人心中的热血。而郭天的琴声磕磕绊绊，像是被打得溃败的残兵败将一般。

一曲完毕，不需要任何言语，所有人心里都知道谁赢谁输。

"希望郭大师遵守自己的诺言。"夏挽沅微微一笑，然后便起身离开。

古琴协会会长一直陶醉在琴音中，等反应过来，夏挽沅已经走远了。

台上，郭天愤懑地看着夏挽沅的背影，面红耳赤。

会长蔡勤走上舞台，对观众鞠了个躬："谢谢大家前来支持音乐会。既然协会的人员与人定下了赌注，那么理当遵守诺言，此后，郭天从古琴协会除名。"

听到蔡勤的话，郭天猛地抬起头，眼中闪动着火焰。但话是自己放出去的，如今说什么也没用，他只得黯然离场。

原本这场比赛在众人眼中就是毫无悬念的，所以当"夏挽沅和郭天PK（切磋）琴技"的话题出现在微博话题榜上时，大家心里风平浪静——谁赢谁输实在是一目了然的事情。

也有网友抱着看热闹的心态点开微博话题榜，然后目瞪口呆。

但很快，关于夏挽沅和郭天比试的视频就被人发布到微博上。一段三分钟的视频，经过剪辑，镜头对准了两个人的手。为了防止网友挑刺儿，视频博主还专门备注了"原倍速"字样。

也有人对夏挽沅弹的曲子表示好奇，跑去音乐软件搜了一下，结果却显示"您搜索的乐曲不存在"。

于是大家心中有了一个奇妙的猜想：莫非夏挽沅弹的所有曲子都是她自己创作的？

这几次热度，不仅让网友看到了夏挽沉的能力，也让陈匀看到了夏挽沉身上巨大的能量。

陈匀心想，既然夏挽沉能弹、能唱还能自己作词，或许可以让夏挽沉出个专辑。

陈匀说干就干，但仅凭他自己肯定是办不成这件事的。

于是陈匀给公司打了个电话，说了一下如今夏挽沉在网上的热度很高，加上夏挽沉又能写会唱，想向公司申请为夏挽沉打造个人专辑。

向来不好说话的王总，这回居然很爽快地答应了下来："不过小陈啊，你也知道，出专辑还是得先审核一遍才行，到时候你先把词曲拿过来让我看一遍，公司再决定要不要出。"

"好的王总。"陈匀心里有点儿疑惑，但语气如常地跟王总聊完，才挂了电话。

没过多久，陈匀突然想起一件事，拿起手机看了下备忘录，一拍脑袋："哎呀，忘了件大事！"

这些日子陈匀一直在关注郭天的事情，都忘了马上就是《长歌行》电视剧的宣传和发行阶段了。

华国有一家西瓜电视台，将综艺娱乐节目做得极为出色，拥有庞大的收视群体。每一期节目，节目组都会邀请一些当红艺人前去助阵，久而久之，很多待播的电视剧、电影剧组，在作品投放市场之前，会跟西瓜电视台约好综艺，提前向观众宣传一下作品。

杨导演和西瓜电视台的热门综艺《开心大世界》的主持人是好友，这回也是沾了杨导演的光，为《长歌行》争取到一期综艺的机会。

陈匀一看日期，心里一惊——明天就是录制节目的时间，他还没有通知夏挽沉。

陈匀连忙给夏挽沉打电话，通知她这件事情。

夏挽沉倒是看过电视上播放的那些综艺，觉得综艺上大家都还挺自然的，聊聊天儿、玩玩游戏就行了，因而并没有多紧张。

陈匀却操心得不行，生怕明天出什么岔子。

上次给夏挽沉发了邀请吃饭的消息，石沉大海，秦坞觉得自己可能有些冒失了。

这些日子秦坞都没敢再去打扰夏挽沅,只能在网上看着关于她的各种消息。

秦坞对夏挽沅的才能极为折服,又想到在认识她之前听到的那些关于她的不好的传闻,心里对她的怜惜越发重了。

明天就要开始录制综艺,秦坞想着,借这个机会联系夏挽沅,应该不会被她拒绝吧?

于是秦坞在脑海里模拟了一下一会儿要用什么方式开头,要以什么样的语气说话,甚至还想了几种夏挽沅可能会有的反应。

秦坞轻轻地咳嗽了几声,清了下嗓子,才给夏挽沅打电话。

电话铃响了好几声,秦坞想着夏挽沅可能有事手机不在身边,便准备挂电话。

就在这时,电话被接通了。

"喂,挽沅啊,你在忙吗?"

电话那头,君时陵听见这带着些兴奋的声音,渐渐地皱起了眉头。

夏挽沅去楼上洗澡了,手机在一楼的桌子上。刚刚听到手机一直响,君时陵就过来看一下,结果看到了手机上备注的"秦坞"两个字。

想起上次秦坞邀请夏挽沅去吃甜品的微信消息,君时陵随即按下了接听键。

"挽沅?你在听吗?"秦坞疑惑地追问了一句。

秦坞把手机拿到面前看了一眼,确定有信号,不由得疑惑:为什么电话被接通了,却没人说话?

"她在洗澡,你有什么事吗?"

低沉的男声从手机里传过来,秦坞一愣。

"这是夏挽沅的手机吗?"秦坞抱着最后一丝侥幸问了一句。

"嗯。"

这仅仅一个字就击垮了秦坞的心理防线。

"不好意思啊,我是她的同事,不知道……我就是提醒她明天录综艺不要迟到,无意打扰,再见。"秦坞说完,便直接挂了电话。

第二天吃早饭的时候,夏挽沅正在喝汤,身边的君时陵仿佛突然想起什么一样:"昨天你洗澡的时候我帮你接了个电话,好像是你的同事,姓秦,提醒你今天录综艺不要迟到。"

"哦,好的。"

君时陵说话时一直注意着夏挽沅的脸色,见自己提到秦坞时夏挽沅没什么情绪波动,放心地夹走了桌上最后一个奶黄包。

君时陵无视小宝控诉的眼神,将奶黄包放进了夏挽沅的碗里。

本来气鼓鼓的小宝看到奶黄包进了夏挽沅的碗,才没有再计较。

西瓜电视台后台,众人正忙着准备接下来的综艺录制。

"请问化妆间在哪里?"陈匀拉住一个工作人员问道。

"尽头处左拐。"

"好的。"

陈匀带着夏挽沅走进化妆间,里面只有阮莹玉一行人。

《长歌行》本身是一部男性向小说,里面只有两个主要的女性角色,因而参与其改编的电视剧宣传的演员名单里女演员也只有夏挽沅和阮莹玉。

此时阮莹玉周围站了一圈人,化妆的、做头发的、修理指甲的、搭配衣服的,个个忙着为阮莹玉服务。

见夏挽沅走进来,阮莹玉从镜子里看了一眼,眼中闪过忌妒之色。

陈匀让夏挽沅坐到椅子上。两个人等了一会儿,还是没有化妆师来给夏挽沅化妆。

陈匀道:"时间就快到了,你们过来个人给我们化妆啊。"

上舞台不同于平时,是需要专业的化妆师、服装搭配师根据综艺的主题情况,对应着设计艺人的形象的。

"那边有衣服,你们先挑一件试着,等我们忙完这边就给你们化。"阮莹玉身边一个妆容精致的男子一边给阮莹玉画眉,一边头也不回地敷衍陈匀。

"那我们先看衣服吧。"陈匀将一旁的衣架移过来。

这一看,陈匀皱起浓眉——上面挂着的衣服在他这个大男人看来都又土又丑。

陈匀随便扒拉了一下，架子上的衣服要么短到包臀，要么就长到拖地，而长度符合的裙子款式极其老气。

他再看阮莹玉那边的衣架，上面的衣服都是相当漂亮的。

在演艺圈，大家都是利益争夺的关系，更何况夏挽沅和阮莹玉还是同一部戏里两个主要的女演员，所以阮莹玉针对夏挽沅不是一两回了。

很明显，这些衣服被阮莹玉那边的人特意换过。

化妆师全被阮莹玉占着，衣服也分配得不好，但现在也没有别的办法。夏挽沅今日穿的一身短裙好看是好看，但终究不太符合综艺录制的舞台。

陈匀绞尽脑汁，想着现在去外面的化妆间找个人过来行不行，但是衣服又是个大问题。

正在这时，夏挽沅的手机响了。

"喂？好的。"夏挽沅接起电话，就说了短短几个字，便挂了电话，示意陈匀跟她一起出去。

化妆间里，看着夏挽沅出了门，阮莹玉得逞地笑了笑。

阮莹玉早就查过地图，西瓜电视台方圆五里之内是没有什么大型化妆工作室的。以D市的堵车程度，夏挽沅要是去远一点儿的地方化妆、换衣服，今天肯定就不能按时参加节目录制了。

"哎，咱们不录了吗？这是要去哪里啊？"陈匀被夏挽沅的一番操作搞蒙了。虽然这电视台的化妆师做得确实过分，但他们也没必要直接不录了吧？这个综艺对于夏挽沅提升知名度还是有很大作用的。

"录啊。化妆去。"

"去哪儿？"

都快走出电视台了，陈匀也没搞懂夏挽沅要去哪里。

直到夏挽沅带着他出了电视台的后门，上了路边停着的一辆黑色商务车。

看到商务车里面全套的化妆包以及好几个衣架的服装，陈匀傻眼了。

"夏小姐，您好，我是雅姿市场部经理刘韵。时间紧急，您先挑一套衣服，然后我们的化妆师会过来帮您化妆。"车上一个极为干练的中年女性笑着跟夏挽沅和陈匀打了个招呼,然后便指向一旁的衣架,示意夏挽沅挑一套衣服。

架子上的衣服都十分漂亮,夏挽沅随手指了一套。

"好的,我们先下车,您换好衣服后叫我们。"刘韵说着关上了所有的车窗,然后带着其他工作人员和陈匀下了车,留下夏挽沅在里面换衣服。

没一会儿,夏挽沅便降下车窗:"我换好了。"

"好的。"刘韵说着便走到前面的一辆车上,叫了个人下来。

陈匀看着从前面的车上下来的人,眼睛都瞪大了。

那标志性的银色长发,前卫的穿着,无一不显示着他就是号称"演艺圈最难请到的金牌造型设计师"——穆风。

穆风此时很不耐烦,带着浓浓的火气。

他是演艺圈所有艺人都想请的鬼才设计师,也是所有人最奈何不得的设计师。因为无论你有多高的地位,多有钱,只要穆风觉得你丑,就坚决不给你化。

曾经有个极其富有的女艺人,愿意以500万元一次的价格请穆风为自己设计要参加的晚会的妆容和服饰,结果被穆风一句"太丑了,5000万元一次我也不化"噎得哑口无言。

全演艺圈的艺人都请不动他,更别说区区一个夏挽沅了。

穆风昨晚玩了一夜回到家刚睡了不到一个小时,就被私人手机的铃声吵醒了。

向来因为他在演艺圈给艺人化妆而一直跟他生气的老爷子,居然破天荒地让他去帮个忙。

换作其他人,穆风肯定直接以一句"太丑了,不去"堵回去,但老爷子很显然不在"其他人"这个行列里。

于是穆风顶着睡意,带着怒气到了这里——他倒是要看看是哪路神仙扰了他的清梦!

穆风重重地拉开车门,不耐烦地抬起头,正好看到在整理裙摆的夏挽沅。

听见车门打开的声音,夏挽沅抬起头,目光流盼如水波。

穆风只觉得全身的火气都在对方的注视下熄灭了。

随后，就像画家看到缪斯女神再现一样，穆风眼中流露出浓浓的兴趣。

穆风当初毕业后选择进演艺圈做这份老爷子口中上不得台面的工作，就是觉得那种在自己手中诞生美的感觉十分美好。

如今看到夏挽沉，穆风只觉得以前脑海里构想过的所有造型都活了起来。

"你好。"夏挽沉微微低头致意。

"你好。"穆风回了个礼，便迫不及待地拿起一旁的化妆盒，想要看看眼前这个女人能被他塑造成什么样子。

陈匀蹲在马路边，手机都快被西瓜电视台的工作人员打爆了。

上台前是有预演环节的，西瓜电视台的人点了一圈的名，才发现少了个人，连忙跟陈匀联系。

"哎呀，这也不怪我们啊，你们那个化妆师忙得很，我们等了半个小时都没人来给我们化妆，这眼看着要录节目了，我们只能自己出来化妆了。"陈匀脸上带着鄙视的神情，说话的语气却极为积极，"您放心，我们马上就来，肯定不会耽误录制！"

挂了电话，陈匀不由得啐了一口："扒高踩低的东西，现在知道着急了！"

"人呢？人呢？节目马上就要开始录制，这艺人都不知道去哪里了！你们再去给她的经纪人打电话！"

离节目开场只剩5分钟了，其他艺人都已经在候场区，只有夏挽沉还没来。

"电话打通了没有？她去哪里了？再不把她找过来，你们也不用干了！"节目负责人怒气冲冲地道。台里这几个化妆师凭着手里那点儿权力经常扒高踩低，收好处费，这事大家心里都清楚。平日里负责人也就睁一只眼，闭一只眼了，但今天要是因为这个使节目出了什么差错，他一定要好好修理这几个人。

"说是来了。那不是经纪人吗？"工作人员刚拨出电话，就看到陈匀从拐角处走来。

"好，通知各部门……"负责人打开对讲机，正准备通知所有人准备就绪，却突然失了声。

"喂喂喂，王制片，怎么回事啊？你那边怎么没声音了？"对讲机那边的工作人员听了一半话，发现突然没了声音，连忙检查是不是对讲机出了问题。

而后台这边，满屋子的人都停下了自己手里的事情，愣愣地看着从拐角处走来的夏挽沅。

夏挽沅身穿一条薄荷色的齐膝抹胸雪纺裙，抹胸边缘的花瓣形状设计衬得她整个人娇美至极，腰际处的收束显得她的腰不盈一握。

裙子的材质极好，远看上面有着一层淡淡的水光，近看才会发现是嵌在布料上的一层特殊的水云绣，朦胧的花纹透着低调的优雅。

一双玉白的高跟鞋，将本就身材高挑的夏挽沅衬得越发气势逼人。

穆风将夏挽沅的头发绾成了一个花髻，用同色系的水晶簪子簪好。

穆风高超的化妆技术，将夏挽沅五官的每一分美都发挥到了极致。

最厉害的是，穆风根据夏挽沅衣服的风格，在夏挽沅的锁骨处画了一朵淡粉色的牡丹，上面扑了几点荧光。修长的脖颈间戴着一条纤细的项链，项链上有一只由细碎的红宝石嵌成的蝴蝶，随着夏挽沅的走动，蝴蝶好像在不断地亲吻锁骨边的牡丹。衣裙静美，而锁骨处翩飞的蝴蝶灵动，动静结合，让夏挽沅整个人显得灵气十足。

陈匀看着沉默的人们，心里得意：嘿嘿，你们这群没见过世面的。

他完全忘了刚刚夏挽沅下车的时候，自己也是震惊得连手机都没拿住。

"开始了吗？"夏挽沅的声音如清脆的铃声一般打破了一室宁静。

众人这才从惊艳中回过神来。

"在这边，你跟我来。"王制片招了招手，示意夏挽沅跟上他。

在西瓜电视台工作了这么多年，不知见过多少当红艺人，王制片早就对美貌什么的没感觉了，刚刚却实实在在地从夏挽沅身上感受到那种惊艳全场的魅力。

此人必红！王制片以自己多年的行业经验得出这么一个结论。

在这变幻莫测的演艺圈，或许下一个潮头顶端的人就是夏挽沅呢。

当下他对夏挽沉的态度便好了许多。

"好了,都到场了。等主持人开场,你们就出去吧。"王制片领着夏挽沉在指定的位置站好,一回头便看到大家都跟刚才的自己一样愣愣地看着夏挽沉。

秦坞眼神火热,想上去跟夏挽沉套近乎,但想到那通电话,眼神又黯淡下来。

阮莹玉看着夏挽沉那一身衣服和装扮,忌妒得眼中快要冒出火了。

她特意提前两个小时到了电视台,让五六个人围着她折腾了那么久,本以为自己将是全场最靓丽的那个人,但在看到夏挽沉的一瞬间,就知道今晚的聚光灯都会给到谁了。

阮莹玉气得不行:这个夏挽沉为什么每次都能逢凶化吉!明明她把化妆师都抢走了,也把衣服都换掉了,为什么夏挽沉还是能找到办法解决问题!

外面突然爆发出阵阵欢呼声,开场的音乐响起,升降台开始上升,录制开始了。

"下面让我们以热烈的掌声,欢迎《长歌行》剧组的主创人员上场!"

随着主持人的报幕,全场的气氛被调动起来。

最先出场的是男主角的扮演者秦坞。

秦坞长相俊美,女粉丝众多,随着秦坞走到台前,观众席上尖叫声连连。

接着出场的是阮莹玉。

作为新晋女演员,阮莹玉的粉丝也不少。

众人最期待看到的两个人已经出现,等到主持人再报幕的时候,欢呼声便少了很多。

秦坞和阮莹玉颇受大家喜爱,很多带着专业摄像设备的粉丝已经开始举起相机拍照片了。

这些粉丝将图片精修处理后发到微博上,便会吸引来一大批粉丝。

粉丝们举着相机,寻找各种角度和光线,想要为自己的偶像拍出最好的照片,也就根本没注意到夏挽沉正从幕后走出来。

旁边突然传来各种倒吸冷气的声音，让忙着拍秦坞和阮莹玉的人一愣，暂时放下了手里的相机，询问旁边的人："怎么了？"

"你……你看台上那个。我的妈呀！"

顺着那人的手，大家将目光移向台上，当下也是倒吸一口冷气。

这些专门拍演员的粉丝，不知道见过多少大风大浪，但此时竟然也被夏挽沉的美貌震惊到了。

虽然拍秦坞和阮莹玉能吸引更多的粉丝来关注自己的微博号，但哪个人不喜欢美的事物呢？特别是美到震撼人心的那种。

大家本来是来拍秦坞和阮莹玉的，结果一场节目下来，内存卡里都是夏挽沉的照片。

两个小时的综艺录制很快就完成了，等到主持人宣布录制结束，节目将会在下周播出的时候，大家心里居然有些恋恋不舍。

主创人员都已离场，观众却还在回味刚刚的节目。

"完了，我觉得我可能喜欢上夏挽沉了。"

"我也是。"

"她怎么能那么美！还有刚刚的游戏环节，她表现得很突出！我怎么感觉她上知天文，下知地理啊？天哪，太厉害了！"

…………

工作人员开始挨个儿跟观众签订保密协议，确保在播出之前，节目内容不会被泄露出去。

走出西瓜电视台的时候，观众都还有点儿恍惚：刚刚录制节目时，夏挽沉的表现简直无可挑剔，跟网上关于她的传言完全不一样啊！

大家内心揣着秘密，真的很想跟人分享，奈何签了保密协议，只能在心里反复回味。等节目播出那天，大家便可以畅怀分享了。

但粉丝们拍的图是不受任何限制的，因为不涉及节目流程泄露的问题。

大家回去打开自己的相机内存卡，一边修图一边惊呼："这张好好看！那张也好看！妈呀，这张更好看！"

"银河的风"这个微博号比较有名，专门出产各家偶像的高清照。

由于其图片质量极高,有许多粉丝关注它。

"银河的风"放出的图基本上是精品,所以即便有时候放的不是自家偶像的图片,大家也很开心,谁不喜欢看俊男美女呢?

今天"银河的风"显得有些安静,从早上到晚上都没发微博。

一些粉丝想着过来找几张图做手机壁纸,一看"银河的风"今天没更新,便在其微博下面提醒了一下。

没过多久,"银河的风"便发布了九张高清图片。

"银河的风"的成员都是经验极其丰富、摄影技术相当高的人,特别会寻找拍摄角度,而且擅于利用光影的变化。

只见图片里,夏挽沅或是低头沉思,镜头聚焦在她长长的睫毛上,完美的五官仿佛老天用最精致的刻刀雕刻而成;或是侧身而立,腰身纤细,浑身白得发光,唇红齿白,侧脸的弧度完美得让人心动,发丝从额头处垂下一根,显得俏皮可人;或是立于黑暗中,一束灯光打在她的身后,显得她整个人像是暗夜里的精灵一样轻灵动人。

"银河的风"粉丝多,而且遍布各个领域,于是这条微博很快登上微博话题榜。

网上的纷纷扰扰,夏挽沅并没有过多关注,此刻的她正有些无奈地应付着来自古琴协会会长蔡勤的热情。

"夏小友,我非常诚挚地邀请你加入古琴协会。咱们古琴协会虽然比较清贫,但是你放心,你随意提要求,只要我能做到的,我尽量满足你,甚至你想要这会长的位子我也可以让给你。"

郭天是一个很容易在名利场里迷失自我的人,而蔡勤是一个完完全全为了心中的热爱和古琴的传承奔走了一辈子的艺术工作者。

蔡勤家里世代学琴,从古琴的一音一弦中,他感受到了华国文化的沉淀和激荡。

这些年国家经济快速发展,文化层面却跟不上来,特别是华国的乐器,在国际市场上一直打不开局面。就连在本国,也只是业内人士还在坚持发扬传统文化,新一代的年轻人根本没几个人愿意挑起这个传承的担子。

原本蔡会长都已经心灰意冷了,但夏挽沉出现了。

蔡会长不仅惊讶于夏挽沉精湛的琴技,更惊讶于夏挽沉的身份——一个演艺圈的艺人。

这些年,蔡会长一直在找寻娱乐流行圈与传统文化的交界点。在夏挽沉身上,他看到了这座跨界大桥正慢慢地浮现,因而他才十分真诚地请求夏挽沉加入古琴协会。

"蔡会长,我很感谢你这么认可我。不需要什么条件,我可以加入协会。华国的传统乐器其实是很美的,能够让大家更多地了解自己国家的历史,我也很高兴。"感受到蔡会长的真诚,同时被这位艺术家致力于发扬传统文化的行为所感动,夏挽沉当即便同意了。

"好!我明天就向协会提交申请。太好了!"蔡会长高兴得不行。

给夏挽沉化完妆,搭配好首饰、衣服后,穆风便回到家里狠狠地睡了一觉,一直睡到晚上才爬起来。

白天困得不行,他都没来得及问那个女艺人叫什么。想到自己给她化的妆容,穆风觉得自己这一手高明的技术终于找到最适合用上的人了。

穆风拿过一旁的手机,点开了女艺人排行榜。虽然他混迹于演艺圈,但是向来不怎么关注演艺圈的纷争和各种八卦消息,因而只能从排行榜里寻找上午那个女艺人了。

结果他刷到第一百名,都没看到那个女人的照片。

穆风心里疑惑,不应该啊,以他的眼光来看,那女人怎么也得是顶级的,怎么会前一百名里都没有?

翻了半天没翻到,穆风刚准备放下手机,就看到首页推送了"银河的风"发的那条图文微博。

穆风眯着眼看了看,给夏挽沉打了100分,给自己的技术打了200分,然后顺手转发了这条微博。

穆风虽行事乖张,但能力极强,而且这个世界还看脸,所以他有很多粉丝。

突然在穆风这个堪称"演艺圈最不好搞定的脾气很臭的人"的微博

里刷到夏挽沅，大家都很震惊。

　　陈匀将夏挽沅送回庄园的时候已经是晚上了。
　　踩着10厘米高的高跟鞋录了一天节目，夏挽沅觉得很是疲累。
　　刚进家门，她便看见君时陵坐在沙发上，沉默地看着桌上的一盒茶叶。
　　见夏挽沅换好鞋走过来，君时陵抬起头，眼眸里涌动着一丝让人难以察觉的怒气。
　　"刚刚有人送了这盒茶叶到庄园来，说是送给你的。"
　　"谁啊？"夏挽沅揉了揉脖子，坐到沙发上。
　　君时陵递给夏挽沅一张便笺。
　　夏挽沅接过来看了看，只见便笺上一只雀鸟停在枝头，惟妙惟肖。
　　夏挽沅一看这雀鸟，就知道是谁送过来的了，拿过一旁的茶盒闻了闻：回风飘雪的味道，好茶！
　　"你认识？"君时陵在一旁看着夏挽沅的动作，心里一沉，表面上若无其事地问道。
　　"一个商业伙伴。这茶还不错，你要不要尝尝？"夏挽沅说着把茶盒递到了君时陵面前。
　　君时陵低眉瞥了眼夏挽沅手里的茶叶，面色冷凝："这茶不好喝。"说完，君时陵便径直上了楼。
　　夏挽沅有些讶异地看着君时陵的背影：怎么感觉他生气了？
　　没过多久，君时陵又走下楼，手里拿着一个青花瓷罐。
　　君时陵将桌上的回风飘雪挪到一边，然后将手里的青花瓷罐放到夏挽沅面前。
　　这瓷罐色泽鲜艳，质地细腻，一看便知是出自名家之手，价值不菲。君时陵用它来装东西，可想而知里面的东西有多珍贵。
　　"这是什么？"夏挽沅偏头询问。
　　君时陵揭开盖子，顿时一股浓郁的茶叶香气飘了出来。
　　夏挽沅眼睛一亮：好茶！
　　君时陵取过一旁的茶壶，什么步骤都没有，直接冲泡了一杯，就将茶叶中蕴藏的香气激发了出来。

夏挽沉接过杯子，只见茶叶在茶水中打着旋儿，茶汤清澈明亮，这是顶级的乌龙茶才有的品质。

夏挽沉喝下一口茶，只觉满口生甘，醇香萦绕，细品，这茶居然隐隐约约有淡淡的兰花香味。

"真是好茶。"夏挽沉眉眼弯弯。

刚刚君时陵的注意力一直在茶叶上，现下他才注意到夏挽沉今天的衣着打扮。

往日里夏挽沉在家总是素颜，自有一股清丽之美。而现在她化了妆，五官的美被展现到极致，在灯光下显得勾人心魄。

夏挽沉抬手喝茶间，脖颈上的红宝石小蝴蝶在锁骨的那朵牡丹上上下翻飞。

那朵牡丹一看就是被人亲手画上去的，那亲手画上去的人，除了那位化妆师，自然不会是别人。想到今早给穆老爷子打的电话，君时陵心里五味杂陈。

"这个你就留着喝吧，喝完了再买。"君时陵一副无所谓的样子，仿佛桌上2万一克的武夷山母树大红袍就跟地里的白菜似的，说有就有。

等到夏挽沉去了楼上，君时陵叫来王伯。

"把这个扔出去。"君时陵指了指桌上的茶盒。

"好的。"

于是，那罐市面上很是珍贵的回风飘雪，还没等到开封就被丢弃了。

网络上，面对穆风转载的那条微博，大家陷入了疑惑。

刚刚大家的注意力都被夏挽沉惊人的美貌吸引了，经这位网友一提醒，他们才注意到夏挽沉的妆容。

穆风之所以被这么多人追捧，就是因为他完美地贯彻了"美人在骨不在皮"这一传统的审美理念。

他给人化妆，不像其他的化妆师按照程式来化，而是以人的骨相为基准，化出最适合的妆容。而且让人称奇的是，他能把一双普通的眼睛画得转盼流光。

夏挽沅这双本来就美的眸子，在穆风的修饰下，更是灵动有神。

没过多久，穆风又转发了一次微博，并配上文字："我的技术她的脸，完美！"

累了一天后，夏挽沅的睡眠质量反而出奇地好。

她一觉睡到天亮，醒来时君时陵和小宝都已经离开了。

夏挽沅泡了点儿昨天君时陵给的茶，然后就动手写歌。

在很多人眼中，一首歌词曲的完成需要花很长时间。其实不然，一首歌时长三分钟左右，若是来了灵感，创作者可以在很短的时间内作完词曲。只是想找到这个灵感需要耗费很长的时间来积累经验和寻找素材罢了。

不过这些对于夏挽沅来说都不是问题。

在曲调节奏的把握上，她已经有了极高的造诣。而在素材方面，前世的她经历了皇朝兴衰，从在乱世中艰难度日，到立于朝堂之巅，成为天下之首，那些人生经历是她取之不尽的素材。

夏挽沅坐在窗边，一边喝茶，一边写曲子。

从早上8点到下午5点，她一共完成了六首歌曲的编曲工作。

完成后，夏挽沅给陈匀打了个电话。

"喂，挽沅啊，那个王总催得紧呢，让咱们这个月把曲子弄好了，拿过去让他先看看。你开始做了吗？"

"什么？你做完了！"陈匀惊得手里的水都洒在了桌上。如果他没记错，他是昨天才跟夏挽沅说要出专辑的事情吧？

"为什么要先拿给王总看？"在她的记忆里，那个王总不是什么好角色，因而对王总要先看曲子，夏挽沅本能地感到疑惑。

"不是，你先告诉我，你真的弄完词曲了？"虽然最近夏挽沅一直在刷新他的认知，但是这件事情也太让人不敢相信了。

"这是新专辑，我们不能用你以前写的曲子。"

"我知道，六首都是全新的。我再稍微改一下，等会儿就给你发过去。"

"不着急，不着急，你可以再多想想。"陈匀心里有点儿慌，担心夏挽沅是第一次发专辑太激动了，所以直接一天之内胡乱拼凑了六首曲子。

虽然夏挽沅效率高，但是质量也得有保障啊！陈匀只得委婉地提醒了一下夏挽沅。

挂了电话后，夏挽沅稍微做了修改，便将文件打包发给了陈匀。

陈匀看不懂那些音符，直接将邮件转发给了王总。

君氏集团办公室里。

"查到了吗？"深幽的办公室里，君时陵的声音显得格外低沉。

"来人做得很隐秘，但是我们调了卫星数据，查出来那个送茶的人和宣家有些关系。"林靖将几张照片放在君时陵面前。

君时陵想起上次在清大礼堂遇到的宣升。当时就是因为看到宣升对夏挽沅过于热情，君时陵才忍不住走上前。

想到昨天夏挽沅一看那幅画就知道是宣升送的茶，君时陵心里顿时很不是滋味：明明那时在礼堂他们还是不熟的样子，是从什么时候开始他们变得熟悉了呢？

君时陵难得地在办公室里愣了会儿神儿，直到林靖前来提醒他去开会，才从纷乱的思绪中抽离出来。

"重做。"

"报表有问题。"

"方案设计不行，重新设计。"

君时陵冷着脸，基本上把高层们提的方案全否决了。

大家瑟瑟发抖，心里不由得嘀咕：虽然君总指出的地方确实有问题，但是今天的君总好像过于严格了啊，连投资部的标点符号出了错都能看出来，这眼睛也太尖了。

顶着君时陵的压力，高层们又一次体会到什么叫酷暑寒冬，但再难也得忍受着，谁让君氏集团给的薪资是市面上其他同类公司的两三倍呢。

最近一段时间，在大部分人没有关注到的国画界，冉冉升起了一颗新星。

行内人开始知道这位名叫原晚夏的画家，是因为清大文学院张教授带来的一幅《桃花图》。

失传已久的没骨画法在这幅画里得到了淋漓尽致的体现。

这些年来，根据对古籍的考究，有不少人尝试重现这种画法，但不设边缘限制的没骨画法很容易让整幅画显得绵软无力、缺筋少骨。

这位名叫原晚夏的画家却能够以笔锋为筋、笔势为骨，生生使一幅没骨画变得柔美丰润、生动自然。

众人寻觅良久，也没有在书画界找到这位名叫原晚夏的大师。

众人从画家的笔力判断，这应当是一位隐世已久的国画大师。

一时间，这位被称作"沧海遗珠"的原晚夏大师在书画界的名头逐渐打响。

这些年来，国内书画界一直有个不好的习气。"物以稀为贵"这个理念古往今来都很流行，于是书画界有些投机人士便利用人们对神秘事物的猎奇心理，生生把自己包装成特立独行的大师，竟然还被不少人追捧。

因此，当原晚夏的名声在书画界越来越响时，也引起了不少人的反感，毕竟真的近距离观赏过其画作的也就只有当时书画协会的一些人，其他人只是耳闻，自然认为这个所谓的大师是包装出来的。

在国内著名的拍卖行立新拍卖行最近的一次拍卖活动中，一幅出自原晚夏的《傲雪寒梅图》被一位神秘买家以100万元的价格买去。

其实对于交易额动辄上千万元、上亿元的书画市场来说，100万元实在没有讨论的必要。但当时和原晚夏的画同时被拍卖的是一个在书画界小有名气的画家钱严的作品。钱严当时送到拍卖行的也是一幅《寒梅图》，而他的《寒梅图》最后的成交价格是60万元。

这要是换了别人还好，关键是原晚夏是个不知道从哪里冒出来的"野路子"画家，在国内书画界刚刚出名。

钱严本就是个心眼儿比较小的人，在这场拍卖会结束后，听到书画界的友人有时候提到他的《寒梅图》和原晚夏的《傲雪寒梅图》，便觉得自己的名头被原晚夏侮辱了。

张教授当时为了避嫌,将《傲雪寒梅图》送到书画协会的时候,对外宣称是从街头市场上淘来的画。

钱严怎么能容忍一个地摊儿上的"野路子"画家骑在自己头上?在确定了张教授跟这个原晚夏没有什么关系后,他便在微博上发了一篇长文。

文章并没有直接对原晚夏进行攻击,而是站在一个很高的角度,从书画市场的乱象入手,批判了书画市场虚假抬高作品价格的问题。

这篇文章一时受到了一些人的拥护。

钱严在书画界有几分名气,但在网上跟普通人差不多,平常发个微博也没有多少人理,所以他的这篇长文发布后,浏览量最高的时候都没有超过5000。

但这篇湮没在网上庞杂信息中的长文就像一条引线,只要有一星一点的火苗,就会引起轩然大波。

眼看邮件都发出去两天了,公司也没给个回信儿,陈匀按捺不住,给王总打了个电话。

哪儿想到王总在那边百般推托,最后来了一句"词曲作得不好,不给出专辑了"。

"挽沅啊,你也别灰心,你作词、作曲的时间确实有点儿仓促了,你再好好修改一下,我过两天再去跟公司商量。"陈匀心里其实也觉得夏挽沅一天写六首曲子太吓人了,可能只是保量不保质。

"不用了,他不会给我出的。"夏挽沅红唇轻启,眼中一片了然。

"啊?什么意思?"陈匀有些疑惑。

"你能联系到其他唱片公司吗?"

"可以倒是可以,但是按照公司的规定,这是不合规矩的。"陈匀有些为难。

"没事,你去找一家工作室吧,剩下的事不用担心。"

现在陈匀对夏挽沅还是很信任的,既然夏挽沅都这么说了,便答应了下来。

夏挽沉刚挂了电话，君时陵便回了庄园。

"你明天有事吗？"君时陵换了鞋，走到夏挽沉身边问了句。

"没有，怎么了？"

君时陵抬起胳膊看了看表，见时间还来得及，道："爷爷想君胤了，君胤这个周末不回庄园，去爷爷那儿。我要出个差，去南方，你可以跟我一起去。"

"南方？"夏挽沉眼睛一亮：自从来到现代，她的活动范围就一直在D市，拍《长歌行》的剧组倒是在南方，但在剧组拍戏时间特别紧，而且一直待在影视城里，根本没什么机会出去。

看到夏挽沉眼里的亮光，君时陵眼中闪过一丝笑意："收拾一下，我们现在就去。"

"好的。"夏挽沉开心地起身上楼，去收拾一些需要带的东西。

此刻的D市大院门口，小宝一脸迷茫地看着眼前的四合院：他不就是在车上睡了会儿觉吗？怎么一觉醒来他就到太爷爷这儿了？

"林叔叔，你怎么没把我送回庄园啊？"小宝睁着大大的眼睛，疑惑地问林靖。

"这个周末少爷和夫人工作特别忙，少爷怕照顾不好你，加上老爷子已经一周没见到你了，十分想念你，少爷便让我把你送过来了。"林靖蹲在地上，面对小宝那双纯净的大眼睛，想到自己刚刚给君时陵安排的直飞武夷山的私人飞机，顿时觉得良心有点儿不安。

"好！爸爸、妈妈好辛苦啊。"小宝乖巧地点了点头，"林叔叔拜拜。"

然后小宝便一蹦一跳地进四合院找太爷爷去了。

此时飞往武夷山的飞机上，机舱内的灯全部被关闭，黑暗中，借着窗外的月光能勉强看到夏挽沉坐在窗边，君时陵坐在她旁边。

飞机正逐渐远离D市，坐在飞机上能看到整个D市灯光璀璨。等到飞机渐渐升空，飞入云层，眼睛适应了黑暗之后，便能看到漫天繁星。

辽远的夜空，漫天星光，最容易勾起人的情思。君时陵看到夏挽沉的情绪逐渐变得悲伤。深沉的目光看着夏挽沉的侧脸，他不知道夏挽沉在想些什么。

夏挽沅静静地看着窗外，而君时陵安静地看着她。

渐渐地，飞机飞过了一半路程，此时经过的城市正在下雨。刚刚天空还漫天星辰，此刻却只能看到翻涌的雷电。

突然遇上一阵强烈的气流，飞机猛地震了一下。

夏挽沅不受控制地往前栽。

此时，一双温热的臂膀及时搂住了她。

天气已经不像夏挽沅刚来庄园的时候了，那时夏挽沅还穿着风衣或毛衣，如今已是五月初，即将立夏，夏挽沅只穿了一件薄薄的雪纺衫。

君时陵只觉得夏挽沅身上的热度一丝丝地传递过来，喉头一紧，将夏挽沅微微往外送出些许。

飞机很快恢复了平稳。

没等夏挽沅坐直身体，君时陵就放开了手。

半晌后，见该看的星光和灯光夏挽沅都看到了，君时陵将灯打开，面色如常，唯有耳垂处残留的些许红色出卖了他。

接近3个小时的飞行终于结束，等他们坐车赶到酒店，已经晚上11点了。

或许是在君时陵身边感到十分放心，夏挽沅在去酒店的路上便沉沉地睡去。

君立大酒店的总经理在门口战战兢兢地等着传说中的大老板，终于在第一百零八次张望中，等来了缓缓驶来的车。

"君总好。"总经理恭敬地低头问好。

"嗯，前面带路。"君时陵压低了声音说道。

总经理这才抬头，然后惊讶地发现君时陵怀里抱着一个女人。

这个女人的脸埋在君时陵的怀里，所以总经理看不大真切，但仅从一小截侧脸就能看出来国色天香。

直到君时陵冰冷的眼神扫过来，总经理才意识到自己越界了，连忙低下头，恭敬地带着君时陵往房间走去。

到了总统套房，君时陵将夏挽沅轻轻地放在床上，帮她脱去鞋，盖上被子，便转身离去。

走到一半，他突然想起一件事，于是到沙发上拿了个抱枕回去，塞到了夏挽沅怀里，然后重新给她盖好被子。

今天晚上就是夏挽沅想留他一起睡，他都不敢在这里睡了——君氏掌权人向来引以为傲的自制力，在夏挽沅这里简直不堪一击。

第二天早上 6 点，天才蒙蒙亮，君时陵便敲响了夏挽沅房间的门。

"怎么这么早？"夏挽沅打了个哈欠，还没睡好。

"山上有日出，你洗漱一下，我们过去看看。"

"好的。"听到君时陵的话，夏挽沅打起精神，快速地洗漱完。

为了节约时间，两个人早饭都是在车上吃的。

君立大酒店本就建在武夷山上，因而车子没开多久他们就到了武夷山的天游峰。

下了车，夏挽沅便被正对着的朝阳染了一脸的霞光。

山间多雾，此时放眼望去，朝阳正慢慢地从山后爬上来，将阳光洒向大地，山峰间云海翻腾，十分壮丽。

等到朝阳升起，云雾散去了些，他们看到不远处有一片云雾缭绕的茶田和茶庄。

"那片大红袍的茶田……"君时陵突然开口。

"嗯？"见君时陵话说到一半就停了，夏挽沅不由得回头询问。

"产的是全球顶级的茶。"君时陵顿了顿，"这片茶田是我的。"

"嗯嗯，我知道你是首富。"听到君时陵的话，夏挽沅点点头。

见夏挽沅没有明白他的意思，君时陵又补上一句："以后想喝茶，可以直接把这边的茶叶运到 D 市去。"

"好啊。"夏挽沅欣然回应。那罐回风飘雪她都没放在心里，此时自然也不会想到那罐茶叶。

此时朝阳已经完全升起，远处的茶田里已经有茶农开始采摘茶叶。

茶田的负责人突然接到消息，连忙赶来迎接君时陵。

"正是采新茶的时节，我们去尝尝。"君时陵提议道。

夏挽沅点点头。

武夷山这边道教盛行，掩藏在云雾中的茶庄从外观上看有些像道观，隐约有几分仙气。

负责人带着君时陵和夏挽沅走过几条青石路，柳暗花明处，一条飞瀑悬在山间。

华国人从古至今都追求一种意境，品茶时除了注重茶的品质，对所处的环境也有要求。

茶庄傍山而建，远处是百尺飞瀑，门前是清澈的山泉。整座茶庄由青竹搭成，置身其中能闻到淡淡的竹香。

负责人取了刚摘的顶级母树大红袍，用武夷山的自然山泉冲泡。

夏挽沅端起茶喝了一口，比之老茶，新茶虽少了些醇厚的味道，但自有一股清新的气息。她觉得这些天公司的纷扰、演艺圈的动荡带来的疲累，似乎都在这一口茶中消失殆尽。

屋内一时陷入沉静，两个人坐在窗前的竹凳上，一边喝茶，一边看窗外的云雾。

夏挽沅喜欢跟君时陵相处的很大一个原因，就是君时陵很有分寸感。就像此时，她静静地想着事情，君时陵则安静地在一旁坐着，让她感到很放松。

从君时陵口中得知了这座山的名字，因为对千年后的华国疆域没有什么认识，夏挽沅便在地图上查了一下。

"这里离海很近吗？"夏挽沅突然问道。

夏朝的疆域大概在如今华国的陕甘一带，地处内陆，而且千年前没有飞机、高铁，夏挽沅没有去过夏朝疆域以外的地方。但她年少时曾在父皇的书房里看过一本书，据此书记载，有一片水域一望无际，那里有着与陆地完全不一样的美丽风景和奇特物品。

夏挽沅缠着父皇问了很多，得知那些漂亮的珍珠和珊瑚都是从那神秘的水域开采出来的，于是开始对那片神秘的水域很是憧憬。

而当时的夏帝也答应了夏挽沅，等她10岁生辰的时候，就带她去看海里最大、最漂亮的珍珠。

但不幸的是，她10岁的时候只看到了最大、最红的血海，那个许诺要带她去看珍珠的父皇永远离开了她。

再后来，乱世辗转，皇朝兴复，她成了最高掌权者，拥有了全国最大、最美的珍珠和珊瑚，却没有见过那片年少时便憧憬的水域。

"有些远。"君时陵放下杯子，回了一句。最近的海域离武夷山这边也有 500 千米左右。

"嗯。"夏挽沅应了一声，想着这么远的话就算了。

君时陵本来在看窗外的飞瀑，这时却鬼使神差地转过头看了夏挽沅一眼，捕捉到了她眼中残留的一丝遗憾之色。

电话响起，君时陵看了一眼夏挽沅，难得地起身避开她，拿着电话走到了门外。

没过一会儿，君时陵便回来了。

"本来明天要开的会议推迟了，我们可以晚一天回去。既然都到这里了，不如去海边看一看吧。"

"真的吗？好啊！"夏挽沅眼睛晶亮。

君时陵看得心里痒痒的。

"走吧，外面有直升机来接我们。"

此刻的 D 市大院里。

"乖宝，你爸爸跟你说什么了？"君老爷子将小宝抱在腿上问道。

"爸爸说他和妈妈去福建工作了，让我乖乖地陪着太爷爷。"小宝奶声奶气地答道，"太爷爷，爸爸、妈妈好辛苦，放假了还要工作。"

老爷子想了一下：福建除了茶庄，还有什么生意？那边的工作也不需要君时陵亲自去办啊。

一会儿后，老爷子眼中突然浮现出笑意。

"他们忙，你就在这儿陪我吧。"老爷子摸了摸小宝软软的头发，"乖宝，你想要个弟弟还是妹妹啊？"

"我要有妹妹了吗？"小宝用亮晶晶的眼睛看着老爷子：他想要一个和美羊羊一样漂亮的妹妹！

"哈哈，说不定快有了。"老爷子哈哈一笑，陪小宝玩起玩具来。

虽然海洋离武夷山有些远，但有直升机，能够走最短的路线。两个小时左右，直升机便停到了海岸旁。

当地度假村的负责人接到消息，早早地便清了场，将整片海域留给了君时陵。

刚下直升机，一股带着湿意的海风就扑了过来，夏挽沅抬头望去，只见大海比她在电视上看到的画面还要壮观。

一望无际的大海中,波浪不断地翻滚着,向沙滩涌来。湛蓝的天空上,大朵的白云堆砌在一起,像是巨大的棉花糖一般,洁白而柔软。

金色的沙滩上,碧绿的热带树木矗立着。

微风吹过,带来一阵清凉。

夏挽沅朝着沙滩走去。她本来是穿着高跟鞋的,一走到沙滩上,鞋跟便陷了进去,于是索性脱了鞋,光着脚踩在柔软的沙滩上,感受着细沙擦过脚尖的感觉。

午饭是在椰子树下铺了一张桌布,两个人围坐在地上吃完的。

在野外吃饭,对于行军打仗惯了的夏挽沅来说是很平常的事,但对于君时陵来说可是头一回。

吃完午饭,夏挽沅径自在海边捡贝壳、玩沙子。

活了两辈子,这还是夏挽沅第一次见到海洋,因而觉得十分新奇。

君时陵坐在不远处的休闲椅上。君氏集团离不了君时陵,这两天出来玩就耽误了不少事,君时陵只能以视频会议的形式指导工作。

大家清楚地看到,今天君总开会的时候眼神总是不自觉地飘向别处,似乎一直在看什么。

此时金色的海滩上,海天相连,容颜姣好的夏挽沅正打赤脚低着头在沙滩上找贝壳,海风扬起她的裙摆,她整个人美得仿佛一只翩飞的蝴蝶。

本来在开会的君时陵,一抬头便看得愣了神儿。

视频会议室里,大家见君时陵不说话,目光放在镜头外,便安安静静地等着君总回神。

"君总,您那边是卡住了吗?我这边看着您没动。这个地方还需要您再看一下。"风险控制部门的刘部长虽能力极强,但性格刚直,见君时陵这边没动静了,便在视频会议室里叫了君时陵一声。

其他人连忙一副与我无关的表情,心里却在疯狂抱怨:大哥,这你都看不出来吗?蓝天白云,沙滩海浪,这背景一看就知道君总是出去约会了啊!他那眼神都快溢出爱意了,一看就知道是在看谁,咱们倒也不必如此大煞风景啊!

被刘部长唤回思绪的君时陵并没有指责他，面色如常地继续跟大家讨论相关事项。

夕阳渐渐地往海平面下沉，火红的晚霞将整片海域染成了红色。会议开得差不多了，君时陵抬起头活动了下脖颈，看向不远处的夏挽沅。

夏挽沅正蹲在沙滩上，仿佛在堆什么东西。从一个小时前君时陵就看到她在那儿弄了。

君时陵合上电脑，慢慢地走过去。

虽然沙子易散，但夏挽沅将大致的轮廓堆得很逼真，因而君时陵一眼就看出夏挽沅的身前是一座用沙子堆成的简易宫殿。

扫了一眼那座古朴的宫殿，君时陵看向身上带着些忧伤情绪的夏挽沅，眸色渐深。

"快涨潮了，我们回去吧，好好休息一下，明天早上回D市。"看了会儿夏挽沅堆的宫殿，君时陵突然出声。

"好。"夏挽沅站起身，环顾了一下四周，然后发现了一件不太好的事：现在她没穿鞋，而夕阳已经完全落下，天色半黑，她无法找到自己下午放鞋的地方了。

回想了一下刚刚下直升机的方位，夏挽沅正要去找，旁边的君时陵突然蹲下了身子。

"上来。"

"我再去找找吧，应该在那边。"夏挽沅觉得老让君时陵背自己、抱自己有些奇怪。

"上来，天色晚了，别找了。"君时陵重复了一遍。

"好吧。"夏挽沅正要趴上君时陵的背，突然想起一件事，"等一下。"

夏挽沅往前走了几步，从沙滩上捧起一堆贝壳："我把这个带回去。"

但夏挽沅今日穿的是裙子，并没有口袋。

君时陵无奈地看了夏挽沅一眼，拉开自己的西装口袋说："装进去吧。"

于是，一件能买下这整片海滩上的贝壳的高级定制西服，就变成了装东西的工具。

君时陵蹲下身，等夏挽沅趴好后站起来，托着夏挽沅的腿，朝着酒店走去。

朦胧的夜色中，风中传来一阵阵贝壳叮咚作响的清脆声音。

第二天一早，君时陵和夏挽沅便带着新采的茶叶和一堆五彩斑斓的贝壳离开了。

"妈妈，你回来了！"小宝被刘叔送回来没一会儿，便看到君时陵和夏挽沅回到了庄园。

"嗯，回来了。怎么样，这个周末乖不乖？"夏挽沅上前抱了抱小宝。

刚来到现代的时候，夏挽沅是出于本能怜惜小宝，怜爱多一些，但经过这些日子的相处，她心里已经割舍不下小宝了，才离开短短两天，就觉得自己十分想念小宝。

"妈妈，我可乖了！妈妈辛苦了！"小宝圈着夏挽沅的脖子，睁着大眼睛朝夏挽沅撒娇。

"乖就好，妈妈给你带了小礼物。"夏挽沅说着从君时陵手里拿过一个盒子，打开，只见里面是一些小小的五彩斑斓的贝壳，煞是好看。

"哇，妈妈，这个好漂亮！"小宝开心地拿起贝壳，认真地研究起上面的花纹。

"一会儿用它给你做个小挂饰，系在你的书包上，好不好？"夏挽沅笑着捏了捏小宝粉嫩的脸颊。

"好！妈妈你做四个挂饰好不好？我们一人一个！"小宝眼睛弯弯地说。

"四个？你太爷爷不适合用这个。"听到小宝说要做四个，夏挽沅一愣，转而想起老爷子，但是老爷子不适合用这些小玩意儿啊。

"不是的，妈妈！你做四个，我一个，你一个，爸爸一个，妹妹一个，不是刚好四个吗？"小宝湿漉漉的眼睛里仿佛写着"妈妈你笨"四个字。

"妹妹？哪个妹妹？"夏挽沅感到疑惑：没听说君家还有比小宝小的孩子啊。

"妹妹在这里啊！"小宝放下手里的贝壳，扑到夏挽沅怀里，小心地指着夏挽沅的肚子，"妈妈，你们这次出去，不是忙着给我生妹妹去了吗？"

夏挽沅看着小宝纯真的眼神，一脸的不解之色。

一旁的君时陵本来悠哉地喝着茶，猝不及防地被自家儿子的一句话惊住了，一口茶水噎在口里。

"谁跟你说的？"

"太爷爷说的。"小宝期待地看向夏挽沅，"妈妈，我喜欢妹妹，你给我生一个好看的妹妹好不好？"

夏挽沅一时不知道要说些什么，只得把求助的目光投向君时陵。但此时君时陵的目光有些奇怪，夏挽沅莫名其妙地不敢与他对视了。

"好了，你自己去玩，别缠着你妈妈了，她坐了很久的飞机，累了。"最终还是君时陵出言给夏挽沅解了围。

"好的，妈妈辛苦了。"小宝从夏挽沅身上下来，临走前在夏挽沅脸上印下一个带着奶香味的吻。

小宝走后，夏挽沅觉得气氛有点儿奇怪，抬头去看君时陵，正好对上他似笑非笑的目光。夏挽沅想起小宝的话，脸颊一热。

"我先上去了。"夏挽沅避开君时陵的目光，拿着装满了贝壳的盒子上了楼。

夏挽沅上楼没多久，陈匀的电话就打了过来。

"挽沅，出事了，你快去看公司发布的最新的微博！"

夏挽沅找出好久没用的微博，点进去，就看到"999+"的消息。

她搜索了一下创星娱乐公司的官方微博，只见它最新发的一条微博已经登上话题榜，正被网友热烈地讨论。

夏挽沅点进去看了一眼，露出一个果然如此的眼神。

创星娱乐官方微博："国风小天后谢柔携新专辑来袭，这一次，她将打破所有的界限，用最饱满的热情和顶尖的实力，带我们一同走入她的国风世界，共同传承华国传统文化。"

这些年来，华国传统文化逐渐衰落，但说到底，华国人民的骨子里就刻着侠骨柔情、诗情画意。

从十多年前，一位有开创性贡献的歌手将国风音乐与现代流行音乐结合在一起，取得了巨大的成功后，这些年来，一批又一批的歌手投身到国风音乐的创作中。

众多娱乐公司在给旗下艺人设计音乐风格的时候，也会着意去培养一批国风歌手，希望在唱片市场上能够多元化发展。

谢柔恰好就是创星娱乐公司专门打造的走国风音乐路线的歌手。

但这些年来谢柔成绩平平，一来是整个国风音乐大环境萎靡不振，二来是她发自内心地嫌弃国风音乐。她当时是去H国做练习生，结果在那边出道失败才回国发展的，在她心里，这些传统音乐根本没法儿跟人家外国的音乐比。但没办法，当时她急着出道，公司其他的音乐风格方向都已经安排好艺人了，她只能选择以这个形象出道。因而这些年来她在这上面根本没花什么心思，更不用说创作出有质量的作品了。

前段时间，夏挽沅的古琴曲在网上火爆，让她嗅到了一点儿不寻常的意味，便去求王总给她出一张国风专辑。

此时创星娱乐公司的官方微博里，不仅有她即将发布的六首歌曲的名字预告，为了吸引大家的注意力，还特意放了一小段音频，是从谢柔唱的歌里截出来的。

大气的音乐，悠扬婉转的歌声，一下子就让众人期待起来。

不得不说，创星娱乐公司这次的营销很成功，借着传承历史文化这个名头，加上放出来的歌曲片段水准很高，引起了业内外的广泛关注，甚至歌还没发，已经有嗅觉灵敏的广告商找上门，想提前把谢柔签下来。

夏挽沅点开那段音频听了两秒钟就关了：她自己写的词曲，她太熟悉了，这创星娱乐公司还真是连一个音调都不带改动的。

"挽沅，我对不住你，是我大意了，没想到王总他们这么卑鄙，我的邮箱被黑掉了，他们把我传文件的痕迹也抹掉了。"电话那头，陈匀感到无比懊恼。自从几年前跟高层闹了矛盾，被安排到夏挽沅身边，他便自暴自弃。想到最近好几次的事情都是靠夏挽沅自己解决，他这个经纪人不但没帮上忙，反而还拖了后腿，心里十分惭愧。

"唱片团队联系好了吗？"

"联系好了,这回你放心,那是我一个多年的好友。他们是金牌制作团队,你要是有时间的话,我们找个时间一起去见个面。"

"可以,明天吧。"夏挽沅觉得照创星娱乐公司这个速度,应该不久之后就会把专辑弄出来,她这边不能太慢了。

挂了电话,陈匀看着自己被黑掉的邮箱,重重地叹了口气。都是因为他的疏忽,夏挽沅辛辛苦苦写的曲子一转眼就被别人挪用了,他都不知道该怎么面对夏挽沅。

"王总,夏挽沅会不会直接把事情捅出去啊?"办公室里,谢柔坐在王总身边,有些担忧地问道。

"放心吧,她那经纪人的工作邮箱,我已经在后台销毁了他发的文件,他们没有证据能够证明那几首歌是他们的,就算他们敢说,也没人会信。"王总一说话,脸上的肉都抖动着。

"谢谢王总。"谢柔这才放下心来,对着王总笑了。

"谢什么,不是应该的吗?"王总咧了咧嘴,手攀上谢柔的裙边。

从海边捡回来的贝壳,夏挽沅本来只准备给小宝做一个小挂饰,没想到贝壳有点儿多,于是又给自己做了一串手链。手链小巧玲珑,色彩缤纷的贝壳被穿在一起,别有一番韵味。

夏挽沅将小挂饰绑到小宝的书包上。

小宝在一旁蹦蹦跳跳,看了眼夏挽沅手上的贝壳手链,然后看了看一旁面无表情的君时陵。

"妈妈,爸爸怎么没有?"小宝突然问道。

夏挽沅闻言看向君时陵:他的形象实在跟贝壳搭不上边。

"妈妈,你给爸爸也做一个,我们一家人都有好不好?妈妈!"小宝抱着夏挽沅的胳膊摇了摇。

夏挽沅没办法,简单地用贝壳穿了一个小挂饰,绑上一个红穗子,便递给了君时陵——反正君时陵也是不会用的。

君时陵看了一眼便接过去,随手放在一旁的桌子上。

这下小宝终于不闹了。

第二天,君氏集团总裁办公室里,各个部门的管理者都被叫过来开会。

让大家诧异的是，君时陵的办公桌上最显眼的位置居然放了一串贝壳挂饰。

这事太过诡异，但谁也不敢多往那上面看一眼，都装作若无其事的样子。

开完会，君时陵看了一眼贝壳挂饰，又看了一眼面前的下属们，眼中闪过不悦的神色：怎么没人发现？

"下午继续过来开会。"

听到君时陵的话，众人突然心里一慌。

该汇报的刚才已经说完了，按照君时陵往常的习惯，是没有必要下午再开会的。

事出反常必有妖，人若反常必有刀。众人不禁在心里回想这周自己哪里做得有问题，生怕自己被君时陵当作反面典型拿出来批评。

只有林靖脸上带着从容的微笑，丝毫不慌。

"少爷，会开完了，容我斗胆问一句。"林靖扶了扶镜框，把目光转向桌上，"您这个挂饰是在哪里买的？很漂亮，我想给女朋友买一个。"

众人本来起身要走了，听到林靖的话都是一脸疑惑之色：林特助这是在干吗，跟君总谈挂饰？而且林特助不是昨天还说自己单身，要大家帮忙介绍女朋友吗？怎么一夜过去，女朋友都有了？

疑惑归疑惑，众人最后还是选择跟着林靖的步调走，毕竟林靖在猜测君时陵的心思方面是第一名。

"是啊是啊，确实好看，我也想给我老婆买一个呢。"

"真是不错。"

"看着应该很贵吧？这造型，这成色，啧啧，太好看了。"

听到众人一片夸赞声，坐在椅子上的君时陵嘴角勾起一个细小的弧度："不是买的，是一个人自己做的送给我了。好了，散会吧，下午的会议开不开另行通知。"

众人看着君时陵那张冷峻的脸上居然隐约藏着笑意，再看桌上的贝壳挂饰，心里终于明白了，原来君总是在炫耀！

对于君时陵居然有这么温柔的一面，众人觉得这个世界变得魔幻了，真不知道是谁让这百炼钢化为绕指柔。

等众人离开办公室后，君时陵将挂饰拿过来，放在手心里看了又看，眸光温柔。

"老刘啊，这位是我现在带的艺人——夏挽沅。挽沅，这位是夏月工作室的刘参。"咖啡馆内，陈匀向夏挽沅介绍面前坐着的夏月工作室的制作人兼总监刘参。

夏月工作室可以说是国内最有名的音乐制作团队，哪怕是创星娱乐公司的王总亲自出面，都不一定能请到夏月工作室。

但夏月工作室的老板刘参曾经跟陈匀是战友，而且在一次训练中，他差点儿丢了命，是陈匀救了他。刘参一直欠着陈匀这份情。

这几年来，看到陈匀事业不顺，刘参想帮帮陈匀，都被陈匀拒绝了。前几天陈匀突然找上门，言辞恳切地请求刘参帮忙做一张专辑。刘参答应了。

看着面前倾国倾城的夏挽沅，再想到网上对夏挽沅的一些评论，刘参并不觉得自己能帮夏挽沅做出什么好的专辑。但是陈匀既然开了口，他一定会帮这个忙。

"夏小姐的专辑想走什么风格？对歌词有什么要求？想收录几首歌？"刘参按照惯例问了几个问题。

"词曲我已经全部写好了，在这里。"夏挽沅从包里拿出一沓文件，放到刘参面前。

刘参拿过来扫了几眼，再抬头看夏挽沅，眼神有些异样。

"按理说陈匀救过我的命，我应当帮他，但我不能做这种违背法律的事情。"

作为业内最专业的音乐制作团队，夏月工作室对行业中的变动还是十分敏锐的，因而第一时间就关注到创星娱乐公司官方微博发布的为谢柔量身打造的专辑。仅仅看了个曲谱，刘参便看出来，他面前的这份曲词跟谢柔的那份是十分相似的。

"老刘，实话跟你说，这事都怪我，那曲词原本是挽沅作的，因为我太大意，导致曲词被人窃取了。"陈匀说到这件事，依然满心的愧疚。

"认识你这么多年，我愿意相信你，但是别人会相信吗？我也不能为了相信你们而赌上我的工作室。"陈匀的为人刘参知道，但他仍不敢相信夏挽沅居然能写出这种高水平的词曲。

似乎早就预料到刘参的反应，夏挽沅毫不意外："你翻到最后一页，那是全网皆知的我自己作的曲。"

刘参翻到最后一页，看到是那首夏挽沅直播时创作的曲子。那首曲子确实是她原创的，可是跟前面的又有什么关系？

夏挽沅拿出笔，在本子上画了几下。

一开始刘参还没看懂，但慢慢地眼睛亮了起来，看夏挽沅的目光也变得不同。

"是我小看夏小姐了，我真是佩服！夏小姐放心，这张专辑我一定会做得让夏小姐满意。"

"合作愉快。"夏挽沅以茶代水，和刘参碰了一下杯。

谈完合作，刘参便匆匆离开了，留下夏挽沅和欲言又止的陈匀。

"我……"

陈匀一句话还没说完，便被夏挽沅打断了。

"不用说，我都知道。"夏挽沅喝了一口茶，看向陈匀，"你有很多事情没做好。"

听夏挽沅这么说，陈匀心里一沉。

"如果遇到合适的经纪人，我会再找一个。"

夏挽沅这话让陈匀心里很不是滋味。

想到自己的房贷、车贷，还有一大家子人要养，陈匀顿时慌了。但是他知道确实是自己能力不够，无可反驳。

"我不会辞掉你，你可以打理其他事情，薪酬照旧。我相信你会做得比原来好。"说完这番话，夏挽沅便离开了咖啡厅。

在她刚来到现代的时候，身上有一堆麻烦，陈匀作为经纪人，虽然嘴上骂骂咧咧，但是尽力为她收拾了烂摊子。就冲这一点，夏挽沅不会轻易辞退他。但是她确实得再找个更合适的经纪人了，陈匀没有全面深入地了解演艺圈，很多思想方法还是十年前的那一套，与现在的情况有些不太相符。

按照西瓜电视台的习惯,一般是上周录制综艺,经过一周的后期剪辑后,在第二周将节目放出来。

《长歌行》小说本身就拥有不少读者,加上"银河的风"放出来的夏挽沅的高清图片,虽然争议颇多,但是大家实实在在地被勾起了兴趣,想要看看视频里的夏挽沅是不是真的那么好看。于是这周五晚上,《开心大世界》还没开播,已经有很多人在西瓜电视台的视频平台里等着了。

节目还没开始,网友们已经等不及了,在视频平台上刷了一条又一条评论。

终于在晚上8点整的时候,节目开播了。

熟悉的背景音乐响起,依然是大家熟悉的几个主持人,在轻歌曼舞中,《开心大世界》的帷幕拉开了。

如往常一样,主持人先念了一长串的赞助商名字,然后介绍了今天的嘉宾。

"好,那么让我们欢迎《长歌行》剧组的演员秦坞、阮莹玉、夏挽沅、钱永和刘加有来到今天的舞台!"

主持人报完幕,舞台便整个暗了下来。

悠扬的笛声响起,大屏幕上墨迹漫延,勾勒出铁画银钩的三个大字:长歌行。

舞台四周的显示屏以及整个舞台都被投映出一片片绿竹林,干冰制造的雾气源源不断地萦绕在舞台上。

一束明亮的灯光打在舞台上,穿着一袭黑衣的秦坞出现在人们的视线中,剑眉星目,俊朗挺拔,瞬间就引发了现场观众的惊呼声。

随着秦坞走到舞台中央,大屏幕上一直播放着《长歌行》剧组放出的相关角色宣传视频。

清秀师兄,侠义剑客……随着身份的不断变化,场景也不断变化,从山间到朝堂,从闯荡武林到隐居世外,人们仿佛看到了扶衣公子林霄波澜壮阔的人生历程。

仅仅通过这段背景视频,大家就被勾起了观看的欲望,想要跟着林霄的脚步,去看那万里河山的兴衰荣辱。

紧接着,灯光从秦坞头上移开,身着一袭粉色公主裙的阮莹玉踩着高跟鞋出现在众人面前。

看得出阮莹玉在今天的打扮上花了大心思,全身上下皆是香家春季的最新款,脸上妆容精致,加上本身五官甜美,倒是让人眼前一亮。

随着阮莹玉走到舞台中央,大屏幕上不断地播放着小师妹的角色视频。

天真无邪的笑脸是小师妹最显眼的标志,从年少时的青梅竹马,到后来陪着扶衣公子一起走过世间纷扰,小师妹初心不改。小师妹的一生被浓缩在短短几秒钟的视频里,展现给所有观众。

相比起前面秦坞的精湛演技,阮莹玉的演技显然逊色了许多,但也算得上可圈可点。

等阮莹玉在舞台中央站定,灯光再次后移。摄影师此时换了个角度,从下往上拍出场的人。

一双如玉的脚踩着高跟鞋,首先出现在人们的视线中。

原本还有些观众对夏挽沉没有多少期待,但是西瓜电视台这个摄影视角的变化把人们的好奇心都勾了起来。

随着镜头不断上移,莹白纤细的双腿,一身暗纹如水般柔软的雪纺裙,让人忍不住对夏挽沉这个人产生了无限的期待。

再往上,洁白如玉的锁骨处,一朵淡粉色的牡丹尽情绽放,栩栩如生,花瓣旁停留着一只精巧的红宝石小蝴蝶,随着夏挽沉的走动,蝴蝶上下翩飞,颇为灵动。

似乎是为了吊大家的胃口,镜头迟迟地停留在夏挽沉的锁骨处,就是不往上移,视频前的人们都开始着急了。

突然,镜头拉远了些,将夏挽沉整个人放进了镜头里。

本来让人们觉得十分漂亮的服装和首饰,在夏挽沉的脸出现的时候,仿佛都失去了颜色,成了她的陪衬。

冰肌玉骨,似月凝霜。

此时夏挽沉背后的大屏幕上,盛装华服的小公主,绝美妖娆的舞姬,孤傲寂寞的宠妃,交相展现着天灵公主跌宕起伏的一生。

而夏挽沅显然很好地展现出天灵公主在不同人生阶段的性格特点和内心状态。

在灯光的追逐下一步步走到舞台中央的夏挽沅,又和屏幕上展现出来的角色有所不同,眉眼间流露着一丝疏离感,却不让人感到孤傲,像是三月春雨里的梨花,透着清冷的妍丽。

视频网站的评论暴增了两倍有余。

节目还在继续,按照惯例,剧组的主要人员跟大家打了招呼后,节目正式开始。

综艺节目的目的,简而言之就是让人们放松,因而《开心大世界》的节目流程一般是设置几个游戏环节,在游戏中展现嘉宾各个方面的能力,并且通过问答、真心话大冒险等形式,增进观众对嘉宾的了解。

最近几年,传统文化复兴是一个很热的词。

国家电视台也做了好几档特别有名的节目,其中有一档叫《华国诗词大会》的综艺,因为广泛性、趣味性和文学性,从开播就火得不行。很多其他综艺节目也跟随国家电视台的脚步,要么是直接做一档类似"诗词大会"的节目,要么是在原有节目的基础上加入一些"诗词大会"的情节。

西瓜电视台作为地方台里的领头羊,自然也会积极响应国家电视台,于是在最近的节目里加了一个诗词比拼的环节。

演艺圈重演技,重才能,重相貌,但对于文化水平并没有特别高的要求,整个演艺圈,有相当一部分人文化水平不是特别高。

外界对于很多演员的看法是:脸好看,没文化。

所以在夏挽沅他们即将开始这个诗词比拼环节前,很多人是持怀疑态度的。

主持人将舞台上的12个人分成了三组,分别由秦坞、夏挽沅、阮莹玉三人领队。每组通过抢答的方式答题,答对者为自己所在的组积累积分,最后积分最高的组得到奖励,而积分最低的组要喝一整杯苦瓜汁作为惩罚。

分组是按照抓阄儿的方式进行的,分到秦坞组里的人都很高兴,因为秦坞是科班出身,在文化涵养方面还是比夏挽沅和阮莹玉强上许多的。

而抽到夏挽沅一组的人,脸色就不是那么好看了。

分好组后,众人便分开站好。

"下面请听题:在古代,人们将乐器分为'丝''竹',分别指弹弦乐器和吹奏乐器,下面哪一个是指吹奏乐器? A.丝。B.竹。"

"B。"其他人还在思索,夏挽沅已经脱口说出答案。

"回答正确,第三组加5分。下一道题:下列哪一句诗描写的场景最适合采用水墨画来表现?

"A.落霞与孤鹜齐飞,秋水共长天一色。

"B.返景入深林,复照青苔上。

"C.孤舟蓑笠翁,独钓寒江雪。

"D.接天莲叶无穷碧,映日荷花别样红。"

"C。"读题人的话音刚落,夏挽沅就给出了答案。

"恭喜,第三组再加5分。请听下一题:下面哪句诗词没有使用月亮这一意象?

"A.但愿人长久,千里共婵娟。

"B.银汉无声转玉盘。

"C.凤箫声动,玉壶光转,一夜鱼龙舞。

"D.云母屏风烛影深,长河渐落晓星沉。"

"D。"

"回答正确!第三组再加5分!"

这下不光现场的人震惊了,视频前的人也惊住了,如果说第一题是夏挽沅误打误撞答对的话,那么第二题和第三题总不可能都这么巧吧?

当时录制现场的很多人与此刻看视频的网友是一个想法,觉得不可思议,于是起了骚动。

本来大家观看综艺就是想看嘉宾们真实的表现,结果连这种事情都要弄出台本,一下就激起了众怒。而且诗词比赛在众人心目中的地位很高,如果连这个都要造假,简直是在挑战大家的底线。

当时现场便有观众大声抗议,场面一度混乱不堪。

负责人心里清楚,他这边是没有给过夏挽沅答案的,而且为了保密，题目的设置只有少数几个人知道，所以问题不是出在电视台这边。

眼看着录制厅内乱了起来，负责人情急之下想到一个点子：国家电视台有一个"诗词大会"的题库，这个题库的所有权隶属于国家电视台，其他人不能提前查到答案，所以在安抚了现场观众后，西瓜电视台便将题目改成了国家电视台题库中的问题。

这下大家才安静下来。

当然，发生骚乱的那一段是没有剪辑在节目正片里的，于是当观看视频的观众刚显露出不满的时候，节目里突然换了题库，直接现场连线国家电视台的题库，随机选取题目。

大家都在等着看夏挽沅惨败的局面。

但是……

"A。"

"回答正确！"

"C。"

"回答正确！"

"B。"

"回答正确！"

…………

规律而整齐得仿佛复读机读出的"回答正确"四个字，让所有人都露出一脸疑惑的神情。

夏挽沅淡定地站在舞台上，每当题目读完，便快速地说出一个答案。无论题目有多难，她都表现得风轻云淡。

本来还很焦躁的人们，在看到夏挽沅应对如流，答对一道接一道题目时，竟然神奇地安静下来。

直到整整 20 道题答完，夏挽沅的正确率为 100%。

诗词比拼环节结束，不仅在场的所有观众沉默下来，连评论区都安静了好几秒钟，然后网友们便开始了激烈的讨论。

"我的天哪，夏挽沅好厉害啊！整整 20 道题，里面的好多东西我听都没听说过，但她全部答对了。她真的好优秀，不仅弹琴厉害，还懂得诗词。"

…………
节目还没有播完,夏挽沅的表现已经登上微博话题榜。

节目里,没有任何悬念,夏挽沅所在的组取得了胜利。

这一场诗词比拼下来,基本上在场的人都对夏挽沅刮目相看。

人就是这样一种奇怪的动物,当我们反感一个人的时候,不管这个人身上有多少优点,都只会看到他的缺点,而当我们抛去偏见再去看这个人时,就会发现那些以前被掩藏在偏见里的闪光点。

舞台上,夏挽沅静静地站着,仿佛拥有掌控一切的自信,由内而外流露出一股淡然的气质。绝美的容貌与惊人的才气碰撞,使得夏挽沅整个人自成一方天地。

盛世集团内。

"少爷,最近我们的几个项目都被君氏抢走了。"助理将文件摆到宣升面前。

宣升却表现出毫不在意的样子,此时正逗弄窗边鸟笼里通体金色的小鸟。

"叫一声我听听。"宣升喂了点儿鸟食。

小鸟清脆的啼叫声在办公室里响起。

宣升笑了笑,这才放下手里的鸟食罐,拿起一旁的文件。

"没查到君时陵和夏挽沅具体的关系吗?"

"很多关于夏挽沅的东西被抹得一干二净,但是我们查到最近一段时间君氏集团的律师团队活动得很频繁。"

"具体是什么事?"宣升示意助理继续说下去。

"他们口风很严,没有套出来具体的事情,不过我们派人跟踪了一段时间,发现其中几个职员跟离婚公证处的人走得比较近。"

本来半躺在椅背上的宣升听到这话突然坐起:"离婚公证处?"

宣升眼眸微眯:所以一直以来是他想错了?夏挽沅不是金丝雀?她居然结婚了?和君时陵?可是为什么一点儿风声都没有走漏?他们又为什么要离婚?

宣升的头脑里突然涌现出无数个问题。

"你先出去吧,这件事不要跟任何人提起。"

"是。"

等助理离开办公室后,宣升坐在椅子上想了很久,依然没搞清楚其中的关系,心中隐隐生出一股躁动感。

宣升拿过一旁的耳机,听起夏挽沅的曲子来,在舒缓的琴声中,紧皱的眉头逐渐变得平展。

等再睁开眼的时候,他眼中流露出势在必得的神色。

庄园内,夏挽沅本来在练字,看到王伯过来叫她下去,说是有事商议。

夏挽沅下了楼,就看见客厅里有一个不认识的人。

君时陵坐在沙发上,对面坐着一个风姿绰约的女人,从她的眉宇间看得出她的性格极为爽利。

在夏挽沅打量唐茵的时候,唐茵也在打量夏挽沅。

唐茵曾是一手捧出两大最佳男主角的金牌经纪人。

在六年前的那件事情发生之后,唐茵便退出了演艺圈,安安静静地打理起自己的花店,从此不再过问演艺圈的任何事情。

但今早她刚打开花店的门,就有一个戴着眼镜的男人走进来,说自己是君氏集团的特助,还说君氏集团的负责人要见她。

她的第一反应就是面前的人是骗子,但做了那么多年的经纪人,她识人的能力还是有的,面前戴着眼镜的男子一看就是能力极强的人。

将信将疑地上了林靖的车,在车子绕进丛木深处时,唐茵还有一瞬间的紧张。等到君家的庄园出现在眼前,她才相信了林靖的话。

直到被带进庄园,见到那个传说中的君家家主,她都没想明白君时陵找她做什么。

君时陵倒也干脆,直接跟她说了让她来做夏挽沅经纪人的事。

她当即便拒绝。六年前发生的一切,让她对演艺圈彻底失望,那里是伤透她的心的地方,她不想也不敢再踏入。

君时陵仿佛已经预料到唐茵的回答一样,只是淡淡地说了一句:"等你见到她,再给我答复。"

然后夏挽沉下来了。

在家里，夏挽沉只是穿了一条白色长裙，未施粉黛，但丹唇欲滴，眉如远峰。

从楼梯上缓缓地走下来的夏挽沉，带着一分傲然、两分随意、三分淡然、四分清雅，从骨子里透出十分的美丽。

唐茵几乎在瞬间就断定这是一个会站在演艺圈顶峰，将所有人远远甩在山脚，能创造历史时刻的女人。

"你好。"夏挽沉走近了些，微笑着跟唐茵打招呼，举手投足间尽显气质。

唐茵近距离地看到夏挽沉没有一丝瑕疵的五官，心中更是惊叹。

"你好。"唐茵也站起身，朝着夏挽沉弯了弯腰。

"她是个不错的经纪人。"君时陵向夏挽沉介绍唐茵。

夏挽沉眉尖微动：能让君时陵夸一句"不错"，眼前这个女人应当是能力极强的。

"这是我夫人夏挽沉。"君时陵十分自然地向唐茵介绍夏挽沉。

唐茵有些疑惑：君时陵的夫人还需要闯演艺圈吗？而且就算要闯，君时陵直接拿钱把她堆上去不就好了，有必要这么大费周章地把自己找过来吗？

"刚才的问题考虑得怎么样了？"君时陵自然看出了唐茵眼中的困惑之色，但不欲多说。

"我……"唐茵下意识地要拒绝。

"你不想创造一个神话吗？"君时陵似乎知道唐茵即将说什么，没等她说出口，便又加了一句。

唐茵一愣，心中涌起万千思绪。

神话？她从大山深处走出来，从最难的场工做起，一路摸爬滚打，终于凭借自己的能力在演艺圈有了一席之地。

这一路走来当然有梦想在支撑着她，她想创造一个神话，一个足以引领演艺圈的神话。可惜她的这个梦在六年前就被残酷的、带血的现实给粉碎了。

现在君时陵跟她谈神话？唐茵咬紧了牙关，将眼中的泪水逼回去。

突然眼前出现一方手帕，唐茵抬头，对上一双如水般柔和却又透着坚定意味的凤眼。

"好，我愿意做君夫人的经纪人。"似乎下了极大的决心，唐茵接过夏挽沅递来的手帕，对君时陵说道。

"那你们聊吧。"君时陵对唐茵的回答并不意外，说完便上楼了。

从君时陵和唐茵的对话中，夏挽沅明白了唐茵是君时陵给她找的经纪人。

陈匀能力有限，她虽然不准备辞掉他，但确实该找个有能力的经纪人，既然君时陵帮她找到了，那她也就承了君时陵这个人情。

唐茵能在毫无背景的情况下，以一己之力在复杂的演艺圈闯下一片天地，自然是八面玲珑的。

夏挽沅虽说性子淡然，但也是心思通透、情商极高的。

从骨子里来说，夏挽沅和唐茵其实都有着极其坚韧的意志，很快两个人便聊到了一起。

半个小时过去，唐茵对夏挽沅惊叹不已，觉得夏挽沅简直全身都是宝藏，随便翻出一角，都足够令人惊艳。唐茵可以预料到，在不久的将来，整个演艺圈都要为夏挽沅而疯狂。

而夏挽沅同样感受到眼前这个30岁左右的女人身上迸发的顽强生命力和果敢。夏挽沅觉得，唐茵虽为女子，但丝毫不比男子差，心中对唐茵产生了很强的信任感。

"明天你去和我的另一个经纪人陈匀对接一下吧。"

"好，那我就先回去了，有事电话联系。"

直到走出庄园的大门，唐茵都觉得自己好像做了一场梦一般。回去的路上，这六年来从来不去看路边广告牌的唐茵，第一次扬起头，仿佛在重新熟悉这个世界。

商业中心的电子大屏幕上，正播放着当红最佳男主角的电影宣传片，那熟悉的笑容就像一把刀把唐茵的心铰得破碎。

想到六年前崩塌的一切，唐茵握紧了手：这一次，她要带着夏挽沅凤凰涅槃。

庄园内，为了感谢君时陵，夏挽沅想给他送个礼物。但思来想去，夏挽沅也想不出君时陵缺什么，便准备亲自下厨做顿晚饭。

让厨房的人帮忙准备好食材后，夏挽沅便给大家放了假。

君时陵忙完了工作走到楼下，看到客厅里已经没人了，环顾了一圈，也没有看到夏挽沅。

"少爷，夫人在厨房做饭呢。"没等君时陵开口，王伯便上前告知了夏挽沅的动向。

君时陵走到厨房门口，便看见了正在里面忙碌的夏挽沅。

其他人都有工作餐，所以夏挽沅只用做三人份的饭。夏挽沅准备了三菜一汤，现下锅里正煮着排骨。

被煮得沸腾的汤汁不住地冒泡，发出"咕嘟咕嘟"的声音，空气中飘着浓郁的香气。

厨房里的灯相对暗一些，此刻打在夏挽沅身上，倒显得十分温柔。

戴着围裙的夏挽沅，腰身被系绳勾勒得极其婀娜，海藻般的长发被简单地扎在脑后，整个人给人一种温暖的感觉。

"你忙完了啊？"夏挽沅回头准备拿点儿调料放进排骨里，正好看见门口静静站着的君时陵。

"嗯。怎么亲自动手了？"君时陵敛住眼中的情思，走进厨房。

"为你做的啊。"

"为我？"

夏挽沅短短的一句话，让君时陵顿时感到十分温暖。

"谢谢你给我找经纪人啊。你都是首富了，我想了想也没什么能送你的，就做顿饭感谢你吧。"夏挽沅眉眼弯起。

"好。"君时陵点点头，将袖子挽起来，"需要我做什么？"

"把那个洗了，我来切豆腐。"夏挽沅也不跟君时陵客气，指了指案板上的青菜。

"嗯。"君时陵拿了青菜在水池里洗起来。

夏挽沅在一旁的案板上切菜。

空气里突然传来一阵焦糖的香气，夏挽沅连忙走到灶前，揭开盖子，顿时浓郁的肉香味扑鼻而来。

夏挽沅加大了火力，等充分收汁，将浓稠的汤汁裹在被炖得软烂的排骨上面。

拿了个盘子将诱人的排骨盛起来，夏挽沅便转身去切剩下的菜。哪儿想到刚洗好菜的君时陵恰好转身，夏挽沅的头一下子撞在君时陵的下巴上。

"哎哟！"君时陵被撞得一愣，轻呼一声。

"哎呀，不好意思，你没事吧？"夏挽沅连忙退开一步。

"说好的报答呢？我这饭还没吃上呢。"君时陵摸了摸下巴，看着夏挽沅，眼中带着笑意。

"那也不能怪我啊，谁让你突然转身的？"夏挽沅自己都没有发现，在君时陵面前，她逐渐变得"无理取闹"起来。

"嗯，怪我。"君时陵笑了笑，眼中带着不易察觉的宠溺，"那你先走，等你走了我再转身。"

夏挽沅被君时陵的话逗笑了："君总什么时候喜欢取笑人了？"

君时陵笑而不语。

等饭做好，小宝也刚好到家。

当天的晚饭，君时陵吃了三碗，小宝吃了两碗，非常给面子地把桌上的菜吃得干干净净。

"妈妈，你做的菜是我吃过最好吃的！"小宝放下碗，嘴角还沾着些排骨汁，看起来像只小花猫，对着夏挽沅拍起马屁来。

"是吗？昨天你还说李妈做的鸡翅是你吃过最好吃的菜呢。"

被夏挽沅无情地戳破了真相，小宝心虚地鼓起腮帮子："反正妈妈你做的菜最好吃，李妈做的菜第二好吃！"

"谢谢小宝的好评！"夏挽沅摸了摸小宝的头。

一旁的君时陵看着这一幕，眼中蕴着暖意。

当晚，君氏集团的管理者们照常刷朋友圈的时候，突然刷到一条九宫格动态，9张图片里，糖醋排骨勾人食欲，虾仁看起来白嫩鲜美，在深夜里显得十分诱人。

看着也就四道菜，居然发了整整九张图，这人可能有点儿问题！大家心里默默地嘀咕了一句，然后习惯性地准备滑走，却突然觉得有哪里不对劲,于是返回去看了一眼备注:君总!

这下众人都不淡定了:君时陵的朋友圈之前可从来没发过动态。

对于老板朋友圈的动态,到底是装作没看到好,还是点赞和评论一下好呢?就在众人犹豫不决的时候,君时陵的微信动态下多了条评论。

林靖:"夫人真厉害,菜看起来好好吃啊,少爷真幸福。"

林靖可是君氏集团的风向标啊!他们跟着林特助走准没错!

于是很快君时陵的微信动态下多了很多条评论。

"看起来太有食欲了!九张图是不是太少了?感觉放100张都不为过啊!"

"夫人居然为君总亲自下厨,可见夫人有多关心和爱护君总,真是让我们羡慕。"

"祝君总和夫人长长久久,幸福美满。"

…………

睡前躺在床上看朋友圈的君时陵,看着一条条评论,眼中闪过满意的神色。

第七章

演 技

"今天有哪些人的作品？"宣升刚开完会议，扯开领带丢到一边，问身旁的助理。

"有宿迁大师的、林宇大师的，还有最近风头很盛的原晚夏的。原晚夏虽然不出名，但是我觉得老爷子可能会喜欢此人的风格。"

"走，反正现在没事，过去看看。"

"好的。"助理连忙去派车。

"少爷，夫人的画应该是第三个出场。"

"嗯。"君时陵坐在贵宾室里，隔着窗户看着楼下熙熙攘攘的拍卖会现场。

"欢迎各位来到今天的拍卖会！今天主要拍卖字画，大家可以尽情地选择自己喜欢的拍卖品。好，话不多说，让我们看看今天的第一件拍卖品。"

楼下，主持人开始向众人介绍字画的作者、风格以及价值。

宣升坐在贵宾室里，一双修长的腿搭在桌子上，看着面前屏幕上展出的画，兴致缺缺。

"你是怎么办事的？就这种画，也值得我来看？"

宣家老爷子喜欢名人字画，是内行人的那种喜欢，并不是附庸风雅。

宣升为了讨老爷子的欢心，私底下不知下了多少苦功钻研和琢磨字画，自然对字画有一定的鉴赏能力。他都看不上这画，更别说老爷子了。

宣升正准备起身离开，屏幕里的主持人开始介绍今天的第三件字画——来自原晚夏的《松间渔牧图》。

前面两幅著名画家的画，宣升不喜欢的一个重要原因就是太平淡了。

宿迁大师的凤穿牡丹雍容华贵，林宇大师的墨竹极有风骨，但宣升总觉得少了点儿什么。

当看到屏幕上缓缓拉开的原晚夏的古松图时，宣升眼前一亮。

这幅画与宣升见过的任何一幅古松图都不同。

画卷上以白粉为雪，树梢、芦苇、山顶又以泼墨晕染。整个画面寒汀疏林，薄积小雪，一只只小船和渔民张网垂钓的情景形成妙趣。

景物微罩于薄雪、轻雾之中，一派初冬季节的萧索气氛，但不乏浓厚的生活情趣。

画面后段，一片古松虬曲，杂树以水墨点染而成，松针用笔尖锐，重勾笔法精练，墨色清润，以墨笔勾皴和水墨晕染为主，在古松的叶子顶端敷粉或描金，表现出小雪过后苍老的松树上仍有阳光倾洒的景象。

苍老的古松在历来的文学创作中都带着些萧索的意味。而原晚夏的这幅图，不单单画古松，还将苍老的古松与渔村风光相结合，让人感受到无限的生机，笔法也十分老练，笔势大开大合。

"就这幅了。"宣升眼中透着浓厚的兴趣。

"好，那么现在开始第三幅作品的拍卖。这幅来自原晚夏的《松间渔牧图》，起拍价 100 万元。"

"120 万元。"

"130 万元。"

"150 万元。"

"200 万元。"

楼下普通场内的人纷纷开始竞价。

宣升和君时陵都按兵不动。

这幅画竞拍到 200 万元的时候，楼下再没有人往上加价了。

"好，15 号出价 200 万元，还有比他更高的吗？ 200 万元一次，200

万元两次。"

眼看主持人的锤子就要落下来,楼上的贵宾室传来报价声:"250万元。"

"好,贵宾室1号出价250万元。还有更高的吗?"

宣升本想最后报价的,哪儿想到居然有人跟他抱着同样的想法。看了眼对面的贵宾室1号房间,宣升按下了手里的报价键:"280万元。"

"好的,贵宾室2号报价280万元。还有更高的吗?"

"300万元。"

"350万元。"

"400万元。"

"500万元。"

眼看着对面的2号贵宾室一步步抬高价格,君时陵目光变得深不可测,直接按下报价键:"1000万元。"

这番操作直接在拍卖会上引发了骚动。

本来100万元的起拍价,现下居然提高了10倍,而且这原晚夏是众人都没怎么听说过的名字,大家都不知道为什么他的画能拍出这么高的价格。

2号贵宾室里,宣升看着这突然飙升的1000万元,眼中闪过疑惑之色。

虽然他喜欢这幅画,但也不至于花1000万元,当下便歇了继续竞拍的心思。

"好的,贵宾室1号出价1000万元。还有比1000万元更高的吗?1000万元一次,1000万元两次,1000万元三次!让我们恭喜贵宾室1号获得了原晚夏的这幅《松间渔牧图》!"

直到拍卖会结束,大家也不知道这位以1000万元高价拍下一幅画的神秘贵宾是谁,但他一掷千金,直接以对家1倍价格报价的行为,还是引起了大家的热议。

长年不在人们视线中的字画界这一次倒是赚足了眼球。

"原晚夏画作1000万元"的词条很快登上了微博话题榜。

大家被"1000万元"吸引,点进了话题榜。

"神秘买家以1000万元的高价拍下原晚夏的《松间渔牧图》,创下今年的画作拍卖纪录!"

这条微博配图是一个大大的"惊"字。

这时候大家都抱着一种看热闹的心态，一方面是被1000万元的高价所震惊；另一方面是好奇这个原晚夏画的到底是什么样的画。

直到一个博主顺着"原晚夏"这个词条找到钱严发的那篇长文，并将那篇长文转载了，事情开始变得复杂起来。

这篇文章中提到距离原晚夏这个画家第一次出现在众人的视线中，也就一个月左右的时间。

他的第一幅作品《桃花图》就卖出了20万元的价格；第二幅作品拍出了100万元的价格；而第三幅作品，也就是这一次拍出的《松间渔牧图》，价格居然飙升到了1000万元。

结合钱严文章中的内容，原晚夏简直就是虚假抬高作品价格的典型，具备了所有被批判的条件。

见微博认证为著名画家的钱严发文批判这种数据造假的行为，加上原晚夏的画作拍出的价格确实很奇怪，网友们纷纷在钱严的微博下评论表示支持。

书画界在人们心中是很纯净的地方，所以钱严发的文章让大家愤愤不平，这不是对有真才实学的画家的极大打击吗？于是大家自发地行动起来，不断地转载钱严的那篇文章，转发量达到了10万次。

就在大家对这个原晚夏各种猜疑和辱骂的时候，一个书画界的大师发布了一条微博动态。

本来普通人是不怎么关注书画界、古董界等领域的，一是因为专业性太强不太好懂，二是因为跟自己的生活联系不大。

但这几年，国家电视台有一档名叫《宝藏》的鉴宝类节目做得很是红火。节目组邀请了许多业界有名的大师坐镇，然后向全国广泛征集可能有价值的藏品，由大师们进行讨论和鉴别，给出价格。

这些被送过来的藏品，可能有赝品，也可能有被埋没在民间的价值连城的宝物，因而对观众的吸引力还是很大的。节目组为了保证公正性，选取的评委都是业界的泰山北斗。

所以很多网友对节目的评委比较熟悉。

节目中有一个专门评鉴字画的评委，便是华国书画协会的会长李铅。

李铅大师在国内、国际都享有盛誉,而且没有什么大师的架子,十分亲近大众,为了多和大众交流,还专门开通了微博。

李铅大师经常在微博上分享一些自己近段时间看到的好画,还会随机挑出一些网友,回答他们的问题。因而在众人心中李铅是一位德高望重的大师,大家对他十分尊崇。

今天大家一如既往地来看李铅大师又分享了什么画,李铅大师的微博中却出现了大家刚刚刷到的名字——原晚夏。

李铅:"最近发现了书画界一颗被埋没了许久的明珠——原晚夏,对于他的画,我只能用几个词来形容:气韵生动、浑然天成、价值连城。"配图是两幅画,一幅是最开始张教授拿到书画协会的《桃花图》,另一幅是昨天在拍卖会上出现的《松间渔牧图》。

李铅本就是书画界的泰山北斗,众人从来没见他这么夸赞过谁,于是纷纷点进他的微博里去看。

"虽然我不懂画,但是这幅画给我的感觉真的挺不一样的。"

"我也是,只是看着就觉得有作者独特的气势在里面,这就叫作鲜明的个人风格吗?"

"我是学美术的,现在只想说一句'佩服',这个原晚夏对于光线的运用,以及对画面布局的把握真的太棒了,这恐怕是我一辈子都只能仰望的高度。"

"哇,我就是搞书画收藏的,刚刚看到钱严发的长文还挺愤怒的,但是现在一看,原晚夏的画真的是独具一格。我要是有钱,也愿意花1000万元买我喜欢的画。"

"我对书画什么都不懂,但是让我选择,我肯定买原晚夏的这幅画,看到这幅画,感觉整个人好像置身于画家所展现的世界一样,太美好了!"

…………

钱严看着10万次的转发量,正要借机宣传一下自己的画,没想到半路杀出个李铅来。

钱严在业内的名气跟李铅相比,那是天壤之别,而且李铅还把原晚夏的作品放了出来。虽然网友们不懂书画技巧,但他们有最基本的感知美的能力,因而很快风向就变了,大家由支持钱严变为嘲讽钱严。钱严只得灰溜溜地删掉了那篇指向性很强的文章。

钱严的这场闹剧，加上李铅大师的高度赞赏，大大提高了原晚夏的名气，让他一夕之间变成了身价极高、众人皆知的新锐画家。

无数媒体想要拿到关于他的第一手资料，结果找遍全网，也没有找到关于他的一丝消息。

蹿红速度极快，身价高，再加上极为神秘，一时之间，关于原晚夏的帖子遍布各大论坛，许多人对原晚夏充满好奇，原晚夏在各大网站拥有了一大批支持者。

庄园内，夏挽沅也感到很惊讶，自己的画居然能卖到1000万元。

张教授倒是觉得夏挽沅的画本身就极有价值，或许是买家就喜欢那幅画作的风格，而且很有钱，让夏挽沅不要过于忧虑。

又到了练习舞蹈的时间，夏挽沅到了舞蹈室，却发现今天舞蹈室里多了两个女人，其中一个还是金发碧眼的外国人。

"夫人好，我叫吉娜，她是缇娜，我们是君总聘请过来陪夫人练舞的。"

自从上次发生争执后，君时陵就再也没有来过舞蹈室：他怕自己会忍不住将夏挽沅拉走。

但既然夏挽沅想把这件事做好，他便不会再阻拦，甚至还让林靖去找了两个世界舞蹈大赛的冠军过来教夏挽沅。

虽然夏挽沅自己练习的效率也不错，但吉娜和缇娜不愧是受过相当多现代科学理论指导的专业人员，给了夏挽沅很多建议。而且自己练习，有些动作做得不到位，自己很难发现，有了别人在一旁指导和监督便好了很多。

即使吉娜和缇娜都是世界性比赛的冠军，仍然被夏挽沅卓越的天赋和坚韧不拔的毅力所折服，当下便倾囊相授。

夏挽沅进步得越来越快。

"唐茵？"咖啡馆里，陈匀按照约定来和夏挽沅的新经纪人进行一些工作上的交接，但他怎么也没想到来的居然是唐茵。

"陈大哥，好久不见。"唐茵向陈匀伸出手。

陈匀回握了一下。

"是好久不见了！"陈匀看着唐茵，十分感慨，当年他们俩还属于竞争关系呢，没想到兜兜转转，现在会变成合作关系，"没想到挽沅竟然能把你找过来，看来演艺圈马上就要出一个新的神话了。"

"陈大哥客气了。我们来聊一下夏挽沅的工作情况吧。"

"好。"

"小丽，过来看，这个草莓慕斯看起来好好吃啊。"正在玻璃柜边看着蛋糕店新品的小华，忍不住朝同伴招了招手。

"这个太甜了，不好吃，我昨天试过了。我跟你讲，还是那个黑森林好吃。"

"真的啊？"

两个人正要就什么最好吃进行下一步的讨论，却突然觉得哪里有些不对劲：蛋糕店是不是有些过于安静了？

"请问，有什么好吃的蛋糕推荐吗？"

两个人刚抬起头，就看见一个英俊潇洒的男子带着冷厉的气势朝她们走过来。

"啊！"小华愣了一会儿，然后下意识地指了指不远处的红丝绒蛋糕，"那个挺好吃的，我和我的朋友每次过来都会买。"

"好的，谢谢。"气势逼人的男人点了点头，然后便走向不远处的玻璃柜，拿出了一个蛋糕，递到目瞪口呆的收银员面前。

等男子离开后，众人才慢慢反应过来。

"我怎么觉得这个人有点儿眼熟啊？"小华一边将挑选好的蛋糕放到收银台上，一边在脑海里搜索。

"您二位的单被那位先生付了，您可以直接拿走。"收银员也一脸迷茫的神色，那个男人甩下三张纸钞就走了，说给这两位买单，剩下的钱给她当小费。

小丽和小华拎着蛋糕开心地走出蛋糕店。

"啊！我想起来他是谁了！"小华突然尖叫一声。

旁边的同伴被吓了一跳："你干吗啊？这么大惊小怪的！"

"快快快,你帮我拿着蛋糕!"小华将蛋糕盒放到同伴手里,然后掏出手机,搜索了一下君时陵的照片。

"啊啊啊!你看!刚刚那个是华国首富君时陵!"

"首富也会亲自来买东西吗?还是蛋糕!世界真是变得魔幻了。"

遇到君时陵这件事情实在是太神奇了,两个人当即将此事发了朋友圈,而且通知了自己的同学和朋友,甚至连七大姑八大姨都通知了。

小华在微博上也更新了一条动态。粉丝数还没过百的她,可能由于微博内容带上了"君时陵"三个字,动态发布后还不到一分钟阅读量就突破了一万。

华华爱花花:"啊啊啊!我的天哪!今天和好朋友居然在蛋糕店里遇到了君时陵!他来问我们有什么推荐的蛋糕,我推荐了一个,他买完就走了。为了答谢我们,他还付了我们的蛋糕钱!苍天啊,他真的太帅了!我敢说我此生没见过这么好看的男人!"附图是一张照片,上面摆着两个蛋糕。

看到评论区一片质疑的声音,小华虽然很生气,但是也没办法,当时她完全被君时陵的容貌和气势震慑住了,而且一开始也没想到那个人是君时陵,所以根本没来得及拍照,等到反应过来的时候,君时陵早就走远了。

私信里还有一些骂她没下限博取关注的,气得她直接关了微博,不去看那些糟心的信息。

直到把君时陵付钱买的蛋糕全部吞下肚,小华才消了气:"哼,我能吃到首富买的蛋糕,他们却不能,心理平衡了。"

等到她忍不住再登上微博的时候,却发现有"999+"的消息,吓得她以为自己被网络暴力了。她战战兢兢地点进去,才发现到处是哀号声。

当时蛋糕店外还有一些路人,其中有一些是认识君时陵的,他们拍下了君时陵进蛋糕店的照片并发到了网上。

随着看这些照片的人越来越多,小华的这条微博也被人找了出来。这下子就有实证了,大家都相信了她发的内容。

"我们只能羡慕地看着人家吃首富买的蛋糕……"

"你们这些人，看热闹都抓错了重点，百度百科上可是明明白白地写着他从不吃甜食的。你们也不想想，他这么个大忙人，亲自去买蛋糕，是给谁买的？"

"前面的，你分析得好有道理。我更羡慕了！呜呜呜！除了他那个神秘的小娇妻，估计也没谁了吧！"

小华回复了这条评论："我给他推荐的是红丝绒。"

于是当天 D 市的蛋糕店里，红丝绒被一抢而空，尤其是君时陵去过的那家。

店家商业头脑十分灵活，当机立断让人做了个小挂牌放在店里的红丝绒上，上面写着"君时陵夫人同款"。

此后，这款蛋糕的销量至少翻了两倍。

夏挽沉对这些毫不知情，此时她正吃着君时陵买回来的红丝绒蛋糕。

小宝在一旁用小拳头给她捶背。

"妈妈，这么捶重不重？"小宝一边给夏挽沉捶背，一边问。

"嗯，可以再重一点儿。"夏挽沉吞下一口蛋糕，觉得味道真不错。

"这样呢？"

"还可以再重点儿。"夏挽沉跳了半天舞，身上有些酸软，"好，这个力度就行，乖。"

背上被人捶得很舒服，夏挽沉有些惬意地闭上眼睛。

"妈妈，我也想吃，你给我吃一口行不行？"小宝眼巴巴地看着夏挽沉手里的蛋糕，口水都快流下来了。

夏挽沉睁开眼一看，小宝正趴在她怀里，那刚刚是谁在给她捶背？

她回头一看，君时陵正站在她身后。

"妈妈，给我吃一口好不好？"

"不行。"夏挽沉还没开口，君时陵就打破了小宝的企图，"上次沈修才说了不许你再吃甜的，你都忘了吗？"

"哼，坏爸爸，每次就只给妈妈买蛋糕，我不喜欢你了。"虽然小宝知道君时陵说得有道理，但还是委屈地噘起了嘴：那可是甜甜的蛋糕啊！啊，他好馋啊！

夏挽沉见小宝委屈巴巴的样子，不由得失笑："等我有时间了，给你做无糖的蛋糕，这样你就可以吃了。"

"好，妈妈最好了！"小宝这下开心了。

君时陵一边给夏挽沉捏肩，一边冷冷地扫了小宝一眼。

小宝对着君时陵吐了吐舌头，没等君时陵黑脸，便把头埋进了夏挽沉怀里。

前期的造势、宣传已经到位，但《长歌行》剧组一直没宣布什么时候开启电视剧首播。

众人还在焦急等待的时候，初夏的一个周六的凌晨，《长歌行》电视剧突然上线了。

正值周末，众人一觉醒来，拿出手机准备看看今天有什么八卦消息，结果就看见视频网站推送的一条消息："国风武侠巨作《长歌行》开播，快来一起探索扶衣公子的侠义人生吧！"

众人迷迷糊糊的意识突然就清醒了。

这部电视剧宣传了这么久，终于上映了，很多观众忐忑地点开了链接。

画面缓冲完毕后，随着悠扬的笛音，一幅墨水晕开的山水画逐渐展现在人们眼前。

墨色晕染的群山中，缓缓地驶来一只小船，船头处站着一个挺拔倜傥的公子，身后背着一把长剑。

一只白鹭从山头飞下，掠过水面，激起一片涟漪。随着涟漪的荡开，群山开始变绿，小舟开始发灰，人物也逐渐由水墨画变得鲜活起来。

光看这个片头，众人就觉得《长歌行》剧组是用了心的，用水墨作为载体，展现出武侠世界的那股潇洒韵味，墨风音乐室这几年虽然衰落了，但底子还在，配的音乐也和意境相符。

电视剧的开头跟很多武侠小说一样，在一个月黑风高、打雷下雨的夜晚，男主角家惨遭灭门之祸，忠心耿耿的仆人拼了命才把男主角送到了沧源山里。

而后夜色消失，画面突然变得明亮，镜头给了沧源山一个远景，屏幕上显示出"十八年后"几个大字。

镜头从林间拉过,观众好像置身于崇山峻岭中一般,渐渐地耳旁传来瀑布流水的声音,镜头顺着流水声而去,一只风筝出现在观众的视野中。

想到剧组曾经发的那段人物宣传片,大家知道这是男、女主角要出场了。

果然,随着镜头拉近,山脚传来女子银铃般的笑声,身着翠衣的田樱儿率先出现在镜头里。

"师兄,你快点儿跑,再把它放高一点儿。"田樱儿一边笑,一边回头跟被称作师兄的林霄说话。

镜头再拉近,男主角林霄正式登场了。他虽然身着布衣,但丝毫掩不住少年郎的清俊潇洒。林霄宠溺地看着小师妹,眼神澄澈。

放映到一分钟左右的时候,进来看电视剧的人变多了,评论区也热闹起来。

电视剧还没播上三分钟,评论区已经吵起来了。

电视剧的前两集一般是交代故事的背景,《长歌行》的第一集主要是让男主角林霄和女主角田樱儿出场,展现一下二人的青梅竹马之情;第二集则开始铺展时代背景,有朝廷中人来到沧源山,请求指派一名武功高强的人帮助朝廷押送一件重要物品。

从没见过外面世界的林霄,想去广阔天地锻炼一下,便主动请缨,跟着朝廷的人到了京城。

从小在沧源山长大的林霄,对京城的一切都很感兴趣。正巧遇上京城一年一度的花灯大会,林霄便去凑了个热闹。

街上人来人往,各商铺、摊贩都在叫卖自己的商品。林霄一边走一边看,想到临走前小师妹噘着嘴不高兴的样子,宠溺地一笑,找到一家首饰店,用自己打零工赚的钱给小师妹买了支簪子。

街上固然热闹,但人实在太多了,林霄逛了一会儿便飞上一棵大树,躺在树干上,既能看到繁华的灯市,又能有一方比较安宁的天地。林霄优哉游哉地在树上哼着歌。

镜头逐渐离开林霄,给了灯市一个长镜头,花灯如织,灯火温暖。

随着一阵悠扬的音乐声响起，一道袅娜的紫衣身影出现在镜头里。

镜头仿佛了解观众的心思一般，直接拉近，一寸寸地描摹着紫衣女子的风采。

三千青丝被浅银色的发带束起，发丝上斜插着一支银亮的蝴蝶钗。紫衣女子脸上蒙着一层轻纱，那双露在外面的眼睛仿佛含了一汪春水，动人心魄。

天灵公主这回是偷偷跑出来的。

在皇宫里被千娇万宠的小公主哪里见过民间这么多好吃的、好玩的？她看着刚出锅的包子的晶亮眼睛，观众都被勾起了食欲；她看着摊子上小首饰的明亮双眼，让人不由得怀疑这是多么珍奇的宝贝。

小公主一边走一边张望，一双美眸灵动而有神。

正在小公主观看表演的时候，小偷悄悄地拿走了她的钱包。

"还我钱包！"小公主追逐着小偷，眼看就要跟丢，突然前面的大树上落下一个人来，三两下就制伏了小偷，把钱包抢了回来。

"小姐，给。"

林霄剑眉星目，丰神俊朗，一下子就让深居宫中的小公主羞红了耳垂，那双似水的眸子中也透出明显的羞涩和欢喜之色。

一阵风吹过，小公主的面纱垂落。

林霄定住了。

全视频网站的评论区也变得安静了。

天灵公主的设定是自豆蔻年华开始便被誉为"天下第一绝色"的绝世佳人。不然在后面的剧情中，天灵公主也不会凭借美貌一手掌控了兵马大将军，最后还被新皇看中，以前朝公主的身份让新皇力排众议，让她进宫做了宠妃。

此时镜头前的天灵公主，完完全全让众人领会到什么叫"天下第一绝色"。

柳眉不描而黛，衬得皮肤白皙细腻，唇色浅红，使她看起来娇俏可人。灯光映照下的小公主，一边羞涩而惊慌地掩着面纱，一边紧张地提着裙边，宛如素荷玉立，正应了那句"出淤泥而不染，濯清涟而不妖"。她又黑又亮的眼睛像刚浸过水的墨晶石，顾盼间散落一地星光。她不需要任何胭脂水粉，双颊处的红晕是对少女最好的装饰。

第二集演到夏挽沅的面纱被吹落，众人的胃口完全被吊了起来，正想继续往下看，片尾曲就出来了。

众人一边在心里骂剪辑师，一边打开《长歌行》剧组的官方微博催更新。

当初剧组发宣传片的时候，还只是原著粉被夏挽沅惊艳到了，而今电视剧一播出，几乎在一天之内，关于夏挽沅的剪辑片段就传遍了全网。

"夏挽沅绝色美人"词条直接冲到了微博话题榜前列。

在部分网友的故意挑动下，前段时间出现的那个"夏挽沅整容"的话题也被顶了上来。

"夏挽沅整容"话题评论区的第一条评论，是一个名叫鸭太子的博主发的，其截取了在以往的电视剧里因为表情错位而让夏挽沅显得僵硬和丑陋的照片，将这些照片同"银河的风"发的那些照片放在一起对比，然后得出结论：夏挽沅整容了。

这条微博下面还有将近5000条评论表示赞同。

"如果看了《长歌行》还说夏挽沅整容的话，那他应该是眼睛有问题。"

"鸭鸭说话啊，造谣不用负法律责任的吗？"

…………

不得不说，作品是一个艺人在演艺圈最坚实的立身基础。

以前不管夏挽沅方怎么澄清，怎么辩解，众人就是改变不了固有的认知，而现在电视剧仅仅播出了两集，就已经有很多人自发地站在夏挽沅这一边。

"这下怎么办？你看看现在，网上讨论的全是夏挽沅，谁还记得我阮莹玉才是《长歌行》的女主角？！"酒店内，阮莹玉正对着经纪人发脾气。

就算预感到夏挽沅的口碑会很好，但她实在没有想到反响会这么强烈，所有人都把目光放在了夏挽沅身上，根本没有人想起还有她阮莹玉这个人。

经纪人撇了撇嘴，心想还不是因为你长得没人家好看，演得没人家好，但嘴上还是要安慰阮莹玉一番的："你别着急啊，放心吧，公司是有后招儿的，等着就行了。记得这些天出门千万别表现出不开心的样子，否则很容易被人做文章。"

"知道了。"又翻了一遍网上的评论，看到那些"小师妹丑"与"夏挽沅绝色美人"形成的鲜明对比，阮莹玉气得将手机摔到远处。

经纪人翻着白眼给她捡了回来。

庄园里，君时陵正在书房看文件，突然林靖发来微信消息。君时陵点开一看，居然不是关于工作的，而是一条视频链接。

看着链接上的"长歌行"三个字，君时陵想起来这是夏挽沅参演的那部电视剧。

君时陵勉强看了个开头，在阮莹玉出现的那一瞬间，开始往后拖进度条，一直拖到第二集末尾，才看到夏挽沅的戏份。

君时陵本来是眼含着暖意看着夏挽沅一步步出场的，等看到秦坞出手的时候，面色就沉下来了。

当看到小公主在林霄面前含羞带怯的样子时，君时陵的脸色彻底冷了下来。

正巧这时夏挽沅在外面敲响了门。

"进来。"

夏挽沅推门而入。

君时陵关了视频起身。

"在忙吗？"夏挽沅端着一个盘子进来。

"忙完了。"

"我给小宝做了点儿蛋糕，他没吃完，你要不要尝尝？"夏挽沅说着把蛋糕递给君时陵。

"我刚刚看了你演的电视剧。"君时陵舀了一勺蛋糕放进嘴里，并不甜腻，透着一股清香。虽然他从不爱吃甜食之类的，但他觉得夏挽沅做的这个蛋糕很不错。

"怎么样？"夏挽沅还没来得及去看，只是听唐茵说反响还可以。

"演技不错。"君时陵眸光黯淡，若有所指地说了一句，"你的对手演员演得也还行。"

"秦坞吗？他的演技确实挺好的，人也不错，算是新生代男演员中比较不错的了。"夏挽沉听君时陵提起秦坞，给了个客观的评价。

拿着勺子挖蛋糕的手一顿，君时陵觉得嘴里的蛋糕突然没了滋味。

看着夏挽沉精致的侧脸，君时陵在想，夏挽沉什么时候才能开窍，他是不是应该加一把火了？

屋子里一时陷入沉默。

"明天你忙吗？"夏挽沉突然转过头问了个不相干的问题。正对上君时陵深沉的目光，夏挽沉心里莫名其妙地一慌。

"没什么事。"君时陵回道。

要是君氏集团的管理者们此刻在场，听到君时陵的这句话，一定会在心里说：君总您怕是忘了那些大大小小需要您亲自参加的会议了。

"那你早点儿回来。"

"好的。"虽然不知道夏挽沉让他早点儿回来是有什么事情，但君时陵心里莫名其妙地有些期待。

难得有一天空闲，夏挽沉练了会儿舞，给自己放了半天假，悠闲地躺在沙发上看《长歌行》。一集还没放到一半，张教授的电话就打了过来。

"夏小友，告诉你个好消息，书画协会有意招纳你入会，不知道你愿不愿意来？"

若说《桃花图》让众人知道了有原晚夏这么个有画技的人，《墨竹图》和《傲雪寒梅图》让人进一步认识了原晚夏，那么前几天拍卖会上被拍出的《松间渔牧图》则让大家真正认识到原晚夏的高超画技。

或许在外界看来，1000万元已经是高价，但是对于懂行的人来说，那幅画里所隐藏的失传的没骨画法，价值远远大于这个价格。

只可惜大家只能在拍卖会的视频里看到那幅画，并不能亲自去现场见识画的精髓。

由书画协会的会长李铅发起倡议，大家一致同意招纳这个奇才入会。

纵使原晚夏这个名字已经火遍了书画界，但直到决定招纳原晚夏进会时,大家才发现根本无从得知原晚夏的下落。

张教授当初为了避嫌,谎称自己是从摊贩那里淘到的画,现下也不好透露自己和夏挽沅认识,只能悄悄地给夏挽沅透露这个消息,让她再画一幅画送到书画协会,借此跟书画协会联系上。

"不用了吧,我加入协会也没有什么用。"夏挽沅知道自己这一世的年纪并不大,却有着几十年的画功基础,怕引起什么争议。

"夏小友,我也跟你透个底,清大一直想招个客座教授,我当时举荐你的画作去书画协会,就是想让你挂个协会的名,有了这个名头,以你的能力,去清大当教授是绰绰有余的。"张教授觉得夏挽沅是个人才,不想她错过这个好机会,极力劝说她。

听到张教授提到清大,夏挽沅心里一动:华国自古以来都很重视知识,尤其是清大这样全国顶尖的学校,夏挽沅还是挺有意向到这所学校里去教书的。

"好的,张教授,我会跟他们那边联系的。"

"行!那就这么说定了!"见夏挽沅答应了,张教授高兴得不行。

自从昨天晚上被夏挽沅那个镜头惊艳到,今天一天微博上都在流传那个在灯下莞尔一笑的绝色佳人形象。

一些营销号、新闻媒体见状,便跟风在全网推送了这个小片段,一时吸引了众多网友的注意力。

有专业的数据统计平台通过监测得知,在《长歌行》电视剧上线的第二天,观看的人数比第一天增加了50%。这已经是一个相当可观的数字了。

而这些新的观众,基本上是被夏挽沅的那个镜头吸引过来的。

许多网友以为那个被全网推送的镜头属于电视剧的女主角,现下看评论区吵得火热,心里暗想,配角都长得这么好看,那女主角得美成什么样啊!

这是个看脸的世界,众人立马就心情激动了,期待地等着电视剧的开播。

随着熟悉的笛音响起,电视剧在整点准时开播了。

西瓜电视台的视频平台，为了延长视频长度，在前面剪辑了将近三分钟的前情提要。

这对于那些还没来得及看前面两集的观众来说倒是好事，但对于老观众而言，无疑是在凑视频长度。

对于平台凑视频长度这种做法，大家在评论区表示了强烈的谴责。

三分钟后，"长歌行"三个水墨风的大字终于出现在人们眼前。

电视剧以林霄的成长线作为主线，因而十分钟过去了，剧中依然在讲男主角是如何察觉自己的身世之谜的。

《长歌行》的拍摄水平不差，剧情也比较紧凑，大家看得津津有味，同时在心里期待着夏挽沅出场。

又一个十分钟过去了，夏挽沅还是没有出现。

众人开始有些急躁了。

很多网友是被新闻推送消息里的夏挽沅吸引到这里来的，现下看了半天却一直没有等到夏挽沅出场。

评论里正讨论夏挽沅何时才能出现的时候，电视剧里画面突然一变，金黄色的琉璃瓦，重檐庑殿顶，逐渐出现在镜头里。

画面里传来少女银铃般的笑声，镜头越过红墙金瓦，终于让人们看到了笑声的来源。

御花园里，数不尽的宫女、太监正恭敬地伺候在一旁，拿扇子的，捧果盘的，提水壶的，应有尽有，足见此时被服侍的人身份多么尊贵。

此时正值三月，春光极好，鲜花烂漫，阳光暖暖地洒在园内，不远处的池塘泛着粼粼的波光。

一名身着盛装的女子正坐在秋千上，被宫女们推向空中。墨发飞扬，阳光落在金黄的宫袍上，闪着耀眼的光芒。

镜头逐渐往前移，秋千上的女子的容貌终于出现在画面里。

不同于花灯节街市上身着便衣的柔美，此刻的天灵公主身穿明黄色的公主服，外罩镶银丝的宫纱，秀发绾成精致的髻，额间贴了花钿，更显娇美，发髻两边各簪了支掐金丝镂空孔雀簪，每只孔雀嘴下又衔了一串宝石，在阳光下闪着光芒。

天灵公主的笑声充斥在御花园的每个角落，仿佛在她的世界里从来没有任何烦忧一样,举手投足间贵气十足。这是被千娇百宠才会有的模样。

"这个天灵公主真的可以!夏挽沅怎么这么好看啊!"

"好看管什么用,男主角又不喜欢,男主角喜欢的是女主角好吧。"

经众人这么一提醒,很多慕名而来的网友才想起来夏挽沅只是个配角。

配角都美成这个样子,那女主角肯定更好看了。于是好奇的观众在评论区问了一句"女主角什么时候出场"。

"女主角?刚刚男主角不是在回忆沧源山的时光吗?那个和他一起放风筝的就是女主角啊。"

满怀期待的观众一脸疑惑的神情,但仍不死心,觉得可能是自己漏掉了哪个重要的片段,又追问了一句:"那个小师妹?是穿着翠色长裙,扎着两个小髻,笑起来有个小酒窝的小师妹吗?"

"对啊,就是她。小师妹是电视剧的女主角。"

这些观众在心里笑了一声:看你们在评论区吵得那么起劲儿,还以为女主角比女配角好看很多呢,结果就这样,不仅长得很一般,演技看着也很一般。

这些观众直接在评论区表达了自己的真实想法,然后自然就和阮莹玉的支持者爆发了一次争吵。

由于电视剧是武侠小说改编而来,今天更新的两集里,天灵公主露了个面就又消失了,让众人意犹未尽。

天灵公主虽然到目前为止只出现了两次,但是知名的视频剪辑网站D站,已经又一次掀起用夏挽沅的镜头创作的热潮。

大家出于好奇心点了进去,随后惊呼声一片:这是什么完美长相?演艺圈什么时候出现这么好看的演员了?

于是越来越多的人开始关注《长歌行》这部电视剧。

每一部电视剧的播出,都会有专业的数据公司一路跟踪和分析。虽然《长歌行》电视剧才播出了四集,但已经能看出一些东西了。

根据搜索热度显示,剧中的所有演员里,夏挽沅的搜索指数遥遥领先,是第二名秦坞的50倍,是第三名阮莹玉的100倍。

一些有先见之明的人,通过这些数据,已经能预料到这部剧播到后面,最火的肯定是夏挽沅。

商人对谁能带来利益是最敏感的,已经近三年没接到过任何商业活动的夏挽沅,竟然意外地得到了一次推广活动的邀请。

常务会议开到一半,重要的决议虽然已经商讨完毕,但还有一些有争议的地方需要讨论。

"好了,今天的会议到此为止,剩下的明天再讨论。"君时陵抬手看了一眼时间,然后直接中断了会议。

眼看君时陵的身影消失在会议室门口,众人心里都有点儿迷惑。

"君总这两天是不是下班越来越早了?"

"前段时间都是准时下班,这两天开始提前下班了,这是赶着回去干吗呢?"

"你都不看新闻的吗?君总都有孩子了,估计是回家陪小娇妻去了吧。"

"真的假的?我这两天一直在忙,根本没关注新闻。到底是哪位仙女,把君总的心给勾走了啊?"

此时,被称为"仙女"的夏挽沅正在厨房里忙碌。

路上堵了会儿车,君时陵回到庄园的时候,天已经黑了。

"回来了?"夏挽沅刚好把饭做好,让用人们帮忙端到桌上,便看见君时陵牵着小宝走了进来,"刚好赶上吃饭。"

"妈妈,今天又是你做的饭吗?"

得到夏挽沅的肯定回答,小宝欢呼着跳起来:"妈妈,我最喜欢吃你做的菜了!你做的饭菜是全天下最好吃的!"

面对夏挽沅,小宝有着无穷的赞美话语。

等坐到桌子前,君时陵突然发现自己面前多了一小碗面。

白瓷碗里,高汤升腾起浓郁的香气,手工面条在汤里看着十分诱人,面条上还有一个鸡蛋。

君时陵心中有些疑惑,但这些日子里他已经养成习惯,夏挽沅做什么他都直接吃完。

君时陵当即拿筷子挑起面条,却发现这一小碗面条是一整根的。君时陵二话不说将这一长根面条吃了下去。

面条不多，等君时陵吃完了这碗面，一旁的用人便给君时陵盛饭。

等把筷子伸出去，君时陵才觉得有些不对劲——今天的菜都是他最喜欢吃的。

君时陵不挑食，对吃的没什么讲究，以往都是庄园里的厨师按照营养师给出的菜谱为他提供膳食。况且这庄园里很少有人知道君时陵真正的口味喜好。

君时陵看了夏挽沅一眼。

夏挽沅眼睛弯弯："尝尝我做的好不好吃？"

伸出筷子挨个儿尝了一遍，君时陵点点头："很好吃。"这些菜连咸鲜口味都是他喜欢的。

君时陵心头涌上一股暖意，连眸光都温柔了许多。

今天的小宝吃饭格外快，君时陵还没有搁下碗，小宝就迅速地放下筷子，朝楼上跑去。

没过一会儿，小宝噔噔噔地跑下来，将一个盒子放到君时陵面前，扭扭捏捏的，有点儿不好意思地道："爸爸，这个送给你，你等我睡着了再看……"

君时陵接过盒子，应了一句。

小宝给君时陵送完东西，想到了在幼儿园看的动画片。熊孩子才会打扰爸爸、妈妈的二人世界，他不是熊孩子，他很乖，更何况明天幼儿园还要去春游呢，得早睡早起。想到这儿，小宝不再缠着夏挽沅，而是乖乖地跟着保姆去洗漱，准备睡觉。

若是在平时，君时陵吃完饭会到书房里继续工作，但今天，君时陵总觉得夏挽沅跟往常有点儿不一样，便没有上楼，而是在一旁等着。

直到一个小时后，夏挽沅的手机消息提示音响了。

夏挽沅点开一看，消息是："已准备就绪。"

"我们出去走走吧。"夏挽沅叫了君时陵一声，往外走去。

君时陵起身跟上。

庄园的面积相当大，一条护园河围绕在庄园外。

初夏时节，空气里飘着些许植物的清香。

往日里庄园到处灯火通明，今天倒是有些反常，一路走来，灯基本是暗的。

夏挽沅在一块靠近水面的青石板上站定。

青石板上似乎放着什么东西，但在夜色之中君时陵看不太清楚。

"这是……？"君时陵有些疑惑，不由得出声询问。

"在我很小的时候，我的老家那里有个习俗，"夏挽沅回过头看向君时陵，"在一个人生辰的时候，点亮万盏花灯，那么这个人会一生顺遂平安。"

夏挽沅有些感慨，她也是从王伯给她的资料中才知道今天是君时陵的生日，从未听君时陵提起过。

夏挽沅偷偷地去问了王伯，才知道自从君时陵的父母去世后，君老爷子因为执掌君氏集团，根本顾不上君时陵，每年生日都是君时陵自己一个人在偌大的宅子里过的，这样过了几年之后，君时陵便不再为自己庆祝生日了，时间一久，连君时陵都忘了自己的生日是哪一天。

夏朝人过诞辰，常常是由亲人煮一碗长寿面，然后陪同着去放一盏花灯，为自己祈福。

时间仓促，来不及准备更多的东西，夏挽沅便用了前世庆生的方法来给君时陵过生日。

"生日快乐，君时陵。"

夏挽沅的话音刚落，前面的河道拐角处突然亮起点点灯光。

一盏一盏的花灯排着队从远处漂过来，越来越多，仿佛没有穷尽一般。

很快，河面上布满了花灯，原本黑暗的夜空因为这万盏花灯的光芒变得明亮起来。

站在青石板上的夏挽沅的眉眼也清晰起来，巧笑倩兮，美目盼兮。

君时陵不知道该如何去形容自己此刻的心情。

他很想将面前这个人紧紧地拥进自己的怀里，嵌进自己的心里，永远都不放开。

他是这么想的，也是这么做的。

夏挽沅还在想君时陵怎么一点儿反应都没有，就被君时陵拉进了怀里。

不同于上次醉酒时轻柔的动作，这一次君时陵紧紧地把她禁锢在自己的怀里，像是用了全身的力气一般。

君时陵的衬衣上带着些许凉意，但这凉意很快便被他身上传来的温度所覆盖。

"谢谢，连我自己都忘了。"君时陵低沉的声音在她耳畔响起。

本来还想挣脱出去的夏挽沉突然停住了动作。

靠在君时陵怀里，夏挽沉有些感慨：君时陵作为君氏集团的掌权人，身处高位的孤寂感，恐怕只有他自己知道吧。

夏挽沉犹豫了一下，垂在两边的手还是抬了起来，轻轻地拍了拍君时陵的后背。

君时陵察觉背上的动作，身体一僵，抱着夏挽沉的手收得更紧了。

半晌后。

"你好些了吧？"夏挽沉只当君时陵是情绪低落需要别人的拥抱和安慰——小宝不开心的时候也喜欢来寻求她的安抚。

君时陵本来想说"我们不离婚了好不好"，但话到嘴边又吞了回去。

君时陵放开夏挽沉。借着万千灯火，君时陵看到夏挽沉的眼睛里并没有那些旖旎的心思，眸光一沉。

"来，你来把这盏花灯放了。"夏挽沉朝着君时陵招了招手，"然后许个愿。"

君时陵看向夏挽沉脚边，原来那一团黑色的东西是一盏花灯。

君时陵点燃花灯，就要把它放出去。

"你许个愿望。"

在夏朝的传说里，花灯会将心愿传递给灯神。

手一顿，君时陵转过头深深地看了夏挽沉一眼，然后看向花灯，沉默了几秒钟后，将它稳稳地放到河水里。

此时的护园河宛如一片灯海。君时陵放出的那盏花灯融入灯海，慢慢地漂向远方。

"回去吧。"

夏挽沉正要转身离开，君时陵突然叫住了她。

夏挽沉转过头，见君时陵离自己竟只有一步之遥，有些疑惑地睁大眼睛。

这时君时陵突然俯下身。

一阵极富侵略性的气息袭来，夏挽沉心里莫名其妙地慌乱起来。

夏挽沉看着君时陵逐渐靠近的眼睛、薄薄的唇，脸上开始发热，眼中的清明也被慌乱打碎。

"你？"夏挽沉急忙出声，微微睁大的眼睛在灯火的映照下如小鹿一般灵动。

"你在想什么？"君时陵并没有做出夏挽沉所猜想的那种行为，而是在离夏挽沉的脸颊很近的地方停了下来。

"没想什么啊。"夏挽沉羞恼更甚，心中说不清是放松还是怅然。

"我只是看到你脸上好像有灰，凑近看看。"君时陵眼中带着明显的笑意，眉梢和眼角皆是温柔之色。

触及君时陵眼中的笑意，夏挽沉一愣，心里有一丝涟漪泛开，但更多的是羞恼。

君时陵伸手在夏挽沉的右脸上擦了擦："怎么弄得跟小花猫似的？"

被君时陵的手擦了脸，他又离得极近，夏挽沉一抬头便看到他根根分明的睫毛和深沉的目光，不由得脸上更热，觉得今晚的君时陵有些陌生，让她有点儿不知所措。

"好了，回去吧。"君时陵终于退开一步。

夏挽沉仿佛松了一口气，转身离开，因而也就没看到身后君时陵唇角勾起的得逞模样。

刚才夏挽沉的眼睛里有惊慌和羞恼的神色，却没有抗拒的意味。君时陵看着夏挽沉逐渐远去的背影，目光慢慢地变得坚定。

君时陵在河边看了一会儿花灯才回去。

卧室里，夏挽沉已经抱着小宝睡着了。

君时陵坐在床边，打开了小宝送的盒子。

盒子里面是一幅画。

君时陵将画展开：金色的太阳，繁盛的花草，草坪上是手拉着手的一家四口，纸上用蜡笔写着"爸爸生日快乐"。

君时陵看过，将画重新放回盒子里。

第二天一早，小宝意外地得到了一小罐奶糖的奖励。

天灵公主初见林霄的场面给太多人留下了深刻印象，这几天网上讨论的焦点都是夏挽沅。

夸赞之外，逐渐出现了不同的声音。

"夏挽沅是不是真的喜欢秦坞啊？你们看夏挽沅以前的演技，就算现在进步了，也不会一下子进步这么大吧？"配图是夏挽沅以前参演的几部电视剧当中的片段，那眼睛无神、目光呆滞的样子，跟后面天灵公主面对林霄时羞涩的样子相比，完全像是两个人演出来的。

"只有两种可能，一种是夏挽沅吃灵丹妙药了；另一种是夏挽沅真的喜欢秦坞。就目前来看，第二种可能性大一点儿。"

…………

就像是约好的一样，同一时间，很多个表示质疑的话题冒了出来。

虽然网友们抱着一种看热闹的心态，但怀疑的种子已经在心里埋下，只要稍微浇一点儿水，种子便会迅速生根发芽。

一些博主也开始跟风。

"究竟是灵丹妙药还是对秦坞心动？夏挽沅演技大跳跃背后的真相！"这一类极其博人眼球的标题，倒也吸引了不少网友关注这个话题。

秦坞在演艺圈的地位比夏挽沅高得多，两个人的名字放在一起，很容易让人觉得是夏挽沅在借秦坞做宣传。

这种猜测在几个小时后从鸭太子发布的很多张剧组照片中得到证实。

鸭太子："哪儿来的什么突飞猛进的演技，不过是夏挽沅的真实情感泄露了而已。"微博下面配了九张图片，都是夏挽沅和秦坞拍戏时的花絮图，有夏挽沅凑向秦坞方向的，有夏挽沅盯着秦坞的，也有夏挽沅看着秦坞和阮莹玉对戏而在一旁默默失落的。

这些图片的拍摄角度都找得很好，图里基本是夏挽沅主动，秦坞一脸冷意，仿佛极其厌烦的样子。

通过这几集电视剧，夏挽沅也算有了一些支持者，但相比秦坞庞大的支持者群体，夏挽沅的支持者的力量还是太小。

事情慢慢地发酵,夏挽沅注视秦坞的表情还被很多人做成了表情包。

演艺圈有一个众所周知的规则,就是艺人不能谈恋爱,或者说想红的艺人就不要谈恋爱或者有绯闻,尤其是女艺人,演艺圈向来对女艺人更为苛刻。

鸭太子发布的微博直接抹杀了夏挽沅在演技上的进步,把她所有的努力都归于对秦坞的喜欢。

已经决定重回经纪人身份的唐茵,不再如前几年那样穿着素净的长裙,而是一袭红裙裹身。

那天从庄园回家后,唐茵便将封存在衣柜中许久的衣服找了出来,重新找回了六年前的气场。

"我们怎么办?需要我这边发函警告吗?"

"暂时不用,我们再等一等。"唐茵看了眼鸭太子微博下越来越多的评论,嘴角勾起。

如果他们一味地去正面宣传夏挽沅演技好、长得漂亮,时间久了,观众也会疲劳,倒不如借对方的手,把"夏挽沅演技差"这把火烧得再旺一些,然后再让观众发现原来是自己想错了,这种心理上的差异,会让观众对夏挽沅有一种歉疚的心理,只要运用得好,对于夏挽沅来说未尝不是一件好事。

网上还在讨论,剧组的花絮照越来越多,人们也越来越相信夏挽沅是真的对秦坞动心了,而且不顾秦坞的不悦,想要拉着秦坞一起做宣传。

秦坞从经纪人口中得知这件事后,当即给夏挽沅打了电话,询问是否需要他帮忙澄清。

不过夏挽沅的想法和唐茵的不谋而合。夏挽沅婉拒了秦坞的好意:澄清这种东西,没有证据支撑的话,只会越描越黑。

"好吧,那你要是需要我帮忙的话,就跟我说一声。"自从知道夏挽沅有男朋友之后,秦坞就刻意与夏挽沅保持距离,但是夏挽沅总归是他心动过的人,他不想袖手旁观。

挂了秦坞的电话后,夏挽沅在唐茵的陪同下去了夏月工作室。

"那就这么说定了,您放心,我们一定会给您把品质做到最好。"工作室内，刘参正在跟面前的经纪人谈论出歌的相关事宜。

"合作愉快，我送您出门。"终于把面前这个极为难缠的经纪人搞定，刘参心里稍稍松了口气。

他刚把人送到楼下，就看见夏挽沅和唐茵来了。

看到那道熟悉的艳如玫瑰的身影，不光刘参惊讶，连他身边的李江都惊愕得站住了。

"唐茵？！"

当年的金牌经纪人唐茵在演艺圈无人不知，六年前引发演艺圈动荡的决裂事件虽然已经在更新换代特别快的演艺圈里没有了什么风声，但他们这些演艺圈的老人对于唐茵的印象还是十分深刻的。

"好久不见，刘总监。"唐茵大方地向刘参伸出手。

刘参跟她握了握手。

看了看夏挽沅，又看了看唐茵，刘参疑惑地问："你们这是……？"

"我现在是夏小姐的经纪人。"

"真是没想到，唐小姐居然重新回到演艺圈了。看来夏小姐即将成为演艺圈的下一个神话人物。"刘参意味深长地说了一句。

"刘总监谬赞了！我们大老远地跑来，刘总监不请我们进去喝杯茶吗？"

"哈哈哈，是我疏忽了。来来来，咱们进去说。"刘参这才意识到自己居然站在外面跟她们说了这么久，连忙引着夏挽沅和唐茵进门。

唐茵让夏挽沅先走，自己跟在后面，临走前，用冷厉的眼神看了一眼一旁站着的李江，眼眸中蕴着寒意。

李江心里一惊。

等到夏挽沅三个人的身影都消失在门口，李江才反应过来，连忙拿起手机给自家艺人打了个电话："唐茵回归了。"

工作室内，刘参领着唐茵和夏挽沅到了录音棚："我们已经按照你的要求做好了伴奏带，你先在这里熟悉一下。时间比较紧，据我这边的消息，谢柔那边母带都制作得差不多了，估计很快就会推向市场。"

"好的。"

夏挽沅进了录音棚，里面有专业的乐队老师在根据伴奏带调整乐器的曲调。

夏挽沅在今天之前是从来没有接触过现代歌曲的录制工作的，因而对满屋子的音乐制作设备十分惊叹。在夏朝，唱歌完全靠歌唱者本人发声，没有这么多辅助工具。

夏月工作室不愧是国内知名的金牌工作室，没多久就已经按照夏挽沅的曲词做好了伴奏带。

夏挽沅试听了一下，十分满意，就是她想要的效果。

刘参从陈匀口中得知夏挽沅以前并没有录制歌曲的经验，因而将夏挽沅带进录音棚后，便去开了个会，想多给她一点儿时间熟悉一下录制流程。

他开完会到了录音棚，发现录音师正一脸不可言说的表情听着耳机里的声音。

见刘参过来，录音师放下耳机，嘴动了动，一脸为难的表情。

"老杨啊，不是跟你说了吗，这小姑娘以前没录过歌，你多担待一些，对新人宽容一些嘛。"刘参走过去，带着笑意拍了拍杨录音师的肩膀。

在夏月工作室，杨录音师的赫赫威名大家都是知道的：认真、执拗，兼有强迫症。

当初有个著名歌手来夏月工作室录歌，有一句一直不过关，杨录音师让他录了近百遍才把这一句给过了。

平常来这边录歌的人，也都知道杨录音师的厉害，连字的发音都要反复练习，生怕被这位严格的录音师揪住。

把夏挽沅交到杨录音师手上，刘参是有点儿心虚的，毕竟他知道老杨的性格，但他又觉得夏挽沅写的曲子很好，在整个夏月工作室，能把这首歌录出最好效果的便是老杨了。

现下看老杨的表情，刘参心里慌了，觉得肯定是夏挽沅没弄好，让这个向来严格的录音师欲言又止了，就想着再帮夏挽沅求求情。

"不是，刘总监你也太谦虚了吧，这小姑娘的音准、气息、发声、情感都是非常出色的，我干录音这行这么多年，是第一次听到气息这么稳的，根本不需要我们指导，她自己就能达到非常好的状态。"

听到杨录音师的话，刘参满脸惊讶之色，连忙拿起耳机放在耳边。

夏挽沅空灵的声音在耳边响起，干了这么多年歌曲制作工作，刘参自然很快就判断出歌手的水平，当下看夏挽沅的眼神就变了：这是老天爷的恩赐啊！

玻璃窗内，正在认真跟着伴奏唱歌的夏挽沅，其实一直在等录音师叫停。

才听了一会儿伴奏，夏挽沅就跟录音师说进来录一下试试。录音师看她只听了一小会儿伴奏就要唱，对她很不放心，再三叮嘱，等会儿外面喊停她就得停下，等调整好气息、音准再继续。

哪儿想到她都录完两首歌了，外面的人也没喊停。

夏挽沅不知道的是，科技的发展有好也有坏。现代的各种音乐制作科技这么发达，后期能对声音进行非常完美的修饰，这也就导致很多人过于依赖声乐设备。

而她不一样，她前世学琴棋书画的时候，哪里有这些先进的设备，全靠一副肉嗓，依着老师们给的训练方法，最大限度地发挥声音的优势。这也让她的声音显得特别稳。而且长期练习古琴让她对于极其细微的音调都有敏锐的感知。现代很多歌手存在的跑调、气息不稳等问题，在她这里都不存在。

等她终于录完了三首，外面的刘参打手势让她出去。

夏挽沅走了出去："刘总监，我有哪里没做好吗？"

进录音棚之前录音师说要不断地停下来调整，现下夏挽沅便觉得应该是自己哪里做得不好，需要改进。

"夏小姐真的是第一次录歌吗？以前没有这方面的经验？"刘参不可置信地问道。

"没有。"夏挽沅摇摇头。原主确实没有这方面的经验，至于她自己，倒是在前世有经验，但这显然是不能拿出来说的。

"夏小姐真是天赋异禀！太厉害了！"刘参从事音乐制作行业已经很多年，见识过不少王牌歌手，在音乐方面有着极高的要求，但今天他确实被夏挽沅的歌声吸引了。

夏挽沅不光声音优美，声调也把握得非常到位，换了任何一个人来听,都不会觉得这是一个新人能处理的。

夏挽沉不火,天理不容。

"今天辛苦了,先到这里吧。我们这边先做个母带出来,到时候拿给你听,要是你觉得没问题的话,我们再继续往下录。"

"好的。"夏挽沉点点头。

这时唐茵和陈匀也进了门,手里拎着咖啡和甜点。

"录完了吗?"唐茵有点儿惊讶:她带过那么多艺人,自然知道录歌看似容易,实际上每个字、每个词都是需要反复打磨的,没有那么简单。

"夏小姐天赋异禀,已经录完了。"刘参接过陈匀递过来的咖啡,对夏挽沉不吝夸赞。

"那我们走吧。"唐茵对夏挽沉又有了新的认识。

陈匀和唐茵跟在夏挽沉身后,三个人离开了。

"你说夏挽沉在演艺圈能走多远啊?"录音室内,刘参看着三个人的背影,不由得问身边的杨录音师。

"不好说,搞不好我们会见证历史性的一刻。"

网友们总是嘴上说一套,手上做一套,一边说着"噫,夏挽沉怎么总是缠着秦坞啊?真是不要脸",一边准时点开更新的《长歌行》剧集。

《长歌行》的背景设定,就是天下大乱,藩镇割据。

男主角到了京城没多久,叛贼便攻入了京城,旧王朝繁荣已久,太长时间没发生过战争,脆弱得如同大殿上悬着的白玉,一碰就碎。

叛军撞开了皇宫的大门,往日里和谐安宁、金碧辉煌的宫殿此刻火光冲天,被连绵不断的大火烧成了一片废墟。

宫女、太监纷纷逃命,但有的人还没有逃出宫,在路上就被叛军一剑刺死。

公主的寝宫内,十多个宫女正站在天灵公主身前,服侍她的起居。

宫女们本来给小公主插了一支绕玉紫金花簪,但小公主嫌太老气,嚷嚷着要换一支。

见换了好几支小公主都不满意,宫女们便将首饰盒捧到小公主面前。

小公主随便翻了翻，目光停在一支银亮的蝴蝶钗上。那是花灯节当晚她偷偷溜出去时戴的发簪。

想到那个眉目俊朗的公子，小公主还没抹胭脂的脸突然变得红如晚霞。小公主微微垂下眼眸，羞涩地指了指那支蝴蝶钗："就这支吧。"

…………

"公主！不好了！叛军攻入城了！快逃吧！"突然，殿外传来凄厉的喊叫声。

小公主原本低垂的头猛然抬起，眼中一片茫然。

正当视频前的观众准备吐槽她没有一点儿表情的时候，小公主眼里的茫然消失了，慌乱和震惊在眼睛里扩散开来。

小公主推开周围的宫女，迅速冲出寝宫。

等她到了寝宫外，一切都跟以往不一样了，蓝天白云不再，火光直冲云天，不远处传来宫女凄厉的哭声，刀剑碰撞的声音就没有停止过。

小公主像是被眼前的一幕吓住了，愣了一瞬，突然想到父皇和母后，猛然朝主殿跑去。

在一片狼藉、尸骨堆积的皇宫里，小公主身着宫袍，快速奔跑着，镜头一路跟进。

很多电视剧里，类似的角色此时都是一边哭一边跑的，这样更能凸显悲伤的气氛。

就连杨导演当时也是跟夏挽沉说要一边哭一边跑。

但夏挽沉没有这样处理，没有人比她更了解听到国破消息时的心理了，那时候心中是茫然的，只有茫然，心里仿佛被掏空了，没有了任何支撑。但想到父皇母后，前世的夏挽沉根本想不到哭，只想跑快一点儿，再跑快一点儿，迫切地想见到父皇母后安然无恙。

视频前的观众也是第一次见到人听见国破的消息之后还能面无表情，当下便想在评论里吐槽。

小公主跑了很久，终于顺着小路来到了主殿前。隔着高高的台阶，她看到了被绑在台阶上的父皇母后。

她本来面无表情的脸在一瞬间发生了巨大的变化，瞳孔放大，惊惧从她身上散发出来，从里到外让人感受到她的痛苦。

众人想要发评论的手瞬间停了下来。

小公主想要冲上去。

受友人之托前来找寻公主的林霄此时恰好看到了她，连忙上前捂住她的嘴，将她往后拖去。

于是，小公主只能眼睁睁地看着父皇母后被叛贼刺死，那双昨日还盛着世间繁花的眼睛此刻红肿不堪，泪如雨下。她目光中的悲痛之色和恨意是那么真实，让电视机前所有人的心都揪了起来。

旧王朝的皇帝和皇后被叛军头子杀了，皇宫基本上成了叛军的天下。

父皇母后的血从高台上流下来，蜿蜒成一条小河。痛苦哭泣的小公主弯下身，将怀里的帕子丢进血里。血水瞬间染红了整条手帕，小公主的眼泪涌得更多了。

"公主，咱们得离开了，叛军已经攻占了皇宫，再不走就来不及了。"林霄一边小心地察看周围的动静，一边跟小公主说道。

"嗯。"小公主将染了血的帕子拾起来，重新装回怀里，丝毫不在意血迹染红了自己的衣服。

跟随林霄进入密道时，那个昨天还笑意盈盈地荡着秋千的小公主，如今满脸泪痕，冷冷地回头看了一眼高台之上正将她的父皇母后当作战利品炫耀的叛军头子，眼中的恨意宛如冰刀，像是要将那个人千刀万剐一般。

大家看到一半，想起那个鸭太子发的微博，突然觉得自己是被人带偏了，于是重新找到鸭太子的微博。

巧的是，鸭太子也跟大家一样刚看了《长歌行》，只不过他是看了一小会儿就截了图，录了屏，匆匆上了微博。

鸭太子："看吧，我早就说过，以夏挽沉的演技怎么可能把少女含羞带怯的神情演得那么好？一看她当时的表演我就知道她是真情流露了。今天晚上播出的剧集里，夏挽沉就露馅儿了，你们看看，这是夏挽沉听说自己的国家灭亡后的表情。"配图截取的是夏挽沉在宫殿里跑动时的剧照，确实是面无表情的，而且连一滴眼泪都没有。

任何没有看过电视剧的人看到这些剧照,都会是同一个反应:就这?

演艺圈里对演技差的演员的嘲弄是很厉害的,加上《长歌行》原著粉丝众多,许多还没来得及看剧的粉丝偶然刷到这条微博,瞬间怒了。

在那些真正看了电视剧的人和追更新的人还没反应过来的时候,这些没追电视剧、看了几张截图就觉得夏挽沅演技差的人倒是激动了,很快就把"夏挽沅亡国演技"这个词条刷到了微博话题榜。

看完更新剧集的人,正准备登录微博夸夸夏挽沅,顺便找鸭太子要个说法,乍然看到这条微博还挺高兴:看来大家都挺有眼光的嘛。

结果大家点进去一看,鸭太子发的微博赫然排在微博话题下的第一位,底下有将近两万条评论都在说夏挽沅演技差、夏挽沅喜欢秦坞什么的。

这些看过电视剧哭得稀里哗啦的人立马怒了,虽然他们不是夏挽沅的粉丝,但此刻纷纷站在夏挽沅这边。

众人自发地将小公主从听到消息到看着父母在自己面前死亡的那一段哭戏剪辑了出来,发到了微博上。

很多人自发地转发并好评,短短几分钟内,就把这条关于夏挽沅的哭戏的微博刷到了第二位。

有网友顺着话题找过来,先看到了鸭太子发的那条微博,撇了撇嘴:"噫,这些演技差的女演员仗着自己好看,又来祸害大众的眼睛了。"

接着他往下一滑,便看到一条澄清的微博:"如果这还叫演技差,那么我实在想不出什么叫演技好了。"下面配着名为"夏挽沅亡国演技"的视频。

众人被勾起了好奇心,但因为被以前粉丝维护自家偶像的套路整怕了,所以点进视频的时候并不抱什么希望。

"嗯,小公主长得真不错,漂亮!"

"这羞涩的表情也很到位,还好啊,也不算演技很差吧。"

"这震惊的表情可以啊,没有上面鸭太子的截图里那么呆滞啊。"

"跑起来了!面无表情,但是能接受,截图下来后可能显得很呆,但是这样放在视频里连贯起来看,倒并不让人觉得很突兀。"

"要哭了,来了来了。"

"嗯?这哭戏不错!哭成这样还叫演技差?现在的营销号是不是太过分了?!又被骗了!好气啊!"

"这部电视剧叫什么?这个演员叫什么?"

……………

几乎98%的网友点进这段视频之后这样评论。至于另外2%的人,在看到盛装华服、美若天仙的小公主时,就已经准备追这部电视剧了。

那些原本在鸭太子的微博下留言谩骂夏挽沅的网友,骂着骂着觉得有点儿不对劲:怎么说他们眼盲的回复越来越多了?

他们不解地退出鸭太子的微博,点进那段澄清的视频,然后一脸怒气地出来了:什么破营销号!又误导人!

于是,鸭太子靠着黑夏挽沅的几条新闻赚取了巨大收益后,在此时遭受了反噬。无数人因为被骗而愤怒地跑去举报鸭太子的微博。

由于举报的人数过多,这个营销号被封号了。

那些曾经骂过夏挽沅演技差的人,在看到夏挽沅的那段视频后,心生愧疚,便去找《长歌行》电视剧看,这一看就被彻底征服了。

陈匀和唐茵也没想到事情会发展得这么顺利。

"说到底还是咱们挽沅演技过硬啊。实力上来了,别人怎么诋毁都是白搭。"看着鸭太子被封了账号,陈匀不由得感慨了一声。

这边是欢欣一片,那边赔了几十万元进去的阮莹玉的经纪公司就没有那么高兴了。

"每次都跟公司说什么这些钱都会回来,现在呢,回来了吗?钱花了不少,结果每次都是为夏挽沅做嫁衣!我看你也不用再拍下一部戏了,除了赔钱,别无用处。"

"王总,我……"

阮莹玉的话还没说完,公司那边已经撂了电话。

阮莹玉气得又要摔手机。

"哎哟,我的小祖宗,这可是这个月的第三部手机了,咱能不能别摔了?"经纪人心里烦得很,但只能哄着阮莹玉。

"那你说怎么办？！凭什么夏挽沉处处压在我头上？我才是女主角！"不似平日在镜头前的清纯可人，此时的阮莹玉显得有些狰狞。

"凭什么？凭人家长得比你好看，演得比你好呗。"经纪人在心里吐槽。

但经纪人也只敢在心里吐槽一下，嘴上叹口气，说："不然你再去找找宣少？上次那个倩秀的资源，不是宣少给你的吗？"

"宣少？"听经纪人提起，阮莹玉放下手机：对啊，她怎么把宣少给忘了呢？

夏风工作室，几个人终于结束了一天的录音，一张专辑六首歌曲全部完成了录制。

刘参对夏挽沉的评价相当高，所以他全程参与了歌曲的录制工作，对夏挽沉的帮助也特别大。

"挽沉，好像是君少来接你了。"唐茵和陈匀陪着夏挽沉出了工作室的大楼时，天已经黑了下来。

远远地，一辆黑色的加长车驶了过来。

司机将车门打开。

"一起走吧。"夏挽沉转过头对唐茵和陈匀说。

"不不不，我们还有事要商量呢，你先回去吧。"唐茵连忙摆手。

她在演艺圈起起伏伏，也算得上是见过世面的人，但是君时陵给她的感觉就是一座看不见顶峰的高山，那种铺天盖地的压迫感，估计也就夏挽沉能视若无睹。

而且她可是过来人，虽然觉得君时陵和夏挽沉的关系很奇怪，但君时陵每次看夏挽沉的时候眼睛里的光，她可不会看错。

她不想去当这个电灯泡，给君大少爷找不痛快。

既然唐茵他们不愿意，夏挽沉也不强求，便一个人上了车。

君时陵手边放着一盒小蛋糕，见夏挽沉过来，很自然地把蛋糕打开了。

夏挽沉接过蛋糕刚吃了一口，刘参的电话就打了过来。

夏挽沉他们刚走，刘参就想到了一个好点子，灵感一迸发就忍不住想跟人倾诉。

夏挽沅一边认真地听刘参说,一边手里拿了支笔记着。

蛋糕甜甜的香味一直在鼻间萦绕,夏挽沅不由得轻皱了一下鼻子,扫了一眼君时陵手上的蛋糕,然后收回目光继续在纸上写字。

"我跟你说夏小姐,咱们可以采用……"刘参一说起音乐来就滔滔不绝。

夏挽沅正记着刘参说的要点,嘴边突然被递来一勺蛋糕。

夏挽沅讶然地抬头,只见君时陵的手就在眼前。

君时陵倒是十分淡定,仿佛做的是很平常的事情。

蛋糕的甜味太过诱人,夏挽沅不由得咬了一口:嗯,真香。

感受到勺子上小小的力度,君时陵心里一颤,面上神色不改。

于是接下来的投喂就显得自然多了。

刘参在那边把各个细节都跟夏挽沅说了一遍。夏挽沅偶尔给一点儿意见。

等她说完话在纸上记的时候,旁边的君时陵便精准地将蛋糕喂到她的嘴边。夏挽沅张口就咬走了。

于是,等刘参终于舍得挂电话的时候,蛋糕也只剩下一些碎屑。

夏挽沅吞下最后一口蛋糕,收起手里的本子。

"你怎么跟君胤一样,总是把奶油沾到嘴上?"君时陵带着笑意的声音在她耳畔响起。

夏挽沅刚准备伸手去拿纸巾,君时陵已经拿着手帕轻柔地将她嘴角的奶油擦干净了。

夏挽沅愣住了,觉得这两天的君时陵有些反常。

以前的君时陵也挺好的,不过好像从那天他的生日之后,他对她便更好了些,甚至有些过分温柔。

她最近都在夏风工作室录歌,忙到很晚,但是君时陵都会过来接她一起下班回家。有时候她这边耽误了,君时陵便在楼下等着。

而且投喂蛋糕这种事,虽然她在家也对小宝做过,但是总觉得哪里不对劲。

察觉夏挽沅一直盯着自己,君时陵抬起头,眸色清明,仿佛刚才什么事情都没有发生一样:"怎么了?"

"我觉得你这两天对我好像特别好。"夏挽沅向来是个有问题就问的人,而且她觉得君时陵是一个可信赖的人,没有隐藏的必要。

"你对我也很好啊,还从来没有人给我过过生日,我礼尚往来不行吗?"君时陵目光坦然。

"哦。"这倒让夏挽沅觉得是自己拘谨了。

对于君时陵的回复,夏挽沅心里好像被小猫轻轻地挠了一下一样,有些乱。

君时陵收回目光,继续看手中的文件,只是眉尖不动声色地挑了一下。

结束了一天的工作,夏挽沅拿了衣服正要走出门,就收到君时陵的微信消息,说过来接她了。但夏挽沅环顾了一周,也没有看到人。

这时,不远处的一辆黑色轿车车灯突然亮了一下。

车窗被摇下,君时陵坐在车后座,朝着夏挽沅招了招手。

夏挽沅走过去,有些愕然:"你怎么换车了?"

"那辆车在路上被剐了,临时换了辆车先开着。上来吧。"君时陵开了车门。

前面的司机一脸无语的表情:不懂有钱人的玩法,明明那辆车就好好地停在车库里啊,怎么就被剐了?他作为司机怎么不知道?

看着那辆顶着飞天女神像的车逐渐远去,陈匀也一脸无语的表情:"你听听这说的是人话吗?临时换辆车都是千万元级别的,简直太让人羡慕了。"

"我怎么觉得君总是特意来接挽沅的呢?"唐茵倒没有注意君时陵的车,只是觉得君时陵换了这么一辆对于他来说很低调的车,说不定就是为了不引起骚动,能够光明正大地接夏挽沅,虽然君时陵理解的低调和大众理解的低调有一些差别。

"不管了,咱们打辆车回去,我送你吧。"陈匀正要到路上拦一辆车,却见两辆高配车缓缓地停在了他们面前。

一个戴着眼镜的俊美男人下了车。

"你们好,我是君氏集团的助理,这辆车的钥匙交给你们,油费、保养费都不用担心,以后两位可以用这辆车来接夫人。"林靖说完,便将钥匙递给了陈匀,自己上了前面那辆车离开了。

陈匀和唐茵对视了一眼:啧啧,这跟着夏挽沅,生活质量直线提升啊!

录了一天歌,说不累是不可能的,加上车子开得很平稳,夏挽沅渐渐地产生了困意,靠着座椅睡了过去。

君时陵偏过头看了一眼,伸出手,轻轻地将她揽到怀里。

经过这些日子的朝夕相处,夏挽沅早就对君时陵放下了戒心,将他划到了自己的安全范围内,因而此刻对于君时陵的靠近没有任何反应。

现下被君时陵抱在怀里,夏挽沅没有丝毫不适,反而像是找到了依靠一样,双臂直接环上了君时陵的腰。

君时陵身体一僵,看了看睡颜安宁的夏挽沅,低下头,在她的发间轻轻地印下一个吻。

前方不小心看到这一幕的司机心想:我是不是不应该待在这里?

车子慢慢地驶入庄园,司机全程不敢再看一眼后视镜,生怕看到什么不该看到的场景,丢了在君家的金饭碗。

行驶的车子停下,夏挽沅多少有点儿感觉,慢慢地睁开眼,发现自己正趴在君时陵怀里。夏挽沅脸上一红,看着君时陵冷峻的侧脸,心里有些慌乱。

前排的司机:怎么办?看到了大老板的事,我会不会被辞退?哎哟,你们俩能不能快点儿下车,都是老夫妻了,抱一下还能腻成这样?

"回去了。今天饿了吧?"察觉到夏挽沅的窘迫,君时陵放下手里的文件,主动地将刚刚的事情翻篇儿。

"嗯。"

他们回来得有些晚了。小宝被君时陵要求早睡早起,因而早早就吃了晚饭,迷迷糊糊地等了一会儿夏挽沅,现下已经睡着了。

李妈将饭菜端过来。

夏挽沅的食欲完全被满桌子的菜勾起来,桌上的很多菜是她喜欢吃的。

夏挽沅唯独没有动那盘大虾：夏朝离海远，她前世没怎么过吃海鲜，对这些带壳的东西本能地有些抗拒。

君时陵抬头看了一眼：他记得上次在武夷山的海边，那顿饭里也是有虾的，夏挽沅还挺喜欢吃的。

没过一会儿，君时陵伸手将装着虾的盘子拉到面前，那双指点江山、掌握着商海沉浮的手此时剥起虾壳来依然赏心悦目。

没一会儿，一截白胖的虾肉便出现在君时陵手里，下一秒后出现在夏挽沅的碗里。

夏挽沅十分自然地夹起虾肉，一口吃下，感觉香香甜甜的，去了壳的虾肉确实很好吃。

看到夏挽沅丝毫不客气的动作，君时陵流露出浅浅的笑意：一起生活了这么久，他终于让夏挽沅在他面前卸下了疏离感，卸下了礼节。

君时陵手里不停，夏挽沅碗里的虾肉一直没有断过。

"君时陵。"看着君时陵熟练地剥虾，夏挽沅心生感慨：君时陵这样身居高位却丝毫不倨傲的男人，实在很少见。

"怎么了？"君时陵动作一顿，看向夏挽沅。

"等我离开这里后，你遇到自己喜欢的人，她肯定会被你照顾得很好。"这是夏挽沅发自内心的想法。说出这句话时，夏挽沅心里好像产生了一些不适的感觉，但很快便被她忽略掉了。

"不会。"君时陵淡淡地应了一句，推开装虾的盘子，拿过一旁的湿巾细细地擦起手来。

"什么不会？"夏挽沅追问了一句。

但君时陵不再开口，极为沉默。

夏挽沅也不再多问。

我不会让你走，也不会有其他的人。

我要的人只能是你，只会是你。

二楼卧室外有个极大的阳台。今晚夏挽沅饿极了，又一直被君时陵投喂，所以吃得有点儿过量，洗完澡后睡不着，便坐在阳台的躺椅上消食。

君时陵洗完澡出来时，卧室的灯已经熄了。

他凑近一看，床上却没有人。今夜的月光很好，借着月光，君时陵看见夏挽沅正在外面的躺椅上坐着。

"睡不着吗？"君时陵走到阳台上。

"好像有点儿吃撑了。"夏挽沅揉了揉肚子。

君时陵眼中闪过几分无奈之色：看来他刚刚应该看着她，不让她吃那么多的。

"那我陪你聊一会儿再去睡。"君时陵走到夏挽沅旁边坐下。

"嗯，你会讲故事吗？"平日里小宝总是缠着她让她讲故事，今天她也想成为听故事的人。

"传说大宋年间，有一年天降大雨……"现在的君时陵对于夏挽沅几乎是有求必应。

君时陵演讲的时候能够把听众带到他的世界里，现在讲故事也是抑扬顿挫的，节奏感非常好。

不知道过了多久，夏挽沅那边传来平缓的呼吸声。君时陵侧过头看去，那些白日里掩藏在平静思绪下的热烈感情在此刻完全释放出来，柔如水，重似山。

根据专业的数据监测显示，《长歌行》电视剧自开播以来，收视率一直在稳步上升，而在上升的过程中，有三个非常明显的高点。这三个高点恰好就是夏挽沅演的天灵公主出现的时间。因而剧作方也知道夏挽沅能够带来很高的收视率。

这两天播放的是男主角剧情线，收视率在平缓地上升。今晚天灵公主即将上线，于是剧组连忙发了一条提醒微博。

《长歌行》官方微博："今晚8点小公主上线，且看国破家亡之后的小公主该如何抉择今后的人生！"配图是一张天灵公主噙着泪珠的剧照。

虽然照片上的夏挽沅基本上是素颜出镜的，但丝毫不显狼狈，眉如墨黛，唇如点朱，眼中含泪，显得楚楚动人，让人忍不住想要伸出手擦掉她脸上的眼泪，抚平她眉间的忧愁。

很多观众当初是因为新闻推送夏挽沅,冲着夏挽沅的扮相去看电视剧的,结果好几天过去,夏挽沅就出现了一次,大家都有了弃剧的想法。剧组发的这条微博明显挽回了这部分观众的心。

于是今天开播前,视频平台前等着观看的人数相比前两天翻了一番。

林霄将小公主沈佩从皇宫里带出来后,将她托付给京城郊区的一家农户家里,以此来躲避京城内的叛军对她的追捕。

而林霄由于还有身世之谜未解开,将沈佩交到农户夫妇手里后,就离开了。

等他再回到这里的时候,已经是一个月之后了。

"大伯、大娘,上回我将妹妹托付给你们照料,她现在人在哪里呢?"环顾了一周没找到沈佩,林霄便去问农户夫妇。

"那小姑娘勤快得很,正在溪边洗衣服呢,你可以去那里找她。"

顺着他们指的方向,林霄朝溪边走去,远远地看见一道身穿麻衣的窈窕身影正在溪边浣洗衣物。

"公主殿下?"

溪边的女子突然转身,虽然未施粉黛,身披粗布麻衣,但那一身洗尽铅华的美丽依然有着动人心魄的力量。

"林公子。"沈佩看到林霄的一刹那,本能地有些欣喜,但很快眼中的光就散去了,只剩下悲伤。

"我这次来是想问问公主,要随在下一起离开京城吗?还是想继续留在这里?"

"我……"沈佩勉强笑了笑,看向林霄的眼里有着一丝期待之色,但更多的是对那些叛军的恨意,"谢谢林公子,我就留在京城了。多谢公子的救命之恩,此生难忘。"

"那好,既然公主殿下不愿意离开,在下也有要事在身,就先行离开了,再会!"林霄朝着沈佩握拳行礼,然后转身离开。

他看不到的是,在他身后,天灵公主眼睛里的最后一丝光随着他的离开熄灭了。

溪水边站着的天灵公主看着那道远去的俊朗男子的身影,泪珠一滴滴地往下落。

良久，无声的哭泣变成了放声大哭，潺潺的流水声混合着沈佩的哭声，一起回荡在山间。

电视剧里没有人知道天灵公主在溪水边哭成了泪人，但是电视剧外的观众已经被虐得死去活来，评论区刷满了流眼泪的表情。

如同剧作方所预料的，由于有了夏挽沅的戏份，这一晚的收视率相比前几天好上许多。

而且随着剧情的逐步推进，天灵公主这个角色要表现的层次非常多，情感也很复杂。那些在电视剧刚播放的时候到处宣扬夏挽沅演技差的评论，在铁一般的事实面前完全消失了。

电视剧开播之前，曾有人做过一项调查，是关于对《长歌行》中哪个女性角色期待值最高的。当时所有的人选择阮莹玉扮演的田樱儿，毕竟阮莹玉原本走的就是清纯路线，跟小师妹这个角色有些相像，而且阮莹玉也被认为是新一代女演员中比较有演技的。

但是希望越大，失望越大，这些天播放的电视剧，或许是因为夏挽沅的表现太过惊艳，众人再看阮莹玉的表演时，都觉得寡淡无味了。

而且有对比才有伤害，大家都觉得阮莹玉的演技被吹得太过了，而夏挽沅的演技被严重低估了。

原本口碑不好的夏挽沅，在大家心中的印象开始变好。

为了方便录制专辑视频，时隔两个月，夏挽沅又回到了市中心的公寓。

庄园里的用人正认真地给公寓做清洁工作。

"夫人，已经全部清理好了。"

"好的。"夏挽沅环顾了一下四周。刚来现代的时候她还不觉得这里小，但在庄园里住习惯了，现在竟然觉得这里不宽敞了。

跟节目组约定好明天一早过来拍摄后，夏挽沅便准备今晚在公寓住下，免得明天早上还要着急地赶过来。

李妈被留下来照顾夏挽沅的起居，其他用人则回了庄园。

夏挽沅洗了个澡，刚出浴室门，电话便响了起来。

"妈妈！"小宝贴着屏幕，一双黑葡萄般的大眼睛里装满了委屈，"我想你了。"

"乖，妈妈拍两天就回去陪你。"夏挽沅也怪想小宝的。

"妈妈，你吃饭了吗？"

"吃了。"

"妈妈，你看我拼的超人！

"妈妈，你几点睡觉啊？"

君时陵在一旁的书桌边看文件，耳朵却听着小宝和夏挽沅的对话，十分钟过去连第一行字都没看完。

见小宝啰唆个没完，君时陵终于忍不住抬起头："君胤，还不去睡觉？你看看几点了。"

"哦。妈妈，那我去睡觉了，晚安。"小宝这才恋恋不舍地跟夏挽沅道别。

"好的，晚安。"夏挽沅温柔地朝小宝招了招手。

然后电话就被小宝挂掉了。

"爸爸，给你电话，你早点儿来陪我啊，我怕小怪兽……"小宝将手机递还给君时陵。

等小宝离开书房，君时陵将手机拿起来，想跟夏挽沅说两句，然后发现通话早就被小宝挂断了。

君时陵脸一黑，顿时想让小宝自己睡了。

君时陵用手在微信上滑了两下，想拨过去，但是又怕夏挽沅已经睡了，最后还是收回手。

等君时陵来到卧室，小宝察觉君时陵的气息，就手脚并用地抱了过去。

君时陵气不过，伸手捏了捏自家儿子的脸：夏挽沅没说错，手感确实挺好。

第二天，夏挽沅本以为会拍很久，哪晓得两个小时就结束拍摄了。她乐得空闲，窝在沙发上看了一天书，觉得有些累了，正想站起身走走，门铃声突然响了。

李妈去超市采购了,夏挽沅自己过去打开门,一看,君时陵正牵着小宝的手站在外面。

君时陵用深沉的目光扫了她一眼,莫名其妙地显得有些幽怨。

"你们怎么来了?"

"他非吵着过来找你,没办法,我只能把他送过来了。"没等小宝开口,君时陵便解释道。

小宝疑惑地看了眼君时陵:他都答应妈妈要做最乖的宝宝了,才没有闹好不好!

小宝正要开口为自己争辩,就被君时陵抱了起来,直接往屋里走去。

"明天爸爸允许你买一种零食,想吃什么?"

"要吃大白兔奶糖!爸爸最好了!"被零食冲昏了头脑的小宝完全忘记了自己刚刚想说什么。

李妈买了一堆东西回来,就看见本来空荡的屋子里热闹了许多。

刚将手里的东西塞到冰箱里,李妈就收到了庄园的消息。

客厅里,小宝在一旁玩小飞机,夏挽沅靠在沙发边吃水果。

"少爷、夫人,我想请个假。我老伴儿在家不小心摔倒了,儿女又不在身边,给我打电话让我赶紧回去照顾一下。"李妈从厨房走出来,很焦急地道。

"没事,你回去吧,我们自己叫外卖就行。"夏挽沅准了李妈的假。

"好的,谢谢夫人。"

得到夏挽沅的允许,李妈便离开了公寓。

整个屋子里就剩下三个人。

"小宝,你想吃什么?"终于看完一整本书,夏挽沅合上书,看向一旁的小宝。

"妈妈,我想吃你做的面条。"小宝手上不停地摆弄着玩具,想起夏挽沅上次做的好吃的肉丝面,吸溜了一下口水。

"那我给你做。"

等夏挽沅进了厨房,君时陵将地上的小宝拎到沙发上坐着。

"爸爸,你干吗?"手脚在空中乱动着,小宝控诉地看着君时陵。

"以后别天天想吃这、想吃那的,你妈妈工作辛苦,别让她给你做饭,听到没?"

听了君时陵的话,小宝停止了扑腾的动作,大大的眼睛里带着些许自责:"知道了,爸爸。"

"玩你的去。"君时陵警告完小宝,便起身往厨房走去。

厨房内,夏挽沅刚往锅里放了水,准备把锅端到灶台上。

"我来。"君时陵大步走近,让夏挽沅站到一边。

看君时陵在烧水,夏挽沅便想着把青菜洗一洗,手还没碰上去,就见君时陵的手已经伸了过来。

"弹琴的手洗什么菜?"

夏挽沅心道:你这还是分分钟签下百亿元单子的手呢。

夏挽沅要切菜,被君时陵接过了刀。

夏挽沅要拿碗,被君时陵挡住了柜门。

"我拿个筷子也不行?"夏挽沅感到无奈。

"行,拿吧。"君时陵让了个位置。

然后夏挽沅就发现君时陵早就把碗筷摆好了。

夏挽沅没办法,只好在一旁口头指点君时陵做。

"哇!妈妈,你终于做好了!"肚子已经饿得咕咕叫的小宝终于看到厨房门口出现君时陵和夏挽沅的身影。

小宝迫不及待地坐上椅子,挑起一筷子面条就往嘴里送。

嗯?怎么味道不太对?小宝正要开口,接收到君时陵的一记眼神,默默地将嘴里的面条咽下,乖乖地吃起面条来。

虽然这面条比不得夏挽沅亲手做的,但有夏挽沅在一旁指导,味道也还不错。三个人将小半锅面条吃完了。

小宝玩累了往床上一躺就睡着了。

夏挽沅和君时陵还在阳台上坐着。

月色凉如水,灯光灿似星。

"你是不是忘了答应过我的一件事情?"君时陵突然开口。

"什么事?"

"上回不是说要给我写一首歌吗?"

君时陵这么一说，夏挽沅才想起来上次确实答应了君时陵，结果因为这些日子太忙，把事情给忘记了。

"我先帮你想词。"

"不用，你就随便弹一段吧，跟别人的不一样就行。"

"好。"

夏挽沅席地而坐，将琴放在腿上，随手起了一个调，舒缓的曲调便从古朴的琴身倾泻而出。

那种历史感又来了，君时陵眸色深沉。有好几次，夏挽沅都给他一种超乎时间和空间界限的感觉，这种感觉让她显得雍容华贵、气质清雅。

随着夏挽沅十指翻动，轻灵的琴音萦绕着君时陵，让他整个人放松下来。

夏挽沅随着音调轻轻地哼唱着。

君时陵看了眼身边的夏挽沅，若说万盏花灯前浅笑着跟他说"生日快乐"的夏挽沅像是艳阳一般，那么现在这样安静的夏挽沅就像是春日里的暖风一般，轻柔地吹进他心里，让他从此迷恋上这种淡淡的却深入骨髓的温柔感觉。

"好了，还满意吗？"十分钟后，夏挽沅放下手中的琴。

"虽然听过几次你弹琴了，但是这一次我依然觉得很惊艳。"君时陵颇为认真地说道。

君时陵说得真诚，夏挽沅被夸得很高兴，脸上漾出一个小酒窝。

夏挽沅把琴放在一边，正要站起身，只觉得腿发麻，又坐了回去。

君时陵察觉夏挽沅的不适，连忙走到夏挽沅身边："腿麻了吗？"

"嗯，应该是刚刚坐在这儿弹琴没怎么动，腿就麻了。"

夏挽沅正想说休息一会儿就好了，就见君时陵半蹲下身来。

"忍着点儿。"话音刚落，君时陵便伸出手托住夏挽沅的小腿和脚踝，极有力道地给她推拿着。

人的腿麻了之后，稍微动一下都钻心地酸痒，更何况君时陵这么大动作地揉捏。夏挽沅只觉得麻意混着疼意直钻到心里，虽然没想哭，但是疼痛让她眼中蓄了一汪泪水。

"疼，轻点儿。"夏挽沅不由得叫了一声，娇柔的嗓音中带着些颤意。

君时陵抬头便对上夏挽沅噙着泪光的眼睛，这双眼睛在灯光下格外勾人心魄。

捏着夏挽沅的脚踝的手蓦然收紧，君时陵喉头滚动了一下，声音有些沙哑："好好说话。"

"可是你弄得我有点儿疼。"夏挽沅依然在纠结君时陵的力度有些重的问题，说话间声音里还带着些颤意，完全没注意到君时陵的眸色已经越发深沉。

"夏挽沅。"君时陵轻轻地唤了一声。

"嗯？"夏挽沅疑惑地看向君时陵，只见君时陵整个人朝她靠过来，最后在快要碰到她的鼻尖的时候停了下来。

"你是不是过于信任我了？"君时陵紧紧地盯着夏挽沅的眼睛。

夏挽沅这才发现他眼中几乎要燃烧起来的火焰，察觉到脚踝处他的手心那几乎要烫化她的温度。

没吃过猪肉也见过猪跑，夏挽沅前后串联了一下自己刚刚说的话，一下子就懂了君时陵的话是什么意思，脸一下红了起来。

"我……"夏挽沅慌乱地抬头，想要解释清楚，却忘了此时君时陵离她不过尺寸的距离。

下巴上带着些湿意的热度传来，君时陵眸中的火焰本来将要散去，当下又火光弥天，呼吸瞬间沉重起来。

"你这算是挑衅吗？"君时陵的声音已经嘶哑得不成样子，捏着夏挽沅的脚踝的手因为极度的克制而出了些汗。

"不是的，我……"夏挽沅连忙往后缩了一下，但腿上的麻意还在，一个趔趄又跌回了君时陵怀里。

夏挽沅下意识地用手拉住了君时陵的衣服。

这一拉，夏挽沅晃动的身体稳住了，却拉掉了君时陵所有的自制力。

君时陵一只手捏着她的脚踝没动，另一只手抬起她的下巴。

夏挽沅还没反应过来，属于君时陵的气息已经铺天盖地地席卷过来。

"嗯……"夏挽沅想要说些什么，整个人却已经陷入热浪之中。

往日的君时陵克己守礼，但此刻的他仿佛释放了自己所有的威势，强势地掠夺着眼前让他不能自控的一切。

不知道什么时候被他叩开了牙关，夏挽沅只觉得嘴里到处都是君时陵的气息。

不知道过了多久，夏挽沅觉得连气都喘不上来了，全身的力气似乎都被抽空，无力地用手推了推君时陵。

心中的火焰越燃越高的君时陵终于发现了夏挽沅的情况，只得强迫自己退出让他着迷的那方天地。

夏挽沅靠在君时陵怀里喘了会儿气，察觉自己腿上的麻意已经消失得差不多了，就将君时陵放在她身上的手扫开："你先冷静一下吧。"说完她便站起身，看都没看君时陵一眼，离开了阳台。

怀里的人离开了，君时陵有些懊恼地握紧了手，怪自己没有把持住。

他有些担忧地看了眼远去的夏挽沅，一时心乱如麻，不知道夏挽沅会不会生他的气。

他一边懊恼，一边情不自禁地想起那让他失控的一切。

君时陵抿了抿嘴，唇上似乎还留着夏挽沅甜香的味道。

想到夏挽沅离开时慌乱的眼神，君时陵心中升起一丝希望：无论如何，他在那双眼睛里没有看到任何厌恶，或许情况比他想象的要好一些。

夏挽沅勉强在君时陵的视线里维持着淡定，但一拐过墙角，便完全掩饰不住自己的慌乱与羞涩了。

夏挽沅将自己关进浴室里，本以为会看到自己非常狼狈的模样，结果却见镜子里的人粉面含春，红唇肿起，嘴角处还因为君时陵激烈的动作破了一个小口子，十分明显地提示着刚刚发生了什么。

夏挽沅稍微一动，就能闻到自己身上浓烈的属于君时陵的气息，搅得她心里慌乱不已。

君时陵在外面想着夏挽沅可能会有的各种各样的反应，设想着每一种情况自己要如何去处理,生怕因为这一次的越界让夏挽沉从此远离他。

浴室内,夏挽沉正翻着"懂乎"这个软件,接收着各种关于现代男女关系的知识。

说起来这个软件还是她当时上网搜综艺节目录制的经验时,网友推荐的,说有任何不懂的问题都能在上面找到。事实证明,这个软件用起来还不错。

于是刚刚有些心慌意乱的她直接在搜索框里输入了一个问题:"和男人独处时他……"

字都还没打完,下面已经出来一系列相关问题,夏挽沉一惊:原来很多人遇到过这种问题。

夏挽沉点进一条"和男人相处时他忍不住亲了我,是为什么?"的提问。

这条提问下面有将近一千个回复。

夏挽沉没看被折叠起来的详细的问题描述,而是直接点进了一条拥有两万个赞的回复。

"哎呀,很正常的嘛,孤男寡女的。你要知道,男人荷尔蒙旺盛,万一遇上个月黑天,对面又是个有点儿姿色的女人,再来点儿肌肤相碰什么的,忍不住是很正常的。正常反应,不用想太多,他对你没意思的。"

夏挽沉看了这条评论,慌乱的心慢慢地平静下来:原来是这样。

刚刚确实是夜深人静,她又只穿了件睡裙,而且还算得上有几分姿色,一时让君时陵起了冲动倒也正常。

像是终于为内心的慌乱找到了借口,夏挽沉放松下来。

下面还有一条下画线,夏挽沉本想继续往下看,突然听到外面有人敲了敲门,连忙关了界面,起身走向门口。

而被她关掉的那个答复,其实往后拉一截就会出现被下画线隔开的后半部分评论:"你自己的问题描述都说了他平时是极其克制、非常有原则,连送上门的美女都可以不要的人,结果他跟你独处的时候因为你的一个笑容就忍不住了,难道这不是爱情吗?得是什么样的情动才能让一个平时克制的男人把持不住啊！"

可惜的是，这一段评论夏挽沉根本没有看见。

"我看你不在卧室，过来看看有没有什么事。"君时陵看到夏挽沉面色如常地走出来，没想到夏挽沉的情绪这么快就平静了下来。

"我没事。"尽管刚刚已经做好了心理建设，但是此时站在君时陵面前，夏挽沉还是不可避免地想到刚才发生的事。

"刚刚……"

君时陵正要说话，便被夏挽沉截断了："刚刚是我不好，没注意分寸，以后咱们还是保持一些距离吧，你今晚就睡客房好了。"

君时陵平日里是个进退有度的人，在跟夏挽沉相处的时候总是收敛起周身的气势，渐渐地让夏挽沉觉得君时陵就该是那样温柔和克制的人。但刚刚君时陵爆发出来的威势，让夏挽沉意识到他是一个强大的人，一个强大的男人，若两个人还是一点儿界限都没有，其实是不太妥当的。

"好。"君时陵非常平静地点了点头。

"那你快去……"夏挽沉正想让君时陵去睡觉，突然下巴被君时陵的手轻轻地抬起。君时陵手上的温度让她惊讶地睁大了眼睛。

"你的嘴角破了。"君时陵凑近了些，看到夏挽沉嘴角的伤口，眉峰皱起。

"没事，你快去睡觉吧。"夏挽沉觉得耳边的温度又开始上升了。

"我给你上点儿药。"君时陵眼中闪过不赞同的神色，也有一些对自己动作太过激烈的恼意。

"真的不用，你快去睡。"夏挽沉觉得今晚真的太奇怪了，跟君时陵待在一起时，空气的温度都在上升。

"乖，听话。"

君时陵低沉的声音响在耳畔，让夏挽沉的耳朵彻底羞红了。

"晚安，睡觉吧你。"

君时陵想去给夏挽沉拿药，猝不及防被夏挽沉推到了门外。

看着"砰"的一下在面前关上的门，君时陵沉默地摸了摸鼻尖，随即眼中漫上浓烈的宠溺与笑意：她害羞就好，会跟他使小性子就好。

躺在隔壁的卧室里，君时陵觉得今晚是个极其甜蜜的夜晚，又觉得今晚是这两个月来最凄凉的夜晚。

一夜辗转反侧，直到天快亮的时候，君时陵才慢慢地睡着，卧室里的床单和被褥上有着些许和夏挽沉身上相似的淡香，迷蒙间带着些安神的效果。

第二日，夏挽沉很早就起来做饭了。

"我来吧，你教我做就行。"不知道什么时候，君时陵出现在厨房里，从一旁接过夏挽沉手里的东西。

熟悉的气息萦绕在身边，夏挽沉又一次觉得自己被君时陵的气息包围了。

将手里的菜递给君时陵，夏挽沉坐到一边口头指导着。

一手掌握着全国经济命脉，挥挥手都能引发商海地震的君家家主，此时站在厨房里认真洗菜的样子有着一种别样的魅力。

君时陵打开水龙头，冲洗了一下青菜，转头望向夏挽沉："能不能帮我挽一下袖子？"说着他抬了抬手腕。

夏挽沉走近，将君时陵腕间的衬衣纽扣解开，把袖子往上卷了一截。

若是换作往常，夏挽沉并不会觉得有什么不自在，但是经过昨天晚上的事情，此时给君时陵挽袖子，不可避免地感受到来自他身上的温度，让她不由自主地想到昨晚君时陵在她耳边粗重的呼吸声，想到那极富侵略性的吻。

两只袖子被挽好后，夏挽沉的两只耳朵已经全红了。

君时陵看着那霞色在自己眼前一点点加深，眸光逐渐变深。

"很热吗？"君时陵突然开口。

"啊？"夏挽沉抬头，看见君时陵双眼里明显的笑意，顿时明白君时陵是在调侃她。

夏挽沉没有经历过男女情爱，面对君时陵的刻意进攻，一开始显得有些拘谨和羞恼，但是她骨子里是极其不服输的，被压制到一定程度，就会开始反制。

夏挽沉本来已经撤去的手，突然抓上了君时陵的胳膊。

察觉臂间的温度，君时陵讶然地看向夏挽沅，却见夏挽沅眸中带笑，甚至还隐隐流转着一丝魅惑之意。

夏挽沅朝君时陵勾了勾手指，示意他靠近自己一些。

君时陵喉头滚动了一下，眸色瞬间变深，下意识地朝着夏挽沅的方向靠近。

夏挽沅唇角微勾，踮起脚，凑到君时陵的耳边："你不热吗？"

带着些许湿意的热气扑在耳边，鼻间萦绕着夏挽沅身上淡淡的香味，君时陵一下子就想起了昨晚亲密的接触，瞬间就觉得全身都燥热起来。

还没等君时陵有所反应，夏挽沅就迅速地放开了君时陵的胳膊，往后退了一步，眼神一片清明。

"看来君总也挺热的。我看昨晚你做的饭菜挺好的，应该不用我教了。"说完话，夏挽沅便离开了厨房。

君时陵看着夏挽沅逐渐远去的背影，眼中少见地带着些愕然：他这算是自讨苦吃吗？

不过夏挽沅又一次让他刷新了对她的认知，他本以为这是一只高冷的猫，没想到惹急了也是会伸出爪子反击的。

没了夏挽沅的指导，君时陵也不会做其他的菜，只能回想着昨晚夏挽沅教他做那几道菜的步骤，循着记忆做了出来。毕竟活了25年，这还是他第二次下厨，而第一次下厨是在昨天晚上。

"吃饭吧。"君时陵将饭端到桌上，招呼夏挽沅过来吃。

夏挽沅走过来看了一眼："君总的手艺果然不错。"

君时陵失笑：这是还气着呢。

"以茶代酒，我赔罪，别生气了好不好？"君时陵朝着夏挽沅举起杯子，眼中收敛了笑意，显得极为真诚。

"嗯。"夏挽沅也不是小气的人，点了点头。

"尝尝我做的，可还合你的口味？"君时陵说着便给夏挽沅夹起菜来。

"不错。"夏挽沅点点头，"君总的一顿饭价值千金。"

君时陵眼中浮起无奈的神色，但更多的是期待和喜悦：夏挽沅如今在他面前似乎更活泼了些。

因为《长歌行》的热播，已经很久没有参加商务活动的夏挽沅这一次倒是接到了一个红毯邀请。

这一日她刚起床，陈匀和唐茵就赶了过来。

"挽沅，你赶紧跟我们走，晚上的红毯很重要，你得好好打扮一下。"

"不用出去，造型师已经来了。"夏挽沅看着门口缓缓驶来的车悠悠地说道。

唐茵和陈匀顺着夏挽沅的目光往外看去，就见一位一头银发的俊美男子正从超级跑车上下来。

唐茵离开演艺圈六年了，自然不认得这是谁，一旁的陈匀却是认识的，他小声跟唐茵说着穆风的厉害之处。

"这么厉害？"唐茵惊讶地看着那个正往这边走来的浑身散发着不羁气息的男子：如今的演艺圈当真是后浪推前浪了，没想到这人这么年轻就已经是圈里最受推崇的造型师了。

"早。"穆风习惯熬夜，此时眼中还带着些倦意，朝着夏挽沅挥了挥手。

"早。"夏挽沅微微点头。

"时间还剩多久？"穆风做事向来干脆，直接望向唐茵询问道。

"七个小时。"

女演员参加活动，不像普通人出门收拾半个小时就能搞定，对于演员来说，参加活动需要从头到脚透着精致感。

"够了。"穆风打了个响指，"那我们开始吧。化妆间在哪里？"

庄园里各种类型的房间都配有化妆间，而且自从夏挽沅住进庄园后，王伯特意吩咐人将两间屋子打通，专门改造成了面积将近300平方米的化妆间兼衣帽间。

"这简直是所有女人梦想的衣柜。"跟着夏挽沅走进化妆间，唐茵不由得低呼了一声。

放眼望去，一排排透明的衣柜中挂着各类当季的服饰，一排裙子，一排衬衫，一排裤子；屋子中间有很多个玻璃柜，里面装满了各类饰物，手表、珠宝、挂饰等在灯光的照耀下璀璨夺目。

夏挽沅走到一旁的软椅上坐好。

"开始。"穆风一声令下。

一旁等候的五个造型师都动了起来,围绕在夏挽沅身边,给她烫头发、整理发型、修剪指甲、做皮肤保养。至于最重要的化妆和服饰部分,则由穆风亲自操刀。

一切都忙碌而有序地进行着。

为了让夏挽沅参加晚会时不出差错,唐茵和陈匀在一旁整理着参会人员名单以及一些需要注意的事项。

"我现在知道这个穆风为什么年纪轻轻却能被演艺圈的人疯狂追逐了。"唐茵每隔一会儿转过头去看看夏挽沅的情况,然后就被肉眼可见的变化惊艳了。

时间一点点地流逝,其他造型师慢慢完成了自己的任务,然后便退开了。

穆风在对夏挽沅的面部轮廓做最后的修饰。最后一笔勾画完成后,穆风往后退了半步,端详片刻,点点头:"完美。"

"晚礼服已经准备好,请您挑选。"这时候王伯出现在门口。

王伯身后的用人推着几大架子礼服走了进来。

不知道裙子上面镶了多少颗细钻,每一件都在灯光下熠熠生辉。

穆风用手指一件件拨过,看到最后一件的时候,眼中终于露出满意的神色:"这件。"

等到夏挽沅在用人的帮助下换完衣服重新出现在门口的时候,陈匀和唐茵都看呆了。

穆风眼中却只有满意:他的手艺果然是最完美的。

苹果视频是国内最大的视频平台,它的"星光典礼"向来备受关注。

平台大,面子大,常人很难邀请到的艺人在星光典礼上都可以看到。

除了现场有一些粉丝位置,星光典礼还开通了直播通道。典礼还没开始,各家的粉丝已经在直播间里等候了。

天色慢慢暗了下来,随着黑夜的来临,距晚会开始也进入了倒计时。

从礼堂门口到正厅有一条长达300米的红毯,在众人期待的目光中,第一位演员缓缓地登场了。

风度翩翩、英俊潇洒的少年，从一露面就引起了粉丝的尖叫。

有粉丝的地方就有竞争，就连看个典礼直播，大家也要争个高低，每当自己的偶像出场的时候，粉丝总要拼了命地在评论区刷名字，生怕自己的偶像出现的时候评论区的内容比别人的偶像少了。

每当有当红演员经过的时候，评论就像海浪一般，掀起一次次的高潮，而那些粉丝不多的演员经过的时候，评论里便只有零星几个字。

一个小时过去了，参会名单里备受关注的一些当红演员基本走完了红毯，没什么看头了，粉丝也失去了兴趣，在评论里催促导播快把镜头切进大厅里。

这时，镜头里突然出现一辆黑色的商务车，好像又来了一位演员。

不知道为什么，看着那辆车，众人心中竟有了一些期待。

首先从车上下来的是一个穿着T恤的中年男子。他打开车门后，一个身着红色开衫的明艳女子下了车。

这人好看倒是好看，但演艺圈有这号人吗？大家在脑海里搜寻着信息。

年轻的粉丝还在纠结莫非自己太孤陋寡闻了，没发现演艺圈有这号人的时候，一些年纪比较大、比较了解演艺圈以前的事情的粉丝此时大吃一惊：那不是唐茵吗？

唐茵当年可是赫赫有名的金牌经纪人，一手捧出了付离、柳幸川两大最佳男主角，人又美艳，在当时的演艺圈可谓盛极一时。

但六年前，不知何故，唐茵突然宣布从此退出演艺圈。同时付离也发表声明，宣布与柳幸川决裂。

自此，当年被传为佳话的"铁三角"分崩离析，一代传奇经纪人就此隐退。

当年很多人分析过唐茵离开的原因，最让人信服的一条是唐茵可能与柳幸川之间有着一些说不清道不明的关系，而柳幸川与最佳女主角施恬的恋情曝光，或许是刺激唐茵离开的重要原因。

众人再看今天这架势，莫非唐茵复出了？难道她还是以演员的身份复出了？

然而唐茵并没有走上红毯，而是站在车门处，仿佛在等着里面的人出来。

第八章
逆 转

随着直播镜头拉近,车里首先迈出一双白玉似的脚,踩在绑带式的黑色高跟鞋上,更显得秀足纤细,白如细瓷,10厘米的高跟将脚托出一个优美的弧度。

本来觉得没意思准备离开的观众,突然被这一幕吸引住目光,想要看看这双脚的主人是何等风姿。

随着双脚落地,大片星海突然从车里宣泄而出,一截皓腕搭在车边,车内的人低着头走下来。

待站定,这人终于抬起头来。

万千灯光汇聚,万丈星河托举。

一顾倾人城,再顾倾人国。

一袭抹胸礼服勾勒出夏挽沉完美的锁骨线,更显鹅颈修长;头发高高盘起,用坠满钻石的星星形状发卡固定着;长耳坠的末端还坠着两弯细月状装饰;腰间收束,显得细腰不盈一握。

整件礼服最让人惊艳的地方在于它由上而下逐渐变得深邃的星空之色,像是将整个浩瀚的星河披在了身上;宽大的裙摆上坠着小小的水晶,随着人的走动,裙摆熠熠生辉,仿佛夜晚的星海一般。

礼服华丽,更需要穿衣之人的气质去压制,而夏挽沉那张脸很显然将这漫天的星海都比了下去，令这一片星海成了她的陪衬。

夏挽沅不知道自己引发了一场热烈的评论，她此时就一个感觉：这裙子可真重，比前世的宫装还重。

评论区还在吵吵闹闹，夏挽沅已经迈开步伐，朝着签名区走去。

严格来说，一般模特和演员是不一样的。对于演员的步伐、仪态，圈内没有特别严格的要求。大方自信、昂首挺胸是大部分人能做到的，但若说要有多么优美的仪态，演艺圈并没有特别看重。

但夏挽沅不同，皇室之中最重礼仪，夏挽沅从生下来接受的就是最严格的仪态训练。

此时的夏挽沅，目视前方，唇角挂着一丝笑容，轻移莲步，行走间"星河"闪烁，但再美的裙子也无法让人忽视她身上那股闲庭信步的优雅、从容之感。

仿佛这全场的人皆为她的臣民，而她是悠然巡视的女王一般。

场内按动快门的"咔嚓"声此起彼伏，场外的讨论此时已然陷入停滞状态：众人都已经看呆了，甚至连发评论的心思都没有了，生怕因为评论区的一字一句遮挡了面前这惊人的美丽。

一直到夏挽沅走完红毯，偌大的屏幕上面都很安静。

后台人员还挺纳闷儿的：莫非系统又出问题了？

工作人员连忙起身去找技术人员查看评论区是否有问题。

后台工作人员刚走，评论便像火山喷发一样，铺天盖地地袭来。

而这一次，无关乎为偶像的加油，无关乎粉丝团体之间的争强好胜，大家完全是被夏挽沅的美貌和仪态征服了。

这一次的评论，甚至比前面当红演员走红毯时的评论还要多。

此时距离典礼开始只有15分钟了，场内基本上已经坐满了人，台上主持人正在进行暖场活动。

舞台大屏幕上不断投射出场内演员们的镜头，将大家的反应呈现在屏幕上。

夏挽沅在唐茵的陪同下正在过道上慢慢地走着找自己的位置。镜头却突然对准了她，将她整个人投在大屏幕上。

场内突然起了一阵骚动。

夏挽沅疑惑地抬头，便看到屏幕上手托裙摆站于昏暗的灯光下的自己。

场内的其他人纷纷回头，便看到暗夜女神般的夏挽沅。

男演员们心中感到惊艳，女演员们心中自然警铃大作。

每一次红毯、典礼，都是演员们争奇斗艳的最佳场所，他们穿了什么、戴了什么、好不好看都会被众人拿到网上翻来覆去地做比较。

本来还想着如何发通稿的众艺人，在看到这个不知道从哪里冒出来的人时，突然就没了底气。

阮莹玉忌妒地看着成为全场焦点的夏挽沅，眼中的恨意浓得化都化不开。

夏挽沅终于找到剧组所在的位置。

秦坞几乎有些呆愣地看着缓步而来的夏挽沅。

"这边坐。"秦坞起身给她让位置。

"谢谢。"夏挽沅在座位上坐定。

典礼即将开始。

主持人在上面一个一个请出获奖嘉宾，最佳男主角、最佳女主角上台领奖。

《长歌行》剧组获得了一个团体潜力IP奖，没有需要单独上台的获奖演员。

但导播似乎极为了解众人的心思一样，让镜头不断地扫过《长歌行》剧组所在的位置。夏挽沅虽然没有获奖，但是作为观众的出镜次数竟然比很多获奖的人的镜头还要多。

典礼的时间一般是很长的，两三个小时过去，场上的人已经有些疲累，但镜头无论什么时候切到夏挽沅身上，她都一如既往地优雅、从容。

夏挽沅全程听得很认真。这场典礼，是帮她快速厘清演艺圈现有格局最好的方式，因而在众人看来比较枯燥的颁奖典礼，夏挽沅却觉得很有意思。

三个半小时后，典礼终于结束。

自从杀青就再也没有聚过的剧组这次重逢，杨导演当即提议大家小聚一下，合个影。

阮莹玉听到杨导演的提议，看着夏挽沅的眼神中露出一丝狠厉的光。

说是聚会，其实就是简单地吃个夜宵，大家一起聊聊天儿、合个影。

毕竟这是参加典礼，大家都是身着盛装而来。女演员穿的礼服都是相当贵重的，一件可达几十万甚至上百万元，而且这些礼服很多不是她们自己的，而是找品牌商借的。男演员身上的衣服虽然比女演员的晚礼服来得轻便，但同样价值不菲。

弘安大饭店距离弘安礼堂只有几步之遥，无疑成为大家最好的去处。

杨导演带着众人到饭店订了个包间，11个人刚好坐了一桌。

"导演，我去趟卫生间。"

杨导演正跟大家聊天儿，阮莹玉便出了门。

夏挽沅瞥了一眼阮莹玉拎着裙摆艰难前行的样子，眉尖微挑。

"从杀青到现在，咱们也很久没见了。"杨导演有些感慨，"《长歌行》电视剧能取得今天这个成绩，多亏了大家的共同努力啊。"

"还是杨导演您带领得好。"

"还是多谢大家。这部电视剧拍完，虽说以后大家还在一个圈子里，但是恐怕相逢的机会就很少了，也很难像今天这样聚在一起。以后的路，大家各自珍重。"

杨导演说完话，便要拉着众人一起合影。

"杨导演，阮莹玉还没回来呢。"

话音刚落，阮莹玉便出现在门口。

"大家久等了。"阮莹玉歉意地一笑，连忙坐到自己的座位上。

"来，服务员，把酒杯拿过来。大家喝过这杯散伙酒，就得丢掉《长歌行》这段路程，奔赴更远的未来了。"

杨导演说着话，一旁的服务生便开始分发盘子里的果酒。

从杨导演开始一杯一杯地发，到了夏挽沅这里的时候，盘子中只剩下两杯了，而夏挽沅旁边坐的就是阮莹玉。

服务生有些紧张地伸手去拿盘中的酒，却不知怎的，手腕脱力般，盘子往下倒去。

夏挽沅伸手帮忙接住。

"小心点儿。"夏挽沅带着淡淡的笑容道。

服务生一阵脸红。

"小姐，这是您的酒。"服务生面红耳赤地将果酒放在夏挽沅面前，然后将剩下的一杯放在阮莹玉面前。

"来，干杯。"杨导演举起酒杯。

大家碰了个杯。

"咔嚓"一声，相机记录下剧组的相聚时刻。

前世的夏挽沅酒量是极好的，喝完酒之后既不脸红也不上头，因而夏挽沅直接将整杯果酒喝了下去。

阮莹玉在一旁看着夏挽沅喝完杯子里的酒，眸中闪过一丝得逞之色，端起面前的杯子抿了一口酒。

喝完酒，杨导演跟大家聊了一会儿，时间已经接近晚上11点了。

原本大家还觉得没什么，现下真到了分别的时刻，心中竟涌出一些难言的酸楚。

秦坞偷偷地看了一眼夏挽沅，眼中露出一片苦涩之色。

"后会有期。"杨导演朝着大家拱了拱手，便离开了包间。

夏挽沅提着裙摆，慢慢地朝门外走去。

"天色晚了，挽沅，要不我送你回去吧？"秦坞犹豫再三，还是跟上了夏挽沅的脚步，上前询问道。

"谢谢你的好意，不过我的经纪人他们在等我。"夏挽沅莞尔一笑：要是让秦坞送她，估计明天的新闻头条就是他们俩了。

"好，那你……注意安全，晚上好好休息。"秦坞憋了半天，也不知道该说些什么，只得说几句关心的话。

但他转念一想：人家夏挽沅有男朋友，自己的关心不是多此一举吗？

当即他便有些懊恼。

"谢谢你的关心。"夏挽沅感受到他的善意，当即认真地道。

看到夏挽沅眼中的认真，秦坞心中又开心又酸楚：她太好了，好到哪怕她不喜欢他，他也觉得这是个很好的人。

秦坞还要说些什么，不远处的一辆黑色魅影突然按了按喇叭。

夏挽沅转过头看了看，眼中溢出笑意："有人来接我了。我先走了，再见。"然后她便朝着黑色的车子走了过去。

秦坞在看到夏挽沅眼中那丝温软的笑意时，心彻底凉了，站在原地黯然地看着夏挽沅离去。

君时陵知道今天夏挽沅要参加典礼，下了班没有直接回家，而是在办公室里看典礼直播，估摸着快结束了，便过来接她。

哪里想到刚到这里就看到夏挽沅冲着秦坞莞尔一笑的样子，君时陵心里顿时像被老陈醋泡了30年一样，又酸又气。但看着一身星空裙，踏着月色缓缓而来的夏挽沅，君时陵又觉得心里的气消了下去。

"你怎么来了？"等司机开了门后，夏挽沅坐了进去，接过君时陵手里的茶杯喝了一口热茶。

"太晚了，不安全。"君时陵淡淡地应了一句，然后吩咐司机："走吧。"

"好的，君少。"

坐在暖暖的车厢里，没了清爽的夜风，夏挽沅开始觉得脑中混沌一片，那杯果酒的后劲儿开始上来了。

夏挽沅觉得四肢都有点儿发虚，脸上也逐渐有了醉酒的红晕。

前世的夏挽沅酒量好，因而刚才她放心地喝了一大杯。然而她不知道的是，原来夏挽沅的酒量其实是相当差的，酒精中毒而死的那天晚上她其实只喝了三杯。

夏挽沅不说话，君时陵便也闭着眼靠在座椅上养神。

猝不及防间，君时陵的颈间传来一阵湿热的气息，腰际也被一双温热的手臂缠上。

君时陵猛地睁开眼，就看到缠在自己身上的夏挽沅，顿时喉头一紧："夏挽沅？"

经过上一次的教训，这回司机学乖了，在察觉出异样的一瞬间就将前排和后座之间的隔板升了起来。

已经沉醉的夏挽沉现在只想抱着自己的抱枕好好睡一觉。

但是这个抱枕怎么不太软的样子？她找错了吗？夏挽沉的手慢慢地摸索着，从君时陵的腰间慢慢地摸上胸膛，又往下滑动，眼看就要越过腰际继续往下。

君时陵全身都要绷成一块铁板了。

"夏挽沉！"君时陵将夏挽沉的手捉住，抬起她的下巴，就看到她眼神迷离。

果酒的香气从她的鼻息间喷出，那嫣红的唇色仿如最鲜美的樱桃一样诱人。

君时陵眸光一黯，轻轻地拍了拍夏挽沉的胳膊："你还好吗？"

见夏挽沉没有反应，君时陵微微靠近便闻到明显带着些甜甜果香的酒气，眉头一皱，料想夏挽沉是喝醉了。

君时陵将抬起夏挽沉下巴的手放开，想去拿湿巾给夏挽沉擦一擦。

但此时醉了的夏挽沉根本没有意识，君时陵的手一撒开，夏挽沉的头便歪了下去。君时陵只得重新伸手垫在她的后脑勺儿处。

此时的夏挽沉，头躺在君时陵的大手里，更显得脸格外小且白皙，微微歪着头，粉唇嘟起，显得很是乖巧。

看着夏挽沉乖乖地躺在自己手心的样子，君时陵心中一动，火热的目光一寸寸地扫过夏挽沉的脸。若是夏挽沉醒着，便会发现那目光中的温度似乎要把她烧成灰烬一般。

良久，君时陵叹了口气。

她喝醉了，没有意识。君时陵一直在心中这样提醒自己。

终于勉强压制住心中腾腾燃烧的大火，君时陵扶着夏挽沉的头让她靠在自己的肩膀上，手绕过她的腰固定住不让她乱动。

等夏挽沉终于平静下来，君时陵松了松领带，放松了些许。

但没过多久，夏挽沉的眉头又蹙起。那酒的后劲儿极大，一阵阵燥热袭来，夏挽沉只想找个凉快的地方靠一下。

君时陵刚松了口气，怀里的夏挽沉突然又动了起来。

两个人本来就离得极近，夏挽沉的胸部贴在君时陵身上，此时夏挽沉一动，一下子就勾起了君时陵的冲天火焰。他立马放开了夏挽沉被辖制着的手。

夏挽沉抱着君时陵的腰不自觉地到处摸索，红唇贴在君时陵的耳边："好热。"

君时陵咬紧牙关，此时眼中反而不见任何温度，却更显得深不可测。他将夏挽沉的脸抬起来，盯着夏挽沉迷离的双眼。

"我是谁？"君时陵问了一句，声音极度嘶哑。

夏挽沉眯着眼看了看，没有回应。

"我是谁？"君时陵又问了一句，像是一定要问出个答案来一样。

夏挽沉隐隐约约看见面前有一道模糊且熟悉的人影，鼻间是闻习惯了的冷冽的松香。

这还不好猜？夏挽沉歪头，似乎有些得意地一笑，眼中细碎的光芒比之裙上的"星河"还要璀璨夺目。

"君时陵啊。"夏挽沉软软地说了一句。

话音刚落，那冷冽的松香便铺天盖地地朝她袭来。

醉了的夏挽沉极其乖巧，出于对这股冷冽松香无条件的信任，不仅没有往后躲，反而乖乖地抱住了面前的君时陵，全身都软软地靠在君时陵的怀里。

本来还在嫣红的樱桃嘴上流连的君时陵，被她这全身心托付的举动激得瞬间猛烈起来，直接叩开了夏挽沉的齿端。

君时陵像一个巡视自己领地的王者，极富侵略性地扫过夏挽沉口中的每一个角落，咬噬、厮磨、席卷……

夏挽沉迷迷糊糊间只觉得舌尖麻麻的，还有些口渴，便无意识地伸了伸舌头。

那股侵略的力道停了一下，随后激烈起来，比之前仿佛猛烈了十倍。

不知道过了多久，察觉夏挽沉都喘不过气来了，君时陵终于用尽自己所有的自制力从那片甜香中退了出来。

此时的夏挽沉的头软软地靠在君时陵手上，嫣红的唇微微肿起，口红已经掉了许多，但娇艳的鲜红没有丝毫褪色，像是被雨水淋过的火红的玫瑰，依然散发着魅力。

闭着眼的夏挽沉敛去平日里眼神中的那抹淡然，长长的睫毛垂着，不知道梦到了什么，嘴角微微勾起，特别自觉地在君时陵手中蹭了蹭，找着合适的位置。

君时陵定定地看了夏挽沉半晌，突然失笑："真好欺负。"

君时陵眼神中似有万千星辰划过，带着最深的宠溺、最柔的笑意。芝兰玉树，雪化流光，只可惜没有一个人能看到这样的盛景。

他将夏挽沉额边的秀发别到耳后。

被君时陵轻轻一带，夏挽沉就极其自觉地抱上了君时陵的腰，头也乖乖地靠在君时陵的怀里，终于安静下来。

君时陵低头看了眼全身心信任他的夏挽沉，眸光温润："笨女人。"

车子终于到达庄园，司机却迟迟不敢下车开门，瑟瑟发抖地在驾驶座上等着。

那啥，男女之间情到浓处，作为一个专业的司机，他懂这个时候是绝对不能去打扰的，毕竟他端的是君家的金饭碗哪。

但司机没想到，停车没多久，君时陵便敲了敲隔板。司机连忙下车。

看见没有一丝异样、穿戴整齐的君时陵和夏挽沉，司机眼中居然闪过一丝诡异的遗憾之色。

君时陵将夏挽沉抱起来走进屋子。

用人连忙迎上。

"去把次卧收拾一下。"

夏挽沉喝了酒，不适合与君胤睡在一起。

等到君时陵抱着夏挽沉走到次卧的时候，屋内已经被用人们收拾好了。君时陵将夏挽沉放到床上，自己到外面等着，让用人给她换上睡衣。

屏退了用人，君时陵拉过一旁的被子给夏挽沉盖上。静静地看了一会儿夏挽沉乖顺的睡颜，君时陵便起身准备去主卧陪小宝睡觉。

但他刚转身，胳膊就被拉住了，回头一看，夏挽沉正捏着他的袖子。

"这是你不让我走的。"君时陵失笑：醉酒的夏挽沉似乎格外黏人。

君时陵拉开被子躺上去。

他刚躺上去，夏挽沅就十分黏人地抱住了他的腰，头也很自觉地在他怀里找了个舒服的位置躺好。

君时陵眼中闪过笑意，将夏挽沅整个抱在怀里。

被子里暖暖的，两个人的体温透过薄薄的衣服互相渗透着。

君时陵伸手关了灯。乍然陷入黑暗的夏挽沅又贴紧了一些。

虽然熄了灯，但君时陵想象得到夏挽沅一脸乖巧、黏人的样子，低下头在夏挽沅额间轻轻一吻。夏挽沅更加依赖地靠近他。

"怎么这么好欺负？"君时陵靠在夏挽沅耳边笑了笑，但不再有其他动作，搂着夏挽沅安宁地睡去。

清晨的微风带着些湖上清荷的味道拂进了二楼的卧室，带来一丝凉意。阳光透过落地窗斜斜地打在床上之人的脚上。察觉些许灼热的温度，夏挽沅悠悠地睁开眼睛，然后就看到了熟悉的脸庞。

似曾相识的场景让夏挽沅低头看去，只见她果然又紧紧地抱着君时陵的腰，两个人亲密无间，甚至连君时陵早晨的某些正常反应她都感受得一清二楚。

夏挽沅的脸"唰"的一下全红了。她慢慢地缩回手，往后退了些许。

这一动作把君时陵弄醒了。

君时陵似乎睡得极其不好，眼睛里还带着些红血丝。

"醒了？"刚起床的君时陵声音低沉，像一串电流炸在耳边，夏挽沅听得心里酥酥麻麻的。

"你……我……"夏挽沅难得地支支吾吾起来。

突然想到什么，她低头一看：她身上穿着睡衣，昨晚不是穿的礼服吗？！

"衣服是李妈帮你换的。"察觉夏挽沅的慌乱，君时陵出声说道。

夏挽沅道："那我们……？"

"忘记了？"君时陵眼中闪过一丝笑意，但神色极为认真，"昨天你醉了，我把你抱回来，你却拉着我不放手。我要过去陪君胤睡觉，结果我一放手，你还委屈得像是要哭一样。"

夏挽沉眼中透出明显的疑问：她真的这么做了吗？

但是夏挽沉看到君时陵的神色极为认真，而且君时陵在她心中向来是说一不二的人，也没必要骗她。于是夏挽沉面上的霞色更甚了："不好意思，我喝醉了，不知道。"

"没关系。那我现在可以起床了吗？"

夏挽沉低着头，也就看不见此时的君时陵眼中一片流光溢彩的笑意。

"你起啊。为什么还问我？"

"怕你还需要抱枕啊。"

如君时陵所想，夏挽沉的脸色变得越发红了起来。

"你快走吧。"周边全是君时陵身上冷冽的松香气息，搅得夏挽沉心神不宁，而且不用抬头就知道君时陵此时脸上定是调侃的笑意，夏挽沉不好意思起来。

下次她再也不喝酒了，而且一定要把睡觉喜欢抱东西这个习惯改过来。

"那你再睡一会儿吧。"君时陵不再逗夏挽沉，掀开被子起了床。

君时陵走了，但周边他的气息依然存在，轻轻吸一口气都是那股松香的味道，于是夏挽沉想睡个回笼觉的计划失败了。

等夏挽沉洗漱完下楼的时候，君时陵正在楼下吃早饭。

"怎么不多睡一会儿？今天有工作吗？"君时陵本以为夏挽沉还需要再睡个回笼觉。

"睡不着。"君时陵这一问，就让夏挽沉想到刚刚满床萦绕的冷冽的松香气息，然后不由自主地想到早上在君时陵怀里时感受到的灼热。这下夏挽沉的脸上又浮上些绯红。

君时陵给夏挽沉递筷子，抬头就看到夏挽沉脸上的羞红。见她一副别别扭扭不敢看自己的样子，君时陵唇角勾起。

"吃饭。"君时陵敛下眼中的笑意，十分自然地跟夏挽沉相处。

"嗯，好。"夏挽沉接过筷子，却有些心神不宁：不知道为什么，她总觉得今天君时陵身上的松香气息特别明显。

往日里夏挽沉很少注意君时陵用的香水，今天却觉得这股气息特别

408

浓郁,不由得抬起头看向一旁的君时陵。

一身西装坐在椅子上吃早饭的君时陵,手腕处的袖口系得严实,本就十分俊美的五官在清晨的阳光下柔和了些,但身上那股冷峻、傲然的气质,哪怕是吃饭时都依然存在。

"我好看吗?"君时陵吞下一口热粥,突然看向夏挽沅。

"啊?"夏挽沅愣了一下,这才反应过来自己正盯着君时陵。

夏挽沅也说不清楚自己为什么会盯着君时陵出了神,只得点点头,硬着头皮说:"好看。"

君时陵眼中染上笑意:"没你好看。"话音落下,似乎觉得不够,他又加了一句,"昨晚的典礼上,你非常漂亮。"

他说的是实话,他在公司,根本没有时间先看她的装扮,和评论区的人一样,在夏挽沅出现的那一瞬间他的呼吸都停了一瞬。身上仿佛藏着满天星河的夏挽沅,美得让人惊心动魄。

"嗯,谢谢。"昨天接受了无数次这样的赞美,夏挽沅都不为所动,但这话从君时陵口里说出来,竟让夏挽沅有些不好意思起来,甚至心中还隐隐有几分欢喜。

"那你还不吃饭,不饿吗?昨天醉酒了,喝点儿热牛奶吧。"君时陵细心地将桌上的奶黄包夹到夏挽沅的碗里,把牛奶也递到夏挽沅手边。

夏挽沅莫名其妙地觉得心里有点儿乱,但是千头万绪不知道从哪一头开始理。

夏挽沅伸出手去接君时陵递过来的热牛奶,却不小心碰到了君时陵的手。

君时陵一愣,夏挽沅也是一惊。

夏挽沅连忙缩回手。

随即,君时陵若无其事地将东西放到夏挽沅面前,不再打扰夏挽沅,让她安安静静地吃饭——宿醉过后的第一顿饭,还是要好好吃的。

按照君时陵往常的习惯,这个点儿他早就去公司了,今天却不着急走,而是静静地坐在一边看夏挽沅吃饭。

哪怕是坐在堆尸如山的战场前也能面不改色地吃饭的夏挽沅,今日不知怎的,在君时陵的注视下有些吃不下去。

艰难地咽下一个奶黄包，夏挽沉终于忍不住看向君时陵："你看看我做什么？"

"你好看啊。"君时陵极为认真地说了句，细碎的笑意却从眼神中溢了出来，"只许你看我，不许我看你吗？"

夏挽沉被君时陵的话堵得一时不知道该说什么，但是被君时陵这样看着，她又觉得饭菜都难以下咽。

片刻后，在君时陵讶然的目光中，夏挽沉让用人端着餐盘上楼上的卧室吃饭去了。

看着夏挽沉略显慌乱的背影，君时陵心中早已软成一片：太可爱了，想抱。

可是不行。君时陵默默地在心里叹了口气。

此时叹气的君时陵完全忘记了十分钟前夏挽沉还在他怀里。

昨晚的典礼结束得晚，结束时大部分网友已经休息了。

今天一早，关于星光典礼的各种新闻就登上了微博话题榜。

苹果视频举办了这样的典礼，自然也要好好地宣传一番，一大早就开始推送各种新闻。

而且由于典礼邀请了诸如言赐、薄熠这种拥有众多粉丝的当红男演员，粉丝们也自发地宣传星光典礼。

大家一觉醒来，拿起手机一看，微博话题榜前二十里面有十五个是关于星光典礼的。

"言赐的绅士行为""言赐笑""薄熠西装""薄熠领带""白怜温柔""秦潇霸气红装"等词条密密麻麻地排列在众人眼前。

这么多标题里，有两个特别引人注意：一个是"唐茵重现演艺圈"，另一个是"夏挽沉惊艳全场"。

论知名度，在演艺圈里唐茵的知名度比夏挽沉要大一些，毕竟付离和柳幸川是如今演艺圈炙手可热的两大最佳男主角，只要了解他们的人必然会知道当初那个一手捧出两大最佳男主角的传奇经纪人——唐茵。更何况六年前的决裂闹得惊天动地，当时整个演艺圈都在关注这件事情。

在唐茵宣布退出后，也有很多艺人想要投身于唐茵手下，希望成为下一个传奇。但唐茵就像是销声匿迹了一般,从此消失在公众的视野里。

眼下这条微博话题倒是勾起了众人的回忆。大家点进去一看,果然是那道熟悉的身影。

唐茵当年与两大最佳男主角的事情为众人津津乐道的一个重要原因,就是唐茵不像普通的经纪人,她长得极美,是那种艳丽、张扬的美,走在两大最佳男主角身边也毫不逊色。

如今照片里的唐茵虽然已经35岁,却依然美艳无比。六年的时间,让她曾经锋利的眉眼中沉淀出些许温柔的气质,更显成熟有韵味。

"她当年是我的偶像来着。太厉害了这个人,以一己之力捧出两大最佳男主角,我真的佩服。"

"吹的吧?估计是人家最佳男主角自己争气而已。"

"我们幸川自己演技好,又努力,跟她一个经纪人有什么关系?太会给自己脸上贴金了吧。当年她主动退圈,说不定做了什么事呢。"

"我听说是因为插足柳幸川和施恬的恋情。毕竟她天天跟在柳幸川身边,人家施恬不高兴了呗。"

"啊?怪不得呢。一直听说当年她在事业当红的时候退圈,我还挺佩服她的,搞了半天是因为这个啊,啧啧。"

…………

看完唐茵的八卦消息,众人扫了一遍排行榜,然后对"夏挽沉惊艳全场"这个话题提起了兴趣。

"艳压群芳"这个词,向来是备受大家攻击的,得有多好看的脸才敢说自己把别人比下去了啊?

更何况星光典礼会聚了无数俊男美女,无论哪一个拎出来都是极其精致、美艳的。这个"惊艳全场"实在是让人觉得可笑。

大家一边嘲讽一边点进这条微博,映入眼帘的是微博第一图文站"银河的风"发的九宫格图片。

图片里,夏挽沉仿佛星河孕育的精灵一般,深邃的渐变星空蓝将她的肤色衬得极为白皙,璀璨的细钻熠熠闪光。夏挽沉或是低头,或是昂首前行,或是唇边含笑,每一张都美得惊心动魄。

往日里，"银河的风"为了吸引更多粉丝，会发布不同艺人的精修图，但今天"银河的风"一反常态，发了几个当红演员的图以后，便开始疯狂地发夏挽沅的图，连续发了10条总共90张照片才停下来。

在"银河的风"的那条热门微博下，便是星光典礼官方微博发的一段视频。由于是主办方视角，因此众人能够清楚地看到夏挽沅从车上下来，一直到走完红毯的全过程。

从雪足出现开始，众人的心就被勾了起来，然后夏挽沅完全出现在镜头里。

穿一身"星海"的夏挽沅，优雅婀娜地行走在红毯上，举手投足间带着雍容华贵的气质，让人不自觉地生起一股臣服的心思。

视频里人物的表情、动作都比图片里显得更连贯，因而相比较"银河的风"发的精修图，视频里的夏挽沅显得更灵动、美丽一些。

然后众人又发现车旁站着的那道美艳的身影，顿时心生疑惑：唐茵莫不是成了夏挽沅的经纪人？

正在众人对夏挽沅的关注度越发高涨的时候，突然爆出一条消息：《长歌行》剧组有人涉嫌参与违法犯罪行为，警方正全力侦查。

夏挽沅也接到了唐茵的电话，知道了这件事情。

其实当时服务员递酒的时候，她就觉得不对劲了，所以趁服务员害羞不敢抬头的时候偷偷换了酒杯。她已猜到那酒里可能有违禁药物。

创星娱乐公司这段时间跟夏挽沅闹得非常不愉快，而且不仅夏挽沅越发不服管教，就连往日里总是很顺服的陈匀也变得十分难找。

而且星光典礼上唐茵随着夏挽沅一同出席的新闻他们也看到了。本来艺人就是属于公司的，夏挽沅直接自己请了经纪人，而且是唐茵这种级别的，居然不跟公司打招呼，公司高层对夏挽沅十分不满。

"夏挽沅，我警告你，别把自己太当回事了，没有公司捧你，你什么都不是。"

"所以呢？"夏挽沅接到李总的电话就觉得莫名其妙，这个人还上来就一阵摆架子，她听了一句就懒得理他了。

李总一个人在对面说了半天，发现夏挽沅根本不理他，恼羞成怒：

"我告诉你！你的合同还在公司，公司是不允许艺人私下给自己找经纪人的。"

"哦，那我把唐茵辞退了，把她介绍到公司里来当经纪人怎么样？"夏挽沅冰冷的声音从电话里传出。

李总心里一喜：看来夏挽沅还是怕违约的嘛。

"那倒是合规矩。这样吧，你把唐茵介绍到公司里来，上回陈匀不是说想给你出专辑吗？你现在的能力还不够，公司暂时先给你出个单曲吧，你看怎么样？"

"嗯。"夏挽沅轻轻地应了一声。

那轻灵的声音勾得李总心里一痒。

当初他也是打过夏挽沅的主意的，但是夏挽沅家里有钱，根本诱骗不了。这也是夏挽沅不受公司高层喜欢的原因——太不好掌控了。

"行！那我等着你！明天上午9点带着唐茵来公司找我。"

李总的话刚说完，夏挽沅就挂了电话，眼中闪过冷光：我找你？你慢慢等着吧。

D市繁华的江景别墅边，一名英俊的男子正靠着窗边的钢琴闭目养神。

"幸川，你帮我看看，我这条裙子怎么样？好看吗？"一个身着长裙的女人从楼上走下来，眉眼间虽然有了些岁月的痕迹，但因为保养得极好，依然显得风姿绰约。

"好看。"钢琴边的男子抬起头看了一眼，点点头，然后又低下头。

施恬眼中闪过不悦之色："自从昨晚看到那条新闻，你就这副要死不活的样子，怎么，后悔了？想去找老情人了？那个女人不是说退圈了吗？呵，才六年而已。"

"是我们对不住她，你又何必……"柳幸川看起来极为疲累，眉头紧紧皱起。

"现在知道对不住了？当初你……"施恬又要重复已经说过几千遍的话。

柳幸川直接站起身离开了别墅。

施恬看着柳幸川离开的背影,指甲都快要把手掐破了:唐茵想复出?没门儿!既然当年能让你彻底退圈,现在也能让你彻底消失!

又是一个周末,由于老爷子想重孙想得紧,小宝刚放学就被送到了大院里。

此时夏瑜已经在庄园里待了几天,觉得瘀血化得差不多了就离开了。

哪怕得了君时陵的允许,将八个老师缩减到了两个老师,夏瑜依然觉得自己要被逼疯了。也不知道君时陵是在哪里找到的神人,说是两个老师,但是那两个人跟人工智能似的,什么都懂,门门功课都能辅导,跟八个老师没什么两样。夏瑜天天上课上得吃饭都不香了,找到机会寻了个由头就从庄园里溜走了。

因而今日夏挽沅回家的时候,便觉得家里极为安静,没有了夏瑜和小宝的吵吵嚷嚷倒有些不太适应。

天气已经越来越热。D市地处北方,是一座春、秋季节相当短的城市。今天格外热,夏挽沅从外面进来身上带了一层薄汗。

听李妈说庄园里有一座专门的游泳馆,夏挽沅想过去看看。

游泳馆离主楼并不远,是一座全玻璃式的场馆,外面是大片的花园。

游泳馆向来是君时陵一个人用的,因而负责维护、看守的都是男性。

得知夏挽沅想去游泳,王伯连忙让人撤换了所有的员工,让李妈和其他用人守在馆内,然后带着其他人离开了。

夏挽沅不会游泳,甚至从来没有下过水。夏朝所在的地方缺河少湖,而且在她的前世,游泳并不算一项运动,只是渔民的一项技能而已。

夏挽沅也是没事在家看电视里那些游泳比赛,才知道原来在现代游泳居然都能变成一项世界性的竞技运动,而且有各种花样。

"夫人,我去给您拿衣服。"

"好的。"

既然来了，夏挽沅肯定是想要尝试一下的。由于馆内水多，空气里黏黏的，更显燥热，夏挽沅很想早点儿进到水里去。

李妈不懂游泳衣的分类，便让手下的用人去衣架上挑选。

等用人把衣服拿回来，李妈一看那几片薄薄的布料，老脸都有些挂不住了："你这丫头，怎么拿的是这些乱七八糟的泳衣？"在她们那个时代，游泳都是穿背心加长裤的，现在的年轻人怎么回事，怎么喜欢的都是这样的衣服？

"王伯让人送来的衣服都是这样的啊。"用人无辜地看着李妈，"现在的人都喜欢这种类型的，李妈您就别操心了，说不定夫人和少爷喜欢这样的呢。"

说者无心，听者有意，李妈听到用人说起君时陵，老脸上都有些不自然："瞎说什么？行了，赶紧送过去吧。"

"好的。"用人把衣服送到了更衣室里。

夏挽沅一见那些衣服也有点儿蒙："这是泳衣吗？"

"夫人，现在的泳装都是这样的，水里阻力大，就是要穿得贴身一些才游得更快。"用人照着当时自己去游泳时泳装店老板说的话，说服了夏挽沅。

"好吧。"夏挽沅挥挥手，让用人出去。

在一堆衣服里找了半天，夏挽沅终于翻出一套布料多一点儿的泳衣。

虽说有点儿难为情，但是她想着馆内只有她一个人，应该也没什么问题。

没过多久，夏挽沅便换好了衣服。第一次穿这种样式的衣服，夏挽沅觉得有些不自然，摸了摸胳膊，走到镜子前，看着镜子里的自己。

那两件衣服拿在手里时显得极其轻薄，其实穿上之后倒也还好，没有夏挽沅想象中那么暴露。

嫩黄色的短上衣堪堪越过腰际，露出一截莹白如玉的腰肢。夏挽沅虽然瘦，但瘦得恰到好处，该胖的地方也胖得到位，胸前傲然的曲线被上衣兜住，后面一根长带与前面的两根长带在颈后系成一个蝴蝶结，显出性感的锁骨。

下身是一条堪堪越过大腿一半的裙子，但由于里面是裤腿的设计，也不会走光。夏挽沅勉强能接受。

　　走到泳池旁，夏挽沅伸出脚试了试水温，感觉有些凉，却很好地缓解了室内的湿热。

　　顺着台阶慢慢地走下去，夏挽沅将自己整个人沉进水里，一层层的水浪往身上涌来，轻柔而凉爽。

　　靠在浮板上，浮在水里就像躺在软软的云间一般，夏挽沅舒适地深呼吸了一下。怪不得她见那么多人喜欢去游泳，这种感觉真是不错。

　　君时陵下了班回来，意外地发现庄园里一个人都没有。

　　"夫人没回来？"君时陵脱了西装，将领带松了松。

　　"少爷，夫人在学游泳呢。"王伯在一旁回答道。

　　"嗯，"君时陵本来想去找她，但是犹豫了一下，还是坐了回去，"那就等她游完再开饭吧。"

　　"好的。说到这儿，少爷，咱们庄园得多招些人了。"王伯面上突然有些为难之色。

　　"继续说。"君时陵是何等聪明的人，看王伯这副样子就知道他话中有话。

　　"以前像游泳馆这种地方，都是您一个人用，所以请的老师、教练、监督员都是男性。现下多了夫人，可不得……"

　　王伯的话还没说完，君时陵已经站起身朝着游泳馆的方向走去。

　　看着君时陵匆忙的步伐，王伯眼中闪过笑意：有时候少爷也是需要一个台阶的嘛。

　　君时陵进了门，就看到在水里泡着的夏挽沅。虽然在水下的部分他看不大分明，但那大片白皙的皮肤依然让他面色有些不自然。

　　君时陵看了一眼馆内的人，见李妈和一个用人在一旁守着，除此之外再无他人，便准备离开。

　　本来在水上漂着的夏挽沅此时也看到了君时陵。

　　泳衣没有她想象的那么露骨，算起来跟她平日里穿的短裙差不了太多，加上在水里泡了一会儿，已经适应了许多，夏挽沅没觉得有什么不自然的。

"君时陵。"夏挽沅朝着门口叫了一声。

君时陵原本要离开的脚步停了下来。

"怎么了?"君时陵换了鞋,慢慢地朝泳池那边走过去。

离得近了,君时陵越发觉得水中的夏挽沅如同清荷一般动人,眼神慢慢地沉下去。

该说她太过信任他,还是该说她对男人一点儿都不了解呢?接触到夏挽沅不染丝毫尘色的眸子,君时陵在心里叹了口气。

"教我。"夏挽沅在水里漂了一会儿才知道游泳并不是一件简单的事情,只要她一撒开浮板,整个人就会往下沉。

场馆内的其他人都被遣走了,而李妈根本不会游泳,所以夏挽沅只能自己在水里扑腾。她正想着上岸算了,就看到君时陵走了过来。

她对君时陵有一种下意识的信任,而且总觉得君时陵好像什么都会的样子,便想让君时陵教她。

"我可以教你,但是你得答应我一个条件。"君时陵坐到泳池边的椅子上,看着夏挽沅的眼睛,目光不敢再往下移动。

夏挽沅道:"你说。"

"在外面不许游泳。"说完,君时陵觉得自己的语气有些重了,又补上一句,"外面的水不干净,用的人太多了,会生病。"

"好。"夏挽沅点点头。

不出夏挽沅的预料,君时陵果然是什么都会的。

本来掌握不到方法的夏挽沅在君时陵的口头指导下,逐渐掌握了要领。

夏挽沅学东西向来很快,游第一个50米的时候还跌跌撞撞的,需要依靠浮板,到了游第二个50米的时候已经能够丢开浮板,游得像模像样了。

君时陵坐在泳池旁,一句句地教夏挽沅游泳技巧。李妈和用人早已退出场馆。

夏挽沅的动作极其标准,像一只翩跹的蝶在水浪中上下翻飞,看起来就极其美观。

在夏挽沅看起来很正常的衣服，其实被她穿出了令人窒息的美感。她本就修长的双腿，在水中划开波浪，又重新闭合，笔直得仿佛筷子一般。泳衣浸了水之后更加贴身，将夏挽沅的身形完美地勾勒了出来。
　　君时陵觉得一阵闷热，伸出手解开了衬衣领口处的扣子。
　　半个小时过去，夏挽沅已经非常熟练了，在水中游得不亦乐乎。
　　君时陵觉得闷热得不行，想出去透透气。
　　泳池里的水是有些凉意的，按照正常的游泳步骤，游泳之前是需要热身的，不然在凉水里泡久了腿会抽筋。
　　由于王伯把专业的老师撤走了，夏挽沅自然不知道要热身。君时陵来的时候夏挽沅已经下水了，自然也没有让她再出来。
　　于是，夏挽沅本想在水里再游一个来回时，右腿突然痉挛，本来是平衡地在水里俯卧，突然就侧翻了一下。
　　君时陵低头解个扣子的工夫，再抬头就看到夏挽沅侧身沉入水里的样子。
　　"怎么了？"君时陵连忙起身，走到池边查看，却见夏挽沅在水里挣扎。
　　"扑通"一声，君时陵直接跳进了水里。
　　夏挽沅觉得右腿又冷又麻，仿佛没有了知觉一样，鼻腔灌进了些泳池里的水，往水底沉去，就看到君时陵朝着她游过来。
　　夏挽沅下意识地把手递过去。
　　君时陵伸手将夏挽沅拽到怀里，然后带着她游出水面。
　　终于呼吸到空气，夏挽沅在君时陵怀里大口喘气。
　　"泡得太久，你的腿抽筋了。今天别游了。"君时陵说着便抱着夏挽沅朝岸边走去。
　　穿着泳衣的夏挽沅被君时陵抱在怀里，君时陵目光所及皆是一片惊人的雪白。
　　君时陵站在池子里，将夏挽沅放上岸，自己却并不上去，而是站在水里给夏挽沅揉着小腿。
　　全身都被水打湿了的夏挽沅仿若出水芙蓉一般，清新动人，但被湿衣勾勒出来的身形极其火辣，水珠从身上滴落，一直没到胸口处消失。

仅仅看上一眼，君时陵就心潮翻涌。

君时陵带着灼热温度的大手按压着夏挽沉的小腿，目光却没看夏挽沉，而是低垂着头，不知道在想些什么。

半响后。

"好了，你先去换衣服。"君时陵停下捏着夏挽沉小腿的手，转身朝远处游去。

君时陵已经不知道今天自己第几次在心里叹气了：这个女人真是又麻烦又磨人。

将多余的精力全部发泄在游泳运动中，直到心潮平复下来，君时陵才起身。

王伯已经差人送来了衣服。

君时陵回到主楼的时候，夏挽沉正捧着半湿的头发擦着。

君时陵走过去，接过用人手中的吹风机，轻柔地帮夏挽沉吹起头发。

由于君时陵经常这样帮她，夏挽沉已经习惯了，在君时陵站到身后的时候就自己找了个合适的位置，等着君时陵给她吹头发。

君时陵眼中闪过笑意，看着一缕缕发丝在手中逐渐变得顺滑。

"明天教我另一种游泳姿势吧？"夏挽沉想到自己看的那些游泳比赛，好像种类五花八门的。

君时陵拂过发端的手一顿，他不知道想到了什么，耳垂竟有些发红，手也瞬间收紧。

迟迟得不到回答，夏挽沉不由得追问了一句："不可以吗？"

"可以。"君时陵的声音有些低沉和嘶哑。

小宝不在家，夏挽沉还记得那天早上醒来时与君时陵相拥的尴尬，于是今晚的君时陵只好睡次卧了。

次卧的灯几乎亮了一夜，而主卧的夏挽沉倒是睡得挺好。

"都上午10点了，人还没到吗？"创星娱乐公司里，李银又一次拿起手表看了看，眉峰紧紧地皱起。

"给我打夏挽沉的电话！"李银冲着助理吼道。

"已经打很多遍了，李总，夏挽沅的电话打不通。"

"陈匀的呢？"李银心里有一种被戏耍的耻辱。

"陈匀的电话也是一样，打不通。"

身为经纪人，电话不可能长期保持不畅通的状态，除非他故意不想接电话。

"让人去把夏挽沅所有的商业活动都停了！"李银恶狠狠地拍了一下桌子，身上的肉都跟着抖了抖，"反了天了。"

听说夏家公司重新启动后，创星娱乐公司的高层也派人去调查过，看看夏挽沅的背景是否还在，结果发现夏挽沅的父亲已经不再是公司的董事长，如今执掌企业的是沈骞。既然夏挽沅没有了曾经的背景，李银对待夏挽沅的态度也不像往常一样容忍了。

夏挽沅的商业活动并不多，一个薯片的广告推广已经做完，就剩下一个雅姿的代言和综艺活动。

当初原主签合约的时候，公司欺负原主不懂，所签订的合约是极其不合理的，没事的时候还好，一旦与公司起了冲突，基本上以公司的利益为准。

本来正在筹划拍摄的综艺，收到创星娱乐公司的通知夏挽沅要直接退出，理由是"艺人认为录综艺很累"。

这操作，综艺制作组没看懂，众网友也没看懂。

综艺节目的约好解，雅姿的代言就不好解了。雅姿直接搬出君氏集团的法务部门，一顿谈判下来——解约可以，你创星娱乐公司先赔 3000 万元。

创星娱乐公司现在连 3 万元都不愿意给夏挽沅出，更何况是 3000 万元了，当下就歇了心思。

解约不成，创星娱乐公司其他的小动作不断，不停地让内部人士向外散布关于夏挽沅恩将仇报，有了点儿成绩后便飘飘然与公司发生矛盾的消息。

由于星光典礼的视频，夏挽沅这几天的热度本就居高不下，加上与公司这种微妙的关系，连带着创星娱乐公司也赚足了眼球。

公司在给夏挽沅打了近百个电话后，终于打通了。

"夏挽沅，你还想不想在公司干了？！我告诉你……"李银接通电话就发了一顿脾气。

夏挽沅没等李银说完，便接过话头："创星娱乐这种破公司，有什么好待的？"夏挽沅说完，不等李银的反应，直接挂了电话。

会议室内，李银和众高层面面相觑：这个人没必要再留着了。

于是，当天开完会，创星娱乐公司的官方微博就发布了一条信息。

创星娱乐官方微博："很失望，很痛心，在你最黑暗的时候，公司不曾放弃过你，在你走向光明的时候，你却看不上这家公司了。"下面附了一段简短的通话录音，里面就夏挽沅的一句话："创星娱乐这种破公司，有什么好待的？"

星光典礼上的夏挽沅太过令人惊艳，众人对"夏挽沅"三个字下意识地感兴趣，本来点进话题的时候还期待又是什么美照，哪里想到居然是她和公司闹翻的消息。

一些人看到这些消息，本来因为红毯照对夏挽沅生起的好感被她这一顿操作弄没了。

创星娱乐作为专业的娱乐公司，自然有专业的公关手段和人员。为了将舆论紧紧地掌握在自己手里，创星娱乐公司将话题传播得到处都是，先入为主地给人制造夏挽沅是白眼儿狼的感觉。

在网上舆论一边倒的情况下，秦坞却突然发了一条微博。

秦坞："我和夏挽沅在同一个剧组拍过戏，我认为她不是忘恩负义的人，等一个真相。"

秦坞的粉丝们等了半天，没等到工作室关于秦坞被盗号的澄清说明，才在秦坞的微博下面发表评论。

话是这么说，但是现在网上基本上一边倒地指责夏挽沅，秦坞和夏挽沅又因为电视剧而传出过绯闻，当下秦坞的粉丝群里就有一些人退群了。

更有人指责秦坞以前的形象都是包装出来的，经历了夏挽沅的事情之后终于看透了秦坞这个人。

人心浮动之时，杨导演居然也转发了秦坞的微博，并且表示："挽沅是一个很敬业、很认真的小姑娘，我相信她不是忘恩负义的人。"

剧组里的其他人也纷纷转载了秦坞的微博,表示对夏挽沉的支持。

没过多久,被认证为国家首席经济学家的孤舟蓑笠翁——钟微老先生,也发了一条微博。

往日里钟老发布的微博都是普及经济学知识的,而今天发的微博格外反常。

钟老只说了一句话:"是非在心,夏小友是个非常优秀的小姑娘,我相信她。"

大家这才想起来,当初钟老专门邀请夏挽沉去听讲座,还为她说过话。能跟钟老关系好的人,会是人品差的人吗?

这下子大家都冷静下来,不再议论纷纷,而是安静地等一个结论。

就在大家十分关注创星娱乐公司,希望它能给出后续答复的时候,创星娱乐突然宣布谢柔的新专辑已经发布,电子版专辑也将在各大音乐平台售卖。

当初放出的那段音乐,大家还是有印象的,十分惊艳。现下公司一发专辑,大家都先将夏挽沉的事情放到一边,点进了专辑链接。

没过多久,大家都是一脸"天哪"的表情退了出来。

其中也有些质疑的声音,但不得不说,创星娱乐公司的公关还是很给力的,好评刷满了整个微博评论区。

谢柔也转发了创星娱乐公司的这条官宣微博。

谢柔:"谢谢公司的栽培。我已经两年没有发过新歌,这两年来,我一直把自己关在屋子里,寻求心灵最深处的宁静,终于写出几首自己勉强满意的作品。希望我的作品能够让大家喜欢。"

这些年,国内的音乐市场本就萎靡不振,老一辈歌坛传奇逐渐退出,新一辈当中没有能够挑起大梁的人。国内的专辑销售市场已经很久没有出过特别好的成绩了。

谢柔的专辑一经发布,创星娱乐公司就花大价钱做了各种推广,"国风音乐之光"的名号迅速打响,哪怕平常不怎么听歌的人都知道如今演艺圈出了一张非常厉害的专辑。大家试着去买来一听,瞬间就被优美的旋律打动了。

这样一传十,十传百,短短一天,谢柔的这张名叫《柔意》的新专辑迅速在各音乐平台登顶，打破了各项销售纪录。

各大媒体见状，纷纷发新闻稿，无形中又做了一次宣传。

冠着"国风音乐之光"的名头，谢柔在一天之内成为国内炙手可热的新生代歌手。

"不错！不错！才一天的销售额就已经收回所有的本钱了，以后就是躺着收钱的日子。宝贝，你真棒。"王总看着电脑里统计的销售数据，开心地摸了摸坐在他怀中的谢柔的腰。

"是王总愿意捧我，没有王总，我哪里能有这么好的成绩啊！"谢柔娇羞地一笑，柔软无骨地附在王总身上。

"君时陵，我们来比赛游泳吧。"又游了一圈的夏挽沅从水中钻出来，水珠从脸上滑下，映出一张未施粉黛却极为动人的脸。

相比第一天，现在夏挽沅游得更加熟练了，而且由于下水前做足了热身运动，也没有再出现腿抽筋的事。

自己游了一会儿，觉得没有参照，夏挽沅便想着拉君时陵一起比赛。

"行，你想游我就陪你。我去换衣服。"君时陵说着便去了更衣室。

夏挽沅则一头扎进水中。

等夏挽沅游完一圈走到一旁的靠台上，拿起一瓶水正要打开，就见君时陵从更衣室里走了出来。

夏挽沅一下子愣住了。

君时陵只穿了一条泳裤，身上披了一条白色的大毛巾，但依然掩盖不住他的好身材。

君时陵是个极为自律的人，常年健身，因而身体线条极其完美，身上有恰到好处的肌肉，隐约还能看到很多块腹肌，行走间有极强的力量感。

不知怎的，夏挽沅的脸一下子就红了。

她突然后悔起来：自己为什么要叫君时陵一起下水呢？

君时陵慢慢地走到夏挽沅身边，蹲下，眼中带着些笑意："怎么脸这么红？屋里很热吗？"

"嗯，水里有点儿热。"

由于君时陵离得近，夏挽沅都能感受到来自他身上的热气与那股极其强烈的富有侵略性的气息。夏挽沅目光飘移，不敢去看君时陵的目光。

"哦，这水是挺热的。"君时陵看了一眼夏挽沅脸上的红晕，唇角勾起。

夏挽沅觉得有些燥热，拿起瓶子拧了拧，却发现拧不开。

"我来。"君时陵接过水瓶，轻轻一拧就打开了。

夏挽沅看到君时陵拧瓶盖时手臂上微微鼓起的肌肉，有些愣怔。

她也不是没见过男人的身体，每次大战后，战场上的尸体堆积如山，他们这些活下来的人要为那些死去的将士收殓。她那时怀着悲痛的心情，看到那些被换了干净衣服装入棺中的同胞倒也不觉得有什么难为情的。但此刻她突然发现，原来男人和女人之间的差别还是很大的。

"好看吗？"君时陵拿着水瓶在夏挽沅眼前转了转。

夏挽沅回过神，接过水瓶，看到君时陵的眼神中明显带有调笑的意味，"咕噜"喝下一口水，然后放下水瓶，丢下一句"不好看"，便扎入了水中。但她转身时耳垂上的一抹红色暴露了一切。

君时陵眼中的笑意更甚。他丢开毛巾，也一下跳进水里，扑腾起一片水花。

"五个来回，咱们比赛。"夏挽沅已经在起点处站定，面色恢复如常。

"好，但比赛加个赌注。"君时陵游到夏挽沅旁边站定，"要是你赢了，我输你一个条件；我赢了，你输我一个条件。怎么样？"

"好啊！"夏挽沅点点头。

两个人在起点处摆好准备姿势。君时陵一挥手，两个人便如离弦的箭一般飞了出去。

君时陵本来就是游泳高手，速度极快，但让他意外的是，夏挽沅比他想象的还要进步神速，昨天连基本的动作都不会，现在都能够和他并驾齐驱了。

一圈又一圈，君时陵一直保持着自己的节奏。夏挽沅也一直跟在他身边，没有掉过队。

很快便是最后一圈了，两个人都在最后的50米加快了速度。

嘀！终点的播报声响起，两个人竟是在同一时间到达终点。

"平局了？"夏挽沅从水中钻出来上岸，深呼吸一下。

"不，我比你高，我们俩却同时到达终点，所以你赢了。"

"你这是在让着我吧？"夏挽沅失笑。

"没有，我这叫愿赌服输。"

夏挽沅摘了眼镜，脸上一片水珠。

君时陵拿过一旁的毛巾，走到夏挽沅面前，细细地帮她擦拭着。

夏挽沅仰着头，更显得眉色墨黑、唇色朱艳。

君时陵擦着擦着突然就停下了动作。

夏挽沅本来闭着眼睛，察觉君时陵停了手，睁开眼就对上君时陵那双深沉的眼睛。

此时的君时陵离夏挽沅很近，夏挽沅微微仰头就能看到他眼神中的热度。夏挽沅一下子就想到那次在公寓时，君时陵的眼神中也有同样的热度。

夏挽沅察觉不对劲，想往后退一步，却被君时陵按住了肩膀。

"别总是撩拨我。"君时陵帮夏挽沅擦脸的手重新动了起来，动作极慢地从她的额头一直擦到耳边，将夏挽沅脸上的水慢慢地擦干。

"什么撩拨？"夏挽沅微微瞪着眼睛：她什么时候撩拨他了？

"一个女人在一个男人面前闭上眼睛，还不是撩拨吗？"君时陵看着夏挽沅的眼神极其深沉。

夏挽沅能感觉到他手上的热气透过毛巾传过来。

"你！"夏挽沅想要辩解，眼睛却被君时陵手中的毛巾盖住了。

"你成功了。"君时陵低沉的声音在夏挽沅耳畔响起。

夏挽沅正要问什么成功了，那片冷冽的松香味就朝她袭来。

夏挽沅本可以躲开，但此时心里有些慌乱，在君时陵冷冽的松香味的包围中，想了很多，唯独没有想过推开他。

君时陵也察觉到这一点，唇角勾起，眼神中的暖意更甚，嘴唇轻轻地覆上面前的朱唇。跟上一次在公寓时的强势不同，这一次的君时陵温柔得过分，每一个细小的动作都透着极致的耐心和包容。

最具侵略性的气息、最轻柔的动作，让夏挽沅有一瞬的愣怔，猝不及防间被君时陵叩开了私有领地。

终于又进入了觊觎已久的领地，君时陵极为熟练地席卷每一个能让夏挽沅心中激起涟漪的地方。

在君时陵用极致的耐心编织出来的网中，夏挽沅被拉进了这场温柔的梦。她的眼睛被毛巾盖住了，看不到周围的事物，她只能感受到周围都是君时陵的气息，都是他热烈的掠取。

良久，君时陵恋恋不舍地退出这片领地，仿佛觉得不够，并没有完全从夏挽沅这里离开，而是从她的嘴角转到脸颊和鬓边，然后轻轻地刮了一下夏挽沅已经红得滴血的耳尖。

夏挽沅一个激灵，这才从君时陵的亲吻中清醒过来，躲开了君时陵想要继续往下的动作。

"别这样，我先回去了。"夏挽沅此时心绪繁杂得很，心中像是有几万条麻线缠绕在一起，不知道哪里是头、哪里是尾。

君时陵这回倒是没有多加阻拦。他的眼神中已然是黑沉沉一片，哪怕自制力强如他，如果再继续下去，也怕自己会控制不住。

夏挽沅转身往台阶上走，但被君时陵掠取了这么久，她的脚步有些发虚，加上心中慌乱一片，思绪繁杂，一时没注意在台阶上踩空了，然后直直地向水池里倒了下去。

君时陵伸手将她接在怀里，不让泳池里的水漫进她的耳朵。

夏挽沅在君时陵的搀扶下站定，就听君时陵带着笑意说了一句："还说没撩拨我？又来？"

夏挽沅本想反驳，但自己现下还在君时陵的怀里，只能嗔怪地看了君时陵一眼："君时陵，你……"

"好了，水里凉，快上去吧。"君时陵笑了笑，同时刻意后退了半步。

夏挽沅这回是牢牢地抓着台阶的扶手上去的。

君时陵在身后看着夏挽沅小心翼翼生怕再掉下来的样子，唇角勾起。

夏挽沅走后，君时陵又独自游了半个小时才离开。

夏挽沅洗了澡，换了衣服，坐在沙发上打开电视。电视屏幕刚打开，她就看到帅气的男主角正捧着女主角的脸亲得投入。

夏挽沅换了个台，嗯，男、女主角在结婚。

她再换个台，男、女主角在滚沙发。

夏挽沅脸上的温度突然上升，她猛地关闭了电视：现在的电视剧是怎么回事？除了情情爱爱还能不能放点儿别的东西了！

脑海中突然想到君时陵刚刚说的话，夏挽沅拿出手机搜了一下"女孩子闭上眼睛"，然后就出来一排相关答案：

"女孩子闭上眼睛，是在等人去亲她。"

"女孩子闭上眼睛是在暗示你。"

"当一个女孩子闭上眼睛，意味着她想撩拨你。"

…………

夏挽沅无奈地扶额：现代人还有这种习俗吗？闭个眼睛就是想勾引人了？那君时陵刚刚是不是真的以为她想勾引他所以才那么亲她的？

夏挽沅正在纠结的时候，君时陵已经朝她走过来。君时陵十分自然地拿过一旁的电吹风站到夏挽沅身后帮她吹起头发来。

夏挽沅没有意识到，自己已经慢慢地习惯了洗完澡后不吹头发，反正君时陵会给她吹的。

客厅里只有电吹风工作的声音，夏挽沅和君时陵都没有开口说话。

等到夏挽沅的头发被吹干了，君时陵准备上楼工作，突然被夏挽沅叫住了。

"君时陵。"

"怎么了？"君时陵停住脚步，坐到了夏挽沅对面。

夏挽沅道："我刚刚不是那个意思。"

"哪个意思？"君时陵眼中带上了一些笑意。

"我没有想要勾引你，我看网上说……嗯，男人可能会比较容易冲动，"夏挽沅对现代的很多事非常包容，但对于男女之间的情动这种事还是有些避讳的，说着说着脸就开始透出红霞来，"我不想让你误会。以后别再这样了。"

"嗯。"君时陵目光深沉，让人看不出想法。

见君时陵只简单答了一句，夏挽沅怕君时陵不相信自己的话，又补充了一句："你要是需要人的话，可以找个自己喜欢的。反正还有一个月我们的关系就解除了，我也不会……"

夏挽沅想说，你随便去找别的女人，我是不会多阻拦的，也不会介意，但是她心中在想到君时陵搂着其他女人的场景时，有那么一丝不适。夏挽沅没有去在意这一丝不适产生的原因。

"我就这么缺女人吗？"君时陵本来还带着笑意的眸色听到夏挽沅这番话后顿时沉了下去。

君时陵的心也沉了下去，他还以为夏挽沅刚刚的不抗拒代表着一个好的信号，但夏挽沅这番话显然是迎头给了他一盆冷水。

明明她不抗拒他的接近，他还以为她心中对他有了一丝感觉，但是她居然能这么坦然地说出不介意他找别人！

"我不是这个意思。"夏挽沅也说不出心里是什么感觉，觉得有点儿乱。

她向来镇定自若，这种慌乱中带着些许涩意的情绪让她感到很陌生。

夏挽沅干巴巴地说完这句话，竟不知道再说什么了。

屋内一时沉默下来。

"好了，我去楼上工作了，有事叫我。"君时陵终于又恢复温润如玉的样子，眼神中不带丝毫涟漪。

夏挽沅却并没有觉得多高兴，心里反而有些怪异的失落。

"好。"夏挽沅点点头。

刚刚有一瞬间，君时陵想直截了当地问夏挽沅能不能不和他离婚、能不能留在他身边、能不能喜欢他。但君时陵最终还是忍住了。

哪怕做几百亿元的生意，他也从来没怕过，因为可以通过精密的计算、强大的逻辑能力推算出收益，哪怕有高达 50% 的风险，他也能凭借自己的能力把这个风险遏制住。

但是面对夏挽沅，他连 0.01% 的风险都不敢承担。他怕一说出口，事情就再无回旋的余地了。

夏挽沆心绪浮动地在楼下看电视。

已经到了睡觉的时间，夏挽沆还是没有上楼。

小宝还在大院里没回来，主楼里只剩下两个人。明明以前觉得很正常的事，今天却让夏挽沆有些心慌。

"夫人，该上去睡觉了。"李妈走了过来。

"君时陵呢？"

"少爷已经在次卧睡下了。"李妈有些担忧地看着夏挽沆：难道这两个人吵架了？

"嗯，知道了。"夏挽沆这才关了电视，朝楼上走去。

夏挽沆的睡眠质量向来很好，但今天意外地失眠了。

没有小宝和君时陵，空间大了很多，夏挽沆在床上翻来覆去时，闻到了熟悉的松香味。

这味道让夏挽沆不由自主地想起今天在泳池里，她被这股松香味环绕时的情景，君时陵粗重的呼吸仿佛喷洒在她耳边，那温柔而富有侵略性的吻在她脑海中不断地重现。

黑夜中，夏挽沆红了脸。

想着一些乱七八糟的事情，夏挽沆逐渐睡了过去。睡梦间，仿佛是那股冷冽的松香味让她感到心安，夏挽沆朝着君时陵平里睡着的地方滚过去。直到被一片松香味包围，夏挽沆微皱的眉头才舒展开来，她陷入了甜美的梦中。

而隔壁的君时陵，顶着疲倦过了不眠的一晚。

第二日早上吃饭时，君时陵一如既往地给夏挽沆倒牛奶，给她夹她爱吃的食物，却极为克制有礼。

明明是一样的动作，但夏挽沆分明感受到一层隔阂挡在了她和君时陵中间。夏挽沆想说些什么，终究又不知道该说什么。

两个人沉默着吃完了早饭。

"一会儿要去上班吗？我送你。"君时陵终于开了口。

夏挽沆道："好，那就谢谢了。"

君时陵道："不用谢。"

气氛再一次凝固起来。

直到坐上车，夏挽沉和君时陵都没怎么说话。

于是，今天的君氏集团时刻笼罩着一股压迫感，来来往往的高管们生怕自己被君时陵点了兵，一个个尽量不在君时陵面前出现。

今天网上各种数据统计账号十分活跃，因为谢柔那张被称为"国产音乐之光"的专辑夺得了各大排行榜的榜首。这是很久没有出现过的事了。

谢柔的粉丝们也极为活跃和膨胀，到处谈论这件事。

纵然有一些觉得谢柔的声音配不上词、曲的评论出现，也被洋洋洒洒的其他评论压了下去，微博上对谢柔是一片夸赞。

在谢柔的热度越来越高的时候，夏风工作室按捺不住了，想要把夏挽沉的新专辑发布出去，但被唐茵阻止了。

"唐小姐，咱们就眼看着对方这么赚钱吗？"刘参不知道唐茵为什么要一直拖着不让他发专辑。

"等着吧，我听说创星娱乐公司这两天正在给谢柔签大量的代言和推广呢，等他们签完再说。"唐茵看着电脑上各种吹捧谢柔的评论，红唇轻勾：爬得够高，才会摔得够惨。

由于早上气氛闹得尴尬，夏挽沉亲手做了些饭菜，换了一身衣服，去了君氏集团。

夏挽沉没有给君时陵打招呼，准备自己上楼。

她之前每次过来都是坐总裁专用电梯上楼的，因而这一次，她提着饭盒径直走到了专用电梯前。但她没想到，电梯前居然站了个人——一个极其美丽的女人。

一身吊带黑裙被这个女人穿出了别样的风情与魅惑。见有人靠近，这人高傲地看了一眼。

夏挽沉按了一下电梯，便站在一旁等候。

"时陵哥哥的公司什么时候猫猫狗狗都能放进来了啊！"

"喂，你是哪儿来的？这是总裁专用电梯，你不许用这个，走开。"跟在黑裙女子身后的保镖站到夏挽沉身边，一副要赶走夏挽沉的样子。

夏挽沉皱起眉头，看了一眼面前的黑裙女子：听她对君时陵的称呼,两个人似乎很熟的样子。

本来还想着给君时陵送饭的夏挽沉一下子没了心思,心里有些不自然的酸涩,提着饭盒转身就准备离开。

"这种事也需要汇报?凡是来找君少的女人一律挡掉,总裁专用电梯更是不能对她们开放。"秘书处莫名其妙地接到前台打来的电话,有些生气地回复道。

君氏集团的前台是不是要换人了?这种事情都拎不清的前台放在这儿有什么用,当招财猫吗?

"不是啊,李秘书,我看那两个女人当中,有一个是戴着墨镜和口罩的,看身形很像君总上回亲自去接的那个。"前台小姑娘瑟瑟发抖地说道。

"什么?你等一下,我马上汇报给林特助。"

林靖得了消息,立马下楼,刚好截住了正准备离开的夏挽沉。

"林靖,你们这电梯怎么回事?我急着去见时陵哥哥呢,"黑裙女子见林靖到了,不耐烦地拨了拨头发,"快点儿把电梯打开。"

"郑小姐,这是总裁专用的,君总允许后您才能进。"林靖一如既往地带着程式化的笑容。

"我想上去还需要允许吗?"郑菲眼神中带着些火气。凭她的背景,到哪里不是被人捧着?现下让她等了这么久已经让她很不耐烦了,结果连一个小小的特助都要拿着鸡毛当令箭。

"既然您说跟君总熟悉,您可以给君总打个电话,君总同意的话就行。"

郑菲下意识地要拿出手机,但突然想到她好像没有君时陵的电话,当下脸上有些挂不住了。

林靖不愿再跟她多说,转身看向夏挽沉:"您跟我一起上去吧。"

夏挽沉看了一眼郑菲难看的脸色,本来是打算直接离开的,但是一想到这个黑裙女子刚刚那嚣张劲儿,她还是决定给这人添个堵再走。

郑菲还要再争辩几句,就见林靖带着夏挽沉进了电梯。

"她?"郑菲瞪大眼睛,生气地指着夏挽沉。

"看来你还不如猫猫狗狗。"夏挽沉冰冷的声音响起。

郑菲气得脸色涨红,连高雅的仪态都维持不住了。

"刚刚那个人是 D 市郑家的小女儿。君总总共就见过这个郑菲两次,是她一直自诩身份高,想接近君总,君总从来没理过她。"林靖小心地在旁边解释了一句。

夏挽沅不轻不重地"嗯"了一声。

林靖也摸不透夏挽沅是不是生气了。

君时陵也接到了秘书处的汇报。

郑家?君时陵眼神里闪过冷光:郑家打的什么主意,他心里清楚得很。

来人连门都没敲就打开了办公室的门。

"出去。"君时陵在桌上签着文件,头也不抬地说道。

上一次郑菲也是直接闯进了君时陵的办公室,君时陵当即就把前台、门卫换了人。看来这回又要换了。

"嗯。"来人低低地应了一声,便转身准备走。

君时陵一听到这个声音,立马抬起头。哪怕只是背影,君时陵也瞬间认出了夏挽沅。

"别走。"君时陵连忙放下手中的文件,站起身大步走到门口,拉住了夏挽沅的手腕。

夏挽沅扫了一眼君时陵的手。

君时陵立马放开了她。

"你不是很忙吗?我就不打扰你了。"夏挽沅说话间带着些她自己都没察觉的气性。

"不忙,你进来。"君时陵接过夏挽沅手中的饭盒,将她迎了进去。

夏挽沅坐到沙发上,摘下眼镜和口罩。

君时陵敏锐地察觉夏挽沅面上带着些寒意,心下疑惑:是谁惹到她了吗?

"今天来公司怎么样?"君时陵试探性地问了一句。

"挺好。"

好了,这下君时陵确定夏挽沅是被谁惹生气了:一般情况下夏挽沅会把在公司碰到的事情跟他分享,并且还会寻求他的建议,现下就这么简短的两个字,那必然是生气了。

"来,吃饭。"君时陵将饭菜摆好,把筷子递到夏挽沅面前。

夏挽沅接过筷子,一声不吭地吃起饭来。

夹了一块排骨放进嘴里,君时陵眼神一暖:"是你做的菜?"

"嗯。"夏挽沅应了一声。

像往常一样,君时陵把夏挽沅爱吃的菜夹到她的碗里,自己吃她不喜欢吃的。

"郑小姐,您不能进去。"

办公室外吵吵闹闹,夏挽沅夹菜的动作突然顿住了。

"让开,我和你们君总青梅竹马,你们算什么东西,也敢拦我?"

郑菲家里权势极大,走到哪里都是前呼后拥的,哪里被人拦过?当下她便让保镖把秘书给架开了。

郑菲正要往君时陵的办公室里走,门突然被打开,气势冷厉的君时陵出现在门口。郑菲眼前一亮:"时陵哥哥,我是郑家的小妹妹,你的这些下属好没有规矩,居然拦着我。"

君时陵冷冷地扫了郑菲一眼,拿出手机拨了个电话:"如果你们管不住自家的人,我不介意送她去她该去的地方。"说完没等那边的人回话,君时陵直接挂断了电话。

此时林靖也带着安保队上来了。

"把人交给警察吧。"君时陵交代了一句话便转身离去。

"时陵哥哥!"郑菲惊讶地看着冷峻的君时陵:君老爷子和她爷爷私交不错,而且D市有多少人想攀上郑家,她以为她来找君时陵,君时陵一定会见她。

安保队只听君时陵的吩咐,才不管郑菲的来头有多大,直接把郑菲连同她的保镖一同送到了警局。

君时陵进了屋,看到夏挽沅已经撂下了筷子,面色比之前更冷了些。

"怎么就吃这么点儿?再吃点儿吧。"君时陵上前才看到夏挽沅碗里的饭都没怎么动。

"不用你管。"

夏挽沅这话一说出口,两个人都愣了一下。

夏挽沅是从来没有过这种口不择言的情况。

君时陵则是被夏挽沅这句"不用你管"说得心里一沉。

看来前几次的亲密行为终于引起夏挽沅的反感了,以至于夏挽沅现在抗拒他到了这个程度。

"不吃饭,那喝点儿茶吧。"君时陵按下心中的沉闷,勉强凑出几分笑意,给夏挽沅倒了杯茶。

"我不是那个意思。"夏挽沅自己也不清楚为什么刚刚语气突然就变得不太好,明明她向来很擅长控制自己的情绪。

"我知道,你喝茶吧。"君时陵笑了笑,将茶杯递到夏挽沅面前,自己则端起碗安静地吃起桌上的饭菜。

平时气势冷厉的君时陵,此刻竟显出几分委屈的意味。

夏挽沅做的饭菜是二人份儿的,夏挽沅没怎么动筷子,君时陵就慢慢地把饭菜全部吃了下去。

"你不撑吗?"夏挽沅在一旁看得有些惊讶。

"吃不完会浪费。"君时陵平日里控制饮食,吃得不算多,所以现下两份儿饭菜下肚感觉还好。

更何况这是夏挽沅做的,以后都不知道还能不能吃到她做的饭菜,君时陵自然是一点儿也不想浪费。

君时陵在心中默默地叹了口气。

吃完饭,夏挽沅便想回庄园。

君时陵在手机上告知林靖推掉下午所有的会议,然后看向夏挽沅:"我正好下午没什么事,一起回去吧。"

"好。"

车子行驶在街上,路过一家蛋糕店时,想起夏挽沅爱吃甜食,君时陵便让司机下车买了一个蛋糕。

午饭没怎么吃,夏挽沅闻到蛋糕的味道,食欲倒是被勾了起来。

夏挽沅舀了一勺放进嘴里,酸酸涩涩的味道,有点儿像梅子,低头一看盒子上的包装,果然是青梅味的。

看到"青梅"两个字,夏挽沅就想起郑菲口中的"青梅竹马""时陵哥哥",顿时觉得没了胃口,将剩下的蛋糕放下了。

"你是不是身体不舒服?"君时陵关切地问夏挽沅。

"挺好。"夏挽沅不知道为什么,一看君时陵,心里就有一股无名的情绪涌出来。

察觉夏挽沅语气中的不耐烦,君时陵微微收紧了手,不再打扰夏挽沅。

回到庄园,夏挽沅靠在沙发上看电视。君时陵也反常地没有去书房办公,而是坐在一旁的落地窗边看着外面的花园,不知道在想些什么。

王伯是过来人,一看就知道两个人闹别扭了,但是君时陵的事他又不能多加干涉,只能在心里干着急。

丁零。

正在这时,沙发边的电话响了。

夏挽沅将电话接起来,还没来得及说话,对面一句"时陵哥哥"已经叫出口。

夏挽沅面色一冷,直接把电话放到一边:"君时陵,找你的。"

君时陵听到动静,过来接起电话,只听了一秒钟便挂了,再看来电显示,是郑家的号码。

君时陵眸光冷峻:看来这几年郑家平步青云的官场路走得太顺了,真把自己当作D市数一数二的世家了。

想到夏挽沅中午没吃饭,心情也不好,君时陵想下午带她出去吃个饭放松一下:"我看你挺喜欢吃鱼的,下午我带你去一个做鱼特别好吃的地方。"

"不吃。"夏挽沅很干脆地拒绝了他。

"那一家真的做得还不错,我小时候跟朋友一起去吃过。"

那家"荷塘月色"开了很多年,当年他救下薄晓就是在"荷塘月色"门口的池子里。后来薄晓带他去吃过几次,那一家的鱼做得相当不错,而且环境也很雅致。

听君时陵说起小时候的朋友,夏挽沅自然就联想到所谓的青梅竹马郑菲。

　　夏挽沅心里杂乱一片，大脑还没来得及反应，已经脱口而出："哪个朋友？你青梅竹马的妹妹吗？"

　　夏挽沅这莫名其妙的一句话让君时陵愣了一下：他从小一个人长大，唯一走得比较近的也就是薄晓，从哪儿冒出一个青梅竹马的妹妹？

　　目光扫过电话，君时陵突然想起郑家的那个女人叫他"时陵哥哥"，灵光一闪，把一切都串了起来——似乎今天夏挽沅的一切不对劲，都是从中午开始的。

　　一个让他不敢相信的猜测从心中涌出来。向来冷静的君时陵都有些抑制不住内心的激动，黯然了一天的眸子此刻亮得惊人。

　　夏挽沅也意识到了不对，在心中懊恼一声：今天到底是怎么了？她真是哪儿哪儿都不对劲。

　　夏挽沅转身想要离开，却被君时陵一把攥住了手腕。

　　王伯本来在不远处急得来回踱步，一看这情形，连忙往外退去：嗐，年轻人谈个恋爱真是够磨人的，让他的这颗老心脏都跟着七上八下的。

　　夏挽沅一回头，就看到君时陵极其明亮的双眸，仿佛有什么特别高兴的事情一般。

　　君时陵勉强压抑住心中的狂喜，想着不能吓到夏挽沅，要慢慢来，不能让这好不容易冒出的苗头被吓退。

　　"我没有青梅竹马，从小到大，除了薄晓一个朋友，再没有其他亲近的朋友，更没有什么妹妹。那个郑菲我总共就见过三次，小时候她爷爷的五十大寿时一次，前年七十大寿时一次，今天是最后一次。"君时陵像是招供一样，把自己身边本就极其简单的关系捋了一遍，眸光认真而严肃。

　　"你跟我说这个干什么？跟我又没关系。"夏挽沅面色有些不自然地挣开君时陵的手，但不可否认，因为君时陵的这番话，她心中的烦闷一下子就消散了。

　　"我就是不想让你误会，让你以为我是多么风流的人呢。"被挣开手，君时陵也不恼，因为他清晰地看到夏挽沅的面色缓和了下来。

"知道了,君总是最专情的人,行了吧?"夏挽沉有些赧然,不由得说了句玩笑话。

"你会知道的,"君时陵莫名其妙地接了这么一句,没等夏挽沉追问,便换了个话题,"那家的鱼真的很好吃。我很多年没去了,你就当陪我去,好不好?"

"好。"

君时陵给"荷塘月色"的老板打了个电话。

此时正好是下午,没什么人,既然君时陵要来,老板便开始清场。

难得出去一趟,听说那个地方在郊区,夏挽沉便想自己开车去。

大概两个小时后,两个人终于到了郊外一个有无边莲叶的湖边。

现在已经快要进入盛夏,荷花虽然还没开,但是满湖的荷叶已经有铺天盖地的绿意了。

君时陵下了车,拿起一旁的伞打开,给夏挽沉遮住太阳。

跟夏挽沉想象的不一样,"荷塘月色"的店面并不大,是一处掩映在绿树中间的小院子。院子里有一条小河与外面的湖相接,高大的梧桐树在院子里投下一片绿荫。

一个头发花白,但精气神十足的老人走到了院子里。

"秦叔。"君时陵朝这人点点头。

秦凯咧嘴一笑:"好久不见啊,现在是不是该叫你君总了?"

"秦叔说笑了,还是叫我小君吧,听着亲切。这是我的夫人,夏挽沉。"君时陵向秦凯介绍夏挽沉。

夏挽沉对"夫人"这个词都已经习惯了,当下没觉得有什么不对。

秦凯从君时陵口中听到这个词,心中却是一动,认真地打量起夏挽沉来。

"多好的姑娘!"秦凯发自内心地赞叹了一声。

他在这儿见过来来往往那么多人,夏挽沉可算是他见过的人里面最让人惊艳的一个了。

"真是好福气啊小君,可要好好珍惜啊。"秦凯感慨地看着君时陵。

当年君时陵虽说贵为君家的少爷,但眉目之间总是带着冷淡疏离,没有一点儿人气。如今看到君时陵望向身边女子的眼神中竟盛着满满的温柔,秦凯这个算是看着君时陵长大的老人心中也是一阵唏嘘。

"会的,谢谢秦叔挂心。"

"你们先坐,我现在就让人去湖里打几条活鱼回来给你们做。"话音落下,秦凯便吩咐后厨的徒弟们去湖里抓鱼。

秦凯近些年来已不再掌勺,将灶台让给徒弟们了,但今天君时陵难得来一次,秦凯便破例亲自下厨。

坐在绿草如茵的院子里,听着外面的虫鸣鸟叫,夏挽沅心中有一种超脱凡尘俗世的愉悦感。

看到夏挽沅逐渐舒展的眉峰,君时陵给夏挽沅递过去一杯凉茶:"不生我的气了吧?"

"我什么时候生你的气了?"夏挽沅有些不自然地避开君时陵深沉的目光。

"好,没生我的气。那能不能告诉我,今天在公司里怎么样?"看到夏挽沅不自然的样子,君时陵也不再逼她,眸中带着些笑意,体贴地换了个话题。

"今天沈骞给了我几份方案……"夏挽沅将上午看到的方案内容提炼了一下,讲给君时陵听,"如果是你,你会选第几种?"

"文化。"

如夏挽沅所料,君时陵所选果然跟她的选项一样。

"我猜你也选了文化。"看到夏挽沅眼神一亮,君时陵就知道自己跟夏挽沅的看法是一样的。

夏挽沅道:"我对国内的文化产业还不是特别了解,你给我讲讲呗。"

君时陵道:"好。"

君时陵的讲解角度比沈骞要宏大得多,而这种宏大又不是虚无缥缈的幻想,君时陵的脑中仿佛藏了一个隐形的数据库,能够提供各种数据支撑,通过这些数据构建起模型,然后推演出合理的结果。

夏挽沅支着头听着君时陵的讲解,遇到不懂的地方就虚心求教。

于是,在秦叔做菜的一个小时里,夏挽沅基本将国内的文化产业市场了解了一遍。而且君时陵讲解的过程中还有许多独到的见解,给了夏挽沉不少灵感。

对于公司未来的发展方向,夏挽沉脑海中有了一个初步的规划,等这个规划实现,整个公司的价值不知道要翻多少倍。

"你讲得太好了,"等君时陵讲解完毕,夏挽沉不由得赞叹了一句,"你要是去教书,肯定是个很好的老师。"

"我现在不就是老师吗?可惜某人连一声'老师'都还没有叫过呢。"

得到夏挽沉的夸奖,君时陵眼中满是笑意。纵使他一路踏着鲜花掌声走过来,但夏挽沉的夸赞总归跟他人的不一样。

"老师在上。"

君时陵只是随口一句,夏挽沉却站起来朝君时陵作了个揖。

"你这是做什么?"君时陵止住夏挽沉进一步鞠躬的动作,眸色中充满无奈的笑意。

夏挽沉俏皮地笑了笑:"你教得这么好,我叫你一声'老师'是应该的。"

两个人正在玩闹,秦凯端着一盆鱼走了过来,看着他们的眼神中充满了慈爱:"尝尝我做的荷花鱼。"

夏挽沉坐了回去。

君时陵夹了一筷子鱼肉放进夏挽沉的碗里。

鱼肉的刺早就被剔除了。养在湖里的鱼,比外界的鱼肉质更为鲜嫩一些。秦凯高超的烹饪技巧保留了鱼肉最本真的鲜味,又没有丝毫腥味。

"好吃!"夏挽沉眼睛一亮,发自内心地夸赞了一句。

"喜欢就好。小君啊,给你夫人多夹点儿,不够后面还有啊。"

君时陵中午吃得多,现下一盆鱼基本是夏挽沉在吃,君时陵在旁边给她夹。

这一方小院里岁月静好,网上已经闹翻了天,原因无他,著名的夏风工作室出了一张夏挽沉的专辑,名叫《挽风》。

这还不足以引爆全网,引发全网热议的是,夏挽沉的歌曲基本上和谢柔的《柔意》是一样的,词、曲的相似度高达98%。

"什么情况？抄袭吗？"

"这抄袭也太明目张胆了吧！这么明显的相似度，连我这个音乐白痴都听得出来。"

"夏挽沉不是作词、作曲特别厉害吗？"

"但是这歌是谢柔先发的啊，按先后顺序也该是夏挽沉抄袭谢柔吧！"

…………

著名的音乐博主耳王在听完两者的对比后也发了一条微博。

耳王："昨天我听了《柔意》，不得不说，词、曲的意境都打造得相当好，但是我总觉得缺了些什么。直到今天听了《挽风》，我才知道缺少的是什么。这六首歌曲虽然风格不一样，却有着同样的洒脱、自然感。很明显，谢柔的嗓音技巧无法将这几首歌发挥出最大的美感，而夏挽沉做到了。"

"我也有这种感觉。就那首《挽风》，我听夏挽沉的歌就有种坐在草地上看夕阳，风拂过耳边的感觉，听谢柔的歌就没有这种感觉。"

"唱得好听就可以抄袭了？有这种说法吗？"

…………

众人讨论得热闹，创星娱乐公司也接到了各合作商的电话询问。终于把各合作商安抚下来，高层商议后决定，直接与夏挽沉解约，并对夏挽沉提起违约诉讼和赔偿要求，同时发布了一条微博。

"本公司声明：夏挽沉作为本公司的艺人，不遵守公司规定与合约条例，违规操作，自己私自签经纪人；在没有经过公司允许的情况下私接代言；在没有手续的情况下私自请工作室出专辑，并且利用职务之便获取谢柔的歌曲母带，对谢柔的歌进行抄袭制作。夏挽沉的这些违规行为严重伤害了公司感情，违反了双方的合约。我公司自声明发布之日起与夏挽沉解约，并将对夏挽沉提起诉讼，要求其赔偿我公司一切损失。"

与此同时，各大音乐平台也收到了创星娱乐公司要求下架夏挽沉歌曲的通知。

本来还对抄袭事件存有疑虑的众人，在创星娱乐公司的这条微博下，都转变了态度。

作品抄袭是一件让人很不齿的事情，当下就有很多人跑到夏风工作室和夏挽沅的微博下进行辱骂。

等到众人的愤怒发酵到一定程度，夏挽沅终于出现了。

夏挽沅的微博在此时更新了一条动态。准确来说，是唐茵和陈匀用夏挽沅的微博账号发了一条动态，毕竟此时的夏挽沅还在那一方小院子里赏着荷叶吃着鱼。

夏挽沅：《挽风》的第一句歌词里的第一个曲调，第二句歌词里的第二个曲调，第三句歌词里的第三个曲调……以此类推。"

众人也知道夏挽沅会出来澄清，但都没有想到会是这样的澄清方式。这莫名其妙的几句话，把大家看得一脸蒙。

讨厌夏挽沅的人以及谢柔的粉丝完全不管夏挽沅发了什么，一直在夏挽沅的微博下讨伐她，但还是有一部分看热闹的网友比较谨慎，循着夏挽沅的微博把《挽风》那首歌里的曲调串了一下，然后就有了一个惊人的发现。

胡萝卜爱吃小兔子："天哪！我把《挽风》里的曲调按照夏挽沅说的顺序排列了一下，这段音乐跟夏挽沅在直播的时候为天灵公主作的那首曲子的第一段音乐完全一样啊！太有才了吧！"下面附了一段小视频，博主将音调从《挽风》这首歌里挨个儿提取出来，然后组合到一起，流畅地播放一遍，再将天灵公主的主题曲的第一段音乐播放一遍，两者没有任何差别。

这条微博也被看热闹的网友转发了出去，热度迅速上升。

除非现在谢柔能拿出证据证明那首为天灵公主作的歌是她写的，不然一切证据都表明夏挽沅才是这些歌曲的原创者。

这一轮热度还没下去，夏挽沅又转载了一条挽时工作室的微博。

这家工作室是唐茵接手夏挽沅的工作后，发现夏挽沅居然连工作室都没有，什么内容都需要靠自己发，便和陈匀商议申请了一个微博账号，专门用来发布关于夏挽沅的各种消息。

当然，在取工作室的名称的时候，唐茵得到了林特助的友好指点。反正夏挽沅也不在意工作室的名称叫什么，在林特助的暗示下，唐茵便选了这么一个名字。

挽时工作室："关于抄袭问题，我们只想请大家看这封邮件的发送时间。"下面附了一张截图。

虽然王总找人黑了陈匀的邮箱，但是当时他根本没把这件事放在心上，因而痕迹清理得并不彻底。陈匀找了个黑客就把原邮件恢复了。

邮件显示，在谢柔发歌的前半个月，陈匀给王总发了一封邮件，邮件上清清楚楚地写着："这是夏挽沉创作的歌曲词谱，请王总审核。"

这下真相大白了，完全是创星娱乐公司以审核为借口，将夏挽沉的歌曲据为己有，而且给谢柔出了专辑。

没过几分钟，挽时工作室又发了一条微博。

挽时工作室："确实是一家破公司。"然后附上了一段小视频，正是上次夏挽沉被金主管带去应酬的那段视频。

视频中，创星娱乐公司高层的虚伪嘴脸，以及金主管借权势让夏挽沉就范的丑恶模样一览无余。

这段视频顿时掀起轩然大波。

网友们在搜集八卦消息方面的能力，堪称当代福尔摩斯，很快就根据谢柔发的一些生活照找出了蛛丝马迹。

谢柔和创星娱乐公司王总的情侣款衬衫被人找了出来，拍照时后面显露的墙体装修，经过网友对比，和王总家的装修是一样的。

更有网友将谢柔的单人照进行放大再处理，硬生生从她的瞳孔的反光中抠出一道穿花衣服的人影，而这件花衣服，刚好是王总当天参加一个活动时穿过的。

这场由挽时工作室发散开的巨浪，一层层向外席卷。

本来是演艺圈的事件，但由于创星娱乐公司为谢柔发的这张专辑销量巨大，这算是极为严重的诈骗事件，因而引起许多官方媒体的关注。

用户深觉被骗，纷纷要求音乐平台退钱。

创星娱乐公司的股票直线下跌。

酒店里，迷乱了一晚上，睡到下午还没醒的王总正搂着谢柔睡得香甜。

手机铃声一个接一个地响起。

谢柔哼哼了几声，引得王总兴致又起，在她身上亲了亲。

电话一个劲儿地响起，王总伸手将手机拿过来，不耐烦地接通："喂？你说什么？！"

本来还懒洋洋的王总一下子冷汗都冒了出来，连忙从床上爬起来，穿上衣服就往外跑，连谢柔在后面喊他都不应。

在庞大的舆论压力，加上官方媒体对于这种社会性欺诈事件的关注下，所有的音乐平台都下架了谢柔的专辑。

为了最大限度地减少损失，音乐平台想出了一个点子：给所有买过谢柔专辑的用户两个选择，一是选择退费，二是选择用夏挽沅的专辑来替代谢柔的专辑，这样费用就不退了。

让各大音乐平台惊讶的是，居然有高达90%的用户选择了第二种方案。

毕竟谢柔的专辑里的歌曲大家就是觉得曲调旋律好听才买的，而夏挽沅的声音比谢柔不知道好听了多少，这么一算，大家还觉得自己赚了，因而欣然同意换专辑。

一瞬间，各大音乐榜单的冠军就从谢柔变成了夏挽沅。

创星娱乐公司此刻已经乱成一锅粥，面临来自官方媒体的检查，来自音乐平台的损失赔偿，以及各大代言品牌的解约要求。由于造成了特别恶劣的社会影响，公司手下的很多艺人也纷纷要求解约。

这家曾经在演艺圈叫得上名的公司，在短短两个小时之内分崩离析了。

夏挽沅中午没吃饭，饿得很，一盆鱼，君时陵没怎么动筷子，都进了夏挽沅的胃。

"好吃，下回带小宝一起过来吧。"夏挽沅放下筷子，接过君时陵递来的茶水漱口。

"好。"君时陵自然乐意下回再一起过来。

一顿饭吃完已经到了傍晚，大片火烧云将整个院子染得一片橙黄。回D市的路程有些远，君时陵和夏挽沅便不再多耽误，跟秦叔辞别之后就离开了"荷塘月色"。

夏挽沅吃得有点儿撑,很是困倦。回去的时候君时陵便主动坐到了驾驶员的位置上,让夏挽沅坐在旁边好好休息一下。

等两个人到了庄园,天色已经完全黑下来了。

主楼的门口蹲着一道小小的身影。见夏挽沅和君时陵走过来,小宝委屈极了,带着哭腔:"妈妈,你们出去玩不带我,呜呜呜!"说着说着,小宝更觉得委屈了,泪珠像小金豆一样往下掉。

夏挽沅一看就心疼了。

"乖,我们只是提前去了一次,下回肯定带你一起去好不好?"夏挽沅安抚地摸了摸小宝的头。

但是小宝心里还是很难过,觉得爸爸、妈妈偷偷出去不带他。

夏挽沅一时也不知道该怎么安慰小宝。

这时候,君时陵拍了拍夏挽沅的肩膀,示意她先进屋。

小宝见夏挽沅走开了,便站起身想跟着夏挽沅进屋,却被君时陵的大掌按住了小脑袋。

"爸爸,你是坏人,你又把妈妈拐走了,呜呜呜!你们都不带我。"小宝说着又要掉眼泪。

"知道我为什么和你妈妈单独出门吗?"君时陵嫌弃地看了一眼儿子哭唧唧的样子,但手上很温柔地帮他擦干眼泪,然后把他抱了起来。

"为什么?"趴在爸爸富有安全感的怀里,小宝委屈的情绪被抚平了不少。

"想要妹妹吗?"君时陵反问了小宝一句。

"想!"想到可爱的妹妹,小宝眼泪都不往下掉了,大眼睛里满是期待之色。

"我要跟你妈妈培养感情,你才会早日拥有一个可爱的妹妹,知道吗?"

小宝比同龄人要聪明得多,所以君时陵很多情况下并不是单纯地哄他,而是认真地跟他商量、讲道理。

"那爸爸,我什么时候才能有小妹妹啊?"小宝搂着君时陵的脖子,眼睛亮亮的:好想现在就有个妹妹啊!

"再过一段时间。所以你要乖一点儿,多帮爸爸和妈妈培养感情知道吗?"君时陵捏了捏儿子肉肉的小脸。

"爸爸加油,我会帮你的!早点儿给我生一个妹妹!"想到妹妹,小宝开心地在君时陵怀里蹦了蹦,然后被君时陵无情地压制下来。

"这是我们两个男子汉之间的秘密,不许告诉你妈妈,知道吗?"

"嗯!爸爸放心!我嘴最严了!"小宝骄傲地挺起小胸膛:他也是小男子汉呢!

"明天给你买你想要的玩具飞机。"

"爸爸你最好了!"瞬间就被玩具治愈了的小宝眼睛上还挂着泪水,但是脸上的笑容已经灿烂起来。

夏挽沅刚换了身衣服下来,就看到小宝开开心心地围在君时陵身边打转。夏挽沅眉尖一挑:以前小宝可是最听她的话的,现在居然更听君时陵的话了,她心里还有那么一点点酸味。

"妈妈!你快吃这个,这个特别好吃。"之前的不愉快早就抛到脑后,小宝见夏挽沅下来,又像往常一样黏了过去。

夏挽沅接过小宝递过来的草莓,送进嘴里。

小宝凑到她身边:"妈妈,你什么时候才给我生个小妹妹啊?"

"喀喀!"夏挽沅一下子呛住了。

君时陵听到小宝这句话,一下子黑了脸:说好的嘴最严呢?

"怎么突然问我这个?"夏挽沅喝下一口君时陵递过来的温水才觉得好了些。

"因为我想要个妹妹啊。妈妈,我同学的妹妹长得特别可爱,我好喜欢。妈妈,你也给我生一个妹妹好不好?"

"这个……"夏挽沅犹豫了一下,不知道该怎么跟小宝解释,只得把求助的目光放到君时陵身上。

哪儿想到君时陵却低着头摆弄手机,根本没有要帮她的意思。

"好不好?妈妈你看,你给我生个妹妹,以后你再跟爸爸两个人出去,我就可以在家和妹妹一起玩了。"小宝扯着夏挽沅的胳膊,亮晶晶的眼中满是期待之色。

"好好好,你会有妹妹的。"夏挽沅没办法,只能说个模棱两可的答案。

"妈妈你最好了,我最喜欢你!"小宝撒娇地抱住夏挽沅。

"那你第二喜欢的是谁?"夏挽沅不由得问道。

"我第二喜欢皮卡丘,皮卡皮卡。"

"第三呢?"夏挽沅瞥了一眼君时陵黑下去的脸,憋着笑问道。

"第三喜欢孙悟空!我也要七十二变!"

君时陵觉得,未来一个月的奶糖都可以给君胤没收了。

夏挽沅陪着小宝玩了一会儿。

小宝因为爸爸、妈妈出去吃饭不带他而带来的委屈终于完全消散了,开开心心地上楼去睡觉了。

夏挽沅笑着看了一眼正沉着脸在电脑上打字的君时陵,不由得出口逗了君时陵一句:"你猜小宝第几喜欢你?"

君时陵抬头就看见夏挽沅噙着满满笑意的眸子,在灯光下温软缱绻,让君时陵心里一动。

"他第几喜欢我我倒是不知道。"君时陵一边说,一边放下手中的电脑,站起身走到夏挽沅身边坐下。

夏挽沅眼看他靠近,那股独属于他的富有侵略性的冷冽松香味一下子就萦绕在鼻间,让她下意识地绷紧了身体。

君时陵那双眼睛,平日里淡漠地看人的时候会让人觉得极其冷峻,但要是他认真地看向一个人,便会让人觉得那双眼睛里像是含了星河一般深沉而又诱人深入。

"我倒是想知道一件事。"顾及前几次亲密的动作引起了夏挽沅的抗拒,君时陵没再有其他动作,但他周身的气势和气息紧紧地缠绕着夏挽沅。

夏挽沅道:"什么事?"

"你刚刚不是答应了君胤一件事吗?"君时陵眼中漫起一丝笑意,"所以你打算什么时候给我生个女儿?"

从君时陵说起她答应了君胤一件事开始,夏挽沅心里就有种不好的预感。不知道是不是她的错觉,她总觉得最近君时陵特别喜欢逗她。

"我什么时候说要给你生女儿了?"夏挽沅脸上升起些许热度,"我才不生。"

"好，你说不生就不生，听你的。"君时陵含着笑意的声音在夏挽沅头顶响起。

这话怎么听着这么不对劲呢？夏挽沅抬头看向君时陵："我不是那个意思。"

"那就是说要生？"君时陵眼中的笑意终于憋不住流露出来。

夏挽沅这才明白君时陵真的是在逗她。

"你……"夏挽沅也不会骂人，想了半天，对君时陵说了一句，"你过分。"

君时陵反而笑得更加开心了。

创星娱乐公司这一次元气大伤，所有的股东都损失惨重。公司股东处理了王总和谢柔之后，心里最不满的就是夏挽沅了，毕竟要不是夏挽沅直接把这件事捅出去，公司也不会遭受这么大的损失。

夏挽沅前几年的形象可是非常不好的，公司为她解决了不知道多少负面新闻。但就算他们解决了一堆，流到市面上的依然足以让夏挽沅身败名裂，从某些方面说起来她也算是个狠人了。

这回创星娱乐公司和夏挽沅算是彻底撕破脸了，于是那些陈年往事被各大营销号曝光了。什么夏挽沅深夜飙车、夏挽沅夜店狂欢、夏挽沅与薄熠恋爱、夏挽沅暗恋言赐等新闻，一下子到处都是。

那照片里烈焰红唇、劲歌热舞的夏挽沅对大家的冲击力实在有些大。

网友们在这边还没看完热闹，挽时工作室又发了一条微博。

挽时工作室："倒也不必如此。"简单的六个字下面附的一堆截图就没有那么简单了——那是工作室也不知道是从哪里弄到的创星娱乐公司与各大营销号对接的陷害夏挽沅的聊天儿记录和转账记录。

这下，纵使那些负面新闻中有一部分确实是原来的夏挽沅做的事情，但是看到创星娱乐公司花这么多钱散发夏挽沅的负面新闻，大家心里对这些负面新闻也存了几分疑惑。

网上的众人都在看热闹，觉得夏挽沅和创星娱乐公司闹得这么难看，应该是快要解约了，而且创星娱乐公司这次估计要赔夏挽沉很大一笔钱。

但是真实的情况跟大家想象的不太一样。作为娱乐公司，在与艺人签合同的时候，合同内容都有明显的霸王条款。当初夏挽沉和创星娱乐公司签的是十年长约，里面的各项条款都极其无理。

哪怕创星娱乐公司这回出了这么大的乱子，夏挽沉若想解约，依然难如登天，甚至在创星娱乐公司明显违反合约的情况下，创星娱乐公司都不用对夏挽沉的损失负什么责任。而夏挽沉想从公司离开，就需要付出极其高昂的代价。

陈匀、唐茵与创星娱乐公司接洽了几次，最后都不欢而散。

现在的情况就是，夏挽沉要脱离公司，但只要创星娱乐公司不松口，夏挽沉就脱不了身。

"唐小姐，这可不能怪我们，这白纸黑字写得清清楚楚，是夏挽沉自己当初签下的合同。"创星娱乐公司的刘总傲慢地坐在椅子上，看着面前的唐茵。

饶是再精明善辩，唐茵也没办法将这白纸黑字的合同说出一朵花来，怪只怪当初创星娱乐公司欺负夏挽沉什么都不懂，诱骗着她签下了这份不平等合约。

按照这份不平等合约，只要夏挽沉还在公司一天，她所有的代言、推广、影视剧的收入，都将和公司三七分，夏挽沉拿三，公司拿七。

双方撕破脸之后，现在慌的反而不是创星娱乐公司，而是夏挽沉这边了。

《长歌行》电视剧里，夏挽沉的出场次数并不多，主要是围绕林霄的家国大义展开的。在最初对天灵公主感到惊艳之后，大家都沉浸于林霄的爱恨情仇中了。

电视剧播放已经过半，小师妹也从沧源山里出来，与师兄林霄会合。原著中对于两个人的感情戏刻画得比较细，而且二人辗转各国拯救天下苍生的戏份也写得比较热血。

转眼间又是一年春末，林霄和田樱儿回到了故国。

此时天下已是诸侯割据，占据江北一方的是骁勇善战的霍炳将军。

林霄受靖国国主之托来与霍炳将军商量借兵之事。霍炳将军设了盛大的晚宴来招待这位少年英才和他的师妹。

电视剧里觥筹交错，丝竹管弦之声不断。

乐声逐渐停止，灯光突然暗了下来，只留大厅中央的几盏灯还亮着。宾客们议论纷纷，连坐在贵宾位子上的林霄和田樱儿也面露疑惑之色。

突然一阵清扬的乐声响起，大厅内开始飘起花瓣雨，一群身着彩衣的女子甩着水袖而来。音乐节奏逐渐变快，这群女子的动作也随之加快。

随着一阵激昂的音乐，数名舞女围成一圈，玉臂挥舞，数十条粉色绸带轻扬而出，厅中仿佛泛起了粉色的波涛。

波涛奔涌，然后逐渐散去，在数名舞女中央竟站着一名身着白色长裙的绝色女子。女子的领口处用银线勾勒着几朵牡丹，眉间用朱砂点着栩栩如生的花钿，更显出这女子如花的容颜。

这舞姬如玉的素手婉转流连，裙裾飘飞，一双如烟的水眸欲语还休，舞姿轻灵，身轻似燕，步步生莲，如花间飞舞的蝴蝶，将所有人都带入这场她用舞步编织出来的奇幻梦境。

镜头不断地给特写——那眼角处延伸出的金色眼线，将一双凤眼衬得越发勾人，婉转回眸间让人心里一酥。

剧内，所有人都看得忘了吃饭；剧外，众人看得连评论都忘了发。

第九章
生　情

一舞毕，那名绝色舞姬坐到了霍炳将军身边。

大家这才反应过来。

"我的妈呀，夏挽沅太美了，美到令人窒息。"

"好久没见到天灵公主出现了，怎么变成舞姬了啊？"

"因为她想报仇啊，而现在手握重兵的就是这个霍炳将军，沈佩为了获取情报，就只能委身于这个将军。"

"我看刚刚的镜头转换，没有像其他用替身跳舞的演员一样拍一下舞姿拍一下脸，好像一直是很连贯的镜头，该不会是夏挽沅自己跳的这支舞吧？"

"前面的，看到你的评论，我特地调回去一帧一帧地看，然后得出的结论是，好像真的是夏挽沅自己跳的舞啊！"

"这女人太有魅力了，我觉得我要爱上她了。会背诗、会作词、作曲，还会跳舞，还有什么是她不会的吗？"

....

夏挽沅的舞蹈，引起了诸多评论，密密麻麻都挡住了镜头。

众人只好选择关掉评论。

然后大家就看到夏挽沅见了林霄和田樱儿时那饱含惊喜、自卑、克制、羡慕、绝望的一眼。

明明镜头里的沈佩连眼睛都没有红一下,但那身上萦绕的绝望与悲伤气息却仿佛跨过屏幕,感染了屏幕前的每一个人。

大家仿佛被带入了那场剑拔弩张的宴会,随着夏挽沅的视角,看到了宴会的奢侈糜烂,看到了各方心怀鬼胎。

镜头一转,田樱儿不小心引来了府里的护卫。正在林霄和田樱儿愣怔间,洗净了所有妆容的沈佩出现了。

林霄问:"为什么救我们?"

"就当还公子当年的恩情。"借着微弱的月光,洗尽铅华的沈佩眼里带着丝丝水光,在黑夜的掩盖下,近乎贪婪地看着眼前这个她念了这么多年,却不敢靠近的少年侠客。

沈佩给林霄指明了离开的路线,然后深深地看了他一眼后便转身离开了。

镜头随着林霄的目光而动,看着沈佩姿态高贵地朝亮着火光的地方走去。明明是走向光亮的地方,却让人觉得,沈佩公主这一去便是真的将自己埋藏于黑暗中了。

这静默的一幕没有任何声嘶力竭,也没有激烈的台词,但是沈佩那刻意保持的皇家步伐,让人忍不住鼻子一酸。

众人心头像是被一座大山压住了,压抑得不行,连忙打开评论寻求安慰。

"我哭得好大声,呜呜呜!曾经的小公主现在变成了这个样子,连男主角都没有认出这个妖娆魅惑的舞姬就是当初惊艳到他的那个眸光纯真的小公主啊!"

"我一边哭一边看,沈佩看林霄时那是什么眼神啊!深情又自卑。那可是曾经最受皇室宠爱的小公主啊!天哪,她到底经历了什么才变成如今这副自卑的样子啊?"

"洗尽铅华的沈佩真的好美,但是这素颜跟几年前灯市里的素颜又完全不一样。那时候的她像刚冒尖的清荷,清纯动人;如今的她像是经历了无数风霜雨雪的寒梅,让人心动,却也让人心疼。"

"刻意保持的皇室步伐太让我想哭了,这是她最后的自尊与自傲了吧。唉，好心疼啊！突然想说，林霄，你把小公主带走吧。"
…………

不出意料，天灵公主的每一次出场都引发观众新一轮的讨论剧情的热潮。

本来一开始大家喜欢的是林霄和师妹，但阮莹玉饰演的小师妹只能说反响平平，反而夏挽沉的每一次出场都会增加一大批喜欢男主角和女配角的粉丝。

在观众心中，夏挽沉俨然是这部剧的女主角了，甚至在看剧的时候，大家都下意识地忽略了阮莹玉的戏份。

换作往常，阮莹玉和经纪公司肯定要因为这个热度气疯，但如今的阮莹玉身陷违禁药物风波，经纪公司为了跟她划清界限，已经与她解除了合同，阮莹玉的境况如何也没有多少人愿意去关注了。

又是一次一看就知道没有任何结果的谈判，唐茵坐在谈判桌前，有些头疼地看着眼前的合同。

唐茵通过以前的关系，找到不少律师朋友帮忙寻找这份合同的突破口。

到最后，唐茵都将合同交给君氏集团的律师团了，得到的结果也是"合同没有问题"。

这下唐茵彻底没有办法了：白纸黑字的合同就在这里，要解约就得和创星娱乐公司谈判。

创星娱乐公司的刘总知道自己占着优势，每一次谈判提出的条件都极其苛刻，每一条都让唐茵他们不能接受。

"你们不接受就算了。很抱歉，夏挽沉只能一直待在我们创星娱乐了。"刘总嘴上说着抱歉，但眼中分明闪动着得意的神色：就因为夏挽沉和这个唐茵，让他损失了几百万元，能看到她们吃瘪，他心里正幸灾乐祸呢。

外界同样在关注夏挽沉和创星娱乐公司的解约情况，也有一些懂行的律师将夏挽沉签的那份堪称业界霸王之最的条款发到了网上，然后将其中一些简直是单方面欺压的条款圈了出来，而这种做了记号的欺压条款,在整个文件中居然处处都是。

大家都知道演艺圈的公司存在坑人的情况,但坑成这个样子的还是少见。

众人本来就因为这几天沈佩的几场哭戏对夏挽沅怜爱得不行,看到夏挽沅的脸都会联想到她含着热泪在回廊中走动的一幕,如今再一看这明显欺负人的条款,哪怕不是夏挽沅的粉丝也支持夏挽沅与公司解约。

但众人也知道,白纸黑字的条约是改变不了的,他们也撼动不了什么,只能用言语支持一下夏挽沅。

第二天,商界却传出一个重大的消息。

向来不涉足影视行业的君氏集团居然将创星娱乐公司收购了。此举引发了行业动荡与无限的猜测。

君氏集团的每一次动作,毫不夸张地说,都代表着国内甚至世界性的风云变幻。

一天之内,针对君氏集团收购创星娱乐公司动机的各种分析文章达到上千篇。

君氏集团的产业以工业、高精尖行业为主,在君老爷子手里时就很少涉及影视行业,到君时陵接手的时候,君时陵将目光放在科技行业上,纵使这些年娱乐行业利润空间大,也没有将目光放到这上面过。

鉴于君氏集团的每一次动作都代表着未来的行业风向,大家纷纷猜测:莫不是国家即将出台什么新政策要扶持娱乐行业了?

甚至一大堆人开始跟风购买影视行业的股票。还有一些公司也跟着君氏集团的脚步收购了一些小的娱乐公司,想跟着君氏集团分一杯羹。

陈匀和唐茵知道创星娱乐公司被君氏集团收购时面面相觑:君总怕不是为了夏挽沅直接将创星娱乐公司给收购了吧?

既然创星娱乐公司已经被收购,那么公司管辖范围内的艺人以及他们的合同都理所应当地转到了君氏集团名下。

本来见创星娱乐公司快要破产准备解约的公司艺人,一看公司被君氏集团收购了,连忙打消了解约的念头。

而那些已经通过各种方式跑了的艺人,现下心里后悔都来不及。

换了新的管理层,也换了新的合同,唐茵和陈匀终于松了口气,不用担心夏挽沅被那份霸道的合同拖累了。

庄园内，夏挽沅也知道了这个消息。

"顺手而已，集团早就有进军影视行业的想法，只是一直没找到机会，刚好创星娱乐出了问题，我也可以顺手帮你把问题解决了，两全其美。"

君时陵只要认真说话的时候，总是让人无法怀疑他话里的真实性。

"我不想有什么特权。"

毕竟走到哪里都被人指指点点的感觉并不好。

"你放心，我绝对不干涉公司的日常运营。"

君时陵向来说话算话，既然他说了不干涉，那就不会干涉。夏挽沅这才放心了。

唐茵道："最近嗨事薯片又找上门来，想让挽沅再给他们做一次推广。"

正是中午时间，陈勺和唐茵并肩往外走着，一边讨论工作一边想找个地方吃午饭。

陈勺道："我听一个内部的朋友说，嗨事薯片可能有意让挽沅做代言人，这一次推广就是个试水，检验她的带货能力。"

"那……"唐茵正想着夏挽沅代言的事，没注意路边一辆黑色奔驰猛地蹿了出来。

陈勺连忙伸手将唐茵拉到一边。

"怎么开的车？"陈勺不由得冲着车子吼了一句。

没想到车窗竟然慢慢地被降了下来，露出一张保养得极好的漂亮脸庞。

漂亮的女人看了一眼陈勺抓着唐茵的手，然后从上到下打量了一遍陈勺的衣着，又看了看唐茵身上的衣服，极其轻蔑地笑了笑："好久不见，唐大经纪人，看来你过得很不错嘛。"

"还行，没爬别人的床，还不错。"时隔六年，唐茵又一次见到这张勾起她无限往事的脸，只觉眼前一片恍惚，但她很快镇定下来。

"你！牙尖嘴利！"施恬愤恨地看了唐茵一眼，似是被她的话激怒了,但是又找不到合适的话来回击她,把自己气到了,"有什么好嚣张的,你真以为自己还是从前那个金牌经纪人?"

"是不是都跟你无关,你还是回去好好守着柳幸川吧!"唐茵捏紧了手,勉强维持着面上的淡定,然后看向陈匀:"我们走吧。"

"好的。"

当年唐茵退圈的事闹得沸沸扬扬,陈匀自然也听说过。当时很多人传言,说唐茵是施恬和柳幸川之间的第三者。

陈匀偷偷地看了一眼面色冷凝的唐茵:看来真相跟大家想象的不太一样啊。

看着陈匀和唐茵远去的背影,施恬气愤地握紧了手机:凭什么?凭什么自己都跟柳幸川结婚这么多年了,柳幸川还是对唐茵念念不忘?!唐茵不是说要退圈从此不再出现了吗?现在她想回来就回来了?唐茵想做回金牌经纪人?做梦!

H国一个名叫崔俊勇的画家。他在H国是一个很有名气的水墨画画家。

水墨画起源于华国是业内公认的,水墨画的集大成者均在华国。

这个崔俊勇经常到华国境内采风,有一次迷路之后误入山中一户打猎的人家。说来也巧,这打猎的人家祖上出过一个当时比较有名的画家,只可惜后世无人承继。

崔俊勇从猎户手里低价买走了一本记载了很多绘画技巧的木刻本。回到H国以后,崔俊勇潜心练习。让他惊喜的是,这木刻本上记载着许多在水墨画界已经失传很久的古法。

崔俊勇运用这些方法作画,在业内受到了极大的欢迎。

H国人自古以来就对华国抱有一种狭隘的心态。

崔俊勇因为那些古老的画技备受追捧,当被人问起他的画技师承何处时,崔俊勇从来不说自己是从华国学来的,而是说这是自己的先辈创造的画法,先辈故去后,将这些宝贵的遗产留给了后代。这样一来,他就有了书画世家的背景。

而那些以前在书画界闻所未闻、见所未见的绘画技巧,让他在H国打响了名号。

H国和华国的信息传递并没有那么畅通,更何况崔俊勇只是一个画家,华国人本来没有对他有过多的关注。

让崔俊勇一下子吸引了华国目光的,是他在绘画展上接受记者采访时的一段话。

当时有一个华裔记者觉得崔俊勇的画与华国一位古画大师的风格有些类似,便随口问了一下:"您的画跟华国一位大师的画风有些相似,请问您是学习过他的一些画法吗?"

这本来是一个很平常的问题,但是崔俊勇心里本来就有鬼,被这么一问,顿时心虚不已,但面上表现得十分嚣张:"哼,华国?这些画法都是我的先辈自创的,这里面随便一个画技,华国有人会吗?我学华国?谁知道华国是不是水墨画的起源地?照我说,华国的很多绘画技艺还是跟我们H国学的呢!"

这段言论被华裔记者传回了国内,经新闻媒体一报道,一下子掀起了轩然大波。

华国经历了几千年风风雨雨,灿烂辉煌的华国文化向来是华国人引以为傲的。

崔俊勇的这番话引起了众怒。

许多网友纷纷自发到H国的社交软件上找到崔俊勇的社交账号,留言让他道歉。

各种各样的声讨方式,目的只有一个,让崔俊勇为他轻狂的言论道歉。

H国网友则觉得自家的画家说得没什么问题,本来很多技巧就是崔俊勇独创的,他这么说虽然嚣张了点儿,但是话糙理不糙,于是都站在崔俊勇一边为他说话。

有一小部分华国网友去找H国网友理论。

H国网友理论不过,于是崔俊勇的评论区逐渐被华国网友占领,清一色是要求崔俊勇道歉的言论。

就在这时,H国的一些和崔俊勇关系很好的画家站了出来。

韩志宇:"华国网友不要仗着人多颠倒黑白,崔俊勇的绘画技巧里本就有很多方法是你们华国没有的。就以立体水墨画的画法来说，在你们的历史典籍中虽然记载着这样的画法，但是在华国的传世书画里从没有见过这样的画作，是崔俊勇重现了这种画法。你们应该为这种无礼的行为给他道歉。"

韩志宇的这番话就像一面旗帜瞬间将H国网友团结起来，H国网友又振奋了。

原本还雄赳赳气昂昂的华国网友这下辩不过了，纷纷退出H国社交媒体，然后上网查了一下资料。

像崔俊勇画中的立体山水画效果，在华国的历史上曾有过记载，是一种名为"错光"的绘画技巧。

水墨画以墨作画，颜色十分单一。在华国传统的书画作品中，多以黑、白色调为主。由于色调单一，画家们并不是特别注重画面的层次感，而是着重写意。

但错光法相反，它通过作画人高超的技巧和墨迹的深浅变化，用单一的墨色画出现代绘画技巧中的立体感。这一技巧在华国漫长的历史中已经消失殆尽了。

查过资料网友们才知道，原来崔俊勇真的会这种失传的技巧。

记载这种画法的古籍，比崔俊勇所说的祖先不知道要早了多少，网友们心里都清楚，崔俊勇肯定是不知道在哪里学走了华国的技艺，然后据为己有。但是大家没有证据，也不能拿他怎么样。

见华国网友灰溜溜地跑了，H国的新闻媒体越发嚣张，抓住这件事情大肆宣扬崔俊勇是丹青国手。

而且H国又开始准备各种手续，想要为崔俊勇的绘画技巧申请世界文化遗产保护。

这一申请意味着，以后大家提起这种画法，就会将它与崔俊勇和H国联系在一起。

国内的网友气得不行，但是没有办法，就算书画协会里也没有懂得这种失传技巧的画家。

国外一片欢天喜地，国内书画界则是愁云笼罩。

正在大家被崔俊勇这事恶心得不行但又无可奈何的时候，书画协会内突然有人提出：那个异军突起但又十分神秘的原晚夏的画作中，不是有很多绘画的古法吗？或许他会这些已经失传的画技呢？

大家这才记起原晚夏这个人。

说起这个人，大家都觉得很奇怪，他的绘画作品收藏价格涨得太快了，而他本人又太低调了。至今为止，大家除了知道他的画和原晚夏这个名字，其他一无所知。

于是会长只能找到张教授，看看张教授能不能帮忙联系上原晚夏。虽然到他们这个年纪也不在乎什么虚名了，但是被H国的书画界骑在头上骂的感觉还是让人觉得很憋屈。

张教授的电话打到庄园的时候，夏挽沅正在秋千上躺着看书。听了张教授的讲述，夏挽沅心中也有一股怒气涌上来。

"那这事就拜托你了，小夏。错光画法实在是失传太久了，也不知道那个崔俊勇是从哪里学来的技巧。"向来随和的张教授说起崔俊勇来，都有些恨得牙痒痒。

"没事，那个画法我会。您放心吧，明天我就把东西给您发过去。"夏挽沅淡定地道。

挂了电话，夏挽沅便上网搜了一下崔俊勇的画作。看到那些所谓的H国大师的画，夏挽沅眼中都有了一丝惊讶之色：这种画也可以出名的吗？

这画放在前世她老师的眼里，那是拿去烧火都嫌污了灶台的。至于难倒一片画家的错光画法，夏挽沅更是觉得简单，这在前世只能算作基本的绘画技巧而已。她也不知道怎么到了现代这种技巧反而被吹捧成这样了。

既然答应了张教授，夏挽沅立马就去找王伯，让他准备笔墨纸砚。

既然是要展现在两国网友面前的画，夏挽沅这回画得更细致了些，足足四个小时才将一幅画画完。等夏挽沅再抬起头的时候，天色都已经暗了。

君时陵大步走进主楼。

还没等君时陵开口，王伯已经很熟练地给他指了路："夫人在书房画画呢。"

君时陵走到书房门口，便闻到一阵清淡的墨香。

夏挽沅看起来像是已经画完了，书桌上摆着一大幅落满墨汁的宣纸。

"今天怎么想起来画画了？"君时陵走过去看了看，眼中流露出赞许的光芒，"好画。"

"帮张教授一个小忙。"夏挽沅捏了捏太阳穴。

连续不停地画了四个小时，夏挽沅此时颈椎和胳膊都有点儿发酸。

君时陵脱了西装外套，走到夏挽沅身后，很自然地帮夏挽沅捏起肩膀。

"辛苦了。"

君时陵的声音落在耳边，让夏挽沅有片刻的愣怔。

前世她画了那么多幅画，有责骂她画得不好的老师，有夸她进步的朋友，也有为她自豪的父母、亲人，但君时陵是第一个觉得她辛苦的人。

君时陵手上的力道掌握得很好，没过一会儿，夏挽沅就觉得身上的酸痛好了很多。

"可以了，"夏挽沅止住君时陵想要继续给她按摩的动作，站起身来，指着一旁的椅子，"你坐到这儿来。"

君时陵不知道夏挽沅想做什么，但还是顺着她的指示坐了过去。

肩膀上传来按压的力道，君时陵心里一软，眸光中的暖意几乎要溢出来。

只是夏挽沅刚开始，君时陵便站了起来。

夏挽沅道："怎么了？"

君时陵道："好了，我不累。你画了这么久，肯定很辛苦，你休息一下，准备吃饭吧。"

"好吧。"夏挽沅点点头。

楼下传来一阵动静，估摸着是小宝回来了，夏挽沅便下楼去了。

看着夏挽沅离开的背影，君时陵眼中盛满柔情，仿佛一张大网，要将夏挽沅整个人裹在其中。

她怎么能这么好呢？好到……他一想到如果以后没有她，就觉得整个世界都没有了光彩。

今天的餐桌上,君时陵一如既往地帮夏挽沉夹菜。

小宝却显得异常活跃。

"哇,妈妈,爸爸给你夹肉了,爸爸对你真好!"

"哇,爸爸给妈妈夹虾仁了,爸爸真关心妈妈!"

"爸爸给妈妈倒水了,爸爸好体贴!"

夏挽沉本来觉得没什么,被小宝这样一惊一乍的,倒有点儿不好意思了。

君时陵看了小宝一眼。

小宝睁着大眼睛,期待地看着君时陵,满满的邀宠之意:爸爸你看我多棒!我一直在夸你,你可一定要加油,早日帮我生个妹妹!

"好好吃饭。"君时陵十分无情地回了一句。

"哦。"没有得到夸奖的小宝不开心了。

"爸爸,妈妈要减肥,你给她夹那么多肉干什么?"

"爸爸,妈妈喜欢喝牛奶,你干吗给她倒温水?"

"爸爸,你……"

小宝那张嘴,一边嚼着自己最爱吃的排骨肉,一边还能抽出空来挑君时陵的刺儿。

拿着筷子的手一紧,君时陵有种想把那个缩小版的自己打一顿的冲动。

夏挽沉在一边倒是看得满脸笑意。

君时陵看了一眼幸灾乐祸的夏挽沉,又夹了一筷子排骨放在夏挽沉的碗里,然后转过头对小宝说:"减什么肥,身体不养好一点儿,怎么给你生个漂亮可爱的妹妹?"

小宝的眼睛突然瞪圆了:爸爸说得有道理啊!

小宝立马学着君时陵的样子往夏挽沉的碗里夹了一块肉:"妈妈,你多吃点儿!加油!"

本来还在幸灾乐祸的夏挽沉这下倒成了焦点。

夏挽沉嗔怪地看了一眼面前的君时陵,眼神中带着她自己都没有意识到的风情。

君时陵被勾得瞬间呼吸一滞。

崔俊勇的世界文化遗产申请表已经提交上去了。

明明是华国的技艺，现下却要成为别人的，大家看在眼里，急在心里。

这个时候，一个名叫"原晚夏"，微博认证为著名画家的账号在张教授的帮助下开通好了。

由于H国人不用华国的社交媒体，在国外的社交平台上也开通了一个名叫"wanxia_yuan"的账号。

然后在两国网友争吵越发激烈的时候，原晚夏的微博账号更新了一条动态。

张教授带头转载了这条动态。

钟老先生在网上也很有热度，随之转载了这条动态，并且配文："这才是真正的错光画法。"

这两天大家对"错光画法"这几个字很是敏感，一看钟老说起这个，连忙点进微博去看。

视频画面中只能看到一支毛笔以及一方宣纸，毛笔蘸满了墨水，在纸上尽情挥洒着。

纵然大家看不到作画之人长什么样，但从纸上墨迹酣畅淋漓的走势来看，也想象得到作画之人的淡然、闲适。

众人虽然不懂专业的绘画技巧，但是看着原晚夏的这幅画，总觉得颜色有点儿别扭的样子，是没掌握好颜料的配比吗？

不光华国网友有这个疑虑，H国很多关注这个视频的人看到一半就开始嘲讽了。

虽然华国网友心里也虚得很，但哪里能容许别的国家的人这么骂自己国家的画家？他们当即就要跟对方吵起来。

而这时本来已经停了笔的视频画面，突然凭空从上方泼来一片朱红色的墨。

这是画得不好要毁画吗？

大家怀着好奇心继续看起视频来，然后就看到，这一片朱红色的墨刚好落在画纸的右上角,呈一个规整的半圆形,竟是一轮爬出山体一大半的朝阳。

就像画龙点睛的一笔一样,有了这一轮带着微微霞色的朝阳,整幅画的色彩都灵动起来。

这下众人才明白,不是作者调的颜料有问题,而是作者的光影技巧运用得特别好。

通过墨迹的深浅变化与光彩的明暗运用,这幅山水画给人极强的立体感,哪怕是在视频里,众人也感觉自己好像站在这片群山前,能看到层峦叠嶂一般。

哪怕是再不懂画的人,也看得出崔俊勇的画与原晚夏的画孰高孰低。

由于这件事情的热度很高,原晚夏的这条微博一经发布,不管是圈内的人,还是圈外的人,都纷纷关注并转载了这条动态。

原晚夏的这个账号,在短短两个小时就突破了百万粉丝的大关,并且粉丝数量还在不断地上涨。

国外的网友此时也看完了原晚夏作画的视频,除了部分支持崔俊勇的人,其他人都对这种神奇的绘画技巧很感兴趣。

这场两国网友的大战吸引了很多其他国家的人。

外国网友都是在新闻里听说有这么一个东方大国,实际上对华国的很多东西并不了解。

很多人还是第一次认真地看华国人作画。

本来看着一堆墨迹,大家都没什么兴趣:连点儿颜色都没有,能画出什么东西?

结果慢慢地大家就看到,原来单调的颜色也能有这么丰富的层次,原来华国的绘画有这么强烈的美感。

很多外国人被这段视频里展现出来的壮丽山河惊呆了,于是,"wanxia_yuan"这个账号居然有了近万人的支持。

华国的网友要是正经起来,堪称现代福尔摩斯。

网友们从崔俊勇的发家史开始查起,顺藤摸瓜,就知道这个人曾经在华国的乡下采过风。

有十分敬业的网友跑到乡下专门探访了当初崔俊勇去过的那户人家，果不其然就问出了事情的真相。

知道当初崔俊勇用200块钱就把那本堪称无价之宝的木刻本买走了，华国网友气得不行。

那名网友正要离开村庄的时候，却被村民们告知，那个木刻本是猎户在村后的山里打猎的时候捡回来的。

那名网友毫不迟疑，连忙把线索报给了当地的考古部门。

没有人想到，因为这一场闹剧，会掀起一个从未被人们了解过的神秘皇朝的面纱。

当然这是后话。

此时网友们忙着看崔俊勇的八卦消息，还在不断地探查。

这一查不得了，大家发现，原来这个人抄袭成性，出道时的画就是抄袭华国一名画家的作品。

他利用两国之间信息流通不畅的情况，肆意地将别人作品里的元素运用到自己的画里。

他不仅抄华国的，还抄H国画家的作品，别人维权多年，就因为他已经出名，所以画作的原作者维权一直没成功。

华国网友看热闹不嫌事大，一层一层地扒开他的过往，大到偷税漏税、抄袭别人的作品，小到上学的时候考试作弊，应有尽有。

鉴于资料太多，华国网友还贴心地打包了整个文件，放到H国的社交网络上供他们浏览并附言："不用谢！"

H国网友嘴上说我们国家的事不用别人操心，实际上行动还是挺迅速的，那份文件的下载量高达十万次。

本来原晚夏这个名字因为上一次拍卖会上其画作被高价拍出就受到了一些关注，但是那只是小范围的，这一次倒是让很多人认识到这个神秘的大佬。

许多人想知道这个大佬的身份，却找不到丝毫关于这个人的痕迹。

对于艺术界的人来说，作品就是一切，身份神秘非但不是坏事，反而会让大家对这个人更加好奇，连带着让其作品都带上了几分神秘的色彩。

　　夏元青自从转手了股份，便一直在家里等着夏挽沅过来求他回去执掌公司。毕竟夏家公司当时资金链断裂，留下一笔多大的烂账他心里是清楚的。

　　夏家公司这些年负债也多，资金链突然断裂带来的一系列麻烦让他这个对公司了如指掌的人来处理都会觉得心力交瘁，更何况那两个根本不了解公司情况的人？

　　而且他当了这么多年的董事长，公司里有很多人是他的心腹，乍然换领导，很多人会暗自使劲对抗新的管理层。

　　但让夏元青没想到的是，过了这么久夏挽沅居然都没来找他。

　　而那些他曾经的心腹，有的被夏挽沅策反了，有的因为拒不合作，直接被夏挽沅开除了。

　　那些人自诩老将，但夏挽沅可不管他们和夏父的关系有多好，只要是有异心的，直接就换掉了。

　　这些在公司里靠着资历吃了多年福利的人，见夏挽沅根本不吃他们那一套，便软化态度去跟夏挽沅讲道理、谈情怀。

　　夏挽沅可不是那么好说话的人，态度非常坚决："立马走人。"

　　于是这些老人找到夏父。可夏父现在也管不了夏挽沅。

　　这些人心里后悔不迭，但是来不及了。

　　眼看夏挽沅和沈骞逐渐将公司带入正轨，夏父在家里更为焦灼。不远处的婴儿床上睡着的小婴儿，似是被夏父的焦虑所扰，嘴一咧就嗷嗷大哭起来。

　　"媛媛，孩子哭了。"夏父叫了一声。

　　根本没有人应。

　　"夫人出去了，不在家。"一旁的保姆上前把孩子抱起来，轻轻地哄着。

　　但是小孩子得不到母亲的抚慰，一个劲儿地哭。

　　夏元青听得心烦，直接推开门离开了房间。

　　他这些天也算看清了韩媛这个女人的本质，心情更差了，根本懒得再管这个刚出生的孩子。

"这个喜欢吗？"

早上跟夏元青说出去和闺密聚餐的韩媛此刻正坐在餐桌前。只是桌子对面不是她的闺密，而是一个年纪看上去比夏元青还要大一些的中年男人。

"喜欢。"韩媛娇羞地点点头，看着盒子里的珠宝，眼中闪着亮光：夏元青可从来没有给她买过这么大的珠宝。

"送你了。"中年男人将珠宝盒递到韩媛面前。

"那我可就收下了，谢谢薄总。"韩媛开心地将珠宝盒收下。

"客气什么？咱们又不是外人。"

看着面前的男人手腕间价值抵得上一栋别墅的手表，韩媛心里一惊。

以前她还是小护士的时候，以为夏父那样的就是非常有钱的人了，现在才知道，原来还有更有钱的人，夏父的那点儿钱在这个薄总面前根本不够看。

薄晓随意地扫了一眼刚传过来的照片，嘴角微勾：这换女人的速度还真是够快的。

正准备关了电脑，薄晓突然发现，薄庆对面的女人看起来有点儿眼熟。

将图片放大一看，薄晓乐了：这不是嫂子的那个后妈吗？这世界可真是太小了。

薄庆这个老东西，别的不说，找女人可真在行，哪个不该碰就找哪个，一找一个准儿。

薄晓把照片整理了一下，打包发给了君时陵。

此时的君时陵正皱着眉头看林靖送来的行程表。

君时陵道："法国？今天晚上？怎么不早跟我说？"

林靖道："君总，会议时间是临时调整的，从那边得到消息后我第一时间就来通知您了。"

君时陵道："行了，我知道了。你去准备一下，跟我一起过去。"

林靖道："好的，君总。"

君时陵看了一眼行程表——下午6点的飞机，连回庄园交代一句的时间都没有。

君时陵这么多年来在世界各地飞来飞去，是出差惯了的，这是第一次如此抗拒出差。

君时陵本想带着夏挽沅一起去，但一想到去法国要将近十个小时，而且夏挽沅明天好像还有个推广活动要参加，这个想法便只能作罢。

往庄园里拨了个电话，听到王伯说夏挽沅到游泳馆运动去了，君时陵便挂了电话。

等夏挽沅从游泳馆里出来，天色已经黑了。

君老爷子差人来信，说是把小宝接去大院里住两天，老爷子想重孙了。

"君时陵呢？"夏挽沅摸了摸有些饿了的肚子，想着等君时陵回来就开饭。

"少爷去法国出差了，想必现在已经在飞机上了。"王伯一边回话，一边让用人把饭菜端上来。

"法国？好的。"夏挽沅在地图上看到过这个国家，很远。

等坐到餐桌边，偌大的餐厅里只有自己一个人的时候，夏挽沅才察觉自己有些不习惯。

算算时间，她已经很久没有一个人吃饭了。

夏挽沅下意识地去拿手边的水杯，却拿了个空：往日里，饭前君时陵都会将一杯温水放在她的手边。

夏挽沅只得起身自己去倒了一杯水。

夏挽沅喜欢吃清蒸虾，但是这回没有人给她剥壳了，她自己又懒得动手，看了一眼虾肉后只能作罢。

夏挽沅夹了一块豆腐放在碗里，豆腐上沾的葱姜蒜末都落在了饭上。夏挽沅想到这些日子以来，君时陵每次给她夹菜，都会先把菜上面她不爱吃的葱姜蒜末弄掉才放到她的碗里。

仿佛吃什么都没有往日好吃了，夏挽沉吃了几口便作罢，去厨房里端了一碗水果上了楼。

靠在卧室的沙发上，一边看动画片一边将水果吃完了，夏挽沉觉得心里那股淡淡的压抑感还是没散去，便将手机放到一边，进浴室洗澡去了。

已经离开华国境内的飞机上，君时陵拨弄了两筷子饭菜便没了胃口。

一旁的林靖看了一眼君时陵的脸色："君总，这架私人飞机上的电话经过特殊改装，可以和外界进行语音和视频通话。您看要不要往家里打个电话报个平安？夫人说不定在担心您呢？"

"嗯。"君时陵应了一声，便丢下筷子坐到沙发的另一头，按下客舱的信号接收键，然后打开手机，给夏挽沉打微信电话。

"君总，我回卧舱吃饭。"林靖说完，便端起饭碗离开了客舱。

林靖觉得，等自己将来退休了，或许能写一本书——《一个特助的自我修养》。

电话铃响了很久，君时陵都在疑惑夏挽沉是不是睡着了。君时陵正准备挂断，电话被人接了起来。

"君时陵？你在飞机上怎么还有信号？"夏挽沉有些惊讶，不是说上飞机后不能打电话的吗？

刚刚夏挽沉也有给君时陵打个电话的想法，但是想到他可能接不了电话，便作罢了。

"我这边可以，"明明才分开几个小时，但是君时陵就像很久没有看到夏挽沉了一样。

君时陵注意到她刚洗完澡，头发还是半湿的，问："怎么不把头发吹干？"

"嗯？"夏挽沉仿佛这才意识到自己的头发是湿的，伸手摸了摸，所触之处一片冰凉，于是眉头微微蹙起，语气中带了点儿不自觉的娇嗔，"你又不在。"

这句话里无意识的依赖和习惯，说得君时陵心里又酸又软。他想现在就出现在夏挽沅面前,像往常一样将她的头发一缕一缕地吹干,但是现在只能在屏幕前看着她。

夏挽沅说完,也觉得自己有点儿奇怪。

前世的她是弟弟、妹妹的依靠,有什么事情都是她在前面扛着,她从来没依靠过别人,结果到了现代,居然连吹头发这种事都不愿意自己动手做了。

"好了,你先去把头发吹干,乖,别一会儿感冒了,我等你。"君时陵温柔地道。

虽然平日里君时陵对夏挽沅也很温柔,但今天的他,温柔的语气中又透出十足的宠溺,让夏挽沅光是听他说话都有些脸红耳热。

夏挽沅两世为人,跟很多男性打过交道,有良师,有益友,有亲人,有战友,但唯独没有经历过与君时陵相处时这样的场景。

夏挽沅的世界里之前从来没有"情爱"这个概念,但她感觉到,自己和君时陵的关系似乎跟以往的那些关系都不一样。

这种关系让她心慌,却又有丝丝雀跃的心情从慌乱中透出来。

"嗯。"夏挽沅将电话放在一边,去一旁拿来了吹风机。夏挽沅习惯了别人给自己吹头发,现在自己吹头发还有些不习惯,花了20分钟才把头发吹好。

夏挽沅重新拿起手机。

电话那边,君时陵正低着头看文件,旁边的纸上已经密密麻麻地记了一整页笔记。

夏挽沅不由得感慨,只有这样的君时陵才能将君氏集团做到如今的规模。

"不然你先忙吧,我就不打扰你了。"

"不忙。"听到动静,君时陵放下手中的笔,仔细看了一下夏挽沅的头发,确认已经吹干了,眼中透出些笑意,"怎么吹得这么乱?"

"当然没你技术好。"夏挽沅坐到床上,找了个舒服的位置躺着,把衣服拉开,露出莹白的锁骨,在灯光下白得发亮。

"嗯,等我回去,你就不用自己动手了。"君时陵的语气中依然是满满的包容和宠溺,就像夏挽沅哄小宝时的语气一样。

夏挽沅莫名其妙地感到耳尖发烫。

"今天晚上吃了什么？"见夏挽沅不说话，君时陵便换了个话题。

"肉丝、虾、青菜，"夏挽沅说完，又仿佛埋怨道，"虾没动。"

君时陵心中一动：他知道她为什么没动虾，这场无声无息中布下的温柔大网，已经开始慢慢地收网了。

"等我回去。"君时陵只说了这么一句。

但夏挽沅听懂了他话里的意思。

夏挽沅说不上来哪里有问题，但是有些不敢直视君时陵带着热度的眼神。

夏挽沅问："那你什么时候回来？"

君时陵道："三天后。"

"哦。"夏挽沅心里有一丝失落。

"你睡吧。明天有工作吗？"

"明天早上要去雅姿拍广告。"

雅姿那边自从定了夏挽沅做代言人，便一直在准备代言相关的各种工作，现下终于通知夏挽沅过去拍系列广告了。

"早点儿睡吧，晚安。"君时陵明明有不少话要说，但是见夏挽沅打了个哈欠，便停了继续说的念头。

"晚安。"

挂了电话后，向来睡眠质量不错的夏挽沅翻来覆去，竟没有睡着，心里有些空、有些乱糟糟的。

夏挽沅不由得拿过手机："睡了吗？"

君时陵那边几乎瞬间就打了电话过来："睡不着吗？"

夏挽沅道："嗯。"

"那我给你讲个故事，"君时陵放轻了声音，慢慢地给夏挽沅讲起故事来。

在君时陵刻意放缓的语调中，夏挽沅逐渐睡了过去。

卧室那边，随着夏挽沅入睡，灯光也逐渐暗了下来。

静静地看了一会儿夏挽沅的睡颜，君时陵心中软软的：幸好能够让夏挽沅毫不设防地在屏幕那边睡着的人是他。

眼看夏挽沅那边的灯光暗了下来，君时陵才挂了电话，重新看起手边的文件。

一夜好眠。第二天夏挽沅在雅姿的拍摄也一切顺利。

雅姿的人对夏挽沅都客客气气的，毕竟雅姿这么多年没有请过代言人，好不容易才有一个，更何况还有雅姿的老总特意嘱咐，公司上上下下一片和气。

"太棒了！就是这个感觉！"摄影师的快门简直要按烂了。

一开始的几个镜头，夏挽沅还有几分不适应，但是慢慢地，她已经能够十分熟练地根据摄影师的指令调整自己的状态了。

要不是就在现场，看得到她的变化，摄影师都不敢相信在镜头前这么会展现自己的人居然没怎么拍过广告片。

雅姿原定的拍摄时间是一整天，但是夏挽沅很配合，拍摄的效率也高，所以只花了半天时间就完成了一天的拍摄任务。

"咱们去吃点儿什么？"陈匀一边开车一边问车上坐的两位女士。

陈匀一时没注意到，附近的车子都在逐渐远离前面一辆带有女神像的车子：开玩笑，这要是刮蹭一下，谁赔得起啊！

慢慢地，陈匀他们的车倒成了离那辆车最近的。陈匀的车本来好好地行驶着，前面的车不知道怎么回事突然停住了，陈匀没刹住车，一下子追了上去，撞了一下前车的车尾。

"这人怎么开车的？"

还好只是轻轻一撞，倒是没发生什么安全事故。

对面的司机也下车了，查看了一下车身的情况，然后敲响了陈匀身旁的车窗。

"你……"陈匀正要跟他理论。

"请问这是夏小姐的车吗？"这司机反倒先开了口。

陈匀眼中闪过一丝警戒之色。

"你是谁？"陈匀戒备地问道。

"我是宣总的助理。"这人倒也不避讳，"我们宣总说，不知道夏小姐对月亮湾的开发项目有没有兴趣？"

陈匀觉得这个宣总大概是脑子有点儿毛病：有这么请人吃饭的吗？

"可以。陈哥，跟上前面的车吧。"后座的夏挽沆倒是出乎陈匀的意料，答应去这个奇怪的饭局。

"走，去安排好的地方。"宣升对夏挽沆的回答毫不意外，靠在座椅上，勾唇一笑。

于是，一辆带着被追尾印的劳斯莱斯身后跟着一辆宝马就这么穿过闹市。

大概半个小时后，宣升的车停在一座古朴的庭院前。

哪怕刚开完股东会，宣升浑身的气质依然是懒洋洋的，透着股邪魅和不羁。

宣升下了车，走到后面，亲自给夏挽沆拉开车门。

庭院门口站着的人看到宣升这么殷勤地对待一个女人，眼睛都看直了。

宣升"花名"在外，但是若真说起来，那些女人好像没有一个被带出过门，在任何公开场合和私人场合，宣升身边还没有出现过一个女人的身影。

"夏小姐，好久不见。"

刚拍完广告的夏挽沆脸上还带着些妆容，越发衬得五官明艳，让宣升眼前一亮。

"也没多久。"夏挽沆不给面子地回答。

宣升不仅没觉得不悦，那双桃花眼里反而泛起几分真实的笑意。

夏挽沆下了车，陈匀和唐茵跟在身后，但在进了院子后，他们俩却被拦住并被请到了一旁的客厅里等着。

"挽沆，你……"唐茵有些担忧地看着夏挽沆。这个宣升看着就很邪行的样子，唐茵生怕夏挽沆受到什么伤害。

"没事，你们就在这边等我吧。"夏挽沆安抚地看了一眼唐茵。

从外面看，庭院并不大，但里面有各种亭台楼阁、九曲环廊、流水瀑布，风光倒是十分好。

"你的经纪人很怕我对你做些什么。"和夏挽沆并肩走在回廊上的宣升突然出声，一双桃花眼微微上挑，看人的时候带着几分邪气，"你不怕吗？"

"你又动不了我。"夏挽沅十分淡定地回了一句。

虽然宣升一直以一副随意又邪气的样子出现在她面前,但是她掌控朝堂多年,自认对人性的洞察还是有几分功力的。宣升骨子里其实是一个相当傲气的人。心有傲气的人,嘴上说得再不堪,也不会付诸行动。还有很重要的一点就是,宣升知道她和君时陵的关系,她想,宣升不会这么直接跟君时陵杠上。

宣升笑了笑,眼中的邪意褪去了几分,倒有了几分平素外人看不到的真实感。

"上次谢谢你,一直想找个机会请你吃顿饭的。"宣升收敛了语气中的挑逗意味。

"举手之劳,不用放在心上,你要是真想谢谢我,可以把月亮湾项目多给我两分利。"

月亮湾项目是夏挽沅接手公司后,着力开发的第一个大项目,对于公司的发展至关重要。

"两分利,你这吃得也太大口了。"要是换作自己的公司,宣升说不定愿意让这两分利给夏挽沅,只是盛世集团还有一帮老人盯着他的错处,这两分利他实在是让不了。

说话间,两个人已经到了吃饭的地方——一处开放的亭子,周围摆满了满天星。

夏挽沅看到满天星,想起原主好像最喜欢这种花。

桌上摆着刚冲泡好的回风飘雪,是上次在宣升的办公室喝过的味道,夏挽沅抿了一口,清香中带着一丝甜意的味道瞬间席卷了口腔。

"上次我给你送了一罐回风飘雪到家里。"宣升见夏挽沅喜欢这个茶,想起来上回送去庄园的茶叶。

宣升这一提起,夏挽沅也想起来了,那罐茶好像被君时陵拿走了,后来就再没见到过。

"没收到。"夏挽沅回了一句。

听到夏挽沅的话,宣升好像并不意外的样子,嘴角勾了勾,将手边的茶点放到了夏挽沅旁边。

知道夏挽沅对月亮湾项目感兴趣,宣升便让人拿了项目书过来,逐条跟夏挽沅讨论这个项目。

聊起正事,宣升有着让夏挽沅正视的能力,夏挽沅认真地听着宣升的讲述。

"我想去实地考察一下。"夏挽沅听完宣升的讲述,脑海中突然产生一个比较好的想法——将月亮湾项目和公司的产业转型结合到一起,但这需要她去月亮湾亲自看一下才能确定这个想法能不能实现。

"可以。那边正在开发,你什么时候去?我跟他们打个招呼。"

"下个月吧。"老爷子的七十大寿就快到了,她还要和君时陵办离婚手续,这段时间估计有的忙,得等到下个月才有时间去一趟。

听夏挽沅说下个月去,宣升眸光微动:那个离职的君氏集团员工说的日期,便是这个月的月末。

眼看两个人谈完了,下面的人很有眼见儿地将饭菜端了上来。

"这里的菜做得还不错,尝尝吧。"宣升将碗筷放到夏挽沅手边,又把饮料递给夏挽沅。

夏挽沅十分顺手地接了过去,仿佛已经习惯了有人这样对待她一样。

宣升心中划过一丝猜想,面上却不动声色。

这里的菜是南方风味的,精致小巧,味道很是不错。夏挽沅忙了半天,现下也饿了,便认真地吃饭,不再说话。

宣升一直不怎么爱吃饭,稍微带上一点儿油水的菜都会让他心情变得焦躁,但是今天看夏挽沅这么认真吃饭的样子,倒是勾起了一点儿食欲,宣升尝试夹起一筷子菜放在嘴里:嗯,一如既往地难吃,还是看夏挽沅吃饭更有食欲一些。

夏挽沅吃完一碗饭,将碗递给一旁的用人,意思是再来一碗。

察觉对面宣升饶有兴味地看着她的目光,夏挽沅看了眼宣升碗里没怎么动的饭:"你是我见过吃得最少的男人。"

夏挽沅说完这句话后,宣升好像非要争个输赢似的,将不喜欢的饭菜硬吃了下去。夏挽沅吃了两碗,他吃了两碗零一勺。

"比你吃得多。"见夏挽沅放下碗筷,宣升终于也放下手中的筷子。胃里翻涌着混杂了油水带来的恶心感,宣升眼中开始有了些许躁乱的情绪。

"喝口茶吧。"夏挽沅察觉宣升情绪上的不对劲,将旁边的茶杯递了过去。

骨如竹节,莹白如玉的手搭在青瓷杯上,带着股冰雪般的凉意,让宣升心中的焦躁感奇迹般散去了些。

"好了,事情也谈完了,谢谢款待,我该走了。"夏挽沅看了一下时间,下午还得回去准备薯片推广的事情,不能在外面一直耽误。

"好的,我送你吧。"宣升站起身来,想送夏挽沅出去。

夏挽沅的手机在此刻振动起来,熟悉的黑色头像在屏幕上闪烁着。夏挽沅有些疑惑:这个时间法国不是夜晚吗?君时陵怎么还没有睡觉?

夏挽沅按下接听键:"喂?"

"吃过饭了吗?"君时陵的声音响起。他似乎刚醒,声音有些低沉,刮得人耳朵痒痒的、麻麻的。

夏挽沅道:"刚吃完,准备回去。"

宣升在一旁看着夏挽沅打电话时的神色,那嘴角处挂着的温软笑意让宣升觉得十分刺眼。

"你刚刚吃的八宝鸭有些油腻,喝口茶解一下腻吧,是你喜欢的回风飘雪。"宣升倒了一杯茶,递到夏挽沅的手边。

酒店的窗边,正要问夏挽沅吃了些什么的君时陵眉头一下子皱了起来:宣升?回风飘雪?

想到那罐被自己丢了的回风飘雪,君时陵眉头皱得更紧了。

"不用,我不渴。"夏挽沅摆了摆手,拿起一旁的包,朝外面走去。

宣升也跟在一旁。

"你在外面?"君时陵压下心中的疑惑,语气如常地问了一句。

"嗯,碰到宣总了,一起吃了个饭,现在准备回去了。"

"嗯,那等你回去了我再给你打电话。"君时陵的声音听不出任何异常,但那双眼睛里布满了寒意。

从宣升送来回风飘雪的时候,他就让人去查过,没想到这个人还是阴魂不散。

陈匀和唐茵等了半天,都要急死了。唐茵脾气火暴,差一点儿就要冲进去，还好夏挽沅及时出现了。

看着夏挽沅他们离开的背影，想到刚刚夏挽沅和君时陵通电话时的神情，宣升觉得头疼得很，眼中是压抑不住的躁意。

折腾了大半天，夏挽沅终于回到了庄园。

夏挽沅刚换了身衣服躺到沙发上，君时陵的电话就打了过来。

"到家了？"君时陵低沉的声音从电话里传过来，让人莫名其妙地感到耳热。

夏挽沅道："嗯。"

"中午的饭好吃吗？"君时陵突然问了一句，语气听起来很正常。

"还不错。"夏挽沅老老实实地回答，毕竟是宣升精心准备的菜，味道确实挺好的。

"哦。"君时陵淡淡地应了一句，没有再说其他话。

夏挽沅却敏锐地察觉君时陵的情绪不太好："那边不还是夜晚吗？你怎么起这么早？"

君时陵道："要去开个会。"

其实开会并不需要起那么早，主要是已经习惯睡觉时身边萦绕着那股淡淡的香气，乍然处在异国他乡，君时陵没睡多久就醒了。看了看国内正是中午，想听听夏挽沅的声音，君时陵便往国内打了个电话，哪里想到夏挽沅给了他一个"惊喜"。

人家都说女人对于情敌是很敏感的，其实男人也一样。在夏挽沅的身边听到宣升的声音，君时陵心里堵着一口气，怎么也睡不着了。

两个人就打着电话随便聊了聊日常。等挂电话的时候，夏挽沅一看通话时间，都有些震惊了，她和君时陵居然聊了将近一个小时，但回想一下聊天儿的内容，好像又什么都没聊的样子，也不知道怎么就说了这么久。

君时陵在法国是由当地的官员陪着的。见这位雷厉风行、看起来尖锐冷峻的君总居然这么温柔地跟电话那头的人说话，法国的官员不由得好奇地问了一句："是君总的女朋友吗？你们的感情可真好。"

听官员提到夏挽沅，君时陵眼中闪过笑意，语气极为认真地纠正他："不是女朋友,是我的妻子。"

君时陵的名号在全球都是极为响亮的,众人不由得心生好奇:这位将世界风云掌控在手里的男人的妻子,姿容得是多么出众,才能让君时陵倾心啊。

于是,这位神秘的君夫人还没有露过面,就已经在法国人心中留下了很深的印象。

这些日子夏挽沅口碑逆转,接到了不少广告,著名的嗨事薯片也找到夏挽沅帮忙推广新口味的产品。至于推广形式,嗨事薯片那边说了,夏挽沅自己决定就好。

直播间已经有很多人在等着,夏挽沅如今也算是有一小批粉丝的演员了,加上这几日天灵公主的戏份增多,很多因为角色而对夏挽沅颇有好感的网友也聚集在直播间。

"大家好。"夏挽沅一如既往地掐着点儿打开了直播间。

既然嗨事薯片说了她随意一些就可以,夏挽沅就真的随意地穿了件白色的T恤,胸前印着海绵宝宝,显得十分俏皮可爱。

从外面回来后,夏挽沅就卸了妆,现下懒得再上妆,就顶着一张素颜出现在了直播间。

虽然只穿着简单的白色T恤,脸上未施脂粉,但夏挽沅依旧像一株亭亭玉立的清荷,美得让人心动。

由于众人的热情,夏挽沅的直播间热度迅速蹿升。

"大家平常没事的时候在家喜欢做什么?"夏挽沅走到沙发旁坐下,和大家聊着天儿。

网友们在评论区热烈地讨论着自己平常的娱乐项目。

然后直播间的镜头一转,夏挽沅已经打开了电视。

看着电视屏幕上出现的带着刀疤的憨憨的狼,直播间里陷入了安静。

嗨事薯片推广部的人员简直陷入了绝望:虽然说的是随意一点儿,但是咱们也不必如此随意吧?

夏挽沅倒没有觉得推广产品就一定要正襟危坐地在直播间里卖力推销这个产品有多么好吃,嗨事薯片作为零食,本来就是人们闲暇生活的调剂品，只要能表现出来薯片好吃就行了。

于是夏挽沅一边看动画片，一边打开了面前的薯片。

"这部动画片挺好看的。"夏挽沅像是怕观众不知道一样，还特地给大家推荐了一遍。

观众无语：这部动画片都出来快十年了，该说夏挽沅家里网速慢呢，还是该说她怀旧呢？

夏挽沅将一片薯片放进嘴里。

收音效果极好的麦克风将薯片嘎嘣脆的声音传到了直播间里，观众不由得咽了口口水。

大家都在等夏挽沅做介绍，但夏挽沅看动画片已经入了迷，仿佛忘记了还有直播这回事一样。15分钟过去了，直播间里除了夏挽沅咬薯片的声音，再无其他动静。

"动一动啊！"

"怎么不说话了？是我的耳朵听不见了吗？"

"有一说一，这薯片看起来挺好吃的。我梦想的快乐生活不就是躺在沙发上吃着好吃的零食，看着自己喜欢的剧吗？"

…………

虽然大家嘴上说着夏挽沅再不说话就退出直播间，但是直播间无时无刻不在增加的人气表明，当代网友都是一群口是心非的人罢了。

网友们表示：我们能怎么办？这还不是怪夏挽沅吃东西的时候过于可爱吗？

夏挽沅不愧是习惯了躺在沙发上看剧的人。她在沙发上找了个绝佳的位置半躺着，腿上盖了件薄毯，怀里抱着薯片，伸手可及之处是一大盘水果，旁边还放着一瓶冰可乐。

夏挽沅吃起东西来就像小仓鼠一样，嘴巴微微嘟起，和胸前张嘴大笑的海绵宝宝相映成趣，十分可爱。

夏挽沅好像笑点很低的样子，总是被电视里主人公的神奇操作给逗笑，一笑起来眉眼弯弯的，眼睛里仿佛装满了细碎的钻石，闪着晶亮的光芒。

暖暖的灯光打在她的身上，轻易就触动了人们心中对美好的定义。

这就是大家最放松的状态啊,无论是学习还是生活,劳累了一天之后,像夏挽沅这样靠在软软的沙发里,打开一袋自己喜欢的零食,然后看一个自己喜欢的视频,身心都会得到抚慰。

"这薯片得有多好吃啊,夏挽沅吃得眼睛里都是笑意,我都能感觉到从她身上溢出来的满足感了。"

"好可爱啊,吃东西的时候嘴巴一鼓一鼓的。呜呜呜,我以前居然还骂她长得丑,是我眼瞎了吧。"

"我忍不住了,薯片、可乐、动画片,我要安排起来了!"

…………

一个小时的时间到了,夏挽沅一看薯片袋子,里面已经空了。给大家看了看空了的薯片袋,夏挽沅笑了笑:"吃完了,味道还不错,大家可以去尝尝。"

嗨事薯片推广部的人员心已经凉透了:什么叫"还不错"?你可是我们的产品推广人啊!你不应该说"这薯片的味道前所未有地美妙,吃一片就可以心情好三年吗"!你一个推广产品的,评价是还不错,那谁还愿意去买啊!

嗨事薯片推广部的人员已经收拾好准备下班了,心想:也不知道市场部那边是脑子坏了还是什么,非得力荐这个夏挽沅来做产品推广,这下好了,钱打水漂儿了吧?

他们刚走到门口,就被领导叫了回来:"下什么班?!客服部那边订单已经多到爆炸了,你们不留下来帮忙还准备去哪儿!"

推广部的人员傻眼了,跑回来一看数据,乖乖,这是什么推销奇才!

夏挽沅不仅开直播很准时,连关直播也十分准时。

当时跟嗨事薯片说的是进行一个小时的推广活动,夏挽沅说完"味道还不错,大家可以去尝尝"之后,就突然关掉了直播。

刚才屏幕上还是夏挽沅那张美丽的脸,现在直播间骤然变黑,屏幕上赫然显出一张大脸。

众人下意识地往后退了一步:嘿,这哪儿来的傻子?

等反应过来,众人才发现这傻子是自己。

虽然夏挽沅在直播中没说几句话,但是她达到了推广产品的目的。零食的真正含义,已经在夏挽沅的行为中被展现出来了。吃着零食看电视,安静地享受属于自己的时光,这已经足够打动直播间的人了。

于是,直播结束后,嗨事薯片的订单猛增,将近98%看过夏挽沅直播的人,都在嗨事薯片旗舰店里下了订单。

推广部的人都惊呆了,这和他们一直以来走的产品推广方向不符,但是事实告诉他们,不是仅靠当红艺人就能带动产品的销量的,只有将产品的特质与客户的需求相对应,才能够收到最好的效果。

嗨事薯片总部也关注到这一次的推广活动,认识到这位来自东方的女艺人神奇的推销能力。

于是当晚,嗨事薯片总部就拍板确定夏挽沅为嗨事薯片华国区的代言人。

夏挽沅也不是时时都在吃这些高热量的食物,每次吃完这些东西,饶是她体质好,也得去运动一段时间消耗一下多余的热量。

换好了衣服,鬼使神差地,夏挽沅将手机拿起来,带进了游泳馆。

李妈在泳池边守着。

夏挽沅一圈一圈地来回游着。经过一段时间的训练,夏挽沅的姿势已经相当标准,速度也很快,像一尾灵活的鱼在水中游弋。

游了十圈,夏挽沅坐到泳池边的椅子上休息。她拿过一旁的手机,上面果然有一个未接电话。

夏挽沅正准备按下拨号键,但突然想看看法国是什么样子的,于是切换到微信,打了个视频电话过去。

会议室里,欧洲例会已经进入尾声,时间将近中午,该汇报的内容大家也都汇报完了。君时陵一声"散会",大家都开始收拾东西准备离开。

偌大的会议室里此刻十分安静,因而手机振动的声音就显得尤为突出。

大家面面相觑:虽说会议结束了,但是有规定不允许员工带手机进入会议室,这是哪个倒霉蛋这么不守规矩?

然后大家就看到君时陵眉眼温柔地拿出正在振动的手机。

哦，是老板的手机啊，那没事了。

刚刚还一脸严肃地坐在主位上，与员工们讨论着足以改变未来欧洲市场策略的君总，现下居然一脸温柔的神色。大家面上一片平静，但是心里早已炸翻了。

大家磨磨蹭蹭地将电脑收起来，然后检查一遍笔记，嗯，有错别字，刚好坐下来改一改再走。大家收东西的速度仿佛被按下了0.5倍速。

君时陵按下接听键，然后扫了一眼会议室里的人。

感受到君时陵带着寒意的目光，大家收东西的速度顿时加快，一瞬间会议室里的人就跑得没影儿了。

触及屏幕里那一片惊人的白，君时陵瞳孔微缩。

"给我打电话有事吗？"夏挽沅在那边擦了擦头发。

"我明天就回去了。"君时陵的声音有些低沉。

"明天？不是说三天吗？怎么这么快？"

"事情不是很多，结束得快，就早点儿回去。"见夏挽沅低着头在擦头发，君时陵肆意地将缱绻的目光放在夏挽沅身上。

加倍工作、日夜颠倒不停开会的欧洲高管们表示：听听这说的是人话吗？事情不多？

然后大家收到了一条消息：日夜加班开会的员工将收到一个月的工资补贴奖励。

高管们表示：嘿嘿，君总英明。还开会吗？我觉得我还能继续为君总奋斗20年呢。

听到君时陵说要提前回来，夏挽沅心里有一股说不出的喜悦。

两个人一时无话。

看着夏挽沅慢慢地擦干了头发，君时陵走到窗边，将镜头朝向窗外。

"看窗外。"君时陵突然出声。

窗外，淅淅沥沥的雨掠过高大的穹顶，古老优雅的宫殿在雨幕中显得尤为神秘，有着别样的风情。

"好看。"夏挽沅前世没有去过很远的地方，也是来现代之后通过电视才知道，原来世界上除了华国还有那么多国家和地区。

"下次带你一起过来。"

"好啊,可以带着小宝一起过去。"

屏幕里只有连绵的雨幕,看不到君时陵的身影,夏挽沅认真地看着屏幕里的雨景。君时陵则放任地将自己的目光缠绕在夏挽沅身上。

"下雨了。"君时陵的声音响起,带着说不清的温柔。

夏挽沅当然知道下雨了,毕竟雨景就在屏幕里摆着,但不知为什么,她听到君时陵的这句话,耳朵居然慢慢地变红了。

看到屏幕里夏挽沅羞红的耳朵,君时陵轻笑出声。

笑声落在夏挽沅耳边,刮得她心里痒痒的。

"好了,游完了就回去吧,别感冒了。喜欢耳环吗?我给你买。"

"为什么突然要给我买耳环?"夏挽沅有些疑惑。

"只是觉得你的耳朵挺红的,可能配上一对红宝石的耳环会很好看吧。"君时陵的声音里带着明显的笑意。

君时陵依然没有将手机镜头转回去,因而夏挽沅看不到君时陵,但君时陵能看到她,这让夏挽沅有一种落了下风的窘迫感。

夏挽沅咬了咬唇,也将镜头切换了一下:这下君时陵就看不到她的耳朵,也就没办法取笑她了。

但夏挽沅是躺在椅子上的,镜头一切换,一双修长笔直、晶莹如玉的腿就出现在屏幕里。

夏挽沅个子高挑,身材的比例也好,平日里穿裙子和西装裤就已经显得腿纤细漂亮了,更何况现在穿的是泳衣,泳裤堪堪到大腿中部的位置,露出一大截玉腿,而且夏挽沅刚游完泳,腿上的水珠还未完全干。

一双白皙的长腿就这样占据了整个屏幕。

君时陵显然也没想到夏挽沅会有这样的动作,当下呼吸就加重了。

夏挽沅也是一惊,小巧的脚趾缩了起来。

屏幕那边的君时陵喉头滚了滚。

"你这是干什么?"君时陵刻意压制住冲动,话里带着明显的笑意。

夏挽沅连忙将镜头切换回来,本来还是淡红色的耳朵,现下已经通红一片,甚至脸颊都红了:"我不小心碰到了。"

君时陵终于将镜头切换到自己身上,但夏挽沅此时不敢直视他含笑的目光。

"嗯。"君时陵笑着说,"我觉得红宝石耳环不用买了。"

"本来就不用买。"夏挽沅下意识地反驳。

"红宝石耳环没有你的耳朵红,配不上你的耳朵。"君时陵悠悠地说了一句。

夏挽沅猛然抬头,看到穿着一身西装的君时陵此刻眼中满是笑意。

"君总好闲啊。"夏挽沅红着脸丢下这么一句,不再跟君时陵多说,直接挂了电话。

看了眼手里被挂断的视频电话,君时陵笑意更甚,给林靖拨了个电话:"把苏比拍卖行的那颗卡门红宝石拍下来。"

挂了君时陵电话的夏挽沅在泳池里游了好一段时间,也消不去脸上的热度。

又游了十圈,夏挽沅才上岸。

李妈给夏挽沅递了条毛巾,一看夏挽沅面色潮红,大惊失色:"夫人,你的脸怎么这么红,是不是感冒了?我们一会儿把沈医生叫过来看一下吧。"

按少爷宠夫人的那个劲儿,要是他回来后看到夫人在她的照顾下居然病了,那她这金饭碗怕是要保不住了。李妈顿时陷入要失业的惶恐情绪中。

"没事,李妈,我只是有点儿热而已。"夏挽沅无奈地阻止了李妈要去找医生的步伐。

李妈有些怀疑地看着夏挽沅:这里又不是温泉,游个泳怎么会热呢?

但夏挽沅坚持不找医生,李妈也就听了夏挽沅的话。

夏挽沅心里想着今晚不再接君时陵的电话了,免得又要被君时陵取笑。

临睡的时候,夏挽沅却怎么也睡不着。手机适时地响了起来,夏挽沅犹豫了一下,还是接通了电话。

君时陵此时已经面色如常,仿佛前不久在视频里把夏挽沅逗得满脸通红的人不是他一样。

"今天想听哪个故事？"君时陵的声音在静谧的夜晚显得十分动听。

以往夏挽沅听的都是人物自传、商界传奇类的故事，但今晚夏挽沅想到君时陵总是逗她的样子，突然起了个心思。

"我要听童话故事，王子和公主的那种。"

一声轻笑在夏挽沅的耳边响起，低沉的笑声仿佛带着钩子，将夏挽沅的耳朵勾得通红一片。

夏挽沅不想落了下风："怎么，你不会吗？"

夏挽沅猜想君时陵应该不会，毕竟君时陵高冷的气质和浪漫童话的风格实在不搭。

"本来是不会的，但是你要听，那我就试着讲一下吧。"君时陵有些宠溺而无奈地说道。

"嗯。"夏挽沅低低地应了一声。

君时陵这个人很神奇，哪怕是王子和公主的俗套故事，他也能讲得让人兴趣十足。

"小王子终于从恶龙手中救回了公主。在二人的大婚典礼上，看着公主害羞的面容，小王子不由得问了一句：'我至高无上的公主，请问我可以吻你吗？'"

本来是童话里的语句，但从君时陵嘴里念出来，就多了几分缠绵的味道。

君时陵富有侵略性的气息，他的强势和他身上的温度……那些被夏挽沅刻意压制的记忆，一下子被君时陵的这段话勾了起来。

君时陵讲着讲着声音突然低了下去，显然看到了夏挽沅眼中的迷离："你在想什么？"

"没想什么。"夏挽沅往被子里缩了缩，掩住自己发烫的脸颊。

"好。那小公主可以睡觉了吗？"君时陵当然看到了夏挽沅不自然的神色，眸色变深。

"哦。"这一声"小公主"叫得夏挽沅脸颊更烫了。

"晚安。"

"晚安。"

挂了电话，夏挽沅很快就睡了过去。

而君时陵坐在窗边,看着外面璀璨的灯火,心里是抑制不住的思念。

夏挽沅一夜好眠。

君时陵彻夜未眠。

嗨事薯片的动作很快,推广活动刚刚结束,就找上了陈匀和唐茵,商议好了合作条款和具体细节。

然后嗨事薯片官方微博就发了一条信息。

嗨事薯片官方微博:"欢迎华国区的新代言人——夏挽沅,期待在以后的日子里共同携手,畅享嗨事,你的每一次嗨事,都有嗨事薯片相伴。"

公司推广部考虑再三,觉得夏挽沅直播的视频已经很能引起人们购买的欲望了,便截取了夏挽沅吃薯片的图片,配上高清音质。

夏挽沅吃下薯片时满足的表情和一口咬下去薯片嘎嘣脆的声音相配,生生把众人的食欲勾了起来。

君氏集团虽然收购了创星娱乐公司,但是这是子公司拓展的业务,对于庞大的君氏集团来说,根本不值一提,因而所有的业务都是由子公司大琨娱乐处理的。

被创星娱乐公司撤了职的王总不甘心,靠着家里有点儿关系,便找人去疏通关节,摇身一变又成了创星娱乐公司的高层。

他在众艺人中口碑很不好,本来因为他的离开和君氏集团的收购觉得终于熬出头的艺人们,顿时又觉得头上黑云密布了。

"开会?"夏挽沅今天难得没什么事情,正在院子里晒太阳,但唐茵打来电话,说公司要跟艺人签订新合同,顺便跟公司的所有艺人见个面。

等夏挽沅简单地收拾了一下,唐茵他们便过来接她了。

夏挽沅到达公司楼下的时候,往日里空荡荡的停车场已经停满了各种各样的车。

走进楼内就好像到了俊男美女的聚集地一样，不愧是业界数得上号的创星娱乐公司，旗下的艺人确实不少。

夏挽沅环顾了一周，便收回目光。

但从夏挽沅走进大厅的那一刻起，所有人的目光都聚集在她身上。

夏挽沅在创星娱乐公司一直是个很尴尬的角色。以前由于她是带资进组，公司里的人基本上看不上她，也不会带她一起玩。

如今的夏挽沅，出演的《长歌行》电视剧口碑极好，拿到的第一个代言就是雅姿，听说现下还接了嗨事薯片的代言，出的第一张专辑也大卖，简直让人眼红得不行。

大家都好奇地打量着如今事业蒸蒸日上的夏挽沅，内心都是一阵惊叹：怎么感觉夏挽沅比以前美多了！

演艺圈的人都是社交好手，虽然心里很嫉妒夏挽沅，但面上很热情。

"挽沅，好久不见啊，咱们一起进去吧。"一个身穿白色包臀裙的美丽女人朝夏挽沅走过来，伸出手想要抓着夏挽沅的手一起走。

在夏挽沅的记忆里，这家公司里没什么人是真正与她交好的，于是她侧了侧身，直接越过了刘灵的手，一步不停地朝前走去。

留下刘灵尴尬地把手伸在半空中。

众人本就不喜欢夏挽沅，看到她这副傲慢的样子，更是对她心生厌恶。

想到夏挽沅和王总之间的嫌隙，大家心里都有些幸灾乐祸：看来一会儿有好戏看了。

于是众人纷纷跟上夏挽沅的脚步，朝会议室走去。

礼堂样式的会议室里，管理者已经坐在了第一排。

夏挽沅刚走进门，就看到一双熟悉而浑浊的眼睛。

王东？他居然还能在创星娱乐公司上班？夏挽沅眉尖微挑，但也只看了一眼，便挪开了目光。

本来料想的夏挽沅看到他时惊慌失措的情景并没有出现，王东眼中的阴郁之色更浓了。

像这样的会议，每个人都有自己对应的位置，唐茵陪着夏挽沅找了一会儿，没有找到标夏挽沅名字的位置。

唐茵还要继续找，被夏挽沅拦住了："找不到的。"

"怎么了？"场内的人大部分落座了，唐茵想着再去另一排看看没有夏挽沅的位置。

"这场内应该没有印着我名字的座位。"夏挽沅看了一眼王东正往这边瞟的得意眼神，就知道这事肯定和他脱不了干系。

已经到了开会的时间，参会的人到齐了，都坐在了属于自己的位置上。

于是站在会议室中央的夏挽沅就显得尤为显眼，各种目光落在她身上。

让众人讶异的是，夏挽沅居然没像以前那样撒泼打滚儿，反而格外冷静。

"哎呀，这工作人员怎么回事，怎么能把我们创星娱乐公司的红人漏掉了呢？"王东此时说话了，虽然嘴上责备，但眼中满是得意之色，"赶紧给夏小姐搬把椅子过来啊。"

大琨娱乐派来处理公司事务的人员并不是很了解创星娱乐公司的情况，虽然觉得王东的做法有些过分，但因为王东和大琨娱乐公司的副总关系不错，他们也不好多说什么。

一旁的工作人员早就有所准备，将一张很矮的、只有会议室里的椅子一半高的小凳子搬了进来。

"挽沅啊，你就委屈一下吧。唉，你也知道，公司穷嘛，因为你的事，公司都赔得倾家荡产了，实在是物资紧缺。你将就着坐吧，啊？"王东示意那名员工将凳子给夏挽沅搬过去。

那名员工将小凳子搬到了夏挽沅的脚边。

夏挽沅看了一眼小凳子，又看了一眼会议室内嘲笑她的众人，然后在众人惊异的目光中，径直走向会议室最前面的那把椅子，坐了下来。

"这不是还有一把椅子吗？"夏挽沅终于说话了，冰冷的声音让众人觉得好似下雪了一般。

"你快起来，那可是公司老板才能坐的位置！"王东面上惊慌，但内心已经笑开了花：这夏挽沅真是太不懂规矩了。君氏集团收购了创星

486

娱乐公司,从理论上来说,君时陵就是创星娱乐公司的大老板,但君时陵那种人物怎么可能来创星娱乐公司开会?虽然君时陵不会来,但是属于君时陵的位置是要留下的,会议室里最中间的位置便是留给君时陵的。没想到夏挽沅这么不懂规矩,居然直接坐了君时陵的位置。这下不用他出手,大琨娱乐公司的人也不会让她好过的。

"别来这一套虚的,既然让我们来开会,就安安分分地开会,穿小鞋这一套,放在我身上是不管用的。"夏挽沅这话一出,等于直接将王东掩在面上的遮羞布撕下来了。

看热闹的众人心里乐了:这恐怕依然是那个嚣张跋扈的夏挽沅吧,这么不给王东面子。

王东也没想到夏挽沅说话这么直接,看了看大琨娱乐的副总:"你看这……"

"真是长见识了,夏小姐好大的脾气!"大琨娱乐的副总也没想到夏挽沅的性子这么刚,"夏小姐有所不知,你坐的位置是属于君总的,你是没有资格坐的。如果夏小姐执意不起来的话,我们只能采取强制手段了。"

"那你可以试试。"夏挽沅一脸沉着,仿佛根本不将面前的人放在眼里。

"把夏小姐请出去。"大琨娱乐公司的副总直接将保安叫了进来,那个"请"字咬得格外重。

高壮的保安进了门,直接走向夏挽沅所在的位置。

夏挽沅微微活动了一下手腕,整个人进入了戒备状态。

见夏挽沅不动,一个保安直接伸出手,准备去抓夏挽沅的胳膊,但还没碰到,就被夏挽沅一脚踹在了膝盖上。不知道夏挽沅踢中了哪里的筋骨,那个保安只觉得大腿升起一阵麻意,竟直直地跪了下去。

其他人见伙伴被打,加上提前有副总的授意,都朝着夏挽沅围了过去,想要制伏夏挽沅。

会议室的大门突然被人打开。

室内众人的目光都被吸引到门口,保安的手也暂时停在了半空。

四名黑衣男子将门打开后站在了门边,像是在为身后的人开道。

正在众人疑惑间,一张只在电视新闻里见过的极其英俊冷漠的脸出现在众人的视线中。

本就气势冷厉的君时陵,在看到保安伸向夏挽沅的手时,身上的寒意几乎化为冰刀霜剑,打在在场众人的身上。

"君……君总?"大琨娱乐公司的副总此时又惊又喜,作为君氏集团子公司的管理者,他平日里哪儿有资格见到君时陵啊?现下居然见到了君时陵,他激动得不行。

不仅他,在场的其他人也都激动不已。大家一方面为君时陵强大的气势所慑,另一方面为自己居然见到了君时陵而欣喜。

君时陵是谁?那是跺跺脚世界都要为之颤动的男人,要是有幸能得到君时陵的赏识,那基本上等于在演艺圈一飞冲天了,这种好事谁不想要啊?

聪明的女艺人已经开始补妆了。

但林靖的一句话粉碎了大家的希望:"所有人离开会议室,王东、大琨的副总、夏挽沅留下。"

大家幸灾乐祸地看了一眼夏挽沅:这人居然刚好撞在君总的枪口上,估计下场会很惨。

只有唐茵赞赏地看了一眼君时陵:一条短信就直接过来了,速度还这么快,十分靠谱儿。

既然君时陵来了,唐茵也就放心了。

林靖都发了话,大家迅速地收起东西离开了会议室。很快会议室里就剩下了五个人。

"君总,怎么劳您大驾光临这个小公司了?您有什么事情吩咐一声,我们直接就给您办了。"副总和王东连忙站起身,朝着君时陵点头哈腰,语气中极尽恭敬和谄媚。

"你还不起来!"副总正要把君时陵迎到主位上坐着,却发现夏挽沅还稳稳地坐在椅子上,都没站起来,当即就冲着夏挽沅吼了一句。

"你吼谁呢?"

君时陵冷厉的声音在身后响起,吓得副总一个哆嗦。

"这个小艺人不懂事,一直赖在您的位置上不走,我教训她呢。君总,我绝对没有吼您的意思。"

刚才进门的时候,君时陵都不敢把眼神放在夏挽沅身上,怕忍不住露出真情。现下众人基本上离开了,君时陵终于细细地看了一遍夏挽沅:好像瘦了一点儿,得多让她吃点儿东西了。

见君时陵迟迟不说话,副总和王东战战兢兢地偷看了君时陵一眼,然后就发现刚刚还活像一尊阎王的君时陵,此刻正温柔地看着坐在主位上的夏挽沅。

一个可怕的想法从他们脑中涌出,同时一股止不住的寒意从身体内部升起来。而下一刻君时陵的动作,则将这寒意无穷地放大,吓得他们大气儿都不敢出。

"饿了吗?"君时陵上前给夏挽沅倒了杯茶水。

夏挽沅很自然地接过,然后喝下,就像这动作已经进行了千百次一样。

"有一点儿。"夏挽沅喝下一口茶,温热的茶水勾起了胃里的饥饿感。

"好像瘦了点儿,走,我带你去吃饭。"君时陵嘴角勾起一丝笑意。

一旁全程目睹了这段对话的副总和王东都傻了。这下他们确定自己是踢到铁板了,可是夏挽沅怎么会和君时陵扯上关系啊?

直到君时陵和夏挽沅的身影消失,两个人才慢慢地缓过神来。

不对!君总留下他们看完全程是什么意思?两个人都觉得心中蒙上了一层凉意:知道得越多,是会死得越快的。更何况他们联手欺负夏挽沅的场景,还直接被君时陵撞上了。

想到这一层,两个人腿都软了:完了,这回真的完了。

看了一眼身边的王东,副总心下震怒,要不是因为这个人找上门来送钱,他怎么可能惹上这样的麻烦?

当下他就朝王东挥了一拳。

王东一时没反应过来,被副总打得左脸高高肿起。但此时王东没心情跟副总计较,只觉得自己死定了。

夏挽沅跟着君时陵坐到了车上,车厢内一时安静得过分。

前面的司机已经学聪明了,只要夏挽沅在车上,就用隔板把后排挡得严严实实的，绝对不偷看他们。

感受到君时陵的目光一直在自己身上，夏挽沅不由得抬起头来，却被君时陵的目光烫了一下。

"你怎么知道我在公司？"

"刚下飞机，收到唐茵的短信，就赶过来了。"没有了别人，君时陵的目光放肆地一寸寸扫过夏挽沅。

感受到身边铺天盖地的君时陵的气息，夏挽沅有些心悸。

她觉得君时陵这次出差回来，好像比以前更有气势了，仿佛一只雪狼，在蛰伏了许久之后，终于开始向猎物亮出利爪。

"我离开了两天。"君时陵突然开口。

"嗯。"夏挽沅点了点头。

"我能不能抱抱你？"

君时陵的话引得夏挽沅抬起了头，正对上君时陵那双温柔的眼睛，此时这双眼睛里带着认真的神色。

"上次答应过你，以后没得到你的允许，我不能碰你，现在能允许我抱抱你吗？"

夏挽沅愣住了。君时陵的目光太过炽热，让她的心中不由得升起一个不可思议的念头。

"你……"夏挽沅无意识地握紧了双手，连呼吸都停了一瞬。

"可以吗？"君时陵依然笔直地坐着，没有任何动作，但那双温柔的眼睛一直盯着夏挽沅。

明明是极温柔的言语，到了君时陵口里却带有极强的侵略性，逼得夏挽沅一阵心慌。

看着夏挽沅慌乱的样子，君时陵唇角微勾：他在那双清澈的眼睛里，没有看到抗拒的意思。

夏挽沅不知道该说些什么，车厢里一时陷入沉默。

但夏挽沅能感受到君时陵的目光一直在她身上，似乎一定要等到一个答案。

夏挽沅知道最好的回答就是拒绝，但是向来干脆的她此时竟说不出"不可以"三个字。

寂静的车厢内，气氛越发压抑。夏挽沅终于憋不住了，抬起头来，无可奈何地说："抱抱抱，行了吧，你别再这样盯着我了。"

君时陵突然笑了。这一笑让他犹如皓月之巅的玉树，一阵清风吹来，洒下一地流光。

君时陵很少笑，像这样眉梢和眼角皆是温柔的笑容更是罕见。

这是君时陵第二次在夏挽沅面前这样笑，饶是向来对美色无感的夏挽沅，都看得愣住了。

而在她愣怔的一瞬间，君时陵已经将她揽入怀中。

熟悉的松香味瞬间包裹住夏挽沅。

君时陵说是抱一下，就真的只是轻轻地抱着，不说话，也没有其他动作。

前几次的亲密接触，在夏挽沅的认知里，都有些擦枪走火的意味，而如今这个轻柔的拥抱，无关欲望，无关激情，却比以往任何一次都让她感受到君时陵的柔情。

待在君时陵的怀里，不可否认，夏挽沅感觉到了安心，还有一丝平日里总是被她忽略掉的从心中蔓延上来的喜悦——如今在这静谧的车厢内，这丝喜悦终于被她捕捉到了。

"你是不是……？"夏挽沅犹豫着想说出心中的疑惑。

"是。"没等夏挽沅说完，君时陵就接过话，肯定地回了一句。

透过轻薄的夏衫，夏挽沅感受到君时陵强劲的心跳。

其实她慌得很，自己都不知道刚刚想问什么，君时陵的这一声"是"倒把她弄得更心慌了：是什么？

"我问你一个问题。"君时陵的声音在夏挽沅耳边响起，带给她酥酥麻麻的感觉。

夏挽沅的耳朵红了。

"什么问题？"

"在我出差的这两天，你有想起过我吗？"

夏挽沅抿了抿唇。她向来不会说谎，这两天她当然想起过君时陵，而且有很多次：没有人递水的时候，没有人剥虾的时候，没有人吹头发的时候，没有人听她分享工作难题的时候……

夏挽沅迟疑了很久没有开口。

君时陵眼中的笑意越来越浓，他想，他知道答案了。

君时陵放开了些夏挽沅，认真地看着夏挽沅的眼睛："我们不离婚了好不好？"

这一次夏挽沅没有回避君时陵的目光，因而她看到了君时陵眼中的热度，以及那溢出眼角、眉梢的柔情。

那些平日里被忽视掉的一切，此刻在她心中突然被串联起来。

"好吗？"君时陵又问了一句。向来杀伐决断的他，此刻声音中竟带了些不易察觉的颤意。

他紧紧地盯着夏挽沅的眼睛，生怕在里面看到一丝拒绝的意思。

"我不知道。"沉默半晌，夏挽沅终于开了口。

夏挽沅不是犹豫的人，但此刻她也说不清楚自己心里是什么感觉。

她承认她好像在不知不觉中已经开始依赖君时陵，但是对于君时陵的感情，她不知道该怎么面对。

君时陵有些黯然，但想到至少没有从她口中听到拒绝的话，又觉得很是庆幸。

"那我给你时间。还有半个月就是爷爷的大寿了，我希望到时候你是以真正的君夫人的身份去给他老人家祝寿。"

"嗯。"夏挽沅点点头。

"我想再抱抱你，可以吗？"这回没等夏挽沅回答，君时陵便将夏挽沅拉进了怀里。

见夏挽沅虽然僵硬了一瞬，但是没有拒绝，君时陵眼中闪过笑意。

"你不热吗？"夏挽沅有些无语：抱来抱去的，她都感觉到从君时陵身上传递过来的热度了。

君时陵轻笑一声，将手搭在夏挽沅的肩膀上，微微收紧了些，让她更贴近自己的胸膛。

"感受到了吗？"

君时陵的声音擦过夏挽沅的耳边，没来由地引得她一阵心慌。

"什么？"夏挽沅不由得问了一句。

"它跳得很快。"君时陵又将夏挽沅往怀里搂了搂。

隔着薄薄的夏装，夏挽沅感受到君时陵强劲而快速的心跳。

这心跳存在感太强，夏挽沅挣扎了一下，想从君时陵怀里出来。

"我想你了。"君时陵低了低头，在夏挽沅耳边轻轻地说了一句。

夏挽沅挣扎的动作突然停了下来，然后脸和耳朵以肉眼可见的速度迅速变红。

君时陵自然也看到了夏挽沅通红的耳尖，这回终于肯放开夏挽沅了。

君时陵从口袋里拿出一个小盒子，递到了夏挽沅面前："看来这个还是没买错，你这么红的耳朵，就应该配这样的红宝石。"

夏挽沅还没从君时陵这一系列的动作中缓过神，又被他这样调侃，忍不住嗔怪地看了他一眼。

君时陵被勾得眸光瞬间就沉了下去。掀开了面前的那层纱之后，如今在夏挽沅面前，君时陵不再刻意掩饰自己的强势。

夏挽沅很轻易地就察觉出君时陵眸色的变化。

生怕他又说出什么让人脸热的话，夏挽沅连忙将他手里的盒子拿过来。一打开盒子，夏挽沅就眼前一亮。

一对深红色的耳坠静静地躺在盒子中，就像烟花般绚烂，经过棱角的折射所发散出来的光芒耀眼夺目。

"好漂亮。"夏挽沅不由得赞叹一声。

"喜欢吗？"

"喜欢。"

"嗯，我也喜欢。"君时陵把目光放在夏挽沅身上，悠悠地说了一句。

这话里带着些缠绵的意味，夏挽沅抬起头，就看到君时陵盯着她的眼神。

"我说的是耳坠。"

"那不巧了，"君时陵嘴角微勾，"我说的是你。"

夏挽沅觉得自己就不该开这个口。

"你不用去公司吗？"

君时陵离开君氏集团两天，估计事情都堆成山了吧？

493

"不去，想陪你。"

夏挽沅彻底闭了嘴：她就不该主动跟君时陵搭话。

"你下午有事吗？"见夏挽沅不跟他说话了，君时陵只得凑上去找话题。

"有，我要去送夏瑜，他要去参军。"

从夏瑜告诉她消息之后，她就去查了下资料。

夏瑜报名的那个"青苗"计划据说要求很严格，夏瑜能通过他们的初步筛选也是挺厉害的。

夏瑜像是下了很大的决心，把一切都准备好了才通知的夏挽沅。今天下午便是夏瑜离开学校前往训练基地的日子。

"那我也陪你一起去。我们先回去吃饭。"

庄园里，看着君时陵从车上下来，王伯诧异了一瞬：往年召开欧洲例会，少爷都得花一周的时间，今年居然这么早就回来了，不合常理啊。

然后王伯就看到了在君时陵身后下车的夏挽沅。

嗯，这下合常理了。王伯继续给花浇水去了。

吃饭时，君时陵一如既往地给夏挽沅剥虾。

在君时陵戳破二人之间的窗户纸之前，夏挽沅已经习惯了君时陵这种悄无声息的照顾，从来没觉得有哪里不对劲。但如今，看着君时陵用那双随便签个字就是以亿为单位的手，一点点剥开虾壳的样子，夏挽沅心中一动。

"好看吗？"君时陵轻笑了一声。

"我没看你啊。"夏挽沅收回目光。

"我又没说你在看我，"君时陵笑着扬了扬手腕，露出腕间的百达翡丽手表，"应该是在看这表啰？喜欢啊？我送你。"

夏挽沅被君时陵的话堵了回去，干脆闭上嘴，埋头吃饭。

白嫩的虾肉被放到碗里，夏挽沅吃下一口，顺手一拿，便拿到君时陵给她放在手边的温水。

自从把心里话挑明以后，君时陵比以往更加体贴和主动，每天雷打不动地接夏挽沉下班。这天回来的路上，车子开到一半，瞥到车窗外的蛋糕店，君时陵让司机停下来，然后下了车。

　　说来也巧，还是上次他买过红丝绒的那家蛋糕店。

　　此时正是下午茶时间，店内人很多。本来吵吵闹闹的大堂里突然出现几个高大的保镖，众人疑惑地看过去，就看到了只在传说里存在的君时陵。

　　这一瞬间，大家心里都是震惊加欢喜，反应过来后，连忙拿起手机"咔嚓咔嚓"地拍起来。

　　在君时陵从门口走向前台的这几秒钟里，网上已经铺天盖地地传着君时陵的照片。

　　"请问，有稍微甜一点儿的蛋糕吗？"君时陵低沉的声音在前台响起。

　　一众导购员顿时羞红了脸。

　　"这一款草莓布朗尼是我们店刚出的新品，甜而不腻，您可以尝试一下。"

　　"那就这个吧。"君时陵指了下橱窗里的粉色小精灵蛋糕。

　　蛋糕店老板亲自给君时陵打包好蛋糕。

　　然后君时陵便提着粉色的小盒子，在全店人的目送中离开了蛋糕店。

　　君时陵刚离开蛋糕店，店长立马让人将写有"君时陵同款草莓布朗尼"字样的牌子挂在了店里，引发了新一轮的抢购热潮。

　　"这么帅的男人，提个粉红色的盒子也显得这么帅，我哭了，这么帅的男人怎么就不是我的啊！"

　　"好想知道他是自己吃还是给妻子买的。话说君时陵的妻子是谁啊？我看网上动不动就说他宠妻什么的，但是怎么没看到过他妻子的照片呢？"

　　"............"

　　网上对于君时陵的妻子是谁还在继续讨论，但这跟君时陵无关，他拎着盒子坐回车里，将蛋糕盒拆开递到夏挽沉面前："据说是新品，尝尝。"

夏挽沅接过，舀了一勺尝了尝，眉目舒展了些。

过了一会儿，一小盒蛋糕已经下去大半。

君时陵抬头看了眼夏挽沅，突然笑了一下。

"怎么了？"夏挽沅疑惑地问了句。

君时陵笑着点了点自己的嘴角。

夏挽沅会意，拿起纸巾擦了擦。

但君时陵点的是右下角，夏挽沅擦的是左下角，米粒大的奶油依然停留在夏挽沅的唇边。

夏挽沅吃蛋糕的时候，是先舀一勺子，然后用舌头轻轻一卷，就将蛋糕抿进了嘴里。

看着夏挽沅的舌尖滑过勺子，君时陵眸光一沉，喉头滚动了一下。

"甜吗？"君时陵突然出声问道。

"甜。"夏挽沅点点头，不过甜而不腻，还是挺好吃的。

"我尝尝。"

话音刚落，君时陵便靠近了夏挽沅。他本来就坐得离夏挽沅很近，现在微微侧身，还没等夏挽沅反应过来，就从夏挽沅嘴角处卷走了奶油。

坐回座位上，君时陵抿了一下嘴唇："嗯，确实很甜。"

夏挽沅拿着勺子的手都僵住了，嘴角似乎还残留着一丝温度，这温度像一块火石似的，烙得她的嘴角滚烫。

"不是说没有我允许……"夏挽沅心中羞恼：就是出了一趟差回来，这人怎么变成了这样！

"我只是尝了一下蛋糕，难道以后吃口蛋糕都需要你允许了吗？"君时陵脸上显出一点儿惊讶，还带着些为难之意，"倒也不是不可以，管得严一些就严一些吧，谁让我喜欢你呢？"

夏挽沅一愣，不知道是因为君时陵这颠倒黑白的强大逻辑能力，还是因为那一句"谁让我喜欢你呢"。

见夏挽沅难得呆住的样子，君时陵眼中的笑意终于掩藏不住流露出来。

夏挽沅心里又羞又气：君时陵出了一趟差回来，变得越发喜欢逗她了。

夏挽沅羞恼到极点，反而冷静下来："堂堂君氏集团的总裁这么闲，以逗人为乐吗？"

君时陵眉尖一挑：这是生气了。

"我对人不对事，忙不忙的，要分人。"

夏挽沅自然听出了他话中的意思，但出乎君时陵的意料，夏挽沅并没有像刚才那样羞恼，面色十分平静。

将手中的勺子放下，夏挽沅朝君时陵坐近了些。

本来两个人就离得很近，这一下几乎是贴在一起坐着。

君时陵眉心一挑："你……"

夏挽沅伸手，将君时陵的领带往自己这边拉了拉，连带着把君时陵也拉近了些，二人的呼吸都交缠在一起了。

君时陵的呼吸瞬间就加重了。

夏挽沅朝君时陵轻吹了一口气，淡淡的草莓味混合着奶油的甜味瞬间盈满了两个人之间本就不大的空间。夏挽沅唇角微勾，眼中流露出几丝魅意："甜吗？"

君时陵本来放松的身体一下子就僵硬了，他猛地握紧了双手，眸中仿佛笼罩了一层阴云，一片黑沉，像是要把人吸进去一样。

君时陵看了一眼近在咫尺的嫣红嘴唇，眼神瞬间变得强势。

夏挽沅吓了一跳。

君时陵俯身靠近，却被夏挽沅抬起的手挡住了动作。

此时的君时陵全身像是要燃烧起来一般，越过夏挽沅的手便要亲下去。

车厢的门被拍响。

小宝奶声奶气的声音在门外响起："妈妈、爸爸，你们回来了！快出来啊妈妈，我想你了！"

夏挽沅笑着推开君时陵："到家了，君总。"夏挽沅的眼眸中透着些许反击成功的得意之色，显得整个人娇俏而灵动。

夏挽沅打开车门。

小宝睁着一双大眼睛，开心地抱上了夏挽沅的大腿："妈妈，我好想你！"

"乖,我也很想你。"夏挽沅摸了摸小宝的头。

"妈妈,王伯不是说爸爸也回来了吗?爸爸怎么不下车啊?"虽说平常是个坑爹小能手,但是两天不见君时陵,小宝心里还是很想他的。

"你爸爸啊,不知道,可能工作忙吧,咱们先进去。"听小宝提起君时陵,夏挽沅想到刚刚自己下车时君时陵那副惊讶中带着无奈的表情,心中好笑。

"好。"他有妈妈陪着,爸爸是可以不见的!小宝开开心心地拉着夏挽沅的手进了屋。

车内,君时陵无奈地捏了捏太阳穴,往身下瞥了一眼,觉得自己可真是自讨苦吃。

君时陵将车窗打开,在车里足足坐了20分钟,身上的热度才慢慢地散去。

君时陵进屋的时候,小宝正蹲在地上玩君时陵从法国给他带回来的玩具飞机。

听到脚步声,夏挽沅抬头,正对上君时陵无奈而宠溺的眼神,面上一热,移开了视线。

原晚夏的那个微博账号,自从上次发过一段视频,吸引了百万粉丝之后,就再也没有了动静。

原本为了学习书画技术而来的网友们,眼看着这位神秘的大师迟迟不更新,都着急了,纷纷在其微博下面留言,希望大师能够惠泽一下大众,随便露两手儿,让大家学习学习也行。

原晚夏这个账号是夏挽沅亲自打理的,连陈匀和唐茵都不知道这个在国内艺术界声名鹊起的神秘画家就是夏挽沅。

平日里夏挽沅很少看微博,但今天因为君时陵说出那番惊天动地的尝蛋糕的理论,夏挽沅整整一下午都不想搭理君时陵,于是原晚夏的账号被她想起来了。她点开账号一看,密密麻麻的留言塞满了后台。

夏挽沅觉得这个时代并没有她想象的那么缺失文化传承力,很多人还是很喜欢流传了千年的文化的。

夏挽沅干脆进了书房,拿出笔墨纸砚,给网友们录了一段速度比较慢的教学视频。

这些年华国传统文化逐渐丢失，其中一个原因就是请专门的大师教授书画的价格太高，很多人想学，但是又望而却步。

一些视频网站上倒是有免费的教学视频，但是质量参差不齐，很多人想学，但找不到门路。

很久不更新的原晚夏的账号突然有了动态，大家好奇地点了进去。

"嘿，大师的免费教学！学起来！"

大家跟着原晚夏的视频画完，然后把图片传上去让原晚夏品评。

夏挽沅正翻看着网友们晒出来的"作业"，突然眼前出现了一把钥匙。

夏挽沅抬头，就见君时陵不知道什么时候进了书房，手里正拿着一把黑色的车钥匙。

"出来，我有礼物送给你。"君时陵将车钥匙递给夏挽沅，然后朝门外走去。

夏挽沅跟着君时陵走了出去。

院子里停着一辆银灰色的外表极具科技感的跑车。

"车库里不是有很多车吗？"夏挽沅看了一眼手里的车钥匙：这车想必是送给她的。

"这一款是全球限量版，只有一辆，上去试试。"

林靖办事的效率还是很高的，这么短的时间内就将这车从国外弄回了国内。

全球只有一辆的"天使之翼"，是采用当前最前沿的技术制造的。夏挽沅坐上去试了一下，感觉很不错。

"谢谢。"夏挽沅看向副驾驶座上的君时陵。她知道君时陵对她很好。

"不用谢，只要你肯理我就好了。"见夏挽沅喜欢这辆车，君时陵也很高兴：只要她喜欢，什么东西他都会给她最好的。

《长歌行》电视剧发展到后期，收视数据越来越好。虽说阮莹玉涉及违禁药物的新闻让大家觉得剧中的可爱小师妹有些违和感，但好在这是部大男主剧，影响不大。

林霄的人物角色立体，加上特效不错，喜欢这部剧的人还是很多的，网上的讨论度也持续飙升。

沈佩在后期不断地借传递情报和林霄见面。二人之间哪怕一个小小的眼神互动，都让众多粉丝激动不已，心里希望两个人能在一起。

剧中，夏挽沅饰演的天灵公主对秦坞饰演的林霄情根深种，夏挽沅的演技好，把那份欲说还休的深情演绎得恰到好处。

很多粉丝将戏中的情感转移到了剧外。关于夏挽沅暗恋秦坞的传言逐渐在粉丝当中传开。

大家找出很多能看到夏挽沅和秦坞之间互动的剧组花絮和综艺片段。慢慢地，大家觉得好像有点儿不对劲。

"你们确定是夏挽沅暗恋秦坞吗？我怎么觉得是秦坞喜欢夏挽沅？"

"我也觉得，看那闪躲的眼神，我的偶像就这么被人拐走了吗？"

"这一对不错啊，秦坞这么帅，演技又这么好，夏挽沅长得也好看，两个人十分般配。"

....

网友们还在看热闹的时候，粉丝们又开始争吵了。

《长歌行》电视剧逐渐进入尾声。

云层翻涌的峭壁旁，一身素装的沈佩正将手里的城内兵马布置图交到林霄手上。

"辛苦了。"林霄抱拳相谢。

"不辛苦。"沈佩看着林霄的眼神悲伤又深情，"公子此去，多多保重。"

"劳你挂心，我会保重的。城中实在危险，你可愿同我们一起离开？"林霄何尝看不懂沈佩眼中的深情，但是他身边已有青梅竹马的师妹，他不能辜负师妹。

"不用了，我从小就在这城里长大，死也是要死在这里的。"沈佩看了眼不远处骑在马上天真无邪的田樱儿，"祝公子平安顺遂。"说完沈佩便转身离开，朝着那座困了她一生的城池走去。

身后的林霄抬了抬手，最终还是没有出声叫住沈佩。

"唉，好难受啊！林霄你倒是叫住她啊！"

....

评论里虽然吵吵嚷嚷的，但由于电视剧后面的剧情实在太过精彩，大家又被剧情吸引了，安安静静地看扶衣公子是怎么匡扶天下大义的。

但微博上就没有这么平和了，秦坞的粉丝、夏挽沉的粉丝、两家的搭档粉闹得不可开交。

正在这时，一个营销号截的图引起了大家的注意，暂时止住了这场纷争。

扒圈小哥："那什么，我觉得秦坞和夏挽沉之间没什么，真情侣恐怕在这里。"下面附了一张截图，是一个微博名叫"升"的账号里，转发的基本上是夏挽沉演的电视剧，而且给夏挽沉各种好看的图片点了赞。

"啥啊，粉丝的账号吗？没头没尾的。"

"什么真情侣，这不就是个普通的粉丝账号吗？没看出来哪里不对劲啊！"

"我去搜了这个账号，发现了一个惊天的秘密。大家去一个叫'升'的微博看看。"

网友们顺着这人给的提示进了微博名叫"升"的账号里面。

微博认证上赫然写着"盛世集团CEO（首席执行官）"。

"是我有问题，还是这个世界有问题？"

"盛世集团的CEO是谁啊？该不会是夏挽沉背后的资本吧？能当上盛世集团的CEO，这年龄得有多大啊？噫！"

"前面的，你可笑死我了，我发图片给你们看看，这就是盛世集团的太子爷。"

看到这位网友发的图片，再想到"投资鬼才"这个称呼，有些网友便回忆起来，当初钟老开讲座的时候，夏挽沉和宣升好像就同台出现过。

大家把当初的那些照片翻了出来，只见一身正式西装都掩不住眉眼间邪气的宣升和一袭短裙尽显高贵优雅气质的夏挽沉坐在一起，竟莫名其妙地让人生出几分遐想。

"宣升、夏挽沉恋情"话题很快登上了微博话题榜。

很多人对宣升并不熟悉，但盛世集团在华国的名声太响了，冠上"盛世太子爷"的名号后，大家对这条微博话题的兴趣就高了很多。

大家点进去，先是被"盛世太子爷"这个名号吓了一跳，然后看到宣升的照片：原来是超级富二代的恋情纠葛。

再一看和他传绯闻的女主角,众人心中只剩下疑惑,毕竟这两个人看起来像是八竿子都打不着的。

话题里基本一边倒地认为夏挽沅是被宣升包养的小演员,毕竟两个人的身份差距实在太大了。

宣升向来随心所欲,喜欢看夏挽沅演的剧便随手转发,喜欢看图就随手点个赞,不知不觉中,自己都没发现微博里已经满是和夏挽沅有关的内容了。

直到助理找过来,他才知道微博上闹成了这样,点进微博一看,大都是对夏挽沅的诽谤,宣升一双桃花眼中蕴满了寒意,发了这么长时间以来的第一条原创微博。

升:"没恋情,正常追星而已,至今还没加上夏小姐的微信。"

与此同时,一个名为"盛夏之约"的微博话题悄悄地开通了。

林靖走进办公室的时候,看到君时陵居然没有工作,而是眉头紧皱地看着手机。

见林靖进来,君时陵将手机递到林靖面前:"这是什么意思?"君时陵不怎么关注演艺圈,对这些粉丝的行为并不了解。

林靖凑过去一看,"盛夏之约"四个字就挂在屏幕上。林靖稍微滑了两下,就看到了夏挽沅和宣升并排而坐的照片。

无所不能的林特助在这一刻依然发挥了他年薪千万元的价值。

"这是如今演艺圈盛行的一种粉丝行为。'盛夏之约'中,'盛'代表宣升,'夏'代表夫人。粉丝们组建的这个'盛夏之约'是他们两个人的微博超话。"林靖越说声音越小,因为他看到君时陵的面色越来越冷。

夏挽沅也从唐茵处得知了网上的这场闹剧。夏挽沅对这些都不在意,反正粉丝们心中的想法也影响不了她的现实生活。

但是当看到君时陵冷着一张脸回到庄园的时候,夏挽沅居然隐隐有些心虚。

"回来了?"夏挽沅主动跟君时陵搭了个话。

"嗯。"君时陵淡淡地应了一声。

夏挽沅心下好笑:她跟君时陵相处了这么久,自然感觉得到君时陵现在处于生闷气的状态。

君时陵径直去了二楼书房，直到晚饭时间也没有出来。

"夫人，少爷说他工作忙，不想吃饭，让你们先吃。"王伯去了一趟书房后，无奈地下楼，然后补上一句，"少爷还叮嘱了一句，让您别吃凉的东西。"

夏挽沅这两天正处于生理期，肚子总是隐隐地疼。对于君时陵纵然在生闷气，也没忘了关心自己，夏挽沅心里一阵暖流流过。

"知道了，王伯你先忙吧，我一会儿吃完了就给他把饭送上去。"

"好的。"王伯点点头，然后走开了。有夏挽沅这句话，他就放心了，反正如今治得住少爷的，也就是夫人了。

君时陵在书房里坐着，胸膛内不断翻滚的占有欲让他想立刻昭告天下，夏挽沅是他君时陵的妻子，跟别人没有什么乱七八糟的"盛夏之约"。

但是他的理智告诉他，一旦现在宣布，自己的滔天权势会成为伤害夏挽沅的利器，在别人眼里，夏挽沅的一切努力都会化为泡影，别人只会说夏挽沅是靠君时陵才有的这一切。

他要所有人都看到她的光芒，不想自己成为她头顶的阴云。

心内叫嚣的要立马公开的念头逐渐被压制下去，他不能因为私心而给众人妄议她的机会。

夏挽沅吃完饭，挑了些君时陵喜欢吃的饭菜，拿到书房。

"君总，这是怎么了？"夏挽沅笑着将饭菜放到他面前。

"心里不高兴。"

夏挽沅失笑：她当然看出他不高兴了，本来平日里就冷着的脸，如今就像是在寒冬里走过一圈一样。

"先吃饭吧，你不饿吗？"夏挽沅将筷子递到君时陵面前。

君时陵却不伸手接："不饿，喝醋已经喝饱了。"

夏挽沅这下是真没忍住笑意："不就是一个'盛夏之约'吗？粉丝们的爱好而已。这你也生气？"

本来心里冒火的君时陵，听到"盛夏之约"这几个字，心里更难受了："你还提？"

"好，好，我不提。那你怎么才肯吃饭呢？万一把君总饿出个好歹来，我可担不起这个责任。"夏挽沅坐到君时陵旁边，笑意盈盈。

君时陵看了一眼夏挽沅，然后悠悠地开口："哄我。"

夏挽沅觉得，从戳破了两个人之间的那层窗户纸后，君时陵不仅变得更强势了，也变得孩子气了。

"你是小宝吗？还让我哄你？"夏挽沅微微瞪大了眼睛看着君时陵。

君时陵仿佛铁了心一样，就是不接夏挽沅手里的筷子，眼睛微微垂下，竟然显露出几分委屈的意味。

夏挽沅想直接起身走人，但是正如君时陵关心她一样，她也知道君时陵的生活规律，现下他没有吃晚饭，胃一定很难受。

夏挽沅迟疑了一下，便夹起一块鸡蛋递到君时陵嘴边："快吃。"

君时陵这才抬起头来，眼中笑意浓浓，微微低头对着嘴边的鸡蛋咬了下去。

"好吃，这是我吃过最好吃的鸡蛋。"君时陵将鸡蛋吞下后，看着夏挽沅说道。

夏挽沅嗔怪地看了君时陵一眼，然后夹起一块排骨喂给君时陵。

等君时陵吃完排骨，夏挽沅正要再去夹菜，却被君时陵拿过了筷子。

"我已经被哄好了。"君时陵偏过头对着夏挽沅笑了笑，"我可舍不得让你辛苦。"

"哦。"面对君时陵时不时的情话攻势，夏挽沅已经有了抵抗力，现下基本可以无视了。

见君时陵肯吃饭了，夏挽沅便准备出去。

"别走，陪我。"君时陵叫住了夏挽沅，"你不陪着我，我还是会不高兴的。"

虽然知道君时陵此刻是逗她的成分居多，但夏挽沅还是心软了，坐回了沙发上。

察觉夏挽沅对他的纵容，君时陵唇角微勾，将一块苦瓜放进嘴里：嗯，真甜。

吃过饭，夏挽沅在卧室里等着观看《长歌行》电视剧的大结局。

"可以帮我递一下抱枕吗？"夏挽沅指了指君时陵身旁的大兔子抱

枕，想在背后垫上一个。

君时陵关上电脑，拿着大兔子抱枕走过去，帮夏挽沅垫好，然后就坐在了床边。

"一起看。"君时陵往前挪了一下，坐到了夏挽沅身边。

君时陵平时很少看电视剧，因为太忙了。而且《长歌行》电视剧里，夏挽沅饰演的天灵公主喜欢秦坞演的林霄。君时陵一看到秦坞，就想起那几条微信，什么甜品不甜品的，用得着他秦坞给夏挽沅买吗？

这还是君时陵第一次认真看夏挽沅演的《长歌行》。

随着水墨画风的片头结束，电视剧拉开了序幕。

原本动荡不安的天下，在扶衣公子的帮助下逐渐趋于稳定，而当初那个从沧源山走出来的青涩大师兄，如今已经成为雄霸武林的大侠。

随着最后一座城池被攻下，新王朝的版图终于确定下来。

"师兄，咱们终于看到这一天了。"田樱儿如今已经不像年少时那样活泼，与林霄确立关系多年的她，有了几分妇人的稳重。

"嗯，樱儿，等和新皇告别后，我就带着你归隐山林，我耕你织，咱们再也不理会这世间的纷纷扰扰了。"

"好。"田樱儿幸福地靠在师兄的肩上。

天灵公主出现了。此时的她已经不再是舞姬打扮，而是身着庄重的宫装，只不过这宫装不再是当年明黄的公主装，而是妃嫔所穿的服装。

城池沦陷后，大将军为求保命，将美人献给新皇。天灵公主素有"天下第一美人"之称，一露面就把新皇迷住了。新皇当即就封她为灵妃。

此时的沈佩顶着"灵"这个封号，却丝毫不灵动，整个人就像一个精致的木偶，眼神空洞，没有灵魂。

一些刚追剧的观众正想在评论里说这人是不是没什么演技的时候，就看到沈佩的眼神变了，就像是木偶突然被注入了感情，而且这感情浓烈得让人无法承受。

"林公子。"沈佩下意识地要行礼，就见林霄已经先她一步跪拜在地。

"参见灵妃娘娘。"

沈佩面色一僵，眼中蕴藏的千言万语消失殆尽，只剩下一片凄凉和掩藏在悲伤下的卑微爱意："公子多礼了，请起。"

"灵妃娘娘保重,我和夫人即将离开,后会无期。"

沈佩看了一眼站在林霄身边的田樱儿:田樱儿被保护得很好,眼神依旧那么澄澈。

沈佩几乎压抑不住眼中的泪水,也不管会不会被别人发现,深深地看了林霄一眼:"公子保重。"然后沈佩便直接上了宫轿。

轿帘被拉下,遮住了沈佩满是泪痕的脸。

"我哭死了。求求林霄了,把她带走吧,她太苦了。"

"呜呜呜,我现在好心疼天灵公主啊!"

"她好爱他,可是她又好自卑!把当初那个天真无邪的小公主还给我,她也曾是皇城中最骄傲的明珠啊!"

第十章
未　知

这两天在家里没事做，夏挽沅录了好多教画画技巧和书法技巧的视频放到了微博上。

本来粉丝量就很多的原晚夏的账号，吸引了更多的人来关注。这些人中包括许多专业的组织和专业的大师，因为原晚夏录制的教学视频既简单易懂，又丰富全面，很多没有接触过国画的初学者也能从中找到适合自己的学习方法。

反正在家也是闲着，夏挽沅两天发了30条教学小视频，可以说非常勤快了。

原晚夏向来神秘，至今没有露过真容，因而在众人眼中，原晚夏是个年近七旬、白发苍苍、仙风道骨、居住在深山老林的大师。

见老人家两天之内发了这么多视频，大家大呼心疼。

"大师您要注意身体啊！"

"是啊是啊，大师千万要注意身体，毕竟这么大年纪了，可不要因为给我们教学而让自己吃不消啊。"

"我爷爷的岁数估计跟您差不多，我爷爷自己走路都困难，哪儿像大师您，还能给我们录这么多视频，您可千万要保重。"

芳龄20岁，却被那么多人叫"爷爷"，夏挽沅无奈地扶额。

发完教程，夏挽沉就下楼了。

客厅里，薄晓不知道什么时候来了，正和小宝玩得开心。

"嫂子。"见夏挽沉过来，薄晓站起来打了个招呼。

夏挽沉笑着点点头。

小宝好久没见这个漂亮的叔叔了，连最喜欢的奥特曼都不要了，就缠着薄晓一起玩。

夏挽沉看了看一旁的君时陵，看起来挺正常的样子，应该没有生气。

薄晓此番前来，当然不是为了蹭饭，以及充当小宝的玩具。

晚饭过后，君时陵就带着薄晓进了书房。

距离上一次薄晓进君时陵的书房已经有好几年了。

看到原本简洁、沉闷的书房里现在居然堆满了各种字画，桌上摆放着粉色系的杯子，一旁的椅子上还放着好几个大白兔玩偶，薄晓不由得感慨了一声："想当年我进你的书房都要经过你的允许，生怕我从外面带进来一点儿尘土，现下嫂子就算在你的书房里吃饭，你都不会说什么吧？啧，男人啊！"

昨天夏挽沉在书房练字画时还亲自把饭端进书房的君时陵，难得没有反驳薄晓。

"说吧，今天来有什么事？"

薄晓并不像外界看到的那样游手好闲，相反，他非常忙。林靖是君时陵明面上的特助，薄晓就相当于君时陵暗地里的帮手。每天都在处理大量事情的他，没事的话是不会到君时陵这边来的。

"那天跟你说过，老K的人已经渗透到D市高层，据我得到的消息，跟郑家脱不了干系。马上就是换选年了。"

"先不要打草惊蛇。"

"过段时间F洲可能需要我们亲自去一趟，这几年老K的势力增长得太快了，那边的问题很大，已经快要压不住了。"

"老爷子的寿辰之后，你跟我一起去一趟。"君时陵思虑了片刻，然后下了指令。

"好的。"

薄晓在书房里跟君时陵讨论了很久，直到接近晚上12点，才踏着月色离开。

君时陵洗漱完回到卧室时，夏挽沅和小宝都已经睡着了。

像是察觉到动静，夏挽沅微微睁开了眼，就看到君时陵正坐在床边看着她。

"怎么还不睡觉？"夏挽沅轻声问了一句，然后又闭上了眼睛。

"马上就睡。"君时陵回了一句，然后微微俯身，在夏挽沅的额头上印下极其温柔的一个吻。

夏挽沅还在睡意当中，也不愿与君时陵过多计较。

见夏挽沅重新陷入沉睡，君时陵也掀开被子上了床。

世间万物都在这黑夜中归入宁静，但有一些地方是连黑夜都无法渗透的。罪恶的触角蔓延，一层层地攀附到原本明亮的世界里。

"老板，我们的地下网络已经建立得这么完善，全世界90%的地下交易都要从我们的手底下经过，为什么还要怕一个华国的富豪？"亮如白昼的豪华大厅内，一个脸上带着刀疤的壮汉，正疑惑地看着主位上坐着的男人。

"杰斯，可不要小看了华国的这些家族。还是按照原计划先跟郑家接触。"

"是。"杰斯心中虽然有许多疑惑的地方，但面前这个男人在众人心中的地位太过崇高，以至于他一开口，杰斯就能毫不迟疑地执行他的任何指令，哪怕是去死。

杰斯离开大厅后，F洲的负责人将一个极其漂亮的女人送了进来。F洲出美人，而这个千挑万选出来的女人，不仅身材好，还有一双漂亮的眸子。

第一次侍候客人的姑娘，心里很是恐惧不安，特别是在知道自己即将侍候的是地下王国的帝王的时候。

"过来。"主位上的男人慢吞吞地说着英语，声音竟然出奇地好听，而且从这声音可以判断出他很年轻。

美人恭敬地朝着主位靠近，然后跪在一旁。

"抬起头让我看看。"

美人抬起头，看到面前的人，惊讶地睁大了眼睛，一时愣在了原地。

她就算再孤陋寡闻,也知道老K在整个地下世界中的赫赫威名。这个男人神秘到让全球的刑警都束手无策,他们一直在寻找老K,但至今没有关于他的任何信息。今天她却见到了老K。

闻名世界、享有无数凶名的地下王国的帝王老K,居然是一个看起来不过二十来岁的年轻人,而且是一个亚洲人,一个在她眼中俊美得不似常人的亚洲人。他身上带着浓浓的书卷气,乍一看就像是哪所大学的教授一般。

"眼睛还挺漂亮,靠近些让我看看。"看到美人如含着春水的双目,这个俊美的年轻人微微勾起嘴角,但眼中没有丝毫笑意。

被这个俊美的年轻人盯着,美人不但没有感到高兴,反而身体忍不住颤抖了一下。

"眼睛不错,留着吧。"

摸不准年轻人的指令,她按照以往的训练,想要攀附上他的身体,跟他共赴一场美妙的梦,却被他止住了。

"就在旁边站着,别碰我。"

"是。"美人心中生出一丝遗憾,但在地下世界没有人敢不听从老K的话,她乖乖地站到一边,睁着一双眸子注视着主位上的年轻人。

在这个地方没有黑夜和白昼的分别,美人也不清楚自己在大厅里站了多久,只知道自己的双腿要站不住了。

"老板,阿生被抓回来了。"门外突然有人通传。

"带进来。"

"是。"

很快,众人将一个被绑住的亚洲人推了进来。

"少爷,少爷,我错了,求求你放过我吧!看在我伺候你这么多年的分儿上,你放我一条生路吧!"阿生一看到主位上的年轻人,就像是看到了魔鬼一样,从内心深处涌现的恐惧让他止不住地发抖。

"阿生,你该知道,我不是你的少爷。"年轻人笑了笑。

那冰冷的笑容就像一条毒蛇般,让在场的人都忍不住心尖一颤。

"我倒是不知道,你什么时候学会的认字啊?"

旁边的人将一封信甩在阿生面前。

看到那封伪装成普通信件的加密快件，阿生眼中死灰一片。
"打开地下网，让大家一起欣赏一下叛徒是什么样的下场。"
"是。"杰斯将地下网络通道打开，然后招呼周围的人上前。
美人从来没有看到过这样的阵仗，胃里翻腾不止，忍不住吐了出来。
感受到老K落在自己身上的目光，美人吓了一大跳，连忙跪下来：
"老板饶命！"
年轻人轻笑了一声："眼睛倒是挺漂亮，可惜没什么用。把眼睛留下来，其他的扔了吧。"说完，年轻人仿佛极为疲累地伸了个懒腰，然后就离开了大厅，对身后传来的美人惨叫声丝毫不在意。

庄园内，小宝吃完饭乖乖地去上学了。
一般在小宝上学之前离开的君时陵，今天在一旁看了半天报纸，迟迟没有离开。
"不去上班？"夏挽沅好奇地问了一句。
"你今天要上班吗？"君时陵这才慢慢地放下报纸，看向夏挽沅。
"今天没什么事，明天去拍广告。怎么了？"
"那你跟我去公司。"君时陵站起身说道。
夏挽沅声音低低地应了一声。
见夏挽沅答应了，君时陵眼中闪过笑意，这才说出真实的目的："今天要开方案大会，来的都是全球的精英，你跟着去学学，对你有好处。"
"好。"
夏挽沅上楼收拾了一下，然后跟着君时陵上了车。
鉴于今天来集团的人会特别多，夏挽沅不想被别人认出来引发轰动，便跟着林靖从集团后门进了大楼，然后自己在君时陵的办公室里等着。
君时陵的办公室所处的这层楼，只有林靖和君时陵可以随意出入，其他人未经允许是不能入内的，因而夏挽沅放心地在外面逛着。
整整一层楼都被打通了，专门为君时陵建造了一整条景观带，有流水、花草，还有锦鲤、鸟雀。在D市中心闹市区建造这样的景观带，无疑是在告诉众人，这是一家非常有钱的公司。
夏挽沅在一旁的凉椅上坐着，然后听见有脚步声传来。

"君总，自上次 D 国一别，已经两年了，我非常想念君总。"

夏挽沅坐在花草掩映的景观带里，能看到外面，但外面的人注意不到她。

一双高跟鞋"嗒嗒"地走过来，夏挽沅不由得探头看了一眼。

一个在夏挽沅看来五官极其漂亮的外国女人正站在君时陵面前，说着一口流利的中文。

"露易丝，我们的合作已经谈完了，其他事情你可以找我的助理。"君时陵面色冰冷，拒人于千里之外。

"君总，我可以邀请你共进晚餐吗？"露易丝并没有被君时陵冷冰冰的样子吓退，毕竟他对谁都是这副样子。

露易丝生长于外国，思想十分开放。她从见到这个传奇的华国男人的第一眼，就深深地爱上了他，这回好不容易跟家族申请来到了华国，打定主意要追到君时陵。

君时陵眼中闪过不耐烦的神色：他想快点儿去办公室找夏挽沅。

"露易丝小姐，看在你父亲的面子上，你才能站在这里。我已经有爱人了，请你自重。"

"怎么可能？"露易丝完全不信，见四下没人，伸手去拉君时陵的胳膊，不信有人抵挡得住自己的魅力，"君总。"

夏挽沅偏头看热闹的时候，不小心将桌上的杯子碰倒了。杯子倒下时发出的清脆声响在这安静的楼层里显得特别突兀。

露易丝惊讶地望过去。

君时陵则是心中一喜，大步走到景观带里面，和夏挽沅四目相对。

虽然是无意的，但也算是听墙脚了，夏挽沅有点儿赧然。

君时陵伸手将夏挽沅揽进怀里。

夏挽沅下意识地想要挣脱，但想到外面站着的那个外国女人，便安静地待在了君时陵怀中。

露易丝看着君时陵搂着一个人从草木间走出来，虽然那人低着头看不清相貌，但看得出来是个极其漂亮的女人。

而君时陵的脸上是露易丝从未见过的温柔缱绻的神色，那是肉眼可见的对怀中女子的珍视与喜爱。

两个人就这样进了办公室，根本没去管站在一旁的露易丝。

露易丝眯起碧蓝色的眼睛。

刚进办公室，夏挽沉就将君时陵的手臂拂开："君总还挺受欢迎的。"

怀中突然一空，君时陵心下一阵失落。听到夏挽沉的话，君时陵勾起了嘴角："我只需要一个人欢迎我就行了。"

"哦。"夏挽沉适时止住了话头：她对君时陵如今的情话水平有些怕了。

"一会儿你就在这间办公室里看直播吧，我会让林靖把会议全程转播到这里来。"

"嗯。"夏挽沉点点头。

这一次的全球会议是由君氏集团牵头，由世界前一百强的合作企业共同讨论交流一些全球具有争议性的方案。

偌大的会议室里坐着的是全球百强企业的高级管理者，君时陵是其中最年轻的一个。

他穿着精致的西装，坐在首位，没有一个人质疑他的能力。

君时陵在会上陈述自己对于全球经济的看法，引经据典，数据信手拈来，自信而强大的气势让会议室内外的每个人都聚精会神地听着他的讲解。

夏挽沉一边做笔记，一边在心里感慨：工作起来的君时陵，实在是很有魅力。

时间很快过去，上午的会议结束了。

君时陵一推开门，就看到一双晶亮的眼睛。

夏挽沉向来不吝惜自己的夸赞："君时陵，你讲得真好。"

君时陵眼中闪过不自然的神色：夸奖的话他在别人口中已经听过无数次，但是从夏挽沉口中听到，竟然让他心里既喜悦又紧张。

君时陵将外套脱下，松了松颈间的领带，然后走过去，用手蒙住了夏挽沉的眼睛。

"别这么看我。"君时陵的声音有些沙哑。

"怎么了？"眼睛突然被蒙住，夏挽沉有些疑惑。

"我怕忍不住会亲你。"

夏挽沅闭嘴了。

扑闪的睫毛在君时陵的手心上轻轻地动着，一下又一下，像小扇子一样，让君时陵手心痒痒的，心里也酥酥麻麻的。君时陵像是被烫到了一样，连忙将手收回来。

"我讲得好不好？"君时陵看着夏挽沅亮晶晶的眼睛，心下欢喜。

"嗯，很好，就是有一些地方我没有听明白。"

"我教你啊。"

君时陵刚说完，夏挽沅便要把笔记递过去。

君时陵又说了一句："你给我点儿好处，我就教你。"

夏挽沅对君时陵口中的好处心领神会，一下子脸就红了。抬头瞥见君时陵眼中的笑意，夏挽沅心下一横。

兔子急了也会咬人，更何况是经历过无数大风浪的夏挽沅。前世攻打安北郡时，那个郡守没有其他毛病，唯一的缺点就是好色。夏挽沅派人给他训练了12个美人，个个学得一手好魅术。

虽然夏挽沅没经历过情爱，但她了解人的心理，现在尤其了解男人的心理。

夏挽沅勾了一下君时陵的领带，将笔记本递到君时陵面前，压低了些声音："请君老师教教我吧。"

君时陵几乎瞬间就被撩得热火烧身，眸光深沉："你都是在哪里学的这些？"

"君老师教得好。"夏挽沅眸光中流转着笑意，带着丝丝魅惑。

君时陵伸手就要去抱她。

夏挽沅一个轻巧的翻身动作便躲过了君时陵的手，站到了一边。

"不教算了，我走了。"夏挽沅作势要走。

"教教教，过来，我不逗你了还不行吗？"君时陵无奈地压下心中的躁动：他拿夏挽沅向来一点儿办法都没有。

夏挽沅这才坐了回去。

《长歌行》电视剧在众人的不舍中迎来大结局，扶衣公子林霄和师妹田樱儿隐居山林，而沈佩在华丽的宫殿中苦熬后半生。

在同期播出的电视剧里，《长歌行》的收视率遥遥领先。而夏挽沅的人气也因为这部电视剧水涨船高。她的演技也被业内人士认可，有剧组主动找上门来，想请她去拍电视剧。

"唐茵，你觉得这里面哪些剧本比较好啊？"陈匀问。

工作室的桌上摆放着一堆剧本。

夏挽沅饰演的天灵公主情感丰富，深入人心，众人都十分喜爱，而且她的结局让人相当意难平，哪怕大结局已经播完了，在网络上引发的热度却丝毫不减。

不少剧组向夏挽沅抛出了橄榄枝，希望能够借着她饰演的天灵公主的余热，为自己的电视剧做一番宣传。

"有三个剧本还行：一个是玄幻大制作，饰演女配角；一个是青春向剧本，饰演女配角；还有一个是一家我没听说过的小剧组的民国戏剧本，饰演女主人公。"唐茵将这三个剧本从一堆文件中抽出来。

"这三个确实很不错。我们就把这三个给挽沅，看看她有什么意见吧。"

"好。"

结束了一天的会议回到家的时候，夏挽沅觉得特别累。虽然她只是在一旁听了一天，但是她也耗费了巨大的精力和心神去理解会议内容。

想来君时陵长年累月地从事这样高压的工作，比她想象的要辛苦得多。

"怎么了？"察觉夏挽沅的目光，君时陵偏过头。

"辛苦了。"夏挽沅认真地说了一句。

君时陵心中一暖："你是在心疼我吗？"

"嗯。"夏挽沅点点头。

她不是口是心非之人，确实觉得君时陵让人心疼。

她也曾执掌过整个夏朝，站立在权力的巅峰，所以更能明白掌权之人如履薄冰的感受。当昏君容易，当明君难如登天。

更何况在现代社会，政治、经济、文化各个方面的竞争都比她那个时代要激烈得多。

"那我抱一抱你好不好？"君时陵此时面色凝重、神色认真，没有了往日调笑的语气。

"嗯。"

硬是等到夏挽沉点了头，君时陵才将夏挽沉拥进怀里，像是抱着一件世界上绝无仅有的珍宝一样。

这一抱，不带别的意味，充满了温柔和珍视。

他觉得一切都是值得的，那些年少时的痛苦，一路走来的辛酸和寂寞，仿佛都被夏挽沉的心疼抹平了。

君时陵从来不相信命运，但在这一刻，无比感谢命运将她送到了自己身边。

夏挽沉收到了唐茵发给她的剧本。第一个是玄幻剧，是大导演的大制作，虽然角色只是个女配角，但比很多低成本剧的女主人公要好上许多；第二个是青春校园剧，故事略显老套，误会、虐恋、婆媳关系交织在一起，看得夏挽沉有些头疼；第三个是小制作的剧本，夏挽沉翻了一下，倒是被其中的剧情吸引住了。

如今的很多电视剧是由小说改编的，第三个剧本就是改编自一本名叫《月如霜》的民国背景小说。

夏挽沉找来原著看了前十章，然后就选择了第三个剧本。

"算了吧，李哥，我还有套房，我把这房子卖了，还完债就回老家了。就算我觉得自己写得好看又有什么用，谁会注意到呢？"

"咱们再坚持一下，万一那个夏挽沉愿意接咱们的剧本呢？"

"怎么可能啊？我听说《月宫之上》剧组也给她发了剧本，人家怎么可能舍弃那种大制作，来我们这个小剧组？！"

喧嚣的大排档里，两个中年人正坐在一起喝酒，其中一个便是给夏挽沉发了剧本的李恒，而他身边坐着的是《月如霜》的原著作者——杨九。

"老杨啊，是我对不住你，当初或许我就不该让你来D市闯荡。"李恒喝下一口酒，看着眼前迷离的灯光，心里堵得慌。

"当年要不是你，我早就饿死了，我可从来不怪你。这些年，我也不知道自己在坚持什么，这繁华的 D 市终究没有我安身立命的地方。"

杨九早些年也是一个很受欢迎的网络小说作家，赚了不少钱，在 D 市买了一套房子，算是在 D 市扎下了根。

这些年盛行小说 IP 改编影视剧，杨九是个性子执拗的人，看过太多改编影视剧毁掉原著的事例，就不愿意自己的心血被别人毁得一团糟，因此拒绝了很多次合作邀请。

前几个月谈合作的时候，投资商说一定百分百尊重小说，尊重作家的意见，但杨九拿到改编后的剧本，就发现自己的小说被改得一塌糊涂，完全是换了一副底子。

他宁愿没钱，也不想让那些人这样糟蹋自己的作品，于是当时就跟投资商解约了，当然也为此付了很大一笔赔偿金。

杨九算了算，等他把房子卖了，刚好还上最后一笔尾款，然后就带着家人回南京老家，在 D 市的这些年就当是一场梦了。

"好了，这杯酒敬你，李哥，后会有期。" 30 多岁的杨九，眼球上带着血丝，朝着李恒举了举杯。

"当"一声酒杯碰撞声，像是"离别的笙箫"，梦碎的声音。

摇晃着走到家门口，看到贤惠的妻子正在那里等他，杨九心中愧疚。他要是不那么较真儿，妻子现在根本不用跟着他颠沛流离，但他又说服不了自己去迎合那些投资商。

"阿容，我想把房子卖了，咱们回南京老家去。"

"好。"妻子点点头，脸上是温柔的笑容，但那双眼睛里满是愁色，"只要咱们人在，就不怕没有一口吃的。我去收拾行李。"

"对不起，我……"杨九哽咽着看着妻子的背影，突然怀疑自己这样坚持到底有没有意义：明明自己睁一只眼，闭一只眼就能让妻子儿女不用颠沛流离，如今为了心中的信念，让家人跟着自己受苦，真的值得吗？

杨九一夜未眠，阳台上的烟灰缸里堆满了烟头。

天色渐渐地亮了，杨九叹了口气，掏出手机，找到投资商的电话。

若只是他一个人，哪怕是吃糠咽菜他也不会向金钱低头，可是他有家人，不能让他们跟着自己吃苦。

颤抖着手，犹豫了几次，杨九终于下定决心，准备拨电话。

517

但电话还没拨出去,李恒的电话就打了过来。

"喂!"一夜没睡的杨九,声音里带着明显的疲惫感。

"老杨啊,你快准备一下,上午10点钟在时光咖啡馆见,夏挽沉同意接我们的剧本了!"李恒在电话里极为激动地道,"别忘了啊!我先去准备资料,挂了。"

电话被挂断后,杨九还有些愣怔。他没有想到夏挽沉会接下他的剧本,但不管怎么说,这是一个转机。

主演定了,便可以开始拉投资了,也就等于说他有了一个翻身的机会。

他看过《长歌行》电视剧,一眼认定,若是由夏挽沉来演他的作品的主角,一定会把这个角色演活。

屋里,妻子还在收拾东西,就见杨九激动地开始换衣服、洗漱。

"老婆,先别收拾了,我先出去一趟,等我回来。"说完杨九就离开了家。

时光咖啡馆里。

虽然在电视上已经见识过夏挽沉的美貌,但看到真人站在面前时,李恒和杨九还是愣住了。

"你们好,我是夏挽沉。"夏挽沉清脆的声音将他们从愣怔的状态中唤醒。

"你好,我是李恒,他是《月如霜》的作者杨九。"李恒连忙做起介绍。

"你们的剧本我看过了,写得很好。我什么时候可以进组?"

"啊?"李恒和杨九都惊愕了,从来没见过这么爽快的演员,这就直接进组了?

"是这样的,我们是小剧组,投资商还没到位,所以暂时还开不了机。"知道夏挽沉要演《月如霜》后,李恒便给一些影视公司发了邮件,有几家已经有投资的意向,只是还没来得及去敲定具体事宜。

"没有投资商?"夏挽沉微微皱起眉头。

杨九看到夏挽沉的神色,心里一沉:连他自己都觉得让夏挽沉来演他们这个资金都还没到位的戏是委屈她了,想来合作是谈不成了。

"虽然我们缺钱,但是我……"李恒还想找些别的理由来说服夏挽沅。

"我可以做投资商。"夏挽沅出声打断了李恒的话,"5000万元?还是1亿元?你需要多少?给我一个详细的报告就行。"

....

直到夏挽沅离开了咖啡馆,两个人都还像是在做梦一般。

"她刚刚是说要投资吧?"

"嗯。"

"她还说了剧本改编由你主笔吧?"

"嗯。"

"我觉得她肯定是老天派来拯救我们的神仙。"

"嗯。"

确定好了和《月如霜》剧组的合作,唐茵就把其他剧本都推掉了。

"什么?夏挽沅拒绝了我们的剧本?"《月宫之上》的导演有些不可置信。

要不是看在夏挽沅因为饰演天灵公主有了不少粉丝,加上有雅姿代言人的噱头在,他们这种大制作的剧是绝对轮不到夏挽沅来演的。没想到她居然这么不识好歹,不仅拒绝了他的剧本,甚至转头就挑选了一个给《月宫之上》剧组提鞋都不配的小剧组,这不是明晃晃地打他的脸吗?

"不知好歹!不演算了,上回来试镜的那个白怜,通知她来吧。"

"好的。"

网上对于夏挽沅接下来的戏一直众说纷纭。这几天《月宫之上》剧组关注了夏挽沅的微博,大家纷纷猜测夏挽沅可能要演《月宫之上》了。

一些讨厌夏挽沅的人很是嫉妒夏挽沅的好资源。

很多网友也有些疑惑:夏挽沅怎么就能接到这么好的资源呢?

很快,《月宫之上》的官方微博就公布演员阵容了,让人惊讶的是里面并没有夏挽沅。

这一下就引发了众人的议论,很多讨厌夏挽沅的人乘机诋毁夏挽沅。

不久,《月如霜》的官方微博也发布了关于主演的消息,大家一看,女主演居然是夏挽沅。

好事的网友跑去翻了翻《月如霜》的创作团队，发现不仅男主演没有确定，连拍摄团队都没有就位，而且改编的还是一部民国背景小说。

民国戏前些年很火，但这些年基本打着民国戏的幌子拍着现代你恨我爱的戏码，剧情很浮夸。

民国戏有着特定的时代背景，很多电视剧为了追求视觉上的美感，根本没有去用心研究民国服饰，而是直接把西服洋装往演员身上套。以至于现在观众一看见民国戏，脑海中就自动浮现出"粗制滥造"几个大字。

业内基本上就没有看好夏挽沅接《月如霜》的。

自从《月如霜》剧组宣布夏挽沅为女主演后，前来试镜男主角的人多了一些，但李恒都不满意。

秦坞想再跟夏挽沅合作一部戏，想尝试着给剧组发个简历，但被经纪人拦下了。

目前《月如霜》剧组列为备选的男演员只有三个，李恒和杨九都不是特别满意。

这部戏关系着他们的未来，而且夏挽沅这么信任他们，他们想把每一个细节都做到最好。

男主角和女主角是一部电视剧的灵魂，这另一个灵魂迟迟确定不下来，两个人急得不行。

就在这时，一个让他们意想不到的电话打了过来。

哪怕对方再三保证自己不是骗子，李恒还是有些不敢相信，直到跟对方约定好了试镜，他才相信这是真的。

言赐，年仅24岁，却已经手握飞天奖、金和奖两大演艺界重量级奖杯，堪称史上最年轻的最佳男主角。

要说他只是演技出众也就算了，关键是这人还长得特别帅。

当年出道时，他因为俊美的外表、出色的唱跳能力受到一众粉丝的拥护。

就在圈内人大骂他空有皮囊，带坏演艺圈风气的时候，言赐转身就以一部谍战剧拿到了当年的飞天奖。

而他拿这个奖也名副其实，当年他主演的那部谍战剧在各大电视台和视频平台都有播放，收视率很高。

　　此后言赐的热度越来越高，刚刚24岁就已经成了演艺圈标杆式的人物。如今导演想请他拍一部戏，就算开出高价，都不一定请得动他。

　　李恒吞了口口水：哪怕打死他，他都不会想到言赐会来参演这部戏。

　　"开始试镜吧！"言赐微微一笑，得到李恒的同意后，便开始试戏。

　　不愧是最佳男主角，言赐很容易就将在场的人带到了角色所处的场景中。

　　试镜结束，众人久久地沉浸在言赐的表演中，感觉胸中的热血都在激荡。

　　李恒当场拍板要定下言赐。

　　还好一旁的助理有点儿理智，轻轻地拉了拉李恒的袖子："导演，咱们的全部经费也不够请言赐一个人的啊。"

　　李恒这才冷静下来：对啊，请不起。

　　像是知道李恒的顾虑一般，言赐谦逊地笑了笑："导演，我是看中剧本才过来试镜的，并不注重报酬，该给多少你就给多少，不用有顾虑。"

　　这下李恒看言赐的表情就跟看金凤凰一样了，当下就拉着言赐的经纪人签下了合同，生怕晚了这只金凤凰就飞了。

　　"那咱们合作愉快。你先去吃个饭休息一下，咱们趁今天这个机会，把宣传照拍一下。下午女演员也要过来，你们先见个面。"

　　李恒很少关注八卦消息，因而不知道言赐和夏挽沉曾经闹过绯闻。

　　听到李恒的话，言赐目光闪烁，但面色如常，依然一副温文尔雅的样子："好的，导演。"

　　言赐签下合同没多久，《月如霜》的官方微博就发布了相关消息。

　　由于言赐的热度太高了，微博的后台系统差点儿瘫痪。

　　言赐参演《月如霜》掀起了连续不断的讨论热潮，连带着杨九那本没有多少人知道的《月如霜》小说都突然销量猛增，大家都想看看言赐要演的电视剧的原著到底是什么样的。

合同已经签订，无论网上争议多大，剧组的拍摄都有条不紊地进行着。

言赐吃过午饭便在影视基地里等着。此时天气有些热，他坐在大树底下背台词。

不远处突然一阵骚动，言赐抬头望去。纵是看遍演艺圈美女的他，也不由得愣了一瞬。

既然是民国戏，夏挽沅的扮相就是民国风格的，此刻她的头发在脑后绾成一个花髻，上面斜插着一支发簪，流露出几分古典美，身上一袭大红色百花刻丝的旗袍显出她匀称的身材。

夏挽沅撑着一把油纸伞，回眸间让人忘却了盛夏的炎热，仿佛被她的那双眼睛带入了江南朦胧的烟雨中。

言赐也去换了戏服，然后走到夏挽沅面前，主动跟夏挽沅打了个招呼："你好。"

夏挽沅点头致意，目光淡淡的。

言赐心中有些惊讶：这跟他印象中的那个夏挽沅可太不一样了。

言赐气场强大，李恒本来担心夏挽沅会被言赐的气场压下去，但没想到拍二人合照的时候，夏挽沅将女主角那股上海滩红玫瑰的气质发挥得淋漓尽致，不但没有被言赐的气场压下去，反而成了整个镜头的亮点。

当天的拍摄全部结束，夜色已经降临。

夏挽沅身上的旗袍是穆风给她准备的定制服装，不用归还剧组。

拍摄太过劳累，夏挽沅懒得再卸妆换衣服，直接穿着旗袍走出了影视基地。

不远处，熟悉的汽车缓缓地向她驶来。

"收到情报，毒蝎一号已经试发成功。"

看着电脑上幽幽闪光的文字，君时陵神色微凛：这个老K，发展得太快了。

输入几个字符，抹去了邮件的痕迹，君时陵抬头看向影视基地。这一看，他就愣了神。

高高竖起的衣领将夏挽沅的脖颈衬得更加纤细，白皙的双腿在行走间若隐若现。

夏挽沅的身材有多好，他将人拥在怀里的时候感受过，但现在看起来更加惊艳，贴身的旗袍将夏挽沅的每一条曲线都勾勒出完美的弧度。

大红色的旗袍让她整个人像一团热烈的玫瑰，张扬而肆意。

"今天不忙啊？"

君时陵还在愣神儿，夏挽沅已经拉开车门坐了进来，带来一阵清香。

"还好。"君时陵喉头滚了滚，目光看向窗外，反常地没有细看夏挽沅。

"有点儿困。"夏挽沅打了个哈欠。从影视基地到庄园的路程还是挺远的，夏挽沅靠在椅背上很快便睡了过去。

君时陵转过头，目光扫过夏挽沅带妆的脸，扫过她衣服上精致的盘扣，眸光深沉。

夏挽沅的头动了一下。

君时陵稍微往夏挽沅身边靠近了些。

夏挽沅很自然地靠在了君时陵的肩上。

目之所及都是一片惊人的白，君时陵不得不闭上眼睛，养起神来。

但夏挽沅睡着后找抱枕的毛病不仅没改掉，反而更加放肆了，一个劲儿地往君时陵怀里钻。

君时陵猛地睁开眼，眼中是压抑不住的热度。

低头看了看睡眠中依然带着疲态的夏挽沅，君时陵原本抬起的双手还是放了下去，在心里深深地叹了口气：这女人真是……

夏挽沅这一觉睡得很好，等醒来的时候，车已经停在庄园里，而自己正抱着君时陵的腰。君时陵正闭着眼，一副睡得很熟的样子。

夏挽沅松开君时陵的腰。

她以为已经睡着的君时陵却伸出手制止了夏挽沅的动作，不让她的手离开。

"58分钟。"君时陵依然闭着眼。

"什么？"

523

"你又折磨了我58分钟。"君时陵终于睁开眼,眼中带着显而易见的灼人欲望。

那目光烫得夏挽沅目光一闪:她最近实在太熟悉君时陵的这种眼神了。

"走了,下车吧。"

出乎夏挽沅的意料,君时陵并没有做什么,而是攥着夏挽沅的胳膊准备下车。

夏挽沅还有点儿发愣:她本以为君时陵又要对她做些令人面红耳热的事情。

"怎么,你在期待什么吗?"察觉夏挽沅的愣怔,君时陵嘴角微勾,将她的手握得更紧了。

"没有,下去吧。"夏挽沅连忙下了车。

君时陵在身后看着她。他倒是想做什么,但是怕控制不住自己滔天的念想。

《月如霜》电视剧的官方微博,已经快被粉丝掀个底朝天了,连带着言赐工作室的微博都被粉丝各种讨伐。

眼看事态愈演愈烈,《月如霜》剧组连夜将宣传照整理好。

第二天一早,《月如霜》的官方微博就发出一组宣传照。

一点进去,大家都愣住了。

这两天,本来无人问津的《月如霜》小说直接卖脱销了,无论是言赐将近千万的粉丝量,还是夏挽沅的粉丝,以及看热闹的网友,都抱着好奇的心态去买这本小说看一看。

看完后,大家对它的评价都很高。

杨九的这本《月如霜》,以上海滩最耀眼夺目的红玫瑰秦曼月的一生着笔,刻画了她与男主人公楚平疆在乱世中跌宕起伏的一生。

与一般的民国背景小说打着民族大义,实则着笔男女爱情不同,杨九的这本小说真切地描写了那个战火纷飞的年代里,有着各种人性弱点的普通人是如何一步步地坚定自己的信念,投身于战场,为国家民族而奋战的。

小说中最让人印象深刻的当属高傲、肆意的上海滩红玫瑰秦曼月，以及表面温文尔雅，实则是特务总队队长，冷血残忍的教授楚平疆。

小说立意高远，悲壮激越，让人读完后还久久沉醉在杨九所描绘的那个动荡又热血的时代里。

而此时《月如霜》剧组放出来的几张剧照，让人好像真的回到了那个热血的年代，见到了那两个精彩绝艳的主人公一样。

第一张图片是上海大剧院里，红玫瑰秦曼月穿着大红色旗袍，黑色的头纱遮住半张脸，慵懒地看着台下的观众，仿佛世间万物皆不在她眼里。

第二张图片是言赐的剧照。这张照片上分列了左、右两个场景：左侧，身着长袍的楚平疆正拿着书本，噙着温文尔雅的笑，站在教室里授课，窗外的阳光适时地在他身上镀上一层光；右侧，身着军装的楚平疆，整个人隐于黑暗中，嘴角紧抿，全身都处在戒备状态，右手的袖口处隐约看得见一截露出的枪口。

第三张图片是双人照：古色古香的窗棂前，秦曼月慵懒地靠在墙边，风情万种地看着楚平疆，而楚平疆此时是军装打扮，正神色锐利地盯着秦曼月。虽然是笑着和楚平疆对视，但在这张图片里，夏挽沉的气势丝毫不弱。两个人对视间，充满了剑拔弩张的激烈感和张力，让人不由得想：这二人之间发生了些什么？

《月如霜》剧组发出的宣传照暂时稳住了一部分粉丝，大家慢慢地开始为自家偶像做起新剧的宣传来。

《月宫之上》和《月如霜》这两部影视作品，原本是没有什么交集的。毕竟《月宫之上》是大制作、大导演，从拍摄开始，就被各路投资者捧上了天。而《月如霜》虽然靠着言赐的加入获得了一些支持，但由于是争议性的民国题材，加上是不知名的导演和编剧，大家都不是很看好它。

由于《月宫之上》的官方微博在即将宣布女配角扮演者的时候曾经关注过夏挽沉，于是在《月宫之上》剧组参加媒体采访的时候，便有记者问剧组是否曾经考虑让夏挽沉出演女配角。

导演犹豫了一下：这个问题有些为难，总不能说是夏挽沉拒绝了他

525

的邀请吧？"

斟酌了一下，导演开了口："是这样的，当初是考虑过的，但是我们同时考虑了很多女演员，最后综合了演技、适配度，觉得她不是很适合这个角色。"

话点到这里，导演便不再往下说了。

但是大众已经解读出导演的意思：夏挽沅的演技、角色适配度不够，所以被《月宫之上》剧组给刷掉了。

其实这个采访本来是没有多少人关注的，但白怜的粉丝向来爱争强斗胜。许多网友在看过白怜和夏挽沅的扮相后，觉得夏挽沅好看，发表了一些言论，这就让白怜的粉丝不高兴了，觉得是夏挽沅在挑衅白怜。导演的这个采访让白怜的粉丝有了底气，到处宣扬"夏挽沅被导演亲口认定演技不行"。

本来不关注这些事的网友也逐渐刷到了关于夏挽沅没有被《月宫之上》剧组选上的事情。

于是舆论风向一下就变了，《月宫之上》的导演可是国内一流的导演，他都说夏挽沅能力不行了，大家对夏挽沅的印象里就多了一个不好的标签。

虽然夏挽沅说了要出资，但是一部电视剧的拍摄，不可能只靠夏挽沅一个人撑起来。

因为言赐的加入，有很多投资商跃跃欲试，想要跟李恒合作。都谈到最后阶段了，突然听说了《月宫之上》的导演的话，大家都有点儿犹豫，毕竟大家都不想赔钱，万一夏挽沅真像那个导演所说的缺乏能力，那他们的钱岂不是打水漂儿了吗？

一批人开始打退堂鼓。第一批人萌生退意，很快第二批人也往后退，本来已经走上正轨的拍摄又被搁置下来。

网络上有些营销号为了吸引眼球，直接拟出"夏挽沅吓退二十家投资商"的标题，全面分析了夏挽沅没有被《月宫之上》剧组选上的原因，然后列出各项数据将夏挽沅和白怜进行了对比，最后得出结论：投资《月宫之上》比投资《月如霜》要赚得多，投资《月如霜》很有可能会血本无归。

这样一来,《月宫之上》剧组一下子又接到很多投资,而《月如霜》剧组的投资则惨淡不已。

夏挽沅听说了这件事情,本想着再追加投资,但沈骞那边传来消息,由于公司的项目正处在起步阶段,目前没有办法再拿出多余的钱去投资剧组了,夏挽沅只好作罢。

看热闹的人一大堆,李恒和杨九为了投资头疼不已。

就在白怜的粉丝因为夏挽沅被群嘲而欢天喜地的时候,一个几乎被人们遗忘的微博账号突然发布了一条动态。

要说微博上最高冷的账号,君氏集团的官方微博要是称第二,没人敢称第一。

君氏集团的官方微博就跟君时陵这个掌权人一样,低调又神秘,毕竟君氏集团完全不需要任何宣传。

君氏集团的官方微博至今为止就发过一条动态,还只有三个字:"大家好。"

这个账号当初是由君时陵亲自注册的,后来交由林靖打理,但君氏集团的公告基本在网站上发布,在微博上也不需要做什么宣传,所以这个账号唯一的动态还是四年前发的。

即使它不发动态,却拥有近亿的粉丝,只因为它是君氏集团的官方微博账号。

出人意料的是,它今天转发了一条来自创星娱乐公司的微博:创星娱乐宣布,将会为《月如霜》剧组注入3亿元资金。

"什么情况啊这是?君氏集团的账号被盗了吗?"

"你们都不知道创星娱乐不久前被君氏集团收购了吗?以前的创星娱乐哪儿有这么财大气粗啊?这3亿元估计是君氏集团在背后投的。"

君氏集团投资3亿元到《月如霜》剧组的消息一下子震惊了投资界。君氏集团那可是全球的风向标啊,跟着它别说能喝上肉汤了,就是漏出的一点儿残渣都够大家赚得盆满钵满了。

于是那些原本已经撤出去的投资商现在拼了命地往回挤。然而世界上没有后悔药,君氏集团的投资已经足够剧组的拍摄费用了,现在是无数人想在《月如霜》里分一杯羹却没有机会把勺子插进来了。

李恒接到消息后,在家里对着老母亲供奉的观音像拜了又拜。他真的觉得最近像在做梦一样,先是夏挽沅接了剧本,然后言赐来演男主角,现在连君氏集团都来给他投资了。李恒觉得自己走路都打飘了。

君时陵下班回了家,就看到小宝坐在特制的矮凳上,夏挽沅在窗边弹琴。君时陵心里一软,想起刚刚收到的消息,眼中闪过不舍之色。

"爸爸。"见君时陵回来,小宝抬起头,乖乖地叫了一声。

君时陵摸了摸小宝软软的头发。

夏挽沅的琴声没停,君时陵坐在一边认真地听着,客厅里弥漫着温馨的气氛。

一曲弹完,夏挽沅瞥见君时陵的神色,觉得有些不对劲,便让王伯陪着小宝写作业,然后带着君时陵走到楼上的书房中。

"你怎么了?"夏挽沅问。

"我明天有事得出国一趟,可能要两三天才能回来。"君时陵的眉宇间带着浓浓的不舍之意。

"嗯,好吧。"夏挽沅心中划过一丝失落。她习惯了君时陵在身边,他突然说要走,夏挽沅也有些不适应。

君时陵适时地捕捉到夏挽沅眼中的失落,本来黯淡的眸色亮了起来。

君时陵伸手将站着的夏挽沅拉进自己怀里。

夏挽沅动了一下,本能地要挣脱。

君时陵按住了她:"我都要走了,你让我抱一会儿。"

然后夏挽沅就安静了下来。

君时陵笑了笑,把头搁在夏挽沅的脖子边,将脸贴着夏挽沅的发丝。

"我舍不得你。"君时陵声音低低地说了一句,带着浓浓的眷恋。

"那你就早点儿回来。"

君时陵听了夏挽沅的话,抱着她的手又收紧了些:"你会不会想我?"

"你就去两三天,什么想不想的,不是还能打电话吗?"夏挽沅被

528

君时陵喷在耳朵上的热气弄得面红耳赤。

"两三天还不久吗?"君时陵的语气里居然带上了些委屈,"哪怕你在我怀里,我也想你想得很,你信吗?"

君时陵将夏挽沉稍微拉开了些,然后毫不掩饰地将自己眼中的情意和思念展现在夏挽沉面前。

君时陵眼中那浓烈的思念和爱意,哪怕是近视1000度的人都看得出来。夏挽沉被他的目光看得心尖一颤。

"我会想你的。"君时陵重新将夏挽沉抱进怀里。

这一回,夏挽沉回了一个"嗯",再没有其他话了。

君时陵眼中的笑意却扩散得越来越开,只因为那双环在他腰间的纤手。

凌晨3点,夏挽沉和小宝正睡得熟,君时陵悄悄地起身,静静地看了一会儿床上的妻子和儿子,在夏挽沉和小宝脸上各印下一个轻柔的吻,然后便离开了卧室,轻轻地关上了门。

庄园外,薄晓正等着君时陵。

"给他们传过消息了吗?"君时陵坐上车。

司机立马踩下油门,加快速度朝着机场驶去。

薄晓道:"传过了,那边已经做好准备。"

"嗯。"君时陵应了一声。

车内陷入沉寂。

13个小时后,私人飞机降落在F洲一处高山边的停机坪上。

无数荷枪实弹的人列着队,恭敬地等待着飞机的舱门打开。

飞机舱门被打开,除了几个高级别人员,其他人都低下了头。

"Zeus(宙斯)!"几个高级别人员上前,恭敬地弯下腰。

君时陵扬了扬手,敛着一身冷意坐上一旁早就等候的军用直升机,之后直升机逐渐消失在起伏的高山中。

夏挽沉早晨醒来,推开门看了一眼。

"夫人,少爷昨晚就已经离开了。"王伯上前解释道。

"好。"夏挽沉点点头。

吃早饭的时候，虽然夏挽沅面色如常，但王伯注意到她吃得比平时少，面前的食物几乎没怎么动。

吃完饭，小宝被送去上学，夏挽沅也去了剧组，参加开机仪式。

有了君氏集团注入的资金，李恒的动作很快，所有的演员都已经就位，外景也都有条不紊地布置着。

开机仪式结束后，李恒把大家召集在一起互相认识了一下。鉴于剧组的棚景还没有搭建好，导演便给大家放了五天假回去研习剧本。

夏挽沅本以为举行完开机仪式后就要进剧组拍戏了，哪里想到莫名其妙多了五天假，空出不少时间来。

夏挽沅正思考这五天要怎么安排，就接到了沈骞的电话。

夏挽沅让司机把自己送到了公司。

"怎么了？怎么这么急？"夏挽沅坐到椅子上，接过沈骞递来的文件。

"我们的施工队在建设项目的时候，挖出一个大溶洞。据上级部门研究，它非常罕见而且珍贵，所以需要把溶洞所在的落凤山保护起来。但是我们项目的主体工程都在落凤山，这一保护，我们的工程会受到特别大的影响。"

沈骞派人去接洽了好几次，但当地部门的态度很是强硬，沈骞只好作罢。

看着手上月亮湾项目的文件，夏挽沅想了一会儿，突然出声："我亲自过去看看。"

反正还有五天才进剧组，她本来打算等老爷子的寿辰之后再去月亮湾的，如今提前去也未尝不可。

"那再好不过了。"沈骞高兴地点点头，觉得夏挽沅亲自去，这件事情肯定能解决。

夏挽沅回到庄园，给老爷子打了个电话，让小宝先住在老爷子那里。

老爷子欣然同意。

挂了电话，夏挽沅不由得看了一眼来电记录——一片空白。

现在已经是第二天傍晚了，距离君时陵离开已经快20个小时了，可是君时陵一个电话也没打来，一条短信都没有给她发过。

他还说想她，哼！夏挽沉心里划过一丝失落。

此时F洲大山深处，君时陵正坐在指挥中心看着满屏幕的红外线信号，屏幕上的每一个点都代表着地下王国曾经活动过的痕迹。

君时陵静静地看了一会儿，突然伸手指向右上角的一个小点儿："重点关注这座城市。和军方商议好了吗？"

"已经通知到了，军方会全力配合。"

"嗯，你们继续查找毒蝎号实验室所在的位置。"君时陵说着站起身，走到外面的玻璃长廊上，从玻璃长廊往外看是深不见底的悬崖。

这座建在地下2000米的指挥室里，没有常规信号。君时陵拿出手机，看了看手机屏幕，屏幕上是一张夏挽沉的生活照，穿着杏色露肩针织衫的她整个缩在沙发里，气息温暖而柔和。君时陵看着这张照片，面色都柔和下来。

一旁的薄晓穿着白色的实验服，戴着手套走了过来："看你这表情我就知道你是想嫂子了。"

君时陵收起手机，冷冷地瞥了薄晓一眼："成分结果出来了吗？"

"我出马，还有出不来的吗？"薄晓将手里捏着的一小袋东西在君时陵面前晃了晃，"查到了。我初步猜想，这老K说不定亲自去过华国。而且，"薄晓都有点儿不敢相信自己得出的结论，"分析了一下那根发丝的序列，老K很有可能已经死了。而新继任的帝王，从年龄上分析，可能是个不超过25岁的年轻人。"

听了薄晓的话，君时陵陷入沉思。玻璃墙外漆黑一片，似乎要把这地心深处唯一亮着光的地方给吞噬，但君时陵静静地站在那里，居然有一股让人心安定的力量，仿佛无论黑暗如何咆哮，都无法撼动君时陵身后的光亮一丝一毫一般。

夏挽沉在床上翻来覆去半天，依然没能睡着，下意识地看了一眼手机，还是没有任何消息。

夏挽沉干脆把自己埋进被子里，眼不见为净。

丁零……手机铃声乍然响起。

夏挽沅伸手将手机拿过来，上面显示出"君时陵"三个字。

夏挽沅按下接通键。

"喂？"君时陵低沉的声音从手机里传出来。

夏挽沅突然有一种很久没有听君时陵说话的感觉。

"嗯。"夏挽沅声音低低地应了一声。

"我想你了。"

君时陵的声音里饱含的思念之情，砸在了夏挽沅的心里。

"嗯。"

"想我吗？"由于信号和私密性的限制，君时陵能给夏挽沅拨出电话就已经很不容易了，无法打视频电话。尽管看不到夏挽沅的样子，但是君时陵能想象到夏挽沅被自己这句话逗得面红耳赤的样子。

"嗯。"夏挽沅依然低应了一声。

"虽然……"君时陵根本没有想到夏挽沅的答案会是这个，本来想说的"虽然你不想我但我也想你"被吞了回去。

君时陵将声音放得极轻，生怕吓到了夏挽沅一样："你再说一遍，我没听清。你想我了吗？"

夏挽沅本来就有些害羞，听到君时陵哄孩子一样轻柔的声音，埋在被子里的脸色越发红了，这才后知后觉地发现自己刚刚说了什么。

"乖，再说一遍好不好？你想我了吗？"君时陵的语气更温柔了，温柔得都快要滴出水来。

"嗯，想你了。"夏挽沅虽然害羞，但是也不想说谎。20个小时没有君时陵的任何消息，她当然会想他。

电话那边的呼吸声骤然加重。

两边都沉默下来，安静得只能听到电流声。

"你真是我祖宗！"半响，君时陵声音嘶哑地道，仿佛下了极大的力气才控制住自己的情绪。

这个女人就是上天派来折磨他的。整整20个小时，天知道他用了多大的自制力才压抑住自己想要回去见她的冲动，但她的一句"想你了"直接让他丢盔卸甲。要不是身上有任务，他现在就想坐飞机回到她身边。

"什么啊？"夏挽沉说完也有点儿难为情，将自己的唇瓣都咬出一些印子了。

虽然没有视频，但相处了这么长时间，君时陵对夏挽沉的每一个动作都了如指掌："乖，别咬嘴唇。"

夏挽沉被君时陵说得满面羞红，但还是听了他的话，不再咬着唇瓣了。

"我给你讲故事，你好好睡觉吧！"君时陵这边忙得很，因为有些日子没过来这边，很多事情等着他去处理。

"不要听故事，要听歌。"由于君时陵的语气太过温柔，哪怕夏挽沉向来不是矫情的女人，但在这样铺天盖地的包容面前，也忍不住娇气起来。

君时陵的笑声从手机中传来，然后他道："宝贝，你这是恃宠而骄吗？"

"谁是你的宝贝？！"活了两辈子，夏挽沉都没有被人叫过"宝贝"，还是以这样足够把人烫化的语气，此时整张脸都红透了，但心里的雀跃和甜意止不住地往外溜。

"没事，我允许你恃宠而骄，"君时陵笑了笑，语气中满是宠溺之意，"永远允许。"

君时陵开始哼唱起夏挽沉专辑里的歌。

夏挽沉从来没有听过君时陵唱歌，但不可否认，君时陵的声音本就极其好听，在电话中显得更加性感。

"没想到君总唱歌这么好听。"夏挽沉夸了一句，"以前怎么没听你唱过？"

"你喜欢，以后我天天给你唱。"君时陵带着笑意的声音传来。

夏挽沉道："你怎么这么花言巧语？"

君时陵道："真情实感，你感受得到的。"

君时陵的这句话说完，夏挽沉沉默下来。她确实感受得到君时陵那发自内心的喜爱和珍重，沉得让她感到有些承受不起。

"我睡了，不跟你说了。"夏挽沉觉得自己不是君时陵的对手，选择去睡觉。

"好的，晚安！"君时陵笑了笑。

夏挽沉那边挂了电话。

君时陵站在玻璃窗前，看着成片的实验室，眼神中满是浓情，但此时眼中还涌动着一些让人觉得可怕的阴沉之色。

他习惯了一个人，没有对任何人展现过他的丝毫占有欲，但夏挽沉如今已经越来越依赖他，离他也越来越近了。那些呼啸而来狂风般的占有欲，让他几乎要控制不住自己了。

本来辗转反侧的夏挽沉，在接了君时陵的电话后，虽然面红耳赤，但不可否认的是———夜好眠。

沈骞的管理能力和经营能力确实很强，没多久就牢牢地将整个公司的控制权握在了手里，清除掉了夏元青时期的老人。

夏家公司如今正在沈骞的手里整装待发，而月亮湾项目就是他接手后要打的第一场大仗。

原本定在老爷子寿宴之后去考察的，因为当地施工项目出现了问题，夏挽沉不得不临时赶去月亮湾项目进行实地考察。

小宝已经被送去老爷子那里，夏挽沉收拾了一下东西便往机场赶去。

她如今的商业活动越来越多，唐茵和陈匀也更忙了。反正只有几天时间，夏挽沉便自己一个人去考察月亮湾项目。

然而等夏挽沉坐上飞机，在飞机即将关门的最后一刻，邻座却坐下一个熟人。

一道高大的身影坐到了夏挽沉的身边。

"夏小姐，好久不见。"桃花眼弯起，宣升冲着夏挽沉一笑。

"嗯，你这是去哪儿？"夏挽沉冲着宣升点点头。

"去月亮湾啊！好歹也是我投资的项目，出了这么大的事，我不得去看看吗？夏小姐不会也是去月亮湾吧？"

"嗯，我也去。"

"好巧。"宣升的桃花眼又笑开了。

夏挽沉点了点头，不再多言。

一个小时前,盛世集团的办公室里。

"少爷,我们刚刚了解到,夏小姐准备去月亮湾项目考察了。"

本来还在电脑前噼里啪啦打字的宣升突然停下动作:"什么时候?"

"一个小时后。"

宣升立马站起身。

助理匆匆跟上:"少爷,你去哪里?"

宣升道:"机场。"

在助理开着车一番风驰电掣后,宣升终于踩着点儿进了机场,然后在最后一刻上了飞机。

歪头看了一眼夏挽沅精致的侧脸,宣升觉得助理的车技不错,回去给他加工资好了。

飞机飞行的时间有点儿久,刚好赶上午饭时间,空姐给乘客送来了午餐。

家里星级大厨做的饭菜宣升都吃不下去,更何况这一堆被装在快餐盒里的食物。宣升刚想说不要,一旁的夏挽沅已经伸手拿了一盒。宣升顿了一下,也从空姐手里拿了一盒。

夏挽沅属于对吃的东西下限极低,上限也极高的人。没东西吃的时候,糙米、馒头能对付,有东西吃的时候,满汉全席她也喜欢,在飞机上就属于没东西吃的时候了。

夏挽沅利落地拆开包装盒,看着像一团糊糊的咖喱土豆,吃起来味道还不错。

夏挽沅一勺一勺地吃着饭。

一旁的宣升一直看着她吃。

"怎么了?"察觉宣升一直在看自己,夏挽沅转过头询问。

"好吃吗?"宣升好看的眉毛都揪在一起了:那黑乎乎的东西,看着就有点儿奇怪。

"还可以,总不能不吃饭吧?对身体不好。"夏挽沅说完,想起上次宣升不爱吃饭的样子,"你就应该多吃一点儿。"

"我吃得也不少好吧?比你多。"感觉自己被夏挽沅看轻了,宣升有些不服气,将餐盒打开。

不知是不是因为有夏挽沉在身边,他狂躁的情绪平息了很多,这回吃着在他看来极其难吃的饭菜,都没有感觉到那种恶心感上涌。

夏挽沉吃完一盒饭,宣升也吃完了。仿佛是为了显示自己比夏挽沉吃得多,宣升还特意多吃了一个苹果。

夏挽沉察觉宣升的心思,有些好笑,眼神中带上了些细碎的笑意。

宣升在一旁都看呆了。

"夏小姐,说真的,要是不做金丝雀了,我养你。"

"宣总真会开玩笑。"

宣升说话向来不按常理出牌,所以夏挽沉没有把宣升的话当真。

宣升笑了笑,垂眸的瞬间眼神中却满是认真之色。

傍晚,飞机总算落到了月亮湾旁边的机场上。

月亮湾是一处开发中的旅游景区,地处南方,山清水秀,自然风光极好。这个地方还在开发中,近点儿的地方只有一家好一些的酒店。宣升和夏挽沉都住在那里。

宣升把行李丢给助理,然后自己帮夏挽沉拎着行李。

他们在同一个楼层、不同的房号。

登记好后,夏挽沉就回了自己的房间。

宣升打开音乐,如流水般舒缓的声音在房间里回荡着。他觉得自己躁乱的情绪平复下来了。

君时陵非常忙。地下王国的势力发展得比所有人想象的都要快,而君时陵的到来,仿佛给大家打了一针强心剂,所有大事的决议这边的人都要拿给君时陵过目。

终于将桌上的最后一份文件签署完,君时陵抬手看了看表,眼神微凛:现在是华国的晚上 11 点了,按照夏挽沉的习惯,应该早就入睡了。

君时陵拿着手机犹豫了一下,心里抱着一丝希望拨了出去。

"喂!"电话很快被接通,夏挽沉的声音里没有什么睡意。

"还没睡?"

"看了些资料,就错过时间了。"夏挽沉抿了抿嘴。

"是吗?"君时陵轻笑了一下,"没有等我吗?"

夏挽沉沉默了一下:"没有。"

君时陵也不继续追问,接着道:"我今天很忙,所以一时忘了时间,抱歉。"

"嗯,辛苦吗?"夏挽沉顺嘴问了一句。

"好辛苦啊,"君时陵的语气里居然带上了明显的委屈,然后话锋一转,"等我回去了,你让我多亲两下,我就不辛苦了。"

"看来你也不是很辛苦,还有心思油嘴滑舌。"夏挽沉冷冷的声音传来。

君时陵也不恼:他知道,虽然夏挽沉现在语气冰冷,但脸颊一定是滚烫的。

"乖,我陪你睡,一会儿我还要开个会。"君时陵有心跟夏挽沉多说一会儿话,但几百号人等着他开会,他只能尽量陪到夏挽沉睡着后再去参加会议。

"嗯。"夏挽沉的声音低了下去。

君时陵轻柔地唱着夏挽沉的专辑里的第二首歌。

夏挽沉逐渐陷入熟睡。

君时陵挂了电话,随便喝了瓶营养液。他根本没有空闲时间,只能趁着吃饭的时间给夏挽沉打个电话。电话打完,开会的时间也到了,君时陵收起手机,走进了会议室。

夏挽沉好好地睡了一觉。

起床后,夏挽沉刚吃完早饭,月亮湾的负责人就慌张地跑过来:"不好了,出事了。"

"塌方了?"

"是的,夏小姐,现在家属就在事故现场闹呢,根本劝不住。现下工程都停掉了,这可怎么办啊?要不我给沈总打个电话吧?"负责人看了一眼口罩掩面但依然挡不住绝色容貌的沈总口中的"夏小姐",心里焦急得不行。

一开始沈骞说有个夏小姐过来视察,他一看那样貌,还以为是沈骞的情人呢。结果又见宣升对她也是百般照顾,负责人只当是哪个投资商的千金小姐来体验生活了。

可现下出了这么大的工程事故,他哪里还有心情陪着夏挽沅玩啊?当下他就要给沈骞打电话。

"不用,带我去看看吧。"

"夏小姐,出了事故可不是小事,我看还是先跟沈总报备一下,万一出了什么问题就难办了。"负责人并不相信夏挽沅。

"那你打吧。"夏挽沅起身,朝门外走去。

不出所料,没一会儿负责人就跟了上来。

"夏小姐,沈总让我听您的吩咐办事。"

"走吧,带路。"

负责人纵然满心不愿意,但是既然沈骞都说了,他也只能满腹狐疑地带着夏挽沅去事故现场。

"你怎么过来了?"宣升在一旁站着,底下的人正在跟家属沟通。

夏挽沅道:"过来看看。怎么回事?"

"有人被滑石砸骨折了,伤势不严重。但是家属闹得很凶,估计是想多要赔偿费。"

这事宣升也觉得奇怪。一大早他就被人叫醒,还以为事情闹得很大,结果搁这儿听泼妇骂街听了半个小时,头都疼了。

"先把人带走吧,在这儿耽误时间。"夏挽沅看了一眼混乱的现场,那家人带了一堆帮手,导致现场的工程都停了。

"不是,夏小姐,这些家属带了一帮人在这儿,我们也不好起冲突啊,这么多人看着呢。"负责人有些为难。他是刚从上面调下来的管理者,还是第一次遇上这种情况。偏偏这事故人员的家属还撒泼,他更没辙了。

"你应该有带人过来吧?"夏挽沅转头看向宣升。

"有。"宣升桃花眼微扬。盛世集团那帮老不死的,逮着机会就想咬他一口,他平日里出门明里暗里都有不少人在保护。

"借给我用用,算我欠你一个人情。"

"好啊。"宣升眉梢微扬,打了个手势。

十几个训练有素的保镖集结过来。

"把他们弄到警局门口去哭。他们不是要讨公道吗？去那儿慢慢讨。"夏挽沅的声音逐渐引起周围人的注意。

连一直号啕大哭的家属也停了下来，惊疑地看着夏挽沅。

夏挽沅伸手指了指地上抱着电闸开关不松手的闹事人："把他们弄走，出了事我负责。"

宣升使了个眼色，保镖便走上前。那群人哪里是专业保镖的对手，几下就被制伏了。

负责人直接在现场找了辆卡车把他们一股脑儿地塞了进去，浩浩荡荡地拖向警局。

宣升不知想到了什么，让人找了把椅子，慵懒地靠在椅子上看着夏挽沅，笑得肆意。

"走了，去看看那个溶洞吧！"反正都到这地方了，夏挽沅想着索性进去探个究竟。

"好嘞，您跟我来。"负责人在前面给夏挽沅带路。

宣升在后面慢悠悠地跟着。

刚走进一座带着寒气的山体，夏挽沅突然察觉一丝不对劲。

见夏挽沅停住脚步，负责人疑惑地回头："怎么了，夏小姐？"

夏挽沅在山壁旁站定，将手放在石头上静静地感受了几秒钟：仿佛有什么东西在震动，即将破体而出一样。

眼神瞬间冷厉，夏挽沅道："这里危险，快走！"

夏挽沅的话音刚落，刚刚还低垂着头的负责人突然快速朝山门外跑去，矫健的身手根本不像一个文质彬彬的企业管理人。

夏挽沅离他的距离有些远，等反应过来去抓他的时候，已经被他溜到了门外。

原本一片光亮的大门不知道被他按了什么机关，一扇石门瞬间落下。

与此同时，地面开始了强烈的震动，无数石块开始掉落下来。外面轰隆作响，山洞内大块的石头往下砸。

这地震还能人为控制的吗？宣升不由得低声骂了一句。

宣升一边躲避不断落下的石头，一边跟在夏挽沅身边查看能否出得去。

"出不去了。"夏挽沅记得外面的地形，这座山周围有好几座比它高的大山，而且距离很近，在这样的震动下，就算能出去，也会被铺天盖地的石头砸到。

夏挽沅当机立断："往里走。"

夏挽沅说着便要往溶洞内部跑。

"小心！"眼看一块半人高的大石头朝着夏挽沅的方向砸下来，宣升一惊，立马伸手拉开夏挽沅。但他没有注意到自己头顶掉下来的石块。

夏挽沅瞳孔一缩，眼见那块石头直直地朝宣升砸了下来，已经来不及将宣升扯开了，情急之下直接飞身将那块大石踹到了一边。

因为这一举动形成的巨大冲击力，夏挽沅腿一软。

在一片飞沙走石的混乱声中，宣升清晰地听到了骨折的声音。

"你没事吧？"宣升这下慌了，连忙搀扶起夏挽沅，被掉落的碎石砸到身上也浑然不觉。

"往西北方向走。"夏挽沅咬着牙，目光坚定。

夏挽沅刚刚看了一下，这座山体十分脆弱，土比石头多，在这样的震动之下，恐怕坚持不了多久山洞便会被土石掩埋，西北方向掉的土石看起来少一些，说不定能找个坚固些的地方躲避一下。

宣升一边用手护着夏挽沅的头，以防有落石砸到她，一边扶着她往西北方向跑去。

果然不出所料，西北方向的一个小角落里的石质极为坚硬，饶是在这样强的震动下也没有滚落多少石块。

宣升带着夏挽沅紧紧地挨着石壁坐下。

地下的震动仍旧异常猛烈，没有丝毫减弱的趋势。夏挽沅眉头紧皱：地震会持续这么长时间吗？

但容不得她多想，刚刚慌乱之下没有感受到的疼痛，现下慢慢地从腿上传了过来。

夏挽沅低头看了看，腿怕是骨折了。

夏挽沅伸手将袖子撕开一圈，摸了块石板直接绑了上去。

"嗞！"钻心的疼痛让夏挽沅额上沁出了汗珠，但她手上的动作没停，将自己受伤的地方牢牢地固定住，以防骨头再错位。

"对不起，我连累了你。"宣升静静地看着夏挽沅把粗糙的石板缠上白皙如玉的小腿。此刻夏挽沅身上不是刮伤就是灰尘，向来有严重洁癖的宣升却觉得她洁净得不得了。

刚刚那个负责人明显有问题，宣升觉得应该是盛世集团那些老不死的在背后做文章。

"不怪你，他应该是冲我来的。"夏挽沅思虑了片刻，突然说道。刚刚那个负责人回头确认他们被关在里面出不去的瞬间，看向的是她。

土石不断地落下，原本空间就不大的山洞在时间的缓慢流逝下，堆起了一人高的石堆，把整个山洞都填满了，只有西北角的角落里还留有一丝空隙。

夏挽沅将手机摸出来看了一眼，果然没有信号。这里本来就处于山脚，信号极弱，地动山摇之后，外面的基站估计也都被损坏了。

"现在我们怎么办？"宣升看着眼前比他还高的土石和腿都伸不开的空间，眉毛紧紧地拧在一起。谁知道要多久搜救队才找得到他们啊？

山体外面比夏挽沅想象中还要严重，这场"地震"波及了整个临西市，甚至连周围的城市都有极其强烈的震感。

此时正值汛期，强烈的地震引发了大坝决口，整座城市有一半被淹没在洪水中，尸横遍野，混乱一片。

这场事故太大了，很快全国人民都把目光放在这座受灾的城市上。

沈骞在得知这件事情后，立马联系夏挽沅，得到的只是一遍又一遍的"您拨打的电话不在服务区"。

沈骞摸爬滚打了多年，知道夏家和夏挽沅尴尬的关系，还有夏挽沅的演员身份，因而并没有立即将消息告诉夏元青，而是联系上了陈匀。

"什么？你说挽沅就在临西市？"陈匀电话都拿不稳了。

夏挽沅走的时候只说有事要去别的城市一趟，他们根本不知道夏挽沅去哪里了。陈匀看着电视上报道的狼藉一片的景象，心沉了下去。

"谢谢沈总，请您暂时保密。"挂了电话后，陈匀立刻开车去了庄园。

本来在优哉游哉地浇花的王伯一听到这个消息，手里的水壶都掉了下去。

王伯焦急万分。他知道君时陵在 F 洲的事情很重要，但是想到夏挽沉如今生死未卜，还是决定立刻给君时陵打电话。

F 洲地下 2000 米的指挥中心内，只有专用的信号通道。

庞大的会议室里坐着近千人。君时陵坐在台上，听着下面的人一个一个地汇报。3D 环绕屏内，红外线光点闪成一片。

君时陵正要继续说些什么，薄晓突然冲上台，在君时陵耳旁说了句话。

然后众人就看到，向来杀伐决断的 Zeus 居然有了明显的慌乱。众人吓得心都提起来了：能让这个人惊慌的事，那得有多可怕！

"你留下主持，我先回国。"君时陵直接从座椅上站起来，让薄晓留下主持后，一句话都没多说，大步走出了会议室。

君时陵打开手机，看到 20 多个来自庄园的未接电话。

君时陵目光冷凝，将电话拨了出去："王伯，怎么回事？"

王伯将夏挽沉在临西，还有新闻中临西市如今的情况都跟君时陵说了一遍。

"好，我知道了，我马上回来。"君时陵语气镇静，但那双紧握着手机的手已经因为过度用力而泛白。

君时陵尽力让自己冷静下来。

从地底往地外的半个小时内，君时陵往外拨了 20 个电话。

他刚一出地底，早已安排好的直升机就将君时陵送往最近的机场。

"Zeus，'飓风号'已经就位。"直升机一落地，身着制服的高级官员便朝着君时陵走来。

"嗯。"君时陵低声应了一声，迎着巨大的发动机的声响上了猛兽般蛰伏了许久的"飓风号"。

作为当前世界上最先进的非民用飞机，超音速的"飓风号"能够将全程由 14 个小时的飞行时间缩短到 3 个小时。

于是当晚，在大部分人沉浸在睡梦中的时候，"飓风号"如同一只猛虎撕碎了夜空。

已经提前与各方人员打好招呼,"飓风号"从 F 洲升空,直接沿着直线航道往华国飞去。三个小时后,"飓风号"用最快的速度赶到了临西市。

华国境内,接到上级的命令,临西市周边的军区不断有直升机和大卡车出动,从四面八方而来的车将前往临西市的路挤得水泄不通。

"飓风号"超音速行驶时产生的巨大音爆打破了深夜的寂静,但此时人们已无暇顾及这声音来自何处,因为这里到处哭声一片。

随着"飓风号"的到达,几百架直升机也随之盘旋在临西市的上空,等待着君时陵的指令。

不远处,从公路、水路赶来的人员打着大灯而来。本来因为断电、断水陷入一片黑暗的城市,在这么多灯光的照射下,竟然光亮一片。

"挖!就算把山翻开,也要把人找出来。"君时陵出了舱门,在黑夜中傲然而立,一身的冷意。

有了君时陵的指示,众人开始行动,有条不紊地开展救援工作。

无数被困在洪水中的人因此得救,被安置到崭新的帐篷里。

黎明到来,太阳慢慢升起,临西市的管理人员也赶到了现场。他们接到的通知是早上 6 点到达,没想到早上 6 点过来一看,救援场所都已经建起来了。

"少爷,还是没有找到。"林靖连夜赶来临西市,每救出一批人就要去核对一次,但很可惜,每次的结果都让人失望。

"继续找。"君时陵脸上没有任何表情,嗓子有些嘶哑。

"是。"

搜救工作在有条不紊地进行着,然而众人心中的焦灼随着时间的推移越来越浓烈。

一整天过去了,在又一次抽调了 3000 人过来帮忙后,所有的洪水都已经被排空,没有被掩埋的人员基本上被救起来妥善安置了。

信号基站也得到全力抢修,恢复正常。

但很可惜,一次次电话打过去,夏挽沉的手机回复的永远是"不在服务区"。

"少爷,您先吃口饭吧,已经一天一夜了。"林靖拿了个饭盒过来。

"是啊,已经一天一夜了。"君时陵低沉的声音响起,"拿走吧。查到了吗?"

"沈骞说夫人很有可能去查看溶洞了。我们已经定位了,现在正在全力挖掘,但因为山体复杂,可能需要一些时间。"

"知道了,去吧。"君时陵摆摆手。

林靖想说些什么,最终还是闭了嘴。

山洞里温度要比外面低上许多,加上一整天没有进食,夏挽沅整个人都是冰凉的。

宣升将身上的外套脱下,罩在夏挽沅身上。

"谢谢。"夏挽沅笑了笑,将自己裹紧了些。她察觉自己身体的能量已经开始透支。

"这破地方,外面的人也不知道什么时候才能找到我们。你说,咱们俩不会就在这儿做一对亡命鸳鸯了吧?"宣升也难受得很,但那双桃花眼依然笑得张扬。

"不会的,他们会找到我们的。"夏挽沅低声说了一句。

"刚刚为什么救我?"宣升将目光落到夏挽沅因为没有及时救治而高高肿起的腿上,眼中的笑意消散了。

"没什么理由,难道看着你被砸死吗?"夏挽沅倒觉得没什么,换了其他人,她也会那样做的。

宣升却笑了笑,眼中有些红:"你这话,我以前听过一句相似的,不过她说的是'没什么理由,就是想看着你死而已'。"

夏挽沅听出宣升的语气不对劲,猛地抬头看去,但宣升的脸色已经恢复如常。

宣升带着熟悉的邪气看着夏挽沅:"你睡一会儿吧,保存一下体力。"

"嗯。"夏挽沅点点头,靠在石壁上闭上了眼睛。

在夏挽沅闭上眼睛后,宣升深深地看了她一眼,然后垂下双眸,不知道在想些什么。

两天过去了,受灾群众基本上被妥善安置到了指定地点,但依然没有找到夏挽沅。

溶洞所在的山体已经被挖开一半，但让人奇怪的是依旧探测不到任何生命迹象。

"将那片山都挖开，继续增派人员。"君时陵目光沉静地看着眼前的山体，手却攥得很紧。

"是。"

一批批直升机、挖掘机、起重机陆续被运送过来，日夜不停地开挖连绵的山体。

三天三夜不吃不喝，加上山洞内寒凉的温度，腿上的伤口也得不到妥善的处置，一直在发炎，并高高地肿了起来，夏挽沉的体力下降得很快。

这具身体从小娇生惯养，在庄园里又被君时陵百般照顾，体力并不强，腹内空空的夏挽沉只觉得脑袋昏昏沉沉的。

夏挽沉迷迷糊糊地从睡梦中醒来。

这三天，她基本是睁开眼和宣升说几句话就靠着石壁睡觉，想要最大限度地保存体力。但是没有能量补充，再怎么保存体力，她的身体还是在不断地虚弱。

第四天了，救援队还在不停地工作着。

君时陵四天没有进食，总是稍稍眯一会儿就站在山巅看着下面的一片石土，哪怕老爷子来了都劝不动。

眼看时间一分一秒地过去，黑夜渐渐来临，白天还晴朗一片的天空突然狂风大作，下起了暴雨。

"少爷，先回去吧，这里雨大。"林靖撑着伞过来，却挡不住猛烈的狂风大雨。

"我想陪着她。"君时陵没有回头，只是紧紧地看着下面的山体。他的声音有些嘶哑，眼角通红。

四天未进水和食物，夏挽沉的身体机能急速下降。

宣升迷糊间听到夏挽沉低低地叫了一声。

"怎么了？"宣升凑过去问了一句，听到夏挽沉在低声说着什么。

宣升凑近了些，便听到夏挽沉低声唤着"君时陵"。

宣升动作一顿，随即发现了夏挽沉的不对劲，伸出手摸了摸夏挽沉的额头，烫得吓人。

宣升将夏挽沉拉到自己怀里，叫了她几声，就发现她已经失去意识了。

夏挽沉的嘴唇已经干枯皱裂。宣升知道，夏挽沉这是脱水了。

深深地看了夏挽沉一眼，宣升伸出手，将自己的手腕咬开了一条口子，鲜血顿时流出。宣升将手腕凑到夏挽沉嘴边。察觉湿润的液体在嘴边流淌，夏挽沉下意识地张嘴含住。

一次次地增派人手，纵然风雨交加，但救援行动一直在急速推进。终于，在把将近一半的山石挪走后，探测器探测到山体深处微弱的信号。

夏挽沉最有可能被困在那里，现下探测到信号，众人都很振奋，铆足了劲儿继续工作。

一直在现场的君时陵听到汇报，立马来到这处山体，沉默地看着救援队工作。

"好像有发现！"救援队一铲子下去，竟然翻出一整块暗红色的土壤，那是被鲜血长时间浸泡过才会形成的暗红色。

这已经是救援队移走一半山体之后才挖到的地方，在这样的地方被埋五天，生还的可能性几乎为零。

所有人都沉默了，一齐望向君时陵。

君时陵脸上没有丝毫表情，紧紧地盯着那块暗红色的土壤，声音低沉："继续。"

救援队正想继续，君时陵又补上一句："轻一点儿！"

声音里竟然带上了显而易见的颤抖。

众人小心翼翼地开始挖掘。

君时陵死死地盯着那块地方。随着血色越来越深，君时陵都把自己的手掌心掐出了血。

终于，一个戴着手表的男人的手腕出现在众人面前。

君时陵这才闭了一下眼睛。

这块土质极为松软，很快救援队就挖到了山底。

而此时探测器突然激烈地鸣笛——这是探测到生命迹象了！

更多的人被召集过来，投入到挖掘工作中。

被君时陵从全球召集过来的顶尖医学团队已经在一旁待命。

山体内，夏挽沉迷迷糊糊间觉得自己正行走在一片迷雾中，突然迷雾中传来一阵阵说话声。

"母后？"夏挽沉抬步往前走，穿过重重雾霭，看到远方父皇母后还是当年的尊贵模样。

下一刻，他们便披甲上了战场，在城楼上殉国了。

夏挽沉拼命地想往前走，却发现无论如何都靠近不了。她想大声呼喊，但口中像被什么封住了一样，怎么也叫不出来。

"阿姐，阿姐！"弟弟妹妹们的呼唤声传来。

夏挽沉转头望去，只见年少时天真活泼的弟弟妹妹们正睁着大眼睛看着她，想要靠近她。但他们就像是身处两个世界一样，无论如何也拥抱不到彼此。

迷雾渐浓，身边再也看不到任何人影，只能听到一阵阵说话声。

夏挽沉漫无目的地走着，听到了各种各样的声音，勾起了上辈子点点滴滴的回忆。

她不知道自己身在何处，也不知道自己要往何处去，深陷迷雾之中，不知道哪里才是尽头。

正在这时，混乱的声音中出现一道急切的叫声："夏挽沉！"

夏挽沉一愣：君时陵？

夏挽沉想出声回应，却怎么也张不开口，身边的迷雾越来越浓，直接将她吞噬。

顺着探测器的信号指示，救援队终于挖开了一条通道。

然而通道后的景象让每个人都为之一惊：狭小的空间里流了一地的鲜血，黑衣男子一只手抱着女子，另一只手放在女子的唇边，两个人都已经昏迷了，不知生死。

打开通道后，众人迅速退散，留出足够的空间。医生迅速上前，初步查看情况后，将两个人抬上担架，送往外面三天之内就建起来的专业医疗室。

君时陵一直沉默地跟在医生旁边，不去打扰他们的治疗，但也没有将目光从夏挽沅身上移开一瞬。

检查的结果倒是让众人松了一口气。

刚刚两个人浑身是血的画面实在太有冲击力了,把众人吓了一跳,生怕这是被石头砸到后流的血:真要是被砸成了那样,器官得衰竭成什么样了啊?

结果并不是。夏挽沅是因为体力衰竭,加上腿伤发炎,所以昏了过去。医生将她的腿伤处理好后,又给她注射了营养剂补充能量。她的状态逐渐平稳下来。

宣升那边比较棘手。他倒是没有什么外伤,但是失血过多,已经引发呼吸衰竭,若是救援队再晚到一会儿,恐怕就有生命危险了。

还好这里有顶尖的医疗团队和充足的药物储备,医生对他进行了输血治疗。接下来的情况,就只能后续观察了。

其他人都已经离开,病房里安静下来,只有医疗仪器轻微的响声。

君时陵坐在床边,静静地看着夏挽沅氧气罩下苍白的脸。

看了一会儿,君时陵伸出手,小心翼翼地将手背放在夏挽沅的胸口处。

"扑通"!"扑通"!心脏在手背下有力地跳动着,君时陵猛地闭上了双眼,再睁开眼时,眼中已是通红一片。

药水一滴一滴地流进夏挽沅的身体。突然,夏挽沅的睫毛动了动。察觉手背一热,夏挽沅慢慢地睁开了眼睛,睁眼的瞬间,看到的便是带着疲态、不修边幅的君时陵。她从来没有见过君时陵如此潦倒的模样。

"你醒了。"见夏挽沅睁开眼,君时陵眼中迸出浓烈的喜悦。

刚才医生说,夏挽沅会在这个时间醒过来。君时陵见夏挽沅真醒过来了,心放下了一些。

夏挽沅没有说话,低了低头,看见左手手背上有两滴晶莹的眼泪。

"君时陵。"夏挽沅抿了抿唇,唤了君时陵一声。

"嗯,我在。"君时陵轻柔地回答了一声,然后伸手将夏挽沅手背上的泪水擦掉,将她的手塞进被子里。

夏挽沅有很多话想说,但最终只说了一句:"君时陵,你变丑了。"

君时陵默然。

"你去洗漱,给我叫个人进来擦一下身体,我不舒服。"几天没有洗澡,夏挽沅身上难受得很。

"我去问问医生行不行。"

鉴于夏挽沅身上没有其他皮外伤,医生交代别碰到腿伤就行了。君时陵便让两个护士过去给夏挽沅擦一下身体。

被夏挽沅说变丑了,君时陵又是好笑又是心酸,把自己好好地收拾了一下。

君时陵换好衣服再去病房的时候,夏挽沅也被换上干净的衣服。她的体力正在慢慢地恢复,现下躺在床上喝着护士喂的粥。

"我来吧。"君时陵伸手接过碗,让其他人都出去,自己一勺一勺地喂夏挽沅。

等夏挽沅吃完一碗粥,君时陵将碗放到旁边,看向夏挽沅:"我好困,睡一小会儿好吗?"

夏挽沅这才看到他眼中细密的红血丝,双眼睁大:"你一直没有睡觉吗?!"

君时陵不回答,只是握住了夏挽沅的左手,趴在床边准备睡一小会儿。饶是他体力强悍,也快支撑不住了。

夏挽沅却伸手挡住了他:"睡床上吧。"

夏挽沅的病床是特制的大床,两个人睡绰绰有余。君时陵也不推辞,脱了鞋,与她保持了一段距离躺下,生怕自己碰到她的伤口。

君时陵实在困极了,几乎是沾上枕头就睡着了。夏挽沅一直在睡觉,现下倒是一点儿睡意都没有了。

静静地看着旁边沉睡的君时陵的脸,夏挽沅眸光变幻不定。

也不知道过了多久,夏挽沅突然往前挪了挪头,在君时陵的唇角印下一个吻。

"你这是做什么?"

本来沉睡的人不知何时睁开了眼睛,目光灼灼地盯着夏挽沅。

夏挽沅此时刚从君时陵的嘴角处离开,二人离得很近,呼吸都交缠在一起。

"趁我睡着了偷亲我?"君时陵突然笑了,眼神亮得惊人。

他说话间吐出的热气让夏挽沅心里一颤。

"哪儿有偷亲！"夏挽沅有些赧然。

"好，不是偷亲。现在我醒了，你可以光明正大地亲了！"君时陵看着夏挽沅越来越红的脸色，心里快软成水了。

夏挽沅本就不是扭捏的人，并没有像君时陵想的那样被逗得更加不好意思。她鼓起勇气抬起头，看了一眼君时陵。

纵使睡了一觉，但是君时陵的眼睛里仍旧布满了红血丝，眉目中难掩疲态。

夏挽沅狠下心，凑上前又啄了一下君时陵的左脸，然后退开，语气嚣张地道："光明正大。"但她的眼神闪躲着，不敢去看君时陵滚烫的目光。

君时陵满脸笑意地看着夏挽沅，感觉唇角处似乎还残留着夏挽沅的温度。君时陵往前挪了挪，下半身和夏挽沅受伤的腿保持着距离，上半身却和夏挽沅靠得更近了。

"让我抱抱。"君时陵的声音在夏挽沅耳边响起。

夏挽沅耳朵通红，抬起头来，看到君时陵的眼神中装着无边的宠溺。

君时陵伸出胳膊，从夏挽沅的颈下穿过，将夏挽沅紧紧地抱在怀里。

靠在君时陵的怀里，夏挽沅突然觉得心安了，山洞里的寒冷仿佛还在眼前，却被君时陵一身的温度挡在了外面。

夏挽沅伸出手，环住君时陵的腰。

察觉夏挽沅的依赖，君时陵身体一僵。

突然感觉额间一热，夏挽沅一个激灵，然后就听到君时陵呢喃着"我爱你"。夏挽沅动作一顿。

君时陵在夏挽沅发间印下一吻："我爱你。"

君时陵又在夏挽沅的脸颊印下一吻："我爱你。"

接着是眼睛……

不知道说了多少句"我爱你"，直到把夏挽沅说得全身红成一只熟透的虾一样，君时陵才覆上夏挽沅嫣红的嘴唇，温柔地索取着属于夏挽沉的甜美。

君时陵的动作特别轻,夏挽沉觉得自己如坠云间,掉在君时陵耐心编织的大网里一般,无比心安。

夏挽沉已经下了决心,现下便不再抗拒君时陵的掠取,而是攀着他的肩膀,笨拙地回应着。

感受到夏挽沉笨拙的回应,君时陵先是一顿,然后便更加激烈起来。

不知道过了多久,君时陵终于将夏挽沉放开了些。

夏挽沉靠在君时陵的怀里大口呼吸着空气。

"我等到了吗?"君时陵盯着夏挽沉,问了一句。

"嗯。"夏挽沉点点头,不再回避君时陵灼热的目光。

哪怕刚刚心中已经有了猜测,但从夏挽沉嘴里亲口说出来,还是让君时陵止不住地开心。嘴角高高扬起,君时陵低头在夏挽沉额间珍重地吻了一下:"谢谢。"

谢谢你没事,谢谢你在我身边。

"睡觉,困了。"夏挽沉打了个哈欠,往君时陵怀里缩了缩。

君时陵感受到夏挽沉对自己的依赖,心都要化了,声音越发柔和:"好,一起。"

窗外明月高悬,屋内交颈相依的人交换着彼此温软的梦境。

君时陵实在是太久没有睡觉了,而且有夏挽沉在身边,心中安宁,这一觉睡得很沉。

早上医生过来复检,都没能吵醒抱着夏挽沉睡得正熟的君时陵。医生只能尴尬地移开眼睛,帮夏挽沉做了各项检查后便快速离开了。

夏挽沉躺在君时陵温暖的怀里闲得无聊,便观察起君时陵的脸来。虽然她嘴上说君时陵变丑了,但是扪心自问,君时陵长得是真好看。

睡着后的君时陵敛去了一身冷凝的气势。夏挽沉伸手戳了戳君时陵的睫毛,正要凑近比对一下君时陵的睫毛有多长时,抱在她腰间的手突然收紧,让她整个人都扑进了君时陵的怀里。

"宝贝,做什么呢?"刚睡醒的君时陵,低沉的嗓音越发沙哑,像是一串电流,电得夏挽沉心里酥酥麻麻的。

"看你醒了没有。"

君时陵笑了笑，凑上前亲了亲夏挽沅的脸："早。"

夏挽沅道："早。"

"饿了吧？我去给你拿早饭。"君时陵不想放开夏挽沅，但看了一眼时间，也是该吃饭的点儿了。

君时陵说着就要起身，但环在他腰间的手没有放开。

君时陵眼中闪过笑意："乖，我马上回来，一会儿随你抱。你才恢复，不能饿着。"

"嗯。"夏挽沅眼中闪过些不好意思，点点头，这才放开手。

很快，君时陵便带着护士端回几个餐盘。

护士出去后，君时陵端起一碗粥，一勺勺吹得温热后再喂给夏挽沅。

等夏挽沅吃饱了，君时陵才拿起另一碗粥慢慢地吃着。

"啧！"君时陵突然出声。

"怎么了？"夏挽沅吃饱喝足，半躺在床上。

"这清粥没什么味道。"君时陵吞下一口白粥，然后别有深意地看了夏挽沅一眼。

"你让厨师给你做点儿别的。"夏挽沅正低着头玩手里的小花，没注意到君时陵的眼神。

"不用，有你就可以了。"君时陵不知道何时放下碗凑到了夏挽沅面前，"夫人，加点儿糖呗！"说完，君时陵就覆上了夏挽沅嫣红的嘴唇，一点儿一点儿地刮过夏挽沅的口腔。

夏挽沅手里的花掉了下去，君时陵的手逐渐与她十指相扣。

半响，君时陵退开，深沉地盯着夏挽沅，然后说了句："真甜。"

"喝你的粥！"夏挽沅佯装恼怒地瞪了君时陵一眼。

君时陵笑了笑，不再有其他动作，端起粥继续喝起来。

"这下粥甜多了。"君时陵喝下一口清粥后自言自语道，然后就看见夏挽沅的脸逐渐红了。

医生再来复检的时候，一进门就看到夏挽沅通红的脸色，还以为夏挽沅炎症复发，引起高烧了。

"发烧了吗?身体有不舒服吗?"医生快步走向病床,为夏挽沅做起了检查。

"没发烧,这脸色怎么这么红?"医生自言自语了一句,然后嘱咐护士,"记得按时开窗通风,室内太封闭,容易闭气。"

听到医生的话,夏挽沅脸一热,偷偷地看了一眼君时陵,正撞上君时陵带着笑意的目光。

见夏挽沅恢复得很好,医生交代了一些事项之后便离开了病房。

夏挽沅觉得刚刚的事情让她很难为情,难得和君时陵使起了小性子,轻轻地瞪了他一眼,然后故意不搭理君时陵的话,怕他又说出各种让她脸红的话来。

君时陵现下一分一秒都不想和夏挽沅分开,等医生走了,便坐到床上。

"夫人,抱一下。"君时陵一进被子,便朝着夏挽沅张开手臂。

"哼!"夏挽沅轻哼一声,"不抱。"

很少看到夏挽沅这般娇俏的样子,君时陵觉得别有情趣,心下喜欢得不行。

"那我抱你。"君时陵长臂一伸,将夏挽沅揽在怀里。

夏挽沅其实也喜欢君时陵让人安心的怀抱,虽说嘴上说着不许,但是待在君时陵的怀里也不挣扎。

静静地抱着夏挽沅,君时陵拿过一旁的书给夏挽沅读着。

时间就这么一点一滴地过去,转眼就到了午饭时间。

护士端来的午餐,照例是清粥小菜。

不光君时陵觉得清粥的味道太淡,夏挽沅将近一个星期没怎么正经吃过东西了,接连吃两顿清粥,现下嘴里什么味道都没有,不由得也有些抗拒。

"我不想喝粥了。"夏挽沅道。

"乖,医生说先吃点儿清淡的养一养肠胃,你太久没吃东西了。"君时陵舀了一口白粥,递到夏挽沅的嘴边。

在君时陵鼓励的目光下,夏挽沅喝下一口。果然还是那个味道,夏挽沅说什么都不想再喝第二口了。

夏挽沅咬了咬唇，拉着君时陵的袖子："不吃这个行不行？没味道。"

"不行，你还没恢复好。"君时陵觉得夏挽沅扯的不是袖子，而是他的心。

但是想到夏挽沅的身体，君时陵狠了狠心，还是拒绝了夏挽沅的要求。

正如君时陵了解夏挽沅一样，夏挽沅对于君时陵的底线在哪里太明白了。

夏挽沅主动上前，双手环住君时陵的腰，仰着头，眼神亮晶晶的："那个味道好淡，我吃不下去了，换一个好不好？"

君时陵捏着勺子的手一抖："你……"

"好不好？"夏挽沅又问了一遍，甚至还凑上去，在君时陵的脸上亲了一下。

这下，君时陵在夏挽沅面前本就不堪一击的原则、底线彻底崩塌了。

"都是在哪儿学的这些花招儿？！"君时陵把碗和勺放到一边，咬着牙，语气狠狠地道，同时回抱住夏挽沅。

"那能不能换？"夏挽沅眼中闪过笑意。

"你是祖宗，能不给你换吗？"君时陵咬着牙，在夏挽沅脸上重重地亲了一口，然后下床去给夏挽沅安排吃的了。

最终还是君时陵从 D 市带来的大厨圆满地完成了君时陵交代的"健康不寡淡，有味不重口"的任务。

给夏挽沅送去之前，考虑到夏挽沅的身体情况，君时陵还是把医生找来问了问。医生倒也没表示反对，只说尽量少吃一些。

终于尝到肉和盐的鲜味，夏挽沅觉得所有的味蕾都像重生了一样。在山洞里那么久，她觉得自己都快尝不出饭菜的味道了，两顿白粥更是让她觉得生无可恋，现下终于吃到白粥以外的饭菜了，因此心情极好。

纵使夏挽沅的体力已经恢复，但君时陵坚持要喂她。

看在君时陵满足了她的午饭要求的分儿上，夏挽沅倒也不抗拒，任由君时陵喂。

君时陵舀了第二勺饭菜的时候，看到夏挽沅一脸期待的神色，一副等着投喂的样子，心下好笑。

"好吃吗？"君时陵问道。

"嗯。"夏挽沅点点头，素净的小脸上带着满足的笑意，很是乖巧的模样。

"叫一声'哥哥'，给你吃第二口。"

夏挽沅大部分时间是一副高冷的模样，乖巧的样子并不多见，因而每次夏挽沅露出乖巧的样子时，君时陵就忍不住想欺负她一下。

夏挽沅默然。

"叫不叫？"君时陵忍着笑意，把那一勺冒着香气的饭菜在夏挽沅面前晃了晃。

夏挽沅看了君时陵一眼，突然抿了抿唇，垂下眉眼："我看电视剧里人家刚在一起的时候，男的都是有求必应的，可是你从一开始就虐待我。"

君时陵没想到夏挽沅会这么说，一时愕然："我什么时候虐待你了？"

"我饿了，你不给我吃饭。"声音低下去，夏挽沅整个人缩在病号服里，有些楚楚可怜的味道。

纵使知道夏挽沅是演给他看的，但君时陵还是心里一颤，觉得心尖都是疼的："好好好！不叫了。吃吃吃！真是拿你没办法。"

夏挽沅这才抬起头来，眼中果然没有丝毫委屈的神色，而是带着笑意。

君时陵无奈地一勺勺喂夏挽沅吃饱。

吃完饭，君时陵在一旁削苹果。夏挽沅靠在床上，看一边的君时陵低着头耐心地将苹果皮一圈圈地削下来，然后将苹果切成小块放在盘子里，用签子戳了递到她嘴边。

夏挽沅一口咬下，甜甜的。

外面还有一堆事情等着君时陵处理，照顾夏挽沅吃完苹果，陪着她消了一个小时的食后，君时陵扶着夏挽沅躺下："你先睡一会儿，我出去办点儿事，等会儿回来。"

看着君时陵给自己整理被子，夏挽沅突然伸出手朝君时陵招了招。

"怎么了？"

555

"我有话跟你说。"

君时陵凑到夏挽沅旁边。

夏挽沅偏了偏头,附在君时陵耳边,带着笑意的声音响起:"谢谢哥哥。"

君时陵猛地转过头,就看见夏挽沅含羞带笑的双眼正看着他。

"你真是……"君时陵无奈地叹了口气,动作轻柔地捏了一下夏挽沅的脸,"我先去工作,你先睡一会儿。"

"嗯。"夏挽沅点点头,躺在被子里,一双原本含霜的眼睛在君时陵面前卸下了凉意。

君时陵安抚地摸了一下夏挽沅的头发,在她的额间亲了一下,然后离开了病房。

林靖就站在门外,见君时陵终于出来了,再看到君时陵脸上温柔的神色,心里一阵无语,脸上却一点儿表情都没露出来。

"将夫人带到溶洞里的负责人已经被控制起来。他很早就跑出来了,有人提前给他准备了护照,他正准备飞往国外,在机场被我们抓到了。"

"我过去看看。"

负责人听到动静,就看到一个看起来很熟悉、面色冷峻的男人坐在了面前,努力思索了一下,想起来了,这是华国首富君时陵。

"说吧,谁派你过来的?"

君时陵带着寒意的声音让负责人心中一寒。

"我说过无数遍了,我听从盛世集团那帮老股东的盼咐,帮他们干掉宣升而已,你们怎么问我也是这个答案。"

"你是老K手下的几级成员?六级?七级?"君时陵完全忽视掉负责人的话,自顾自地问了一句,冰凉的眸子盯着负责人。

本来身体上就承受了巨大的压力,在君时陵极有压迫性的目光之下,负责人心神恍惚了一瞬。

就这一瞬间,君时陵看到了他眼中快速闪过的崇敬和慌乱之色。

"老K是谁?你说的人我根本不认识。"负责人不敢再和君时陵对视,收回了目光。

君时陵突然起身，走到负责人面前，踩下了夹着负责人十指的开关。

钻心的疼痛让负责人惨叫出声，不由得仰起头来，愤怒地看着君时陵。

君时陵在夏挽沅面前的温软此刻完全消失，取而代之的是滔天的嗜血的光。

"你不该伤了她。"君时陵平静地说了一句。

负责人是受过严格训练的，在无数的酷刑之下都没有感到一点儿害怕的他，此刻在君时陵的目光下，居然真切地感受到了恐惧和死亡的气息。

"顿克的风景还不错。"君时陵话锋一转，突然说了一句不相关的话。

负责人的眼睛却突然瞪大了。

"你什么意思？！"负责人的语气中终于有了些惊慌。

"没什么意思。本来想让你交代更多的事情，"君时陵放开开关，淡淡地瞥了负责人一眼，"但是你伤了她，罪该万死。"

触及君时陵的目光，负责人心里当下就是一个激灵。

出了地下室后，君时陵微微皱起眉：老K怎么会对夏挽沅下手？难道夏挽沅的身份暴露了？

不对，君时陵很快否定了这个想法，因为如果夏挽沅的身份暴露了，那么老K应该抓活的，而不是置她于死地。但是现在他们居然想置夏挽沅于死地，说明另外的原因。那会是什么呢？

"少爷，市内受灾群众都已经得到妥善安置，上面派人来问，周边军区的人是不是可以先回去了？"

"可以，留下一小部分人帮忙，其他人可以离开了。"君时陵下了指令。

驻扎在临西市的队伍开始不断地撤出。整个临西市有条不紊地恢复着。

君时陵回了病房，却没有看到夏挽沅的身影。

"夏小姐去旁边的病房探视宣先生了。"护士正在帮夏挽沅铺床，见君时陵进来，连忙跟君时陵解释道。

宣升？君时陵本来想去找夏挽沅，但是抬脚的一瞬间顿住了。

按理说，他是应当感谢宣升的，夏挽沅脱水严重，连医生也说，如果不是宣升把自己的血液给夏挽沅喝，夏挽沅是不可能坚持到他们来救人的。

纵然心情复杂，君时陵还是选择相信夏挽沅。

隔壁的病房内,受到很好照顾的宣升身体的各项机能正慢慢地恢复。

往日里总是一副邪魅的样子,现下穿着病号服眉眼平和下来的宣升,倒显得比平时要让人亲和很多。

"你的腿怎么样了?"头还有点儿晕,宣升看见夏挽沅过来,支撑着坐了起来。

"没什么大碍,"夏挽沅示意护士将自己往宣升的病床前推了推,"你怎么样了?"

"不好,"宣升的桃花眼弯起熟悉的弧度,"哪里都疼,需要夏小姐的安慰。"

夏挽沅笑了笑,然后郑重地说了一句:"谢谢你。"

她当时昏迷了,并不知道是宣升用自己的血救了她。是君时陵告诉她,她才知道的。

宣升道:"其实我一点儿也不想让你谢谢我。"

夏挽沅的这一声"谢谢",将两个人的距离拉开了。

"你好好养伤吧,"夏挽沅不傻,纵使宣升总是喜欢开玩笑,言语中也真真假假,但是她能感受到宣升对她的感情。

但是她既然已经选择了君时陵,便不会让其他人再对她抱有希望。

"嗯。"宣升点点头,近乎贪婪地看了夏挽沅一眼。

护士推着夏挽沅往门口走去。

夏挽沅却突然想到了什么,示意护士将她推回去。

在病床上低垂着头的宣升没想到夏挽沅又回来了,疑惑地看着她。

"你是个很好的人,别人的错误不需要你去承担。"

宣升愣了一下,随即笑开了:"夏小姐这是在安慰我啊。"

夏挽沅不语。

想说的话都已经说了,夏挽沅示意护士将她推出门。

夏挽沅身后,宣升敛起笑容,静静地看着夏挽沅远去的背影,沉思了很久。

君时陵在病房里等了很久也没见夏挽沅回来。君时陵向来是强大而自信的,但是在夏挽沅面前,他的一切防线都没有任何作用。

终于，在一颗心越来越往下沉的时候，病房的门被打开了。夏挽沅由护士推着进了门。

君时陵连忙走过去。

"你忙完了？"

"嗯，忙完了。回来陪你吃晚饭。"护士出去后，君时陵将夏挽沅小心地抱起来，放到了床上。

"嗯。"夏挽沅点点头，"我刚刚去看宣升了。"

"我知道。"君时陵帮夏挽沅整理被子。

"他恢复得很不错。"

"我安排了专门的医生照顾他，他会好起来的。"掖好被子，君时陵坐到床边，握着夏挽沅的一只手。

夏挽沅有些奇怪：往日里君时陵好像很容易吃醋，怎么如今换了与她真有纠缠的宣升，君时陵反而十分大度的样子？

夏挽沅想到什么就直接问出口。

君时陵笑了笑："我很感谢他，而且我相信你。"

他如何看不出宣升对夏挽沅的感情？那天打开通道时一地鲜血的场面让他也惊了一瞬。若不是宣升，或许他就要失去夏挽沅了，所以他心里是感谢宣升的。

而且最重要的是，他愿意相信夏挽沅。

君时陵的回答在意料之中，夏挽沅伸了个懒腰："我想吃苹果。"

"好，我给你削。"

君时陵拿着一把小刀，静静地在床边削苹果皮。

"有多少人知道我在临西市的事情？"

"你的经纪人，还有爷爷，其他人都不知道。"

怕小宝伤心，老爷子在知道夏挽沅被埋在山里的消息后虽然内心焦急，但是在小宝面前还是要装出一副若无其事的样子。

至于外界的消息，在君时陵不允许的情况下，任何人都没有办法将临西市的情况送出去。

"那我们什么时候回D市？我的伤也不是很严重。"

"明天早上。"

在这里终究没有 D 市方便,而且夏挽沅的腿伤恢复得不错,医生也说过,一路上专机护送的话,问题并不大。

照顾着夏挽沅吃完晚饭,君时陵便上了病床,坐到夏挽沅身边,陪她聊了一会儿天儿,给她讲睡前故事。直到把人哄睡着后,君时陵才轻轻地从床上下来,去了隔壁房间。

"嫂子的情况怎么样了?"终于联系上君时陵,薄晓简直想去给老天爷上三炷香了。

"身体正在恢复。"君时陵回了一句,看到薄晓身后的背景,眉头一皱,"你不在指挥中心?"

"我的君大少爷,你觉得你走了之后,我能镇住那群人吗?没有你在这儿压着,我看他们在会议室里能干起架来。我跟其他人商量了一下,先散会了。我目前在列敦呢,毒蝎实验室很可能就在这里。"

好不容易联系上君时陵,薄晓恨不得把所有的话一股脑儿地往外倒。

君时陵道:"你先回 D 市,薄家出问题了,列敦那边暂时不用管。"

薄晓道:"行。"

第二天一早,君时陵就带着夏挽沅上了回 D 市的飞机。

林靖去问宣升要不要和他们一起走,宣升一句"不想坐情敌的飞机"把林靖堵了回来。

林靖心想:您睡的还是情敌给您安排的病床呢!

飞机抵达 D 市,早已经等候在机场的人将君时陵和夏挽沅送回庄园。

"妈妈!"整整一个星期没有见到夏挽沅的小宝脸上挂满了泪珠,飞快地朝夏挽沅跑过来,但是在离夏挽沅五米远的时候就放慢了脚步,小心翼翼地靠近夏挽沅。

"乖,过来,妈妈抱抱。"夏挽沅看着小宝可怜兮兮的样子,心里一软,朝小宝伸出手。

"妈妈,我好想你。"小宝轻轻地抱着夏挽沅,生怕把夏挽沅碰出个好歹来。

"怎么样啊?身体恢复得还好吧?"老爷子今日也来了庄园。

"谢谢爷爷关心,已经没什么大碍了。"

"没事就好,没事就好,"老爷子看了君时陵一眼,感慨地道,"幸好你没事，不然我这个孙子指不定干出什么事来呢。"

他一直觉得君时陵性格太过淡漠，想着自家这个孙子要是能有点儿温度就好了，可是没想到，有了温度的君时陵会如此骇人。

他永远忘不掉那天雨夜他给君时陵打电话时，君时陵那仿佛失去了全世界一样绝望的哽咽语气。

男儿有泪不轻弹，更何况是君时陵。他上一次见君时陵哭，还是在君时陵3岁时父母的葬礼上。

说句实在话，他从小对君时陵管得就不多，君时陵自己折腾出多少势力他也不清楚，平日里君时陵也从不透露。

后来老爷子退居幕后，将君氏集团交给了君时陵。见君时陵在短短的四年时间里就将集团规模扩大了一倍，老爷子心里就有了一些猜测。但君时陵平日里不多说，老爷子也就不问。

直到那天夜里，得知君时陵要回华国，多国齐齐响应，连夜为"飓风号"开辟绿色通道。

虽然君时陵封锁了外界的消息，但是那些身处上层的人又怎么会不知道这一夜的大动静？

本来就云谲波诡的D市，在看到君时陵的这番操作后，无数人沉默，无数人辗转难眠。

老爷子不知道，要是夏挽沅这一回真的出了什么事情，以君时陵的性子，站在这样高的地位上会做出怎样疯狂的事情。

"好了，爷爷，都过去了。我们先进去吧。"君时陵不想多提，没有让老爷子继续说下去。

看着君时陵对夏挽沅无微不至的样子，老爷子心里安慰了些。

行走在权力巅峰的人，其实是游走在黑、白边缘的钢丝上的，一不小心就是万丈深渊。老爷子一直担心君时陵太过冷淡，会走向另一个极端。现下看来，他倒是不用担心了，夏挽沅的存在便是君时陵守护身后万丈红尘的最大理由。

夏挽沅在临西市的消息被君时陵封锁了，但是夏挽沅没有去剧组拍戏的消息很快便传了出去。

夏挽沅的腿伤，哪怕每天有医术高超的医生给调养，也不是一两天能好起来的。于是夏挽沅向李恒请了假。

李恒只能先拍言赐一个人的戏份。

剧组是在影视基地拍摄的，来来往往的人众多，加上言赐的粉丝经常来探班，也只看到言赐一个人在拍戏。慢慢地，大家都知道《月如霜》的女主演根本不在剧组内拍戏的消息。

大家对夏挽沅和言赐一起搭戏本就有诸多不满，尤其是言赐的众多女友型粉丝。

当年夏挽沅利用言赐进行过度宣传的事情，她们记得清清楚楚。现下看到自己的偶像在辛辛苦苦地拍戏，而夏挽沅不知所终，她们很是气愤。

好在大多是言赐的女友型粉丝在关注剧组的事情，毕竟电视剧都没有拍出来，大多数观众没有那个闲心去关注还没拍完的戏。

但是某个自称是《月如霜》剧组的工作人员的一条爆料吸引了大家的目光。

工作人员称自己是《月如霜》剧组的场务，爆料说夏挽沅的脾气特别不好，这次长时间不进剧组，就是因为当初她和言赐拍宣传照的时候，想要和言赐拍一些亲密的戏份却被言赐拒绝了，所以她把男主角晾在剧组一个人拍戏。

他还放出几张图。图片中，夏挽沅穿着旗袍，风情万种地看着言赐，双眸含情，欲语还休，而言赐冷着脸，一副让人无法靠近的样子。

言赐的粉丝这下忍不了了，纷纷跑到剧组的官方微博下质问：凭什么剧组开工后，女主演可以不到场？

网上闹得沸沸扬扬。

到影视基地探班的粉丝们拉了横幅质问剧组。大家团结起来，誓要为言赐讨个公道，要让剧组公平对待他们的偶像。

李恒平常请的都是一些没有多少热度的演员，哪里遇到过这样的阵仗，头疼得不行。

"你说说这些粉丝，怎么就这么不理智呢？言赐都是最佳男主角了，谁敢欺负他啊！"

夏挽沅倒是没注意网上的纷扰。腿受伤了之后，她在家里闲着没事，开始练习画画。

562

有很多画手因为喜欢夏挽沉演的天灵公主，给天灵公主画了特别多的插画，而且进行了各种创作，让夏挽沉感到惊奇。

夏挽沉前世接受的是正统的水墨画教育，突然看到大家给自己画了这么多新形式的画，便跃跃欲试。

古代的颜料没有现代丰富，因而就需要更强的色彩敏感度。夏挽沉练习了两天，基本摸透了原理，然后就画了一幅身穿宫装的天灵公主荡秋千的画，并细细上好了颜色。

夏挽沉看了一下，上完颜色的图看起来很明亮，与写意的水墨画不同，自有一番趣味。

于是，那个一次性发了30条教学视频后，沉寂了很久的原晚夏的账号，又发了一条动态。

大家收到消息提醒，准备好笔墨纸砚，然后点进去，就看到一张色彩亮丽、画风华丽的古风美人图出现在原晚夏的账号里。

"这画的是天灵公主吧？好漂亮啊。大师就是大师，随便画画都这么好看，这个色彩运用得出神入化。"

"不是吧，水墨画大师跑来画插画？还画了个演员？太掉价了吧。"

夏挽沉也看到这条评论了，觉得很奇怪，画个画怎么还有掉价一说？于是她专门回复了一下："艺术不分高低，喜欢就好。"

原晚夏在众人眼中本就是神秘而又德高望重的大师，这句话一出现，就引发了众多账号的转发，大家纷纷表示赞同。

在艺术圈里，也存在互相看不上的情况——画国画的嫌弃插画师低端，画插画的嫌弃水墨画老气。原晚夏的这番话引发了众人的共鸣：大家做自己的事情就好，哪里来的那么多高低贵贱之分？

原晚夏画的插画活灵活现，对色彩的运用达到了极致。而且由于夏挽沉的画风本身有着极深的历史沉淀感，因此这张画中的人像是在画上活了一般。

众多喜欢夏挽沉的粉丝大呼好看。

一些插画师也自愧不如，纷纷关注了原晚夏的账号，想要跟着大师多学一点儿知识。

同时，海外社交平台的"wanxia_yuan"账号也更新了这张图片。

写意水墨画在国际上的影响力不是很大，华国的文化固然灿烂，但是由于文化隔阂，外界很少能领悟到它的美丽。

但是这一类插画，直观、好理解，全世界的人有着相同的审美水平。这张美人图一放上去就被很多人转载，短短一天就被转载了50多万次。

"wanxia_yuan"的账号下收到来自不同国家、各种语言的赞美。

大家惊叹完这幅画后，便开始询问画上的美人是谁。

有网友放了一些电视剧的片段，向大家介绍了《长歌行》这部电视剧。

于是《长歌行》在海外火了起来。

无数电视剧想要打开海外市场都因为文化隔阂作罢，《长歌行》是一部武侠片，根本就没想过能在海外有什么成绩。但是经过这幅画的反复转发，《长歌行》在全球范围内掀起了新一轮热度。

"wanxia_yuan"这个账号，就因为这一幅画在海外涨了100万粉丝。

在国内，大家对原晚夏的评价是"紧跟潮流"。

毕竟原晚夏在大家的心目中是一个白发苍苍的老爷爷。一想到这么大年纪的老爷爷居然还愿意跟上年轻人的潮流，大家对原晚夏的喜爱又多了一些。

"原晚夏大师插画"话题甚至还登上了微博话题榜。

大家对于这种技术极其精湛的大师级人物本就有着极高的崇敬之情，再一看大师居然这么接地气，还这么紧跟潮流，都特别佩服。

于是，微博上原晚夏账号的粉丝数量经过这件事直接涨到了200万。

关于这个神秘的大师是谁的问题，所有人都感到好奇，都想知道到底是什么样的大师，能够画出这么精妙绝伦的画作。

（未完待续）

出版番外

相遇在校园

夏挽沅曾经在书房里翻到过一张照片。

照片里,君时陵穿着一身白色校服,神色飞扬,眼中带着些许稚嫩,身后绿影丛丛,阳光洒落在身上,青春的气息穿越时光,溢出了照片。

她遇到君时陵的时候,君时陵已经从家族的变故中接手了整个君氏家族,在世俗的磨砺中,退却了年少时的轻狂,变成了如今沉稳冷静的样子。

所以,乍一看到君时陵年少时青春洋溢的照片,夏挽沅相当好奇,君时陵上学的时候是什么样子的。

当晚,夏挽沅便向君时陵表达了自己的疑惑。

君时陵本来在换衣服,听到夏挽沅的问题,解开西服扣子的手微微一顿,深邃眸光落在夏挽沅身上:"夫人不会是嫌我老了吧?"

夏挽沅没忍住笑:"不是,就是好奇君总当学生的时候是什么样子的。"

"按部就班的当个好学生。"确定夏挽沅不是在暗示他老,君时陵放心的继续换衣服。

他脱下西装，换上柔软干净的睡衣，这才上前抱了抱夏挽沉："我还是喜欢长大后，毕竟，上学的时候，没有你。"

说起这个，夏挽沉更好奇了："不同的阶段喜欢的类型是不一样的，说不定你年少时不会喜欢我。"

"瞎说。"君时陵毫不犹豫地否定这个可能性，"不管什么时候遇到你，我都会对你一见钟情。"

夏挽沉眉梢微挑，不知道信了君时陵的话没有。

夜色降临，两人在月光中入梦。

然后，夏挽沉发现，自己居然真的回到了君时陵的少年时期。

一开始，夏挽沉只是觉得街道的样子很熟悉，像是D市，但又跟现在的D市有些区别，好像比现在的D市陈旧，建筑也更古朴一些。

道路右侧，是D市一中，君时陵和他的几个孩子，都曾经在这个学校上过学。

此时正是放学时间，随着下课铃响，学生们蜂拥而出。

一片喧闹过后，学生们都走的差不多了，眼看校门还开着，夏挽沉下意识的往学校里走。

进了学校，夏挽沉终于确定，她是真的到了十年前的D市一中。

因为之前，君时陵作为学校的卓越代表，曾经回来讲课，夏挽沉也陪同他过来。

那时候，君时陵跟她讲过，在他还在读高中的时候，学校门口，曾经有两株大的遮天的梧桐树。

可惜，后来其中一株因为生虫倒下了，便只剩下其中一棵。

可现在，门口立着两棵粗大的梧桐，郁郁葱葱的叶片覆盖了几乎整个校门。

想到临睡前和君时陵的讨论，夏挽沉又往学校里面走了走，想着或许可以看到上学时的君时陵。

果然，刚走过一个教学楼，便看到了君时陵。

虽然只是一个背影，但她对君时陵太熟悉了，即使是十年前的君时陵，她也只凭一个侧影就能认出来。

此时君时陵已经是高中生,身高倒是跟十年前相差不大,一米八几的个子,撑得校服都有了秀场高定的气质。

夏挽沉朝着他那边走,本来想喊他,可话还没出口,便有一个女孩子越过她,直直的朝着君时陵跑了过去:"学长,请等一下。"

此时的君时陵,还不像以后那么冷漠,听到有人叫他,他停下来,微微偏过头,五官清隽,比后来要年轻许多。

"有事吗?"君时陵几不可见的皱了下眉。

"学长,我是高一(2)班的汪芙,你作为学生代表发言的时候,我就注意到你了,我很仰慕学长,这封信请学长收下。"女孩子说着话,将一封粉色的信递到君时陵面前。

就算不看信封的颜色和上面精致的爱心,光看女孩子闪闪发亮的眼睛,也知道这信的内容是什么。

这种事情,君时陵显然已经遇到过太多次了。

他微微退后一步,一句早就说过八百遍的话再度出现:"抱歉,我不谈恋爱,建议不要喜欢我,好好学习吧。"

君时陵是学校里出了名的高岭之花,女孩子早就有了心理准备,因而此时,并没有被君时陵的拒绝吓退,而是又问了一遍:"学长,你是有喜欢的人了吗?"

"没有。"君时陵答得干脆。

此时的君家内部已经有了危机,再加上君时陵从出生起,就是被当作家族的未来家主培养的,承载着家族希望长大,未来的规划里,都是如何让君家发扬光大,爱情这种虚无缥缈的东西,根本就不在他的考虑范围内。

"学长,那你喜欢什么类型的?"

校园里的女孩子,总是要勇敢许多的,即使被拒绝好多次,也还是不死心。

"我不会喜欢谁。"君时陵很认真地回答,"我现在的任务是学习,等到了结婚年龄,会选择最符合家族利益的人联姻,喜欢这种事情,不在我的考虑范围内。"

女孩子想过很多种答案,唯一没想到君时陵会这么回答。

直白现实,一下就打碎了一个纯真少女的梦境。

女孩子看起来都要哭出来了:"怎么可能?感情是没有办法控制的,学长你只是还没遇到喜欢的人而已。"

"不会有。"君时陵毫不犹豫地回答。

君时陵决绝的态度,终于让女孩子意识到,他根本不可能给她一点机会。

女孩子勉强的笑了下:"好的,那打扰学长了,我先走了。"

说着,女孩子便转身准备走。

此时天色已晚,校园里的人也走的差不多了。

君时陵看了眼时间,然后叫住女孩子:"天快黑了,我让保镖送你到车站吧,不用误会,换作任何一个人,我都会让保镖护送的。"

君时陵的解释,否决了任何可能让女孩子心生波动的可能性。

但正因为他的解释,让女孩子觉得,自己喜欢了这样好的一个人,她笑着冲君时陵道谢,眼底还带着泪光:"谢谢学长,你真好,祝你会真的遇到相互喜欢的人。"

说完,女孩子便跟着保镖离开。

对于女孩子的祝福,君时陵根本不放在心上。

他转过身,准备去找物理老师,跟老师再聊聊竞赛的题目。

但刚走了一步,就看到了台阶上坐着的夏挽沅。

刚才站着看戏太累,所以夏挽沅索性坐到台阶上看。

她穿着白色 T 恤,头发简单的扎了个马尾,未施粉黛,清丽出尘。

因为刚才君时陵说的那句不会有喜欢的人,夏挽沅眼底还带着没有散尽的笑意,校园内灯光亮起,在她眼底交融了一片光影。

君时陵的脚步停顿了一下,但也只是片刻,然后便略过夏挽沅,直直的进了教学楼。

速度快的,夏挽沅都怀疑,现在她是不是实体,是不是不能够被别人看到。

然而下一秒,一片阴影投在她眼前,已经离开的君时陵,去而复返,又站在了她面前:"你好,你不是校内的吧?"

类似仰望的视角,夏挽沅也看过君时陵很多次,但看着十七岁的君时陵,还是第一次。

他眉目清隽,比照片里的少年,还要飞扬的多。

夏挽沅还没说话,眼底笑意已经倾泻出来:"不是,我路过。"

此时的君时陵,还不如以后那么神色沉静,对于夏挽沅的笑意,他很明显的呼吸滞了一下,眼底闪过惊艳。

"我叫君时陵,你呢?"

"夏挽沅。"

"哪三个字?"

夏挽沅拿过一截树枝,在台阶上比划了一下。

君时陵原本站着,此时也跟着夏挽沅一起,坐到她旁边。

夏挽沅写完字,君时陵认真的点了下头:"很好的名字。"

夏挽沅终于没忍住笑,扑哧一声:"你一直在看我,你都没看我写了什么。"

君时陵的脸刷一下全红了,眼神慌了一下,下意识的看向台阶上的字,但很快又转回来看向夏挽沅,强装镇定的点了点头:"看了,夏挽沅。"

脸红的君时陵,夏挽沅还是第一次看到。

她想捏一下,但考虑到现在君时陵和她还是陌生人,这样不太礼貌,她又忍住了。

"你是D市人吗?"君时陵又问。

"算是。"夏挽沅点点头,"我老公是D市人。"

君时陵的神色,很明显僵硬了:"你结婚了?"

"嗯。"夏挽沅好笑,"怎么了?"

"没事。"君时陵眼神明显黯淡下来,他站起身,"天色已晚,你还是早点回去吧。"

"你怎么不问问我老公是谁?"

君时陵眉头紧皱,很显然不想问,可看着夏挽沅笑意盈盈的样子,他又顺着她的意思问了一句:"是谁?"

"是十年后的你。"夏挽沅脸上酒窝浅浅,"不过你可能不会相信。"

毕竟,这也太离奇了。

然而，君时陵静静地看了夏挽沅一会儿，却又坐了回来："真的吗？"

"你信吗？"

"我信。"

"是真的。"夏挽沅冲着君时陵笑了一下，"可能等下我就会离开，因为我不属于这里。"

"好。"君时陵点头，目不转睛的看着夏挽沅，那专注又青涩的样子，看得夏挽沅脸色微红。

"你怎么这么容易就信了？"夏挽沅好奇。

"因为，"少年时的君时陵，脸皮还比较薄，刚说了两个字，脸就又红了，可那双明亮的眼睛始终专注地看着夏挽沅，"我觉得，不管什么时候，只要看到你，我就会一见钟情。"